El · Ocho

Katherine Neville

EDICIONES B
GRUPO ZETA

Barcelona • Bogotá • Buenos Aires • Caracas • Madrid • México D.F. • Montevideo • Quito • Santiago de Chile

Título original: *The eight*

Traducción: Susana Constante

1.ª edición: octubre 1990
27.ª reimpresión: marzo 2000

© 1988 by Katherine Neville. Edición Publicada por acuerdo
con Ballantine Books, una división de Random House, Inc.
© Ediciones B, S.A., 1990
Bailén, 84 - 08009 Barcelona (España)
www.edicionesb.com

Printed in Spain
ISBN: 84-406-1636-8
Depósito legal: B. 12.624-2000

Impreso por LIBERDÚPLEX, S.L.
Constitució, 19 - 08014 Barcelona

El Ocho

Katherine Neville

El ajedrez es la vida.

BOBBY FISCHER

… la vida es una especie de ajedrez.

BENJAMIN FRANKLIN

LA DEFENSA

Los personajes suelen estar a favor o en contra de la búsqueda. Si la apoyan, se los idealiza simplemente como valientes o puros; si la obstruyen, se los tilda simplemente como infames o cobardes.

Por consiguiente, todo personaje típico... suele enfrentarse con su contrario moral, como las piezas blancas y negras del ajedrez.

NORTHROP FRYE
Anatomy of Criticism

ABADÍA DE MONTGLANE, FRANCIA

Primavera de 1790

Una bandada de monjas cruzó la carretera y sus almidonados griñones revolotearon sobre sus cabezas como las alas de las grandes aves marinas. Cuando atravesaron las grandes puertas de piedra de la ciudad, gallinas y gansos abandonaron prestamente el sendero, aleteando y chapoteando en los charcos de barro. Todas las mañanas las monjas se desplazaban por la niebla oscura que rodeaba el valle y, en mudas parejas, se dirigían hacia el sonido de la grave campana que llamaba desde las colinas.

Designaban a esa primavera «Le Printemps Sanglant», la primavera sangrienta. Los cerezos habían florecido temprano, mucho antes de que se derritieran las nieves de las altas cumbres. Sus frágiles ramas caían hacia la tierra por el peso de los capullos rojos y húmedos. Algunos consideraron esa floración prematura como un buen augurio, símbolo de renacimiento tras el prolongado y cruel invierno. Entonces llegaron las lluvias frías y congelaron las ramas floridas, cubriendo el valle con una gruesa capa de flores rojas salpicadas por las manchas marrones de la escarcha. Como una herida en la que se coagula la sangre. Se consideró que esto era otro tipo de señal.

En lo más alto del valle, la abadía de Montglane se erigía como un descomunal saliente rocoso en la cima de la montaña. Hacía casi mil años que la estructura parecida a una fortaleza no había sido tocada por el mundo exterior. Estaba formada por seis o siete capas de pared construidas una sobre otra. Con el correr de los siglos, a medida que las piedras originales se desgastaron, se instalaron nuevas paredes en el exterior de las antiguas, provistas de contrafuertes suspendidos. El resultado fue una melancólica mezcolanza arquitectónica cuyo aspecto dio pábulo a los rumores sobre el lugar. La abadía era la más vieja estructura eclesiástica de Francia que permanecía intacta y contenía una antigua maldición que muy pronto se reavivaría. A medida que la ronca campana retumbaba en el valle, una tras otra las monjas que aún quedaban desviaban la mirada de sus labores, dejaban a un lado azadas y rastrillos y cruzaban las largas y simétricas filas de cerezos para ascender por el escarpado camino que llevaba a la abadía.

Al final de la larga procesión caminaban del brazo dos jóvenes novicias, Valentine y Mireille, andando con tiento con las botas cubiertas de barro. Creaban un extraño contraste con la ordenada fila de monjas. Mireille, alta, pelirroja, de piernas largas y hombros anchos, parecía más una sana granjera que una monja. Sobre el hábito llevaba un pesado delantal de carnicero y del griñón escapaban rizos rojos. A su lado, Valentine resultaba frágil pese a tener casi la misma estatura. Su tez clara parecía transparente y su blancura quedaba acentuada por la cascada de cabello rubio ceniza que le caía sobre los hombros. Había guardado el griñón en el bolsillo del hábito, caminaba de mala gana junto a Mireille y hundía las botas en el lodo.

Las dos muchachas, las monjas más jóvenes de la abadía, eran primas por parte de madre y tanto una como otra quedaron huérfanas a edad temprana a causa de una plaga horrorosa que había asolado Francia. El anciano conde de Remy, abuelo de Valentine, las encomendó al cuidado de la Iglesia, y a su muerte les dejó el abultado saldo de sus propiedades para garantizar su buena atención.

Las circunstancias de su educación formaron un vínculo indisoluble entre ambas, que rebosaban la alegría libre y pletórica de la juventud. A menudo la abadesa oía a las monjas mayores quejarse de que semejante conducta era impropia de la vida monástica, pero le parecía mejor modular el espíritu juvenil en lugar de sofocarlo.

Por añadidura, la abadesa tenía predilección por las primas huérfanas, sentimiento excepcional dadas su personalidad y su posición. Las monjas de más edad se habrían sorprendido al saber que, desde su más tierna infancia, la abadesa había sostenido una amistad tan entrañable con una mujer de la que estaba separada por muchos años y muchos miles de kilómetros.

∞

En el escarpado sendero, Mireille encajaba bajo el griñón algunos mechones alborotados y pelirrojos y tironeaba del brazo de su prima al tiempo que le daba una perorata sobre los riesgos de llegar tarde.

—Si sigues holgazaneando, la reverenda madre te impondrá una penitencia —la sermoneó.

Valentine se zafó y giró en redondo.

—En primavera la tierra se anega —gritó, agitó los brazos y estuvo a punto de despeñarse. Mireille la ayudó a subir por la traicionera pendiente—. ¿Por qué tenemos que estar encerradas en la asfixiante abadía cuando al aire libre todo está rebosante de vida?

—Porque somos monjas —replicó Mireille con los labios apretados y aceleró el paso sujetando el brazo de Valentine con firmeza—. Y nuestro deber consiste en rezar por la humanidad.

La tibia bruma que se elevaba desde el lecho del valle transportaba una fragancia tan intensa que impregnaba el entorno con el aroma de las flores de cerezo. Mireille intentó ignorar el cosquilleo que provocaba en su cuerpo.

—Gracias a Dios aún no somos monjas —dijo Valentine—. Seguiremos siendo novicias hasta que pronunciemos los votos. Todavía no es demasiado tarde para salvarnos. He oído murmurar a las monjas mayores que los soldados rondan por toda Francia, despojan a los monasterios de sus tesoros, reúnen a los curas y se los llevan a París. Es posible que algunos soldados lleguen hasta aquí y me lleven a París. ¡Y me inviten a la ópera todas las noches y beban champaña de mi zapato!

—Los soldados no son siempre tan encantadores como imaginas —observó Mireille—. Al fin y al cabo, su trabajo es matar gente más que llevarla a la ópera.

—No es lo único que hacen —declaró Valentine con tono misterioso.

Habían llegado a la cumbre de la colina, donde el sendero se enderezaba y ensanchaba considerablemente. En ese punto estaba empedrado con adoquines chatos y semejaba las anchas vías públicas que es posible encontrar en ciudades de mayor población. Había plantados enormes cipreses a ambos lados del camino. Al elevarse por encima del mar de cerezos, los cipreses se tornaban formales, imponentes y, al igual que la abadía, extrañamente fuera de lugar.

—¡Por lo que he oído, los soldados hacen cosas horribles a las monjas! —susurró Valentine al oído de su prima—. ¡Si un soldado se topa con una monja en el bosque, por ejemplo, inmediatamente saca una cosa de sus pantalones, se la pone dentro a la monja y la menea! ¡Y cuando acaba, la monja tiene un bebé!

—¡Vaya blasfemia! —se sobresaltó Mireille, se apartó de Valentine e intentó disimular la sonrisa que amenazaba con asomar a sus labios—. Me parece que eres demasiado pícara para convertirte en monja.

—Es exactamente lo que he dicho hasta el hartazgo —reconoció Valentine—. Prefiero ser mujer de un soldado que esposa de Cristo.

Cuando las primas se acercaron a la abadía, vieron las cuatro hileras dobles de cipreses plantados en cada entrada, que formaban la señal de la cruz. Los árboles se cerraron sobre ellas mientras corrían en medio de la bruma ennegrecida. Atravesaron las puertas de la abadía y cruzaron el amplio patio. Cuando se aproximaron a las altas puertas de madera del enclave principal, la campana siguió sonando como un tañido fúnebre que penetraba la densa niebla.

Ambas hicieron un alto ante las puertas para quitarse el barro de las botas, se persignaron deprisa y franquearon el elevado pórtico. Ninguna de las dos alzó la mirada hacia la inscripción tallada con toscas letras francas en el arco de piedra que circundaba el pórtico, si bien las dos sabían qué decía, como si las palabras estuvieran cinceladas en su corazón:

«Maldito sea quien derribe estos muros,
al rey sólo lo detiene la mano de Dios.»

Debajo de la inscripción estaba tallado el nombre en mayúsculas: «CAROLUS MAGNUS». Fue el artífice tanto del edificio como de la maldición dirigida a los que intentaran destruirlo. Máximo soberano del imperio franco hacía más de mil años, conocido en toda Francia como Carlomagno.

∞

Los muros interiores de la abadía estaban oscuros, fríos y húmedos a causa del musgo. Desde el santuario llegaban las voces susurrantes de las novicias que oraban y el suave roce de los rosarios al contar los padrenuestros, los avemarías y los glorias. Valentine y Mireille cruzaron deprisa la capilla, mientras la última novicia hacía una genuflexión, y siguieron el hilillo de murmullos hasta la pequeña puerta detrás del altar, donde se encontraba el estudio de la reverenda madre. Una monja mayor empujaba hacia el interior a las rezagadas. Valentine y Mireille se miraron y entraron.

Era extraño que la abadesa las covocara a su estudio de esa forma. Muy pocas monjas habían estado en esa habitación y casi siempre se había debido a razones disciplinarias. Valentine, a la que constantemente castigaban, había estado en el estudio con bastante asiduidad. Sin embargo, habían hecho sonar la campana de la abadía para convocar a todas las religiosas. ¿Era posible que quisieran reunir simultáneamente a todas en el estudio de la reverenda madre?

Cuando entraron en la amplia estancia de techo bajo, Valentine y Mireille comprobaron que todas las hermanas de la abadía estaban presentes: más de cincuenta. Murmuraban sentadas en las hileras de duros bancos de madera que habían colocado delante del escritorio de la abadesa. Evidentemente las circunstancias sorprendieron a todas y los rostros que contemplaron la entrada de las jóvenes primas parecían aterrados. Las muchachas ocuparon su sitio en la última fila de bancos. Valentine apretó la mano de Mireille y susurró:

—¿Qué significa?

—Me parece que es de mal agüero —respondió Mireille en voz baja—. La reverenda madre está muy seria y aquí hay dos mujeres a las que nunca he visto.

En un extremo de la larga estancia, detrás de un escritorio macizo de madera de cerezo encerada, estaba en pie la abadesa, arrugada y curtida como un pergamino, pero sin dejar de irradiar la fuerza de su relevante jerarquía. Su porte poseía una cualidad eterna que expresaba que mucho tiempo atrás había hecho las paces con su alma, a pesar de que hoy se la veía más seria que de costumbre.

Dos desconocidas, mujeres jóvenes, huesudas y de manos grandes, permanecían a su lado como ángeles vengadores. La primera de ellas tenía piel clara, pelo oscuro y ojos luminosos, mientras la otra guardaba un acentuado parecido con Mireille por su tez cremosa y su pelo castaño, apenas más oscuro que los rizos de la huérfana. Ambas tenían porte de monja pero no vestían hábito, sino sencillos vestidos de viaje, de color gris, de carácter anodino.

La abadesa aguardó a que todas las monjas se sentaran y cerraran la puerta. Cuando reinó un silencio absoluto, tomó la palabra con ese tono de voz que a Valentine siempre le recordaba pisadas sobre hojas secas.

—Hijas mías —comenzó la abadesa y cruzó las manos sobre el pecho—, durante casi mil años la Orden de Montglane se ha alzado sobre este peñón, sirviendo al Altísimo y cumpliendo nuestros deberes con la humanidad. Aunque aisladas del mundo, hasta aquí llegan los ecos de la agitación mundial. En éste, nuestro pequeño rincón, hemos recibido noticias desagradables que podrían modificar la seguridad de que hasta ahora hemos disfrutado. Las dos mujeres que están a mi lado son portadoras de estas noticias. Os presento a la hermana Alexandrine de Forbin —señaló a la mujer de pelo castaño— y a Marie-Charlotte Corday, que dirigen la Abbaye-Aux-Dames de Caen, en las provincias del norte. Han recorrido toda Francia disfrazadas, un viaje agotador, para transmitirnos una advertencia. En consecuencia, os pido que prestéis oído a lo que dirán. Es de máxima importancia para nosotras.

La abadesa se sentó y la mujer presentada como Alexandrine de Forbin carraspeó y habló en voz tan queda que las monjas tuvieron que hacer un esfuerzo para oírla. Sin embargo, sus palabras fueron muy claras:

—Hermanas en Dios, la historia que venimos a contaros no es para las medrosas. Entre nosotras están aquellas que se acercaron a Cristo con la esperanza de redimir a la humanidad. Otras lo hicieron con la esperanza de escapar del mundo. Y otras lo hicieron contra su voluntad, pues no tenían vocación. —Luego de pronunciar estas palabras, dirigió sus ojos oscuros y luminosos hacia Valentine, que se ruborizó hasta las raíces de su cabellera rubio ceniza—. Al margen de cuál fuera vuestro propósito, a partir de hoy ha cambiado. Durante nuestro viaje, la hermana Charlotte y yo hemos recorrido toda Francia, atravesado París y todas las villas intermedias. No sólo hemos visto el hambre, sino la inanición. El pueblo se amotina en las calles reclamando pan. Hay matanzas, las mujeres pasean por las calles cabezas guillotinadas y clavadas en picas. Hay violaciones y actos más graves. Se asesina a niños pequeños, algunos ciudadanos son torturados en plazas públicas y desmembrados por muchedumbres airadas...

Las monjas ya no guardaban silencio. Sus voces se elevaron alarmadas a medida que Alexandrine proseguía su sangriento relato.

A Mireille le llamó la atención que una sierva del Señor fuera capaz de relatar semejantes acontecimientos sin palidecer. La oradora no había perdido su tono sereno ni su voz se había quebrado durante la narración. Mireille miró a Valentine, que tenía los ojos desmesuradamente abiertos de fascinación. Alexandrine de Forbin aguardó a que se calmaran los ánimos y prosiguió:

—Estamos en abril. En octubre pasado, una multitud enfervorizada secuestró a los reyes en Versalles y los obligó a regresar a las Tullerías, donde fueron encarcelados. El monarca tuvo que firmar un documento, la *Declaración de los Derechos del Hombre*, que proclama la igualdad de todos los hombres. Ahora la Asamblea General controla el gobierno y el rey no tiene poderes para intervenir. Nuestro país está más allá de la revolución. Vivimos en un estado de anarquía. Por si esto fuera poco, la Asamblea ha descubierto que no hay oro en las arcas del estado, el rey ha llevado a Francia a la bancarrota. En París opinan que no vivirá para ver el nuevo año.

Las monjas se estremecieron en sus bancos y un nervioso murmullo recorrió el estudio. Mireille apretó suavemente la mano de Valentine mientras miraban a la oradora. Las mujeres que ocupaban esa estancia jamás habían oído expresar esas ideas y ni siquiera podían imaginar que semejantes cosas existieran. Tortura, anarquía, regicidio. ¿Era concebible?

La abadesa dio un golpe en el escritorio para llamar al orden y las monjas guardaron silencio. Alexandrine tomó asiento y la hermana Charlotte fue la única que quedó en pie junto a la mesa. Su voz sonó fuerte y enérgica:

—Un hombre nefasto es miembro de la Asamblea. Se hace llamar representante del clero y está sediento de poder. Me refiero al obispo de Autun. En Roma lo consideran la encarnación del demonio. Se afirma que nació con la pezuña hendida, señal de Lucifer; que bebe la sangre de tiernas criaturas para conservar la juventud y que celebra misas negras. En octubre este obispo propuso a la Asamblea que el Estado confiscara todas las propiedades de la Iglesia. El 2 de noviembre el gran estadista Mirabeau defendió ante la Asamblea el proyecto de ley de confiscación, que fue aprobado. El 13 de febrero comenzaron las incautaciones. Todos los sacerdotes que se resistieron fueron arrestados y encarcelados. El 16 de febrero el obispo de Autun fue elegido presidente de la Asamblea. Ahora nada puede detenerlo.

Las monjas fueron presa de una profunda agitación y alzaron las voces para emitir temerosas exclamaciones y protestas. La voz de Charlotte dominó todas las demás.

—Mucho antes de presentar el proyecto de ley, el obispo de Autun hizo pesquisas sobre el emplazamiento de las riquezas de la Iglesia a lo largo y ancho de Francia. Aunque el proyecto puntualiza que los sacerdotes han de caer primero y se ha de perdonar a las monjas, sabemos que el obispo ha puesto sus ojos en la abadía de Montglane. La mayoría de sus indagaciones se han centrado en torno a Montglane. Por eso hemos venido a toda prisa a comunicároslo. El tesoro de Montglane no debe caer en sus manos.

La abadesa se irguió y posó su mano en el hombro fuerte de Charlotte Corday. Observó las hileras de monjas vestidas de negro, con sus griñones rígidos y almidonados ondeando como un mar plagado de gaviotas salvajes, y sonrió. Éste era su rebaño, al que durante tanto tiempo había cuidado y al que quizá no volviera a ver en cuanto revelara lo que debía comunicar.

—Ahora conocéis la situación tan bien como yo —dijo la abadesa—. Aunque hace muchos meses que estoy enterada de esta crisis, no quise alarmaros hasta tener claro qué camino debía tomar. En su viaje de respuesta a mi llamada, las hermanas de Caen han confirmado mis peores temores. —Las monjas guardaban un silencio parecido a la quietud de la muerte. No se oía más sonido que la voz de la abadesa—. Soy una mujer entrada en años que tal vez sea llamada por Dios antes de lo que cabe imaginar. Los votos que pronuncié al entrar al servicio de este convento no sólo fueron ante Cristo. Al convertirme en abadesa de Montglane, hace casi cuarenta años, juré guardar un secreto y, si era necesario, mantenerlo a costa de mi vida. Ahora me ha llegado el momento de ser fiel a ese juramento. Para hacerlo, debo compartir parte del secreto con cada una de vosotras y pediros que os comprometáis a guardarlo. Mi historia es larga y os pido paciencia si tardo en contarla. Cuando haya terminado, sabréis por qué cada una de vosotras tiene que hacer lo que hay que hacer.

La abadesa calló y bebió un sorbo de agua de un cáliz de plata que estaba sobre la mesa. Luego retomó la palabra:

—Hoy es 4 de abril del año de Dios de 1790. Mi historia comienza otro 4 de abril de hace muchos años. El relato me fue narrado por mi predecesora tal como cada abadesa se lo contó a su sucesora en el momento de su iniciación, y tiene tantos años como los que esta abadía lleva en pie. Ahora os lo contaré…

EL RELATO DE LA ABADESA

El 4 de abril del año 782, en el palacio oriental de Aquisgrán se celebró una fiesta extraordinaria para conmemorar el cuadragésimo cumpleaños del gran monarca Carlomagno. El rey había invitado a todos los nobles del imperio. El patio central, con su cúpula de mosaico y las escaleras circulares y los balcones de varios pisos, estaba repleto de palmeras traídas de tierras lejanas y festoneado con guirnaldas de flores. En los grandes salones, en medio de faroles de oro y plata, sonaban arpas y laúdes. Los cortesanos, engalanados de púrpura, carmesí y dorado, se movían a través de un país de ensueño formado por malabaristas, bufones y titiriteros. En los patios había osos salvajes, leones, jirafas y jaulas con palomas. Reinó un gran júbilo en las semanas que precedieron al cumpleaños del rey.

El apogeo de la fiesta tuvo lugar el mismo día del cumpleaños. Por la mañana, el monarca llegó al patio principal en compañía de sus dieciocho hijos, la reina y sus cortesanos predilectos. Carlomagno era sumamente alto y poseía la gracia del jinete y el nadador. Su piel estaba bronceada y su cabellera y su bigote teñidos de rubio a causa del sol. Parecía en cuerpo y alma el guerrero y gobernante del reino más grande del mundo. Vestido con una sencilla túnica de lana y una ceñida capa de marta y portando la omnipresente espada, atravesó el patio saludando a cada uno de sus súbditos e invitándolos a compartir los profusos refrescos situados en las tablas chirriantes del salón.

El rey había preparado una sorpresa. Maestro de la estrategia bélica, sentía peculiar predilección por cierto juego. Se trataba del ajedrez, conocido también como juego de guerra o juego de los reyes. En éste, su cuadragésimo cumpleaños, Carlomagno pretendía enfrentarse con el mejor ajedrecista del reino, el soldado conocido como Garin el franco.

Garin entró en el patio al son de las trompetas. Los acróbatas saltaron ante él y las jóvenes cubrieron su camino de frondas de palma y pétalos de rosa. Garin era un joven esbelto y pálido, de expresión severa y ojos grises, soldado del ejército occidental. Se arrodilló cuando el monarca se puso de pie para darle la bienvenida.

Ocho criados negros vestidos de librea morisca entraron a hombros el tablero de ajedrez. Estos hombres, así como el tablero que llevaban en alto, fueron regalo de Ibn-al-Arabi, gobernador musulmán de Barcelona, para agradecer la ayuda que el monarca le había prestado cuatro años antes contra los montañeses vascos. Fue durante la retirada de esta famosa batalla, en el desfiladero navarro de Roncesvalles, cuando encontró la muerte Hruoland, el querido soldado real, héroe de la *Chanson de Roland*. Como consecuencia de este doloroso recuerdo, el monarca nunca había utilizado el tablero de ajedrez ni se lo había mostrado a sus vasallos.

La corte se maravilló ante aquel extraordinario juego de ajedrez mientras lo depositaban sobre una mesa del patio. Aunque realizado por maestros artesanos árabes, las piezas mostraban indicios de su origen indio y persa. Algunos opinan que dicho juego existía en la India más de cuatrocientos años antes del nacimiento de Cristo y que llegó a Arabia, a través de Persia, durante la conquista árabe de este país en el año 720 de Nuestro Señor.

El tablero, forjado exclusivamente en plata y oro, medía un metro entero por cada lado. Las piezas, de metales preciosos afiligranados, estaban tachonadas con rubíes, zafiros, diamantes y esmeraldas sin tallar pero perfectamente lustrados, y algunos alcanzaban el tamaño de huevos de codorniz. Como destellaban y resplandecían a la luz de los faroles del patio, parecían brillar con una luz interior que hipnotizaba a quien los contemplaba.

La pieza llamada sha o rey alcanzaba los quince centímetros de altura y representaba a un hombre coronado que montaba a lomos de un elefante. La reina, dama o ferz iba en una silla de manos cerrada y salpicada de piedras preciosas. Los alfiles u obispos eran elefantes con las sillas de montar incrustadas de raras gemas y los caballos o caballeros estaban representados por corceles árabes salvajes; las torres o castillos se llamaban rujj, que en árabe significa carro. Eran grandes camellos que sobre los lomos llevaban sillas semejantes a torres. Los peones eran humildes soldados de infantería de siete centímetros de altura, con pequeñas joyas en lugar de ojos y piedras preciosas que salpicaban las empuñaduras de sus espadas.

Carlomagno y Garin se acercaron al tablero. El monarca alzó la mano y pronunció palabras que azoraron a los cortesanos que lo conocían bien.

—Propongo una apuesta —dijo con voz extraña. Carlomagno no era hombre propenso a las apuestas. Los cortesanos se miraron inquietos—. Si el soldado Garin me gana una partida, le concedo ese territorio de mi reino que va de Aquisgrán a los Pirineos vascos y la mano de mi hija mayor en matrimonio. Si pierde, será decapitado en este mismo patio al romper el alba.

La corte se estremeció. Era de todos sabido que el monarca amaba tanto a sus hijas que les había rogado que no contrajeran matrimonio mientras estuviese vivo.

El duque de Borgoña, el mejor amigo del rey, lo cogió del brazo y lo llevó aparte.

—¿Qué tipo de apuesta es ésta? —preguntó en voz baja—. ¡Habéis hecho una apuesta digna de un bárbaro embriagado!

Carlomagno tomó asiento ante la mesa. Parecía hallarse en trance. El duque quedó anonadado. El propio Garin estaba perplejo. Miró al duque a los ojos y, sin mediar palabra, posó la mano sobre el tablero, aceptando la apuesta. Se sortearon las piezas y la suerte quiso que Garin escogiera las blancas, lo que le proporcionó la ventaja de la primera jugada. Comenzó la partida.

Tal vez se debió a lo tenso de la situación, pero lo cierto es que, a medida que se desarrollaba la partida, parecía que ambos ajedrecistas movían las piezas con una fuerza y precisión tales que trascendía al mero juego, como si otra mano, invisible, se cerniera sobre el tablero. Por momentos dio la sensación de que las piezas se movían por decisión propia. Los jugadores estaban mudos y pálidos y los cortesanos los rodeaban como fantasmas.

Luego de casi una hora de juego, el duque de Borgoña notó que el monarca se comportaba de una manera extraña. Tenía el ceño fruncido y estaba distraído y aturdido. Garin también era presa de un desasosiego poco corriente, sus movimientos eran bruscos y espasmódicos y su frente estaba perlada por un sudor frío. Los ojos de ambos contrincantes estaban clavados en el tablero como si no pudieran apartar la mirada.

Súbitamente Carlomagno se incorporó de un salto, lanzó un grito, volcó el tablero y los trebejos rodaron por el suelo. Los cortesanos retrocedieron para abrir el círculo. El monarca estaba dominado por una ira sombría y espantosa, se mesaba los cabellos y se golpeaba el pecho como una bestia enardecida. Garin y el duque de Borgoña corrieron en su auxilio, pero los apartó a puñetazos. Hicieron falta seis nobles para sujetar al rey. Cuando por fin lo sometieron, Carlomagno miró azorado a su alrededor, como si acabara de despertar de un largo sueño.

—Mi señor, creo que deberíamos abandonar esta partida —propuso Garin con serenidad, alzó una de las piezas y se la entregó al monarca—. Las piezas están desordenadas y no recuerdo una sola jugada. Majestad, le temo a este ajedrez moro. Creo que está poseído por una fuerza maligna que os obligó a apostar mi vida.

Carlomagno, que descansaba en un sillón, se llevó cansinamente la mano a la frente pero no pronunció palabra.

—Garin, sabes que el rey no cree en ese tipo de supersticiones y que las considera paganas y bárbaras —intervino el duque de Borgoña con suma cautela—. Ha prohibido la nigromancia y las adivinaciones en la corte…

Carlomagno lo interrumpió, con voz tan débil que parecía sufrir un agotamiento extremo:

—Si hasta mis propios soldados creen en brujerías, ¿cómo extenderé por toda Europa la fe cristiana?

—Desde tiempos remotos se ha practicado esta magia en Arabia y en todo Oriente —replicó Garin—. Ni creo en ella ni la comprendo, pero… vos también la sentisteis. —Garin se acercó al emperador y lo miró a los ojos.

—Me dejé llevar por un ardiente arrebato —admitió Carlomagno—. No pude dominarme. Sentí lo mismo que en la alborada de una batalla, cuando la soldadesca se lanza al combate. No sé cómo explicarlo.

—Todas las cosas del cielo y de la tierra tienen un fundamento —dijo una voz a espaldas de Garin.

El franco se volvió y vio a un moro negro, uno de los ocho que habían acarreado el juego de ajedrez. El monarca autorizó al moro a proseguir su discurso.

—De nuestro watar o lugar de nacimiento procede un pueblo antiguo conocido como badawi, los «habitantes del desierto». Los badawi consideran un alto honor la apuesta de sangre. Sostienen que sólo la apuesta de sangre acaba con la habb, la gota negra vertida en el corazón humano y que el arcángel Gabriel quitó del pecho de Mahoma. Vuestra alteza ha hecho una apuesta de sangre sobre el tablero, se ha jugado una vida humana, la forma de justicia más elevada que existe. Mahoma dice: «El reino soporta la kufr, la infidelidad al Islam, pero no tolera la zulm, es decir, la injusticia.»

—La apuesta de sangre siempre es una apuesta maligna —respondió Carlomagno.

Garin y el duque de Borgoña miraron sorprendidos al rey, pues hacía tan sólo una hora él mismo había propuesto una apuesta de sangre.

—¡No! —exclamó el moro—. Sólo mediante una apuesta de sangre se conquista el ghutah, nuestro oasis terrenal o vuestro paraíso. Cuando se hace una apuesta de sangre sobre el tablero de Shatranj, en el mismo Shatranj se cumple la sar.

—Mi señor, Shatranj es el nombre que los moros dan al ajedrez —explicó Garin.

—¿Qué significa «sar»? —preguntó Carlomagno, se puso lentamente en pie y descolló por encima de todos.

—Significa venganza —respondió el moro sin inmutarse.

El árabe hizo una reverencia y se alejó.

—Volveremos a jugar —anunció el monarca—. Esta vez no habrá apuestas. Jugaremos por el placer de jugar. Esas ridículas supersticiones inventadas por bárbaros y niños no tienen importancia.

Los cortesanos acomodaron el tablero. La estancia se pobló de murmullos de alivio. Carlomagno se volvió hacia el duque de Borgoña y le cogió del brazo.

—¿Es cierto que hice una apuesta semejante? —preguntó en voz muy baja.

El duque lo miró sorprendido.

—Así es, señor. ¿No lo recordáis?

—No —repuso el monarca con pesar.

Carlomagno y Garin se sentaron a jugar otra partida de ajedrez. Luego de una batalla extraordinaria, Garin alcanzó la victoria. El rey le concedió la Propiedad de Montglane, en los Bajos Pirineos, y el título de Garin de Montglane. El emperador estaba tan satisfecho con el magistral dominio que tenía Garin del ajedrez, que se ofreció a construirle una fortaleza para proteger el territorio que acababa de ganar. Muchos años después, Carlomagno envió de regalo a Garin el maravilloso ajedrez con el que habían jugado aquella famosa partida. Desde entonces lo llamaron «el ajedrez de Montglane».

∞

—Os he narrado la historia de la abadía de Montglane —la madre superiora concluyó el relato y miró a las silenciosas monjas—. Muchos años después, cuando Garin de Montglane cayó enfermo y agonizaba, legó a la Iglesia su territorio de Montglane, la fortaleza que se convertiría en nuestra abadía y el famoso juego conocido como el ajedrez de Montglane —la abadesa calló, como si no supiera si proseguir la historia o no. Finalmente retomó la palabra—: Garin siempre creyó que el ajedrez de Montglane estaba relacionado con una horrible maldición. Había oído rumores de males vinculados con ese ajedrez mucho antes de que pasara a su poder. Se decía que Charlot, el sobrino de Carlomagno, fue asesinado mientras jugaba una partida con el mismo tablero. Corrían extrañas historias de matanzas y violencia, incluso de guerras, en las que ese ajedrez había intervenido. Los ocho moros negros que trasladaron el ajedrez de Barcelona a las manos de Carlomagno rogaron que les permitieran acompañar las piezas cuando éstas fueron a Montglane. El emperador accedió. Poco después Garin se enteró de que, por la noche, en la fortaleza se celebraban arcanas ceremonias, rituales en los que, no le cabían dudas, habían participado los moros. Garin llegó a pensar que el ajedrez de Montglane era un instrumento de Satanás. Hizo enterrar las piezas en la fortaleza y pidió a Carlomagno que inscribiera una maldición en los muros para impedir que fueran retiradas. El emperador reaccionó como si se tratara de una broma, pero, a su manera, accedió a la petición de Garin. Ésta es la historia de la inscripción que hoy vemos sobre las puertas.

La abadesa calló y, pálida y exhausta, se dirigió a su silla. Alexandrine se puso en pie y la ayudó.

—Reverenda madre, ¿qué fue del ajedrez de Montglane? —preguntó una de las monjas más ancianas, sentada en primera fila.

La abadesa sonrió.

—Ya os he dicho que, de continuar en la abadía, nuestras vidas correrán grave peligro. Ya os he dicho que los soldados de Francia pretenden confiscar los bienes de la Iglesia, y, de hecho, están cumpliendo esa misión. También os he dicho que antaño enterraron, dentro de los muros de la abadía, un tesoro de gran valor y, acaso, de gran perversidad. En consecuencia, no os sorprenderá saber que el secreto que juré guardar cuando acepté ser vuestra abadesa es el secreto del ajedrez de Montglane. Sigue enterrado en el suelo de este estudio y sólo yo conozco la situación exacta en donde se encuentra cada pieza. Hijas mías, nuestra misión consiste en retirar este instrumento del mal y dispersarlo a los cuatro vientos para que nunca jamás pueda reunirse en manos de quien busca el poder. El ajedrez de Montglane alberga una fuerza que trasciende las leyes de la naturaleza y del entendimiento humano. Aunque tuviéramos tiempo de destruir las piezas o de desfigurarlas hasta volverlas irreconocibles, yo no escogería ese camino. Un instrumento de tanto poder también puede utilizarse para hacer el bien. Por eso no sólo juré mantener oculto el ajedrez de Montglane, sino protegerlo. Es posible que alguna vez, cuando la historia lo permita, podamos reunir las piezas y dar a conocer su oscuro enigma.

∞

Aunque la abadesa conocía la situación exacta de cada pieza, hicieron falta los esfuerzos de todas las hermanas durante casi dos semanas para desenterrar el ajedrez de Montglane y limpiar y pulir cada pieza. Fueron necesarias cuatro monjas para levantar el tablero del suelo de piedra. Una vez limpio, descubrieron que tenía símbolos extraños tallados o grabados en relieve en cada casilla. También había símbolos semejantes en la base de cada trebejo. Desenterraron el paño guardado en una caja metálica. Los cantos de la caja estaban lacrados con una sustancia cerosa, sin duda para protegerla de la humedad. El paño era de terciopelo azul oscuro y estaba ricamente bordado con hilo de oro y joyas preciosas que formaban signos parecidos a los del zodiaco. En el centro del paño se veían dos figuras serpentinas, enroscadas y entrelazadas, que formaban el número

«8». La abadesa consideraba que el paño se había utilizado para envolver el ajedrez de Montglane y evitar que sufriera daños durante su transporte.

Hacia el final de la segunda semana, la madre superiora comunicó a las monjas que se prepararan para viajar. Dio instrucciones a cada una, por separado, sobre el sitio al que sería enviada; de este modo, ninguna sabría dónde estaban las demás. Así reducirían los riesgos personales. Como el ajedrez de Montglane tenía menos piezas que monjas la abadía, sólo la abadesa sabría qué hermanas habían partido con una parte del juego y cuáles se iban con las manos vacías.

Valentine y Mireille fueron convocadas al estudio. La abadesa tras su escritorio les indicó que se sentaran del otro lado. Sobre el escritorio se encontraba el brillante ajedrez de Montglane, parcialmente cubierto por el paño bordado de color azul oscuro.

La abadesa dejó la pluma sobre el escritorio y las miró. Mireille y Valentine cogidas de la mano aguardaban inquietas.

—Reverenda madre, quiero que sepa que la echaré muchísimo de menos —espetó Valentine—. Sé perfectamente que he sido una penosa carga para usted. Me gustaría haber sido mejor monja y haberle creado menos problemas…

—Valentine, ¿qué quieres decir? —preguntó la abadesa y sonrió al ver que Mireille daba un codazo a Valentine en las costillas para hacerla callar—. ¿Temes verte separada de tu prima Mireille? ¿Es ése el motivo de disculpas tan tardías?

Valentine miró azorada a la abadesa y se asombró de que le hubiera adivinado el pensamiento.

—En tu lugar, no me preocuparía —prosiguió la abadesa. Pasó un papel a Mireille por encima del escritorio de cerezo—. Aquí tienes el nombre y la dirección del tutor que se hará cargo de ti. Debajo he anotado las instrucciones para el viaje que he dispuesto para las dos.

—¡Para las dos! —gritó Valentine, que apenas podía contenerse—. ¡Gracias, reverenda madre, acaba de satisfacer mi mayor deseo!

La abadesa rió.

—Valentine, estoy segura de que, si no os dejara partir juntas, sin ayuda de nadie encontrarías la forma de echar por tierra todos los planes que he organizado minuciosamente con tal de seguir con tu prima. Además, tengo sobrados motivos para que os vayáis juntas. Prestad atención. Todas las monjas de nuestra abadía tienen resuelta su situación. Enviaré a sus hogares a aquellas cuyas familias acepten su regreso. En algunos casos he buscado amigos o parientes lejanos que les brindarán cobijo. Si llegaron a la abadía con dote, les devolveré sus bienes para su manutención y custodia. Si carecen de medios, enviaré a la joven a una abadía del extranjero, que la acoja de buena fe. En todos los casos pagaré gastos de viaje y de vida para asegurar el bienestar de mis hijas —la abadesa cruzó las manos. Prosiguió—: Valentine, eres afortunada en más de un sentido, pues tu abuelo te ha legado una generosa renta que destinaré tanto a ti como a tu prima Mireille. Además, aunque no tienes familia, cuentas con un padrino que ha accedido a responsabilizarse de ambas. He recibido garantías por escrito de su disposición a actuar en tu nombre. Y esto me lleva a otra cuestión, a un asunto que me preocupa.

Cuando la abadesa se refirió al padrino, Mireille miró a Valentine de soslayo. Luego contempló el papel donde la abadesa había escrito en mayúsculas: «M. Jacques Louis David, pintor»; debajo figuraba una dirección de París. Ignoraba que Valentine tuviera padrino.

—Sé perfectamente que algunos franceses se sentirán muy disgustados cuando se enteren de que he clausurado la abadía —explicó la madre superiora—. Muchas de nosotras correremos peligro, concretamente por parte de hombres como el obispo de Autun, que querrán saber qué hemos sacado y qué nos hemos llevado. No es posible ocultar totalmente las huellas de nuestros actos. Es probable que busquen y encuentren a algunas monjas. Quizá tengan necesidad de huir. En virtud de estas circunstancias, he seleccionado a ocho, cada una de las cuales tendrá una pieza que servirá como punto de reunión en el que las otras puedan dejar un trebejo si se ven obligadas a escapar. O donde podrán dejar instrucciones sobre el modo de recuperarlo. Valentine, tú serás una de las elegidas.

—¡Yo! —se sorprendió Valentine. Tragó saliva a duras penas porque súbitamente se le había secado la garganta—. Reverenda madre, no soy… no sé si…

—Intentas decir que no se te puede considerar un pilar de responsabilidad —dijo la abadesa, y sonrió a su pesar—. Lo sé y confío en que tu sensata prima pueda ayudarme a resolver el problema —miró a Mireille, que asintió con la cabeza—. He elegido a las ocho no sólo con relación a su capacidad, sino a su situación estratégica —continuó la abadesa—. Tu padrino, monsieur David, vive en París, el corazón del tablero de ajedrez formado por Francia. En su condición de artista famoso, goza del respeto y la amistad de la nobleza, pero también es miembro de la Asamblea y algunos lo consideran un fervoroso revolucionario. Estoy convencida de que, en caso de necesidad, estará en condiciones de protegeros. Además, le he pagado generosamente y tendrá motivos para cuidaros —la abadesa observó a las dos jovencitas—. Valentine, no es una petición —añadió severamente—. Tus hermanas pueden tener problemas y estarás en condiciones de servirlas. He dado tu nombre y señas a varias de las que ya han partido a sus hogares. Irás a París y harás lo que te ordeno. Ya tienes quince años, edad suficiente para saber que en la vida existen cuestiones más decisivas que la satisfacción inmediata de tus deseos. —Aunque la abadesa habló secamente, su expresión se enterneció como le ocurría siempre que miraba a Valentine—. Asimismo, París no está tan mal como lugar de condena.

Valentine sonrió a la abadesa y replicó:

—Claro que no, reverenda madre. Existe la ópera, tal vez haya fiestas y, por lo que dicen, las damas llevan hermosos vestidos… —Mireille volvió a dar un codazo en las costillas a Valentine—. Quiero decir que agradezco humildemente a la reverenda madre por depositar tanta confianza en su devota sierva.

Al oír esas palabras, la abadesa soltó una sonora sucesión de carcajadas que la hicieron parecer más joven.

—Bien dicho, Valentine. Podéis iros y preparar el equipaje. Partiréis mañana, al alba. No os retraséis.

La abadesa se incorporó, alzó dos pesadas piezas del tablero y se las entregó a las novicias.

Por turno, Valentine y Mireille besaron el anillo de la abadesa y, con sumo cuidado, llevaron sus extrañas posesiones a la puerta del estudio. Estaban a punto de salir cuando Mireille se dio la vuelta y habló por primera vez desde que habían entrado en la estancia.

—Reverenda madre, ¿me permite preguntarle adónde irá? Nos gustaría recordarla y enviarle nuestros buenos deseos dondequiera que esté.

—Haré un viaje con el que he soñado durante más de cuarenta años —respondió la abadesa—. Tengo una amiga a la que no visito desde la infancia. En aquellos tiempos… os diré que a veces Valentine me recuerda muchísimo a esa vieja amiga. La recuerdo tan alegre, tan llena de vitalidad…

La abadesa hizo silencio y a Mireille le pareció que se tornaba soñadora, si es que podía decirse semejante cosa de una persona tan augusta.

—Reverenda madre, ¿su amiga vive en Francia? —preguntó.

—No, vive en Rusia —respondió la abadesa.

Bajo la tenue luz gris de la mañana, dos mujeres ataviadas para el largo viaje salieron de la abadía y treparon a un carro de heno. Franquearon las impresionantes puertas y comenzaron a cruzar las estribaciones. Cayó una ligera bruma que las ocultó cuando atravesaron el valle distante.

Estaban asustadas. Se cubrieron con las esclavinas y se alegraron de cumplir una misión sagrada cuando volvieran a entrar en el mundo del que durante tanto tiempo habían estado aisladas.

Pero no fue Dios quien las observó en silencio desde la cima de la montaña mientras el carro de heno descendía lentamente hacia la penumbra del lecho del valle. En lo alto de una cumbre nevada, por encima de la abadía, un jinete solitario montaba un caballo claro. Observó el carro hasta que se fundió con la oscura bruma. Azuzó el caballo y se alejó al galope.

PEÓN 4 DAMA

Las aperturas peón dama —las que empiezan con P4D— son «cerradas», lo que significa que el contacto táctico entre los adversarios se desarrolla con gran lentitud. Dan lugar a una gran capacidad de maniobra y se tarda en llegar a una violenta lucha cuerpo a cuerpo con el enemigo... En este caso, el ajedrez posicional es esencial.

FRED REINFELD
Complete Book of Chess Openings

Por casualidad, un criado oyó en la plaza del mercado que la muerte lo estaba buscando. Volvió a casa corriendo y dijo a su amo que debía huir a la vecina población de Samarra para que la parca no lo encontrara.

Esa noche, después de la cena, llamaron a la puerta. Abrió el amo y encontró a la muerte, con su larga túnica y su capucha negras. La muerte preguntó por el criado.

—Está enfermo y en cama —se apresuró a mentir el amo—. Está tan enfermo que nadie debe molestarlo.

—¡Qué raro! —comentó la muerte—. Seguramente se ha equivocado de sitio pues hoy, a medianoche, tenía una cita con él en Samarra.

Leyenda de la cita en Samarra

NUEVA YORK

Diciembre de 1972

Tenía problemas, graves problemas.

Todo comenzó aquella Nochevieja, el último día de 1972. Tenía una cita con una pitonisa. Al igual que el personaje de la cita en Samarra, había intentado escapar de mi destino eludiéndolo. No quería que una adivinadora me contara el futuro. Ya tenía bastantes problemas aquí y ahora. La Nochevieja de 1972 había jodido totalmente mi vida. Y sólo tenía veintitrés años.

En lugar de huir a Samarra, había escapado al centro de datos del último piso del edificio de Pan Am, en pleno corazón de Manhattan. Caía más cerca que Samarra y, a las diez de la noche de aquella Nochevieja, quedaba tan apartado y aislado como la cima de una montaña.

Me sentía como si me encontrara en la cima de una montaña. La nieve se arremolinaba al otro lado de las ventanas que daban a Park Avenue y los grandes y graciosos copos pendían en suspensión coloidal. Era como estar en el interior de un pisapapeles que contiene una única rosa perfecta o una pequeña réplica de una aldea suiza. Sólo que dentro de los muros de cristal del centro de datos de Pan Am había unos cuantos metros cuadrados de reluciente y novísimo *hardware*, que zumbaba suavemente mientras controlaba rutas y expedición de billetes de avión a lo largo y ancho del mundo. Era el sitio ideal al que escapar para pensar.

Y yo tenía mucho en qué pensar. Tres años antes me había trasladado a Nueva York a trabajar para la Triple-M, uno de los principales fabricantes de ordenadores del mundo. Por aquel entonces Pan Am era uno de mis clientes. Aún me permiten utilizar el centro de datos.

Había cambiado de trabajo, lo que quizá se convirtiera en el error más grave de mi vida. Tenía el dudoso honor de ser la primera mujer que formaba parte de las filas profesionales de una respetable empresa de IPA: Fulbright, Cone, Kane & Upham. Mi estilo no les iba.

Para los que no lo saben, «IPA» significa «Interventor Público Autorizado». Fulbright, Cone, Kane & Upham era una de las ocho principales empresas de IPA de todo el mundo, hermandad justamente apodada «las ocho grandes».

«Interventor público» es el modo amable de referirse a un «auditor». Las ocho grandes ofrecían ese temido servicio a la mayoría de las corporaciones importantes. Infundían un gran respeto, lo que es un modo amable de decir que tenían a los clientes agarrados por las pelotas. Si durante una auditoría las ocho grandes proponían al cliente que gastara medio millón de dólares para mejorar su sistema financiero, el cliente tenía que ser idiota perdido para rechazar la sugerencia. (O para ignorar que la empresa auditora de las ocho grandes podía proporcionarle el servicio... a cambio de ciertos emolumentos.) En el mundo de las grandes finanzas esas cuestiones quedaban sobreentendidas. Había mucho dinero en danza en la revisión de cuentas públicas y hasta un socio júnior podía exigir ingresos de seis cifras. Puede que algunas personas no se hagan cargo de que el campo de los interventores públicos es una especialidad exclusivamente masculina, aunque Fulbright, Cone, Kane & Upham se adelantó a su tiempo y me metió en un lío. Como yo era la primera mujer que no era secretaria, me trataron como si fuese una mercancía tan rara como una especie en extinción, algo potencialmente peligroso que debían vigilar con suma cautela.

Ser la primera mujer en algo no es una ganga. Ya seas la primera astronauta o la primera mujer que trabaja en una lavandería, tienes que aprender a aceptar las tomaduras de pelo, las risitas y el escrutinio al que someten tus piernas. También te ves obligada a aceptar que debes trabajar más que nadie y a cobrar un sueldo inferior.

Había aprendido a mostrarme divertida cuando me presentaban como «la señorita Velis, nuestra mujer especialista en esta área». Con semejante presentación, probablemente la gente me tomaba por ginecóloga.

En realidad, era experta en informática, la mejor especialista de todo Nueva York en la industria del transporte. Por eso me habían contratado. Cuando la empresa me echó un vistazo, el signo dólar iluminó sus ojos inyectados en sangre; no vieron a una mujer, sino una cartera ambulante de grandes cuentas. Lo bastante joven para ser impresionable, lo bastante ingenua para dejarme impresionar y tan inocente como para entregar mis clientes a las fauces de tiburón del personal auditor, yo era todo lo que pretendían de una mujer. Pero la luna de miel duró poco.

Pocos días antes de Navidad estaba a punto de terminar una evaluación de equipos para que un importante cliente naviero adquiriera *hardware* informático antes de que concluyera el año cuando Jock Upham, nuestro socio sénior, se dignó visitar mi despacho.

Jock superaba los sesenta, era alto, delgado y artificialmente juvenil. Jugaba al tenis con frecuencia, vestía elegantes trajes de Brooks Brothers y se teñía el pelo. Al caminar saltaba sobre las puntas de los pies como si se acercara a la red.

Jock apareció de un salto en mi despacho.

—Velis —dijo con voz campechana y cordial—, he pensado en el estudio que está haciendo. Lo he discutido conmigo mismo y creo que por fin sé qué era lo que me preocupaba.

Con esas palabras, Jock estaba diciendo que no tenía el menor sentido discrepar. Ya había hecho de abogado del diablo de una parte y de la otra, y la suya, aquella en la que había puesto todo su afán, había ganado.

—Señor, está prácticamente terminado. Como mañana hay que entregárselo al cliente, espero que no sea necesario introducir grandes cambios.

—Nada del otro mundo —respondió mientras colocaba delicadamente la bomba—. He llegado a la conclusión de que, para nuestro cliente, las ranuras para disquetes son más decisivas que las impresoras y me gustaría que modificara consecuentemente los criterios de selección.

Era un ejemplo de lo que en los negocios informáticos se llama «arreglar los números». Además, es ilegal. Hacía un mes, seis vendedores de *hardware* habían presentado ofertas lacradas a nuestro cliente. Dichas ofertas se basaban en criterios de selección preparados por nosotros, los auditores imparciales. Dijimos que el cliente necesitaba poderosas ranuras para disquetes, y uno de los vendedores había presentado la mejor propuesta. Si una vez entregadas las ofertas decidíamos que las impresoras eran más importantes que las ranuras para disquetes, el contrato iría a parar a manos de otro vendedor. Podía imaginar de qué vendedor se trataba: aquel cuyo presidente había invitado a almorzar a Jock ese mismo día.

Evidentemente, algo de valor había cambiado de manos bajo la mesa. Tal vez la promesa de un negocio futuro para nuestra empresa, quizás un yate o un deportivo para Jock. Cualquiera que fuese el trato, yo no quería participar.

—Señor, lo siento pero es demasiado tarde para cambiar los criterios sin autorización del cliente. Podríamos telefonear y decirle que pediremos a los vendedores una ampliación de la oferta original, pero eso significa que no podrá encargar el equipo hasta después de Año Nuevo.

—Velis, no es necesario —respondió Jock—. No me convertí en socio sénior de esta empresa desechando mis intuiciones. Muchas veces he actuado en nombre de mis clientes y les he ahorrado millones en un abrir y cerrar de ojos, sin que se enteraran. Es esa sensación en la boca del estómago la que, año tras año, ha colocado a nuestra firma en la cumbre misma de las ocho grandes —me dedicó una sonrisa toda hoyuelos.

Las posibilidades de que Jock Upham hiciera algo por un cliente sin alzarse con los laureles eran prácticamente las mismas que las del camello proverbial que pasa por el ojo de una aguja. Lo dejé estar.

—Señor, de todos modos tenemos con nuestro cliente la responsabilidad moral de sopesar y evaluar con ecuanimidad todas las ofertas lacradas. Al fin y al cabo, somos una empresa auditora.

Los hoyuelos de Jock desaparecieron.

—¿Está diciendo que se niega a aceptar mi sugerencia?

—Si sólo se trata de una sugerencia, no de una orden, prefiero no aceptarla.

—¿Y si le digo que es una orden? —preguntó Jock ladinamente—. En mi condición de socio sénior de esta empresa...

—Señor, en ese caso tendré que renunciar al proyecto y dejarlo en manos de otro. Claro que guardaré copias de los papeles de trabajo por si más adelante surge algún problema.

Jock sabía perfectamente a qué me refería. Las empresas de IPA jamás revisaban sus propias cuentas. Las únicas personas en condiciones de hacer preguntas eran funcionarios del gobierno estadounidense. Y sus preguntas se referían a prácticas ilegales o fraudulentas.

—Comprendo —admitió Jock—. Velis, en ese caso dejaré que siga con su trabajo. Es evidente que tendré que tomar esta decisión por mi cuenta.

Jock Upham se volvió bruscamente y abandonó el despacho.

A la mañana siguiente vino a verme mi jefe, un treintañero fornido y rubio llamado Lisle Holmgren. Estaba agitado, tenía revuelta la cabellera raleante y torcida la corbata.

—Catherine, ¿qué coño le hiciste a Jock Upham? —fueron sus primeras palabras—. Está furioso como un pollo mojado. Me llamó esta madrugada. Apenas tuve tiempo de afeitarme. Dice que estás mal del coco, que necesitas una camisa de fuerza. No quiere que en lo sucesivo te relaciones con ningún cliente, dice que no estás preparada para jugar con los grandes.

La vida de Lisle giraba en torno a la empresa. Tenía una esposa exigente que medía el éxito según la cuota de ingreso al club de campo. Aunque podía estar en desacuerdo, siempre se sometía a las directrices de sus jefes.

—Supongo que anoche me fui de la lengua —comenté con ironía—. Me negué a descartar una oferta. Le dije que, si era eso lo que quería, ya podía encomendarle el trabajo a otro.

Lisle se dejó caer en una silla, a mi lado. Estuvo un rato callado.

—Catherine, en el mundo de los negocios hay muchas cosas que pueden parecer inmorales a alguien de tu edad, pero las cosas no siempre son lo que parecen.

—Ésta lo es.

—Te aseguro que si Jock Upham te ha pedido que lo hagas, sus motivos tendrá.

—¡Y un cuerno! Sospecho que tiene motivos por valor de treinta o cuarenta mil —repliqué y volví a concentrarme en el papeleo.

—¿Te das cuenta de que te la estás jugando? —preguntó—. No se juega con un tipo como Jock Upham. No volverá a su rincón como un buen chico. Tampoco se dará la vuelta y se hará el muerto. Si quieres mi consejo, creo que deberías ir a su despacho y pedirle disculpas. Dile que harás todo lo que te pida, hazle la pelota. Estoy convencido de que, si no lo haces, tu carrera se irá a pique.

—No puede despedirme por negarme a hacer algo ilegal —declaré.

—No hará falta que te despida. Está en condiciones de hacerte la vida tan imposible que lamentarás haber pisado esta empresa. Catherine, eres una buena chica y me caes bien. Ya conoces mi opinión. Me voy, te dejo que escribas tu propio epitafio.

∞

Desde aquellos acontecimientos había pasado una semana. No le había pedido disculpas a Jock. Tampoco había comentado con nadie aquella conversación. De acuerdo con lo programado, el día de Nochebuena envié mis recomendaciones al cliente. El candidato de Jock no ganó la licitación. Desde entonces todo había estado muy tranquilo en la venerable empresa de Fulbright, Cone, Kane & Upahm. Mejor dicho, todo había estado muy tranquilo hasta esa mañana.

La sociedad había demorado exactamente siete días en decidir a qué tipo de tortura me sometería. Esa mañana Lisle se presentó en mi despacho con las buenas nuevas.

—Lo lamento, pero te lo advertí —dijo—. Ésta es la pega de las mujeres, jamás se atienen a razones.

Alguien tiró de la cadena en el «despacho» contiguo al mío y esperé a que cesara el ruido de la cisterna. Fue una premonición.

—¿Sabes cómo se denomina el razonamiento luego de ocurridos los hechos? —pregunté—. Recibe el nombre de racionalización.

—Tendrás tiempo de sobra para racionalizar en el sitio que te ha tocado en suerte —respondió—. La sociedad se ha reunido esta mañana a primera hora, han desayunado café con buñuelos rellenos de jalea y votado tu destino. Ha sido un cara o cruz muy reñido entre Calcuta y Argel, y supongo que te alegrará saber que ha ganado Argel. Mi voto ha sido decisivo. Espero que lo tengas en cuenta.

—¿De qué estás hablando? —pregunté y experimenté una sensación desagradable en la boca del estómago—. ¿Dónde coño queda Argel? ¿Qué tiene que ver conmigo?

—Argel es la capital de Argelia, un país socialista situado en la costa del norte de África, miembro de pleno derecho del Tercer Mundo. Será mejor que aceptes este libro y lo leas. —Depositó un grueso volumen en mi escritorio—. En cuanto te concedan el visado, que tardará unos tres meses, pasarás mucho tiempo en Argel. Es tu nueva misión.

—¿Se trata de un exilio o me han encargado que haga algo?

—No, de hecho estamos a punto de iniciar un proyecto. Tenemos trabajo en muchos lugares exóticos. Éste consiste en un ejercicio anual de un club social de poca monta, del Tercer Mundo, que se reúne de vez en cuando para hablar del precio de la gasolina. Se llama OTRAM o algo por el estilo. Espera, lo consultaré —sacó varios papeles del bolsillo de la chaqueta y los hojeó—. Aquí está, se llama OPEP.

—Jamás lo he oído —reconocí.

En diciembre de 1972, muy pocas personas habían oído hablar de la OPEP, si bien muy pronto tendrían que quitarse los tapones de las orejas.

—Yo tampoco —añadió Lisle—. Por eso la sociedad pensó que

era el encargo ideal para ti. Velis, tal como dije, quieren enterrarte. —Alguien volvió a tirar de la cadena, y con el agua escaparon todas mis esperanzas—. Hace algunas semanas recibimos un telegrama de la sucursal de París en el que preguntaban si disponíamos de expertos informáticos especializados en petróleo, gas natural y centrales eléctricas. Estaban dispuestos a aceptar a cualquiera y ofrecieron una jugosa comisión. Ningún miembro del equipo asesor sénior está dispuesto a ir. Lisa y llanamente, la energía no es una industria de crecimiento rápido. Se la considera un trabajo sin porvenir. Estábamos a punto de responder que no contábamos con nadie cuando surgió tu nombre.

No podían obligarme a aceptar ese trabajo. La esclavitud acabó con la guerra de Secesión. Querían forzarme a presentar la dimisión, pero haría lo imposible por impedir que les resultara fácil.

—¿Qué tendré que hacer para los chicos del Tercer Mundo? —pregunté dulcemente—. No sé nada de petróleo. En lo que se refiere al gas natural, sólo conozco lo que llega del despacho contiguo.

—Señalé el lavabo.

—Me alegro de que lo preguntes —dijo Lisle mientras se dirigía a la puerta—. Estarás en contacto con Con Edison hasta que salgas del país. En su central eléctrica queman todo lo que flota en el East River. En pocos meses te convertirás en especialista en aprovechamiento energético. —Lisle rió y saludó con la mano, al tiempo que salía—. Alégrate, Velis, te podría haber tocado Calcuta.

De modo que ahí estaba, sentada en plena noche en el centro de datos de la Pan Am, empollando sobre un país del que jamás había oído hablar, sobre un continente del que nada sabía, para convertirme en especialista en un tema que no me interesaba y para irme a vivir con personas que no hablaban mi idioma y que probablemente pensaban que las mujeres debían estar en los harenes. Pensé que esas gentes tenían mucho en común con la sociedad de Fulbright, Cone, Kane & Upham.

No me dejé dominar por el desaliento. Sólo había tardado tres años en aprender todo lo que podía saberse sobre el área de transportes. El aprendizaje sobre la energía parecía más sencillo. Se hace un agujero en el suelo y sale petróleo, ¿no es así? Sería una experiencia dolorosa si todos los libros que leía eran tan interesantes como el que tenía ante mí:

En 1950 el crudo ligero árabe se vendía a 2 dólares el barril. En 1972 se sigue vendiendo a 2 dólares el barril. Ello convierte al crudo ligero árabe en una de las pocas y significativas materias primas del mundo que no están sometidas a incremento inflacionista en un período semejante. La explicación del fenómeno corresponde al riguroso control que los gobiernos del mundo han ejercido sobre este producto natural fundamental.

¡Fascinante! Lo que me resultó realmente fascinante fue lo que no explicaba ese libro ni ninguno de los textos que leí aquella noche.

Al parecer, el crudo ligero árabe es un tipo de petróleo. De hecho, es el petróleo más cotizado y buscado del mundo. El precio se ha mantenido estable durante más de veinte años porque no está controlado por los compradores ni por los dueños de las tierras de las que se extrae. Está controlado por los distribuidores: los infames intermediarios. Siempre ha sido así.

En el mundo existen ocho grandes empresas petroleras. Cinco son norteamericanas, y las tres restantes, británica, holandesa y francesa. Durante una cacería de urogallos celebrada en Escocia hace cincuenta años, algunos de esos petroleros decidieron repartirse la distribución mundial de petróleo y dejar de pisarse el terreno. Pocos meses después se reunieron en Ostende con Calouste Gulbenkian, que se presentó con un lápiz rojo en el bolsillo. Gulbenkian dibujó lo que más tarde se conocería como «la delgada línea roja» alrededor de una porción del mundo que abarcaba el viejo imperio otomano, sin Irak ni Turquía, y una buena tajada del golfo Pérsico. Los caballeros se repartieron dicho territorio y perforaron. El petróleo manó a borbotones en Bahrain y comenzó la carrera.

La ley de la oferta y la demanda es prescindible si eres el principal consumidor mundial de un producto y si, además, controlas la oferta. Según los gráficos que vi, hacía mucho tiempo que Estados Unidos era el más importante consumidor de petróleo. Y esas empresas petroleras, en su mayoría norteamericanas, controlaban la oferta. Lo hacían de una forma sencillísima. Firmaban contratos para explotar (o buscar) el petróleo a cambio de poseer un considerable porcentaje y entonces lo transportaban y lo distribuían, por lo que recibían un margen adicional de beneficios.

Estaba a solas con la impresionante pila de libros que había retirado de la biblioteca técnica y comercial de la Pan Am, la única biblioteca de Nueva York que permanecía abierta en Nochevieja. Veía caer la nieve al contraluz de las farolas amarillas situadas a lo largo de Park Avenue. Y me dediqué a pensar.

El pensamiento que asaltaba una y otra vez mi mente era el mismo que en el futuro inmediato perturbaría inteligencias más sutiles que la mía. Se trataba de un pensamiento que mantendría despiertos a varios jefes de estado y enriquecería a los presidentes de las empresas petroleras. Se trataba de un pensamiento que desencadenaría guerras, matanzas y crisis económicas y que pondría a las grandes potencias al borde de la tercera guerra mundial. En aquel momento, no me pareció un tema tan revolucionario.

Lisa y llanamente, el pensamiento era éste: ¿qué ocurriría si nosotros dejábamos de controlar la oferta mundial de petróleo? La respuesta a esta pregunta, elocuente en su simplicidad, aparecería doce meses después ante el resto del mundo, adoptando la forma de pintadas.

Fue nuestra cita en Samarra.

UNA JUGADA
TRANQUILA

Posicional: relacionado con una jugada, maniobra o estilo de juego regidos por consideraciones estratégicas en lugar de tácticas. Por lo tanto, es probable que una jugada posicional también sea una *jugada tranquila.*

Jugada tranquila: jugada que no da jaque, no mata ni supone una amenaza directa... Aparentemente esta jugada concede a las negras una mayor libertad de acción.

EDWARD R. BRACE
An Illustrated Dictionary of Chess

En alguna parte sonaba un teléfono. Levanté la cabeza y miré a mi alrededor. Tardé unos segundos en darme cuenta de que aún estaba en el centro de datos de la Pan Am. Todavía era Nochevieja: el reloj de pared del extremo de la sala marcaba las once y cuarto. Seguía nevando. Me había quedado dormida más de una hora. Me sorpendió que nadie respondiera al teléfono.

Eché un vistazo al centro de datos, al falso suelo de mosaico blanco que ocultaba kilómetros de cable coaxial amontonado como lombrices en las entrañas del edificio. No había un alma: la sala parecía un depósito de cadáveres.

Entonces recordé que había dicho a los encargados de las máquinas que podían descansar un rato mientras yo me ocupaba de todo. Pero ya habían pasado varias horas. Cuando me levanté de mala gana para dirigirme a la centralita, recordé que las palabras de los encargados me habían llamado la atención. Habían preguntado: «¿Le molesta que vayamos a la cámara de las cintas para tomar la cocina?» ¿La cocina?

Llegué al tablero de mandos donde estaban las centralitas y las consolas de las máquinas de esa planta y conecté con las puertas de seguridad y las trampas de todo el edificio. Apreté el botón de la línea telefónica que parpadeaba. También vi una luz roja en la máquina 63, que indicaba que era necesario montar la cinta. Llamé a la cámara de las cintas para solicitar la presencia de un encargado, contesté al teléfono y me froté los ojos, soñolienta.

—Turno nocturno de Pan Am —dije.

—¿Te das cuenta? —preguntó una voz melosa de inconfundible acento británico de clase alta—. ¡Te dije que estaba trabajando! Siempre está trabajando. —Hablaba con alguien que estaba a su lado.

Agregó—: ¡Querida Cat, llegarás tarde! Te estamos esperando. Son más de las once. ¿No sabes qué pasa esta noche?

—Llewellyn, no puedo ir, tengo que trabajar —dije y me desperecé para recuperarme—. Ya sé que lo prometí, pero...

—Querida, nada de «peros». En Nochevieja todos debemos averiguar qué nos depara el destino. A todos nos han adivinado el futuro y fue muy, muy divertido. Ahora te toca a ti. Harry no hace más que incordiarme, quiere hablar contigo.

Gemí y volví a llamar al encargado. ¿Dónde se habían metido los malditos encargados? ¿Por qué diablos tres hombres hechos y derechos estaban deseosos de pasar la Nochevieja en una fría y oscura cámara de cintas, dedicados a la cocina?

—Querida —chilló Harry con su profunda voz de barítono que siempre me obligaba a alejar el auricular.

Harry había sido uno de mis clientes cuando trabajaba para la Triple-M y trabamos una buena amistad. Me había adoptado y aprovechaba la menor ocasión para invitarme a todo tipo de reuniones, obligándome a soportar a su esposa Blanche y a su hermano Llewellyn. La gran esperanza de Harry era que me hiciera amiga de Lily, su desagradable hija, una mujer de mi edad. Ya podía despedirse de semejante ilusión.

—Querida —repitió Harry—. Espero que me perdones. Acabo de enviar a Saul a buscarte con el coche.

—Harry, no debiste hacerlo. ¿Por qué no me consultaste antes de obligar a Saul a conducir bajo la nieve?

—Porque te habrías negado —puntualizó Harry. No se equivocaba—. Además, a Saul le gusta dar vueltas en coche. Por eso trabaja de chófer. Para eso le pago, no puede quejarse. Y me debes este favor.

—Harry, no te debo ningún favor —dije—. Será mejor que no olvides quién hizo qué para quién.

Dos años antes había instalado en la empresa de Harry un sistema de transportes que lo convirtió en el peletero mayorista más importante no sólo de Nueva York, sino del hemisferio norte. Actualmente, «Pieles económicas y de calidad Harry» podía enviar a cualquier lugar del mundo, en veinticuatro horas, un abrigo hecho a medida. Accioné enfadada el zumbador, ya que la luz roja de la máquina me miraba de mala manera. ¿Dónde estarían los encargados?

—Escucha, Harry, no sé cómo diste conmigo, pero vine aquí porque necesito estar sola —dije con impaciencia—. Ahora no quiero hablar del tema, pero tengo un problema...

—Tu problema consiste en que siempre estás trabajando y en que estás siempre sola.

—El problema es mi empresa —insistí testaruda—. Intentan lanzarme a una nueva carrera de la que no sé nada. Pretenden enviarme al extranjero. Necesito tiempo para pensar, tiempo para decidir qué haré...

—Ya lo sabía —me chilló Harry al oído—. No se puede confiar en esos *goyim*. Contables luteranos, ¿de dónde ha salido semejante disparate? Vale, puede que me casara con una, pero no les permito tocar mis libros. Pórtate como una buena chica, coge el abrigo y baja. Ven a tomar un trago y a charlar conmigo del asunto. Además, esta pitonisa es increíble. Aunque lleva años trabajando aquí, nunca había oído hablar de ella. Si la hubiese conocido antes, habría despedido a mi agente de bolsa y apelado a ella.

—No digas tonterías —repliqué enfadada.

—¿Alguna vez te he tomado el pelo? Oye, la adivinadora sabía que esta noche estarías aquí. Lo primero que preguntó cuando vino a nuestra mesa fue: «¿Dónde está vuestra amiga de los ordenadores?» ¿Te das cuenta?

—No, lamentablemente no. A propósito, ¿dónde estás?

—Ya te lo diré, querida. La adivina insistió en que debías venir. Incluso comentó que tu porvenir y el mío están relacionados. Y por si eso fuera poco, también sabía que Lily debía estar aquí.

—¿No ha ido Lily? —pregunté.

Aunque me alegró saberlo, me pregunté cómo era posible que su única hija lo dejara en la estacada en Nochevieja. Lily debía saber que se sentiría muy apenado.

—Hijas, ¿para qué sirven? Necesito apoyo moral. Estoy atascado con mi cuñado en el papel de alma de la fiesta.

—Está bien, iré —accedí.

—Fabuloso. Sabía que lo harías. Espera a Saul en la puerta y cuando llegues recibirás un fuerte abrazo.

Colgué y me sentí más deprimida que antes. Lo que me faltaba: una velada oyendo las necedades de la aburrida familia de Harry. Aunque debo reconocer que Harry siempre me hace reír. Tal vez alejaría mi mente de todos los problemas que me acosaban. Caminé por el centro de datos hasta la cámara de las cintas y abrí la puerta de par en par. Allí estaban los encargados, pasando de mano en mano un tubito de cristal lleno de polvo blanco. Me miraron con culpa y me ofrecieron el tubito. Evidentemente habían dicho: «... Tomar cocaína», en vez de lo que yo había entendido: «Tomar la cocina.»

—Me voy —les comuniqué—. ¿Os veis capaces de montar una cinta en la sesenta y tres o cerramos la compañía aérea hasta mañana?

Se desvivieron por satisfacer mi petición. Cogí el abrigo y el bolso y me acerqué a los ascensores.

Cuando llegué a la planta baja, vi que el cochazo negro ya estaba en la puerta. Divisé a Saul a través de la cristalera mientras franqueaba el vestíbulo. Se apeó del coche ágilmente y corrió para abrir las puertas de grueso cristal.

Saul, un hombre de rostro afilado con profundas arrugas que iban del pómulo a la mandíbula, no pasaba desapercibido en medio de la multitud. Superaba el metro ochenta, en realidad era casi tan alto como Harry, y tan delgado como gordo mi amigo. Cuando estaban juntos parecían las imágenes cóncava y convexa de una sala de espejos. El uniforme de Saul estaba ligeramente salpicado de nieve y me cogió del brazo para que no resbalara. Sonrió al dejarme en el asiento trasero.

—¿No pudo negarse? Es difícil decirle no a Harry.

—Es un ser intratable —coincidí—. Estoy convencida de que se niega a aceptar la existencia de la palabra no. ¿Dónde se está celebrando el aquelarre místico?

—En el Fifth Avenue Hotel —respondió Saul, cerró la portezuela y caminó hacia el lado del chófer. Puso el motor en marcha y arrancó en medio de la copiosa nevada.

En Nochevieja las principales arterias neoyorquinas están tan concurridas como a plena luz del día. Taxis y limusinas recorren las avenidas y los juerguistas deambulan por las calles en busca del último bar. Las calles están cubiertas de serpentinas y confeti y una histeria colectiva impregna la atmósfera.

Aquella noche no era la excepción a la regla. Estuvimos a punto de atropellar a unos rezagados que salieron de un bar y cayeron sobre el parachoques; una botella de champaña salió volando de un callejón y rebotó sobre el capó.

—Será un recorrido difícil —comenté.

—Ya estoy acostumbrado. Todas las Nochevijas llevo al señor Rad y a su familia y siempre pasa lo mismo. Debería cobrar paga de combatiente.

—¿Cuánto tiempo hace que está al servicio de Harry? —pregunté mientras bajábamos por la Quinta Avenida, rodeados de edificios rutilantes y escaparates tenuemente iluminados.

—Veinticinco años —respondió—. Empecé a trabajar para el señor Rad antes que Lily naciera. En realidad, antes de que se casara.

—Supongo que le gusta trabajar para él.

—Es un trabajo como cualquier otro —contestó Saul. Pensó unos instantes y añadió—: Respeto al señor Rad. Hemos compartido algunas estrecheces. Recuerdo momentos en que no podía pagarme pero se las ingenió para cumplir, aunque luego tuviera que hacer malabarismos. Le gusta tener limusina. Dice que tener chófer le da un toque de distinción. —Saul frenó ante un semáforo en rojo. Se dio la vuelta y me habló por encima del hombro—: Seguramente sabe que en otros tiempos repartíamos las pieles en la limusina. Fuimos los primeros peleteros de Nueva York en hacerlo. —Su tono de voz denotaba cierto orgullo—. Actualmente me dedico a llevar a la señora Rad y a su hermano de compras cuando el señor Rad no me necesita. También llevo a Lily a los torneos.

Seguimos en silencio hasta llegar al final de la Quinta Avenida.

—Por lo que tengo entendido, esta noche Lily no se ha presentado —comenté.

—Así es —confirmó Saul.

—Por eso dejé el trabajo. ¿Qué cosa tan importante ha podido retenerla para que no pase la Nochevieja con su padre?

—Ya sabe lo que hace —replicó Saul mientras frenaba frente al Fifth Avenue Hotel. Tal vez fuera mi imaginación, pero tuve la impresión de que su tono era de amargura—. Está haciendo lo de siempre: jugando al ajedrez.

El Fifth Avenue Hotel estaba en el lado Oeste, pocas manzanas más arriba de Washington Square Park. Divisé los árboles cargados de nieve tan espesa como nata montada, nieve que formaba pequeñas cumbres como gorros de enanos alrededor del impresionante arco que señala la entrada de Greenwich Village.

En 1972 aún no había sido restaurado el bar público del hotel. Como tantos bares de hoteles neoyorquinos, reproducía con tanta fidelidad una taberna rural Tudor que tenías la sensación de que debías atar el caballo en la puerta en vez de apearte de un cochazo. Los ventanales que daban a la calle estaban coronados por recargados adornos de cristal biselado y vidrios de colores. El vivo fuego de la enorme chimenea de piedra iluminaba los rostros de los parroquianos y arrojaba un resplandor rubí a través de los fragmentos de cristal coloreado, reflejándose en la acera cubierta por la nieve.

Harry había reservado una mesa redonda, de roble, próxima a los ventanales. Cuando paramos, vi que nos saludaba con la mano y se inclinaba de modo que su aliento trazaba un rubor empañado en el cristal. Llewellyn y Blanche estaban en el fondo, sentados del otro lado, susurrando como un par de ángeles rubios de Botticelli.

Pensé que parecía una postal mientras Saul me ayudaba a bajar del coche: el fuego ardiente, el bar repleto de gente vestida de fiesta y moviéndose a la luz del fuego. Parecía irreal. Me quedé en la acera cubierta de nieve y vi caer los copos mientras Saul se alejaba.

Un segundo después Harry salió corriendo a recibirme, como si temiera que pudiera derretirme como un copo de nieve y desaparecer.

—¡Querida! —gritó y me dio un abrazo de oso que casi me dejó sin aliento.

Harry era enorme. Medía metro noventa y tres o noventa y cinco y decir que estaba gordo sólo habría sido una cortesía. Era una desmesurada montaña de carne, de ojos hundidos y carrillos salientes que le daban aspecto de San Bernardo. Vestía un extravagante esmoquin a cuadros rojos, verdes y negros que, dentro de lo posible, lo hacía parecer aún más corpulento.

—Me alegro mucho de que hayas venido —declaró, me cogió del brazo, me guió por el vestíbulo y me hizo cruzar las gruesas puertas dobles del bar, donde esperaban Llewellyn y Blanche.

—Querida, querida Cat —dijo Llewellyn y se levantó para darme un beso en la mejilla—. Blanche y yo nos preguntábamos si llegarías alguna vez, ¿no es así, queridísima? —Llewellyn siempre llamaba «queridísima» a Blanche, el mismo nombre que el pequeño lord Fauntleroy utilizaba con su madre—. Querida, arrancarte del ordenador cuesta tanto trabajo como separar a Heathcliff del lecho de muerte de la proverbial Catalina. A menudo me pregunto qué haríais Harry y tú si no tuvierais que ocuparos de vuestros negocios todos los días.

—Hola, querida —saludó Blanche y me indicó que me agachara para ofrecerme su fría mejilla de porcelana—. Como de costumbre, estás guapísima. Siéntate. ¿Qué quieres que te traiga Harry para beber?

—Le traeré un ponche de huevo —intervino Harry y nos sonrió como un alegre árbol de Navidad—. Aquí lo hacen de maravilla. Tomarás un poco de ponche y después lo que más te apetezca.

Harry se sumergió en medio del gentío, rumbo a la barra, y su cabeza descolló sobre todas las demás.

—Harry nos ha dicho que te vas a Europa —comentó Llewellyn, se sentó a mi lado y le pidió a Blanche que le pasara su copa.

Vestían a juego, ella un traje de noche de color verde oscuro que destacaba su piel cremosa, y él, corbata negra y esmoquin de terciopelo verde oscuro. Aunque ambos estaban en la mitad de la cuarentena, parecían muy jóvenes, pero debajo del brillo y el lustre de esas fachadas doradas semejaban perros de concurso, estúpidos y consanguíneos, a pesar de tanto acicalamiento.

—No me voy a Europa, sino a Argel —puntualicé—. Es una especie de castigo. Argel es una ciudad de Argelia...

—Sé dónde queda —me interrumpió Llewellyn. Blanche y él se miraron—. Queridísima, ¿no te parece una extraordinaria casualidad?

—En tu lugar, no lo comentaría con Harry —dijo Blanche y jugó con sus dos hileras de perlas perfectas—. Siente un gran rechazo por los árabes. Tendrías que oírlo.

—No te gustará —dictaminó Llewellyn—. Es un sitio horrible. Pobreza, mugre y cucarachas. ¡Ah, y el cuscús, una espantosa mezcla de pasta hervida y cordero lleno de grasa!

—¿Has estado en Argelia? —pregunté, encantada de que Llewellyn hubiera hecho comentarios tan estimulantes sobre el sitio de mi inminente exilio.

—Yo, no. Pero estuve buscando a alguien que fuera a Argelia en mi nombre. Querida, no te vayas de la lengua, pero creo que por fin he conseguido un cliente. Quizás estés al tanto de que, de vez en cuando, he tenido que apelar económicamente a Harry...

Nadie conocía mejor que yo la magnitud de la deuda de Llewellyn con Harry. Aunque éste no lo hubiese mencionado incesantemente, bastaba ver el estado de la tienda de antigüedades de Llewellyn en Madison Avenue para captar la situación. Los vendedores te asaltaban al pasar como si fuera un solar de venta de coches usados. Las tiendas de antigüedades con más éxito de todo Nueva York sólo vendían mediante cita previa, no por emboscada.

—He descubierto un cliente que colecciona piezas rarísimas —decía Llewellyn—. Si logro localizar y comprar una que lleva años buscando, podré pasar al frente y seré independiente.

—¿De modo que lo que busca tu cliente está en Argelia? —pregunté y miré a Blanche, que bebía un cóctel de champaña y no parecía prestar atención—. Si finalmente voy a Argelia, pasarán tres meses antes de que me concedan el visado. Llewellyn, ¿por qué no vas personalmente?

—No es tan sencillo —replicó Llewellyn—. Mi contacto en Argelia es un anticuario. Sabe dónde está la pieza, pero no la posee. El dueño es un ermitaño. Podría requerir muchos esfuerzos y dedicación. Tal vez sea más simple para alguien que esté residiendo...

—¿Por qué no le muestras la foto? —propuso Blanche en voz baja.

Llewellyn la miró, asintió y sacó del bolsillo una foto en color, plegada, que parecía arrancada de un libro. La extendió sobre la mesa ante mí.

Reproducía una talla de grandes dimensiones, al parecer de marfil o de madera clara, de un hombre sentado en una silla tipo santuario, montado a lomos de un elefante. De pie, en el lomo de la bestia y sujetando la silla semejante a un trono, había varios soldados de infantería; en la base de las patas del elefante había hombres de mayor tamaño, montados, que portaban armas medievales. Era una talla extraordinaria, evidentemente muy antigua. Aunque no sabía a ciencia cierta qué significaba, al contemplarla sentí un escalofrío. Miré los ventanales próximos a nuestra mesa.

—¿Qué te parece? —quiso saber Llewellyn—. ¿No es excepcional?

—¿Notas la corriente de aire? —pregunté.

Llewellyn negó con la cabeza. Blanche aguardaba a que diera mi opinión. Llewellyn volvió a tomar la palabra.

—Es la copia árabe de una talla india en marfil. Ésta, en concreto, se encuentra en la Biblioteca Nacional de París. Podrás echarle un vistazo si pasas por Europa. Tengo entendido que la pieza india de la que fue copiada era, en realidad, copia de una mucho más antigua que aún no se ha encontrado. Se la conoce como «el rey Carlomagno».

—¿Carlomagno montaba a lomos de un elefante? Creía que fue Aníbal.

—No es una talla de Carlomagno, sino el rey de un ajedrez que, al parecer, perteneció a Carlomagno. Y ésta es la copia de otra copia. La pieza original es legendaria. No conozco a nadie que la haya visto.

—¿Y cómo sabes que existe? —me interesé.

—Existe —replicó Llewellyn—. En *La leyenda de Carlomagno* se describe el juego completo de ajedrez. Mi cliente ya ha comprado varias piezas de la colección y le interesa completarla. Está dispuesto a pagar cifras astronómicas por las que le faltan. Sólo quiere permanecer en el anonimato. Querida mía, todo esto es muy confidencial. Según la información que poseo, los originales son de oro de veinticuatro quilates y están incrustados de piedras preciosas.

Miré a Llewellyn, pues no estaba segura de haber comprendido bien. Luego me di cuenta del montaje que se llevaba entre manos.

—Llewellyn, hay leyes que prohíben sacar oro y joyas de otras naciones, por no hablar de objetos de gran valor histórico. ¿Te has vuelto loco o pretendes que me encierren en una cárcel árabe?

—Ah, ahí está Harry —intervino Blanche con displicencia y se puso en pie como si quisiera estirar su largas piernas.

Llewellyn dobló la foto deprisa y se la guardó en el bolsillo.

—No comentes una sola palabra de todo este asunto con mi cuñado —susurró—. Volveremos a hablar antes de que viajes. Si te interesa, puede que haya un buen pastón para los dos.

Meneé la cabeza y también me puse de pie cuando llegó Harry con una bandeja con vasos.

—Vaya, vaya —dijo Llewellyn con voz normal—. Aquí está Harry con el ponche de huevo. ¡Ha traído uno para cada uno! ¡Qué generoso! —Se inclinó hacia mí y susurró—: Aborrezco el ponche de huevo. Es pura mierda.

Llewellyn cogió la bandeja de manos de Harry y lo ayudó a repartir los vasos.

Blanche consultó su reloj de pulsera salpicado de gemas y dijo:

—Querido, puesto que Harry ha vuelto y ya estamos todos reunidos, ¿por qué no vas a buscar a la pitonisa? Son las doce menos cuarto, y Cat debería conocer su porvenir antes de que comience el nuevo año.

Llewellyn asintió y se alejó, encantado de librarse del ponche de huevo. Harry lo miró receloso y comentó con Blanche:

—Es sorprendente. Llevamos veinticinco años de matrimonio y todos los años, durante las fiestas de Navidad, me he preguntado quién echaba el ponche en las macetas.

—Está delicioso —dije. El ponche era espeso, cremoso y con un delicioso fondo alcohólico.

—Tu bendito hermano… —prosiguió Harry—. Lo he mantenido todos estos años y no ha hecho otra cosa que echar el ponche de huevo que preparo en las macetas. Pero la propuesta de consultar a la pitonisa es la primera idea genial que ha tenido.

—En realidad —replicó Blanche—, la recomendó Lily. ¡Dios sabe cómo se enteró de que en este hotel trabaja una adivina! Tal vez estuvo aquí por algún torneo de ajedrez —añadió secamente—. Parece que actualmente los celebran en cualquier parte.

Mientras Harry hablaba hasta la saciedad de apartar a Lily del ajedrez, Blanche se limitaba a hacer comentarios despectivos. Cada uno responsabilizaba al otro de haber producido semejante aberración como única hija.

Lily no sólo jugaba al ajedrez: no pensaba en otra cosa. Le traían sin cuidado los negocios o el matrimonio, dos espinas clavadas en el corazón de Harry. Blanche y Llewellyn detestaban los sitios y las personas «vulgares» que Lily frecuentaba. Para ser sinceros, la arrogancia obsesiva que el ajedrez engendraba en ella era muy díficil de soportar. Su único logro en la vida consistía en mover una serie de piezas de madera encima de un tablero. En mi opinión, la actitud de su familia estaba parcialmente justificada.

—Te contaré lo que me dijo la pitonisa de Lily —dijo Harry e ignoró a su esposa—. Dijo que una mujer joven, que no forma parte de la familia, desempeñaría un importante papel en mi vida.

—Como puedes imaginar, a Harry le encantó —comentó Blanche con una sonrisa.

—Dijo que en el juego de la vida, los peones son los latidos, y que un peón puede cambiar su rumbo si lo ayuda una mujer. Creo que se refería a ti…

Blanche lo interrumpió y declaró:

—«Los peones son el alma del ajedrez.» Es una cita…

—¿Y la recuerdas? —se sorprendió Harry.

—La sé porque Llew la apuntó aquí, en una servilleta —respondió Blanche—. «En el juego de la vida, los peones son el alma del ajedrez. Hasta un humilde peón puede mudar de vestimenta. Alguien que amas cambiará el curso de las cosas. La mujer que la devuelva al redil cortará los vínculos conocidos y provocará el fin presagiado.» —Blanche dobló la servilleta y bebió un sorbo de champaña sin mirarnos.

—¿Te das cuenta? —preguntó Harry dichoso—. Según mi interpretación, significa que harás un milagro… lograrás que durante una temporada Lily deje el ajedrez y lleve una vida normal.

—En tu lugar, no echaría las campanas al vuelo —dijo Blanche con cierta frialdad.

En aquel momento apareció Llewellyn con la pitonisa a la rastra. Harry se levantó y le hizo sitio a mi lado. Al principio tuve la impresión de que me estaban gastando una broma. La adivina era realmente estrafalaria, una auténtica antigualla. Encorvada y con un pomposo peinado semejante a una peluca, me observó a través de sus gafas como alas de murciélagos, tachonadas de falsa pedrería. Le colgaban del cuello con una larga cadena de bandas elásticas, de colores y entrelazadas, como las que hacen los niños. Vestía un suéter rosa bordado con aljófares en forma de margaritas, pantalón verde holgado y zapatillas rosa brillante con la marca «Mimsy» cosida en el empeine. Llevaba un sujetapapeles de fibra de madera que consultaba por momentos, como si calculara constantemente el debe y el haber. Por si esto fuera poco, mascaba chicle Juicy Fruit. Cada vez que la adivina abría la boca, me llegaba el aroma.

—¿Es vuestra amiga? —preguntó con un chillido agudo.

Harry asintió y le pagó. La pitonisa tomó algunas notas y guardó el dinero en el sujetapapeles. Por último, se sentó entre Harry y yo y me miró.

—Querida, limítate a asentir si lo que dice es correcto —me pidió Harry—. Podría distraerse si...

—¿Quién se ocupa de adivinar el porvenir? —espetó la vieja, sin dejar de observarme con sus ojos pequeños, redondos y brillantes.

La adivina guardó silencio: al parecer, no tenía prisa por decirme qué me deparaba el destino. Al cabo de algunos minutos todos estábamos nerviosos.

—¿No debería leerme la mano? —pregunté.

—¡No debes hablar! —exclamaron Harry y Llewellyn a la vez.

—¡Silencio! —pidió la pitonisa con tono imperativo—. Es un caso complicado. Necesito concentrarme.

Pensé que realmente se estaba concentrando. Desde que se sentó, no me había quitado los ojos de encima. Miré el reloj de Harry. Eran las doce menos siete. La pitonisa no se movía. Daba la sensación de que se había convertido en piedra.

El entusiasmo crecía a medida que se acercaba la medianoche. Las voces de los reunidos en el bar eran estridentes, las botellas de champaña giraban dentro de los cubos, todos probaban sus matracas y repartían bolsas de cotillón. La tensión del año vivido estaba a punto de estallar como una caja de sorpresas. Recordé las razones por las que prefería quedarme en casa en Nochevieja. La pitonisa parecía ajena a todo lo que ocurría: no dejaba de mirarme.

Aparté la mirada. Harry y Llewellyn estaban inclinados y hablaban en voz baja. Blanche estaba repantigada y observaba impertérrita el perfil de la pitonisa. Cuando volví a mirar a la anciana, comprobé que no se había movido. Parecía estar en trance y ver más allá de mi persona. Lentamente sus ojos se clavaron en los míos. Volví a sentir el mismo escalofrío de un rato antes, pero esta vez parecía proceder de mi interior.

—No digas nada —me susurró la adivina. Tardé un segundo en darme cuenta de que había movido los labios, de que había sido ella la que habló. Tanto Harry como Llewellyn se acercaron para oírla—. Corres un gran riesgo. En este mismo momento percibo un gran peligro a mi alrededor.

—¿Peligro? —preguntó Harry con voz grave. En ese instante llegó la camarera con el champaña. Harry le hizo señas de que lo dejara y se retirara—. ¿De qué habla? ¿Se está burlando?

La pitonisa miraba el sujetapapeles y golpeaba el gancho de metal con el bolígrafo como si no supiera si debía proseguir. Yo estaba cada vez más enfadada. ¿Acaso la adivina pretendía asustarme? Súbitamente alzó la mirada. Debió de notar mi expresión de disgusto, pues adoptó una actitud muy formal.

—Eres diestra —declaró la adivina—. En consecuencia, tu mano izquierda describe tu destino. La derecha establece la dirección en que te mueves. Déjame ver tu mano izquierda.

Reconozco que es extraño, pero mientras la adivina contemplaba en silencio mi mano izquierda, tuve la sobrecogedora sensación de que realmente veía algo. Los dedos débiles y sarmentosos que sujetaban mi mano parecían de hielo.

—¡Caray! —exclamó con expresión de sorpresa—. Jovencita, ¡vaya mano la tuya!

La adivina siguió mirando mi palma sin pronunciar palabra y abrió los ojos desmesuradamente tras las gafas adornadas con falsa pedrería. El sujetapapeles resbaló de su regazo al suelo y nadie lo recogió. Una energía contenida se acumulaba en torno a nuestra mesa y nadie parecía deseoso de tomar la palabra. Todos me observaban mientras el barullo crecía a nuestro alrededor.

A medida que la pitonisa sujetaba mi mano entre las suyas, sentí un dolor creciente en el brazo. Intenté apartarme, pero me aferraba la mano como en un torno letal. Por algún motivo fui presa de una cólera irracional. También estaba algo asqueada a causa del ponche de huevo y del hedor a chicle. Separé sus dedos largos y huesudos con mi otra mano e intenté hablar.

—Préstame atención —me interrumpió la adivina con voz tierna, totalmente distinta al chillido agudo de hacía unos minutos.

Aunque no logré deducir de dónde provenía, me di cuenta de que su acento no era norteamericano. Pese a que el pelo gris y el cuerpo encorvado me hicieron suponer que era una mujer entrada en años, noté que era más alta de lo que al principio me había parecido y que su cutis terso prácticamente no tenía arrugas. Quise volver a hablar. Harry se había levantado y se cernía sobre nosotras.

—Es demasiado melodramático para mi gusto —afirmó y posó una mano en el hombro de la pitonisa. Se había metido la otra mano en el bosillo y sacó unos cuantos dólares más para dárselos a la mujer—. ¿Qué tal si damos por terminada la juerga?

La pitonisa ignoró olímpicamente a Harry, se inclinó hacia mí y murmuró:

—He venido a advertirte. Dondequiera que vayas, mira por encima del hombro. No confíes en nadie. Sospecha de todos. Las líneas de tu mano expresan… Es la mano del presagio.

—¿Quién presagió qué? —quise saber.

Volvió a cogerme la mano y siguió delicadamente las líneas, con los ojos cerrados como si estuviera leyendo en Braille. Siguió hablando en voz baja como si recordara algo, un poema leído en otros tiempos…

—Así como estas líneas componen una clave a las casillas del ajedrez ligadas; cuatro deben ser día y mes para evitar el jaque mate. O el juego es real, o es sólo una metáfora. Un saber como éste, tan nombrado, llega muy tarde. Blancas piezas han librado batallas sin cesar. Esforzadas, las negras se debaten por sellar su destino. Como siempre, prosigue la búsqueda del treinta y tres y del tres. Velada está, de aquí a la eternidad, la secreta puerta.

Guardé silencio cuando la adivina calló y Harry permaneció de pie, con las manos en los bolsillos. Aunque no tenía ni la menor idea de lo que significaba… no dejaba de ser sugestivo. Tuve la sensación de que no era la primera vez que estaba en ese bar, oyendo las mismas palabras. Lo consideré un *déjà vu* y le resté importancia.

—No tengo ni la más remota idea de lo que ha dicho —opiné.

—¿No lo entiendes? —preguntó y me dedicó una extraña sonrisa, casi de complicidad—. Acabarás por entenderlo. ¿No significa nada para ti el cuarto día del cuarto mes?

—Sí, pero…

La pitonisa se llevó un dedo a los labios y meneó la cabeza.

—No comentes con nadie su significado. Pronto comprenderás el resto. Es la mano del presagio, la mano del destino, y está escrito: «En el cuarto día del cuarto mes llegará el ocho.»

—¿De qué habla? —gritó Llewellyn alarmado, se estiró por encima de la mesa y cogió el brazo de la pitonisa, que se apartó.

En ese momento el bar se hundió en la más completa oscuridad. Por todas partes había juerguistas. Oí el estallido de los corchos de champaña, y los presentes gritaron como un solo hombre: «¡Feliz Año Nuevo!» En la calle estallaron algunos petardos. A contraluz de las ascuas casi extenuadas de la chimenea, las distorsionadas siluetas de los celebrantes se retorcieron como ennegrecidos espíritus dantescos. Sus gritos retumbaron en la penumbra.

Cuando volvió la luz, la pitonisa ya no estaba. Harry permanecía en pie junto a la silla. Nos miramos sorprendidos a través del espacio que unos segundos antes había ocupado la mujer. Harry soltó una carcajada, se agachó y me dio un beso en la mejilla.

—Querida, feliz Año Nuevo —dijo mientras me abrazaba tiernamente—. ¡Vaya porvenir *meshugge* que te ha tocado en suerte! Parece que mi sorpresa ha sido un fiasco. Lo siento.

Blanche y Llewellyn susurraban agazapados al otro lado de la mesa.

—Eh, vosotros, acercaos. ¿Qué os parece si nos zampamos este champaña por el que he empeñado mi alma? —propuso Harry—. Cat, tú también necesitas una copa.

Llewellyn se incorporó, se acercó y me dio un beso.

—Querida Cat, coincido totalmente con Harry. Tienes aspecto de haber visto un fantasma.

La verdad es que me sentía anonadada. Lo atribuí a la tensión de las últimas semanas y a lo tarde que era.

—Qué vieja espantosa —añadió Llewellyn—. Dijo un montón de chorradas sobre el peligro. Sin embargo, sus palabras parecieron tener sentido para ti. ¿O esta idea sólo es producto de mi fantasía?

—Creo que no —repliqué—. El tablero de ajedrez, los números y… ¿qué significa el ocho? ¿A qué ocho se refería? No entiendo nada de todo esto.

Harry me dio una copa de champaña.

—No te preocupes —intervino Blanche y me pasó una servilleta en la que se veían algunos garabatos—. Llew ha tomado nota de todo, te daremos el papel. Tal vez más adelante despierte algún recuerdo. ¡Pero esperemos que no! Fue realmente deprimente.

—Venga ya, sólo era una diversión —Llewellyn quitó hierro al asunto—. Lamento que saliera así, pero lo cierto es que la pitonisa mencionó el ajedrez, ¿no? Esa historia de «dar jaque mate» y todo lo demás. Es bastante siniestro. Supongo que sabes que jaque mate, mejor dicho, «mate», proviene del vocablo persa *Shah-mat*. Significa «muerte al rey». Si a todo esto sumamos el hecho de que te dijo que corres peligro… ¿estás absolutamente segura de que para ti no tiene ningún significado? —Llewellyn podía ser muy insistente.

—Corta el rollo, déjalo estar —propuso Harry—. Me equivoqué al pensar que mi porvenir estaba relacionado con Lily. Evidentemente todo esto es un disparate. Olvídalo o tendrás pesadillas.

—Lily no es la única conocida que juega al ajedrez —respondí—. En realidad, tengo un amigo que solía participar en torneos...

—¿De veras? —preguntó Llewellyn con evidente interés—. ¿Lo conozco?

Meneé la cabeza. Blanche estaba a punto de decir algo cuando Harry le pasó la copa de champaña. Se limitó a sonreír y beber.

—Ya está bien —concluyó Harry—. Brindemos por el nuevo año, nos depare lo que nos depare.

En media hora terminamos el champaña. Recogimos nuestros abrigos, salimos y subimos a la limusina que mágicamente había aparecido en la puerta del bar. Harry pidió a Saul que me dejara en mi apartamento, cercano al East River. Al llegar a la puerta de mi casa, Harry se apeó y me dio un fuerte abrazo de oso.

—Espero que el nuevo año te sea venturoso. Tal vez puedas hacer algo con mi intratable hija. Sinceramente, estoy seguro de que lo harás, lo he visto en mis astros.

—Pronto veré las estrellas si no me voy a dormir —respondí e intenté disimular un bostezo—. Gracias por el ponche de huevo y el champaña.

Estreché la mano de Harry, que se quedó mirándome mientras entraba en el vestíbulo casi a oscuras. El portero dormía, sentado muy tieso junto a la puerta. Ni se movió cuando atravesé el amplio y umbrío vestíbulo y subí en el ascensor. El edificio estaba mudo como una tumba.

Apreté el botón y las puertas del ascensor se cerraron. Mientras subía, saqué del bolsillo del abrigo la servilleta y volví a leer los garabatos. Los descarté porque no tenían el menor sentido. Ya tenía bastantes problemas sin necesidad de imaginar otros por los que preocuparme. Sin embargo, cuando las puertas del ascensor se abrieron y caminé por el oscuro pasillo en dirección a mi apartamento, me detuve a pensar unos segundos por qué la pitonisa estaba enterada de que el cuarto día del cuarto mes era mi cumpleaños.

FIANCHETTO

Los Aufins (obispos) son prelados con cuernos... Se mueven y comen oblicuamente porque casi todos los obispos abusan de su dignidad por codicia.

Inocencio III
(Papa desde 1198 hasta 1216)
Quaendam Moralitas de Scaccario

—*Oh, merde. Merde!* —se exasperó Jacques Louis David. Presa de un frenesí de frustración, arrojó al suelo su pincel de marta cebellina hecho a mano y se puso en pie de un salto—. Os dije que no os movierais. ¡Que no os movierais! Se ha deshecho el drapeado. ¡Se ha estropeado!

Miró furibundo a Valentine y Mireille, situadas en una alta tarima montada en un extremo del taller. Estaban casi desnudas, cubiertas tan sólo con gasas translúcidas, primorosamente acomodadas y atadas bajo sus pechos para representar los usos de la antigua Grecia, a la sazón tan de moda en París.

David se mordió el pulgar. Su cabellera oscura y revuelta sobresalía en todas direcciones y sus ojos negros brillaban desaforadamente. El pañolón de rayas azules y amarillas, que le daba dos vueltas al cuello y estaba anudado de cualquier modo, tenía manchas de polvo de carbón. Llevaba torcidas las anchas solapas de su chaqueta de terciopelo verde.

—Tendré que volver a poner todo en su sitio —se quejó.

Valentine y Mireille permanecieron calladas. Se ruborizaron incómodas y observaron con sorpresa la puerta que se abrió a espaldas del artista. Jacques Louis miró con impaciencia hacia atrás. En la puerta se encontraba un joven alto y armonioso, tan apuesto que resultaba angelical. La tupida cabellera rubia caía en bucles atados sobre la nuca con una sencilla cinta. La larga sotana de seda morada resbalaba como agua sobre su cuerpo grácil.

Sus ojos, de un azul profundo e inquietante, se posaron serenamente sobre el pintor. Miró divertido a Jacques Louis.

—Espero no interrumpir —dijo y miró la tarima en la que estaban las muchachas, en la pose de ciervos a punto de huir.

Su voz poseía esa seguridad calma y bienhablada de las clases altas, de los que suponen que su presencia será acogida con más fervor que aquello que puedan haber interrumpido.

—Ah, Maurice, eres tú —dijo Jacques Louis con cierta irritación—. ¿Quién te permitió pasar? Saben que no gusto de las interrupciones cuando estoy trabajando.

—Espero que no saludes de esta guisa a todos tus invitados —respondió el joven sin perder la sonrisa—. No da la impresión de que estés trabajando. ¿O debería decir que es el tipo de trabajo en el que me encantaría participar?

Volvió a mirar a Valentine y a Mireille, bañadas por la luz dorada que se colaba por las ventanas que daban al norte. Divisó el perfil de sus cuerpos temblorosos a través de la tela transparente.

—En mi opinión, has participado bastante en este tipo de trabajo —respondió David y sacó un pincel del jarro de peltre apoyado en su caballete—. Pórtate como es debido... hazme el favor de subir a la tarima y acomodar los drapeados. Te daré instrucciones desde aquí. De todos modos, la luz matinal está a punto de extinguirse. Dentro de veinte minutos interrumpiremos para almorzar.

—¿Qué estás pintando? —preguntó el joven.

Se acercó lentamente a la tarima y dio la sensación de avanzar con una ligera aunque dolorosa cojera.

—Una combinación de carbón y aguada —replicó David—. Es una idea que desde hace tiempo ronda mi cabeza y que se basa en un tema de Poussin, «El rapto de las sabinas».

—¡Qué idea tan deliciosa! —exclamó Maurice al llegar a la tarima—. ¿Qué quieres que acomode? En mi opinión, todo tiene un aspecto encantador.

Valentine estaba de pie en la tarima, por encima de Maurice, con una rodilla adelantada y los brazos alzados a la altura de los hombros. Arrodillada junto a Valentine, Mireille extendía los brazos con gesto implorante. Su cabellera roja oscura le caía sobre un hombro y apenas ocultaba sus senos desnudos.

—Hay que apartar esos mechones rojos —indicó David desde el otro extremo del taller, bizqueó en dirección a la tarima y balanceó el pincel en el aire mientras daba instrucciones—. No, no tanto. Que sólo tape el pecho izquierdo. El derecho debe quedar totalmente desnudo. Totalmente al descubierto. Baja un poco el drapeado. Al fin y al cabo, no intentan abrir un convento, sino seducir a las tropas que regresan del campo de batalla.

Maurice obedeció, pero le tembló la mano al apartar la tela.

—Quítate de en medio. Por amor de Dios, quítate de en medio para que pueda verlo. ¿Quién es el artista? —gritó David.

Maurice se hizo a un lado y esbozó una sonrisa. Nunca en su vida había visto adolescentes más hermosas y se preguntó de dónde las había sacado David. Se sabía que las damas de la sociedad hacían cola en la puerta de su taller con la esperanza de que las retratara como *femmes fatales* griegas en cualquiera de sus famosos lienzos, pero estas niñas eran demasiado tiernas e inexpertas para formar parte de la ahíta nobleza parisina.

Maurice era un experto en el tema. Había acariciado los pechos y los muslos de más damas que cualquier otro hombre de París y entre sus amantes figuraban la duquesa de Luynes, la duquesa de Fitz-James, la vizcondesa de Laval y la princesa de Vaudemont. Era una especie de club del que siempre era posible hacerse socia. Según se rumoreaba, Maurice había dicho: «París es el único sitio donde es más fácil poseer a una mujer que una abadía.»

A sus treinta y siete años, Maurice parecía diez años menor y durante más de dos décadas había extraído provecho de su juvenil apostura. En aquellos tiempos había corrido mucha agua bajo el Pont Neuf, en conjunto muy gozosa y políticamente conveniente. Las amantes le habían servido tanto en los salones como en los lechos, y, pese a que tuvo que adquirir la abadía por sus propios medios, ellas le abrieron las puertas de las sinecuras políticas que codiciaba y que muy pronto conquistaría.

Maurice sabía mejor que nadie que en Francia mandaban las mujeres. Aunque las leyes francesas no permitían que una mujer heredara el trono, ellas buscaban el poder por otros medios y escogían consecuentemente a sus candidatos.

—Acomoda el drapeado de Valentine —David se impacientó—. Tendrás que subir a la tarima, la escalera está detrás.

Maurice subió cojeando los escalones de la impresionante tarima, erigida a varios metros del suelo. Se detuvo detrás de Valentine.

—¿Así que te llamas Valentine? —le susurró al oído—. Querida, eres realmente hermosa pese a tener nombre de varón.

—¡Y usted es bastante libertino pese a vestir sotana morada de obispo! —exclamó Valentine descaradamente.

—Deja de cuchichear —gritó David—. ¡Arregla la tela! Ya casi no queda luz —pidió el artista. Maurice estaba a punto de acomodar la gasa cuando David añadió—: Ah, Maurice, no os he presentado. Son mi sobrina Valentine y su prima Mireille.

—¡Tu sobrina! —exclamó Maurice y soltó la tela como si fuera un ascua ardiente.

—Una sobrina muy «cariñosa» —precisó el pintor—. Es mi pupila. Su padre, que murió hace algunos años, fue uno de mis mejores amigos. Te estoy hablando del conde de Remy. Tengo entendido que tu familia lo conoció.

Maurice miró sorprendido a David.

—Valentine —le decía el pintor—, el caballero que está arreglando el drapeado es una célebre personalidad de Francia, ex presidente de la Asamblea Nacional. Te presento al señor Charles Maurice de Talleyrand-Périgord, obispo de Autun...

Mireille jadeó, se incorporó de un salto y tironeó de la tela para cubrir su pechos desnudos. Simultáneamente Valentine soltó un grito agudo que estuvo a punto de dejar sordo a Maurice.

—¡El obispo de Autun! —chilló Valentine y se apartó—. ¡Es el demonio de pezuña hendida!

Las dos jóvenes abandonaron la tarima y huyeron descalzas. Maurice miró azorado a David.

—Normalmente no provoco tanta agitación en el sexo débil —comentó.

—Parece que tu reputación te ha precedido —respondió David.

∞

Sentado en el pequeño comedor contiguo al taller, David contemplaba la Rue de Bac. De espaldas a las ventanas, Maurice permanecía rígidamente sentado en una de las sillas de raso, a rayas rojas y blancas, que rodeaban la mesa de caoba. Sobre ésta había varias fruteras y algunos candeleros de bronce, así como servicio para cuatro comensales formado por hermosos platos adornados con aves y flores.

—Semejante reacción era imprevisible —dijo David y peló una naranja con las manos—. Te pido disculpas por la confusión. De todos modos, he subido y han accedido a cambiarse y bajar a comer.

—¿Por qué motivo te has convertido en tutor de tanta belleza? —preguntó Maurice, alzó la copa de vino y bebió un sorbo—. Parece demasiada alegría para un hombre solitario. Y es casi un exceso para alguien como tú.

David lo miró y respondió:

—Estoy totalmente de acuerdo. No sé qué hacer. He recorrido todo París en busca de una institutriz adecuada, que esté en condiciones de seguir educándolas. Mi esposa se fue a Bruselas hace unos meses y desde entonces estoy desorientado.

—¿Su partida tuvo algo que ver con la llegada de tus bellas «sobrinas»? —preguntó Talleyrand y sonrió ante el aprieto de David mientras hacía girar el pie de su copa.

—En absoluto —respondió David y mostró una gran pesadumbre—. Mi esposa y su familia son monárquicos acérrimos. Discrepan de mi participación en la Asamblea. Opinan que un artista burgués como yo, un pintor apoyado por la monarquía, no debería defender públicamente la Revolución. Mi matrimonio ha sufrido graves tensiones desde la toma de la Bastilla. Mi esposa exige que renuncie a mi puesto en la Asamblea y que abandone mi pintura política. Ha impuesto esas condiciones para su regreso.

—¡Mi querido amigo, cuando en Roma descubriste *El juramento de los harati*, las multitudes se apiñaron ante tu taller de la Piazza del Popolo para esparcir flores ante el cuadro! Fue la primera obra maestra de la nueva república y tú eres su artista predilecto.

—Lo sé, pero mi esposa no lo comprende —David suspiró—. Se fue a Bruselas con los niños y hasta quiso llevarse a mis pupilas. Sin embargo, el acuerdo que firmé con la abadesa decía que deben permanecer en París, y recibo una generosa remuneración por cumplirlo. Además, éste es mi mundo.

—¿Qué abadesa? ¿Tus pupilas son monjas? —Maurice estuvo a punto de soltar una carcajada—. ¡Qué maravillosa locura! Han dejado dos jóvenes esposas de Cristo al cuidado de un hombre de cuarenta y tres años que no está emparentado con ellas. ¿En qué estaría pensando la abadesa?

—No son monjas, no han pronunciado los votos. ¡En eso se diferencian de ti! —afirmó David con mordacidad—. Al parecer, fue esa abadesa vieja y austera la que les dijo que tú eres la encarnación del demonio.

—Debo admitir que mi vida no ha sido muy santa —reconoció Maurice—. De todos modos, me sorprende que una abadesa de provincias sepa de mi vida y milagros. He intentado ser discreto.

—Si llamas discreción a inundar Francia de críos no reconocidos al tiempo que das la extremaunción y afirmas ser sacerdote, no sé qué podemos considerar descaro.

—Nunca quise ser sacerdote —dijo Maurice con pesar—. Cada uno ha de apechugar con lo suyo. El día en que me quite esta sotana de una vez por todas, me sentiré realmente puro por primera vez.

En aquel momento Valentine y Mireille se presentaron en el pequeño comedor. Iban vestidas de la misma manera, con la sencilla ropa de viaje de color gris que les había dado la abadesa. Sólo sus melenas brillantes poseían una chispa de color. Ambos hombres se pusieron en pie para recibirlas y David apartó dos sillas de la mesa.

—Llevamos esperando casi un cuarto de hora —las regañó David—. Espero que ahora os comportéis correctamente y procuréis ser amables con monseñor. Al margen de lo que hayáis oído sobre él, estoy convencido de que perderá importancia frente a la verdad. Además, es nuestro invitado.

—¿Os han contado que soy un vampiro? —preguntó Talleyrand jocosamente—. ¿Y os han dicho que bebo la sangre de los niños?

—Así es, monseñor —respondió Valentine—. Y también afirman que tiene la pezuña hendida. ¡Puesto que cojea al caminar, debe de ser cierto!

—¡Valentine, eres muy descortés! —la reprendió Mireille.

David se cogió la cabeza con las manos y guardó silencio.

—No os preocupéis —dijo Talleyrand—. Os daré una explicación. —Se incorporó para servir vino en las copas de Valentine y Mireille y prosiguió—. De pequeño, mi familia me puso al cuidado de un ama de cría, una campesina ignorante. Un día me dejó encima del tocador, caí y me rompí el pie. Como al ama le dio miedo avisar del accidente a mis padres, el pie nunca curó correctamente. Puesto que mi madre no estaba lo bastante interesada en ocuparse de mí, el pie creció torcido y luego fue demasiado tarde para corregirlo. Ésta es la historia de mi cojera. Carece de misterio, ¿verdad?

—¿Le provoca mucho dolor? —preguntó Mireille.

—¿El pie? El pie propiamente dicho, no, sino sus consecuencias —Talleyrand sonrió con amargura—. Por culpa del pie perdí el derecho de primogenitura. Mi madre se ocupó de dar a luz a otros dos varones y pasó mis derechos a mi hermano Archimbaud, y en segundo lugar, a Boson. No podía permitir que un lisiado heredara el antiguo título de Talleyrand-Périgord, ¿lo comprendéis? Vi por última vez a mi madre cuando fue a protestar a Autun por mi nombramiento de obispo. Pese a que me había obligado a entrar en el sacerdocio, esperaba que yo no saliera a la luz pública. Insistió en que su hijo no era lo bastante piadoso para ser obispo. Y tenía razón, ¿qué duda cabe?

—¡Qué horrible! —exclamó Valentine exaltada—. ¡Yo la habría llamado vieja bruja!

David alzó la cabeza, miró al techo y tocó la campanilla para que sirvieran la comida.

—¿De verdad lo habrías hecho? —preguntó Maurice amablemente—. En ese caso, me habría gustado que estuvieras presente. Reconozco que es algo que he deseado durante mucho tiempo.

Cuando todos estuvieron servidos y el ayuda de cámara se retiró, Valentine comentó:

—Monseñor, ahora que ha contado esta historia, veo que no es tan fiero como lo pintan. Debo reconocer que lo encuentro muy apuesto.

Presa de una gran exasperación, Mireille observó a Valentine mientras David sonreía de oreja a oreja.

—Monseñor, es posible que Mireille y yo tengamos que darle las gracias si es cierto que es responsable de la clausura de las abadías —prosiguió Valentine—. Si no fuera así, seguiríamos en Montglane, consumiéndonos de ganas de vivir la vida parisina con la que hemos soñado...

Maurice había dejado los cubiertos y miraba a las jóvenes.

—¿Te refieres a la abadía de Montglane, en los Bajos Pirineos? ¿Venís de esa abadía? ¿Por qué la habéis dejado?

La expresión y el ardor de las preguntas de Talleyrand hicieron que Valentine comprendiera que había cometido un lamentable error. Pese a su apostura y encanto, Talleyrand seguía siendo obispo de Autun, precisamente el hombre contra el cual las había aleccionado la abadesa. Si se enteraba de que las dos primas no sólo conocían la existencia del ajedrez de Montglane, sino que habían ayudado a sacar las piezas de la abadía, no pararía hasta arrancarles la información.

A decir verdad, corrían un grave peligro por el mero hecho de que Talleyrand supiera que procedían de Montglane. Aunque habían enterrado celosamente las piezas bajo las plantas del jardín de detrás del taller de David, la noche misma de su llegada a París, aún existía otro problema. Valentine no había olvidado el papel que la abadesa le encomendara: hacer de punto de reunión de cualquier monja que tuviera que huir y abandonar las piezas. De momento no había pasado nada pero, en virtud de la agitación que imperaba en Francia, cualquier día podrían producirse novedades. Y Valentine y Mireille no podían permitirse el lujo de quedar bajo la vigilancia de Charles Maurice de Talleyrand.

—Repetiré mi pregunta —dijo Talleyrand al ver que las muchachas guardaban silencio—. ¿Por qué habéis dejado Montglane?

—Porque... monseñor, porque han clausurado la abadía —respondió Mireille con reticencia.

—¿La han clausurado? ¿Por qué?

—Monseñor, por el proyecto de ley de confiscación. La abadesa temía por nuestra seguridad...

—En sus cartas la abadesa explica que recibió del estado papal la orden de clausurar la abadía —intervino David.

—¿Y lo has aceptado? —inquirió Talleyrand—. ¿Eres o no republicano? El papa Pío ha denunciado la revolución. ¡Cuando aprobamos el proyecto de ley de confiscación, amenazó con excomulgar a todos los católicos de la Asamblea! La abadesa traiciona a Francia aceptando órdenes del papado italiano que, como bien sabes, está plagado de Habsburgos y de Borbones españoles...

—Me gustaría aclarar que soy tan buen republicano como tú —dijo David con tono defensivo—. Mi familia no forma parte de la nobleza, soy hijo del pueblo. Permanezco en pie o caigo con el nuevo régimen. Sin embargo, la clausura de la abadía de Montglane no tiene nada que ver con la política.

—Mi querido David, todo lo que ocurre sobre la tierra es política. ¿Acaso no sabes qué estaba enterrado en la abadía de Montglane?

Valentine y Mireille palidecieron. David miró sorprendido a Talleyrand y alzó su copa de vino.

—Tonterías, cuentos de comadres —sonrió desdeñoso.

—¿Estás seguro? —preguntó Talleyrand.

El obispo miró inquisitivo a las jóvenes. Alzó su copa de vino y bebió un sorbo, aparentemente ensimismado. Cogió los cubiertos y se puso a comer. Valentine y Mireille estaban petrificadas y no probaron bocado.

—Parece que tus sobrinas han perdido el apetito —comentó Talleyrand.

David miró a las chicas.

—Bueno, ¿qué os pasa? —preguntó—. ¿Me vais a decir que creéis en esas tonterías?

—No, tío —respondió Mireille en voz baja—. Sabemos que es pura superchería.

—Por supuesto, sólo se trata de una antigua leyenda, ¿verdad? —preguntó Talleyrand y recobró parte de su encanto—. Tengo la sensación de que habéis oído hablar de ella. Decidme, ¿adónde ha ido vuestra abadesa, la misma que considera adecuado conspirar con el papa contra el gobierno de Francia?

—Por amor de Dios, Maurice —lo increpó David—. Da la sensación de que has estudiado para inquisidor. Te diré adónde ha ido y espero que no se hable más de este asunto. Se ha marchado a Rusia.

Talleyrand guardó silencio unos segundos. Esbozó una sonrisa, como si estuviera recordando algo íntimamente divertido.

—Creo que, a fin de cuentas, tienes razón —dijo a David—. ¿Tus encantadoras sobrinas ya han ido a la ópera?

—No, monseñor —se apresuró a responder Valentine—. Pero es nuestra ilusión más ardiente, lo que más deseamos, desde la más tierna infancia.

—¿Viene de tan antiguo? —se burló Talleyrand—. Tal vez podamos solucionarlo. Después del almuerzo echaremos un vistazo a vuestro guardarropa. Casualmente soy un experto en moda...

—Monseñor aconseja sobre modas a la mitad de las mujeres de París —comentó David irónicamente—. Es uno de sus incontables actos de caridad cristiana.

—Os contaré la historia de la vez que organicé el peinado de María Antonieta para un baile de máscaras. También diseñé su vestimenta. ¡Ni siquiera la reconocieron sus amantes, por no mencionar al rey!

—Tío, ¿podemos pedirle a monseñor que haga otro tanto para nosotras? —suplicó Valentine, que experimentaba un gran alivio porque la conversación había girado hacia un tema menos profundo y, a la vez, menos peligroso.

—Tal como estáis, me parecéis encantadoras —Talleyrand sonrió—. Pero veremos qué podemos hacer para superar a la naturaleza. Por fortuna, tengo una amiga que está rodeada por los mejores modistas de París... Por casualidad, ¿habéis oído hablar de madame de Staël?

∞

Valentine y Mireille pronto se enteraron de que todo París había oído hablar de Germaine de Staël. Al entrar detrás de ella en el palco dorado y azul de la Opéra-Comique, vieron que todas las cabezas empolvadas se volvían. La flor y nata de la sociedad parisina ocupaba los atiborrados palcos que se alzaban hasta las vigas del teatro excesivamente caldeado. Al ver esa profusa mezcla de joyas, perlas y encajes, era imposible imaginar que en las calles aún se debatía la revolución, que la familia real languidecía prisionera en palacio, que todas las mañanas carretones repletos de miembros de la nobleza y el clero gemían sobre el empedrado rumbo a la insaciable guillotina. En la herradura de la Opéra-Comique, todo era esplendor y regocijo. Y Germaine de Staël, la juvenil gran dama de París, era la más espléndida de todos y se agitaba en su palco como una barcaza en el Sena.

Valentine había averiguado cuanto de ella se podía saber interrogando a los criados de su tío Jacques Louis. Le habían dicho que madame de Staël era hija del suizo Jacques Necker, genial ministro de Finanzas, dos veces desterrado por Luis XVI y dos veces recuperado para el cargo por petición expresa del pueblo francés. Suzanne Necker, su madre, había dirigido durante veinte años el salón más influyente de París, del que Germaine había sido estrella.

Millonaria por derecho propio, a los veinte años Germaine había comprado un marido: el barón Eric Staël von Holstein, empobrecido embajador de Suecia en Francia. Siguiendo los pasos de su madre, Germaine inauguró su propio salón en la embajada sueca y se lanzó de lleno a la política. Sus estancias estaban repletas de talentos de los ambientes político y cultural de Francia: Lafayette, Condorcet, Narbonne, Talleyrand. Madame de Staël se convirtió a la filosofía de la revolución. Todas las decisiones políticas importantes de su época se fraguaron entre las paredes forradas de seda de su salón: decisiones que tomaron las personalidades que sólo ella fue capaz de reunir. Y ahora, a los veinticinco años era, con toda probabilidad, la mujer más poderosa de Francia.

Mientras Talleyrand cojeaba dolorido por el palco y acomodaba a las tres mujeres, Valentine y Mireille estudiaban a madame de Staël. Producía una profunda impresión con su vestido escotado, de encaje negro y dorado, que resaltaba sus brazos rollizos, sus hombros musculosos y su gruesa cintura. Lucía un collar de pesados camafeos rodeados de rubíes y el exótico turbante dorado que era su sello. Se inclinó hacia Valentine, sentada a su lado, y le susurró con tono bajo y ronco, que todos pudieron oír:

—Querida, mañana por la mañana todo París acudirá a casa a preguntar quiénes sois. Será un escándalo delicioso y estoy segura de que vuestro acompañante lo comprenderá.

—Madame, ¿no le agradan nuestros vestidos? —preguntó Valentine preocupada.

—Querida, las dos estáis preciosas —aseguró Germaine irónicamente—. Pero el color de las vírgenes es el blanco, no el rosa encendido. Y el señor Talleyrand sabe perfectamente que, aunque los pechos jóvenes siempre están a la última en París, normalmente se usa un pañuelo para cubrir las carnes de las mujeres menores de veinte años.

Valentine y Mireille se ruborizaron.

—A mi manera, estoy liberando a Francia —intervino Talleyrand.

Germaine y Talleyrand se sonrieron. Madame de Staël se encogió de hombros.

—Espero que la ópera te guste —añadió Germaine dirigiéndose
a Mireille—. Es una de mis preferidas. No la he visto desde la infancia. Su compositor, André Philidor, es el mejor maestro de ajedrez
de toda Europa. Ha jugado al ajedrez y tocado música ante reyes y
filósofos. Puede que la música te resulte anticuada si tenemos en
cuenta que Gluck revolucionó la ópera. Se hace pesado oír tanto re-
citativo...

—Madame, es la primera vez que asistimos a la ópera —comentó
Valentine.

—¡Jamás habéis visto una ópera! —exclamó Germaine a voz en
cuello—. ¡Increíble! ¿Dónde os mantuvo encerradas vuestra familia?

—En el convento, madame —respondió Mireille con toda amabilidad.

Germaine se la quedó mirando como si jamás hubiese oído hablar de un convento. Se volvió y dirigió una furibunda mirada a Talleyrand.

—Mi querido amigo, veo que hay unas cuantas cosas que no me
has explicado. Si hubiera sabido que las pupilas de David se criaron
en un convento, no habría elegido una ópera como *Tom Jones.* —Se
dirigió a Mireille. Añadió—: Espero que no os sorprenda. Es una historia inglesa acerca de un ilegítimo...

—Más vale que aprendan moral a temprana edad. —Talleyrand
soltó una carcajada.

—Eso sí que es bueno —comentó Germaine apretando sus delgados labios—. Si siguen teniendo como mentor al obispo de Autun,
la información les resultará muy útil.

Madame de Staël se volvió hacia el escenario a medida que se levantaba el telón.

∞

—Creo que ha sido la experiencia más maravillosa de mi vida
—dijo Valentine cuando salieron de la ópera, sentada en la mullida alfombra Aubusson del estudio de Talleyrand, mirando las llamas que lamían las portezuelas de cristal de la pantalla de la chimenea.

Talleyrand estaba reclinado en un largo sofá de seda azul tornasolada, con los pies apoyados en una otomana, junto a Valentine. Mireille estaba muy cerca y contemplaba el fuego.

—También es la primera vez que bebemos coñac —añadió Valentine.

—Recuerda que sólo tienes dieciséis años —dijo Talleyrand, aspiró el coñac de su copa y dio un trago—. Ya habrá tiempo para otras experiencias.

—Señor Talleyrand, ¿cuántos años tiene? —preguntó Valentine.

—Es una pregunta poco considerada —la regañó Mireille, que estaba de pie junto a la chimenea—. Sabes que es de mal gusto preguntar la edad.

—Por favor, llamadme Maurice —pidió Talleyrand—. Aunque tengo treinta y siete años, me siento de noventa cuando me llamáis «señor». Decidme, ¿qué os pareció Germaine?

—Madame de Staël es realmente encantadora —afirmó Mireille y su roja cabellera resplandeció en contraste con la luz del fuego, del mismo color de las llamas.

—¿Es verdad que es su amante? —preguntó Valentine.

—¡Valentine! —se enfadó Mireille.

Talleyrand reía a carcajadas.

—Eres extraordinaria —dijo y revolvió los cabellos de Valentine mientras la joven se apoyaba en su rodilla. Añadió dirigiéndose a Mireille—: Señorita, su prima está a salvo de las aburridas pretensiones de la sociedad parisina. Sus preguntas me resultan reconfortantes y puedo asegurar que no son para nada ofensivas. He descubierto que las últimas semanas, en las que os he vestido y os he llevado a conocer París, fueron un tónico que ha reducido la bilis de mi cinismo natural. Valentine, ¿quién te ha dicho que Germaine es mi amante?

—Señor... mejor dicho, tío Maurice, se lo oí a la servidumbre. ¿Es verdad?

—No, querida, ya no es verdad. Ha dejado de serlo. Antaño fuimos amantes, pero los cotilleos van siempre con retraso. Sólo somos buenos amigos.

—¿Es posible que ella lo rechazara por su cojera? —indagó Valentine.

—¡Santa madre de Dios! —exclamó Mireille, que no estaba acostumbrada a blasfemar—. Discúlpate ante monseñor. Señor, le ruego que disculpe a mi prima, no ha sido su intención ofenderlo.

Talleyrand se quedó mudo, casi dominado por la sorpresa. Aunque había dicho que Valentine jamás podría ofenderlo, en Francia nadie había osado referirse públicamente a su deformidad. Tembloroso a causa de una emoción que no pudo definir, se estiró para coger las manos de Valentine y la hizo sentar en la otomana. La abrazó tiernamente.

—Lo siento muchísimo, tío Maurice —se disculpó Valentine. Le tocó la mejilla con delicadeza y le sonrió—. Hasta ahora no he tenido ocasión de ver un auténtico defecto físico. Sería una experiencia muy instructiva si me lo mostrara.

Mireille soltó un gemido. Talleyrand miraba a Valentine como si no pudiera creer lo que oía. La joven le pellizcó el brazo para alentarlo. Segundos más tarde, el obispo dijo seriamente.

—De acuerdo, si es lo que quieres.

Con gran esfuerzo apartó el pie de la otomana, se agachó y se quitó el pesado botín de acero que lo ceñía y le permitía caminar.

Valentine estudió la extremidad bajo la débil luz del fuego. El pie estaba tan torcido que la eminencia metatarsiana se hundía y los dedos parecían salir desde abajo. Desde arriba, realmente semejaba un garrote. Valentine alzó el pie retorcido y besó la planta. Azorado, Talleyrand permanecía sentado.

—Pobre pie —se compadeció Valentine—. ¡Cuánto has sufrido y cuán poco lo merecías!

Talleyrand se acercó a Valentine. Le levantó el rostro y depositó un suave beso en sus labios. Durante unos instantes, la dorada cabellera de uno y los rizos rubio ceniza de la otra quedaron entrelazados a la luz del fuego.

—Eres la única persona que le ha hablado de tú a mi pie —comentó sonriente monseñor—. Y lo has hecho muy feliz.

Mientras el obispo observaba a Valentine con su bello rostro angelical y sus rizos dorados se iluminaban a la luz de los leños, a Mireille le costó recordar que éste era el mismo hombre que cruelmente, casi en solitario, estaba destruyendo la Iglesia católica en Francia, el mismo hombre que pretendía apoderarse del ajedrez de Montglane.

∞

Las velas del estudio de Talleyrand se habían consumido. Bajo la agonizante luz del fuego, las esquinas de la larga estancia se encontraban en sombras. Talleyrand consultó el reloj de oro de la repisa de la chimenea y comprobó que eran más de las dos de la madrugada. Se incorporó del sofá en el que Valentine y Mireille habían estado recostadas con las cabelleras esparcidas sobre sus rodillas.

—Prometí a vuestro tío que os devolvería a casa a una hora razonable —les comunicó—. Mirad qué hora es.

—Por favor, tío Maurice, no nos obligue a irnos justo ahora —suplicó Valentine—. Es la primera vez que participamos de la vida social. Desde que llegamos a París hemos vivido como si no hubiésemos dejado el convento.

—Sólo un relato más —la apoyó Mireille—. Nuestro tío no se enfadará.

—Se pondrá furioso. —Talleyrand rió—. De todos modos, ya es demasiado tarde para devolveros a casa. A estas horas, incluso en los mejores barrios, hay *sans-culottes* borrachos que vagabundean por las calles. Será mejor que envíe al lacayo a casa de vuestro tío para que le entregue una nota. Pediré a Courtiade, mi ayuda de cámara, que os prepare una habitación. ¿Debo suponer que preferís dormir juntas?

No era del todo cierto que llevarlas a casa fuese peligroso. Talleyrand disponía de muchos criados y la residencia de David no quedaba lejos. Pero súbitamente el obispo comprendió que no quería devolverlas a su casa, ni ahora ni, quizá, nunca. Había prolongado los relatos con tal de postergar lo inevitable. Con la cándida frescura de su juventud, las muchachas habían despertado sentimientos que no alcanzaba a definir. Talleyrand nunca había tenido familia y la calidez que sentía en presencia de las jóvenes era una experiencia insólita.

—¿De verdad podemos pasar la noche aquí? —preguntó Valentine, se incorporó y pellizcó el brazo de su prima.

Aunque Mireille puso expresión de duda, también deseaba quedarse.

—Por supuesto —confirmó Talleyrand y se puso en pie para tirar de la cuerda de la campanilla—. Esperemos que por la mañana no se convierta en el último escándalo de París, como presagió Germaine.

El serio Courtiade, vestido aún de librea almidonada, dirigió una mirada a las muchachas despeinadas y otra al pie descalzo de su señor y, sin pronunciar palabra, las guió escaleras arriba para mostrarles el amplio cuarto de huéspedes.

—¿Podría conseguirnos monseñor camisas de noche? —preguntó Mireille—. Tal vez alguna criada...

—No se preocupe por eso —respondió Courtiade con suma amabilidad y les ofreció dos batas de seda adornadas con encajes exquisitos, prendas que, sin duda, no pertenecían a ninguna criada.

El ayuda de cámara abandonó discretamente el cuarto de huéspedes. Talleyrand llamó a la puerta después de que Valentine y Mireille se desvistieran, se cepillaran los cabellos y se metieran en la cama grande y mullida, con rebuscado baldaquino.

—¿Estáis cómodas? —preguntó, abrió la puerta y asomó la cabeza.

—Es el lecho más maravilloso que hemos visto —respondió Mireille envuelta en un montón de edredones—. En el convento dormíamos en tablas de madera para mejorar nuestra postura.

—Doy fe de que ha dado un resultado extraordinario. —Talleyrand sonrió, entró en la habitación y se sentó en un pequeño sofá próximo a la cama.

—Tiene que contarnos otro cuento —reclamó Valentine.

—Es muy tarde... —dijo Talleyrand.

—¡Un cuento de fantasmas! —exclamó Valentine—. Aunque la abadesa no nos permitía oír cuentos de fantasmas, lo cierto es que los contábamos. ¿Conoce alguno?

—Lamentablemente, no —replicó Talleyrand pesaroso—. Como bien sabéis, no tuve una infancia normal. Jamás me contaron cuentos de fantasmas. —Se quedó pensativo unos instantes—. Aunque debo reconocer que, en una ocasión, conocí a un fantasma.

—¿Es cierto? —preguntó Valentine. Apretó la mano de Mireille. Las primas estaban muy inquietas—. ¿Un fantasma auténtico?

—Ahora que lo digo, me doy cuenta de que es absurdo. —Talleyrand rió—. Debéis prometerme que jamás se lo contaréis a vuestro tío Jacques Louis. Si habláis, me convertiré en el hazmerreír de la Asamblea.

Las chicas se agitaron bajo los edredones y juraron no contarlo jamás de los jamases. Talleyrand se repantigó en el sofá, bajo la débil luz de las velas y comenzó a desgranar su relato...

El RELATO DEL OBISPO

Cuando era muy joven, antes de ser ordenado sacerdote, dejé mi sede en St. Remy, donde yace el famoso rey Clovis, y asistí a la Sorbona. Tras estudiar dos años en la famosa universidad, llegó el momento de hacer pública mi llamada.

Aunque me sentía profundamente incapacitado para ejercer el sacerdocio, sabía que para mi familia supondría un gran escándalo el que yo rechazara la profesión que me habían impuesto. Íntimamente siempre sentí que mi destino era ser estadista.

Bajo la capilla de la Sorbona están enterrados los restos del más grande estadista de Francia, hombre al que idolatraba. Estoy seguro de que le conocéis: Armand-Jean du Plessis, duque de Richelieu, que, mediante una peculiar combinación de religión y política, rigió este país con mano férrea durante cerca de veinte años, hasta su muerte, acaecida en 1642.

Una noche, cerca de las doce, abandoné el calor de mi lecho, me eché una gruesa capa encima del batín y descendí por las paredes cubiertas de hiedra de la residencia estudiantil. Iba a la capilla de la Sorbona. El viento alborotaba las frías hojas dispersas por el jardín y hasta mis oídos llegaban los extraños sonidos de los búhos y otros seres de la noche. Aunque me consideraba valiente, reconozco que sentí miedo. El sepulcro situado en el interior de la capilla estaba frío y a oscuras. A esa hora nadie oraba y en la cripta sólo permanecían encendidas unas pocas candelas. Prendí una vela, me arrodillé e imploré al difunto cardenal de Francia que me guiara. En la inmensa cripta percibía los latidos de mi corazón mientras le exponía en la difícil situación que me encontraba.

Apenas había expresado mi plegaria cuando, con gran asombro de mi parte, un viento gélido recorrió la cripta y apagó todas las velas. ¡Estaba aterrado! Rodeado de oscuridad, busqué a tientas otra vela. ¡En aquel instante oí un gemido y del sepulcro se elevó el fantasma pálido y oscuro del cardenal Richelieu! Se cernió sobre mí con el pelo, la piel y la púrpura blancos como la nieve, relucientes y totalmente transparentes.

Si no hubiese estado arrodillado, seguramente habría caído. Se me secó la boca, no pude articular palabra. Entonces volví a oír el débil gemido. ¡El fantasma del cardenal me hablaba! Sentí que un escalofrío me atravesaba la columna vertebral mientras entonaba unas fatídicas palabras con un tono de voz semejante al grave tañido de una campana.

—¿Por qué me habéis despertado? —se indignó.

El viento se arremolinaba a mi alrededor y seguía inmerso en la más negra oscuridad. Las piernas me temblaban demasiado para ponerme en pie y huir. Tragué saliva e intenté encontrar mi voz.

—Cardenal Richelieu —tartamudeé—, busco consejo. A pesar de vuestra vocación sacerdotal, en vida fuisteis el más importante estadista de Francia. ¿Cómo conseguisteis tanto poder? Os ruego que compartáis vuestro secreto, pues aspiro a seguir vuestro ejemplo.

—¿Vos? —rugió la altanera columna como de humo y se irguió hacia el techo como si se sintiera profundamente ofendida.

Deambuló alrededor de las paredes como un hombre que va de un extremo al otro de una habitación. A cada paso crecía hasta que su forma diáfana llenó la cripta, rodando como una tormenta a punto de estallar. Me encogí. Finalmente el fantasma habló:

—El secreto que busqué permanecerá eternamente envuelto en el misterio... —El espectro seguía flotando en lo alto de la cripta y su figura se disipaba a medida que se tornaba más delgada—. Su poder está enterrado con Carlomagno. Sólo hallé la primera clave y la hice ocultar celosamente...

El fantasma aleteó débilmente como una llama a punto de apagarse. Me incorporé de un salto e hice denodados esfuerzos por impedir que se esfumara. ¿A qué había aludido? ¿Cuál era el secreto enterrado con Carlomagno? Grité para hacerme oír por encima del ulular del viento que devoraba al fantasma.

—¡Sire, amado sacerdote! Os ruego que me digáis dónde encontrar la clave que habéis mencionado.

Aunque el espectro había desaparecido, oí su voz como un eco que rebota en un largo, larguísimo corredor. Sólo dijo:

—François... Marie... Arouet...

El viento cesó y algunas candelas volvieron a encenderse. Permanecí en la cripta. Mucho después crucé el jardín de regreso a la residencia estudiantil.

Aunque a la mañana siguiente estaba dispuesto a creer que la experiencia no había sido más que una pesadilla, las hojas secas y el tenue olor mohoso que aún persistían en mi capa me convencieron de que había ocurrido realmente. El cardenal afirmaba que había desvelado la primera clave del misterio. Por algún motivo, yo debía buscar esa clave a través del gran poeta y dramaturgo francés François Marie Arouet, conocido como Voltaire.

Voltaire acababa de regresar a París, de un exilio elegido en su finca de Ferney, presuntamente para escribir una nueva obra. Sin embargo, la mayoría opinaba que había vuelto para morir. Yo no entendía por qué ese dramaturgo anciano, ateo e intratable, nacido cincuenta años después de la muerte de Richelieu, estaba al tanto de los secretos del cardenal. Me propuse averiguarlo. Transcurrieron algunas semanas hasta que concerté una cita con Voltaire.

Vestido con sotana, llegué a la hora acordada y pronto me hicieron pasar a su alcoba. Voltaire detestaba levantarse antes del mediodía y a menudo pasaba toda la jornada en la cama. Hacía más de cuarenta años que aseguraba estar al borde de la muerte.

Lo encontré erguido entre las almohadas, ataviado con un vaporoso gorro rosa y larga camisa de noche, blanca. Sus ojos, como ascuas en un rostro pálido, sus labios delgados y su nariz afilada confirmaban su apariencia de ave de rapiña.

Los curas se afanaban en la alcoba y él rechazaba enérgicamente sus servicios, actitud que seguiría sosteniendo hasta exhalar el último suspiro. Sabiendo cuánto despreciaba al clero, me sentí incómodo cuando Voltaire alzó la mirada y me vio con mi sotana de novicio. Esgrimió una mano nudosa por encima de las sábanas y se dirigió a los curas:

—Por favor, dejadnos a solas. Esperaba a este joven. ¡Es un emisario directo del cardenal Richelieu!

Soltó una carcajada aguda y femenina mientras los curas me miraban por encima del hombro y abandonaban apresuradamente la alcoba. Voltaire me invitó a tomar asiento.

—Para mí siempre ha sido un misterio por qué el viejo y pomposo fantasma es incapaz de permanecer en su tumba —comentó Voltaire exasperado—. En mi condición de ateo, me resulta muy desagradable que un cura muerto siga flotando y aconsejando a los jóvenes que visiten mi cabecera. Siempre distingo a sus enviados por esa inclinación babeante y metafísica de la boca, por el vano deambular de sus ojos, como los vuestros... ¡Si en Ferney el tráfago de visitantes era denso, aquí, en París, es una verdadera avalancha!

Reprimí la irritación que me producía ser descrito de semejante manera. Me sorprendió y alarmó que Voltaire hubiese adivinado el motivo de mi visita, pues daba a entender que otros habían buscado lo mismo que yo.

—Me gustaría atravesar definitivamente el corazón de ese hombre con una estaca —desvarió Voltaire—. Luego podré tener un poco de paz.

Voltaire estaba muy alterado y sufrió un acceso de tos. Tuve la impresión de que se estaba ahogando en sangre. Intenté ayudarlo, pero me apartó.

—¡Médicos y curas deberían ser ahorcados en el mismo patíbulo! —gritó e intentó coger el vaso de agua. Se lo alcancé y dio un sorbo—. Quiere los manuscritos. El cardenal Richelieu no soporta que sus queridos diarios privados hayan caído en manos de un viejo réprobo como yo.

—¿Tenéis los diarios privados del cardenal Richelieu?

—Sí. Hace muchos años, cuando todavía era joven, me apresaron por subversión contra la corona, en virtud de un modesto poema que escribí sobre la vida romántica del monarca. Mientras me pudría entre rejas, un acaudalado mecenas me entregó unos diarios para que los descifrara. Llevaban años en poder de su familia, pero estaban escritos con una clave secreta que nadie consiguió descifrar. Como yo no tenía nada mejor que hacer, los descifré, y aprendí muchas cosas interesantes sobre nuestro querido cardenal.

—Tenía entendido que los escritos de Richelieu fueron legados a la Sorbona.

—Eso es lo que todos creen. —Voltaire rió con picardía—. A menos que tenga algo que ocultar, ningún cura conserva diarios íntimos escritos en clave. Sé perfectamente a qué cosas se dedicaban los sacerdotes de su época: a pensamientos masturbatorios y actos libidinosos. Me dediqué a descifrar esos diarios con el mismo ahínco con que un caballo se lanza sobre el morral, pero, en lugar de la confesión chusca que esperaba, sólo descubrí un opúsculo erudito. Mejor dicho, el mayor caudal de tonterías que he visto en mi vida.

Voltaire tosió tanto que pensé que debía llamar a un sacerdote porque yo no estaba facultado para administrar el último sacramento. Luego de emitir un espantoso sonido semejante a un cascabeleo mortal, me pidió que le acercara varios chales. Se cubrió, utilizó uno como turbante para envolverse la cabeza y continuó temblando.

—¿Qué descubristeis en esos diarios y dónde están? —lo apremié.

—Aún los conservo. El mecenas murió durante mi estancia en la cárcel y no tenía herededos. Es posible que cuesten mucho dinero por su valor histórico. En mi opinión, sólo son un montón de necedades plagadas de supersticiones, brujería y hechicería.

—¿No habíais dicho que estaban cargados de erudición?

—Sí, en la medida en que un sacerdote es capaz de objetividad. Veréis, cuando no encabezaba ejércitos contra todas las naciones de Europa, el cardenal Richelieu consagraba su vida al estudio del poder. El objetivo de sus estudios secretos se basaba en... ¿por casualidad habéis oído hablar del ajedrez de Montglane?

—¿El juego de ajedrez de Carlomagno? —pregunté e intenté

mostrarme sereno a pesar de que el corazón parecía escapárseme del pecho.

Me acerqué un poco más a la cama y, pendiente de cada palabra, lo acicateé amablemente para no provocarle otro ataque de tos. Yo había oído hablar del ajedrez de Montglane y creía que llevaba siglos perdido. Según la información de que disponía, su valor superaba todo lo imaginable.

—Tenía entendido que sólo es una leyenda —dije.

—Richelieu no opinaba lo mismo —aseguró el viejo filósofo—. Sus diarios abarcan mil doscientas páginas de investigación sobre sus orígenes y significado. Viajó a Aquisgrán, o Aix-la-Chapelle, e incluso investigó Montglane, pues creía que allí estaba enterrado, pero no tuvo éxito. Veréis, nuestro cardenal opinaba que dicho ajedrez alberga la clave de un misterio, un misterio más antiguo que el ajedrez, quizá tan viejo como la civilización misma. Un misterio que explica el desarrollo y la decadencia de las civilizaciones.

—¿Y de qué misterio se trata? —pregunté, haciendo vanos esfuerzos por disimular mi agitación.

—Os diré lo que pensaba el cardenal —dijo Voltaire—. Debo reconocer que murió antes de resolver el acertijo. Interpretadlo como queráis, pero no me importunéis más con este asunto. El cardenal Richelieu estaba convencido de que el ajedrez de Montglane oculta una fórmula en sus piezas. Una fórmula capaz de revelar el secreto del poder universal...

Talleyrand calló y, bajo la débil luz, miró a Valentine y a Mireille, abrazadas bajo los edredones. Fingían estar dormidas y sus hermosas cabelleras se abrían en abanico sobre las almohadas, entrelazados los mechones largos y sedosos. El obispo se puso en pie, las tapó y les acarició tiernamente los cabellos.

—Tío Maurice —dijo Mireille y abrió los ojos—, no ha concluido el relato. ¿Cuál es la fórmula que el cardenal Richelieu buscó durante toda su vida? ¿Qué creía que ocultaban las piezas del ajedrez?

—Queridas mías, es algo que tendremos que averiguar juntos. —Talleyrand sonrió al ver que Valentine también había abierto los ojos. Las dos temblaban bajo los abrigados edredones—. Os diré una cosa: nunca vi el manuscrito. Voltaire murió poco después. Alguien que conocía perfectamente el valor de los diarios del cardenal Richelieu compró la biblioteca completa. Me refiero a una persona que comprendía y codiciaba el poder universal. Hablo de alguien que intentó sobornarnos a mí y a Mirabeau, que defendió el proyecto de ley de confiscación, en su esfuerzo por averiguar si el ajedrez de Montglane podía ser requisado por particulares de elevada posición política y bajo valor ético...

—Tío Maurice, ¿usted rechazó el soborno? —preguntó Valentine, que se había sentado con toda la ropa de cama revuelta.

—Mi precio era excesivo para nuestro mecenas... ¿o debería decir nuestra mecenas? —Talleyrand rió—. Además, quería ese ajedrez para mí y sigo deseándolo. —Miró a Valentine bajo la tenue luz de las velas y esbozó una ligera sonrisa—. Vuestra abadesa ha cometido un lamentable error, porque he deducido los pasos que ha dado: sacó el ajedrez de la abadía. Vamos, queridas, no me miréis de ese modo. ¿No es una coincidencia que vuestra abadesa haya cruzado un continente para llegar a Rusia, tal como me contó vuestro tío? Os diré más: la persona que compró la biblioteca de Voltaire, la que intentó sobornarnos a Mirabeau y a mí, la misma que durante los últimos cuarenta años ha intentado apoderarse del ajedrez es ni más ni menos que Catalina la Grande, emperatriz de todas las Rusias.

UNA PARTIDA
DE AJEDREZ

Jugaremos una partida de ajedrez,
apretando los ojos sin párpados y
aguardando la llamada a la puerta.

T. S. ELIOT

NUEVA YORK

Llamaron a la puerta. Estaba de pie en el centro mismo de mi apartamento, con una mano apoyada en la cadera. Habían transcurrido tres meses desde Nochevieja. Ya casi ni me acordaba de la velada con aquella pitonisa, ni de los extraños acontecimientos que la rodearon.

Alguien llamaba enérgicamente a la puerta. Puse otra gota de azul de Prusia en el gran lienzo que tenía ante mí y metí el pincel en el bote de aceite de linaza. Aunque todo estaba abierto para airear el ambiente, tuve la sensación de que mi cliente, Con Edison, quemaba *ordure* (basura, en francés) debajo mismo de las ventanas de mi piso. Los alféizares estaban negros por el hollín.

No estaba de humor para recibir visitas mientras recorría la larga entrada. Me pregunté por qué no me habían avisado desde la portería como deberían haber hecho, para anunciar la llegada de quien ahora aporreaba la puerta. Había pasado una semana muy movida. Había intentado concluir mi trabajo con Con Edison y dedicado horas a luchar tanto con los administradores del edificio donde vivía como con diversas empresas de guardamuebles. Estaba organizando mi inminente partida a Argelia.

Acababan de concederme el visado. Había telefoneado a todos mis amigos. En cuanto dejara Estados Unidos, no volvería a verlos en un año. En particular, había un amigo con el que había intentado ponerme en contacto a pesar de que era tan misterioso e inaccesible como la Esfinge. ¡Qué poco imaginaba lo desesperadamente que necesitaría su ayuda cuando ocurrieran los hechos que tendrían lugar más adelante!

Mientras bajaba por el pasillo, me miré en uno de los espejos que cubrían las paredes. Mi desgreñada cabellera estaba salpicada de bermellón y tenía una mancha de rojo carmesí en la nariz. La quité con el dorso de la mano y me limpié las palmas en los pantalones de lona y la camisa suelta que llevaba. A continuación abrí la puerta.

Vi a Boswell, el portero, con un puño colérico en alto y ataviado con un uniforme azul marino de ridículas charreteras que, sin duda, había elegido personalmente.

—Señora, le ruego que me disculpe pero, una vez más, cierto Corniche azul claro vuelve a bloquear la entrada —bufó—. Como sabe, pedimos a las visitas que mantengan libre la entrada del edificio para que los repartidores puedan aparcar.

—¿Por qué no me ha avisado por el intercomunicador? —lo interrumpí exasperada, aunque sabía perfectamente de quién era el coche del que hablaba.

—Señora, el intercomunicador lleva una semana sin funcionar…

—Boswell, ¿por qué no lo ha hecho reparar?

—Señora, soy el portero, y el portero no se encarga de las reparaciones. Es tarea del administrador. El portero hace pasar a las visitas y se ocupa de que la entrada…

—Está bien, está bien. Dígale que suba.

En Nueva York sólo conocía una persona que tuviera un Corniche azul claro: Lily Rad. Como era domingo, estaba convencida de que conduciría Saul. Él se ocuparía de cambiar de lugar el coche mientras ella subía a molestarme. El problema consistía en que Boswell seguía mirándome torvamente.

—Señora, queda por resolver el problema del animalito. Su invitada insiste en entrarlo en el edificio, a pesar de que le he repetido hasta la saciedad que… —Era demasiado tarde.

En aquel instante, un hato de pelo franqueó como una bala el recodo del pasillo de los ascensores. Vino derecho hacia mi apartamento, bufó entre Boswell y yo y se perdió en la entrada. Tenía el tamaño de un plumero y soltaba chillidos agudos mientras volaba a la altura del suelo. Boswell me miró con profundo desdén, pero no abrió la boca.

—Calma, Boswell —dije y me encogí de hombros—. Digamos que nadie lo ha visto, ¿de acuerdo? Le aseguro que no creará problemas y que lo echaré en cuanto lo encuentre.

En aquel preciso instante Lily apareció en el recodo. Estaba envuelta en una capa de marta cebellina de la que colgaban colas largas y ahuecadas. Sus cabellos rubios estaban recogidos en tres o cuatro coletas que salían disparadas en todas direcciones, por lo que no se veía dónde terminaba su cabellera y dónde empezaba la capa. Boswell suspiró y cerró los ojos.

Lily ignoró olímpicamente a Boswell, me dio un fugaz beso en la mejilla y pasó entre los dos para entrar en mi apartamento. Para una persona de la osamenta de Lily no era fácil pasar entre otras, pero hay que reconocer que llevaba su peso con estilo. Al entrar, comentó con su voz gutural de canción sentimental:

—Dile al portero que no se ponga nervioso. Saul dará vueltas a la manzana hasta que salgamos.

Vi alejarse a Boswell, solté un quejido contenido y cerré la puerta. Entré con pesar en el apartamento, dispuesta a hacer frente a otra tarde de domingo arruinada por la persona de Nueva York que menos me gustaba: Lily Rad. Juré que esta vez me la sacaría de encima a todo gas.

Mi piso se componía de una amplia estancia de techo altísimo y un baño situado al final del largo vestíbulo. En la amplia estancia había tres grupos de puertas que albergaban un armario, una despensa y una cómoda cama abatible. La estancia era un laberinto de árboles gigantes y plantas exóticas que formaban senderos selváticos. Por todas partes había pilas de libros, montones de cojines de tafilete y objetos eclécticos procedentes de tiendas de chatarra de la Tercera Avenida. Tenía lámparas indias de pergamino pintado a mano, jarras mexicanas de mayólica, aves de cerámica francesa esmaltada y fragmentos de cristal de Praga. Las paredes estaban cubiertas de óleos a medio hacer, aún húmedos; viejas fotos en marcos tallados y espejos antiguos. Del techo colgaban campanillas, móviles y peces de papel satinado. El único mueble era un piano de cola, de ébano, situado cerca de las ventanas.

Lily deambulaba por el laberinto como una pantera liberada y apartaba cosas al tiempo que buscaba a su perro. Arrojó al suelo su capa de colas de marta. Me sorprendí al ver que iba casi desnuda. Lily tenía la figura de una escultura de Maillol, con delgados tobillos y pantorrillas curvilíneas que se ensanchaban al ascender para llegar a una ondulante superabundancia de carne fofa. Había encajado esa masa en un escueto vestido de seda morada que acababa donde empezaban sus muslos. Cada vez que se movía, recordaba un flan de gelatina, tembloroso y transparente. Lily levantó un almohadón y descubrió a la sedosa y pequeña bola de pelusa que la acompañaba a todas partes. Lo cogió en brazos y lo arrulló con su voz sensual.

—Aquí está mi querido Carioca —ronroneó—. Quería ocultarse de su mami. Es un perrín malísimo.

Se me encogió el estómago.

—¿Quieres un vaso de vino? —propuse mientras Lily depositaba a Carioca en el suelo.

El perro echó a correr y ladró como un auténtico cabrón. Fui a la despensa y saqué el vino de la nevera.

—Supongo que tienes el horroroso Chardonnay que regala Llewellyn —dijo Lily—. Lleva años intentando quitárselo de encima.

Aceptó el vaso que le ofrecí y bebió un trago. Deambuló en medio de la fronda y se detuvo ante el cuadro en el que yo había estado trabajando cuando su visita dio al traste con esa tarde de domingo.

—Oye, ¿conoces a este tío? —preguntó a bote pronto, refiriéndose al hombre del cuadro, un individuo montado en bicicleta y vestido de blanco, que se desplazaba encima de un esqueleto—. ¿Lo pintaste siguiendo el modelo del chico de abajo?

—¿Qué chico de abajo? —pregunté, me senté en el taburete del piano y miré a Lily.

Lily llevaba los labios y las uñas pintados de rojo. En contraste con su pálida piel, creaba el aura de la puta-diosa blanca que había arrastrado hasta la vida en la muerte al caballero verde o al antiguo marinero. Luego pensé que lo hacía adrede. Caissa, la musa del ajedrez, era tan implacable como la musa de la poesía. Las musas tenían por costumbre aniquilar a los que inspiraban.

—El hombre de la bici —decía Lily—. Iba vestido de esa manera... Con capucha y tapado de la cabeza a los pies. Reconozco que sólo lo vi de espaldas. Estuvimos a punto de atropellarlo y tuvimos que subirnos a la acera.

—¿Hablas en serio? —pregunté sorprendida—. Es cosecha de mi imaginación.

—Es aterrador, como un hombre que se encamina a su propia muerte —añadió Lily—. Además, había algo siniestro en la forma en que aquel hombre acechaba alrededor de este edificio...

—¿Qué has dicho?

Algo había hecho sonar una campana en mi subconsciente. *Contempla la pálida cabalgadura y el nombre de quien la monta es Muerte.* ¿Dónde lo había oído?

Carioca ya no ladraba y ahora soltaba sospechosos gruñidos. Rascaba con las patas las virutas de pino de una de las orquídeas y las desparramaba por el suelo. Me acerqué, lo cogí en brazos, lo metí en el armario y cerré la puerta.

—¿Cómo te atreves a encerrar a mi perro en el armario? —preguntó Lily.

—En este edificio sólo admiten la entrada de perros si están encerrados en una caja —expliqué—. Y no tengo ninguna. Dime ¿qué te trae por aquí? Hace meses que no nos vemos.

Gracias a Dios, pensé.

—Harry quiere dar una fiesta de despedida en tu honor —replicó, se sentó en el taburete y apuró el resto del vino—. Quiere que tú decidas la fecha. Preparará personalmente la cena.

Las benditas patas de Carioca arañaban el interior de la puerta del armario, pero no me di por aludida.

—Me encantaría cenar con vosotros —respondí—. ¿Por qué no el miércoles? Probablemente me iré el próximo fin de semana.

—Muy bien —concluyó Lily.

Del armario llegaban golpes secos a medida que Carioca lanzaba su minúsculo cuerpo contra la puerta. Lily se movió inquieta.

—Por favor, ¿puedo sacar a mi perro del armario?

—¿Ya te vas? —pregunté ilusionada.

Saqué la serie de pinceles del bote de linaza y me dirigí al fregadero para aclararlos, como si Lily ya se hubiera ido. Permaneció callada unos segundos y finalmente preguntó:

—¿Tienes plan para esta tarde?

—Al parecer, mis planes hoy se han ido a pique —respondí desde la despensa mientras vertía detergente en agua caliente para que formara pompas espumosas.

—¿Alguna vez has visto jugar a Solarin? —preguntó, sonrió débilmente y me miró con sus enormes ojos grises.

Metí los pinceles en agua y le devolví la mirada. Sus palabras se parecían sospechosamente a una invitación para asistir a una partida de ajedrez. Lily se jactaba de no asistir jamás a menos que fuera uno de los contendientes.

—¿Quién es Solarin? —quise saber.

Lily me miró realmente sorprendida, como si acabara de preguntar quién era la reina de Inglaterra.

—Había olvidado que no lees la prensa —replicó—. No se habla de otra cosa. ¡Es el acontecimiento político de esta década! Se le considera el mejor ajedrecista desde los tiempos de Capablanca, un «natural». Lo que ocurre es que por primera vez en tres años le han permitido salir de la Unión Soviética…

—Creía que Bobby Fisher estaba considerado el mejor jugador del mundo —comenté mientras frotaba los pinceles con agua caliente—. ¿Tiene algo que ver con el cacao de Reykjavik del verano pasado?

—Por lo menos has oído hablar de Islandia —dijo Lily, se levantó, se acercó y se apoyó en la puerta de la despensa—. Ocurre que desde entonces Fisher no ha vuelto a jugar. Corren rumores de que no defenderá el título, de que no volverá a jugar en público. Los rusos están intrigados. El ajedrez es el deporte nacional de la Unión Soviética y los rusos se agarran de los pelos con tal de conquistar los mejores puestos. Y si Fisher no sale al ruedo, simplemente no habrá contendientes al título fuera de Rusia.

—De manera que el ruso que esté mejor situado tiene una clara oportunidad de alzarse con el título —deduje—. Y supones que ese individuo…

—Solarin.

—¿Crees que será campeón?

—Puede que sí, puede que no —respondió Lily y se entusiasmó con su tema preferido—. Eso es lo sorprendente. Todos lo consideran el mejor, pero no cuenta con el respaldo del Politburó, que es imperativo para todo jugador ruso. ¡A decir verdad, en los últimos años los rusos no le han permitido jugar!

—¿Por qué? —Acomodé los pinceles en el escurreplatos y me sequé las manos con un trapo de cocina—. Si ganar les interesa tanto como para convertirlo en una cuestión de vida o muerte…

—Evidentemente Solarin no se ajusta al molde soviético —me interrumpió Lily al tiempo que sacaba el vino de la nevera y se servía otro vaso—. Hubo algunos problemas en un torneo que se celebró hace tres años en España. Se llevaron a Solarin en la quietud de la noche, reclamado por la madre Rusia. Primero dijeron que estaba enfermo y luego que había sufrido una crisis nerviosa. Todo tipo de rumores y a continuación el silencio más absoluto. Desde entonces no se ha sabido nada de él… hasta esta semana.

—¿Qué ha pasado esta semana?

—Esta semana, como por arte de birlibirloque, Solarin se presenta en Nueva York empotrado en un núcleo de funcionarios de la KGB. Aparece en el Manhattan Chess Club y declara que quiere participar en el Torneo Hermanold. Su actitud es disparatada en varios sentidos. A este tipo de torneos sólo puedes asistir y participar por invitación expresa. Nadie invitó a Solarin. Además, se trata de un torneo por invitación de la Zona Cinco, que corresponde a Estados Unidos. La Zona Cuatro corresponde a la Unión Soviética. Te imaginarás la consternación que sintieron al ver de quién se trataba.

—¿Y no podían decirle que no?

—¡Y un cuerno! —exclamó Lily—. John Hermanold, el patrocinador del torneo, hizo sus pinitos como productor teatral. Desde la conmoción Fisher en Islandia, el mercado ajedrecístico ha ido en aumento. Ahora hay dinero en juego. Hermanold sería capaz de dar la vida con tal de incluir un nombre como el de Solarin.

—No entiendo cómo se las ingenió Solarin para salir de Rusia y participar en este torneo si los soviéticos no quieren que juegue.

—Querida, ése es el quid de la cuestión —replicó Lily—. Además, el guardaespaldas de la KGB da a entender que ha venido con la aceptación de su gobierno. ¿Qué te parece? Ah, es un misterio fascinante. Por eso pensé que hoy te gustaría asistir... —Lily calló.

—¿Ir adónde? —pregunté cordialmente, aunque sabía adónde quería llegar Lily.

Me divirtió ver que se ponía violenta. Lily había aireado a los cuatro vientos su más absoluta indiferencia sobre las competiciones. Según se comentaba, había dicho: «No juego con el individuo, sino con el tablero.»

—Esta tarde juega Solarin —afirmó insegura—. Es su primera intervención pública después del escándalo en España. No queda una sola entrada y los precios de reventa están por las nubes. La partida comienza dentro de una hora y sospecho que podríamos colarnos...

—Bueno, te lo agradezco, pero paso —la interrumpí—. Ver una partida de ajedrez me resulta muy aburrido. ¿Por qué no vas sola?

Lily sujetó el vaso de vino y se sentó rígidamente en el taburete del piano. Dijo con tono tenso pero bajo:

—Sabes que no puedo.

∞

Tuve la certeza de que era la primera vez que Lily tenía que pedir un favor. Si yo la acompañaba, ella podía simular que sólo le hacía un favor a una amiga. Si se presentaba sola y compraba una entrada, las columnas especializadas se frotarían las manos. Solarin podía ser un notición, pero en los círculos ajedrecísticos de Nueva York la presencia de Lily Rad en una partida se convertía en una noticia aún más significativa. Era una de las jugadoras mejor situadas de Estados Unidos y, sin duda, la más extravagante.

—La semana que viene me toca jugar con el ganador de la partida de hoy —confesó con los labios fruncidos.

—Ah, ya comprendo —repliqué—. Cabe la posibilidad de que gane Solarin. Como nunca te has enfrentado con él y como es indudable que jamás has leído una línea sobre su estilo de juego...

Me acerqué al armario y abrí la puerta. Carioca se asomó furtivamente. Se lanzó sobre mi pie y luchó con un hilo suelto de mi alpargata. Lo miré, lo alcé con los dedos del pie y lo dejé caer sobre una pila de cojines. Se retorció de entusiasmo y destrozó unas cuantas plumas con sus dientes afilados.

—No entiendo por qué te quiere tanto —comentó Lily.

—Simplemente sabe quién manda —repliqué.

Lily guardó silencio.

Carioca revolvió los cojines con gran entusiasmo. Aunque yo sabía muy poco de ajedrez, me di cuenta de que ocupaba el centro del tablero, pero decidí que la siguiente jugada no me correspondía.

—Tienes que acompañarme —pidió finalmente Lily.

—Me parece que lo has planteado mal —opiné.

Lily se puso en pie y se acercó a mí. Me miró a los ojos y dijo:

—No te imaginas lo que este torneo representa para mí. Hermanold ha convencido a los miembros de la comisión ajedrecística para que el torneo sea puntuable, invitando a todos los GM y a los MI de la Zona Cinco. Si me hubiera clasificado bien y sumado puntos, podría haber participado en las grandes ligas, tal vez habría ganado, pero tuvo que aparecer Solarin.

Yo sabía perfectamente que las complejidades de la preselección de los ajedrecistas eran un misterio. Aún lo era más la concesión de títulos como los de gran maestro (GM) y maestro internacional (MI). Cabía suponer que en un juego tan matemático como el ajedrez, las pautas de supremacía eran algo más claras, pero lo cierto es que funcionaban como un club de viejos compinches. Aunque comprendía la exasperación de Lily, había algo que seguía desconcertándome.

—¿Qué importancia tiene que quedes segunda? —pregunté—. Sigues siendo una de las mujeres mejor clasificadas de Estados Unidos...

—¡Las mujeres mejor clasificadas! ¿Las mujeres? —preguntó Lily.

Parecía a punto de escupir en el suelo. Recordé que Lily daba mucha importancia al hecho de no enfrentarse jamás con mujeres. El ajedrez era un juego masculino y, para ganar, tenías que derrotar a los hombres. Lily tuvo que esperar más de un año el título de MI que, en su opinión, ya había conquistado. Me di cuenta de que ese torneo era importante porque, si superaba a jugadores que tenían una categoría superior a la suya, ya no podrían escatimarle el título.

—No entiendes nada —me espetó Lily—. Es un torneo eliminatorio. Estoy emparejada con Solarin en la segunda partida, si es que los dos ganamos la primera, cosa que ocurrirá. Si juego con él y pierdo, quedo retirada del torneo.

—¿No te crees capaz de derrotarlo? —pregunté. Aunque Solarin tenía mucha prensa, me sorprendía que Lily reconociera la posibilidad de la derrota.

—No estoy segura —replicó sinceramente—. Mi entrenador opina que no podré ganarle. Considera que Solarin me dará un paseo por el tablero. Podría darme un buen revolcón. No te imaginas qué se siente al perder una partida. Odio perder, lo odio de todo corazón. —Lily apretaba los dientes y tenía los puños cerrados.

—Al principio, ¿no tienen que emparejarte con jugadores de tu misma talla? —inquirí porque creía haber leído algo al respecto.

—En Estados Unidos sólo hay unas pocas decenas de jugadores que superan los dos mil cuatrocientos puntos —respondió Lily sombríamente—. Pero no todos participan en este torneo. La última puntuación de Solarin supera los dos mil quinientos puntos, y en este torneo sólo hay cinco personas entre su categoría y la mía. Si me enfrento tan pronto con él, no podré prepararme con otras partidas.

Ahora comprendía todo. El productor teatral que organizaba el torneo había invitado a Lily por su valor promocional. Estaba ávido de vender entradas, y Lily era la Josephine Baker del ajedrez. Lo tenía todo salvo el ocelote y los plátanos. Pero ahora que contaba con una atracción mayor bajo la forma de Solarin, podía sacrificar a Lily en tanto bien prescindible. La emparejaría con Solarin en las primeras partidas y la borraría del torneo. Para él no tenía ninguna importancia que la competición fuera para Lily el medio para conquistar el título. Súbitamente pensé que el mundo del ajedrez no se diferenciaba mucho del de los interventores públicos autorizados.

—Vale, te has explicado —afirmé y eché a andar por el pasillo.

—¿Adónde vas? —preguntó Lily alzando la voz.

—Quiero darme una ducha —grité por encima del hombro.

—¿Una ducha? —parecía histérica—. ¿Para qué coño quieres ducharte?

—Necesito ducharme y cambiarme para asistir dentro de una hora a esa partida de ajedrez —respondí, me detuve junto a la puerta del baño y me volví para mirarla.

Lily me contempló en silencio. Tuvo el buen gusto de sonreír.

∞

Me sentía ridícula a bordo de un descapotable a mediados de marzo, mientras se acumulaban las nubes de nieve y la temperatura se mantenía bajo cero. Lily se había envuelto en su capa de marta cebellina. Carioca arrancaba graciosamente las colas de piel y las esparcía por el suelo del coche. Yo sólo llevaba un abrigo de lana negra y me estaba congelando.

—¿Este coche no tiene capota? —pregunté a contraviento.

—¿Por qué no dejas que Harry te haga un abrigo de piel? Al fin y al cabo, es su oficio y te adora.

—En este momento no me servirá de nada —respondí—. Explícame por qué esta partida se celebra en sesión cerrada en el Metropolitan Club. Cabe pensar que el patrocinador está interesado en sacarle la máxima publicidad a la primera partida que después de varios años Solarin juega en territorio occidental.

—Sin duda sabes mucho de patrocinadores —coincidió Lily—. Sin embargo, hoy Solarin se enfrenta con Fiske. Podría ser contraproducente celebrar un encuentro público en lugar de una tranquila partida privada. Fiske está bastante chiflado.

—¿Y quién es Fiske?

—Antony fiske, un jugador extraordinario —repuso Lily y se arrebujó las pieles—. Es GM británico, pero está inscrito en la Zona Cinco porque vivía en Boston cuando se dedicaba activamente al ajedrez. Me sorprende que haya aceptado porque lleva años sin jugar. En el último torneo en que participó, hizo echar al público. Creía que en la sala había micrófonos ocultos y en el aire vibraciones misteriosas que interferirían sus ondas cerebrales. Todos los ajedrecistas están al borde de la locura. Se cuenta que Paul Morphy, el primer campeón estadounidense, murió sentado, totalmente vestido, en una bañera repleta de zapatos de mujer. Aunque la locura es uno de los riesgos principales del ajedrez, yo no acabaré en el manicomio. Sólo le pasa a los hombres.

—¿Por qué?

—Querida, porque el ajedrez es un juego edípico. Lisa y llanamente, consiste en matar al rey y follarse a la dama. A los psicólogos les encanta seguir a los jugadores de ajedrez para comprobar si se lavan las manos con demasiada frecuencia, olisquean zapatillas viejas o se masturban entre una sesión y la siguiente. Y después escriben artículos en la revista de la Asociación Médica Norteamericana.

El Rolls Corniche azul claro se detuvo frente al Metropolitan Club de la 60th Street, a la vuelta de la Quinta Avenida. Saul nos abrió la puerta. Lily le entregó a Carioca y se adelantó por la rampa con dosel que bordeaba el patio adoquinado y conducía a la entrada. Saul, que durante el trayecto no había abierto la boca, me guiñó un ojo. Me encogí de hombros y seguí a Lily.

El Metropolitan Club es una vetusta reliquia del viejo Nueva York. Club residencial privado para hombres, en su interior nada parecía haber cambiado desde hacía un siglo. La desteñida moqueta roja del vestíbulo necesitaba una limpieza, y pulimento la madera oscura y biselada de la recepción. Sin embargo, el salón principal compensaba con su encanto el brillo del que carecía la entrada.

El vestíbulo daba a una enorme sala con techos a nueve metros de altura, tallados en paladio e incrustados con pan de oro. De un largo cordón, del centro mismo, pendía una única araña. Dos lados estaban ocupados por hileras de balcones cuyas barandillas ornadamente esculpidas daban al centro, como en los patios venecianos. La tercera pared estaba forrada hasta el techo con espejos dorados que reflejaban los balcones. El cuarto lado quedaba separado del vestíbulo por altos tabiques de tablillas de terciopelo rojo. Dispersas por el suelo de mármol, a cuadros blancos y negros como las casillas de un tablero de ajedrez, había decenas de mesillas rodeadas de sillas de piel. En la esquina más distante reposaba un piano de ébano, junto a un biombo lacado.

Mientras yo observaba la decoración, Lily me llamaba desde el balcón del primer piso. Su capa de piel colgaba de la barandilla. Me señaló la gran escalera de mármol que, desde el vestíbulo, ascendía en curva hasta el balcón del primer piso.

Cuando subí, Lily me guió hasta la pequeña sala de juego. La habitación estaba decorada en verde musgo y tenía amplias puertaventanas que daban a la Quinta Avenida y al parque. Varios trajabadores se encargaban de quitar mesas con sobre de piel para jugar a cartas y tapetes verdes donde apostar. Nos miraron sobresaltados mientras apilaban las mesas junto a la pared cercana a la puerta.

—Aquí se celebrará la partida —me explicó Lily—. No sé si ya han llegado todos. Todavía nos queda media hora. —Se volvió hacia uno de los trabajadores y preguntó—: ¿Sabe dónde está John Hermanold?

—Tal vez en el comedor. —El hombre se encogió de hombros—. Puede llamar y pedirle al botones que lo vaya a buscar. —Miró de forma muy poco halagüeña a Lily, con su escueto vestido. Me alegré de haberme puesto un conservador pantalón de franela gris. Empecé a quitarme el abrigo, pero el obrero me detuvo—. Está prohibida la presencia de señoras en la sala de juegos —me comunicó.

Añadió en dirección a Lily—: Tampoco pueden entrar en el comedor. Será mejor que vayan a la planta baja y telefoneen.

—Pienso asesinar a ese cabrón de Hermanold —masculló Lily apretando los dientes—. Un club privado para hombres, ¿a quién se le ocurre?

Echó a andar por el pasillo en pos de su presa. Me volví y me dejé caer en una silla, entre las miradas hostiles de los trabajadores. No envidiaba la suerte que correría Hermanold cuando se topara con Lily.

Permanecí sentada en la sala de juego, mirando por las sucias ventanas que daban a Central Park. Afuera ondeaban unas pocas banderas y la opaca luz invernal atemperaba un poco más sus colores desvaídos.

—Por favor —dijo una voz arrogante a mis espaldas.

Me volví y vi a un cincuentón alto y atractivo, de pelo oscuro y sienes plateadas. Vestía una blazer azul marino con un rebuscado escudo, pantalón gris y polo blanco. Olía poderosamente a Andover y Yale.

—No se permite la entrada en esta sala hasta que comience el torneo —declaró con firmeza—. Si tienen entrada, puedo acomodarla abajo hasta el comienzo de la partida. De lo contrario, tendrá que abandonar el club.

Su atractivo inicial empezaba a esfumarse. Guapo pero descerebrado, pensé. Dije en voz alta:

—Prefiero quedarme aquí. Estoy esperando a alguien que traerá mi entrada…

—Me temo que no es posible —añadió bruscamente y me cogió del brazo—. He asegurado al club que respetaríamos las reglas. Además, existen medidas de seguridad…

Pese a que me tironeaba con toda la dignidad de que era capaz, yo me mantenía en mis trece. Enganché los tobillos en las patas de la silla y le sonreí.

—He prometido a mi amiga Lily Rad que la esperaría aquí —le dije—. Está buscando a…

—¡Lily Rad! —exclamó y me soltó el brazo como si fuera un atizador al rojo vivo. Me repantigué y le sonreí tiernamente—. ¿Lily Rad está aquí? —Seguí sonriendo y asentí—. Permítame que me presente, señorita…

—Velis, Catherine Velis.

—Señorita Velis, soy John Hermanold —se presentó—, el patrocinador del torneo. —Me estrechó cordialmente la mano—. No se imagina el honor que supone la presencia de Lily en esta partida. ¿Dónde puedo encontrarla?

—Le está buscando —repliqué—. Nos dijeron que estaba en el comedor. Probablemente ha subido a buscarle.

—En el comedor —repitió Hermanold, imaginando lo peor—. Iré a buscarla, ¿de acuerdo? Luego nos reuniremos y las invitaré a tomar algo.

Hermanold salió apresuradamente.

Ahora que Hermanold era mi amigo de toda la vida, los trabajadores pasaron a mi lado con envidioso respeto. Los vi sacar de la sala las mesas apiladas y montar delante de las ventanas hileras de sillas, dejando un pasillo en el medio. Aunque parezca extraño, se arrodillaron cinta métrica en mano y acomodaron los muebles según un modelo invisible que parecían seguir.

Contemplaba las maniobras con tanta curiosidad que no reparé en el hombre que entró silenciosamente hasta que pasó junto a mi silla. Era alto, delgado, de pelo rubio ceniza largo y rizado a la altura de la nuca. Vestía pantalón gris y una camisa holgada, de hilo blanco, cuyo cuello abierto dejaba ver el cuello firme y los bonitos huesos de un bailarín. Se acercó prestamente a los trabajadores y les habló en voz baja.

Los que medían el suelo se levantaron inmediatamente y se acercaron al recién llegado. Éste estiró el brazo para señalar algo y los trabajadores se apresuraron a cumplir sus deseos.

El gran tablero de la parte delantera fue reacomodado varias veces, alejaron la mesa de los árbitros de la zona de juego y movieron de aquí para allá la propia mesa del ajedrez, hasta que quedó perfectamente equidistante de las paredes. Vi que los trabajadores no protestaban al realizar esas extrañas maniobras. Parecían respetar al recién llegado y no estaban dispuestos a mirarlo a los ojos mientras cumplían sus órdenes al pie de la letra. Entonces noté que el desconocido no sólo era consciente de mi presencia, sino que hacía preguntas sobre mí a los trabajadores. Señaló en dirección a mí y al final se dio la vuelta para mirarme. Cuando lo hizo, me estremecí. Había algo a un tiempo conocido y extraño en su persona.

Sus pómulos altos, su delgada nariz aguileña y su firme mentón creaban planos angulosos que, como el mármol, atrapaban la luz. Sus ojos eran de un tono gris verdoso claro, del color del mercurio líquido. Parecía una excelsa pieza renacentista esculpida en piedra. Al igual que en la piedra, también en él había algo frío e impenetrable. Quedé tan fascinada como el pájaro por la serpiente y me cogió con la guardia baja cuando inesperadamente se apartó de los trabajadores y cruzó la sala hasta donde yo estaba.

Al llegar a mi silla, me cogió las manos y me obligó a levantarme. Me sujetó del brazo, me llevó hacia la puerta antes de que me diera cuenta de lo que ocurría y me susurró al oído:

—¿Qué haces aquí? No has debido venir.

Percibí un ligerísimo acento. Su conducta me dejó azorada: yo era una perfecta desconocida. Me paré en seco y pregunté:

—¿Y tú quién eres?

—Quién soy yo no tiene ninguna importancia —respondió en voz baja. Me miró con esos ojos de color verde claro, como si intentara recordar algo—. Lo importante es que sé quién eres tú. Cometiste un gran error al venir. Corres un gran peligro. En este momento percibo un gran peligro a mi alrededor.

Tuve la impresión de que ya había oído esas palabras.

—¿De qué estás hablando? —pregunté—. He venido a ver la partida de ajedrez. Estoy con Lily Rad. John Hermanold dijo que podía...

—Sí, claro —me cortó con impaciencia—. Ya lo sé, pero debes irte de inmediato. Te ruego que no me pidas explicaciones. Deja el club lo más rápido posible... Por favor, hazme caso.

—¡Qué disparate! —exclamé alzando la voz. El hombre se apresuró a mirar a los trabajadores y volvió a dedicarse a mí—. No tengo la menor intención de marcharme a menos que me expliques a qué te refieres. No sé quién eres. Es la primera vez que te veo. ¿Con qué derecho...?

—Me has visto —aseguró quedamente. Me cogió del hombro con delicadeza y me miró a los ojos—. Y volverás a verme. Te ruego que abandones inmediatamente este lugar.

Se esfumó. Dio media vuelta y abandonó la sala de juego con el mismo sigilo con que había llegado. Yo estaba temblando. Miré a los trabajadores y vi que seguían ocupados; evidentemente, no habían notado nada raro. Caminé hacia la puerta y salí al balcón, confundida por tan insólito encuentro. Me di cuenta de que aquel hombre me recordaba a la pitonisa.

Lily y Hermanold me llamaban desde el salón de la planta baja. Estaban sobre las baldosas de mármol blanco y negro, a mis pies, y parecían trebejos disparatadamente ataviados y colocados en un tablero atiborrado, ya que otras personas se movían a su alrededor.

—Baje y la invitaré a una copa —propuso Hermanold.

Caminé por el balcón hasta la escalera de mármol enmoquetada en rojo y bajé al vestíbulo. Aún me temblaban las piernas. Deseaba quedarme a solas con Lily y contarle lo ocurrido.

—¿Qué le apetece? —me preguntó Hermanold al llegar a la mesa. Apartó una silla para mí. Lily ya había tomado asiento—. Deberíamos beber champaña. ¡No todos los días contamos con la presencia de Lily en una partida de ajedrez de otro jugador!

—Nunca asisto —declaró Lily exasperada mientras ponía su capa de piel en el respaldo de la silla.

Hermanold pidió champaña y se lanzó a un panegírico de sí mismo que puso de punta los pelos de Lily.

—El torneo marcha sobre ruedas. Ya no quedan entradas para ninguna jornada. La publicidad ha dado resultado. Ni siquiera yo podía imaginar que atraeríamos a tantas luminarias. En primer lugar, Fiske abandona su retiro y, a continuación, el bombazo: ¡llega Solarin! Y tú, por supuesto —añadió palmeando la rodilla de Lily. Deseaba interrumpirlo y pedir información sobre el desconocido con el que me había topado arriba, pero no pude intercalar una sola palabra—. Es una pena no haber podido contratar el gran salón del Manhattan para la partida de hoy —comentó en cuanto nos sirvieron el champaña—. Se habría llenado hasta la bandera. De todos modos, Fiske me tiene preocupado. Hay varios médicos por si surge algún contratiempo. Me pareció mejor que juegue una de las primeras partidas, que sea eliminado al principio. No está en condiciones de llegar a la gran final y su mera presencia ya ha atraído a la prensa.

—Es muy estimulante la posibilidad de ver a dos grandes maestros y una crisis nerviosa en una misma partida —comentó Lily.

Hermanold la miró preocupado mientras servía el champaña. No estaba seguro de que Lily estuviera bromeando, pero para mí estaba claro. El comentario acerca de que Fiske fuera eliminado ya en un principio había dado en el blanco.

—Creo que, a pesar de todo, me quedaré a ver la partida —agregó Lily inocentemente y bebió champaña—. Pensaba irme en cuanto le encontrara un buen lugar a Cat...

—¡No te vayas! —suplicó Hermanold con expresión de auténtica alarma—. No quiero que te pierdas este acontecimiento, es la partida del siglo.

—Y los periodistas a los que has telefoneado se sentirán muy defraudados si no me encuentran, tal como les prometiste. ¿Me equivoco, querido John?

Lily bebió un buen sorbo de champaña al tiempo que los colores subían a la cara de Hermanold. Me dije «ésta es la mía» y pregunté:

—¿Era Fiske el hombre que he visto arriba hace unos minutos?

—¿En la sala de juego? —Hermanold parecía preocupado—. Espero que no. Debería descansar antes del encuentro.

—Quienquiera que fuese, me ha parecido muy extraño —comenté—. Entró y pidió a los trabajadores que cambiaran de lugar los muebles...

—¡Santo Dios! —exclamó Hermanold—. Ha tenido que ser Fiske. La última vez que lo vi insistió en que una persona o silla abandonaran la sala a medida que comían piezas. Según dijo, le permitía recuperar su sentido «del equilibrio y la armonía». Por si esto fuera poco, odia a las mujeres, no quiere que estén presentes mientras juega...

Hermanold intentó palmear la mano de Lily, pero ésta la retiró.

—Quizá por eso me ha pedido que me fuera —dije.

—¿Le ha pedido que se fuera? —preguntó Hermanold—. No era necesario, tendré que hablar con él antes de la partida. Debe comprender que no puede actuar como en los tiempos en que era una estrella. Hace más de quince años que no participa en un torneo de categoría.

—¿Quince años? —me asombré—. Debió de retirarse cuando sólo tenía doce. El hombre que he visto en el primer piso era joven.

—¿Está segura? —Hermanold parecía desconcertado—. ¿Quién puede ser?

—Era un hombre alto, delgado y muy pálido. Atractivo pero gélido...

—Ah, claro, se trata de Alexei. —Hermanold rió.

—¿Alexei?

—Alexander Solarin —intervino Lily—. Ya lo conoces, querida, es el jugador que tienes tantas ganas de ver, el bombazo.

—Hábleme de Solarin —pedí al patrocinador del torneo.

—No sé qué decir —replicó Hermanold—. Ni siquiera sabía qué aspecto tenía hasta que llegó y se inscribió en el torneo. Solarin es un verdadero misterio. No se reúne con nadie, no permite que le tomen fotos. No podemos permitir la entrada de cámaras en la sala de juego. Gracias a mi perseverancia, finalmente accedió a dar una rueda de prensa. Al fin y al cabo, ¿de qué sirve tenerlo si no podemos publicitarlo?

Lily lo miró exasperada y suspiró estentóreamente.

—John, gracias por la copa. —Y se colgó las pieles del hombro.

Me puse en pie tan rápido como Lily. Abandoné el salón y subí la escalera a su lado.

—No he querido hablar delante de Hermanold —susurré mientras caminábamos junto al balcón—, pero hay algo raro en Solarin. Aquí pasa algo.

—Siempre pasa lo mismo —confirmó Lily—. En el mundo del ajedrez, sólo conoces idiotas, cabrones o ambas cosas a la vez. Estoy segura de que Solarin no es la excepción que confirma la regla. No soportan la participación de las mujeres...

—No hablo de eso —la interrumpí—. Solarin no me ha pedido que me fuera porque quería librarse de una mujer. ¡Me ha dicho que corro un gran peligro!

Había sujetado a Lily del brazo y nos habíamos detenido junto a la barandilla. El gentío aumentaba en el salón de la planta baja.

—¿Qué dices que te ha dicho? —preguntó Lily—. Me estás tomando el pelo. ¿Peligro en una partida de ajedrez? En esta situación, el único peligro es quedarse dormido. A Fiske le encanta atascarte con tablas y ahogados...

—Me ha advertido que corro peligro —repetí y la acerqué a la pared para que algunas personas pudieran pasar. Bajé la voz—: ¿Te acuerdas de la pitonisa que nos enviaste a Harry y a mí en Nochevieja?

—Oh, no —respondió Lily—. No me dirás que crees en el esoterismo. —Lily sonrió.

La gente se movía por el balcón y pasaba a nuestro lado en dirección a la sala de juego. Nos sumamos al fluir de la corriente. Lily seleccionó unos asientos laterales, cercanos a la primera fila, desde los que veríamos perfectamente la partida sin llamar la atención. Si es que eso era posible con el disfraz que llevaba Lily. Una vez sentadas, me acerqué a ella y le susurré:

—Solarin ha utilizado las mismas palabras que la pitonisa. ¿Harry no te comentó lo que me dijo la adivina?

—Jamás la he visto —afirmó Lily y sacó un ajedrez magnético del bolsillo de la capa. Lo acomodó sobre su regazo—. Me la recomendó una amiga, pero no creo en esa basura, por eso no la consulté.

Los asistentes tomaban asiento y la mayoría se sorprendía de la presencia de Lily. En la sala entró un puñado de periodistas, uno de los cuales llevaba una cámara colgada del cuello. Se percataron de la presencia de Lily e intentaron abordarla. Ella se agachó sobre el tablero y dijo en voz muy baja:

—Por si alguien pregunta, estamos profundamente concentradas en una charla sobre ajedrez.

Apareció John Hermanold. Se acercó deprisa a los periodistas y sujetó al que portaba la cámara justo antes de que llegara a nuestro lado.

—Lo siento mucho, pero tendrá que darme la cámara —advirtió al periodista—. El gran maestro Solarin no quiere cámaras en el salón del torneo. Por favor, ocupen sus asientos para que pueda empezar la partida. Más tarde podrán hacer entrevistas.

De mala gana, el periodista entregó la cámara a Hermanold. Se acercó con sus colegas a los asientos que el patrocinador les había asignado. El volumen de la conversación de la sala decreció hasta convertirse en un débil murmullo. Aparecieron los árbitros y ocuparon su mesa. Enseguida se presentó Solarin, a quien reconocí, y un hombre canoso y mayor que, deduje, era Fiske.

Fiske parecía presa de una gran tensión nerviosa. Le temblaba un ojo y movía su bigote gris como si quisiera espantar una mosca. Su pelo raleante y algo graso estaba peinado hacia atrás, pero sobre la frente le caían algunos mechones. Vestía chaqueta de terciopelo marrón que había conocido mejores tiempos y que echaba de menos un buen cepillado, con un cinturón, como los batines. Su holgado pantalón, también de color marrón, estaba arrugado. Me compadecí de Fiske. Parecía estar en un sitio equivocado y sentirse descorazonado.

Comparado con él, Solarin semejaba la estatua en alabastro de un lanzador de disco. Medía al menos una cabeza más que Fiske, que estaba encorvado. Se deslizó a un lado ágilmente, retiró de la mesa la silla de Fiske y lo ayudó a tomar asiento.

—Qué cabrón —masculló Lily entre dientes—. Pretende ganarse la confianza de Fiske, quiere sacar ventaja antes de que empiece la partida.

—¿No eres demasiado severa? —pregunté en voz alta.

Varias voces procedentes de la fila de atrás me hicieron callar.

Se acercó un chico con la caja de trebejos y los repartió. Puso las piezas blancas delante de Solarin. Lily me explicó que la ceremonia de sorteo de color se había celebrado el día anterior. Otro grupo de personas nos pidió silencio y cerramos el pico.

Mientras uno de los árbitros leía el reglamento, Solarin contemplaba al público. Como lo tenía de lado, me dediqué a observarlo minuciosamente. Se veía más sereno y relajado que un rato antes. Al encontrarse en su elemento, a punto de jugar al ajedrez, parecía tranquilo y apasionado, como un atleta minutos antes de la competición. Cuando nos vio a Lily y a mí, su rostro se tensó y me miró fijamente.

—Caray —dijo Lily—. Ahora comprendo a qué te referías al decir que era gélido. Me alegro de haberlo visto antes de tenerlo frente al tablero.

Solarin me miraba como si no pudiera creer en mi presencia, como si deseara levantarse y sacarme a rastras de la sala. De pronto tuve la creciente y deprimente sensación de que, al quedarme, había cometido un gravísimo error. Como las piezas ya estaban distribuidas y su reloj empezó a contar el tiempo, desvió la mirada hacia el tablero. Avanzó el peón del rey. Noté que Lily, sentada a mi lado, repetía la jugada en su tablero magnético. Un chico que se encontraba cerca de la pizarra anotó con tiza el movimiento: P4R.

Durante un rato la partida transcurrió sin incidentes. Tanto Solarin como Fiske perdieron un peón y un caballo. Solarin avanzó el alfil del rey. Algunos asistentes hablaron en voz baja. Uno o dos se levantaron a buscar café.

—Parece *giuoco piano* —suspiró Lily—. Esta partida podría ser interminable. Esa defensa es más vieja que Matusalén y jamás se emplea en los torneos. Por amor de Dios, hasta figura en el Manuscrito de Gotinga. —Pese a que jamás leía una palabra sobre ajedrez, Lily era un pozo de sabiduría—. Aunque permite a las negras desplegar sus piezas, es lenta, lenta, lentísima. Solarin no quiere ponerse duro con Fiske, le permitirá hacer unas cuantas jugadas antes de eliminarlo. Avísame si en la próxima hora ocurre algo.

—¿Cómo quieres que sepa si ocurre algo? —pregunté.

En ese momento Fiske hizo su jugada y paró el reloj. Un breve murmullo recorrió la sala y los pocos que se estaban yendo se detuvieron para mirar la pizarra. Alcé la vista y me encontré con la sonrisa, la extraña sonrisa de Solarin.

—¿Qué ha pasado? —pregunté a Lily.

—Fiske es más osado de lo que cabría esperar. En lugar de mover el alfil, ha adoptado la «defensa de los dos caballos». A los rusos les encanta. Es mucho más peligrosa. Me sorprende que haya adoptado esta táctica con Solarin, famoso por... —Se mordió el labio.

Hay que reconocer que Lily jamás investigaba el estilo de otros jugadores, ¿o no?

Solarin adelantó el caballo, y Fiske, el peón de la dama. Solarin lo comió. A continuación Fiske comió el peón de Solarin con el caballo, de modo que quedaron igualados. Al menos es lo que pensé. Me pareció que Fiske estaba en plena forma, con las piezas en el centro del tablero, en tanto las de Solarin quedaban atrapadas en la retaguardia. Solarin comió el alfil de Fiske con su caballo. Un sordo murmullo recorrió la sala de juego. Los pocos que habían salido regresaron deprisa, café en mano, y miraron la pizarra mientras el chico anotaba la jugada.

—*Fegatello!* —gritó Lily y esta vez nadie la hizo callar—. Es increíble.

—¿Qué quiere decir *fegatello*? —En el ajedrez parecían existir más palabras misteriosas que en el procesamiento de datos.

—Significa «hígado frito». Te aseguro que Fiske se freirá el hígado si utiliza el rey para comer ese caballo. —Se mordió la punta del dedo y miró el ajedrez magnético como si la partida se celebrara allí—. Algo tiene que perder. La dama y la torre están en posición de ataque y no puede llegar al caballo con ninguna otra pieza.

A mí me parecía ilógico que Solarin realizase semejante jugada. ¿Pensaba cambiar alfil por caballo sólo para que el rey se moviera un escaque?

—Si Fiske mueve el rey, no podrá enrocar —comentó Lily como si me hubiese adivinado el pensamiento—. El rey quedará situado en el centro del tablero y se la pasará luchando el resto de la partida. Más le valdrá mover la dama y sacrificar la torre.

Fiske comió el caballo con el rey. Solarin adelantó la dama y dio jaque. Fiske protegió el rey detrás de varios peones y Solarin retrocedió la dama para amenazar al caballo negro. Sin duda la partida se animaba, pero no supe adónde conduciría. Lily también parecía confundida.

—Aquí hay gato encerrado —susurró—. Ese estilo de juego no es el de Fiske.

Ocurría algo raro. Observé a Fiske y noté que, después de hacer su jugada, se negaba a apartar la mirada del tablero. Su nerviosismo aumentaba. Sudaba copiosamente y en las axilas de su chaqueta marrón se percibían grandes círculos oscuros. Parecía sentirse mal y, aunque le tocaba el turno a Solarin, Fiske se concentró en el tablero como si tuviera la esperanza de conquistar el cielo.

A pesar de que el reloj de Solarin estaba descontando el tiempo, también él contemplaba a Fiske. Miraba con tanta intensidad a su adversario que daba la impresión de que había olvidado la partida. Un buen rato después, Fiske alzó la vista del tablero para mirar a Solarin, pero desvió la mirada y volvió a concentrarse en el juego. Solarin entrecerró los ojos, tocó un trebejo y lo avanzó.

Yo me había olvidado de las jugadas. Observaba a aquellos dos individuos e intentaba adivinar qué ocurría entre ambos. Lily seguía a mi lado, boquiabierta, y estudiaba atentamente el tablero. De pronto Solarin se puso en pie y apartó la silla. Una gran conmoción sacudió la sala. Solarin accionó los botones que detenían los dos relojes y se inclinó hacia Fiske para decirle algo. Un árbitro se acercó corriendo a la mesa. Intercambió unas pocas palabras con Solarin y meneó la cabeza. Fiske seguía cabizbajo, con la mirada clavada en el tablero y las manos sobre el regazo. Solarin volvió a hablarle. El árbitro regresó a la mesa de los jueces. Todos los árbitros asintieron y el presidente se puso en pie y anunció:

—Damas y caballeros, el gran maestro Fiske no se siente bien. El gran maestro Solarin ha tenido la amabilidad de detener el reloj y de hacer una breve interrupción para que el señor Fiske pueda tomar el aire. Señor Fiske, entregue su próxima jugada en sobre cerrado a los árbitros y reanudaremos la partida dentro de media hora.

Fiske anotó la jugada con mano temblorosa, guardó el papel en un sobre, lo cerró y se lo entregó al árbitro. Antes de que los periodistas pudieran acosarlo, Solarin abandonó la sala y recorrió decidido el pasillo. Reinaba una gran agitación; infinidad de grupúsculos de personas hablaban en voz baja. Me volví hacia Lily:

—¿Qué ha pasado? ¿Qué ocurre?

—Es increíble —decretó—. Solarin no puede parar los relojes. Es tarea del árbitro. Va contra las reglas, deberían haber suspendido la partida. Sólo el árbitro puede parar los relojes si los contendientes están de acuerdo en hacer una interrupción. Y sólo después de que Fiske entregue su siguiente jugada en sobre cerrado.

—Entonces Solarin le ha regalado a Fiske un poco de tiempo —comenté—. ¿Por qué lo ha hecho?

Lily me observó con sus ojos grises casi translúcidos. Sus propios pensamientos parecieron sorprenderla.

—Sabe que no es el estilo de Fiske —respondió. Guardó silencio unos segundos. Añadió, reviviendo mentalmente la situación—: Solarin propuso a Fiske un cambio de damas. Según los parámetros del juego, no está obligado a hacerlo. Tengo la sospecha de que ha querido someter a prueba a Fiske. Todos saben que detesta perder la dama.

—¿Y Fiske ha aceptado? —pregunté.

—No —dijo Lily, todavía ensimismada—. No ha aceptado. Ha tocado la dama y la ha soltado. Ha intentado hacerlo pasar por *j'adoube*.

—¿Qué quiere decir?

—Toco, acomodo. Es perfectamente legal acomodar una pieza durante la partida.

—¿Y qué tiene de malo?

—Nada —aseguró Lily—. Pero debes decir «*j'adoube*» antes de tocar la pieza, nunca después de moverla.

—Quizá no se ha dado cuenta...

—Es un gran maestro —me interrumpió Lily y me miró largo rato—. Ha tenido que darse cuenta.

Lily se quedó estudiando el ajedrez magnético. No quería molestarla, pero la sala estaba vacía y nos encontrábamos solas. Permanecí a su lado, intentando deducir, con mis limitados conocimientos de ajedrez, lo que todo eso significaba.

—¿Quieres saber mi opinión? —preguntó Lily por fin—. Considero que el gran maestro Fiske ha hecho trampa. Me parece que está conectado a un transmisor.

Si hubiera sabido cuánta razón tenía, tal vez habría variado el curso de los acontecimientos que pronto se desencadenarían. Sin embargo, ¿cómo podía deducir lo que realmente había ocurrido a sólo tres metros de distancia, mientras Solarin estudiaba el tablero?

∞

Solarin estaba mirando el tablero cuando lo notó por primera vez. Al principio no fue más que un brillo percibido con el rabillo del ojo. Y a la tercera lo relacionó con la jugada. Fiske se ponía las manos sobre las piernas cada vez que Solarin paraba el reloj y comenzaba a funcionar el suyo. Solarin vigiló las manos de Fiske durante la siguiente jugada. Era el anillo. Hasta entonces Fiske jamás había llevado anillo.

Fiske jugaba temerariamente, se mojaba el culo. En cierto sentido, desarrollaba una estrategia más interesante. Cada vez que se arriesgaba, Solarin lo miraba a la cara. Así descubrió que no tenía la expresión de quien corre riesgos. A partir de entonces Solarin se dedicó a vigilar el anillo.

Era indudable que Fiske estaba conectado. Solarin jugaba con otra persona o cosa. No se encontraba en la sala y ciertamente no era Fiske. Solarin dirigió una mirada al hombre de la KGB, sentado junto a la pared más lejana. Si aceptaba el reto y perdía la maldita partida, quedaría eliminado del torneo. Era imprescindible que averiguara quién estaba conectado con Fiske y por qué.

Solarin se dedicó a jugar peligrosamente para tratar de descubrir la pauta de las respuestas de Fiske. Esa actitud estuvo a punto de enloquecer a Fiske. Solarin tuvo luego la genial idea de forzar un cambio de damas que no tenía ninguna relación con el desarrollo de la partida. Situó su dama, la ofreció y la arriesgó, sin importarle las consecuencias. Obligaría a Fiske a jugar su propia partida o a revelar que era un tramposo. Fue entonces cuando Fiske se derrumbó.

Durante unos segundos tuvo la sospecha de que Fiske aceptaría el cambio y le comería la dama. En ese caso, Solarin llamaría a los jueces y abandonaría. No podía jugar con una máquina o con lo que fuera a lo que Fiske estaba conectado. Pero éste reculó y reclamó *j'adoube*. Solarin dio un salto y se inclinó junto a Fiske:

—¿Qué diablos está haciendo? —murmuró—. Interrumpiremos hasta que recobre la sensatez. ¿Se da cuenta de que hay agentes de la KGB? Si les dice una sola palabra, puede despedirse de su carrera de ajedrecista.

Solarin llamó a los árbitros con una mano mientras con la otra paraba los relojes. Explicó al juez que Fiske se sentía mal y que entregaría en sobre cerrado su próxima jugada.

—Señor, más vale que sea la dama —dijo inclinándose nuevamente junto a Fiske.

Fiske ni se dignó alzar la mirada. Toqueteaba el anillo como si le apretara. Solarin abandonó la sala hecho una furia.

El hombre de la KGB salió a su encuentro en el pasillo y lo miró inquisitivamente. Era bajo, de piel muy clara y cejas espesas. Se llamaba Gogol.

—Ve a tomarte una Slivovitz —dijo Solarin—. Yo me ocuparé de esto.

—¿Qué ha pasado? —preguntó Gogol—. ¿Por qué ha pedido *j'adoube*? Fue todo muy irregular. No debiste parar los relojes, te podrían haber descalificado.

—Fiske está conectado. Debo averiguar con quién y por qué. Tú sólo lograrías asustarlo un poco más. Lárgate y simula no saber nada. Sé cómo manejar este asunto.

—Brodski está aquí —murmuró Gogol.

Brodski formaba parte de los escalones más altos del servicio secreto y su categoría era muy superior a la de los guardaespaldas de Solarin.

—Invítalo —replicó Solarin—. Manténlo lejos de mí durante media hora. No quiero que toméis ninguna medida. Ninguna medida, Gogol, ¿me has entendido?

El guardaespaldas parecía asustado, pero se alejó por el pasillo hacia la escalera. Solarin lo siguió hasta el extremo del balcón, franqueó una puerta y esperó a que Fiske saliera de la sala de juego.

Fiske caminó deprisa por el balcón, bajó la escalinata y corrió a través del vestíbulo. No advirtió que Solarin lo vigilaba desde la planta alta. Salió, cruzó el patio y franqueó las impresionantes puertas de hierro forjado. En el extremo del patio, en diagonal a la entrada del club, se alzaba la puerta que conducía al Canadian Club, de dimensiones más reducidas. Entró y subió la escalera.

Solarin atravesó el patio felinamente. Abrió la puerta de cristal del Canadian Club con el tiempo justo para ver que la puerta del servicio de caballeros se cerraba detrás de Fiske. Se detuvo, subió silenciosamente los escalones que llevaban hasta la puerta, entró y permaneció inmóvil. Fiske estaba al otro lado del servicio, con los ojos cerrados y el cuerpo apoyado en la pared de los urinarios. Solarin vio en silencio que Fiske caía de rodillas. Sollozó angustiado... se agachó, tuvo un ataque de náuseas y vomitó en el cuenco de porcelana. Cuando terminó, estaba tan agotado que apoyó la frente en el cuenco.

Por el rabillo del ojo, Solarin vio que Fiske alzaba la cabeza bruscamente al oír el chorro de agua. El ruso permaneció inmóvil junto al lavamanos, mirando el agua que corría. Fiske era inglés y debió de sentirse más que humillado de que alguien lo viera vomitando.

—Esto le ayudará —dijo Solarin sin apartarse del lavamanos.

Fiske miró a su alrededor, pues no estaba seguro de que Solarin se dirigiera a él. Aparentemente, estaban solos. Se levantó a duras penas y caminó hacia Solarin, que estrujaba una toalla de papel en el lavamanos. La toalla olía a avena húmeda. Solarin se volvió y humedeció la frente y las sienes de Fiske.

—Si sumerge las muñecas, refrescará toda su circulación —aconsejó Solarin y desabrochó los puños de la camisa de Fiske.

Arrojó la toalla húmeda a la papelera. Sin decir esta boca es mía, Fiske metió las muñecas en el lavamanos lleno de agua aunque, como notó Solarin, evitó mojarse los dedos.

Con un lápiz, Solarin anotaba algo en el revés de una toalla de papel. Fiske miró, sin apartar las muñecas del lavamanos. Solarin le mostró el mensaje. Decía: «¿La transmisión es uni o bidireccional?»

Fiske desvió la mirada y se puso rojo. Solarin lo observaba con atención. Volvió a escribir y preguntó a modo de aclaración: «¿Pueden oírnos?»

Fiske respiró hondo y cerró los ojos. Al fin negó con la cabeza. Sacó una mano del lavamanos y quiso coger la toalla de papel, pero Solarin le dio otra.

—Con ésta no —dijo, cogió un pequeño mechero de oro y prendió fuego al papel escrito. Dejó que ardiera casi en su totalidad, lo arrojó al mingitorio y tiró de la cadena—. ¿Está seguro? —preguntó Solarin mientras regresaba al lavamanos—. Es muy importante.

—Sí —respondió Fiske inquieto—. Es... me lo explicaron.

—Perfecto, podemos hablar. —Solarin aún tenía en la mano el mechero de oro—. ¿En qué oído lo lleva, en el izquierdo o en el derecho?

Fiske se tocó la oreja izquierda. Solarin asintió. Abrió la parte inferior del mechero y extrajo un pequeño instrumento de bisagra, que abrió. Era una especie de tenaza.

—Tiéndase en el suelo, con la oreja izquierda hacia mí, y apoye la cabeza de tal modo que no pueda moverla. Y no haga movimientos bruscos, no me gustaría perforarle el tímpano.

Fiske obedeció. Parecía casi contento de ponerse en manos de Solarin y ni se le ocurrió preguntar por qué el gran maestro era experto en retirar transmisores ocultos. Solarin se agachó y se inclinó sobre la oreja de Fiske. Poco después extrajo un objeto pequeño que hizo girar sujeto por la tenaza. Apenas superaba el tamaño de una cabeza de alfiler.

—Ajá —exclamó Solarin—. No es tan pequeño como los nuestros. Dígame, querido Fiske, ¿quién se lo colocó? ¿Quién está detrás de este asunto? —Depositó el diminuto transmisor en la palma de su mano.

Fiske se incorporó bruscamente y miró a Solarin. Pareció reparar por primera vez en Solarin: no sólo era jugador de ajedrez, sino ruso. Y para reforzar esta terrible realidad, tenía acompañantes de la KGB que merodeaban por el edificio. Fiske gimió y se llevó las manos a la cabeza.

—Tiene que decírmelo. Se hace cargo, ¿verdad?

Solarin bajó los ojos hasta el anillo de Fiske. Le cogió la mano y lo observó atentamente. Aterrorizado, Fiske alzó la mirada.

Era un sello enorme con un escudo, fabricado en un metal parecido al oro y con la superficie engastada por separado. Solarin apretó el sello y sonó un suave zumbido, apenas perceptible incluso a tan corta distancia. Fiske podía presionar el anillo en código para comunicar la última jugada y sus compinches le indicaban el siguiente movimiento a través del transmisor que llevaba en el oído.

—¿Le advirtieron que no se quitara el anillo? —inquirió Solarin—. Es lo bastante grande para albergar un pequeño explosivo y un detonador.

—¡Un detonador! —se horrorizó Fiske.

—Lo suficiente para volar el aseo —prosiguió Solarin sonriente—. Al menos la zona en la que estamos. ¿Es usted agente de los irlandeses? Son muy diestros con las bombas pequeñas, sobre todo con las cartas bomba. Lo sé porque la mayoría se adiestra en Rusia. —Fiske estaba verde. Solarin no se desanimó—: Mi querido Fiske, no sé qué pretenden sus amigos, pero si un agente traicionara a mi gobierno como usted ha delatado a los que lo enviaron, encontrarían el modo de silenciarlo rápida y definitivamente.

—¡Pero yo... yo no soy agente de nadie! —se defendió Fiske.

Solarin lo observó unos segundos y sonrió.

—Le creo. ¡Dios mío, esto es una verdadera chapuza!

Fiske se retorció las manos mientras Solarin guardaba silencio y pensaba.

—Mi querido Fiske, se ha metido en un juego peligroso. Pueden aparecer en cualquier momento y entonces el valor de nuestras vidas caerá en picado. Quienes le pidieron que hiciera esto no son buenas personas. ¿Me comprende? Cuénteme todo lo que sabe sobre ellos. Dése prisa. Sólo así podré ayudarlo.

Solarin se puso en pie y le dio la mano a Fiske para que se incorporara. Éste miró el suelo incómodo y pareció a punto de echarse a llorar. Solarin cogió amablemente del hombro al hombre mayor.

—Lo abordó alguien que quería que ganara esta partida. Necesito que me diga quién y por qué.

—El director... —a Fiske se le quebró la voz—. Cuando yo... hace muchos años enfermé y tuve que dejar el ajedrez. El gobierno británico me dio un puesto como profesor de matemáticas en la universidad y cobraba un salario del gobierno. El mes pasado vino a verme el director de mi departamento y me pidió que hablara con algunas personas. No sé quiénes son. Me anunciaron que, en pro de la seguridad nacional, debía participar en este torneo. No estaría sometido a ninguna tensión...

Fiske se echó a reír y miró desaforadamente a su alrededor. No hacía más que girar el anillo. Solarin cogió la mano de Fiske sin quitar la otra del hombro del inglés.

—No estaría sometido a ninguna tensión porque, en realidad, no jugaría —intervino Solarin con gran serenidad—. ¿Sólo tenía que seguir las instrucciones de otra persona?

Fiske asintió con los ojos llenos de lágrimas y tragó saliva varias veces antes de recuperar la palabra. Estaba a punto de derrumbarse.

—Les dije que no podía hacerlo, que eligieran a otro —alzó la voz—. Les rogué que no me obligaran a jugar, pero no contaban con nadie más. Yo estaba en sus manos. Podían exonerarme cuando se les antojara. Me lo dijeron... —Aspiró bruscamente y Solarin se preocupó. Fiske no lograba pensar con claridad y jugueteaba con el anillo como si le apretara. Miraba el entorno con ojos desaforados—. No me hicieron caso. Dijeron que debían apoderarse de la fórmula a cualquier precio. Dijeron...

—¡La fórmula! —exclamó Solarin y apretó el brazo de Fiske—. ¿Se refirieron a la fórmula?

—¡Sí, sí! ¡Sólo querían la condenada fórmula!

Fiske prácticamente chillaba. Solarin aflojó su apretón e intentó calmarlo acariciándole el hombro con suavidad.

—Hábleme de la fórmula —pidió Solarin cauteloso, como quien está sobre ascuas—. Vamos, querido Fiske, ¿por qué les interesa la fórmula? ¿Pensaron que podrían conseguirla participando en este torneo?

—Pensaban obtenerla por medio de usted —respondió Fiske débilmente, con la mirada clavada en el suelo. Las lágrimas rodaban por sus mejillas.

—¿Por medio de mí? —Solarin miró a Fiske y luego al suelo. Creyó oír unos pasos al otro lado de la puerta—. Debemos aclararnos deprisa —bajó la voz—. ¿Cómo supieron que yo participaría en este torneo? Nadie estaba enterado.

—Ellos lo sabían... —respondió Fiske y miró a Solarin con ojos desorbitados. Giró bruscamente el anillo—. ¡Por favor, déjeme en paz! ¡Les dije que no podía! ¡Les dije que fracasaría!

—No toque más ese anillo —advirtió Solarin severamente, cogió a Fiske de la muñeca y le torció la mano. El inglés hizo una mueca de dolor—. ¿A qué fórmula se refiere?

—A la fórmula de la que habló en España —chilló Fiske—. ¡La fórmula que apostó durante la partida! ¡Dijo que se la daría a quien lo derrotara! ¡Es lo que usted dijo! Y yo tenía que ganarle para que me la entregara.

Solarin miró incrédulo a Fiske, apartó las manos, se alejó y soltó una carcajada.

—Es lo que usted dijo —repitió Fiske atontado y manoseó el anillo.

—No —dijo Solarin. Echó la cabeza hacia atrás y rió hasta que se le llenaron los ojos de lágrimas—. Mi querido Fiske, si se refiere a esa fórmula, ¡ni lo sueñe! Los muy imbéciles llegaron a una conclusión equivocada. No ha sido más que el peón de un grupo de chalados. Salgamos y... Hombre, ¿qué hace?

No había reparado en que Fiske, que estaba cada vez más angustiado, intentaba quitarse el anillo. Se lo sacó del dedo con un brusco movimiento y lo arrojó a un urinario. Mascullaba y gritaba:

—¡No lo haré! ¡No lo haré!

Solarin vio rebotar el anillo dentro del urinario. Saltó hacia la puerta al tiempo que empezaba a contar. Uno, dos. Abrió la puerta y salió velozmente. Tres. Cuatro. Salvó la escalera de un brinco, aterrizó y corrió por el reducido vestíbulo. Seis. Siete. Abrió la puerta que comunicaba con el exterior y cruzó el patio en seis zancadas. Ocho. Nueve. Se lanzó por el aire y aterrizó boca abajo sobre los adoquines. Diez. Se cubrió la cabeza con los brazos y se tapó los oídos. Esperó, pero la explosión no se produjo.

Solarin miró hacia arriba y se encontró con dos pares de zapatos. Alzó un poco más la mirada y vio a dos árbitros que lo miraban azorados.

—¡Gran maestro Solarin! —se sorprendió uno de los jueces—. ¿Está herido?

—No, estoy perfectamente —respondió Solarin, se puso dignamente en pie y se quitó el polvo—. El gran maestro Fiske está en el servicio y se siente mal. He salido a buscar ayuda y he tropezado. Los adoquines son muy resbaladizos.

Solarin se preguntó si se había equivocado con el anillo. Tal vez el hecho de que Fiske se lo quitara no tenía la menor importancia, pero no podía saberlo de antemano.

—Intentaremos ayudarlo —dijo el juez—. ¿Por qué ha ido al servicio del Canadian Club en lugar de los aseos del Metropolitan? ¿Por qué no ha acudido al puesto de primeros auxilios?

—Porque es muy orgulloso —respondió Solarin—. Supongo que no quiso que lo vieran vomitando.

Los jueces todavía no le habían preguntado qué hacía él en el mismo aseo, a solas con su adversario.

—¿Está muy mal? —preguntó el otro árbitro mientras se acercaban a la entrada del Canadian Club.

—Tenía el estómago revuelto —explicó Solarin.

Aunque no parecía razonable regresar al aseo, Solarin no tenía otra opción.

Los tres hombres subieron la escalera y el juez que iba delante abrió la puerta del servicio de hombres. Retrocedió a toda velocidad y soltó una exclamación.

—¡No mire! —aconsejó.

El árbitro estaba pálido. Solarin se adelantó y miró hacia el interior del aseo. Fiske se había colgado del tabique de los lavabos, con su propia corbata. Estaba morado y, a juzgar por el ángulo en que pendía la cabeza, evidentemente tenía el cuello roto.

—¡Suicidio! —decretó el juez que había aconsejado a Solarin que no mirara.

El ruso se había detenido y se frotaba las manos tal como había hecho Fiske segundos antes, cuando aún estaba vivo.

—No es el primer maestro de ajedrez que acaba así —comentó el otro juez y guardó un incómodo silencio cuando Solarin se volvió y lo miró con evidente disgusto.

—Será mejor que llamemos al médico —añadió apresuradamente el primer árbitro.

Solarin se acercó al urinario en el que Fiske había arrojado el anillo: ya no estaba.

—Sí, avisemos al médico —confirmó Solarin.

∞

Nada sabía yo de esos acontecimientos mientras permanecía en el salón y esperaba que Lily trajera la tercera ronda de café. Si hubiera sabido antes lo que sucedía entre bambalinas, tal vez no habría ocurrido lo que se desencadenó a continuación.

Habían pasado tres cuartos de hora desde el descanso y tenía la vejiga a punto de reventar a causa de todo el café que había bebido. Me pregunté qué pasaba. Lily regresó y me sonrió con cara de conspiradora.

—¿Sabes una cosa? —susurró—. ¡En el bar vi a Hermanold, avejentado y hablando seriamente con el médico del torneo! Querida, en cuanto acabemos el café podemos suspender la sesión. Hoy no habrá partida, lo anunciarán dentro de unos minutos.

—¿Tan mal está Fiske? Tal vez por eso jugaba de forma tan extraña.

—Querida, no se encuentra mal. Está más allá de su enfermedad. Cabe añadir que la ha superado intempestivamente.

—¿Ha abandonado?

—Es una manera como otra de plantearlo. Se ha ahorcado en el servicio inmediatamente después de la interrupción.

—¿Se ha ahorcado? —pregunté sorprendida y Lily me obligó a bajar el tono porque varias personas se volvieron para mirarnos—. ¿De qué hablas?

—Hermanold ha dicho que, en su opinión, la presión del torneo fue excesiva para Fiske. El médico disiente. Dice que es realmente difícil que un hombre de sesenta y cinco kilos se partiera el cuello colgándose de un tabique de metro ochenta.

—¿Por qué no pasamos del café y dejamos este lugar?

No hacía más que recordar los ojos verdes de Solarin cuando se agachó a mi lado. Se me revolvió el estómago. Necesitaba aire fresco.

—De acuerdo —dijo Lily en voz alta—. Pero regresaremos enseguida. No quiero perderme un solo segundo de este magnífico torneo.

Cruzamos rápidamente la sala y al llegar al vestíbulo nos abordaron dos periodistas.

—Hola, señorita Rad —saludó uno de los reporteros—. ¿Sabe qué pasa? ¿Se reanudará la partida?

—Lo dudo, a menos que traigan un mono adiestrado para reemplazar al señor Fiske.

—¿No tiene buena opinión de su táctica? —preguntó el otro periodista, sin dejar de tomar notas.

—No tengo ninguna opinión —respondió Lily con arrogancia—. Sabe perfectamente que sólo pienso en mis jugadas. En cuanto a la partida —añadió y forzó su avance hacia la salida mientras los periodistas la seguían—, he visto lo suficiente como para saber cómo acabará.

Franqueamos las puertas dobles que comunicaban con el patio y bajamos por la rampa hacia la calle.

—¿Dónde coño está Saul? —preguntó Lily—. Sabe perfectamente que el coche debería estar aparcado en la puerta del club.

Miré calle abajo y vi el gran Corniche azul claro de Lily en la esquina, en el cruce de la Quinta Avenida. Se lo mostré.

—Fantástico, lo que me faltaba, otra multa —ironizó—. Venga, larguémonos antes de que en el club se arme la de San Quintín.

Me cogió del brazo y corrimos bajo un viento despiadado. Al llegar a la esquina, noté que el coche estaba vacío. No vi a Saul por ninguna parte.

Cruzamos y miramos calle arriba y abajo en busca de Saul. Llegamos al coche y descubrimos que la llave estaba puesta. Carioca tampoco parecía estar.

—¡No me lo puedo creer! —se sulfuró Lily—. Desde que lo conozco, Saul jamás ha abandonado el coche. ¿Dónde estará? ¿Dónde está mi perro?

Oí un crujido que parecía proceder de debajo del asiento. Abrí la portezuela, me agaché y estiré la mano. Noté el contacto de una lengua pequeña. Saqué a Carioca y al incorporarme vi algo que me heló la sangre: en el asiento del conductor había un agujero.

—Mira, ¿qué significa este agujero? —pregunté a Lily.

En el preciso instante en que Lily se inclinaba para mirar, oímos un golpe seco y el coche se sacudió ligeramente. Giré la cabeza pero no vi a nadie. Me hice a un lado y dejé a Carioca sobre el asiento. Registré el lado del coche que miraba al Metropolitan Club. Descubrí otro agujero que un segundo antes no existía. Lo toqué. Estaba caliente.

Miré hacia el Metropolitan Club. Justo sobre la bandera de Estados Unidos estaba abierta una de las puertaventanas del balcón. El viento ahuecaba las cortinas, pero no divisé a nadie. Estaba convencida de que esa ventana correspondía a la sala de juego; era la situada detrás de la mesa de los árbitros.

—¡Caray! —susurré—. ¡Alguien le ha disparado al coche!

—No digas tonterías —dijo Lily.

Rodeó el coche, echó una mirada el orificio de bala del lateral y siguió mi mirada hasta la puertaventana abierta. Hacía tanto frío que en la calle no había un alma y tampoco había pasado ningún coche cuando oímos aquel golpe seco. En consecuencia, las posibilidades eran bastante reducidas.

—¡Solarin! —exclamó Lily y me sujetó el brazo—. Te aconsejó que abandonaras el club, ¿no? ¡El muy hijo de puta intenta espantarnos!

—Me advirtió que corría peligro si me quedaba en el club. Pero he salido. Además, en el caso de que alguien quisiera dispararnos, le sería muy difícil errar a tan poca distancia.

—¡Pretende apartarme del torneo! —insistió Lily—. Primero secuestra a mi chófer y acto seguido dispara contra mi coche. Más vale que se entere de que no me acojono fácilmente…

—¡Yo, sí! —le informé—. Vámonos.

La prisa con que Lily desplazó su osamenta hasta el asiento del conductor me hizo comprender que estaba de acuerdo conmigo. Giró y se metió en la Quinta Avenida, arrojando a Carioca sobre el asiento.

—Estoy famélica —chilló Lily pese al gemido del viento que chocaba contra el parabrisas.

—¿Quieres comer ahora? ¿Te has vuelto loca? Creo que, en primer lugar, deberíamos ir a la policía.

—Ni lo intentes —declaró con firmeza—. Si Harry se entera de este asunto, me encerrará para que no participe en el torneo. Tú y yo iremos a comer algo y a descifrar por nosotras mismas lo que está ocurriendo. No sé pensar con el estómago vacío.

—Si no vamos a la policía, regresemos a casa.

—No tienes cocina. Necesito un buen chuletón para que me funcionen las células cerebrales.

—Coge la dirección de mi casa. A pocas manzanas, en la Tercera, hay un buen restaurante. Te advierto que cuando tengas la tripa llena iré directamente a comisaría.

Lily paró frente al restaurante Palm de la Tercera Avenida. Cogió su enorme bolso de bandolera, quitó el ajedrez magnético y metió a Carioca. El perro asomó la cabeza y se babeó.

—Los perros tienen prohibida la entrada en los restaurantes —explicó Lily.

—¿Qué quieres que haga con esto? —pregunté y alcé el ajedrez que había arrojado en mi regazo.

—Guárdalo —respondió—. Tú eres un genio informático y yo experta en ajedrez. La estrategia es el pan nuestro de cada día. Estoy segura de que resolveremos esta cuestión si aunamos nuestros cerebros. Pero antes tendrás que aprender algunas cosas sobre ajedrez. —Lily metió la cabeza de Carioca dentro del bolso y lo cerró—. ¿Conoces la expresión «los peones son el alma del ajedrez»?

—Hmmm. Me suena, pero no sé por qué. ¿De quién es?

—De André Philidor, el padre del ajedrez moderno. Más o menos en los días de la Revolución Francesa escribió un célebre libro de ajedrez en el que explicaba que, si se utiliza el conjunto de peones, éstos pueden volverse tan poderosos como las piezas principales. Hasta entonces nadie había tenido tan genial idea. Los peones solían sacrificarse para quitarlos de en medio y así no estorbaban.

—¿Intentas decir que te parece que somos un par de peones que alguien trata de apartar del tablero?

La idea me pareció insólita, aunque interesante.

—No —respondió Lily, se apeó del coche y se colgó el bolso del hombro—. Sólo digo que ha llegado la hora de que aunemos fuerzas. Al menos hasta que averigüemos a qué juego estamos jugando.

Chocamos los cinco.

CAMBIO DE DAMAS

Las damas jamás hacen tratos.

LEWIS CARROLL
A través del espejo

SAN PETERSBURGO, RUSIA   *Otoño de 1791*

La troica se deslizó por los campos nevados y los tres caballos arrojaron vaharadas por los ollares. Pasada Riga, la nieve alcanzaba tal altura que trocaron el oscuro carruaje por el trineo ancho y abierto, con los tres equinos enganchados uno al lado del otro, las tiras de cuero tachonadas con cencerros de plata y las alforjas anchas y en forma de arca con remaches de oro macizo adornados con el sello imperial.

Aquí, a sólo quince verstas de San Petersburgo, los árboles aún exhibían hojas ocres y, a pesar de que la nieve se había acumulado en los techos de paja de las casas de piedra, los campesinos seguían trabajando los campos parcialmente congelados.

La abadesa se recostó en la pila de pieles y contempló las tierras que pasaban velozmente a su lado. De acuerdo con el calendario juliano, que regía en Europa, ya era 4 de noviembre, había pasado exactamente un año y siete meses desde el día en que —casi ni se atrevía a pensarlo— decidió retirar de su escondite de mil años el ajedrez de Montglane.

Aquí, en Rusia, según el calendario gregoriano, sólo era 23 de octubre. Rusia estaba atrasada en muchos sentidos, pensó la abadesa. Este país se guiaba por un calendario, una religión y una cultura que le eran propias. Hacía siglos que los campesinos que veía a la vera del camino no modificaban sus vestimentas ni sus costumbres. Aquellos rostros prominentes, con los ojos negros típicamente rusos, que se volvían al paso de su carruaje, eran la expresión de un pueblo ignorante, sometido a supersticiones y ritos primitivos. Las manos nudosas aferraban los mismos zapapicos y acuchillaban la misma tierra congelada que sus antepasados habían conocido hacía un milenio. A pesar de los ucases que se remontaban a los tiempos de Pedro I, aún llevaban largos la barba negra y los gruesos cabellos, metiendo las mechas rebeldes en los jubones de piel de carnero.

Las puertas de San Petersburgo estaban abiertas en medio de las nevadas tierras. El cochero —ataviado con la librea blanca y los galones dorados de la Guardia Imperial— estaba de pie en la plataforma, con las piernas separadas, y azuzaba los caballos. Al entrar en la ciudad, la abadesa vio la nieve que resplandecía en las altas cúpulas del otro lado del Neva. Los niños patinaban en el río helado y, pese a lo tardío de la fecha, a lo largo de la ribera aún se alzaban las pintorescas casetas de los vendedores ambulantes. Chuchos de variados pelajes ladraron al paso del trineo y mocosos rubios con las caras sucias corrieron junto a los patines, mendigando monedas. El cochero hizo restallar el látigo.

Mientras cruzaban el helado río, la abadesa metió la mano en su bolso de viaje y acarició el paño bordado que llevaba. Tocó el rosario y rezó un avemaría. Era consciente de la responsabilidad que la aguardaba. Ella, sólo ella, soportaba la carga de dejar en buenas manos esa potente fuerza, en unas manos que la protegerían de los codiciosos y los ambiciosos. La abadesa conocía perfectamente su misión. Desde la cuna había sido escogida para esta tarea y toda su vida había aguardado los acontecimientos que la desencadenarían.

Hoy, casi cincuenta años después, la abadesa volvería a ver a su amiga de la infancia; la misma a la que, hacía tanto tiempo, había abierto su corazón. Recordó aquel día lejano y la jovencita tan parecida en espíritu a Valentine, rubia y frágil, una chiquilla enfermiza con un aparato ortopédico en la espalda que, en medio de la enfermedad y la desesperación, se había impuesto una infancia feliz y sana, rememoró a la pequeña Sofía de Anhlalt-Zerbst, la amiga que durante muchos años había recordado, a la que evocaba con cariño tan a menudo, a la que había escrito sus secretos casi todos los meses de su vida adulta. Pese a que sus caminos las habían separado, la abadesa aún se acordaba de Sofía como la muchacha que perseguía mariposas por el patio de la casa de sus padres en Pomerania, con sus cabellos rubios brillando al sol.

Cuando la troica cruzó el río y se aproximó al Palacio de Invierno, la abadesa experimentó un ligero escalofrío. Una nube había tapado el sol. Se preguntó qué tipo de persona sería su amiga y protectora ahora que ya no era la pequeña Sofía de Pomerania, ahora que en toda Europa se la conocía como Catalina la Grande, zarina de todas las rusias.

∞

Catalina la Grande, zarina de todas las rusias, estaba sentada ante el tocador y se miraba en el espejo. Contaba sesenta y dos años, era de estatura más bien baja, obesa, de frente despejada y mandíbula gruesa. Sus gélidos ojos azules, por lo general rebosantes de vitalidad, esa mañana estaban apagados, grises e inflamados por el llanto. Había estado dos semanas encerrada en sus aposentos y prohibió el paso incluso a su familia. Más allá de las paredes de sus habitaciones, toda la corte estaba de luto. Dos semanas antes, el 12 de octubre, había llegado de Iasi un mensajero vestido de negro con la noticia de la muerte del conde Potemkin.

Potemkin, que la había elevado al trono de Rusia y le había entregado la borla de la empuñadura de su espada para que la llevara cuando, a lomos de un blanco corcel, encabezó el ejército rebelde para derrocar a su marido, el zar. Potemkin, que había sido su amante, ministro, general de sus ejércitos y confidente, el mismo hombre al que describió como «mi único esposo». Potemkin, que aumentó en un tercio sus dominios, extendiéndolos hasta los mares Caspio y Negro. Potenkim había muerto como un perro en la carretera de Nicolaiev.

Murió por comer faisanes y perdices en exceso, por atiborrarse de deliciosos jamones curados y de carnes en salazón, por beber como un cosaco cerveza y aguardiente de arándano. Murió por satisfacer a las rollizas damas de la nobleza, que lo atosigaron como las que siguen a los ejércitos en campaña, mendigando sus atenciones. Derrochó cincuenta millones de rublos en exquisitos palacios, joyas y champaña francés. Pero convirtió a Catalina en la mujer más poderosa del mundo.

Las damas de honor de Catalina revoloteaban a su alrededor como mudas mariposas, le empolvaban el pelo y le ataban los cordones de los zapatos. La zarina se puso en pie y la envolvieron con el manto de gala, de terciopelo gris, cubierto con las condecoraciones que siempre se ponía para ir a la corte: las cruces de Santa Catalina, San Vladimiro y San Alejandro Nevski; las cintas de San Andrés y San Jorge cruzaban su pecho y sostenían las pesadas medallas de oro. Irguió los hombros para poner de relieve su magnífica postura y abandonó sus aposentos.

Después de diez días, por primera vez haría acto de presencia en la corte. Acompañada por su guardaespaldas personal, marchó entre filas de soldados por los largos pasillos del Palacio de Invierno, junto a las ventanas en las que años antes había visto zarpar a sus barcos por el Neva, rumbo al mar, para hacer frente a la flota sueca que asediaba San Petersburgo. Mientras caminaba, Catalina miraba meditabunda por las ventanas.

En la corte le aguardaba el nido de víboras que se hacían llamar diplomáticos y cortesanos. Conspiraban contra ella, tramaban su caída. Hasta su propio hijo, Pablo, planeaba su asesinato. Sin embargo, a San Petersburgo acababa de llegar la única persona que podía salvarla, una mujer que tenía en sus manos el poder que Catalina había perdido con la muerte de Potemkin. Aquella misma mañana había arribado a San Petersburgo su más antigua amiga de la infancia: Helene de Roque, abadesa de Montglane.

∞

Cansada después de su paso por la corte, Catalina se retiró del brazo de Platón Zubov, su último amante, a la cámara de las audiencias privadas. Allí la esperaba la abadesa en compañía de Valeriano, el hermano de Platón. Helene se incorporó al ver a la zarina y cruzó la estancia para abrazarla.

Activa pese a sus años y delgada como un junco invernal, la abadesa se iluminó al ver a su amiga. Miró de soslayo a Platón Zubov mientras se abrazaban. Ataviado con una casaca azul celeste y ceñidos pantalones de montar, Platón Zubov estaba tan engalanado de medallas que parecía a punto de derrumbarse. Era un joven de facciones delicadas. Su papel en la corte no ofrecía lugar a dudas y Catalina le acarició el brazo mientras hablaba con la abadesa.

—¡Helene, no imaginas con cuánta frecuencia he añorado tu presencia! Me cuesta creer que por fin estás aquí. Dios ha escuchado los ruegos de mi corazón y me ha traído a la amiga de la infancia.

Indicó a la abadesa que se sentara en un mullido sillón y ocupó una silla próxima. Platón y Valeriano se quedaron de pie, cada uno detrás de una mujer.

—Este encuentro exige una celebración. Supongo que estás enterada de que estoy de duelo y no puedo dar una fiesta por tu llegada. Propongo que esta noche cenemos juntas en mis aposentos privados. Podemos reír y divertirnos simulando que volvemos a ser las jóvenes de entonces. Valeriano, ¿has abierto el vino como te pedí?

Valeriano asintió con la cabeza y se acercó al aparador.

—Querida, tienes que probar este tinto. Es uno de los tesoros de mi corte. Denis Diderot me lo trajo de Burdeos hace muchos años. Lo valoro cual si de una piedra preciosa se tratara.

Valeriano sirvió el caldo de color rojo oscuro en vasitos de cristal. Ambas mujeres lo cataron.

—Excelente —opinó la abadesa y sonrió a Catalina—. Pero mi querida Figchen, no hay vino que pueda compararse con el elixir que circula por mis viejos huesos al verte.

Platón y Valeriano cruzaron una mirada de sorpresa ante el empleo de semejante familiaridad. De pequeña, la zarina —de nacimiento Sofía de Anhalt-Zerbst— recibió el apodo «Figchen». Dada su elevada posición, Platón tenía el descaro de llamarla «amante de mi corazón» en la cama, pero en público siempre se refería a ella como «vuestra majestad», tal como hacían los hijos de la propia Catalina. Aunque parezca extraño, la emperatriz no parecía haber reparado en la osadía de la abadesa francesa.

—Tienes que explicarme por qué decidiste quedarte tanto tiempo en Francia —dijo Catalina—. Cuando clausuraste la abadía, abrigué la esperanza de que te trasladaras inmediatamente a Rusia. Mi corte está llena de compatriotas tuyos expatriados, sobre todo porque han capturado al monarca en Varennes, intentando huir de Francia, y ahora su propio pueblo lo tiene prisionero. Francia es una hidra de mil doscientas cabezas, el estado de la anarquía. ¡Esa nación de zapateros ha invertido el orden mismo de la naturaleza!

La abadesa se sorprendió de que una soberana tan ilustrada y liberal se expresara de semejante manera. Aunque era indudable que Francia resultaba peligrosa, ¿acaso Catalina no era la misma zarina que había cultivado la amistad de los liberales Voltaire y Denis Diderot, defensores de la igualdad de clases y adversarios de la guerra territorial? ¿No fue el propio Voltaire quien la llamó Catalina «la Grande»?

—Me resultó imposible venir de inmediato —respondió la abadesa a la pregunta de Catalina—. Me retuvo cierto asunto… —Miró a Platón Zubov, que seguía en pie tras la silla de Catalina y le acariciaba el cuello—. Salvo contigo, no debo hablar con nadie de estas cuestiones.

Catalina estudió unos instantes a la abadesa y dijo con tono ligero:

—Valeriano, Platón Alexandrovich y tú podéis dejarnos a solas.

—Mi amada alteza… —dijo Platón Zubov con una voz muy parecida a los chillidos de un crío.

—Paloma mía, no temas por mi seguridad —lo calmó Catalina y

le acarició la mano que aún reposaba en su hombro—. Hace casi sesenta años que Helene y yo nos conocemos. Nada pasará si nos dejas a solas unos minutos.

—¿No es hermoso? —preguntó Catalina a la abadesa en cuanto los dos jóvenes abandonaron la cámara—. Querida, sé que tú y yo no hemos elegido el mismo camino, pero espero que me comprendas si te digo que me siento como un insecto que se calienta las alas al sol después del frío invierno. Nada aviva tanto la savia de un viejo árbol como las atenciones de un joven jardinero.

La abadesa guardó silencio y volvió a preguntarse si su plan original era atinado. Después de todo, pese a que la correspondencia entre ambas había sido frecuente y cálida, hacía muchos años que no veía a su amiga de la infancia. ¿Eran veraces los rumores que circulaban? ¿Era posible confiar la tarea a esta mujer que envejecía, llena de sensualidad y celosa de su propio poder?

—¿Te he sorprendido tanto como para guardar silencio? —Catalina rió.

—Mi querida Sofía, creo que sorprender te encanta —respondió la abadesa—. Recordarás que sólo tenías cuatro años cuando, al ser presentada en la corte del rey Federico Guillermo de Prusia, te negaste a besar el borde de su casaca.

—¡Le dije que el sastre había dejado demasiado corta su chaqueta! —exclamó Catalina y rió hasta que se le saltaron las lágrimas—. Mi madre se puso furiosa. El rey le comentó que yo era demasiado audaz.

La abadesa sonrió benévola a su amiga.

—¿Recuerdas la ocasión en que el canónigo de Brunswick nos leyó la palma de la mano para predecirnos el futuro? —preguntó Helene afablemente—. En la tuya vio tres coronas.

—Lo recuerdo perfectamente. A partir de aquel día no me cupo la menor duda de que reinaría sobre un vasto imperio. Siempre he creído en las profecías místicas que se avienen a mis propios deseos.

Catalina sonrió, pero su amiga recobró la seriedad.

—¿Recuerdas qué vio el canónigo en la palma de mi mano? —preguntó la abadesa.

Catalina guardó silencio unos segundos antes de decir:

—Lo recuerdo como si fuera ayer. Por ese motivo tenía tantos deseos de que llegaras. No puedes imaginar mi expectación al ver que tardabas tanto… —Se detuvo titubeante y por fin preguntó—: ¿Las tienes?

La abadesa metió las manos en los pliegues de su hábito para llegar a la gran cartera de viaje, de piel, que llevaba a la cintura. Retiró la pesada talla de oro tachonada de piedras preciosas. Representaba a una figura vestida con larga túnica y sentada en un pequeño cenador, con las cortinas descorridas. Entregó la pieza a Catalina que, incrédula, la cogió con las manos ahuecadas y la giró lentamente.

—La dama negra —susurró la abadesa mientras estudiaba lentamente la expresión de Catalina.

Las manos de la zarina se cerraron sobre el trebejo de oro y piedras preciosas. Lo aferró, se lo acercó al pecho y miró a la abadesa.

—¿Y las otras piezas?

El tono de Catalina denotaba algo que puso en guardia a la abadesa.

—Están bien guardadas, en un sitio donde no pueden hacer daño a nadie —replicó.

—¡Mi amada Helene, debemos reunirlas de inmediato! Ya conoces el poder de este ajedrez. En manos de un monarca benévolo, nada será imposible gracias a estas piezas…

—Sabes que durante cuarenta años he ignorado tus súplicas para que buscara el ajedrez de Montglane, para que lo sacara de los muros de la abadía —la interrumpió la abadesa—. Ahora te daré buenas razones. Conozco desde siempre el emplazamiento del ajedrez…

—La abadesa alzó la mano al ver que Catalina estaba a punto de soltar una exclamación—. También sé desde siempre el peligro que supone sacarlo de su escondite. Semejante tentación sólo podría confiarse a un santo. Y tú, mi querida Figchen, no eres precisamente una santa.

—¿Qué quieres decir? —se alteró la zarina—. He unido una nación fragmentada, traído la ilustración a un pueblo ignorante. He acabado con la peste, construido hospitales y escuelas, eliminado las facciones en guerra que podían dividir Rusia y convertirla en víctima de sus enemigos. ¿Estás sugiriendo que soy una tirana?

—Sólo pensé en tu bienestar —replicó serenamente la abadesa—. Estas piezas pueden confundir hasta a los más lúcidos. No olvides que el ajedrez de Montglane estuvo a punto de dividir el imperio franco. A la muerte de Carlomagno, sus hijos fueron a la guerra por estas piezas…

—No fue más que una escaramuza territorial —Catalina le restó importancia—. No entiendo qué relación hay entre ambas cuestiones.

—Sólo la fortaleza de la Iglesia Católica en Europa central ha mantenido en secreto durante tanto tiempo esta fuerza maligna.

Cuando llegó la noticia de que Francia había aprobado una ley para confiscar los bienes de la Iglesia, supe que mis peores temores se harían realidad. Cuando me enteré de que los soldados franceses se dirigían a Montglane, no tuve la menor duda. ¿Por qué Montglane? Estábamos lejos de París, escondidas en el corazón de las montañas. Cerca tenían abadías más ricas, en las que sería más fácil obtener el botín. Pero no, no. Buscaban el ajedrez. Me dediqué a hacer minuciosos cálculos para retirar el ajedrez de los muros de la abadía y dispersarlo por Europa de tal modo que en muchos años no pueda reunirse...

—¡Lo has dispersado! —se lamentó la zarina. Se incorporó de un salto con el trebejo apretado contra el pecho y deambuló por la estancia como un animal acosado—. ¿Cómo te atreviste a hacer semejante cosa? ¡Debiste apelar a mí, pedirme ayuda!

—¡Ya te he dicho que no podía! —respondió la abadesa con voz quebrada y cansada de los trajines del largo viaje—. Averigüé que había otras personas enteradas del emplazamiento del ajedrez. Alguien, tal vez una potencia extranjera, sobornó a algunos miembros de la Asamblea francesa para que aprobaran la ley de confiscación y centró su atención en Montglane. ¿No es demasiada casualidad que dos de los hombres que esa oscura potencia intentó sobornar fueran el gran orador Mirabeau y el obispo de Autun? El primero es el autor del proyecto de ley y el segundo su defensor más ardiente. En abril Mirabeau cayó enfermo y fue imposible apartar al obispo del lecho del moribundo hasta que exhaló su último suspiro. Sin duda estaba desesperado por apoderarse de cualquier documento que pudiera incriminarlos.

—¿Cómo has averiguado todo esto? —murmuró Catalina.

La zarina se alejó de la abadesa, caminó hasta la ventana y contempló el horizonte, donde se acumulaban las nubes de nieve.

—Porque tengo la correspondencia que intercambiaron —respondió la abadesa. Ambas mujeres guardaron silencio unos instantes. La abadesa añadió serenamente en medio de las luces menguantes del crepúsculo—: Preguntaste qué misión me retuvo tanto tiempo en Francia, y ahora lo sabes. Tenía que averiguar quién me forzó la mano, quién me obligó a quitar de su escondite milenario el ajedrez de Montglane. Tenía que averiguar qué enemigo me persiguió como un cazador hasta que tuve que abandonar la protección de la Iglesia y cruzar el continente en busca de un refugio seguro para el tesoro confiado a mi cuidado.

—¿Has averiguado el nombre de la persona que buscas? —preguntó Catalina con cautela y se volvió para mirar a la abadesa.

—Sí, lo he averiguado —respondió apaciblemente la abadesa—. Mi querida Figchen, eres tú.

∞

—No entiendo por qué viniste a San Petersburgo si estabas enterada de todo —comentó la majestuosa zarina al día siguiente, mientras caminaba por el sendero cubierto de nieve, con la abadesa, rumbo al Ermitage.

A ambos lados, a un distancia de veinte pasos, marchaba un escuadrón de guardias de palacio que pisoteaba los campos nevados con sus altas y orladas botas de cosacos. Estaban lo bastante lejos para que las mujeres pudieran hablar libremente.

—Porque confié en ti pese a todas las pruebas en sentido contrario —repuso la abadesa con los ojos encendidos—. Sé que temías que el gobierno de Francia cayera, que el país entrara en un estado de anarquía. Querías garantizar que el ajedrez de Montglane no cayera en manos equivocadas y sospechabas que yo no estaría de acuerdo con las medidas que estabas dispuesta a tomar. Dime una cosa, Figchen, ¿cómo pensabas quitar el botín a los soldados franceses en cuanto se llevaran el ajedrez de Montglane? ¿Te proponías invadir Francia?

—Ordené a un pelotón que se ocultara en las montañas y detuviera a los franceses en el desfiladero —explicó Catalina sonriente—. No iban de uniforme.

—Comprendo —dijo la abadesa—. ¿Qué te llevó a adoptar medidas tan extremas?

—Será mejor que comparta contigo lo que sé —respondió la zarina—. Como sabes, compré la biblioteca de Voltaire a su muerte. Entre sus papeles figuraba un diario secreto escrito por el cardenal Richelieu, donde explicaba en lenguaje cifrado sus investigaciones sobre la historia del ajedrez de Montglane. Voltaire había descifrado el código y así obtuve esa información. El manuscrito está guardado bajo llave en un sótano del Ermitage, adonde nos dirigimos. Me propongo mostrártelo

—¿Qué importancia tiene ese documento? —inquirió la abadesa y se preguntó por qué su amiga no lo había comentado hasta ese momento.

—Richelieu siguió la pista del ajedrez hasta el moro que se lo regaló a Carlomagno, e incluso antes. Sabes que Carlomagno encabezó muchas cruzadas contra los moros en España y África. En este caso, defendió Córdoba y Barcelona contra los vascos cristianos que amenazaban con derribar la sede del poder árabe. Aunque cristianos, los vascos habían intentado durante siglos aplastar el imperio franco y hacerse con el poder de Europa Occidental, concretamente del litoral atlántico y de las montañas que dominaban.

—Los Pirineos —puntualizó la abadesa.

—Exacto —confirmó la zarina—. Las llamaban las montañas mágicas. Sabrás que antaño las mismas montañas fueron la cuna del culto más místico que se conoce desde el nacimiento de Cristo. Los celtas proceden de allí y fueron empujados hacia el norte para que se asentaran en Bretaña y, finalmente, en las Islas Británicas. El mago Merlín es de esas montañas, lo mismo que el culto secreto que hoy conocemos con el nombre de druidas.

—No estaba tan enterada —reconoció la abadesa mirando el sendero nevado que pisaba, con los labios delgados fruncidos y la cara surcada de arrugas parecida al fragmento de piedra de un antiguo sepulcro.

—Lo verás en el diario de Richelieu, porque casi hemos llegado. Richelieu sostiene que los árabes invadieron ese territorio y averiguaron el terrible secreto que durante siglos había estado protegido, primero por los celtas y luego por los vascos. Los conquistadores moros transcribieron dicho saber en un código que inventaron. De hecho, codificaron el secreto en las piezas de oro y plata del ajedrez de Montglane. Cuando fue evidente que los moros perderían su parcela de poder en la península Ibérica, enviaron el ajedrez a Carlomagno, por quien sentían un profundo respeto. Opinaban que sólo él podía protegerlo por ser el soberano más poderoso de la historia.

—¿Y tú lo crees? —preguntó la abadesa cuando arribaron a la impresionante fachada del Ermitage.

—Júzgalo por ti misma —respondió Catalina—. Sé que el secreto es más antiguo que los moros, más viejo que los vascos. Sin duda, anterior a los druidas. Mi querida amiga, debo hacerte una pregunta. ¿Has oído hablar de una sociedad secreta cuyos miembros a veces se hacen llamar francmasones?

La abadesa palideció. Se detuvo junto a la puerta que estaba a punto de franquear.

—¿Qué has dicho? —preguntó débilmente y sujetó el brazo de su amiga.

—Ah —murmuró Catalina—. Veo que sabes que es verdad. Te contaré la historia después de que hayas leído el manuscrito.

EL RELATO DE LA ZARINA

Tenía catorce años cuando dejé mi hogar en Pomerania, donde tú y yo nos criamos. Tu padre acababa de vender sus propiedades contiguas a las nuestras y había regresado a su Francia natal. Querida Helene, jamás olvidaré la tristeza de no poder compartir contigo el triunfo del que tanto habíamos hablado, el hecho de que pronto me elegirían sucesora al trono.

Por aquel entonces tuve que viajar a la corte de la zarina Isabel Petrovna, en Moscú. Hija de Pedro el Grande, Isabel había tomado el poder a través de un golpe político y encarcelado a sus adversarios. Como nunca se casó y ya no estaba en edad de procrear, escogió como sucesor a un sobrino desconocido, el gran duque Pedro. Y yo me convertiría en su esposa.

De camino a Rusia, mi madre y yo hicimos un alto en la corte de Federico II, en Berlín. El joven emperador de Prusia, al que Voltaire había apodado «el Grande», quería apadrinarme como candidata para unir los reinos de Prusia y Rusia a través del vínculo matrimonial. Yo era mejor opción que su propia hermana, a la que Federico no soportaba sacrificar para semejante destino.

Por aquel entonces la corte prusiana era tan espléndida como modesta sería en los últimos años de Federico. Nada más llegar, el emperador hizo grandes esfuerzos por ganarse mi simpatía, y para que me sintiera a gusto. Me vistió con las ropas de sus regias hermanas y todas las noches, durante la cena, me sentó a su vera y me divirtió con anécdotas de la ópera y el ballet. Pese a que sólo era una niña, no me dejé engañar. Sabía que se proponía utilizarme como peón de un juego más grande, juego que jugaba sobre el tablero de Europa.

Poco después me enteré de que en Prusia había un hombre que acababa de regresar de Rusia, luego de pasar casi diez años en su corte. Era el matemático de la corte de Federico y se llamaba Leonhard Euler. Osé solicitar una audiencia privada con él, convencida de que compartiría conmigo sus ideas sobre el país que pronto visitaría. No podía imaginar que nuestro encuentro cambiaría el rumbo de mi vida.

Mi primer encuentro con Euler se celebró en una pequeña antecámara de la gran corte de Berlín. Aquel hombre de gustos sencillos y mente genial aguardaba a la niña que pronto sería reina. Debimos de formar una extraña pareja. Estaba solo en la antecámara. Era un hombre alto, frágil, con el cuello como el de una larga botella, grandes ojos oscuros y nariz prominente. Me miró torvamente y explicó que había quedado ciego de un ojo por lo mucho que había observado el sol. Euler no sólo era matemático, sino astrónomo.

—No tengo por costumbre hablar —se presentó—. Vengo de un país donde al que habla lo ahorcan.

Aquélla fue mi primera visión de Rusia, y te aseguro que posteriormente me fue muy útil. Me contó que la zarina Isabel Petrovna tenía quince mil vestidos y veinticinco mil pares de zapatos. Ante el menor desacuerdo con sus ministros, les arrojaba los zapatos a la cabeza y los mandaba a la horca por cualquier capricho. Tenía una legión de amantes y su propensión al alcohol era aún más desaforada que sus costumbres sexuales. No aceptaba opiniones que se diferenciaran de las propias.

En cuanto superé sus reservas iniciales, el doctor Euler y yo pasamos mucho tiempo juntos. Entre nosotros surgió un profundo afecto. Reconoció que deseaba que me quedara en la corte de Berlín para tomarme como discípula de matemáticas, campo en el que parecía prometer. Claro que era imposible.

Euler llegó a reconocer que no sentía gran afecto por su protector, el emperador Federico. Tenía sobrados motivos; entre otros, la poca comprensión de los conceptos matemáticos por parte de Federico. Euler me reveló sus razones el último día de mi estancia en Berlín.

—Mi querida amiga —dijo Euler aquella fatídica mañana en que fui al laboratorio para despedirme. Recuerdo que limpiaba una lente con su pañuelo de seda, algo que solía hacer cuando analizaba un problema—. Los últimos días la he observado con suma atención y estoy persuadido de que puedo confiarle lo que voy a decir. Empero, los dos correremos un gran peligro si menciona estas palabras a la ligera.

Aseguré al doctor Euler que protegería con mi vida sus confidencias. Me sorprendió diciendo que tal vez me viera obligada a hacerlo.

—Es usted joven, no tiene autoridad y es mujer —declaró Euler—. Por estos motivos Federico la ha escogido como instrumento en el enorme y oscuro imperio que forma Rusia. Tal vez ignora que, desde hace veinte años, la gran nación está gobernada exclusivamente por mujeres: Catalina I, viuda de Pedro el Grande; Ana Ivanovna, hija de Iván; Ana de Mecklenburgo, regente de su hijo Iván VI, y ahora Isabel Petrovna, hija de Pedro. Si usted perpetúa esta poderosa tradición, correrá graves peligros.

Aunque escuché amablemente al caballero, sospeché que el sol le había cegado algo más que un ojo.

—Existe una sociedad secreta cuyos miembros consideran que su misión en la vida consiste en modificar el curso de la civilización —me explicó Euler. Estábamos en su laboratorio, rodeados de telescopios, microscopios y viejos libros repartidos por las mesas de caoba y cubiertos por un denso desorden de papeles. El sabio prosiguió—: Aunque esos hombres afirman ser científicos y arquitectos, en realidad son místicos. Le diré todo lo que sé sobre su historia porque tal vez pueda servirle de gran ayuda. Corría el año 1271 cuando el príncipe Eduardo de Inglaterra, hijo de Enrique III, desembarcó en la costa del norte de África para combatir en las Cruzadas. Tocó tierra en Acre, ciudad de gran raigambre cercana a Jerusalén. Apenas sabemos qué hizo en esas tierras, salvo que participó en varias batallas y se reunió con los grandes jeques musulmanes. El año siguiente Eduardo fue llamado a Inglaterra, a la muerte de su padre. Apenas llegó, fue coronado como Eduardo I y lo demás se sabe por los libros de historia. Lo que no se sabe es que Eduardo volvió de África con algo.

—¿Con qué volvió? —me moría de curiosidad.

—Con un gran secreto, con un secreto que se remonta a los albores de la civilización —respondió Euler—. Pero no quiero adelantarme a los acontecimientos. A su regreso, Eduardo creó en Inglaterra una sociedad formada por hombres que, al parecer, compartían su secreto. Aunque no sabemos casi nada de ellos, hasta cierto punto podemos seguir sus movimientos. Sabemos que, después de la dominación de los escoceses, dicha sociedad se difundió por Escocia y durante una temporada guardó silencio. Cuando a principios de este siglo los jacobitas huyeron de Escocia, se llevaron a Francia la sociedad y sus doctrinas. El gran escritor francés Montesquieu fue adoctrinado en las enseñanzas de la cofradía durante una estancia en Inglaterra y con su apoyo, en 1734, se creó en París la Loge des Sciences. Cuatro años después, antes de convertirse en soberano de Prusia, nuestro Federico el Grande fue introducido en la sociedad secreta en Brunswick. Ese mismo año el papa Clemente XII publicó una bula en la que condenaba el movimiento, que para entonces se había extendido por Italia, Prusia, Austria y los Países Bajos, por no hablar de Francia. A esa altura la sociedad era tan fuerte que el Parlamento de la católica Francia se negó a registrar la bula papal.

—¿Por qué me cuenta todo esto? —pregunté al doctor Euler—.

Aunque comprendiera los fines con que sueñan esos hombres, ¿qué tienen que ver conmigo? ¿Qué puedo hacer? Aspiro a grandes cosas, pero no soy más que una niña.

—Por lo que sé sobre sus objetivos, esos hombres pueden vencer al mundo si nadie los derrota —replicó Euler afablemente—. Hoy usted es una niña, pero pronto se convertirá en la esposa del próximo zar de Rusia, el primer soberano varón en dos décadas. Debe escuchar mis palabras, grabarlas en su mente. —Me cogió del brazo—. A veces se hacen llamar hermandad de francmasones y otras, rosacruces o masones. Sea cual fuere el nombre que adoptan, tienen algo en común. Su origen está en el norte de África. Cuando el príncipe Eduardo creó la sociedad en suelo occidental, se pusieron por nombre Orden de los Arquitectos de África. Consideran que sus antecesores fueron los arquitectos de la antigua civilización, que cortaron y colocaron las piedras de las pirámides de Egipto, que construyeron los jardines colgantes de Babilonia, así como la Torre y las Puertas de Babel. Conocían los misterios de la antigüedad. Y yo estoy convencido de que fueron arquitectos de algo más, de algo más reciente y acaso más poderoso que cualquier...

Euler calló y me miró de un modo que nunca olvidaré. Aún hoy me atormenta, pese a que ha transcurrido cerca de medio siglo, como si hubiese ocurrido hace unos minutos. Lo veo con aterradora intensidad incluso en sueños y percibo su aliento sobre mi nuca cuando se agachó para susurrarme al oído:

—Estoy convencido de que fueron los arquitectos del ajedrez de Montglane y de que se consideran sus legítimos herederos.

Cuando Catalina concluyó el relato, la abadesa y ella permanecieron mudas en la gran biblioteca del Ermitage, a la que habían llevado el manuscrito de Voltaire. Junto a la inmensa mesa y rodeadas por estanterías de nueve metros, cubiertas de libros, Catalina observó a la abadesa como el gato vigila al ratón.

La abadesa miraba por las anchas ventanas que daban al jardín, en el que el escuadrón de la Guardia Imperial movía los pies y se echaba el aliento en las manos para protegerse del frío aire matinal.

—Mi difunto marido era partidario de Federico el Grande de Prusia —añadió Catalina en voz baja—. Pedro solía vestir uniforme prusiano en la corte de San Petersburgo. La noche de bodas desplegó soldados prusianos de juguete sobre el tálamo y me obligó a pasar revista a las tropas. Cuando Federico introdujo en Prusia la Orden de los Masones, Pedro se unió al movimiento y empeñó su vida en apoyarlo.

—Por eso derrocaste a tu marido, lo encarcelaste y organizaste su asesinato —comentó la abadesa.

—Era un fanático peligroso —reconoció Catalina—. Pero no tuve nada que ver con su muerte. Seis años después, en 1768, Federico construyó en Silesia la Gran Logia de Arquitectos Africanos. El rey Gustavo de Suecia se sumó y, pese a los esfuerzos de María Teresa por echar de Austria a esa gentuza, su hijo José II también se unió a la sociedad. Cuando lo supe, tan pronto como pude trasladé a Rusia a mi amigo, el doctor Euler. Para entonces el anciano matemático estaba totalmente ciego, pero no había perdido su visión interior. A la muerte de Voltaire, Euler me presionó para que comprara su biblioteca, pues contenía importantes documentos con los que soñaba Federico el Grande. Cuando por fin logré trasladarla a San Petersburgo, encontré esto. Lo he guardado para mostrártelo.

La zarina retiró un pergamino del manuscrito de Voltaire y se lo entregó a la abadesa, que lo desplegó con sumo cuidado. Federico, príncipe regente de Prusia, se lo había enviado a Voltaire y estaba fechado en el mismo año en que aquél ingresó en la Orden de los Masones:

Monsieur: Nada deseo más que poseer todos sus escritos... Si entre sus manuscritos figura alguno que desea ocultar de los ojos del público, me comprometo a guardarlo en el más profundo secreto...

La abadesa alzó la cabeza con la mirada perdida. Dobló lentamente la carta y se la devolvió a Catalina, que la guardó en su escondite.

—¿No está claro que se refiere a la decodificación que hizo Voltaire del diario del cardenal Richelieu? —preguntó la zarina—. Intentó apoderarse de esta información desde el instante en que se unió a la orden secreta. Supongo que ahora me creerás...

Catalina cogió el último tomo encuadernado en piel y lo hojeó hasta llegar casi al final. Leyó en voz alta las palabras que la abadesa ya había grabado en su mente, las mismas que el cardenal Richelieu, muerto hacía tanto tiempo, se había esforzado denodadamente por redactar con un código que sólo él conocía:

Por fin he averiguado que el secreto descubierto en la antigua Babilonia, el secreto transmitido a los imperios persa e indio y conocido únicamente por unos pocos elegidos era, en realidad, el secreto del ajedrez de Montglane.

Este secreto, como el sagrado nombre de Dios, no debe anotarse jamás en ninguna escritura. Secreto tan poderoso que ha provocado el ocaso de civilizaciones y la muerte de reyes, no debe comunicarse jamás a nadie salvo a los iniciados de las órdenes sagradas, a hombres que hayan superado las pruebas y prestado juramento. Este saber es tan terrible que sólo puede confiarse a los más altos grados de la elite. Estoy convencido de que el secreto se convirtió en una fórmula y que dicha fórmula fue motivo constante de la caída de reinos, reinos que en el presente sólo aparecen como leyendas de nuestra historia. Pese a estar iniciados en el saber secreto y a lo mucho que le temían, los moros transcribieron la fórmula en el ajedrez de Montglane. Incorporaron los símbolos sagrados a las casillas del tablero y a las piezas, conservando la clave que sólo los verdaderos maestros del juego podían utilizar para desvelar el secreto.

He cosechado estos datos en mi lectura de los antiguos manuscritos recogidos en Chalons, Soissons y Tours y yo mismo los he traducido.

Que Dios se apiade de nuestras almas.

> *Ecce Signum,*
> *Armand Jean du Plessis,*
> *duque de Richelieu y vicario*
> *de Lucon, Poitou y París,*
> *cardenal de Roma,*
> *primer ministro de Francia.*
> *Anno Domini 1642*

—Por sus memorias sabemos que «el cardenal de hierro» pensaba viajar pronto al obispado de Montglane —añadió Catalina cuando la abadesa terminó la lectura y guardó silencio—. Como sabes, murió en diciembre de aquel año, después de sofocar la insurrección del Rosellón. ¿Podemos dudar de que estaba enterado de la existencia de esas sociedades secretas o de que pretendía apoderarse del ajedrez de Montglane antes de que cayera en manos de otro? Todo cuanto hizo apuntaba al poder. ¿Por qué iba a cambiar a edad tan madura?

—Mi querida Figchen, te has anotado un punto —reconoció la abadesa con una ligera sonrisa que encubría el tumulto interior que experimentó al oír esas palabras—. Pero esos hombres han muerto. Quizá buscaron en vida, pero no encontraron nada. ¿Me estás diciendo que temes a los fantasmas de los difuntos?

—¡Los fantasmas pueden levantarse de sus tumbas! —exclamó Catalina contundentemente—. Hace quince años las colonias británicas de América se libraron del yugo del imperio. ¿Quienes participaron? Hombres apellidados Washington, Jefferson, Franklin... ¡todos masones! Hoy el rey de Francia está en las mazmorras y su corona está a punto de rodar con su cabeza. ¿Quiénes están detrás de todo esto? Lafayette, Condorcet, Danton, Desmoulins, Brissot, Sieyès y los hermanos del monarca, incluido el duque de Orleans... ¡masones todos!

—Sólo se trata de una coincidencia... —intentó decir la abadesa, pero Catalina no la dejó seguir.

—¿También fue una coincidencia que, de todos los que intenté utilizar para que se aprobara la ley de confiscación, el único que aceptó mis términos fue ni más ni menos que Mirabeau, miembro de la masonería? Claro que no sabía que yo pensaba liberarlo del tesoro en cuanto aceptara mi soborno.

—¿Lo rehusó el obispo de Autun? —preguntó la abadesa sonriente y miró a su amiga por encima de las abultadas carpetas—. ¿Qué motivos esgrimió?

—La cifra que solicitó a cambio de cooperar conmigo era exorbitante —bufó la zarina y se puso en pie—. Ese hombre sabía más de lo que estaba dispuesto a decirme. ¿Sabías que en la Asamblea apodan a Talleyrand «el Gato de Angora»? Ronronea pero saca las uñas. No confío en él.

—¿Confías en un hombre al que puedes sobornar y desconfías de aquel que no se deja tentar? —preguntó la abadesa.

Helene dirigió una lenta y triste mirada a su amiga, se recogió el hábito y se incorporó. Se volvió como si tuviera intención de irse.

—¿Adónde vas? —preguntó alarmada la zarina—. ¿No comprendes por qué he tomado esas medidas? Te ofrezco mi protección. Soy soberana del país más grande del orbe. Pongo todo mi poder en tus manos.

—Sofía, agradezco tu ofrecimiento, pero yo no temo a esos hombres tanto como tú —declaró la abadesa serenamente—. Estoy dispuesta a aceptar tu afirmación de que son místicos, puede que hasta revolucionarios. ¿Se te ha ocurrido pensar que tal vez esas sociedades de místicos que has estudiado tan a fondo tengan pensado un propósito que tú no has previsto?

—¿Qué quieres insinuar? —preguntó la zarina—. Por sus actos es evidente que desean que las monarquías muerdan el polvo. ¿Acaso tienen un objetivo distinto a controlar el mundo?

—Tal vez su objetivo consista en liberar el mundo —la abadesa sonrió—. De momento no tengo pruebas suficientes para decantarme, pero dispongo de datos para decir lo siguiente: por tus palabras deduzco que te sientes impulsada a representar el destino escrito en tu mano desde que naciste, las tres coronas de tu palma. Y yo debo ser fiel a mi propio destino.

La abadesa volvió la palma de la mano hacia arriba y se la mostró a su amiga, situada al otro lado de la mesa. Cerca de la muñeca, las líneas de la vida y del destino se unían hasta formar un ocho. Catalina lo estudió en medio de un silencio glacial y siguió lentamente la figura con la yema de los dedos.

—Deseas brindarme tu protección, pero estoy amparada por un poder superior al tuyo —explicó la abadesa con calma.

—¡Lo sabía! —gritó Catalina roncamente y apartó la mano de su amiga—. Esta cháchara sobre elevados principios y objetivos sólo tiene un significado: ¡has hecho un pacto sin consultarme! ¿En quién has depositado tu descaminada confianza? ¡Dime su nombre! ¡Te lo ordeno!

—Encantada —la abadesa sonrió—. Es Él quien puso esta señal en mi mano. Y con esta señal soy soberana absoluta. Mi querida Figchen, serás la zarina de todas las Rusias, pero te ruego que no olvides quién soy yo realmente. Y quién me eligió. Recuerda que Dios es el supremo gran maestro de ajedrez.

LA RUEDA
DEL CABALLERO

… El rey Arturo tuvo el sueño maravilloso que a continuación se relata: parecía estar sentado sobre un cojín, en una silla sujeta a una rueda, y sobre ella se hallaba el rey Arturo con la vestimenta de oro más rica… súbitamente el rey quedó boca abajo a causa de un giro de la rueda, cayó entre las serpientes y cada bestia lo sujetó de una extremidad. Entonces el rey gritó «Socorro», al tiempo que seguía durmiendo en su lecho.

Sir Thomas Malory
Le Morte d'Arthur

Regnabo, Regno, Regnavi, Sum sine regno.
(Reinaré, reino, he reinado, carezco de reino.)

Inscripción en la rueda
de la fortuna del Tarot

La mañana de aquel lunes posterior al torneo de ajedrez me levanté adormilada, guardé la cama en su hueco de la pared y me fui a la ducha para ponerme en condiciones de pasar el día en Con Edison.

Me froté con el albornoz, caminé descalza por el pasillo y busqué el teléfono en medio de la mezcolanza de objetos decorativos. Después de la cena con Lily en el Palm y del extraño acontecimiento que le siguió, llegué a la conclusión de que éramos un par de peones en el juego de otra persona y decidí incorporar algunas piezas influyentes a mi lado del tablero. Sabía exactamente por dónde empezar.

Durante la cena Lily y yo habíamos coincidido en que la advertencia de Solarin estaba vinculada con los curiosos acontecimientos de la jornada, pero a partir de ese punto nuestras opiniones seguían distintos derroteros. Lily estaba segura de que Solarin se encontraba detrás de todo lo sucedido.

—En primer lugar, Fiske muere en extrañas circunstancias —puntualizó Lily mientras, en medio de las palmeras, tomábamos asiento en una de las mesas de madera—. ¿Cómo podemos estar seguras de que Solarin no se lo cargó? En segundo lugar, desaparece Saul, permitiendo que mi coche y mi perro puedan ser víctimas de los gamberros. Es evidente que secuestraron a Saul, ya que él jamás habría abandonado su puesto.

—Eso está claro —confirmé sonriente mientras la veía devorar un trozo de carne.

Sabía que Saul no se atrevería a dirigirle la palabra a Lily a menos que le hubiese ocurrido algo espantoso. A renglón seguido, Lily se zampó una generosa ensalada y tres panecillos mientras seguíamos charlando.

—Después alguien dispara al azar contra nosotras —añadió con la boca llena—. Coincidimos en que el proyectil salió de las ventanas de la sala de juego.

—Hubo dos disparos —precisé—. Es posible que alguien le disparara a Saul y lo asustara antes de nuestra llegada.

—Lo más importante es que he descubierto no sólo método y medios, sino el motivo —declaró Lily, masticando pan y sin prestarme la menor atención.

—¿De qué hablas?

—Sé por qué Solarin actúa de esta manera infame. Lo calculé entre el primer chuletón y la ensalada.

—Dame alguna pista.

Oí que Carioca rascaba los objetos de Lily en el bolso y supuse que los demás comensales tardarían muy poco en notarlo.

—¿Estás enterada del escándalo de España? —preguntó.

Me obligó a devanarme los sesos.

—¿Te refieres a la vez en que, hace algunos años, hicieron regresar a Solarin a Rusia? —Lily asintió. Añadí—: Es lo que tú me contaste.

—Tuvo que ver con una fórmula —dijo Lily—. Verás, Solarin abandonó muy pronto el ajedrez competitivo. Sólo participaba excepcionalmente en algún torneo. Aunque ya era gran maestro, en realidad estudió física, profesión con la que se gana la vida. Durante el torneo de España, Solarin hizo una apuesta con otro jugador y se comprometió a darle cierta fórmula secreta si perdía.

—¿De qué fórmula se trataba?

—No tengo ni idea. Pero los rusos se acojonaron cuando la prensa informó acerca de la apuesta. Solarin se esfumó de la noche a la mañana y hasta ahora no se ha sabido nada más de él.

—¿Una fórmula física?

—Tal vez la fórmula de un arma secreta. Eso lo explicaría todo, ¿no te parece? —Aunque para mí no explicaba nada, dejé que Lily siguiera divagando—. Temiendo que Solarin volviera a hacer la misma maniobra en este torneo, la KGB intervino, se cargó a Fiske e intentó asustarme. ¡Si Fiske o yo le hubiéramos ganado, Solarin tendría que haber entregado la fórmula secreta!

Lily estaba encantada con la forma en que su explicación se adaptaba a las circunstancias, pero a mí no me convenció.

—La teoría es excelsa —coincidí—, pero quedan algunos cabos sueltos. Por ejemplo, ¿qué pasó con Saul? ¿Por qué los rusos permitieron que Solarin saliera de su país si sospechaban que intentaría la misma maniobra, suponiendo que se trate de una maniobra? ¿Y por qué diablos Solarin estaría dispuesto a entregarte o a pasarle al viejo chocho de Fiske, que en paz descanse, la fórmula de un arma?

—Vale, no todo encaja —reconoció Lily—. Pero al menos es un punto de partida.

—Como afirmó en una ocasión Sherlock Holmes: «Es un craso error elaborar teorías antes de contar con los datos.» Propongo que investiguemos a Solarin. De todas maneras, sigo pensando que deberíamos presentar una denuncia. Tenemos dos orificios de bala que demuestran nuestras sospechas.

—Jamás aceptaré que soy incapaz de resolver un misterio por mí misma —se agitó Lily—. Estrategia es mi segundo nombre.

Después de muchas palabras acaloradas y de compartir un helado bañado con chocolate caliente, decidimos dejar de vernos por unos días e investigar los antecedentes y el *modus operandi* de Solarin.

El entrenador de ajedrez de Lily había sido gran maestro. Pese a que tenía que practicar mucho antes de la partida del martes, Lily pensó que, durante los entrenamientos, el hombre podría darle alguna información sobre la personalidad de Solarin. También procuraría averiguar qué había sido de Saul. En el caso de que no lo hubiesen secuestrado (creo que, de ser así, su talento trágico habría sufrido un duro revés), Lily averiguaría por el mismo Saul qué razones lo llevaron a abandonar su puesto.

Yo tenía mis propios planes y en ese momento no me interesaba compartirlos con Lily Rad.

En Manhattan tenía un amigo que era incluso más misterioso que el esquivo Solarin. No figuraba en el listín ni tenía señas conocidas. Aunque poco mayor que un treintón, era una de las leyendas del procesamiento de datos y había escrito textos definitivos sobre el tema. Fue mi mentor en el mundo de la informática cuando tres años antes llegué a Nueva York y en el pasado me había sacado de unas cuantas situaciones difíciles. Cuando le daba la gana utilizar un nombre, se hacía llamar doctor Ladislaus Nim.

Nim no sólo era maestro del procesamiento de datos, sino especialista en ajedrez. Se había enfrentado a Reshevsky y a Fisher y había mantenido el tipo. Su verdadera habilidad era el conocimiento panorámico del juego, motivo por el que yo quería encontrarlo. Nim sabía de memoria todas las partidas de la historia del campeonato mundial de ajedrez. Era una enciclopedia ambulante en lo concerniente a las vidas de los grandes maestros. Cuando se proponía ser encantador, era capaz de entretenerte horas contándote anécdotas sobre la historia del ajedrez. Sabía que él lograría entrelazar los hilos de la trama que yo parecía tener en mis manos. Sólo me faltaba encontrarlo.

Pero querer encontrarlo y lograrlo eran dos cosas muy distintas. Su servicio de mensajes telefónicos hacía que la KGB y la CIA parecieran meras cotillas. Cuando llamabas, los telefonistas ni siquiera reconocían quién era Nim y yo llevaba semanas intentando dar con él.

Quise hablar con Nim, simplemente para despedirme, cuando supe que me iba al extranjero. Pero ahora necesitaba ponerme en contacto con él, no sólo por mi pacto con Lily Rad, sino porque tenía la certeza de que aquellos acontecimientos aparentemente inconexos —la muerte de Fiske, la advertencia de Solarin y la desaparición de Saul— estaban relacionados. Estaban relacionados conmigo.

Lo sabía porque a medianoche, cuando me separé de Lily en el Palm, decidí iniciar la investigación. En lugar de volver a casa, tomé un taxi hasta el Fifth Avenue Hotel para hablar con la pitonisa que, tres meses antes, me había hecho la misma advertencia que Solarin esa tarde. Aunque la advertencia del ruso se vio inmediatamente acompañada de pruebas contundentes, el lenguaje afín que habían empleado me pareció demasiado casual y quería encontrarle una explicación.

Por eso necesitaba hablar con Nim ahora mismo, sin más tardanza. La verdad es que en el Fifth Avenue Hotel no había ninguna pitonisa. Hablé más de media hora con el encargado del bar para confirmar sin asomo de dudas que estaba en lo cierto. El encargado llevaba quince años allí y me aseguró una y otra vez que en ese bar nunca había trabajado una pitonisa, ni siquiera en Nochevieja. La mujer que había sabido de mi llegada, que había esperado a que Harry me telefoneara al centro de datos, que se había preparado para leerme la buenaventura, que había empleado las mismas palabras que Solarin tres meses después, la mujer que incluso conocía mi fecha de nacimiento —recordé—, lisa y llanamente nunca había existido.

∞

Claro que había existido. Tenía tres testigos oculares para demostrarlo. Pero a esas alturas, hasta el testimonio de mis propios ojos se tornaba sospechoso ante mi propia mirada.

Por esos motivos el lunes por la mañana, mientras el pelo chorreante me empapaba el albornoz, desenterré el teléfono y por enésima vez intenté comunicar con Nim. Me aguardaba una buena sorpresa.

Cuando llamé a su servicio, en la línea apareció un mensaje grabado por la Compañía Telefónica de Nueva York, en el que explicaban que había cambiado de número por otro con prefijo de Brooklyn. Marqué el nuevo número, sorprendida de que Nim hubiese optado por un nuevo servicio. Al fin y al cabo, yo era una de las tres personas del mundo que tenían el honor de conocer el viejo número. Al parecer, todas las precauciones eran pocas.

Recibí la segunda sorpresa cuando el servicio de mensajes contestó a mi llamada.

—Rockaway Greens Hall —dijo la mujer que respondió.

—Quería hablar con el doctor Nim —respondí.

—Aquí no hay nadie con ese nombre —respondió dulcemente.

El trato era amable en comparación con las desagradables negativas que solía recibir del servicio de mensajes de Nim. Las sorpresas no habían acabado.

—Quiero hablar con el doctor Nim, con el doctor Ladislaus Nim —repetí claramente—. El servicio de información de Manhattan me dio este número.

—¿Es... es un nombre de hombre? —preguntó la mujer sobresaltada.

—Sí —respondí impaciente—. ¿Puedo dejarle un mensaje? Es muy importante que me ponga en contacto con él.

—Señora —dijo la mujer y su voz adquirió un tono frío—. ¡Está hablando con un convento de carmelitas! ¡Alguien le ha gastado una broma! —Colgó.

Sabía que a Nim le gustaba aislarse, pero esto era demasiado. Presa de una furia incontrolable, decidí encontrarlo de una vez por todas. Como se me había hecho tarde para ir a trabajar, cogí el secador y empecé a secarme el pelo en medio de la sala, mientras caminaba de un extremo a otro pensando qué táctica adoptar. Por fin tuve una idea.

Hacía varios años, Nim había instalado parte de los principales sistemas de la Bolsa de Nueva York. Seguramente los que usaban esos ordenadores lo conocían. Hasta era posible que Nim pasara de vez en cuando para contemplar su obra. Telefoneé al director de personal.

—¿El doctor Nim? —preguntó—. Jamás lo he oído nombrar.

¿Está segura de que ha trabajado aquí? Llevo tres años en la Bolsa y nunca he oído ese nombre.

—Está bien, ya estoy hasta el gorro —declaré completamente exasperada—. Quiero hablar con el presidente. Dígame quién es.

—La... Bolsa... de... Nueva... York... no... tiene... presidente —me informó con tono burlón.

¡Mierda!

—¿Y qué tiene entonces? —casi grité—. Alguien tiene que dirigir las cosas.

—Contamos con un síndico —respondió molesto y me dio su nombre.

—Perfecto, le ruego que me ponga con él.

—De acuerdo, señora. Supongo que sabe lo que hace.

¡Ya lo creo! Claro que lo sabía. La secretaria del síndico fue muy atenta y supe que iba por buen camino por la forma en que eludió mis preguntas.

—¿El doctor Nim? —preguntó con voz de viejecita—. No... no, creo que nunca he oído ese nombre. En este momento el síndico se encuentra en el extranjero. ¿Quiere dejarle un mensaje?

—Sí —espeté. Era todo lo que podía hacer, por lo que sabía de mi prolongada experiencia con el hombre misterioso—. Si tiene noticias del doctor Nim, dígale por favor que la señorita Velis espera su llamada en el convento de Rockaway Greens. Y dígale también que si por la noche no tengo noticias, me veré obligada a pronunciar los votos.

Di mis números de teléfono a la pobre y confundida mujer e hicimos las paces. Pensé que Nim se lo merecía si el mensaje pasaba por las manos de varios retoños de la Bolsa de Nueva York antes de llegar a las suyas. Me encantaría ver cómo salía de ese aprieto.

Tras lograr cuanto pude, me puse el traje de pantalón color tomate para pasar el día en Con Edison. Revolví el suelo del armario buscando un par de zapatos y solté unos cuantos tacos. Carioca había mordido la mitad de mi calzado y mezclado la otra mitad. Por fin encontré dos zapatos del mismo par, me puse el abrigo y salí a desayunar. Como a Lily, me costaba trabajo afrontar ciertas cuestiones con el estómago vacío, entre ellas Con Edison.

La Galette era el bistró francés local y estaba a media manzana de mi piso. Tenía manteles de cuadros y macetas con geranios. Las ventanas traseras daban al edificio de las Naciones Unidas. Pedí zumo de naranja, café solo y pastel de ciruelas pasas.

En cuanto me sirvieron el desayuno, abrí la cartera y saqué algunas notas que había tomado la noche anterior, antes de irme a dormir. Creí posible encontrar sentido a la cronología de los acontecimientos.

Solarin tenía una fórmula secreta y decidieron llevárselo una temporada a Rusia. Hacía quince años que Fiske no participaba en una competición ajedrecística. Solarin me lanzó una advertencia y empleó el mismo lenguaje que la pitonisa a la que yo había consultado tres meses antes. Solarin y Fiske tuvieron un altercado durante la partida y decidieron solicitar una interrupción. Lily opinaba que Fiske hacía trampa. Éste apareció muerto en extrañas circunstancias. Había dos orificios de bala en el coche de Lily, uno hecho antes de nuestra llegada y el otro mientras estábamos presentes. Por último, tanto Saul como la pitonisa se habían esfumado.

Aunque nada parecía encajar, abundaban las pistas que indicaban que todo estaba relacionado. Sabía que la probabilidad aleatoria de tantas coincidencias era nula.

Había terminado la primera taza de café y comido la mitad de pastel de ciruelas pasas cuando lo vi. Contemplaba la curva verde azulada que producía la enorme cristalera del edificio de las Naciones Unidas cuando algo llamó mi atención. Un hombre pasó junto a la ventana, vestido de blanco de la cabeza a los pies, con un chándal con capucha y una bufanda que le tapaba la mitad inferior de la cara. Empujaba una bicicleta.

Quedé anonadada, con el vaso de zumo de naranja a mitad de camino hacia mi boca. El hombre descendió por la empinada escalera de caracol, flanqueada por un muro de piedra, que bordeaba la plaza situada frente a la ONU. Solté el vaso y di un respingo. Dejé sobre la mesa el importe de la consumición, guardé las notas, cogí la cartera y el abrigo y salí a toda prisa.

Los escalones de piedra estaban resbaladizos y cubiertos por una capa de hielo y sal común. Me iba poniendo el abrigo y luchaba con la cartera mientras bajaba la escalera como una flecha. El hombre de la bicicleta estaba a punto de desaparecer en la esquina. Al meter el brazo en la manga del abrigo, el alto tacón se hundió en el hielo, se partió y yo caí de rodillas dos escalones más abajo. Sobre mi cabeza vi esculpida en el muro de piedra una cita de Isaías:

Y convertirán sus espadas en rejas de arado y sus lanzas en podaderas. Ninguna nación alzará la espada contra otra. Ni seguirán aprendiendo a guerrear.

Mala suerte. Me incorporé y me quité el hielo de las rodillas. A Isaías le quedaban muchas cosas por aprender acerca de los hombres y las naciones. Hacía más de cinco milenios que en nuestro planeta no transcurría un sólo día en que la guerra no floreciera. Los manifestantes en contra de la guerra de Vietnam ya se habían congregado en la plaza. Me abrí paso entre ellos mientras ondeaban ante mí sus carteles en pro de la paz, carteles con forma de patas de paloma. Me encantaría verles convertir un misil balístico en una reja de arado.

Sobre el tacón roto giré en la esquina y choqué contra el costado del Instituto de Investigación de Sistemas IBM. El hombre me llevaba cien metros de ventaja, había montado en la bicicleta y pedaleaba. Llegó al paso peatonal de la plaza de la ONU y paró ante el semáforo en rojo.

Eché a correr por la acera, con los ojos llenos de lágrimas a causa del frío, intentando abrocharme el abrigo y cerrar la cartera mientras el viento glacial me azotaba. A mitad de camino vi que el semáforo pasaba al verde, al tiempo que el hombre cruzaba pedaleando. Aunque aceleré el paso, el semáforo volvió a ponerse en rojo cuando llegué al cruce peatonal y los coches arrancaron. Tenía los ojos clavados en la figura que se hacía cada vez más pequeña en la acera de enfrente.

El hombre se apeó de la bicicleta y la subió por los escalones que daban a la plaza. ¡Estaba atrapado! Yo podía recuperar el aliento porque no había ninguna salida en el Jardín de los árboles esculpidos. Mientras aguardaba a que cambiase el semáforo, repentinamente me di cuenta de lo que estaba haciendo.

El día anterior había sido casi testigo de un asesinato y me había encontrado a poca distancia de una bala perdida en zonas públicas de Nueva York. Ahora perseguía a un desconocido simplemente porque se parecía al hombre de mi cuadro, bicicleta incluida. ¿Era posible que se pareciera tanto a mi óleo? Aunque le di mil vueltas a la pregunta, no hallé respuesta y, por las dudas, en cuanto cambió el semáforo miré en una y otra dirección antes de bajar a la calzada.

Crucé las puertas de hierro forjado de la plaza de la ONU y subí la escalinata. Al otro lado de la extensión de cemento blanco había una viejecita de negro, sentada en un banco de piedra, que alimentaba a las palomas. Con la cabeza cubierta por un pañuelo negro e inclinada hacia delante, arrojaba comida a las aves que, formando una gran nube plateada, se apiñaban, arrullaban y arremolinaban a su alrededor. Junto a ella se encontraba el hombre de la bicicleta.

Al verlos quedé paralizada y no supe qué hacer. Estaban hablando. La anciana se volvió, miró en mi dirección y le comentó algo. El hombre asintió fugazmente sin mirar atrás, se volvió con una mano sobre el manillar y bajó rápidamente la escalera del otro lado, rumbo al río. Me armé de valor y corrí tras él. En la plaza se produjo una gran desbandada de palomas que me obstruyeron la visión. Me encaminé a la escalera y me tapé la cabeza con un brazo mientras las aves revoloteaban a mi alrededor.

Abajo, mirando hacia el río, se alzaba un enorme campesino de bronce donado por los soviéticos. Martillaba su espada para convertirla en una reja de arado. Ante mí corría el helado East River y en la otra orilla se alzaba el gran letrero de Coca-Cola de Queens, rodeado por el humo que arrojaban los ardientes hornos. A la izquierda se extendía el jardín, rodeado de árboles cubiertos de nieve. Ni una sola pisada perturbaba su nívea superficie. Junto al río corría un sendero de grava, separado del jardín por una hilera de árboles podados y más pequeños. No había nadie a la vista.

¿Dónde se había metido? El jardín no tenía salida. Me di la vuelta y subí los escalones hasta la plaza. La vieja también había desaparecido, pero entreví una figura evanescente que entraba en la zona de los visitantes. Vi su bicicleta en la puerta. Mientras entraba a la carrera, me pregunté cómo se las había ingeniado el hombre de la bicicleta para pasar a mi lado. No había un alma salvo un guardia que charlaba de pie con la joven recepcionista, junto al mostrador ovalado.

—Disculpadme, ¿acaba de entrar un hombre con un chándal blanco?

—Yo qué sé —dijo el guardia, molesto por la interrupción.

—Si quisierais ocultaros, ¿dónde os meteríais? —Ahora sí que llamé su atención. Ambos me observaron como si fuera una terrorista. Me apresuré a añadir—: Me refiero a si quisierais estar a solas y disfrutar de un poco de intimidad.

—Los delegados acuden a la sala de meditación —respondió el guardia—. Es un sitio muy tranquilo. Queda allí.

Señaló una puerta situada al otro lado del ancho suelo de mármol, con cuadrados rosa y gris como las casillas del ajedrez. Junto a la puerta había una vidriera verde azulada de Chagall. Les di las gracias y eché a andar. Al entrar en la sala de meditación, la puerta se cerró a mis espaldas sin el menor ruido.

Se trataba de una estancia larga y penumbrosa, semejante a una cripta. Junto a la puerta había varias hileras de bancos pequeños, con los que estuve a punto de tropezar en la penumbra. En el centro se alzaba una losa en forma de féretro, iluminada por un foco delgadísimo que abarcaba su superficie. La sala estaba realmente silenciosa, fría y húmeda. Noté que se me dilataban las pupilas a medida que se adaptaban a la luz.

Ocupé uno de los pequeños bancos. La madera crujió. Deposité mi cartera en el suelo y contemplé la losa. Temblaba misteriosamente, suspendida en el aire como un monolito que flota en el espacio galáctico. Producía una sensación tranquilizadora, casi hipnótica.

Cuando la puerta se abrió mudamente a mis espaldas y antes de cerrarse, dejó pasar un torrente de luz, me volví como en cámara lenta.

—No grites —susurró una voz a mis espaldas—. No te haré daño. Te ruego que guardes silencio.

Me quedé petrificada al reconocer la voz. Me incorporé de un salto y giré, poniéndome de espaldas a la losa.

En medio de la tenue luz estaba Solarin, y sus ojos verdes reflejaban imágenes luminosas e iguales a las de la losa. Me había incorporado tan bruscamente que me mareé. Puse las manos a la espalda y me apoyé en la losa. Solarin me miraba impertérrito. Con el mismo pantalón gris que llevaba el día anterior, ahora se había puesto una oscura chaqueta de piel que lo hacía parecer aún más blanco de lo que yo lo recordaba.

—Siéntate —pidió en voz baja—. Aquí, a mi lado. Sólo dispongo de unos minutos.

Aunque las piernas me temblaban, obedecí. Seguí sin abrir la boca.

—Ayer intenté avisarte, pero no me hiciste caso. Ahora sabes que te dije la verdad. Si no queréis acabar como Fiske, será mejor que Lily Rad y tú abandonéis este torneo.

—Entonces no crees que se haya suicidado —susurré.

—No digas tonterías. Le partió el cuello un especialista. Yo fui la última persona que lo vio con vida y gozaba de buena salud. Dos minutos después estaba muerto. Y habían desaparecido varios objetos...

—A menos que lo mataras tú —lo interrumpí.

Solarin sonrió. Era una sonrisa tan desconcertante que transformó profundamente su expresión. Se inclinó hacia mí y me puso las manos en los hombros. Noté que sus dedos transmitían una gran calidez.

—Te ruego que me escuches con atención, pues el hecho de que nos vean juntos podría ponerme en peligro. Yo no disparé contra el coche de tu amiga, pero la desaparición del chófer no ha sido accidental.

Lo miré alelada. Lily y yo habíamos acordado que no se lo contaríamos a nadie. ¿Cómo estaba enterado Solarin, si no había tenido nada que ver?

—¿Sabes qué le ha pasado a Saul? ¿Sabes quién disparó?

Solarin me miró sin responder. Aún tenía las manos sobre mis hombros. Me apretó mientras volvía a concederme su cálida y maravillosa sonrisa. Tenía el aire de un chiquillo.

—No se equivocaban con respecto a ti —comentó con voz queda—. Eres la persona.

—¿Quiénes? Sabes cosas que no me dices —comenté irritada—. Me lanzas una advertencia, pero no me dices de qué debo protegerme. ¿Conoces a la pitonisa?

Solarin apartó bruscamente las manos de mis hombros y volvió a ponerse la máscara. Me di cuenta de que yo estaba tentando al destino, pero no había nada que pudiera detenerme.

—Sabes y conoces más de lo que dices —insistí—. ¿Quién es el hombre de la bicicleta? ¡Tuviste que verlo si me has seguido! ¿Por qué me haces advertencias y me ocultas datos decisivos? ¿Qué quieres? ¿Qué tiene que ver conmigo esta historia? —Paré para recobrar el aliento y miré a Solarin, que me observaba atentamente.

—No sé qué decirte —respondió. Su voz era muy suave y por primera vez percibí indicios de acento eslavo en su pronunciación formal y cortante del inglés—. Todo lo que te diga te pondrá en una situación aún más difícil. Sólo te pido que me creas porque he arriesgado mucho para hablar contigo. —Con gran sorpresa por mi parte, se estiró y me acarició el pelo como si fuera una cría—. Apártate del torneo de ajedrez. No confíes en nadie. Aunque tienes amigos influyentes de tu lado, no sabes a qué estás jugando…

—¿De qué lado? —pregunté—. Yo no juego a nada.

—Claro que sí —respondió y me miró con infinita ternura, como si deseara abrazarme—. Estás jugando una partida de ajedrez. No te preocupes, soy maestro y estoy de tu lado.

Se incorporó y caminó hacia la puerta. Lo seguí aturdida. Cuando llegamos a la puerta, Solarin se apoyó en la pared y prestó atención como si esperara que alguien entrase violentamente. Luego miró mi expresión de confusión.

Se llevó una mano al interior de la chaqueta y con la cabeza me indicó que saliera. Entreví el arma que esgrimía. Tragué saliva y franqueé velozmente la puerta, sin mirar atrás.

La cegadora luz invernal se colaba por las paredes de cristal del vestíbulo. Me dirigí deprisa a la salida. Me cerré el abrigo, crucé la plaza ancha y helada y bajé corriendo las escaleras que comunicaban con East River Drive.

Estaba en medio de la calle, protegiéndome del viento glacial, cuando paré en seco ante las puertas de la entrada de delegados. Me había olvidado la cartera en la sala de meditación. No sólo guardaba en ella los libros de la biblioteca, sino las notas sobre los acontecimientos del día anterior.

¡Fantástico! Era digno de mi suerte que Solarin encontrara esos papeles y creyera que estaba investigando su pasado mucho más a fondo de lo que suponía. Y eso era, desde luego, lo que me proponía. Me tildé de idiota, giré sobre el tacón roto y emprendí el regreso a la plaza de la ONU.

Entré en el vestíbulo. La recepcionista estaba ocupada con una visita. No vi al guardia. Me convencí de que el miedo a regresar sola a la sala de meditación era absurdo. El vestíbulo estaba totalmente vacío y mi vista abarcaba hasta la escalera de caracol. No había nadie.

Crucé osadamente el vestíbulo y miré por encima del hombro al llegar a la vidriera de Chagall. Abrí la puerta de la sala de meditación y eché un vistazo.

Aunque mis ojos tardaron unos segundos en acostumbrarse a la penumbra, vi que las cosas no estaban como las había dejado. Solarin había desaparecido, lo mismo que mi cartera, y en la losa, boca arriba, descansaba un cadáver. Permanecí aterrada junto a la puerta. El largo cuerpo extendido sobre la losa vestía uniforme de chófer. Se me heló la sangre y me zumbaron los oídos. Aspiré hondo, entré y dejé que la puerta se cerrara.

Me acerqué a la losa y contemplé la cara blanca y pálida que brillaba bajo la luz del foco. Era Saul. Y estaba muertísimo. Se me revolvió el estómago y sentí un miedo atroz. Jamás había visto un cadáver, ni siquiera en los funerales. Se me hizo un nudo en la garganta, como si estuviera a punto de echarme a llorar.

Súbitamente algo ahogó el primer sollozo antes de que escapara de mi garganta: Saul no había trepado a la losa por sus propios medios y dejado de respirar. Alguien lo había depositado allí, la misma persona que había estado en la sala en los últimos cinco minutos.

Salí disparada. La recepcionista seguía dando explicaciones a un visitante. Se me ocurrió dar la voz de alarma, pero me lo pensé dos veces. Tal vez tuviera dificultades para explicar que el chófer de una amiga mía había sido asesinado y que yo había tropezado con el cadáver por casualidad; que azarosamente el día anterior había estado presente en el sitio donde se había producido una muerte en extrañas circunstancias y que mi amiga, la patrona del chófer, también estaba presente; que nos habíamos olvidado de denunciar que en su coche habían aparecido dos orificios de bala.

Emprendí la retirada de la sede de la ONU y literalmente caí en picado por la escalera. Aunque sabía que debía acudir directamente a las autoridades, estaba aterrorizada. Habían asesinado a Saul en aquella sala, segundos después de que yo la abandonara. Fiske había muerto pocos minutos después de que se interrumpiera la partida de ajedrez. En ambos casos, las víctimas se encontraban en lugares públicos, cercanos a otras personas. En ambos casos, Solarin había estado presente. Y tenía un arma, ¿no? Y había estado presente en ambos casos.

Así que estábamos jugando. En ese caso, estaba decidida a descubrir las reglas del juego por mi cuenta y riesgo. No sólo era miedo y confusión, sino determinación, lo que sentí al recorrer la calle helada rumbo a mi despacho caldeado y seguro. Tenía que atravesar el misterioso velo que envolvía el juego, identificar las reglas y a los jugadores. Y debía hacerlo muy pronto, pues las jugadas ocurrían peligrosamente cerca. Ignoraba que a treinta manzanas estaba a punto de tener lugar una jugada que modificaría el curso de mi vida...

∞

—Brodski está furioso —informó Gogol con nerviosismo.

Se levantó de la suave y mullida silla en la que tomaba el té en el vestíbulo del Algonquin en cuanto vio que Solarin franqueaba la entrada.

—¿Dónde te habías metido? —preguntó Gogol pálido como un fantasma.

—He salido a tomar el aire —respondió Solarin con calma—. Te recuerdo que no estamos en la Unión Soviética. En Nueva York la gente sale a caminar cuando se le antoja sin informar a las autoridades de sus propósitos. ¿Acaso Brodski temió que desertara?

Gogol no reaccionó ante la sonrisa de Solarin.

—Está cabreado —reconoció Gogol. Miró nervioso a su alrededor, pero no había nadie, con excepción de una anciana que tomaba el té en el otro extremo—. Esta mañana Hermanold nos comunicó que el torneo se postergará indefinidamente hasta que investigen a fondo la muerte de Fiske. Tenía el cuello roto.

—Ya lo sé —dijo Solarin, cogió a Gogol del brazo y lo llevó hacia la mesa en la que se enfriaba el té. Indicó a Gogol que se sentara y terminara la infusión—. Vi el cadáver, ¿lo has olvidado?

—Ése es el problema —replicó Gogol—. Estuviste a solas con él poco antes del accidente. Este asunto tiene muy mal cariz. No debimos llamar la atención. Si hacen una investigación, sin duda lo primero que harán será interrogarte.

—Deja que yo me preocupe de esas cosas —aconsejó Solarin.

Gogol cogió un terrón de azúcar y lo sujetó con los dientes. Bebió el té a través del terrón, mientras meditaba en silencio.

La anciana cojeaba hacia la mesa que ocupaban. Vestía de negro y se movía con dificultad, con ayuda de un bastón. Gogol la miró.

—Por favor —dijo la anciana al reunirse con ellos—. No me han servido sacarina con el té y no puedo tomar azúcar. Caballeros, ¿serían tan amables de dejarme una bolsita de sacarina?

—Por supuesto —respondió Solarin.

Abrió el azucarero de la bandeja de Gogol, sacó varias bolsitas de color rosa y se las entregó a la anciana. Ésta le dio las gracias y se alejó.

—¡Oh, no! —exclamó Gogol y miró en dirección a los ascensores. Brodski avanzaba por el vestíbulo y se abría paso entre el laberinto de mesas de té y sillas floreadas—. Quería que subiera contigo en cuanto regresaras —le explicó a Solarin en voz baja.

Gogol se puso en pie y estuvo a punto de volcar la bandeja. Solarin siguió sentado.

Brodski era un individuo alto y musculoso, con la cara bronceada. Parecía un hombre de negocios europeo con su traje de rayas azul marino y su corbata de seda asargada. Se acercó agresivamente a la mesa, como si se presentara en una reunión de negocios. Se detuvo ante Solarin y le ofreció la mano. Éste se la estrechó sin levantarse. Brodski tomó asiento.

—He tenido que informar al secretario de tu desaparición —informó Brodski.

—No he desaparecido, salí a dar un paseo.

—Has ido de compras, ¿eh? —preguntó Brodski—. Esa cartera es muy bonita. ¿Dónde la has comprado? —Tocó la cartera que reposaba en el suelo, junto a Solarin. Gogol ni siquiera la había visto—. Cuero italiano, lo ideal para un ajedrecista soviético —comentó con sorna—. ¿Te molesta que la mire por dentro?

Solarin se encogió de hombros. Brodski colocó la cartera en sus rodillas y la abrió. Se dedicó a revolver el contenido.

—A propósito, ¿quién era la mujer que abandonó vuestra mesa justo cuando llegué?

—Sólo una anciana que necesitaba sacarina —respondió Gogol.

—No debía de estar tan desesperada —murmuró Brodski mientras hojeaba los papeles— porque se largó en cuanto llegué.

Gogol miró la mesa que ocupaba la anciana dama. Aunque se había ido, el servicio de té permanecía allí.

Brodski metió los papeles en la cartera y se la devolvió a Solarin. Miró a Gogol y suspiró.

—Gogol, eres un gilipollas —comentó como si hablara del tiempo—. Es la tercera vez que nuestro incomparable gran maestro te da el esquinazo. La primera, cuando interrogó a Fiske poco antes de que lo asesinaran. La segunda, cuando salió a buscar esta cartera que ahora sólo contiene un sujetapapeles, varios blocs por estrenar y dos libros sobre la industria petrolera. Es evidente que ha quitado todo lo de valor. Y ahora, en tus narices, le ha pasado una nota a una agente.

Gogol se puso rojo como un tomate y dejó la taza de té.

—Pues te aseguro que...

—No me asegures nada —lo interrumpió Brodski lentamente. Se dirigió a Solarin—: El secretario ha dicho que si no establecemos contacto en veinticuatro horas, pedirán que regresemos a Rusia. No puede arriesgarse a revelar nuestra cobertura si se suspende el torneo. Quedaría muy mal decir que nos quedamos en Nueva York para comprar carteras italianas de segunda mano —se burló—. Gran maestro, tienes veinticuatro horas para conseguir la información.

Solarin miró a Brodski a los ojos y sonrió fríamente.

—Mi querido Brodski, puedes informar al secretario que ya hemos establecido contacto.

Brodski permaneció mudo, a la espera de que Solarin continuara. Como éste guardó silencio, dijo con voz ronroneante:

—¿Y? Deja ya de tenernos con el alma en vilo.

Solarin miró la cartera que había apoyado en sus rodillas. Finalmente se concentró en Brodski con cara inexpresiva y replicó:

—Las piezas están en Argelia.

∞

A mediodía estaba completamente desquiciada. Había hecho denodados esfuerzos por contactar con Nim, pero sin éxito. Mentalmente seguía viendo el horroroso cadáver de Saul tendido en la losa e intentaba encontrar significado a lo ocurrido, encajar las piezas.

Estaba encerrada en mi despacho de Con Edison, que daba a la entrada de la ONU, y escuchaba las noticias de la radio mientras esperaba que los coches patrulla pararan en la plaza apenas conocieran la existencia del cadáver. Pero no ocurrió nada.

Intenté hablar con Lily, que había salido. En el despacho de Harry me dijeron que se había ido a Buffalo a revisar unos envíos de pieles deterioradas y que no regresaría hasta muy tarde. Pensé llamar a la policía y dejar un mensaje anónimo sobre el cadáver de Saul, pero decidí que pronto lo encontrarían. Era imposible que un cadáver pasara horas en la ONU sin que nadie reparara en él.

Poco después de las doce pedí a mi secretaria que saliera a comprar bocadillos. Sonó el teléfono y contesté. Era Lisle, mi jefe. Su voz sonaba desagradablemente animada.

—Velis, ya tenemos los billetes y el itinerario. La sucursal de París te espera el próximo lunes. Pasarás la noche allí y por la mañana viajarás a Argel. Si estás de acuerdo, esta tarde haré enviar los billetes y los documentos a tu apartamento.

Le dije que me parecía bien.

—Velis, no pareces muy animada. ¿Tienes dudas sobre tu viaje al continente negro?

—En absoluto —repliqué con toda la seguridad que pude fingir—. Me vendrá bien un descanso. Nueva York empieza a ponerme los pelos de punta.

—Perfecto. Velis, *bon voyage*. Después no digas que no te avisé.

Colgamos. Pocos minutos más tarde regresó mi secretaria con bocadillos y leche. Cerré la puerta e intenté comer, pero no pude tragar más que unos pocos bocados. Tampoco logré sentir interés por los libros sobre la historia de la industria petrolera. Permanecí sentada con la vista clavada en el escritorio.

Alrededor de las tres mi secretaria llamó a la puerta y entró con una cartera.

—Alguien se la dejó al guardia de la entrada —explicó—. Con esta nota.

La cogí con mano temblorosa y aguardé a que se fuera. Busqué el abrecartas, abrí el sobre y saqué la hoja.

La nota decía: «He quitado algunos papeles. Te ruego que no vayas sola a tu apartamento.» Aunque no tenía firma, reconocí el tono exaltado. Me guardé la nota en el bolsillo y abrí la cartera. Todo estaba en su sitio salvo, obviamente, mis apuntes sobre Solarin.

∞

A las seis y media seguía en el despacho. Pese a que casi todos habían abandonado el edificio, mi secretaria seguía escribiendo a máquina. Le había dado un montón de trabajo para no quedarme sola y me preguntaba cómo regresaría a mi piso. Quedaba a una manzana y parecía ridículo llamar a un taxi.

Apareció el portero para limpiar los despachos. Estaba vaciando un cenicero en mi papelera cuando sonó el teléfono. Con la prisa por coger el auricular, casi lo tiré al suelo.

—Trabajas hasta muy tarde, ¿no te parece? —preguntó una voz conocida.

Estuve a punto de echarme a llorar, aliviada.

—Vaya, es sor Nim —comenté e intenté dominarme—. Has llamado demasiado tarde. Estaba a punto de emprender la retirada. Ahora soy miembro de pleno derecho de las Hermanas de Jesús.

—Sería una pena y un desperdicio —declaró Nim alegremente.

—¿Cómo te las has ingeniado para encontrarme tan tarde?

—¿Dónde más podía estar una tarde de invierno alguien con tu ilimitada dedicación? A estas altura debes de haber consumido la provisión mundial de petróleo de medianoche... Querida, ¿cómo estás? Me han dicho que me buscabas.

Esperé a que saliera el portero para responder.

—Temo encontrarme en graves problemas.

—Por supuesto, siempre tienes problemas —dijo Nim fríamente—. Es uno de tus principales encantos. Una mente como la mía se cansa de toparse constantemente con lo esperado.

Miré la espalda de mi secretaria a través del tabique de cristal de mi despacho.

—Tengo gravísimos problemas —susurré—. ¡En los dos últimos días asesinaron a dos personas prácticamente delante de mis narices! Me han advertido que tiene que ver con mi asistencia a cierto torneo de ajedrez...

—¡Qué mal se oye! —protestó Nim—. ¿Qué haces? ¿Te has tapado la boca con un trapo? Apenas te oigo. ¿De qué te han advertido? Habla más alto.

—La pitonisa predijo que yo correría peligro —le expliqué—. Y así es. Los asesinatos...

—Mi querida Cat, ¿has dicho la pitonisa? —preguntó Nim risueño.

—No ha sido la única —insistí y me clavé las uñas en las palmas de las manos—. ¿Te suena el nombre de Alexander Solarin?

Nim guardó silencio unos instantes y finalmente preguntó:

—¿El ajedrecista?

—Fue quien me dijo... —repuse insegura y me di cuenta de que sonaba demasiado fantasioso para ser verdad.

—¿Cómo has conocido a Alexander Solarin?

—Ayer asistí a un torneo de ajedrez. Se me acercó para decirme que corría peligro. Fue muy insistente.

—Tal vez te confundió con otra persona.

La voz de Nim sonaba lejana, como si estuviera ensimismado.

—Tal vez —reconocí—. Pero esta mañana, en las Naciones Unidas, ha dejado claro que...

—Espera un momento —me interrumpió Nim—. Me parece percibir un problema. Pitonisas y ajedrecistas rusos te siguen y te susurran extrañas advertencias al oído. Los cadáveres caen del cielo. ¿Qué has comido?

—Hmmm. Un bocata y unos sorbos de leche.

—Paranoia provocada por la falta de alimento —diagnosticó Nim entusiasmado—. Recoge tus cosas. Dentro de cinco minutos pasaré a buscarte en coche. Comeremos como Dios manda y esas fantasías desaparecerán.

—No son fantasías —me defendí.

Me alegré de que Nim viniera a buscarme; por lo menos, llegaría a casa sana y salva.

—Ya veremos —replicó—. Desde donde estoy, te veo demasiado delgada. Aunque hay que reconocer que el traje rojo que llevas es muy elegante.

Eché un vistazo a mi despacho y luego miré hacia la calle. Aunque las farolas acababan de encenderse, casi toda la acera estaba a oscuras. Vi una sombría figura en la cabina telefónica cercana a la parada del autobús. Levantó el brazo.

—A propósito, querida. Si te preocupa el peligro, te aconsejo que dejes de retozar junto a ventanas iluminadas cuando anochece. Por supuesto, no es más que una sugerencia.

Nim colgó.

∞

El Morgan verde oscuro de Nim paró frente a Con Edison. Salí corriendo y salté junto al asiento del acompañante, situado a la izquierda. El coche tenía estribos y suelo de madera. Entre las grietas se veía la calzada.

Nim vestía vaqueros desteñidos, una costosa chaqueta de piel italiana y bufanda de seda blanca con flecos. El viento agitó su pelo cobrizo cuando arrancó. Me pregunté por qué tenía tantos amigos que, en invierno, preferían conducir sin capota. Nim condujo y el tibio resplandor de las farolas tiñó sus rizos con chispas doradas.

—Pasaremos por tu casa para que te pongas ropa de abrigo —propuso Nim—. Si te tranquiliza, entraré primero con un dragaminas.

Debido a un extraño capricho genético, Nim tenía los ojos de colores distintos, uno pardo y el otro azul. Siempre daba la impresión de que me miraba a mí y a través de mí, sensación que no me agradaba en demasía.

Paramos delante de casa. Nim se apeó, saludó a Boswell y le puso en la mano un billete de veinte dólares.

—Mi buen amigo, sólo tardaremos unos minutos —dijo Nim—. ¿Puede vigilar el coche mientras entramos? Es una reliquia familiar.

—Descuide, señor —respondió Boswell amablemente.

Lo ahorcaría si no daba la vuelta y me ayudaba a bajar del coche. Es extraordinario lo que puede el dinero.

Cogí el correo. Había llegado el sobre de Fulbright con los billetes. Nim y yo entramos en el ascensor y subimos.

Nim estudió la puerta de mi piso y declaró que el dragaminas no era necesario. Si alguien había entrado, lo había hecho con una llave. Como casi todos los apartamentos de Nueva York, el mío tenía puerta de acero, de cinco centímetros de grosor, con doble cerrojo de seguridad.

Nim se adelantó por la entrada que conducía a la sala.

—Me atrevo a sugerir que una mujer de la limpieza una vez al mes haría maravillas aquí —comentó—. Aunque útil como herramienta para la detección de delitos, no le encuentro otro fin a esta enorme colección de polvo y recuerdos.

Quitó una nube de polvo de una pila de libros, cogió uno y lo hojeó.

Revolví el armario y encontré un pantalón de pana caqui y un jersey de pescador irlandés, de lana virgen. Cuando me dirigí hacia el baño para cambiarme, Nim estaba sentado en el taburete del piano y tocaba distraído las teclas.

—¿Tocas alguna vez? —me preguntó a gritos—. Las teclas están limpias.

—Me especialicé en música —chillé desde el baño—. Los músicos son los mejores expertos en informática. Superan a la combinación entre ingeniero y físico.

Sabía que Nim se había graduado en ingeniería y física. Mientras me cambiaba, reinaba el silencio. Cuando volví descalza, Nim estaba en pie en medio de la sala y contemplaba mi cuadro del Hombre de la Bicicleta, que había dejado de cara a la pared.

—Ten cuidado, está húmedo —le avisé.

—¿Lo has hecho tú? —preguntó estudiando el cuadro atentamente.

—Por eso me he metido en tantos líos. Pinté el cuadro y luego he visto a un hombre que se le parece como dos gotas de agua. Así que lo he seguido...

—¿Lo has seguido? —Nim me miró sobresaltado.

Me senté en el taburete del piano y empecé a narrarle la historia, comenzando por la llegada de Lily con Carioca. ¿Realmente había ocurrido el día anterior? Esta vez Nim no me interrumpió. De vez en cuando miraba el cuadro y volvía a observarme. Acabé hablándole de la pitonisa y de mi visita de la noche anterior al Fifth Avenue Hotel, donde averigüé que jamás había existido. Cuando concluí el relato, Nim se quedó pensativo. Me levanté, fui al armario, busqué unas viejas botas de montar y un chaquetón marinero y me puse las botas por encima del pantalón de pana.

—Si no te opones, quisiera que me prestases el cuadro por unos días —pidió Nim meditabundo. Había alzado la tela y la sostenía delicadamente por el travesaño del bastidor—. ¿Todavía tienes el poema de la pitonisa?

—Está por aquí —dije y señalé el caos.

—Echémosle un vistazo —propuso.

Suspiré y metí la mano en los bolsillos de los abrigos guardados en el armario. Tardé diez minutos, y por fin, aplastada contra el forro, encontré la servilleta en la que Llewellyn había anotado la profecía.

Nim me arrancó el papel de la mano y se lo guardó en el bolsillo. Cogió la tela húmeda, me pasó el otro brazo por los hombros y caminamos hacia la puerta.

—No sufras por el cuadro. Te lo devolveré en una semana.

—Puedes quedártelo. El viernes vendrán los encargados de la mudanza. Por eso te llamé. Este fin de semana dejo el país. Pasaré un año fuera. La empresa me envía al extranjero.

—Son unos negreros —declaró Nim—. ¿Adónde te mandan?

—A Argelia —respondí cuando llegamos a la puerta.

Nim se detuvo bruscamente y me miró. Enseguida se echó a reír.

—Mi querida jovencita, siempre me sorprendes. Durante cerca de una hora me has entretenido con historias de asesinatos, matanzas, misterios e intrigas. Y lo cierto es que has omitido la cuestión principal.

Estaba realmente confundida.

—¿Qué tiene que ver Argelia con todo esto?

Nim me cogió del mentón, alzó mi cara hacia la suya y preguntó:

—Dime una cosa, ¿has oído hablar del ajedrez de Montglane?

LA PEREGRINACIÓN
DEL CABALLO

Caballero: Juegas al ajedrez, ¿verdad?
La Muerte: ¿Cómo lo sabes?
Caballero: Lo he visto en los cuadros y lo he oído en las baladas.
La Muerte: Sí, a decir verdad soy muy buena jugadora de ajedrez.
Caballero: Pero no eres mejor que yo.

INGMAR BERGMAN
El séptimo sello

La salida de Manhattan estaba prácticamente vacía. Eran más de las siete y media y en las paredes del túnel rebotaba el potente ronroneo del motor del Morgan.

—Me has dicho que íbamos a cenar —grité para hacerme oír.

—Sí, iremos a cenar a mi casa de Long Island —respondió Nim crípticamente—, donde hago prácticas de caballero rural. Debo reconocer que en esta época del año no hay cultivos.

—¿Tienes una granja en Long Island? —pregunté.

Aunque parezca extraño, jamás había imaginado a Nim viviendo en un sitio fijo. Tenía la costumbre de aparecer y desaparecer como un fantasma.

—Así es —respondió y me miró en medio de la penumbra con sus ojos de colores diferentes—. Tal vez seas la única persona viva que pueda dar testimonio de ello. Sabes que defiendo mi intimidad a brazo partido. Pretendo prepararte personalmente la cena. Después de comer, podrás pasar la noche en casa.

—Me parece que vas muy rápido...

—Evidentemente es difícil confundirte con la razón o la lógica —dijo Nim—. Acabas de explicarme que corres peligro. En los dos últimos días has visto morir a dos hombres y te han advertido de que de alguna manera estás metida en ello. ¿Realmente piensas pasar la noche sola en tu apartamento?

—Por la mañana tengo que trabajar —me justifiqué.

—Ni soñarlo —declaró Nim con determinación—. Te mantendrás apartada de los sitios que sueles frecuentar hasta que lleguemos al fondo del asunto. Tengo unas cuantas ideas acerca de la cuestión.

Mientras el coche avanzaba por el campo y el viento silbaba a nuestro alrededor, me arrebujé con la manta y escuché a Nim.

—En primer lugar, te hablaré del ajedrez de Montglane. La historia es muy larga, pero empezaré diciendo que originalmente fue el ajedrez de Carlomagno...

—¡Ah! —exclamé y me erguí—. Ya me lo han contado, lo que no sabía era el nombre. Cuando Llewellyn, el tío de Lily Rad, se enteró de que me enviaban a Argelia, me habló del tema. Quiere que le consiga algunas piezas.

—No me sorprende. —Nim rió—. Son muy raras y valen una fortuna. Casi nadie cree en su existencia. ¿Cómo llegó a conocerlas Llewellyn? ¿Por qué supone que están en Argelia?

Aunque Nim empleó un tono ligero e indiferente, noté que prestaba profunda atención a mi respuesta.

—Llewellyn se dedica a las antigüedades. Tiene un cliente que quiere esas piezas al precio que sea. Disponen de un contacto que sabe dónde están.

—Lo dudo —opinó Nim—. Según cuenta la leyenda, llevan más de un siglo enterradas y hace más de un milenio que salieron de circulación...

Mientras bajábamos en medio de la noche negra, Nim me contó una estrafalaria historia sobre soberanos moros y monjas francesas, sobre un extraño poder que durante siglos habían buscado aquellos que comprendían la naturaleza del poder. Por último, explicó que el ajedrez completo había desaparecido y que nadie lo volvió a ver. Aunque no dio razones, Nim agregó que se creía que estaba escondido en Argelia.

Cuando concluyó su inverosímil relato, el coche avanzaba a través de una espesa arboleda y la carretera descendía en picado. Al ascender, vimos la lechosa luna colgada sobre el mar. Oí el reclamo de los mochuelos desde las ramas. Tuve la sensación de que estábamos muy lejos de Nueva York.

—Sintetizando —suspiré y asomé la nariz por encima de la manta—, le he dicho a Llewellyn que no cuente conmigo, que se equivocó al suponer que intentaría pasar de contrabando un trebejo de ese tamaño, una pieza de oro salpicada de diamantes y rubíes...

El coche giró bruscamente y estuvimos a punto de caer al mar. Nim frenó y dominó la máquina.

—¿Tenía una pieza? —preguntó—. ¿Te la mostró?

—No —repuse y me pregunté qué estaba pasando—. Tú mismo has dicho que desaparecieron hace un siglo. Me mostró la foto de algo parecido, realizado en marfil. Creo que está en la Biblioteca Nacional.

—Comprendo —murmuró Nim y se serenó.

—No entiendo qué tiene que ver todo esto con Solarin y los asesinatos —añadí.

—Te lo explicaré, pero tienes que prometerme que no lo comentarás con nadie.

—Llewellyn dijo exactamente lo mismo.

Nim me miró mosqueado.

—Tal vez te vuelvas más cautelosa si te digo que el motivo por el que Solarin se puso en contacto contigo y por el que te han amenazado puede deberse, precisamente, a esos trebejos.

—¡Qué disparate! Jamás los había oído mencionar. Prácticamente no sé nada. No tengo nada que ver con este juego de locos.

—Es posible que alguien crea que tienes algo que ver —afirmó Nim seriamente mientras el coche avanzaba por la costa oscura.

∞

La carretera trazaba una curva alejándose del mar. A ambos lados las grandes fincas estaban cercadas por setos bien cuidados de tres metros de altura. De vez en cuando la luz de la luna me permitía atisbar mansiones señoriales que se alzaban en medio de grandes jardines cubiertos de nieve. Nunca había visto nada semejante cerca de Nueva York. Me acordé de Scott Fitzgerald.

Nim me hablaba de Solarin:

—Sólo sé lo que he leído en la prensa especializada. Alexander Solarin tiene veintiocho años, es ciudadano de la Unión de Repúblicas Socialistas Soviéticas y se crió en Crimea, cuna de la civilización, aunque hay que reconocer que en los últimos años se ha vuelto bastante incivilizado. Quedó huérfano y vivió en un hogar estatal. A los nueve o diez años dio la paliza a un maestro de ajedrez. Había aprendido a jugar a los cuatro años, le enseñaron los pescadores del mar Negro. Lo trasladaron inmediatamente al Palacio de los Pioneros.

Sabía de qué hablaba Nim. El Palacio de los Pioneros es el único instituto superior de todo el mundo que se dedica a producir maestros de ajedrez. En Rusia el ajedrez no sólo es el deporte nacional, sino la prolongación de la política mundial, el juego más cerebral de la historia. Los rusos opinan que su prolongada hegemonía ajedrecística confirma su superioridad intelectual.

—El hecho de que Solarin fuera trasladado al Palacio de los Pioneros, ¿significa que contaba con un fuerte respaldo político? —pregunté.

—No pudo ser de otra manera —respondió Nim.

El coche volvió a avanzar hacia el mar. La espuma del oleaje mojaba la carretera y sobre el asfalto se veía una gruesa capa de arena. El camino acababa en una ancha calzada de acceso, de grandes puertas dobles de hierro forjado. Nim accionó algunos botones del salpicadero y las puertas se abrieron. Nos internamos por una jungla de follaje enmarañado y gigantescas florituras de nieve, como en el dominio de la reina de las nieves del Cascanueces.

—En realidad —prosiguió Nim—, Solarin se negó a regalar partidas a los favoritos, severa regla de la etiqueta política de los rusos cuando participan en torneos. Aunque ha sido muy criticada, no les impide seguir practicándola.

La calzada estaba cubierta de nieve y daba la impresión de que hacía mucho que no pasaba un coche. Los árboles formaban una arcada como los ojos de una catedral e impedían ver el jardín. Por fin llegamos a la enorme calzada circular, en cuyo centro se alzaba una fuente. La casa apareció ante nosotros iluminada por la luna. Era enorme, con grandes aguilones que daban a la calzada y muchas chimeneas en los tejados.

—De modo que nuestro amigo, el ilustre Solarin, se apuntó en la carrera de ciencias exactas, estudió física y abandonó el ajedrez —concluyó Nim al tiempo que apagaba el motor del coche y me miraba—. Si exceptuamos algún torneo ocasional, no ha sido un competidor relevante desde que cumplió veinte años.

Nim me ayudó a bajar del coche y, cargados con el cuadro, avanzamos hasta la entrada, cuya puerta abrió mi amigo con la llave.

Nos internamos en un inmenso vestíbulo. Nim encendió las luces: una majestuosa araña de cristal tallado. El suelo del vestíbulo y de las habitaciones circundantes era de pizarra cortada a mano, lustrada para que brillara como el mármol. Dentro de la casa hacía tanto frío que veía mi aliento y el hielo había formado finas capas en las fisuras de las baldosas de pizarra. A lo largo de una sucesión de habitaciones a oscuras, Nim me guió hasta la cocina del fondo de la casa. Era una estancia preciosa. Los mecheros de gas originales seguían instalados en las paredes y el techo. Nim dejó el cuadro y encendió las farolas de carruaje que colgaban de las paredes. Dieron un alegre tono dorado a la estancia.

Era una cocina desmesurada, de unos nueve por quince metros. La pared trasera estaba cubierta de puertaventanas que daban al jardín nevado y un poco más lejos el mar rompía salvaje a la luz de la luna. En un costado se encontraban los fogones, lo bastante grandes para cocinar para cien comensales, fogones que probablemente eran de leña. Del otro lado se alzaba una gigantesca chimenea de piedra que ocupaba toda la pared. Delante había una mesa redonda, de roble, para ocho o diez personas, con el sobre rajado y abollado por muchos años de uso. Por todas partes había grupos de sillas cómodas y mullidos sofás tapizados con alegres zarazas floreadas.

Nim se acercó a la pila de leña amontonada junto a la chimenea, preparó un lecho de leña fina y rápidamente apiló encima leños gruesos. Pocos minutos después la cocina brillaba con luz propia. Me quité las botas y me repantigué en un sofá mientras Nim descorchaba el jerez. Me dio una copa, se sirvió otra y se sentó a mi lado. En cuanto me quité el abrigo, inclinó su copa hacia la mía.

—Por el ajedrez de Montglane y las infinitas aventuras que supondrá para ti —brindó sonriente y bebió.

—Hmmm, qué delicia —comenté.

—Es amontillado —explicó e hizo girar el vino en la copa—. Por caldos inferiores a éste han emparedado a más de una persona.

—Espero que no tengan ese cariz las aventuras que has planeado para mí. Te aseguro que mañana tengo que trabajar.

—«Morí por la belleza, morí por la verdad» —citó Nim—. Todos tenemos algo por lo que nos creemos capaces de dar la vida. ¡Te aseguro que no conozco a nadie dispuesto a correr un riesgo de muerte por ir a trabajar a Consolidated Edison!

—Pretendes asustarme.

—En absoluto —aseguró Nim y se quitó la chaqueta de piel y la bufanda de seda. Llevaba un jersey de color vivo que combinaba espléndidamente con su pelo. Estiró las piernas—. Sin embargo, si un desconocido misterioso me abordara en una sala desierta de las Naciones Unidas, yo le haría caso. Sobre todo teniendo en cuenta que sus advertencias han estado acompañadas por la muerte prematura de otras personas.

—¿Por qué crees que Solarin me eligió?

—Esperaba que tú respondieras a esa pregunta —replicó Nim, bebió meditabundo un sorbo del amontillado y miró al fuego.

—¿Qué sabes de la fórmula secreta de la que habló en España?

—No fue más que un pretexto para desviar la atención. Solarin es fanático de los juegos matemáticos. Desarrolló una nueva fórmula para la peregrinación del caballo y apostó que se la entregaría a quien lo batiera. ¿Sabes qué es la peregrinación del caballo? —preguntó al ver mi expresión de perplejidad.

Meneé negativamente la cabeza.

—Es un acertijo matemático. Paseas el caballo por todas las casillas del tablero sin pasar dos veces por la misma, empleando los movimientos corrientes del caballo: dos casillas horizontales y una vertical o a la inversa. A lo largo de los siglos, diversos matemáticos han intentado desarrollar fórmulas para pasear el caballo por el tablero. Euler dio con una nueva fórmula y Benjamin Franklin, con otra. La «peregrinación cerrada» consiste en regresar a la casilla de partida.

Nim se levantó, se acercó a los fogones, manipuló diversos cacharros y encendió los mecheros de gas de la cocina.

—Durante la competición en España, los periodistas italianos sospecharon que Solarin había ocultado otra fórmula en la peregrinación del caballo. A Solarin le gustan los juegos polivalentes. Sabiendo que era físico, extrajeron precipitadamente la conclusión de que el tema vendería bien.

—Exactamente: es físico —confirmé, acerqué una silla a los fogones y cogí la botella de amontillado—. Si su fórmula no era importante, ¿por qué los rusos lo sacaron de España con tantas prisas?

—Serías una extraordinaria periodista —opinó Nim—. Eso fue lo que pensaron, pero ocurre que Solarin está especializado en acústica. Se trata de un campo desconocido, selecto y que no tiene nada que ver con la defensa. En la mayoría de las universidades de este país no puedes estudiar acústica. Es posible que en Rusia Solarin se dedique a diseñar salas de música, si es que aún las construyen.

Nim dejó un cacharro sobre el fuego, se metió en la despensa y volvió con un montón de carne y de verduras frescas.

—En la calzada no había huellas de neumáticos —dije—. Hace días que no nieva. ¿De dónde salen las espinacas frescas y las setas exóticas?

Nim sonrió como si yo acabara de superar una prueba importante.

—Reconozco que tus aptitudes detectivescas son excelentes. Es precisamente lo que necesitarás —afirmó, metió las verduras en la pila y las lavó—. El guarda me hace las compras. Entra y sale por la puerta de servicio.

Nim desenvolvió una barra de pan de centeno fresco, salpicada de eneldo, y abrió un recipiente con *mousse* de trucha. Untó una buena rebanada y me la pasó. Yo no había terminado el desayuno y apenas había probado el almuerzo. El aperitivo era delicioso y la cena aún más. Tomamos finas tajadas de ternera cubiertas con salsa agridulce, espinacas frescas con piñones y tomates gordos y en su punto (algo realmente raro para la época), hervidos y rellenos con puré de manzana al limón. Las setas en forma de abanico estaban ligeramente salteadas y servidas como guarnición. El plato principal iba acompañado con una ensalada de lechuga, lombarda, brotes de diente de león y avellanas tostadas.

Después de quitar la mesa, Nim sirvió café con un chorrito de tuaca. Nos trasladamos a los mullidos sillones próximos al fuego, que se había convertido en ascuas llameantes. Nim encontró su chaqueta en el respaldo de una silla y sacó la servilleta con las palabras de la pitonisa. Estudió un buen rato el texto escrito por Llewellyn. Me entregó la servilleta y fue a avivar el fuego.

—¿Notas algo fuera de lo corriente en el poema? —preguntó.

Lo leí, pero no percibí nada extraño.

—Tú ya sabes que el cuarto día del cuarto mes es mi cumpleaños —afirmé. Nim asintió seriamente desde la chimenea; las llamas conferían un fantástico tono dorado rojizo a su pelo—. La pitonisa me aconsejó que no se lo dijera a nadie.

—Como de costumbre, cumpliste tu palabra contra viento y marea —ironizó Nim y añadió varios leños al fuego. Se dirigió a la mesa del rincón, cogió bolígrafo y papel y volvió a sentarse a mi lado—. Mira esto.

Copió el poema en versos de varias líneas, anotándolo en perfectas mayúsculas. En la servilleta estaba escrito de corrido. Ahora se leía:

Juego hay en estas líneas que componen un indicio.
Apenas es ajeno a las casillas del ajedrez; cuatro en total
Deberán ser, y día y mes para evitar el jaque mate en un
[alarde.
O cual realidad es el juego, o sólo es ideal.
Un conocimiento, una y mil veces nombrado, que llega
[muy tarde.
Batalla de pieza blanca, librada desde el inicio.
Exhausta negra, seguirá sellando su destino en balde.
Como tú bien sabes, busca del treinta y tres y del tres el
[beneficio.
Velado siempre, de ahí a la eternidad, el secreto umbral.

—¿Qué ves? —preguntó Nim y me observó mientras estudiaba su versión del poema. No comprendí a dónde quería llegar—. Analiza la estructura del poema —insistió con impaciencia—. Aprovéchate de tu mente matemática.

Volví a leer el poema y lo vi claro.

—La cadencia es irregular —declaré orgullosa.

Nim frunció el ceño y me arrebató el papel de las manos. Leyó y soltó la carcajada.

—¡Conque ésas teníamos! —exclamó y me devolvió el poema—. No lo había notado. Venga, coge el boli y apúntalo.

Cogí el boli y apunté: «Indicio-Total-Alarde (A-B-C), Ideal-Tarde-Inicio (B-C-A) y Balde-Beneficio-Umbral (C-A-B).»

—Entonces ésta es la cadencia —agregó Nim y la copió debajo de lo que yo había escrito—. Pon números en lugar de letras y súmalos.

Escribí los números junto a las letras apuntadas por Nim y quedó así:

ABC	123
BCA	231
CAB	312
	666

—¡El seiscientos sesenta y seis es el número de la bestia del Apocalipsis! —me sobresalté.

—Ni más ni menos —concluyó Nim—. Si sumas la fila de los números horizontales, verás que dan el mismo resultado. Querida, esta disposición se conoce como «cuadrado mágico». Es otro juego matemático. Algunas peregrinaciones del caballo desarrolladas por Ben Franklin ocultaban cuadrados mágicos. Veo que tienes maña para estas cosas. De buenas a primeras encontraste uno que yo no había visto.

—¿No lo habías visto? —pregunté ufana como un pavo real—. En ese caso, ¿qué era lo que querías que encontrara?

Examiné el papel como si buscara un conejo oculto en un dibujo de una revista infantil, a la espera de que en cualquier instante apareciera por un costado o del revés.

—Traza una línea que separe los dos últimos versos de los siete anteriores —propuso Nim. A medida que yo dibujaba, añadió—: Mira la primera letra de cada verso.

Bajé lentamente la mirada por la página y al acercarme al final sentí un horroroso escalofrío, a pesar del fuego que templaba la cocina.

—¿Qué pasa? —preguntó Nim y me miró asombrado.

Me quedé mirando el papel sin pronunciar palabra. Cogí el bolígrafo y apunté lo que acababa de ver.

Como si me hablara, el papel decía: «J-A-D-O-U-B-E / C-V».

—Claro —dijo Nim cuando me senté petrificada a su lado—. *J'adoube*, la expresión ajedrecística en francés que significa «toco», «acomodo», «ajusto». Es lo que dicen los jugadores cuando, en cualquier momento de la partida, se disponen a acomodar un trebejo. A continuación aparecen las letras «C.V.», es decir, tus iniciales. Da la sensación de que la pitonisa te envió un mensaje. Tal vez quiere ponerse en contacto contigo. Me hago cargo... ¿qué demonios te produce tanto espanto?

—No lo entiendes —repliqué con voz temblorosa por el miedo—. *J'adoube* fueron... fueron las últimas palabras que Fiske pronunció en público, inmediatamente antes de morir.

∞

Como era de esperar, tuve pesadillas. Seguía al hombre de la bicicleta por un callejón tortuoso e interminable que trepaba por una empinada colina. Los edificios estaban tan amontonados que no divisaba el cielo. Todo se volvía más oscuro a medida que nos internábamos por el laberinto de calles adoquinadas cada vez más estrechas. Al girar en cada esquina, vislumbraba la bicicleta, que desaparecía en la esquina de la siguiente calleja. Lo arrinconé al llegar a un callejón sin salida. Me esperaba como la araña aguarda a su presa en la red. El ciclista se volvió, se quitó la bufanda y mostró un cráneo blanco y pelado de alegres cuencas oculares. El cráneo se cubrió de carne ante mis propios ojos y por fin, lentamente, adquirió el rostro risueño de la pitonisa.

Desperté bañada en sudor frío y retiré el edredón. Me erguí temblorosa en la cama. Vi que en la chimenea de mi habitación aún ardían unas pocas brasas. Me asomé por la ventana y contemplé el jardín nevado. En el centro se alzaba un gran cuenco de mármol parecido a una fuente y debajo un estanque lo bastante grande para nadar. Más allá del jardín se extendía el mar, de color gris perla en las primeras horas de aquella mañana de invierno.

Nim me había servido tanto tuaca que no recordaba nada de lo sucedido por la noche. Me dolía la cabeza. Me levanté, me arrastré hasta el baño y abrí el grifo del agua caliente de la bañera. Logré encontrar una espuma de baño con perfume de «claveles y violetas». Aunque olía mal, eché un poco en la bañera. Formó una delgada capa. En cuanto me metí en la bañera, empecé a recordar fragmentos de la conversación que habíamos sostenido. En cuestión de minutos volví a estar aterrorizada.

Junto a la puerta de mi dormitorio, del lado de afuera, encontré una pila de ropa: un jersey escandinavo de lana impermeabilizada y botas de goma amarillas con forro de franela. Me lo puse encima de lo que ya llevaba puesto. Mientras bajaba, percibí el delicioso aroma del desayuno.

Nim estaba junto a la cocina, de espaldas a mí, vestido con camisa escocesa, vaqueros y botas amarillas iguales a las mías.

—¿Cómo puedo llamar a mi oficina? —pregunté.

—Aquí no hay teléfono —respondió—. Carlos, el guarda, vino esta mañana y me ayudó a limpiar. Le pedí que cuando volviera a la ciudad llamara a tu despacho y avisara que hoy no irías. Esta tarde te llevaré de regreso y te enseñaré a proteger tu apartamento. Por ahora propongo que desayunemos y salgamos a mirar los pájaros. Por si no lo sabes, aquí hay una pajarera.

Nim batió los huevos rociados con vino y los sirvió con lonchas gruesas de *bacon* canadiense y patatas fritas, regados con uno de los mejores cafés que he probado en la Costa Este. Después del desayuno, casi sin hablar, salimos por las puertaventanas para dar un paseo por la finca de Nim.

El terreno tenía casi cien metros que bordeaban la orilla del mar y llegaba a la punta de un promontorio. Era terreno abierto y sólo había una hilera de setos altos y espesos en cada extremo que lo separaban de las fincas contiguas. El cuenco ovalado de la fuente y el estanque-piscina más grande que había debajo aún estaban parcialmente llenos de agua y contenían toneles para impedir que se formara una capa de hielo.

Junto a la casa se alzaba una enorme pajarera de cúpula morisca, construida con tela metálica pintada de blanco. La nieve se colaba por el enrejado y se acumulaba sobre las ramas de los pequeños árboles del interior.

En las ramas se posaban todo tipo de aves y por el suelo paseaban grandes pavos reales, que arrastraban sus bellas colas por la nieve. Cuando soltaron un grito espantoso, me parecieron mujeres apuñaladas. Me irritaron.

Nim abrió la puerta de tela metálica, me hizo pasar al interior y me mostró las diversas especies mientras recorríamos el nevado laberinto de árboles.

—A menudo las aves son más inteligentes que las personas —comentó—. También tengo halcones, aunque en un sector aislado. Dos veces al día Carlos les echa carne. Mi favorito es el peregrino. Como ocurre con tantas especies, es la hembra la que se dedica a la caza.

Señaló una pequeña ave salpicada de manchas e instalada en un receptáculo del fondo de la pajarera.

—¿En serio? No lo sabía —dije mientras nos acercábamos a mirar.

Los ojos juntos de esa ave eran enormes y negros. Tuve la sensación de que nos echaba una ojeada.

—Siempre he tenido la sospecha de que tú tienes instinto asesino —añadió Nim mientras observaba el halcón hembra.

—¿Yo? Te estás quedando conmigo.

—Aunque aún no lo has fomentado, me propongo iniciar su desarrollo. En mi opinión, lleva demasiado tiempo latente en tu interior.

—Pues es a mí a quien intentan asesinar —puntualicé.

—Como en cualquier juego —añadió Nim, me miró y me revolvió el pelo con la mano enguantada—, puedes elegir entre reaccionar a la defensiva o agresivamente ante una amenaza. ¿Por qué no eliges la segunda opción y desafías a tu adversario?

—¡Ni siquiera sé quién es mi adversario! —exclamé profundamente frustrada.

—Lo sabes —aseguró Nim enigmáticamente—. Lo has sabido desde el principio. ¿Quieres que te lo demuestre?

—Por supuesto. —Volví a irritarme y no me dio la gana de hablar mientras salíamos de la pajarera.

Nim cerró la puerta de la pajarera y me tomó la mano mientras emprendíamos el regreso a la casa.

Me ayudó a quitarme el abrigo, me hizo sentar en el sofá, cerca del fuego, y me quitó las botas. Se acercó a la pared en la que había apoyado mi cuadro del hombre de la bicicleta. Lo acercó y lo dejó sobre una silla, delante de mí.

—Anoche, después de que te fuiste a dormir, estuve un buen rato observando este cuadro —explicó Nim—. Experimentaba una sensación de *déjà vu* que me fastidiaba. Sabes que lucho con los problemas hasta resolverlos. Esta mañana he encontrado la solución.

Se acercó a un aparador de roble cercano a los fogones y abrió un cajón. Sacó varias barajas. Regresó y se sentó a mi lado en el sofá. Esparció las barajas, sacó los comodines y los dejó sobre la mesa. Miré en silencio los naipes que tenía delante.

Había un bufón de gorro y cencerros, montado en bicicleta. Tanto el hombre como su máquina estaban exactamente en la misma posición que el de mi cuadro. Detrás de la bici del bufón había una lápida en la que se leía RIP. El segundo comodín representaba a un bufón parecido, pero era la doble imagen en el espejo, como si mi hombre montara en bici encima de un esqueleto invertido. El tercero era el loco del Tarot, que caminaba alegremente y estaba a punto de caer al precipicio.

Miré a Nim, que me sonrió.

—Tradicionalmente, el bufón de la baraja está relacionado con la muerte —dijo—. Pero también es el símbolo del renacimiento y de la inocencia que poseía la humanidad antes de la Caída. Prefiero considerarlo como el caballero del Santo Grial, que debe ser ingenuo y simple para tropezar con la buena suerte que está buscando. Recuerda que su misión consiste en salvar a la humanidad.

—¿Y? —pregunté, aunque estaba bastante turbada por el parecido entre los naipes y mi cuadro. Al contemplar los modelos, comprobé que el hombre de la bicicleta parecía tener hasta la capucha y los extraños ojos torcidos del bufón.

—Me has preguntado quién era tu adversario —repuso Nim con gravedad—. Al igual que en los naipes y que en tu cuadro, creo que el hombre de la bicicleta es tu adversario y tu aliado.

—¿Estás hablando de una persona de carne y hueso?

Nim asintió lentamente y me observó mientras decía:

—Lo has visto, ¿no?

—No es más que una coincidencia.

—Tal vez —reconoció—. Sin embargo, las coincidencias pueden adoptar muchas formas. En primer lugar, pudo tratarse del señuelo puesto por alguien que conocía este cuadro. También pudo ser otro tipo de coincidencia —apostilló Nim sonriente.

—No, por favor —me quejé pues sabía demasiado bien lo que estaba a punto de oír—. Sabes que no creo en la presciencia, los poderes psíquicos ni ninguno de esos galimatías metafísicos.

—¿No? —preguntó Nim sin perder la sonrisa—. Pues te costaría mucho dar otra explicación de los motivos por los cuales pintaste el cuadro antes de ver al modelo. Creo que debo decirte algo. Al igual que tus amigos Llewellyn, Solarin y la pitonisa, me parece que desempeñas un papel importante en el misterio del ajedrez de Montglane. No hay otro modo de explicar tu participación. ¿Es posible que, de alguna manera, estés predestinada... incluso hayas sido elegida... para representar un papel clave...?

—Olvídalo —lo interrumpí—. ¡No pienso buscar ese mítico juego de ajedrez! ¿No te das cuenta de que intentan matarme o, por lo menos, involucrarme en los asesinatos? —Hablaba prácticamente a gritos.

—Lo has planteado con gran encanto —replicó Nim—. Creo que eres tú la que está equivocada. La mejor defensa es un buen ataque.

—Ni lo sueñes. Evidentemente me has endilgado el papel de cabeza de turco. Quieres apoderarte del ajedrez y necesitas una víctima propiciatoria. Estoy metida hasta el cuello en el asunto aquí, en Nueva York. No pienso irme corriendo al extranjero, a un país en el que no conozco a nadie que quiera prestarme ayuda. Puede que tú estés aburrido y que necesites nuevas aventuras, pero ¿qué me ocurrirá si me meto en líos en el extranjero? Ni siquiera tengo un número de teléfono donde llamarte. ¿Crees que las carmelitas correrán a ayudarme la próxima vez que me disparen o que el síndico de la Bolsa me seguirá para recoger los cadáveres que vaya dejando en medio del camino?

—No nos pongamos histéricos —aconsejó Nim, siempre la sosegada voz de la razón—. No me faltan contactos en ningún continente, aunque no te has enterado porque has estado demasiado ocupada escurriendo el bulto. Me recuerdas a los tres monos que tratan de eludir el mal anulando sus percepciones.

—En Argelia no hay consulado norteamericano —dije con los dientes apretados—. Quizá tengas contactos en la embajada rusa, contactos a los que les encantaría ayudarme.

Mis palabras no eran arbitrarias pues por las venas de Nim corría sangre rusa y griega. Por lo que yo sabía, apenas conocía los países de sus antepasados.

—A decir verdad, tengo contactos con varias embajadas de tu país de destino —apuntó con una mirada que se parecía sospechosamente a una sonrisa afectada—, pero ya hablaremos de esto. Querida, reconocerás que, te guste o no, estás metida en la aventura. La búsqueda del Santo Grial se ha desbocado. No tendrás la menor capacidad de negociación a menos que seas la primera que le ponga las manos encima.

—Llámame Parsifal —repliqué deprimida—. No debí pedirte ayuda. Tu modo de resolver los problemas consiste en encontrar otros más difíciles que, en comparación, vuelven ridículos los primeros.

Nim se incorporó, me ayudó a ponerme en pie y me observó con una sonrisa de profunda complicidad. Me apoyó las manos en los hombros y dijo:

—*J'adoube.*

SACRIFICIOS

A nadie le interesa jugar al ajedrez al borde del abismo.

Madame Suzanne Necker,
madre de Germaine de Staël

PARÍS   *2 de septiembre de 1792*

Nadie se imaginó en qué tipo de día se convertiría.
Germaine de Staël no lo sabía mientras se despedía del personal
de la embajada. Hoy, 2 de septiembre, intentaría huir de Francia
bajo protección diplomática.
Jacques Louis David no lo sabía mientras se vestía apresuradamente para asistir a una sesión de urgencia de la Asamblea. Hoy, 2
de septiembre, las tropas enemigas habían avanzado y se encontraban a doscientos cuarenta kilómetros de París. Los prusianos habían amenazado con incendiar la ciudad hasta los cimientos.
Maurice Talleyrand no lo sabía mientras con la colaboración de
Courtiade, su ayuda de cámara, quitaba los caros libros encuaderna-
dos en cuero de las estanterías de su estudio. Hoy, 2 de septiembre,
pensaba pasar de contrabando por la frontera su valiosa biblioteca,
como preparativo de su inminente huida.
Valentine y Mireille no lo sabían mientras paseaban por el jardín
de detrás del taller de David. La carta que acababan de recibir les in-
formaba que algunas piezas del ajedrez de Montglane corrían peligro. No imaginaban que esa carta las situaría en el centro de la tormenta que muy pronto atravesaría Francia.
Nadie sabía que exactamente cinco horas después, a las dos de la
tarde del 2 de septiembre, comenzaría el Terror.

9 de la mañana

Valentine hundió los dedos en el pequeño estanque situado detrás del taller de David. Un gran pez de color la mordisqueó. Cerca,
ella y Mireille habían enterrado los dos trebejos del ajedrez que ha-

bían trasladado desde Montglane. A partir de aquel momento podían llegar más piezas.

Mireille estaba de pie a su lado y leía la carta. Los crisantemos oscuros brillaban con tonos amatista y topacio ahumados en medio del follaje. Las primeras hojas amarillentas cayeron sobre el agua, despidiendo olor a otoño pese al letárgico calor de finales de verano.

—Esta carta sólo tiene una explicación —afirmó Mireille.

Leyó la misiva en voz alta:

> *Amadas hermanas en Cristo:*
> *Tal vez estéis enteradas de que han clausurado la abadía de Caen. A raíz de los grandes disturbios de Francia, nuestra directora, Mlle. Alexandrine de Forbin, ha tenido que reunirse con su familia en Flandes. Pero sor Marie-Charlotte Corday, a la que quizá recordéis, se ha quedado en Caen para ocuparse de cualquier imprevisto.*
> *Como no nos conocemos, quiero presentarme. Soy sor Claude, benedictina del ex convento de Caen. Fui secretaria personal de sor Alexandrine, que hace varios meses visitó mi hogar en Épernay antes de partir hacia Flandes. Entonces me apremió para que llevara personalmente sus noticias a la hermana Valentine en el caso de que tuviera que viajar pronto a París.*
> *Actualmente estoy en el barrio de los franciscanos. Os suplico que os reunáis conmigo en las puertas del monasterio de l'Abbaye hoy, a las dos en punto, pues no sé cuánto tiempo permaneceré en París. Supongo que comprendéis la importancia de esta petición.*
>
> *Vuestra hermana en Cristo, Claude de la Abbaye-aux-Dames, Caen.*

—Viene de Épernay —añadió Mireille en cuanto terminó de leer la carta—. Es una ciudad situada al este de París, a orillas del Marne. Dice que Alexandrine de Forbin pasó por allí de camino a Flandes. ¿Sabes qué hay entre Épernay y la frontera flamenca?

Valentine negó con la cabeza y miró sorprendida a Mireille.

—Las fortalezas de Longwy y de Verdún. Y la mitad del ejército prusiano. Tal vez la querida sor Claude trae algo más valioso que las buenas nuevas de Alexandrine de Forbin. Tal vez nos trae algo con lo que Alexandrine temió cruzar la frontera flamenca, dado que en esa región combaten los ejércitos.

—¡Las piezas! —exclamó Valentine, se puso en pie de un salto y asustó al pececillo—. ¡En la carta dice que Charlotte Corday se ha quedado en Caen! Tal vez Caen era el punto de reunión más próximo a la frontera norte. —Se quedó pensativa. Añadió confundida—: En ese caso, ¿por qué Alexandrine intentó abandonar Francia por el este?

—No lo sé —reconoció Mireille, se quitó el lazo de los rojos cabellos y se inclinó hacia la fuente para mojarse el rostro arrebatado—. No sabremos qué significa la carta a menos que, a la hora fijada, nos reunamos con sor Claude. ¿Por qué ha elegido el barrio de los franciscanos, el más peligroso de todo París? Como sabes, l'Abbaye ha dejado de ser un monasterio, ahora es una prisión.

—No me asusta ir sola —aseguró Valentine—. Prometí a la abadesa que aceptaba la responsabilidad y ha llegado la hora de demostrarlo. Prima, tendrás que quedarte, tío Jacques Louis nos ha prohibido salir de casa en su ausencia.

—Tendremos que usar la inteligencia para fugarnos —dijo Mireille—. Puedes estar segura de que no te permitiré ir sola a ese barrio.

10 de la mañana

El carruaje de Germaine de Staël cruzó las puertas de la embajada sueca. Protegido por el cochero y dos criados de librea, en el techo se acumulaban pilas de baúles y cajas con pelucas. Germaine estaba cómodamente instalada, en compañía de sus criadas personales y muchos joyeros. Lucía la vestimenta oficial de embajadora, llena de galones y charreteras de colores. Los seis caballos blancos avanzaban por las humeantes calles de París en dirección a las puertas de la ciudad. Los equinos lucían espléndidas escarapelas con los colores suecos. Las portezuelas del carruaje estaban blasonadas con el escudo de la corona sueca. Las cortinas de las ventanillas estaban cerradas.

Ensimismada en medio del sofocante calor y la oscuridad del interior del carruaje, Germaine no se asomó hasta que, inexplicablemente, el vehículo se detuvo con una sacudida antes de llegar a las puertas de la ciudad. Una criada se inclinó y abrió la ventana de guillotina.

En la calle se apiñaba una turba de mujeres coléricas que esgrimían rastrillos y azadas cual si de armas se tratara. Varias miraron de reojo a Germaine, con sus horribles bocas como agujeros irregulares de dientes ennegrecidos o ausentes. ¿Por qué el populacho siempre tenía un aspecto tan vulgar?, pensó Germaine. Había dedicado interminables horas a las intrigas políticas y prodigado su considerable fortuna para sobornar a los funcionarios... en pro de pobres desgraciados como esas mujeres. Germaine se asomó por la ventanilla y apoyó un fornido brazo en el travesaño.

—¿Qué ocurre? —preguntó con voz resonante y autoritaria—. ¡Dad paso a mi carruaje!

—¡Nadie puede dejar la ciudad! —exclamó una mujer del pueblo—. ¡Nosotras vigilamos las puertas! ¡Muerte a la nobleza!

El mujerío cada vez más numeroso coreó la consigna. El barullo de las brujas chillonas estuvo a punto de ensordecer a Germaine.

—¡Soy la embajadora de Suecia y me dirijo a Suiza en misión oficial! ¡Os ordeno que deis paso a mi carruaje!

—¡Ja, ja! ¡Dice que nos lo ordena! —se mofó una mujer próxima a la ventanilla del carruaje. Se volvió hacia Germaine y le escupió en la cara mientras el gentío la vitoreaba.

Germaine retiró un pañuelo de encaje de su corpiño y se limpió el escupitajo. Arrojó el pañuelo por la ventanilla y gritó:

—Aquí tenéis el pañuelo de la hija de Jacques Necker, el ministro de Finanzas al que amabais y venerabais. ¡Está mojado con la saliva del pueblo! —Germaine se dirigió a sus damas de honor, que temblaban en un rincón del carruaje—. ¡Animales! Ya veremos quién domina la situación.

La multitud mujeril había quitado el yugo a los caballos. Se engancharon al carruaje y lo arrastraron por las calles, alejándolo de las puertas de la ciudad. El hormigueante gentío alcanzó proporciones descomunales. Empujó el carruaje y lo movió lentamente, como un enjambre de hormigas que traslada un trocito de pastel.

Germaine se aferró a la puerta y, a través de la ventanilla, soltó juramentos y amenazas, pero los chillidos de la turba ahogaron su voz. Después de una eternidad, el carruaje se detuvo ante la impresionante fachada de un gran edificio rodeado de guardias. Cuando Germaine vio dónde estaba, se le heló la sangre: la habían trasladado al Hotel de Ville, sede de la Comuna de París.

Germaine sabía que la Comuna de París era más peligrosa que la chusma que rodeaba su carruaje. Estaban todos locos. Los demás miembros de la Asamblea les temían. Delegados de las calles de París, encarcelaban, juzgaban y ejecutaban a los miembros de la nobleza con una celeridad que contradecía la idea misma de la libertad.

Para la Comuna, Germaine de Staël representaba otro cuello noble que la guillotina debía cortar. Y ella lo sabía.

Abrieron por la fuerza las puertas del carruaje y unas manos sucias arrastraron a Germaine a la calle. Se irguió y avanzó en medio de la muchedumbre con gélida mirada. A sus espaldas, las criadas balbucían de miedo mientras la turbamulta las sacaba del carruaje y las empujaba con los mangos de escobas y palas. Germaine subió casi a empellones la ancha escalinata del Hotel de Ville. Jadeó cuando un hombre se adelantó bruscamente, hundió la afilada punta de su pica bajo el corpiño y le rajó la vestimenta de embajadora. Habría bastado un resbalón para que la abriera en canal. Contuvo el aliento cuando un agente de policía se acercó y apartó la pica con su espada. Cogió a Germaine del brazo y la introdujo en la oscura entrada del Hotel de Ville.

11 de la mañana

David llegó sin aliento a la Asamblea. La inmensa sala estaba llena hasta la bandera de hombres que gritaban. El secretario permanecía de pie en el podio central y chillaba para hacerse oír. Mientras se dirigía a su escaño, David apenas oyó lo que decía el portavoz:

—¡El 23 de agosto la fortaleza de Longwy cayó en manos del enemigo! ¡El duque de Brunswick, comandante de los ejércitos prusianos, emitió un manifiesto en el que exigía que liberáramos al rey y restauráramos todos los poderes reales! ¡De lo contrario, sus tropas arrasarían París!

El ruido parecía una ola que cubría al secretario y ahogaba sus palabras. Cada vez que la ola retrocedía, el pobre hombre intentaba recuperar la palabra.

La Asamblea revolucionaria sólo esgrimiría su débil poder en Francia mientras mantuviera encarcelado al monarca. Y el manifiesto de Brunswick exigía la liberación de Luis XVI como pretexto para que los ejércitos prusianos invadieran Francia. Asediado por deudas apremiantes y deserciones masivas en las filas del ejército galo, el nuevo gobierno —que había asumido el poder hacía tan poco tiempo— corría el peligro de caer en pocas horas. Además, cada delegado sospechaba que los demás eran culpables de traición, de connivencia con el enemigo que asolaba la frontera. Mientras observaba al secretario que luchaba por mantener el orden, David pensó que se encontraba en la cuna de la anarquía.

—¡Ciudadanos, os traigo lamentables noticias! —gritó el secretario—. ¡Esta mañana la fortaleza de Verdún ha caído en manos de los prusianos! Debemos tomar las armas contra el...

El nerviosismo causó estragos en la Asamblea. Estalló el caos y los presentes echaron a correr como ratas arrinconadas. ¡La fortaleza de Verdún era la última plaza fuerte que separaba París de los ejércitos enemigos! Los prusianos podían llegar a las puertas de la ciudad a la hora de la cena.

David permaneció silencioso en su escaño y aguzó el oído. Las palabras del secretario se perdieron en medio de tanto alboroto. David vio que aquél abría la boca y la cerraba sin emitir sonido alguno en esa cacofonía de voces.

La Asamblea se convirtió en una hormigueante maraña de orates. Desde la Montaña, el populacho arrojaba papeles y fruta podrida a los moderados del foso. Con sus puños de encaje, los girondinos —en otro tiempo considerados liberales— alzaban la mirada con las caras demudadas de miedo. Se sabía que eran monárquicos republicanos que apoyaban los tres estados: la nobleza, el clero y la burguesía. Una vez publicado el manifiesto de Brunswick, sus vidas corrían gravísimo peligro incluso entre las paredes de la Asamblea... y lo sabían. Los partidarios de la restauración monárquica podían convertirse en hombres muertos antes de que los prusianos llegaran a las puertas de París.

Danton ocupó el podio a medida que el portavoz se hacía a un lado. Danton, el león de la Asamblea, el hombre de cabeza grande y cuerpo fornido, con la nariz rota y el labio desfigurado por la patada que en la infancia le propinó un toro, pese a lo cual sobrevivió. Levantó sus manazas y llamó la orden.

—¡Ciudadanos! ¡Para el ministro de un estado libre es una satisfacción comunicar que el país se ha salvado! Todos estáis agitados, entusiasmados y deseosos de entrar en la lid...

En las galerías y pasillos del gran salón de la Asamblea había grupúsculos de hombres que guardaron silencio al oír las calurosas palabras de tan persuasivo líder. Danton los provocó, los retó a no mostrarse débiles, los invitó a rebelarse contra la marea que avanzaba hacia París. Los exaltó y los exhortó a defender las fronteras de Francia, a ocupar las trincheras y a proteger con picas y lanzas las puertas de la ciudad. El ardor de su arenga encendió una llama en lo más recóndito de sus oyentes. Poco después en la Asamblea sonaban gritos y vítores que marcaban cada palabra que salía de sus labios.

—¡No estamos dando la voz de alarma, sino ordenando la carga contra los enemigos de Francia! ¡Tenemos que atrevernos y volvernos a atrever, tenemos que atrevernos siempre... y Francia se salvará!

La Asamblea enloqueció. Hubo disturbios cuando algunos individuos arrojaron papeles al aire y gritaron:

—*L'audace! L'audace!*

Cuando se desencadenó el pandemonio, David paseó la mirada por la tribuna y clavó los ojos en un individuo. Era un hombre pálido y delgado, impecablemente vestido con pañuelo almidonado, chaqué sin una sola arruga y peluca empolvada con sumo esmero. Un hombre joven, de expresión fría y ojos color esmeralda que brillaban como los de una serpiente.

David vio que el joven pálido permanecía en silencio, sin inmutarse ante las palabras de Danton. David sabía que sólo un hombre podía salvar a Francia, desgarrada por cien facciones en pugna, arruinada y amenazadas sus fronteras por varias potencias hostiles. Francia no necesitaba el histrionismo de un Danton o de un Marat, sino un líder. Un hombre que hiciera acopio de fuerzas en silencio hasta que reclamaran sus servicios. Un hombre en cuyos labios claros y delgados la palabra virtud sonara mejor que codicia o gloria. Un hombre que recuperara las ideas del gran Jean-Jacques Rousseau, en las que se había forjado la Revolución. El hombre sentado en la tribuna era ese líder: se llamaba Maximilien Robespierre.

1 de la tarde

Germaine de Staël se encontraba en un incómodo banco de madera de los despachos de la Comuna de París. Llevaba más de dos horas. Por todas partes hombres nerviosos formaban corros, pero no hablaban. En el banco estaban sentados unos pocos individuos y otros habían tomado asiento en el suelo. A través de las puertas abiertas de la improvisada sala de espera, Germaine vio figuras que iban de un lado a otro y sellaban documentos. De vez en cuando, alguien salía y pronunciaba un nombre. El mentado palidecía, otros le palmeaban la espalda susurrándole consejos para que tuviera valor y luego el hombre franqueaba la puerta.

Germaine sabía perfectamente lo que ocurría del otro lado de las puertas: los miembros de la Comuna de París celebraban juicios sumarios. El acusado —que probablemente sólo estaba acusado de su linaje— era interrogado sobre sus orígenes y su lealtad al rey. Si su sangre era demasiado azul, al alba teñía las calles de París. Germaine no se hizo ilusiones respecto de sus posibilidades. Sólo le quedaba una esperanza y acarició la idea mientras aguardaba su destino: no guillotinarían a una embarazada.

Mientras Germaine esperaba tocando los anchos galones de su vestimenta de embajadora, el hombre sentado a su lado se derrumbaba, se cubría la cabeza con las manos y se echaba a llorar. Aunque los demás lo miraron preocupados, nadie osó consolarlo. Desviaron incómodos la mirada, como lo harían ante un tullido o un mendigo. Germaine suspiró y se puso de pie. No quería pensar en el hombre que lloriqueaba en el banco. Prefería encontrar el modo de salvarse.

En ese momento vislumbró a un joven que se abría paso en la atestada sala de espera con un fajo de papeles en la mano. Recogía con una cinta su pelo castaño rizado y su chorrera de encaje se veía gastada. Exhalaba una agotadora pero apasionada intensidad. De pronto Germaine se dio cuenta de que lo conocía.

—¡Camille! —gritó madame de Staël—. ¡Camille Desmoulins!

El joven se volvió y puso expresión de sorpresa.

Desmoulins era el niño célebre de París. Tres años antes, cuando era novicio de los jesuitas, una calurosa noche de julio había saltado sobre una mesa del café Foy y retado a los ciudadanos a que tomaran la Bastilla. Se había convertido en el héroe de la Revolución.

—¡Madame de Staël! —exclamó Camille y se abrió paso entre el gentío para tomarle la mano—. ¿Qué la trae por aquí? ¿Está acusada de algún delito contra el estado?

Camille sonrió de oreja a oreja y su rostro encantador y poético desentonó en esa sala ensombrecida por el miedo y el olor a muerte. Germaine intentó devolver la sonrisa.

—Me han capturado las ciudadanas de París —repuso e intentó hacer acopio del encanto diplomático que en el pasado le había dado tan buenos resultados—. Parece que la esposa de un embajador que intenta franquear las puertas de la ciudad se convierte en enemiga del pueblo. ¿No le parece paradójico después de lo mucho que luchamos por la libertad?

La sonrisa de Camille se esfumó. Miró al hombre sentado detrás de Germaine, que seguía llorando. Sujetó a la embajadora del brazo y la llevó aparte.

—¿Quiere decir que ha intentado abandonar París sin pase ni escolta? Santo cielo, madame, tuvo suerte de que no la fusilaran sumariamente.

—¡No diga tonterías! —gritó—. Tengo inmunidad diplomática. ¡El hecho de que me encarcelen equivaldrá a la declaración de guerra contra Suecia! Están locos si creen que pueden retenerme.

Su valentía desapareció en cuanto oyó la respuesta de Camille:

—¿No sabe lo que está ocurriendo en este mismo momento? Ya estamos en guerra y al borde de un ataque... —Bajó la voz al recordar que la noticia no era de conocimiento público y que, sin duda, provocaría disturbios—. Verdún ha caído.

Germaine lo contempló y repentinamente tuvo clara la gravedad de su situación.

—Es imposible —murmuró. Al ver que Camille meneaba la cabeza, Germaine preguntó—: ¿A qué distancia de París...? ¿Dónde están en este momento?

—Según mis cálculos, a menos de diez horas, incluso con artillería pesada. Se ha dado la orden de disparar contra todo aquel que se acerque a las puertas de la ciudad. El intento de salir en este momento supondría una acusación obligada de traición.

Desmoulins la miró gravemente.

—Camille, ¿sabe por qué estaba tan deseosa de reunirme con mi familia en Suiza? Si sigo postergando mi partida, no estaré en condiciones de viajar. Estoy encinta.

Camille la miró incrédulo, pero Germaine había recuperado su osadía. Le cogió la mano y le hizo tocar su vientre. Pese a los gruesos pliegues de la tela, Desmoulins supo que la embajadora decía la verdad. Esbozó su sonrisa infantil y se sonrojó.

—Madame, con un poco de suerte lograré que esta misma noche la devuelvan a la embajada. Ni siquiera Dios podrá hacerle atravesar las puertas de la ciudad antes de que rechacemos a los prusianos. Hablaré con Danton de este asunto.

Germaine sonrió aliviada y, mientras Camille le apretaba la mano, dijo:

—Cuando mi hijo nazca en Ginebra, le pondré su nombre.

2 de la tarde

Valentine y Mireille se acercaron a las puertas de la prisión de l'Abbaye en el carruaje que alquilaron después de escapar del taller de David. El gentío se apiñaba en la calle atestada y había varios carruajes parados ante la entrada de la prisión.

La multitud estaba formada por un harapiento grupo de *sans-cu-*

lottes armados con rastrillos y azadas, que se amontonaban junto a los carruajes próximos a las puertas de la prisión y golpeaban portezuelas y ventanillas con las manos y las herramientas. El retumbar de sus voces airadas resonaba por la estrecha calle de murallas de piedra, al tiempo que los guardianes de la prisión, posados sobre los carruajes, intentaban repeler al gentío.

El cochero del carruaje de Valentine y Mireille se agachó y las miró por la ventanilla.

—No puedo acercarme más —explicó—. Quedaríamos atascados en el callejón y no podríamos movernos. Además, esta muchedumbre no me gusta nada.

Valentine divisó en medio del gentío a una monja que vestía el hábito benedictino de la Abbaye-aux-Dames de Caen. Saludó desde la ventanilla y la hermana de más edad devolvió el gesto, pero quedó rodeada por la plebe apiñada en el estrecho callejón de altos muros de piedra.

—¡Valentine, no lo hagas! —gritó Mireille mientras su joven y rubia prima abría la portezuela y se apeaba de un salto.

—Por favor, monsieur —suplicó Mireille al cochero, se bajó del carruaje y le dirigió una mirada suplicante—, ¿puede esperar? Mi prima tardará un minuto.

Rezó para que así fuera y contempló atentamente la figura de Valentine, devorada por el gentío cada vez más denso a medida que iba al encuentro de sor Claude.

—Mademoiselle, tengo que girar el carruaje a mano —se justificó el cochero—. Estamos en peligro. Los coches que han parado más adelante llevan prisioneros.

—Hemos venido a buscar a una amiga —dijo Mireille—. La traeremos enseguida. Monsieur, le suplico que nos espere.

—Los prisioneros son curas que se han negado a prestar juramento de fidelidad al estado —insistió el cochero y miró al gentío desde su asiento elevado—. Temo por ellos y por nosotros. Busque a su prima mientras doy vuelta al caballo. No pierda un solo instante.

El anciano se apeó, cogió las riendas y tiró del caballo para girar el carruaje en el estrecho callejón. Mireille corrió hacia la muchedumbre con el corazón encogido.

La chusma la rodeó como un mar embravecido. No divisó a Valentine en la maraña de cuerpos apretujados en el callejón. Se abrió paso frenética y sintió que la empujaban y tironeaban a diestro y siniestro. El pánico estuvo a punto de dominarla a medida que el desagradable olor a carne humana sucia se percibía cada vez más cerca.

En medio del bosque de extremidades y armas agitadas, repentinamente entrevió a Valentine a corta distancia de sor Claude, con la mano extendida hacia la monja mayor. El gentío volvió a cortarle la visión.

—¡Valentine! —chilló Mireille, pero su voz se perdió en medio de los gritos atronadores y, en esa marea humana, fue arrastrada hacia los seis carruajes que se encontraban junto a las puertas de la prisión: los coches que trasladaban a los curas.

Mireille hizo denodados esfuerzos por dirigirse hacia Valentine y sor Claude, pero era como nadar a contracorriente. Cada vez que daba unos pasos, se encontraba más cerca de los carruajes situados contra los muros de la prisión. Finalmente fue lanzada hacia los radios de la rueda de un carruaje y se agarró desesperada intentando recobrar el equilibrio. Se estaba incorporando cuando la portezuela se abrió, como si hubiese estallado una explosión. Cuando el retorcido mar de brazos y piernas se elevó a su alrededor, Mireille se sujetó a la rueda para no volver a fundirse con la multitud.

Los curas fueron expulsados del carruaje y arrojados a las calles. Un sacerdote joven, con los labios lívidos de miedo, miró un segundo a los ojos de Mireille mientras lo sacaban; después se confundió con la masa. Lo siguió un cura mayor, que se apeó de un salto y golpeó a la gente con su bastón. Pidió a gritos el auxilio de los guardianes, que ya se habían convertido en bestias rabiosas. Éstos se pusieron de parte de la turba, bajaron del techo del carruaje, rasgaron la sotana del pobre cura y la hicieron añicos mientras el infeliz caía bajo los pies de sus perseguidores y era pisoteado contra los adoquines.

Mientras Mireille se aferraba a la rueda, sacaron uno tras otro a los aterrorizados curas. Corrieron como ratones asustados, empujados y acuchillados por picas y rastrillos de hierro. A punto de vomitar de miedo, Mireille gritó una y otra vez el nombre de Valentine mientras era testigo del horror que la rodeaba. Con los dedos sangrantes de tanto aferrarse a los radios de la rueda, se vio nuevamente inmersa en el gentío y aplastada contra el muro de la prisión.

Chocó con la pared de piedra y cayó sobre los adoquines. Estiró la mano para suavizar la caída y tocó algo tibio y húmedo. Alzó la cabeza, despatarrada sobre los duros adoquines, y se apartó del rostro la roja cabellera. Vio los ojos abiertos de sor Claude, aplastada contra el muro de la prisión de l'Abbaye. La sangre manaba por la cara de la mujer mayor en la zona en que le habían arrancado el griñón y tenía una brecha profunda en la frente. Los ojos miraban vacuamente hacia el cielo. Mireille se incorporó y gritó con todas sus fuerzas, pero de su garganta no salió el menor sonido. Aquello tibio y húmedo en que había posado su mano era el agujero donde había estado el brazo de Claude, arrancado del hombro.

Temblando horrorizada, Mireille se apartó de Claude. Se pasó frenéticamente la mano por el vestido para quitar la sangre. ¿Y Valentine? ¿Dónde estaba Valentine? Mireille se arrodilló e intentó clavar las uñas en el muro para ponerse de pie mientras el gentío se movía a su lado como una bestia colérica y estúpida. En ese instante oyó un gemido y se dio cuenta de que Claude había entreabierto los labios. ¡La monja no estaba muerta!

Mireille se adelantó y sujetó a Claude de los hombros. La sangre manaba de la espantosa herida.

—¿Y Valentine? ¿Dónde está Valentine? Por favor, Señor, ¿me has entendido? Dime qué ha sido de Valentine.

La vieja monja movió los labios resecos sin emitir sonido alguno y elevó su mirada vacua hacia Mireille. Ésta se inclinó hasta rozar con el pelo los labios de la monja.

—En el interior —susurró Claude—. La han llevado al interior de la abadía —dijo y perdió inmediatamente el conocimiento.

—Dios mío, ¿está segura? —preguntó Mireille.

No obtuvo respuesta.

Mireille intentó levantarse. La turbamulta giraba a su lado, sedienta de sangre. Por todas partes picas y azadas rasgaban el aire y los gritos de los asesinos y de los moribundos se fundían hasta anular sus pensamientos.

Mireille se apoyó en las puertas macizas de la prisión de l'Abbaye, llamó con todas sus fuerzas y golpeó la madera con los puños hasta que le sangraron los nudillos. Nadie abrió. Agotada y atormentada por el sufrimiento y la desesperación, intentó abrirse paso entre el gentío para llegar al carruaje. Debía encontrar a David: era el único que podía ayudarlas.

En medio del desenfrenado remolino de cuerpos quedó súbitamente petrificada y miró a través de una pequeña grieta abierta en medio del gentío. La chusma retrocedía a medida que algo se aproximaba en dirección a Mireille. Se aplastó contra el muro, se deslizó lentamente y logró distinguir de qué se trataba: por el asfixiante callejón la turba arrastraba el carruaje en el que había llegado. En lo alto de una pica clavada en el asiento de madera se veía la cabeza cortada del cochero, con el pelo plateado bañado de sangre y su rostro viejo convertido en una máscara de terror.

Mireille se mordió el brazo para no gritar. Al quedarse quieta y mirar la horrible cabeza que se movía por encima de la plebe, Mireille supo que no tenía tiempo de buscar a David. Debía entrar inmediatamente en la prisión de l'Abbaye. Supo con pesarosa certeza que, si no buscaba en el acto a Valentine, llegaría demasiado tarde.

3 de la tarde

Jacques Louis David atravesó una nube de vapor, pues las mujeres arrojaban cubos de agua para refrescar la acera caliente y entró en el café de la Régence.

En el interior del club lo envolvió una nube más densa producida por el humo de los que fumaban cigarros y pipa. Le ardieron los ojos y la camisa de hilo, abierta hasta la cintura, se le adhirió a la piel mientras avanzaba por la estancia demasiado caldeada, esquivando a los camareros que, bandejas en alto, corrían entre las mesas colocadas muy juntas. En cada mesa se jugaba a las cartas, al dominó o al ajedrez. El café de la Régence era el club de juego más antiguo y famoso de toda Francia. Al ir hacia el fondo, David vio que Maximilien Robespierre, con su cincelado perfil semejante a un camafeo de marfil, analizaba serenamente su situación en la partida de ajedrez. Con el mentón apoyado en un dedo, el pañuelo de doble nudo y el chaleco de brocado sin una sola arruga, no parecía reparar en el ruido que aumentaba a su alrededor ni en el calor insoportable. Como de costumbre, la objetividad de su fría actitud daba a entender que no participaba del entorno, que era un mero observador... o juez.

David no reconoció al hombre entrado en años sentado frente a Robespierre. Ataviado con una anticuada casaca azul plateada, *culottes* con lazos, medias blancas y zapatos bajos de charol al estilo Luis XV, el anciano caballero desplazó una pieza por el tablero, sin mirarla. Alzó sus ojos acuosos a medida que David se acercaba.

—Perdonadme por perturbar la partida —se disculpó David—. Tengo que pedir a monsieur Robespierre un favor que no puede esperar.

—No se preocupe —lo tranquilizó el hombre mayor. Robespierre seguía observando el tablero en silencio—. De todos modos, mi amigo ha perdido la partida. Le daré mate en cinco jugadas. Querido Maximilien, será mejor que abandones. La interrupción de tu amigo no puede ser más oportuna.

—No lo entiendo —reconoció Robespierre—. De todos modos, si de ajedrez se trata, tus ojos ven más que los míos. —Robespierre se repantigó en la silla y miró a David—. Monsieur Philidor es el mejor ajedrecista de Europa. Considero un privilegio perder con él, aunque sólo sea para tener la oportunidad de volver a jugar en la misma mesa.

—¡Es usted el célebre Philidor! —exclamó David y estrechó calurosamente la mano del anciano—. Monsieur, lo tengo por genial compositor. De pequeño vi una reposición de *Le Soldat Magicien*. Jamás la olvidaré. Permítame que me presente, soy Jacques Louis David.

—¡El pintor! —exclamó Philidor y se puso en pie—. Como todos los ciudadanos de Francia, yo también admiro sus obras. Sospecho que es usted la única persona de este país que se acuerda de mí. Aunque debo reconocer que en otros tiempos mi música sonaba en la Comedie-Française y en la Opéra-Comique. Ahora practico el ajedrez de exhibición, como un mono amaestrado, para ganar mi propio sustento y el de mi familia. A propósito, Robespierre ha tenido la amabilidad de conseguirme un pase para Inglaterra, donde podré ganar bastante ofreciendo este tipo de espectáculo.

—Éste es, precisamente, el favor que vine a pedirle —dijo David mientras Robespierre dejaba de observar el tablero y se ponía en pie—. En este momento la situación política en París es explosiva. Y este calor infernal e impío no ha mejorado el humor de los parisinos. Es esta atmósfera explosiva la que me ha llevado a tomar la decisión de pedir… aunque el favor no es para mí.

—Los ciudadanos nunca piden favores para sí mismos —intervino Robespierre fríamente.

—Lo solicito en nombre de mis jóvenes pupilas —aseguró David envarado—. Maximilien, estoy seguro de que se hace cargo de que Francia no es el sitio idóneo para muchachas de tierna edad.

—Si tanto le interesa su bienestar, impediría que se pasearan por la ciudad del brazo del obispo de Autun —replicó Robespierre y miró a David con sus encendidos ojos verdes.

—Estoy en desacuerdo —intervino Philidor—. Siento una profunda admiración por Maurice de Talleyrand. Preveo que en un futuro lo considerarán el más grande estadista de la historia de Francia.

—¡Vaya profecía! —se mofó Robespierre—. Es una suerte que no te ganes la vida diciendo la buenaventura. Hace semanas que Talleyrand intenta sobornar a los funcionarios de Francia para marcharse a Inglaterra, donde se hará pasar por diplomático. Sólo le interesa salvar el pellejo. Querido David, los nobles de Francia están desesperados por largarse antes de que lleguen los prusianos. En lo que concierne a sus pupilas, esta noche, en la reunión del comité, veré qué puedo hacer, pero no le prometo nada. Es una petición tardía.

David se lo agradeció profundamente y Philidor se ofreció a acompañar al pintor a la calle, pues él también estaba a punto de dejar el club. Mientras el famoso ajedrecista y el pintor cruzaban la atestada sala, Philidor comentó:

—Debe comprender que Maximilien Robespierre es distinto a usted y a mí. En tanto solterón, no tiene que afrontar las responsabilidades propias de la crianza y la educación de los hijos. David, ¿qué edad tienen sus pupilas? ¿Cuánto tiempo llevan a su cuidado?

—Poco más de dos años —repuso David—. Con anterioridad, hacían el noviciado en la abadía de Montglane...

—¿Ha dicho Montglane? —preguntó Philidor y bajó la voz al llegar a la entrada del club—. Querido David, en tanto ajedrecista, le aseguro que sé mucho acerca de la historia de la abadía de Montglane. ¿Conoce la leyenda?

—Sí, por supuesto —respondió David e intentó dominar su irritación—. Es pura superchería mística. El ajedrez de Montglane no existe y me sorprende que usted dé crédito a semejantes disparates.

—¿Dar crédito? —preguntó Philidor y cogió del brazo a David mientras salían a la acera ardiente—. Mi querido amigo, yo sé que existe. Y también sé muchas cosas más. Hace cuarenta y dos años, tal vez incluso antes de que usted naciera, estuve de visita en la corte de Federico el Grande de Prusia. Durante mi estancia, conocí a dos hombres con tanto poder de percepción que nunca los olvidaré. Probablemente haya oído hablar de uno de ellos, me refiero al gran matemático Leonhard Euler. El otro, a su manera tan grande como Euler, era el anciano padre del joven músico de la corte de Federico. Lamentablemente ese genio viejo y pasado de moda ha sido condenado a un recuerdo cubierto de polvo. Aunque desde entonces en Europa nadie ha oído hablar de él, la música que una noche interpretó para nosotros a petición del monarca fue la más exquisita que he oído en mi vida. Se llamaba Johann Sebastian Bach.

—No lo he oído nombrar —reconoció David—. ¿Qué tienen que ver Euler y el músico con el legendario servicio de ajedrez?

—Sólo se lo diré si me presenta a sus pupilas —Philidor sonrió—. ¡Tal vez lleguemos al fondo del misterio que toda mi vida he intentado desentrañar!

David accedió y el gran maestro de ajedrez lo acompañó a pie por las calles engañosamente tranquilas que bordeaban el Sena. Atravesaron el Pont Royal en dirección al taller.

El aire estaba inmóvil, ni una sola hoja se mecía en los árboles. Oleadas de calor subían de la calzada recocida y hasta las aguas plomizas del río maldecían mudamente a su lado. No sabían que a veinte manzanas, en el corazón del barrio de los franciscanos, la multitud sedienta de sangre aporreaba las puertas de la prisión de l'Abbaye. Tampoco estaban enterados de que Valentine se hallaba en el interior.

Mientras caminaban en medio del silencio inmóvil y canicular de la tarde, Philidor desgranó su relato...

EL RELATO DEL MAESTRO DE AJEDREZ

A los diecinueve años abandoné Francia y viajé a Holanda para acompañar con el oboe a una joven pianista, una niña prodigio que iba a dar un concierto. Por desgracia, al llegar me enteré que pocos días antes la viruela había acabado con la vida de la niña. Me encontré en el extranjero, sin dinero ni posibilidades de obtener ingresos. Para no morir de hambre, fui de cafetería en cafetería jugando al ajedrez.

Desde los catorce años había estudiado ajedrez bajo la tutela del famoso Sire de Legal, el mejor jugador de Francia y, acaso, el más eximio de Europa. A los dieciocho era capaz de derrotarlo dándole un caballo de ventaja. Pronto descubrí que podía superar a todos los ajedrecistas con que me enfrentaba. Durante la batalla de Fontenoy, jugué en La Haya contra el príncipe de Waldeck mientras el fragor del combate arreciaba a nuestro alrededor. Viajé por Inglaterra y en Londres jugué en la cafetería Slaughter contra los mejores ajedrecistas, incluidos sir Abraham Janssen y Philip Stamma. Los vencí a todos. Stamma, un sirio de probable ascendencia mora, había publicado varios libros de ajedrez. Me los mostró, lo mismo que obras escritas por La Bourdonnais y Maréchal Saxe. Stamma opinaba que, dada mi singular capacidad de juego, yo también debía escribir un tratado.

Mi libro, publicado varios años después, se tituló *Analyse du Jeu des Eschecs*. En él planteaba la tesis según la cual «los peones son el alma del ajedrez». En realidad, demostré que los peones no sólo eran objetos a sacrificar, sino que podían utilizarse estratégica y posicionalmente contra el adversario. Mi obra provocó una revolución en el mundo del ajedrez.

Mi libro llamó la atención del matemático alemán Euler. Se había enterado de mis partidas con los ojos vendados gracias a la *Enciclopedia* publicada por Diderot y persuadió a Federico el Grande para que me invitara a su corte.

La corte de Federico el Grande estaba en Potsdam, en un salón inmenso y desolado, rebosante de lámparas pero carente de las maravillas artísticas que cabe encontrar en otras cortes europeas. Federico era guerrero y prefería la compañía de soldados a la de cortesanos, artistas y mujeres. Corría el rumor de que dormía en un duro jergón y de que nunca se separaba de sus perros.

La velada de mi presentación llegó el Kappellmeister Bach de Leipzig, con su hijo Wilhelm; había viajado para visitar a otro vástago, Carl Philipp Emanuel Bach, intérprete de clavicordio en la corte del rey Federico. El propio monarca había escrito ocho barras de un canon y le había pedido a Bach padre que improvisara. Me comentaron que el viejo compositor tenía facilidad para la recreación. Había creado cánones con su nombre y el de Jesús escondidos en las armonías de la notación matemática. Había inventado contrapuntos inversos de gran complejidad, en los que la armonía era la imagen en el espejo de la melodía.

Euler sugirió que el anciano Kappellmeister inventara una variación en cuya estructura quedara reflejado el infinito, es decir, Dios en todas sus manifestaciones. El soberano se mostró complacido y yo tuve la certeza de que Bach pondría objeciones. En virtud de mi faceta de compositor, le aseguro que bordar la música compuesta por otro es una tarea ímproba.

En una ocasión tuve que crear una ópera basada en temas de Jean-Jacques Rousseau, el filósofo nulo de oído. De todos modos, parecía imposible ocultar un rompecabezas secreto y de semejante naturaleza en las notas musicales.

Para gran sorpresa de mi parte, el Kappellmeister cojeó al trasladar su cuerpo bajo y rechoncho hasta el teclado. Su impresionante cabeza estaba tapada por un gruesa peluca mal encajada. Sus cejas tupidas, salpicadas de canas, semejaban alas de águila. Tenía nariz ancha, mentón fuerte y el ceño perpetuo que arrugaba sus facciones severas sugería una naturaleza díscola. Euler me susurró que a Bach

padre no le gustaban las interpretaciones a la orden y que seguramente haría un chiste a costa del monarca.

Inclinó su desgreñada cabeza sobre las teclas e interpretó una
bella pero obsesionante melodía que parecía elevarse al infinito, cual
una graciosa ave. Era una especie de fuga, y al oír sus misteriosas
complejidades, comprendí lo que el Kappellmeister acababa de conseguir. Por medios que para mí no estaban claros, cada estrofa comenzaba en una clave armónica y acababa en una más alta, hasta que
luego de repetir seis veces el tema básico del monarca, Bach llegaba a
la misma clave por la que había comenzado. No supe percibir dónde
o cómo se producía la transición. Era una obra mágica, como la
transmutación de metales en oro. Comprendí que gracias a su inge-
niosa construcción, la armonía subiría incesantemente hacia el infinito hasta que las notas, como la música de las esferas, sólo fueran
oídas por los ángeles.

—¡Magnífica! —exclamó el monarca cuando Bach puso lento fin
a su melodía.

El Kappellmeister hizo una inclinación de cabeza ante los pocos
generales y oficiales que ocupaban sillas de madera en la sala escue-
tamente amueblada.

—¿Qué nombre recibe la estructura? —pregunté a Bach.

—Yo la llamo *Ricercar* —respondió el anciano, y la belleza de la
música que acababa de crear no alteró su agria expresión—. Significa
«buscar» en italiano. Es una forma musical antiquísima que ya no
está de moda.

Al pronunciar esas palabras, miró con sorna a su hijo Carl Philipp, famoso por escribir música popular.

Bach cogió el manuscrito del monarca y en la parte superior escribió *Ricercar*, con las letras muy espaciadas. Convirtió cada letra
en una palabra latina, de modo que decía: «Regis Iussu Cantio Et Re-
liqua Canonica Arte Resoluta.» En un sentido amplio, significa canción hecha por el rey y el resto resuelto mediante el arte del canon.
El canon es una estructura musical en la que cada parte suena un
compás después del último, pero toda la melodía se repite de forma
superpuesta. Crea la ilusión de que se prolonga eternamente.

Bach anotó dos frases en latín en el margen del pentagrama. Una
vez traducidas, decían:

A medida que las notas aumentan, crece la fortuna del rey.
A medida que asciende la modulación, se eleva la gloria del rey.

Euler y yo felicitamos al envejecido compositor por la genialidad de su trabajo. Luego me pidieron que jugara simultáneamente tres partidas de ajedrez con los ojos vendados contra el monarca, el doctor Euler y Wilhelm, uno de los hijos del Kappellmeister. Aunque Bach padre no jugaba, gustaba de presenciar una partida. Al terminar mi actuación, en la que gané los tres encuentros, Euler me llevó aparte.

—Le he preparado un regalo. Acabo de inventar una nueva peregrinación del caballo, un acertijo matemático. Estoy convencido de que se trata de la mejor fórmula hasta ahora descubierta para el recorrido del caballo por el tablero. Si no le molesta, esta noche me gustaría entregarle una copia al anciano compositor. Se divertirá porque le gustan los juegos matemáticos.

Bach aceptó el regalo con una extraña sonrisa y nos dio sinceramente las gracias.

—Propongo que mañana, antes de la partida de Herr Philidor, se reúnan conmigo en casa de mi hijo —invitó Bach—. Es posible que tenga tiempo de darles una agradable sorpresa.

El Kappellmeister despertó nuestra curiosidad y acordamos presentarnos en el lugar y a la hora señalados.

A primera hora de la mañana siguiente, Bach abrió la puerta de la casa de su hijo Carl Philipp y nos hizo pasar. Nos guió hasta el saloncito y nos invitó a té. Ocupó el taburete del pequeño teclado e interpretó una melodía realmente inusual. Cuando concluyó, Euler y yo estábamos patidifusos.

—¡Ésta es la sorpresa! —exclamó Bach y soltó una risa cacareante que borró el gesto habitualmente sombrío de su rostro. Comprendió que Euler y yo estábamos inmersos en un mar de confusiones.

—Será mejor que consultemos el pentagrama.

Euler y yo nos pusimos en pie y nos acercamos al teclado. En el atril reposaba, ni más ni menos, la peregrinación del caballo que Euler había preparado y que le había entregado la noche anterior. Era el mapa de un gran tablero de ajedrez y en cada escaque llevaba escrito un número. Bach había conectado sagazmente los números mediante una red de líneas delgadas que para él tenían algún significado, si bien para mí eran ininteligibles. Sin embargo, Euler era matemático y su mente funcionaba más rápido que la mía.

—¡Ha convertido los números en octavas y acordes! —se exaltó—. ¡Tiene que explicarme cómo lo ha hecho! Ha convertido en música las matemáticas... ¡eso sí que es pura magia!

—¡Las matemáticas son música! —respondió Bach—. Y a la inversa. Da lo mismo que crea que la palabra música procede de musa o de muta, que significa boca del Oráculo. Es igual si piensa que matemáticas proviene de mathanein, que significa saber, o de matrix, útero o madre de toda la Creación...

—¿Se ha dedicado al estudio de las palabras? —preguntó Euler.

—Las palabras poseen la capacidad de crear y de matar —replicó Bach llanamente—. El Gran Arquitecto que nos hizo a todos también creó las palabras. De hecho, las creó primero, si nos guiamos por lo que dice San Juan en el Nuevo Testamento.

—¿Qué ha dicho? ¿El Gran Arquitecto? —preguntó Euler y palideció.

—Llamo a Dios el Gran Arquitecto porque lo primero que hizo fue crear el sonido —respondió Bach—. «En el principio fue el Verbo», ¿lo recuerdan? No se sabe, tal vez sólo fue una palabra, quizá fue música. Es posible que Dios interpretara un canon infinito inventado por Él y que a través de éste se forjara el universo.

Euler había palidecido un poco más. Aunque había perdido la visión de un ojo de tanto observar el sol a través de una lente, con el otro escudriñó la peregrinación del caballo que reposaba sobre el atril del teclado. Pasó los dedos por el infinito diagrama de diminutos números escritos con tinta sobre el tablero de ajedrez y quedó ensimismado varios minutos. Al fin tomó la palabra:

—¿Dónde ha aprendido todo esto? —preguntó Euler al sabio compositor—. Lo que ha descrito es un secreto oscuro y peligroso que sólo conocen los iniciados.

—Me inicié a mí mismo —respondió Bach con profunda calma—. Sé que existen sociedades secretas cuyos miembros dedican la vida a desvelar los misterios del universo, pero yo no formo parte de ninguna. Busco la verdad a mi manera.

Al pronunciar esas palabras, se estiró y quitó el mapa ajedrecístico cubierto de fórmulas. Cogió una pluma y anotó dos palabras en la parte superior: «Quaerendo Invenietis.» O sea, busca y encontrarás. Bach me entregó la peregrinación del caballo.

—No lo entiendo —le dije algo confundido.

—Herr Philidor —dijo Bach—, es usted ajedrecista, como el doctor Euler, y compositor, como yo. Reúne dos valiosas aptitudes en la misma persona.

—¿Valiosas en qué sentido? —pregunté amablemente—. ¡Debo confesar que ninguna de las dos me ha servido de mucho desde una perspectiva económica! —Sonreí.

—A veces cuesta trabajo recordarlo, pero en el universo operan fuerzas más importantes que el dinero. —Bach rió entre dientes—. Dígame… ¿ha oído hablar del ajedrez de Montglane?

Me volví bruscamente hacia Euler, que había soltado una exclamación.

—Veo que este nombre no es desconocido para Herr doctor, nuestro amigo. Quizá pueda ilustrarle también a usted —dijo Bach.

Fascinado, oí a Bach contar la historia del peculiar ajedrez que otrora había pertenecido a Carlomagno y que supuestamente albergaba potentes propiedades. Cuando el compositor acabó la síntesis, dijo:

—Caballeros, les pedí que vinieran para realizar un experimento. Toda mi vida he estudiado el peculiar poder de la música. Posee una fuerza propia que nadie puede negar. Es capaz de amansar a las fieras o de hacer que un hombre apacible se lance a la lid. Mediante diversas pruebas, logré desentrañar el secreto de su poder. Verán, la música tiene su propia lógica. Aunque se parece a la lógica matemática, presenta algunas diferencias. La música no se limita a comunicarse con nuestras mentes sino que, de hecho, cambia nuestro pensamiento de forma imperceptible.

—¿A qué apunta? —inquirí.

Me di cuenta de que Bach acababa de tocarme una fibra sensible que no fui capaz de definir. Algo que, sentí, conocía desde hacía mucho tiempo, algo enterrado en lo más recóndito de mi ser y que sólo percibía al oír una bella melodía obsesionante… o al jugar una partida de ajedrez.

—Apunto a que el universo semeja un enorme juego matemático que se juega a escala descomunal —respondió Bach—. La música es una de las formas más puras de las matemáticas. Toda fórmula matemática puede convertirse en música, como he hecho con la del doctor Euler.

Bach miró a Euler y éste asintió, como si compartieran un secreto del que yo aún no estaba enterado.

—La música puede convertirse en matemáticas, cabe añadir que con resultados sorprendentes —prosiguió Bach—. El Arquitecto que diseñó el universo la creó de esa manera. La música tiene el poder de crear el universo o de destruir la civilización. Si no me cree, lea la Biblia.

Euler permaneció de pie, en silencio, unos segundos.

—Así es —reconoció el matemático—. En la Biblia figuran otros arquitectos cuyas historias son muy esclarecedoras, ¿verdad?

—Mi querido amigo —dijo Bach y se volvió sonriente hacia mí—, como ya he dicho, busca y encontrarás. Aquel que comprenda la arquitectura de la música entenderá el poder del ajedrez de Montglane... pues los dos son uno.

∞

David había escuchado el relato con suma atención. Al aproximarse a las puertas de hierro del patio de su casa, se volvió consternado hacia Philidor.

—¿Qué significa? —preguntó—. ¿Qué tienen que ver la música y las matemáticas con el ajedrez de Montglane? ¿Qué relación hay entre esas cosas y el poder, ya sea terrenal o celestial? Su relato sustenta mi afirmación de que el legendario ajedrez atrae a místicos y a orates. Por mucho que me desagrada endilgar semejantes epítetos al gran matemático Euler, el relato indica que fue presa fácil de ese tipo de fantasías.

Philidor hizo un alto bajo los oscuros castaños de Indias cuyas ramas colgaban sobre las puertas del patio.

—He dedicado años a estudiar el tema —murmuró el compositor—. Aunque nunca me interesaron los intérpretes de la Biblia, finalmente abordé la tarea de leer las Sagradas Escrituras, como sugirieron Euler y Bach. El Kappellmeister murió poco después de nuestro encuentro y Euler emigró a Rusia, por lo que fue imposible reunirme con ellos para analizar lo que descubrí.

—¿Y qué descubrió? —preguntó David y sacó la llave para abrir la puerta.

—Ambos me aconsejaron que estudiara a los arquitectos, y lo hice. En la Biblia sólo figuraban dos arquitectos de renombre. Uno era el Arquitecto del Universo, es decir, Dios. El otro era el arquitecto de la Torre de Babel. Descubrí que la palabra «Bab-El» significa «puerta de Dios». Los babilonios fueron un pueblo muy orgulloso. Conformaron la mayor civilización desde el origen de los tiempos. Construyeron jardines colgantes que compitieron con las más excelsas obras de la naturaleza. Soñaron con construir una torre que llegara hasta el cielo, que llegara hasta el sol. Estoy convencido de que Bach y Euler aludieron a la historia de la torre. El arquitecto se llamaba Nimrod —prosiguió Philidor mientras franqueaban las puertas—. Fue el más grande de su época. Erigió una torre, la más alta de las conocidas por el hombre. Pero jamás la concluyó. ¿Sabe por qué?

—Por lo que recuerdo, Dios lo castigó. —David sonrió mientras atravesaba el patio.

—¿Sabe cómo lo castigó? —preguntó Philidor—. ¡No le envió un rayo, una inundación ni una plaga, como tenía por costumbre! Amigo, le contaré cómo destruyó Dios la obra de Nimrod. Dios confundió las lenguas de los obreros, que hasta entonces había sido una. ¡Golpeó el lenguaje! ¡Destruyó el Verbo!

David vio que un criado salía de la casa corriendo.

—¿Cómo debo interpretarlo? —preguntó David y sonrió cínicamente—. Dios destruye la civilización enmudeciendo a los hombres, confundiendo nuestra lengua. En ese caso, los franceses no tenemos de qué preocuparnos. ¡Cuidamos nuestra lengua como si valiera más que el oro!

—Si realmente vivieron en Montglane, es posible que sus pupilas nos ayuden a resolver el misterio —repuso Philidor—. Creo que ese poder, el poder de la música de la lengua, las matemáticas de la música, el secreto del Verbo con que Dios creó el universo y castigó al imperio babilónico... creo que ese secreto está guardado en el ajedrez de Montglane.

El criado se había acercado deprisa y, retorciéndose las manos, guardaba una respetuosa distancia de los dos hombres que cruzaban el patio.

—Pierre, ¿qué pasa? —preguntó David sorprendido.

—Monsieur, las señoritas han desaparecido —informó Pierre con tono preocupado.

—¿Qué...? —gritó David—. ¿Qué dices?

—Desde las dos, monsieur. Recibieron una carta con el correo de la mañana. Salieron al jardín a leerla. ¡A la hora del almuerzo fuimos a buscarlas y no estaban! Es posible que escalaran el muro del jardín, no existe otra explicación. No han regresado.

4 de la tarde

Los vítores de la multitud que rodeaba la prisión de l'Abbaye no llegaban a ahogar los gritos ensordecedores provenientes del interior. Mireille jamás podría apartar de su mente ese sonido.

La turbamulta se había hartado de aporrear las puertas de la prisión y se había sentado sobre los carruajes salpicados con la sangre de los curas asesinados. El callejón estaba cubierto de cuerpos desmembrados y pisoteados.

Hacía más de una hora que en la prisión celebraban juicios. Los hombres más fornidos habían subido a sus compañeros a los altos muros que rodeaban el patio de la prisión. Éstos arrancaron las púas de hierro de los contrafuertes de piedra para usarlas como armas y se dejaron caer en el patio.

Un hombre que se encontraba de pie sobre los hombros de otro gritó:

—¡Ciudadanos, abrid las puertas! ¡Hoy se hará justicia!

La chusma aplaudió al oír que quitaban una tranca. Una de las puertas de madera maciza se abrió y la multitud entró en tropel, arrojándose sobre la puerta con todo el peso de sus cuerpos.

Los mosqueteros repelieron el grueso de la gente y cerraron nuevamente las puertas. Mireille y los demás aguardaban las noticias de los que, sentados sobre el muro, asistían al proceso de los falsos juicios e informaban de las matanzas a los que, como ella, esperaban.

Mireille había golpeado las puertas de la prisión e intentado escalar el muro, pero sin éxito. Agotada, se quedó junto a las puertas con la esperanza de que se abrieran, aunque sólo fuera un instante, para colarse.

Por fin su deseo se vio satisfecho. A las cuatro en punto, Mireille divisó un carruaje en el callejón y los caballos abriéndose paso cuidadosamente por encima de los cuerpos desmembrados. Las ciudadanas sentadas en los carros de la prisión soltaron un grito al ver al ocupante del carruaje y el callejón se pobló de ruidos mientras los hombres abandonaban sus perchas en el muro y las horribles brujas saltaban de los techos para rodear al recién llegado. Azorada, Mireille se incorporó de un salto. ¡Era David!

—¡Tío, tío! —gritó y se abrió paso a arañazos mientras las lágrimas surcaban sus mejillas.

David la divisó y su rostro se ensombreció al bajar del carruaje y avanzar para abrazarla.

—¡Mireille! —gritó mientras el gentío ondulaba a su alrededor, le palmeaba la espalda y le daba la bienvenida a gritos—. ¿Qué ha pasado? ¿Dónde está Valentine?

El horror demudó la cara de David mientras abrazaba a Mireille, que sollozaba sin poderse dominar.

—Está en la prisión —gimió Mireille—. Vinimos a ver a una amiga... nosotras... tío, no sé qué ha ocurrido. Tal vez sea demasiado tarde.

—Cálmate, cálmate —aconsejó David, avanzó en medio de la

muchedumbre sujetando a Mireille y saludó a varios conocidos que le abrieron el paso.

—¡Abrid las puertas! —gritaron varios hombres sentados en el muro del patio—. ¡El ciudadano David está aquí! ¡Ha llegado el pintor David!

Poco después, una de las puertas macizas se abrió y el hedor a cuerpos sudados sacudió a David. Se vieron arrastrados al interior de la prisión y las puertas se cerraron.

El patio de la prisión estaba inundado de sangre. En una pequeña y herbosa extensión de lo que antaño había sido el jardín del monasterio, un sacerdote yacía en el suelo, con la cabeza apoyada en un tajo de madera. Un soldado con el uniforme salpicado de sangre golpeaba ineficazmente con la espada el cuello del cura, intentando separar la cabeza del cuerpo. El sacerdote aún estaba vivo. Cada vez que intentaba incorporarse, manaban borbotones de sangre de las heridas de su cuello. Tenía la boca abierta en un mudo grito.

De un extremo a otro del patio, la gente corría y pasaba por encima de los cadáveres caídos en horrorosas posiciones. Era imposible saber a cuántos habían matado. Brazos, piernas y torsos se acumulaban junto a los cuidados setos y había montones de entrañas a lo largo de los bordes herbáceos.

Mireille se aferró al hombro de David y, ahogada, se puso a gritar. Su tío la sacudió enérgicamente y le murmuró al oído:

—O te dominas o estamos perdidos. Debemos encontrar enseguida a Valentine.

Mireille intentó dominarse. David contempló el patio con mirada extraviada. Sus sensibles manos de pintor temblaron al acercarse a un hombre y tironearle de la manga. El hombre vestía raído uniforme de soldado, no de guardia de la prisión, y daba la sensación de que tenía la boca manchada de sangre, pese a que no se veía ninguna herida.

—¿Quién manda aquí? —preguntó David.

El soldado rió y señaló una larga mesa de madera, próxima a la entrada de la prisión, en la que varios hombres estaban sentados. Un grupo de personas se apiñaba delante de la mesa.

Mientras David ayudaba a Mireille a cruzar el patio, empujaban a tres curas por la escalera de la prisión y los arrojaban al suelo, delante de la mesa. Los presentes se mofaron de ellos y los soldados emplearon las bayonetas para apartar a los burlones. Luego ayudaron a los curas a ponerse en pie y los sostuvieron delante de la mesa.

Por turno, cada uno de los cinco hombres sentados ante la mesa se dirigieron a los sacerdotes. Uno consultó unos papeles, anotó algo y meneó la cabeza.

Hicieron girar a los curas, que marcharon hacia el centro del patio, con el rostro convertido en letales máscaras blancas de horror al ver lo que les aguardaba. El gentío del patio soltó un grito estremecedor cuando contempló las nuevas víctimas que se dirigían al matadero. David abrazó con fuerza a Mireille y la empujó hacia la mesa de los jueces, oculta por el gentío que, dando vítores, aguardaba la ejecución.

David llegó a la mesa en el momento en que los ciudadanos apostados en el muro anunciaron el veredicto a los que estaban fuera.

—¡Muerte al padre Ambrosio de San Sulpicio! —sonó el primer grito, recibido con aullidos y aplausos.

—Soy Jacques Louis David —informó a gritos al juez más cercano, haciéndose oír por encima del ruido que retumbaba en los muros del patio—. Formo parte del Tribunal Revolucionario. Danton me ha enviado...

—Jacques Louis David, te conocemos bien —respondió un hombre desde el otro extremo de la mesa.

David se dio la vuelta para mirarlo y soltó una exclamación.

Mireille miró al juez y se le heló la sangre. Era el tipo de rostro que sólo veía en pesadillas, la cara que imaginaba al pensar en la advertencia de la abadesa. Era el rostro de la pura maldad.

Se trataba de un hombre horrible. Su carne era una masa de cicatrices y llagas supurantes. Un trapo sucio rodeaba su frente, de la que goteaba un líquido de color gris que bajaba por el cuello y pegoteaba su pelo graso. Cuando el juez miró burlonamente a David, Mireille pensó que las pústulas que cubrían su piel procedían del mal que albergaba en su interior, dado que era la encarnación de Lucifer.

—Ah, eres tú —murmuró David—. Pensé que estabas...

—¿Enfermo? —el hombre terminó la frase—. Y lo estoy, ciudadano, pero no tanto como para dejar de servir a Francia.

David caminó a lo largo de la mesa hacia el hombre horrible, aunque daba la sensación de que temía la proximidad. Arrastró a Mireille y le susurró al oído:

—No abras la boca. Estamos en peligro.

Al llegar al otro extremo de la mesa, David se inclinó hacia el juez.

—Danton me ha pedido que venga a ayudar al tribunal —dijo.

—Ciudadano, no necesitamos ayuda —replicó el juez—. Esta prisión no es más que un botón de muestra. Los enemigos del estado están encerrados en todas las cárceles. Cuando acabemos con estos juicios, visitaremos otras. No hay falta de voluntarios en lo que se refiere a hacer justicia. Vete y dile al ciudadano Danton que estoy aquí. Todo está en buenas manos.

—De acuerdo —aceptó David e, inseguro, alzó la mano para palmear el hombro del desastrado juez mientras de la multitud se elevaba un nuevo clamor—. Te tengo por honrado ciudadano y miembro de la Asamblea. Tengo un problema y estoy seguro de que podrás ayudarme. —David apretó la mano de Mireille, que permaneció en silencio, atenta a sus palabras—. Esta tarde mi sobrina pasó por casualidad delante de la prisión y accidentalmente, en medio de la confusión, acabó dentro. Creemos... espero que no le haya pasado nada, pues es una muchacha sencilla que no entiende de política. Te pido que la busques dentro de la prisión.

—¿Tu sobrina? —preguntó el juez y miró a David de soslayo.

Se agachó, revolvió un cubo de agua que tenía a su lado y alzó un trapo húmedo. Se quitó el que le cubría la frente, lo arrojó en el cubo, se colocó el chorreante sobre la cabeza y lo anudó. El agua le goteó sobre el rostro, mezclándose con el pus que manaba de sus llagas. Mireille percibió la putrefacción de la muerte con mucha más intensidad que el olor a sangre y pánico que impregnaba el patio. Se sintió desfallecer y a punto de perder el conocimiento cuando a sus espaldas sonó otro clamor. Procuró no pensar qué significaba cada coro de gritos.

—No es necesario buscarla —añadió el hombre horrible—. Es la próxima que se presenta ante el tribunal. David, conozco a tus pupilas, incluida ésta. —Señaló con la cabeza a Mireille pero no la miró—. Forman parte de la nobleza, son fruto de la sangre de los De Remy. Salieron de la abadía de Montglane. Ya hemos interrogado a tu «sobrina» en la prisión.

—¡No! —protestó Mireille y escapó del abrazo de David—. ¡Valentine! ¿Qué le habéis hecho? —Se estiró por encima de la mesa y sujetó al maligno, pero David la apartó.

—No seas insensata —le aconsejó.

Mireille intentaba alejarse, pero el horrible juez alzó la mano. En el muro de la prisión estalló un gran alboroto cuando dos cuerpos bajaron estrepitosamente la escalera. Mireille se liberó, corrió detrás de la mesa y avanzó por los senderos al ver la suelta cabellera rubia de Valentine y su cuerpo frágil rodando por los escalones, junto a un joven cura. El sacerdote se incorporó y ayudó a Valentine a ponerse en pie mientras Mireille se arrojaba a los brazos de su prima.

—Valentine, Valentine —gimió Mireille mientras observaba el rostro lacerado y los labios cortados de su prima.

—Las piezas —susurró Valentine con la mirada extraviada—. Claude me dijo dónde están los trebejos. Hay seis...

—No te preocupes por eso —aconsejó Mireille y acunó a Valentine en sus brazos—. Nuestro tío está aquí. Nos ocuparemos de que te pongan en libertad...

—¡No! —exclamó Valentine—. Querida prima, van a matarme. Saben de la existencia de las piezas... ¡acuérdate del fantasma! De Remy, De Remy —barbotó distraídamente y no cesó de repetir su apellido.

Mireille intentó serenarla.

Inmediatamente un soldado sujetó a Mireille, que forcejeó. Miró frenética a David, que estaba inclinado sobre la mesa e imploraba al horrible juez. Mireille pataleó e intentó morder al soldado cuando dos hombres se acercaron, sujetaron a Valentine y la llevaron ante la mesa. Valentine se irguió ante el tribunal, sostenida por los soldados. Con el rostro pálido y demudado por el miedo, miró unos instantes a Mireille. Sonrió y su sonrisa fue como un rayo de sol en el cielo encapotado. Mireille cesó sus forcejeos y le devolvió la sonrisa. Súbitamente oyó la voz de los jueces. Sonó como un latigazo en su cerebro y retumbó en los muros del patio:

—¡Muerte!

Mireille luchó con el soldado. Gritó y llamó a David, que había caído sobre la mesa hecho un mar de lágrimas. En cámara lenta, Valentine fue arrastrada por el patio adoquinado hasta el parterre. Mireille luchó como una fiera para librarse de esos brazos de hierro. Súbitamente algo la golpeó de lado. El soldado y ella cayeron. Era el joven cura que había bajado la escalera a trompicones, junto a Valentine, y había acudido en su rescate lanzándose contra ellos mientras el soldado la sujetaba. Los hombres lucharon en el suelo y Mireille aprovechó la ocasión para escapar y correr hacia la mesa en la que David parecía un desecho humano. Agarró la camisa mugrienta del juez y lo increpó:

—¡Anule esa orden! —Miró por encima del hombro y vio a Valentine tendida en el suelo, sujeta por dos hombres que se habían quitado las casacas y arremangado las camisas. No podía perder ni un segundo—. ¡Déjela en libertad!

—Sólo si me dices lo que tu prima se negó a revelar —repuso el hombre—. Dime dónde habéis ocultado el ajedrez de Montglane. Sé con quién hablaba tu amiguita antes de que la detuvieran.

—Si se lo digo, ¿dejará en libertad a mi prima? —preguntó Mireille apresuradamente y volvió a mirar a Valentine.

—¡Quiero esas piezas! —exclamó impetuosamente.

El repugnante individuo la contempló fría y duramente. Mireille pensó que tenía ojos de lunático. Aunque interiormente reculó, hizo frente a su mirada.

—Si la suelta, le diré dónde están.

—¡Dímelo de una vez! —chilló.

Mireille notó su desagradable aliento sobre el rostro cuando el juez se le acercó. Aunque David gimió a su lado, no le hizo caso. Respiró hondo, abrigó la esperanza de que Valentine la perdonara y dijo lentamente:

—Están enterradas en el jardín, detrás del taller de nuestro tío.

—¡Ajá! —exclamó el juez. Una llama inhumana iluminaba sus ojos al tiempo que se incorporaba de un salto y se inclinaba hacia Mireille por encima de la mesa—. Más vale que no me hayas mentido. Si me has engañado, te perseguiré hasta los confines mismos de la tierra. ¡Esas piezas deben estar en mi poder!

—Monsieur, le suplico que deje en libertad a mi prima —rogó Mireille—. Sólo he dicho la verdad.

—Te creo —replicó.

El juez alzó la mano y miró a los dos hombres que, sujetando a Valentine, aguardaban sus órdenes. Mireille contempló el horrible rostro inenarrablemente contorsionado y se juró que, mientras ella viviera y mientras él viviera, jamás lo olvidaría. Grabaría ese rostro en su mente, el rostro de ese hombre que esgrimía tan cruelmente en sus manos la vida de su amada prima. Mireille siempre lo recordaría.

—¿Y usted quién es? —preguntó mientras el verdugo contemplaba el jardín sin dignarse mirarla.

El hombre se volvió lentamente hacia ella y el odio reflejado en sus ojos la heló hasta la médula.

—Soy la ira del pueblo —respondió en voz baja—. Caerán la nobleza, el clero y la burguesía. Serán pisoteados por nuestros pies. Escupo sobre todos vosotros porque el sufrimiento que habéis causado se volverá en vuestra contra. Haré caer los cielos mismos sobre vuestras cabezas. ¡Me apropiaré del ajedrez de Montglane! ¡Lo poseeré! ¡Será mío! Si no lo encuentro donde has dicho que está, te perseguiré... ¡me las pagarás!

Su malévola voz resonó en los oídos de Mireille.

—¡Adelante con la ejecución! —ordenó y la multitud volvió a lanzar su espantoso clamor—. ¡Muerte! ¡El veredicto es de muerte!

—¡No! —gimió Mireille.

Un soldado intentó sujetarla, pero escapó. Enloquecida, Mireille corrió ciegamente por el patio y sus faldas rozaron los charcos de sangre de las grietas de los adoquines. En medio de un mar de caras desencajadas, vio la afilada hacha de dos filos que se alzaba sobre el cuerpo tendido de Valentine. Su cabellera, cenicienta a causa del calor estival, estaba desplegada sobre el césped en el que yacía.

Mireille corrió entre la masa de cuerpos y se acercó al espeluznante escenario, se aproximó para ver la matanza desde primera fila. Dio un salto en el aire y se arrojó sobre el cuerpo de Valentine en el mismo instante en que el hacha caía.

LA BIFURCACIÓN

Siempre hay que estar en condiciones de escoger entre dos alternativas.

TALLEYRAND

El miércoles por la tarde tomé un taxi y crucé la ciudad para encontrarme con Lily Rad en unas señas de la calle Cuarenta y siete, entre las avenidas Quinta y Sexta. El lugar se llamaba Gotham Book Mart y nunca lo había visitado.

El martes por la tarde Nim me había traído en coche y me había enseñado a registrar la puerta del apartamento para comprobar si alguien había entrado en mi ausencia. Como preludio de mi viaje a Argelia, también me había dado un número de teléfono que comunicaba las veinticuatro horas del día con su centro informático. ¡Todo un compromiso para alguien que no creía en los teléfonos!

Nim conocía a una mujer que vivía en Argelia, Minnie Renselaas, viuda del antiguo cónsul holandés en ese país. Era rica, bien relacionada y estaba en condiciones de ayudarme a averiguar cuanto necesitara. Con estos datos, acepté de mala gana decirle a Llewellyn que intentaría localizar las piezas del ajedrez de Montglane. No me gustaba porque era una mentira, pero Nim me había convencido de que sólo alcanzaría una mínima tranquilidad de espíritu si encontraba el puñetero ajedrez. Además, así tendría una vida medianamente larga.

Llevaba tres días preocupada por algo que no era mi vida ni ese ajedrez probablemente inexistente. Temía por Saul. Los periódicos no habían publicado la noticia de su muerte.

En el diario del martes aparecieron tres artículos sobre la ONU, referidos al hambre en el mundo y a la guerra de Vietnam. No figuraba una sola alusión a la aparición de un cadáver sobre la losa. Tal vez nunca limpiaban la sala de meditación, lo cual resultaba aún más extraño. Aunque habían publicado un breve comentario sobre la muerte de Fiske y el aplazamiento del torneo de ajedrez durante una semana, nada aludía a que no hubiese fallecido de muerte natural.

El miércoles por la noche Harry daba la cena en mi honor. Aunque desde el domingo no hablaba con Lily, estaba segura de que la familia ya tenía que estar enterada de la muerte de Saul. Al fin y al cabo, llevaba veinticinco años a su servicio. La confrontación me ponía los pelos de punta. Como conocía a Harry, sabía que la reunión se parecería a un velatorio. Veía a su personal como si fueran miembros de la familia. Me preguntaba cómo me las ingeniaría para ocultar lo que sabía.

Cuando el taxi giró en la Sexta Avenida, vi que los tenderos estaban en la calle, bajando las cortinas metálicas que protegían los escaparates. En el interior de las tiendas, los empleados quitaban lujosas joyas de los expositores. Me di cuenta de que estaba en el corazón mismo del barrio de los diamantes. Al bajar del taxi, vi pequeños grupos de hombres en la acera, vestidos con sobrios abrigos negros y altos sombreros de fieltro, de ala chata. Algunos llevaban oscuras barbas salpicadas de gris, tan largas que les llegaban al pecho.

El Gotham Book Mart se encontraba calle abajo. Entré en el edificio abriéndome paso entre los corros. La entrada era un pequeño vestíbulo enmoquetado, parecido al de una mansión victoriana, con una escalera que llevaba a la primera planta. A la izquierda había dos escalones que conducían a la librería.

Los suelos eran de madera y los techos bajos estaban cubiertos de tubos metálicos de la calefacción, que iban de un extremo al otro del local. En el fondo se encontraban las entradas a otras salas, repletas de libros del suelo al techo. En cada esquina había pilas a punto de derrumbarse y los estrechos pasillos estaban obstruidos por lectores que me dejaron pasar de mala gana y reanudaron la lectura, al parecer sin saltarse una sola línea.

Lily estaba de pie en el fondo del local y lucía un abrigo de zorro rojo brillante y medias de lana. Charlaba animadamente con un anciano y arrugado caballero de la mitad de su tamaño. Vestía el mismo abrigo y sombrero negro que los hombres de la calle, pero no llevaba barba y su rostro oscuro estaba surcado de arrugas curtidas por la intemperie. Sus gruesas gafas de montura dorada daban un aspecto profundo e intenso a sus ojos. Lily y él formaban una extraña pareja.

Cuando me vio, Lily apoyó la mano en el brazo del anciano caballero y le comentó algo. El hombre se volvió hacia mí.

—Cat, te presento a Mordecai —dijo—. Es amigo mío de toda la vida y sabe la tira de ajedrez. Se me ocurrió consultarle nuestro problemilla.

Supuse que se refería a Solarin. Sin embargo, en los últimos días había averiguado algunas cosas por mi cuenta y me interesaba llevar a Lily aparte para hablar de Saul antes de hacer frente a los leones de la familia en su propia guarida.

—Aunque ya no juega, Mordecai es gran maestro —explicaba Lily—. Me entrena para los torneos. Es famoso y ha escrito varios libros de ajedrez.

—Exageras —intervino Mordecai modestamente y me dedicó una sonrisa—. En realidad, me gano la vida como negociante en diamantes. El ajedrez es mi gran pasatiempo.

—El domingo Cat estuvo conmigo en el torneo —comentó Lily.

—Ah, ya comprendo —reconoció Mordecai y me estudió con más atención a través de sus gruesas gafas—. Por lo tanto, fue testigo del acontecimiento. Propongo que tomemos una taza de té. Calle abajo hay un bar en el que podemos conversar.

—Bueno… no quisiera llegar tarde a la cena. Desilusionaría al padre de Lily.

—Insisto en que tomemos una taza de té —repitió Mordecai con encanto y decisión. Me cogió del brazo y me condujo hacia la puerta—. Esta noche tengo importantes compromisos, pero lamentaría no conocer sus observaciones sobre la muerte misteriosa del gran maestro Fiske. Fuimos muy amigos. Espero que sus opiniones no sean extremistas como las de mi… como las que ha expuesto mi amiga Lily.

Reinó cierta confusión cuando intentamos atravesar la primera sala. Mordecai tuvo que soltarme el brazo mientras avanzábamos en fila india por los estrechos pasillos, con Lily en la delantera. Después de la asfixiante librería, fue un alivio respirar el aire fresco de la calle. Mordecai volvió a cogerme del brazo.

Casi todos los negociantes en diamantes se habían dispersado y las tiendas estaban a oscuras.

—Lily me ha dicho que es experta en informática —dijo Mordecai y me guió calle abajo.

—¿Le interesan los ordenadores? —pregunté.

—No es exactamente eso. Me impresiona lo que son capaces de hacer. Digamos que me dedico a estudiar fórmulas —pronunció esas palabras, rió alegremente y en su rostro apareció una simpática sonrisa—. ¿No le ha dicho Lily que soy matemático? —Miró por encima del hombro a Lily, pero ella negó con la cabeza y nos alcanzó—.

Cursé un semestre en Zurich con Herr profesor Einstein. ¡Era tan inteligente que ninguno entendía una sola de sus palabras! A veces se olvidaba de lo que estaba diciendo y se paseaba por el aula. Nunca nos reímos. Sentíamos un gran respeto por él.

Se detuvo para coger a Lily del brazo antes de cruzar la calle de una sola dirección.

—Durante mi estancia en Zurich, caí enfermo —prosiguió—. El doctor Einstein vino a visitarme. Se sentó a mi lado y hablamos de Mozart. Tenía un gran aprecio por Mozart. Probablemente sabe que el profesor Einstein era un eximio violinista.

Mordecai me sonrió y Lily le apretó el brazo.

—Mordecai ha llevado una vida interesante —me explicó Lily.

Me di cuenta de que, en presencia de Mordecai, Lily se portaba bien. Nunca la había visto tan sumisa.

—Preferí no dedicarme a las matemáticas —dijo Mordecai—. Dicen que hay que sentir la llamada, como para el sacerdocio. Opté por convertirme en comerciante. Sin embargo, siguen interesándome temas relacionados con las matemáticas. Ah, hemos llegado.

—Nos hizo pasar por la puerta doble que conducía al primer piso. Cuando empezamos a subir la escalera, Mordecai añadió—: ¡Sí, siempre he pensado que los ordenadores son la octava maravilla!

—Volvió a emitir su risa cacareante.

Mientras subía la escalera, me pregunté si no era más que una coincidencia que Mordecai se mostrara interesado por las fórmulas. En mi mente resonó un estribillo: «El cuarto día del cuarto mes llegará el ocho».

La cafetería ocupaba el entresuelo que daba a un enorme bazar de pequeñas joyerías. Aunque las tiendas estaban cerradas, la cafetería estaba a tope con los viejos que hacía menos de media hora se habían reunido a charlar en las calles. Aunque se habían quitado los sombreros, todos llevaban un pequeño gorro. Algunos lucían largos rizos a los lados de la cara.

Buscamos una mesa y Lily se ofreció a pedir el té mientras charlábamos. Mordecai me ofreció una silla y rodeó la mesa para sentarse del otro lado.

—Es la tradición religiosa del *payess*. Los judíos no se afeitan las barbas ni se quitan los rizos laterales porque el Levítico dice: «No se raerán los sacerdotes la cabeza ni los lados de la barba.» —Mordecai volvió a sonreír.

—Pues usted no lleva barba —comenté.

—Así es —replicó Mordecai con pesadumbre—. Como también

dice la Biblia: «Mi hermano Esaú es un hombre peludo y yo soy lampiño.» Me gustaría dejarme la barba porque creo que me daría un aspecto gallardo... —Sus ojos soltaban chispas—. La verdad es que lo único que logro cosechar es el proverbial campo de paja.

Apareció Lily con la bandeja y depositó en la mesa humeantes tazas de té.

—En la antigüedad, los judíos no cosechaban los extremos de sus campos, lo mismo que los extremos de sus barbas, para que los recogieran los ancianos de la aldea y los nómadas. La religión judía siempre ha tenido un alto concepto de los nómadas. Hay algo místico relacionado con el nomadismo. Mi amiga Lily me ha dicho que está usted a punto de salir de viaje.

—Así es —respondí, pero no supe cómo reaccionaría si le contaba que me tocaba pasar un año en un país árabe.

—¿Toma el té con leche? —preguntó Mordecai. Asentí y comencé a levantarme, pero se me adelantó—. Iré a buscarla.

En cuanto Mordecai se alejó, me volví hacia Lily y susurré:

—Rápido, aprovechemos que estamos solas. ¿Cómo ha tomado tu familia la noticia de la muerte de Saul?

—Ah, están furiosos —respondió Lily y repartió las cucharillas—. Sobre todo Harry, que no cesa de decir que es un cabrón desagradecido.

—¡Furiosos! —exclamé—. Saul no tuvo la culpa de que se lo cargaran.

—¿De qué hablas? —preguntó Lily y me miró desconcertada.

—¿Acaso crees que Saul organizó su propio asesinato?

—¿Asesinato? —preguntó Lily y abrió cada vez más los ojos—. Escucha, sé que me exalté y que imaginé que lo habían secuestrado, pero después de toda esa historia volvió a casa. ¡Y presentó la dimisión! Se largó sin más luego de pasar veinticinco años a nuestro servicio.

—Te digo que está muerto —insistí—. Lo vi. El lunes por la mañana estaba tendido en la losa de la sala de meditación de la ONU. ¡Alguien le hizo el viaje! —Lily permanecía boquiabierta, con la cucharilla en la mano—. Aquí está pasando algo raro.

Lily me obligó a callar y miró por encima de mi hombro. Mordecai estaba a punto de llegar a la mesa con una jarrita de leche.

—Ha sido difícil conseguirla —comentó y se sentó entre Lily y yo—. Ya no hay buen servicio. —Nos miró—. Pero bueno, ¿qué pasa? Lily, da la sensación de que alguien acaba de pisar tu tumba.

—Algo por el estilo —dijo Lily en voz baja, y pálida como un fantasma—. Parece que el chófer de mi padre acaba de... acaba de morir.

—Lo siento —se apenó Mordecai—. ¿Había trabajado mucho tiempo al servicio de los tuyos?

—Desde antes de que yo naciera.

Lily tenía los ojos vidriosos y parecía estar a millones de kilómetros de distancia.

—¿Era joven? Espero que no haya de por medio una familia que mantener.

Mordecai observaba a Lily de forma peculiar.

—Puedes decírselo. Cuéntale lo que me has dicho —pidió Lily.

—No creo que...

—Sabe lo de Fiske. Cuéntale lo de Saul.

Mordecai se volvió hacia mí con amable expresión.

—¿Hay drama de por medio? —preguntó con tono ligero—. Lily opina que el gran maestro Fiske no falleció de muerte natural. ¿Usted también sustenta esa opinión? —Bebió el té distraídamente.

—Mordecai, Cat acaba de decirme que han asesinado a Saul —dijo Lily.

Mordecai depositó la cucharilla en el plato sin levantar la mirada y suspiró.

—Ah. Temía que fuera exactamente lo que me iba a decir. —Me miró con sus grandes y pesarosos ojos—. ¿Es verdad?

—Lily, no creo que... —intenté decir.

Mordecai me interrumpió con suma cortesía.

—¿Por qué es usted la primera en enterarse de todo esto, mientras Lily y su familia parecen ignorarlo todo? —preguntó.

—Porque estuve presente —respondí.

Lily intentó decir algo, pero Mordecai la obligó a callar.

—Señoras, señoras —murmuró y se volvió hacia mí—. ¿Tendría la amabilidad de empezar por el principio?

Volví a narrar la misma historia que le había contado a Nim: la advertencia de Solarin durante el torneo de ajedrez, la muerte de Fiske, la extraña desaparición de Saul, los orificios de bala en el coche y, por último, el cadáver de Saul en las Naciones Unidas. Lógicamente, callé algunas tonterías como la pitonisa, el hombre de la bicicleta y la historia de Nim sobre el ajedrez de Montglane. Sobre esto último me había comprometido a guardar silencio, y los demás episodios eran demasiado estrafalarios para repetirlos.

—Se ha explicado perfectamente —reconoció Mordecai cuando terminé—. Podemos suponer, sin temor a equivocarnos, que las muertes de Fiske y Saul están relacionadas. Debemos averiguar qué acontecimientos o personas las vinculan y encontrar la pauta.

—¡Solarin! —exclamó Lily—. Todas las circunstancias conducen a él. Sin duda es el enlace.

—Querida amiga, ¿por qué Solarin? —preguntó Mordecai—. ¿Qué motivos tiene?

—Deseaba cargarse a todos los que podían derrotarlo para no tener que entregar la fórmula del arma...

—Solarin no tiene nada que ver con las armas —intervine—. Se especializó en física acústica.

Mordecai me miró sobresaltado y prosiguió:

—Pues es verdad. En realidad, aunque nunca te lo he dicho, conozco a Alexander Solarin —Lily guardó silencio, con las manos sobre el regazo, dolida de que su venerado maestro de ajedrez le hubiera ocultado un secreto—. Lo conocí hace muchos años, cuando aún negociaba activamente con diamantes. A mi regreso de la Bolsa de Amsterdam fui a Rusia a visitar a un amigo. Me presentaron a un chiquillo de dieciséis años. Había ido a casa de mi amigo a tomar clases de ajedrez...

—Solarin estudió en el Palacio de los Jóvenes Pioneros —intervine.

—Exactamente —confirmó Mordecai y volvió a mirarme con extrañeza.

Como estaba demostrado que yo había investigado, decidí cerrar el pico.

—En Rusia todos juegan al ajedrez. En realidad, no hay otra cosa que hacer. Jugué una partida con Alexander Solarin. Fui lo bastante necio para pensar que le enseñaría una o dos cosas. Me derrotó de mala manera. Ese joven es el mejor ajedrecista que conozco. Querida —añadió dirigiéndose a Lily—, es posible pero no probable que el gran maestro Fiske o tú le hubierais ganado la partida.

Permanecimos en silencio. El cielo estaba oscuro y la cafetería vacía a excepción de nosotros tres. Mordecai consultó el reloj de bolsillo, alzó la taza y acabó el último sorbo de té.

—Bueno, ¿qué opináis? —preguntó jovialmente para sacarnos del marasmo—. ¿Habéis pensado en alguien que tenga otros motivos para desear la muerte de tantas personas?

Perplejas, Lily y yo negamos con la cabeza.

—¿No se os ocurre otra alternativa? —preguntó, se puso en pie y cogió el sombrero—. Lo siento, pero tengo una cena a la que ya llego tarde, lo mismo que vosotras. Seguiré analizando este problema cuando disponga de tiempo libre, pero me gustaría comentar cuál es mi evaluación inicial de la situación. Así podréis reflexionar. Creo que la muerte del gran maestro Fiske no tuvo casi nada que ver con Solarin y menos aún con el ajedrez...

—¡Solarin fue el único que estuvo presente antes de que se descubrieran los asesinatos! —protestó Lily.

—No es así —respondió Mordecai y sonrió enigmáticamente—. Hubo otra persona presente en ambos casos. ¡Tu amiga Cat!

—Un momento... —intervine.

Mordecai me interrumpió.

—¿No es extraño que el torneo de ajedrez se haya aplazado una semana por la desdichada muerte del gran maestro Fiske y que la prensa no mencione que hubo juego sucio? ¿No le llama la atención el hecho de que hace dos días viera el cadáver de Saul en un lugar tan público como la sede de las Naciones Unidas y que los medios de comunicación no hayan dado la menor publicidad al asunto? ¿Cómo explica estas circunstancias extrañas?

—¡Es una coartada! —apostilló Lily.

—Tal vez —reconoció Mordecai y se encogió de hombros—. Hay que admitir que Cat y tú os habéis ocupado de ocultar algunas pruebas. ¿Puedes explicarme por qué no acudiste a la policía cuando dispararon contra tu coche? ¿Por qué Cat no denunció la presencia de un cadáver que posteriormente se esfumó?

Lily y yo nos pusimos a hablar al mismo tiempo:

—Te he explicado el motivo por el que quería... —masculló Lily.

—Tuve miedo de... —vacilé.

—Por favor —murmuró Mordecai y levantó la mano—. Creo que la policía dará menos crédito que yo a esos galimatías. El hecho de que tu amiga Cat estuviera presente en todos los casos resulta aún más sospechoso.

—¿Qué insinúa? —inquirí.

Entretanto no dejé de oír el comentario de Nim: «Querida, es posible que alguien crea que tienes algo que ver.»

—Quiero dar a entender que, si bien es posible que usted no tenga nada que ver con los acontecimientos, ellos tienen algo que ver con usted —respondió Mordecai.

Pronunció esas palabras, se inclinó y besó a Lily en la frente. Se volvió hacia mí y, al tiempo que me estrechaba la mano formalmente, hizo algo extrañísimo: ¡me guiñó el ojo! Se perdió escaleras abajo y se internó en la oscura noche.

EL AVANCE DEL PEÓN

Entonces ella trajo el tablero de ajedrez y jugó con él; pero Sharrkan, en lugar de estudiar sus movimientos, no quitaba los ojos de su bella boca, y ponía el Caballo en lugar del Elefante y el Elefante en lugar del Caballo.

Ella rió y le dijo:

—Si vas a jugar así, no sabes nada del juego.

—Éste es sólo el primero —contestó él—. No me juzgues por este combate.

Las mil y una noches

PARÍS   *3 de septiembre de 1792*

Sólo una llama brillaba en el pequeño candelabro de bronce en el recibidor de la casa de Danton. Justo a medianoche, alguien cubierto con una larga capa negra tiró del cordón de la campanilla, afuera. El portero atravesó el recibidor arrastrando los pies y espió por la mirilla. El hombre que estaba de pie en los escalones llevaba un sombrero blando de ala ancha que ocultaba su cara.

—Por amor de Dios, Louis —dijo el hombre—. Abre la puerta. Soy yo, Camille.

Se descorrió el cerrojo y el portero abrió la puerta.

—Todas las precauciones son pocas, monsieur —se disculpó el hombre mayor.

—Lo comprendo perfectamente —dijo con gravedad Camille Desmoulins atravesando el umbral, quitándose el sombrero de ala ancha y pasando las manos por el espeso cabello rizado—. Acabo de regresar de la prisión La Force. Ya sabes lo que ha pasado... —Pero Desmoulins se interrumpió sobresaltado al observar un movimiento ligerísimo entre las oscuras sombras de la entrada—. ¿Quién está aquí? —preguntó asustado. La figura se levantó en silencio, alta, pálida y vestida con elegancia pese al calor intenso. Salió de las sombras y tendió la mano a Desmoulins.

—Mi querido Camille —dijo Talleyrand—. Espero no haberte alarmado. Estoy esperando que regrese Danton del Comité.

—¡Maurice! —exclamó Desmoulins, cogiéndole la mano mientras el portero se retiraba—. ¿Qué te trae por aquí tan tarde?

En calidad de secretario de Danton, Desmoulins había compartido durante años el alojamiento con la familia de su superior.

—Danton ha tenido la amabilidad de prometerme un pase para abandonar Francia —explicó Talleyrand con absoluta serenidad—.

Para que pueda regresar a Inglaterra y reanudar las negociaciones. Como sabes, los británicos se han negado a reconocer nuestro nuevo gobierno...

—Yo no me molestaría en esperarlo aquí esta noche —dijo Camille—. ¿Te has enterado de lo que ha sucedido hoy en París?

Talleyrand meneó la cabeza y dijo:

—He oído decir que hemos rechazado a los prusianos, que están en retirada. Tengo entendido que regresan a casa porque han cogido la disentería —y rió—. ¡No existe ejército capaz de marchar tres días bebiendo los vinos de Champagne!

—Es verdad que hemos vencido a los prusianos —dijo Desmoulins sin unirse a su risa—. Pero hablo de la masacre.

Por la expresión de Talleyrand, comprendió que no se había enterado.

—Ha empezado esta tarde en la prisión de l'Abbaye. Ahora se ha extendido a La Force y la Conciergerie. Por lo que sabemos, ya han muerto quinientas personas. Ha habido una carnicería, hasta canibalismo, y la Asamblea no puede pararlo...

—¡No sabía nada de eso! —exclamó Talleyrand—. ¿Pero qué medidas se han tomado?

—Danton todavía está en La Force. El Comité ha organizado juicios improvisados en todas las prisiones para tratar de moderar el movimiento. Han acordado pagar a jueces y verdugos seis francos diarios más las comidas. Era la única esperanza de conservar una apariencia de control. Maurice, París está en una situación de anarquía. La gente lo llama el Terror.

—¡Es imposible! —exclamó Talleyrand—. Cuando se filtren estas noticias, habrá que abandonar toda esperanza de un acercamiento con Inglaterra. Tendremos suerte si no se une a Prusia y nos declara la guerra. Tanta mayor razón para partir de inmediato.

—No puedes hacer nada sin un pase —dijo Desmoulins cogiéndolo del brazo—. Esta misma tarde fue arrestada madame de Staël por tratar de salir del país bajo inmunidad diplomática. Tuvo suerte de encontrarme allí para salvar su cuello de la guillotina. Se la han llevado a la Comuna.

La expresión del rostro de Talleyrand demostraba que comprendía la gravedad de la situación. Desmoulins continuó:

—No temas, ahora está a salvo en la embajada. Y tú también deberías estar seguro en casa. Ésta no es noche para que paseen miembros de la nobleza o el clero. Estás doblemente amenazado, amigo mío.

—Ya veo —dijo con calma Talleyrand—. Sí, lo entiendo muy bien.

∞

Era casi la una de la madrugada cuando Talleyrand regresó a su casa a pie, cruzando los sombríos barrios de París sin coche, para reducir la posibilidad de que se observaran sus movimientos. Mientras atravesaba las calles mal iluminadas, vio algunos grupos de aficionados al teatro que regresaban a casa y se cruzó con los rezagados de los casinos. Sus risas resonaban al pasar los carruajes abiertos llenos de trasnochadores y champaña.

Maurice pensó que bailaban al borde del abismo. Era sólo cuestión de tiempo. Veía ya el oscuro caos hacia el cual se deslizaba su patria. Tenía que irse, y pronto.

Al acercarse a los portones de entrada de sus jardines, lo alarmó ver el centelleo de una luz en el patio interior. Había dado órdenes estrictas de que se cerraran los postigos y corrieran las cortinas para que no se viese luz alguna que sugiriese que estaba en casa. En esos días era peligroso estar en casa. Pero cuando iba a meter la llave, la puerta de hierro macizo se entreabrió. Allí estaba Courtiade, su valet, y la luz provenía de una pequeña bujía que tenía en la mano.

—Por amor de Dios, Courtiade —susurró Talleyrand—. Te dije que no debía haber luz. Casi me matas del susto.

—Excusadme, monseñor —dijo Courtiade, quien siempre daba a su amo el título religioso—. Espero no haberme excedido en mis atribuciones al desobedecer otra orden.

—¿Qué has hecho? —preguntó Talleyrand mientras se deslizaba por la puerta, que el valet cerró a sus espaldas.

—Tiene una visita, monseñor. Me tomé la libertad de permitir que esa persona os esperara dentro.

—Pero esto es serio. —Y Talleyrand se detuvo y cogió al criado de un brazo—. Esta mañana, la chusma detuvo a madame de Staël y la llevó a la Comuna de París. ¡Estuvo a punto de perder la vida! Nadie debe saber que planeo dejar París. Debes decirme a quién has dejado entrar.

—Es mademoiselle Mireille, monseñor —dijo el valet—. Vino sola hace apenas un rato.

—¿Mireille? ¿Sola a estas horas de la noche? —preguntó Talleyrand, atravesando a toda prisa el patio en compañía de Courtiade.

—Llegó con una maleta, monseñor. Su traje está destrozado.

Apenas podía hablar. Y no pude dejar de advertir que en el traje parecía haber algo… como sangre. Mucha sangre.

—Dios mío —murmuró Talleyrand, cojeaba tan rápido como le era posible por el jardín y entró en el recibidor amplio y oscuro. Courtiade señaló el estudio y Talleyrand atravesó el vestíbulo y las anchas puertas. Por todas partes había cajas a medio llenar con libros, preparando su marcha. En el centro estaba Mireille, echada en el sofá de terciopelo color melocotón, su rostro estaba pálido a la luz mortecina de la vela que Courtiade había puesto a su lado.

Talleyrand se arrodilló con cierta dificultad y cogió su mano desmayada entre las suyas, frotando sus dedos con vigor.

—¿Traigo las sales, señor? —preguntó Courtiade con rostro preocupado—. He despedido a todos los sirvientes porque como nos íbamos por la mañana…

—Sí, sí —dijo el amo sin apartar los ojos de Mireille. Sentía el corazón petrificado de miedo—. Pero Danton no llegó con los papeles. Y ahora esto…

Miró hacia Courtiade, que seguía sosteniendo una vela.

—Bueno, trae las sales. Cuando consigamos reanimarla, tendrás que ir a casa de David. Tenemos que llegar al fondo de este asunto, y rápido.

Talleyrand permaneció sentado en silencio junto al sofá, con el cerebro confuso entre cien ideas terribles. Cogiendo la vela de la mesa, la acercó a la forma inmóvil. En el cabello color fresa había sangre coagulada y el rostro estaba manchado de polvo y sangre. Con delicadeza, apartó los cabellos de su cara y se inclinó para depositar un beso en su frente. Mientras la contemplaba, algo se agitó en su interior. Era extraño, pensó. Ella siempre había sido la seria, la sobria.

Courtiade regresó con las sales y tendió el pequeño pomo de cristal a su amo. Levantando con cuidado la cabeza de Mireille, Talleyrand pasó el frasco abierto por debajo de su nariz hasta que ella empezó a toser.

Sus ojos se abrieron y miró horrorizada a los dos hombres. De pronto, al comprender dónde estaba, se incorporó. Se aferró con fiereza a la manga de Talleyrand, en un frenesí de pánico.

—¿Cuánto tiempo he estado inconsciente? —exclamó—. ¿No le habéis dicho a nadie que estoy aquí?

Su rostro estaba lívido y apretaba su brazo con la fuerza de diez hombres.

—No, no, querida mía —dijo Talleyrand con voz apaciguadora—. No has estado mucho tiempo aquí. En cuanto te encuentres un poco mejor, Courtiade te preparará un coñac caliente para calmar tus nervios y después enviaremos a buscar a tu tío...

—¡No! —gritó casi Mireille—. ¡Nadie debe saber que estoy aquí! ¡No debéis decírselo a nadie, y a mi tío menos que a nadie! Es el primer lugar en el que se les ocurriría buscarme. Mi vida está en terrible peligro. ¡Juradme que no se lo diréis a nadie!

Trató de ponerse en pie de un salto, pero Talleyrand y Courtiade, alarmados, la detuvieron.

—¿Dónde está mi maleta? —exclamó.

—Está aquí —dijo Talleyrand palmeando el maletín de piel—, junto al sofá. Querida, debes calmarte y echarte. Por favor, descansa hasta que te encuentres lo bastante bien como para hablar. Es muy tarde. ¿No querrías por lo menos que enviáramos a buscar a Valentine, que le hiciéramos saber que estás a salvo...?

Ante la mención del nombre de Valentine, el rostro de Mireille adoptó tal expresión de horror y dolor, que Talleyrand se apartó, asustado.

—No —dijo despacio—. No puede ser. Valentine no. Dime que nada le ha sucedido a Valentine. ¡Dímelo!

Había cogido a Mireille por los hombros y la sacudía. Lentamente, ella fijó su mirada en él. Lo que leyó en sus profundidades lo desgarró hasta las raíces de su ser. La sacudió con fuerza, con la voz enronquecida.

—Por favor —dijo—. Por favor, di que no le ha pasado nada. ¡Debes decirme que no le ha pasado nada!

Mientras Talleyrand continuaba sacudiéndola, los ojos de Mireille estaban secos. Él no parecía saber lo que hacía. Courtiade se inclinó y puso con suavidad la mano sobre el hombro de su amo.

—Señor —dijo con dulzura—. Señor...

Pero Talleyrand miraba a Mireille como un hombre que ha perdido la razón.

—No es verdad —susurró, mordiendo cada palabra como si fuera hiel en su boca. Mireille se limitó a mirarlo. Poco a poco, él aflojó la presión sobre sus hombros. Sus brazos cayeron a los lados del cuerpo mientras miraba sus ojos. Estaba demudado, atontado por el dolor de lo que no lograba obligarse a creer.

Apartándose de ella, se puso en pie y fue hasta la chimenea, dando la espalda a la habitación. Abriendo su preciado reloj dorado, insertó la llave de oro. Despacio, con cuidado, empezó a darle cuerda. Mireille lo escuchaba repiqueteando en la oscuridad.

∞

Todavía no había salido el sol, pero la primera luz pálida atravesó las colgaduras de seda del tocador de Talleyrand.

Había estado en pie la mitad de la noche, y había sido una noche de horror. No podía obligarse a admitir que Valentine había muerto. Sentía como si le hubieran arrancado el corazón y no sabía cómo aceptar ese sentimiento. Era un hombre sin familia, un hombre que jamás había necesitado a otro ser humano. Tal vez fuera mejor así, pensó con amargura. Si nunca sientes amor, tampoco sientes su pérdida.

Veía todavía el pálido cabello rubio de Valentine resplandeciendo ante el fuego de la chimenea mientras se inclinaba para besar su pie y acariciaba su rostro con dedos delgados. Pensó en las cosas graciosas que había dicho, en cómo le gustaba escandalizarlo con su picardía. ¿Cómo era posible que estuviera muerta? ¿Cómo era posible?

Mireille había sido del todo incapaz de relatar las circunstancias de la muerte de su prima. Courtiade le había preparado un baño, obligándola a beber coñac caliente muy especiado en el cual había puesto unas gotas de láudano para que pudiera dormir. Talleyrand le había cedido la gran cama de su tocador, con el dosel como una cúpula cubierto de pálidas sedas azules. El color de los ojos de Valentine.

Él había permanecido en pie la mitad de la noche, reclinado en un sillón azul cubierto de acuosas sedas. Mireille había estado varias veces a punto de sucumbir al sopor del sueño, pero cada vez había despertado estremecida, con la mirada ausente, llamando en voz alta a Valentine. En esas ocasiones él la había consolado, y cuando ella volvía a hundirse en el sueño, regresaba a la cama improvisada, bajo los chales que le había proporcionado Courtiade.

Pero para él no había consuelo, y cuando el alba se insinuó rosada al otro lado de las ventanas francesas que daban al jardín, Talleyrand seguía dando vueltas insomnes en su sofá, con los rizos dorados en desorden, y los ojos azules empañados por la falta de sueño. Una vez, durante la noche, Mireille había gritado:

—Iré contigo a la abadía, prima. No dejaré que vayas sola a los Cordeliers.

Y al escuchar esas palabras, él había sentido un estremecimiento intenso y helado en la columna vertebral. Dios mío, ¿era posible que hubiera muerto en la abadía? No podía siquiera contemplar el resto.

Resolvió que una vez que Mireille hubiera descansado, le sacaría la verdad, sin poner mientes en el dolor que provocaría a ambos.

Mientras yacía echado en el sillón, escuchó un ruido, un paso ligero.

—¿Mireille? —susurró, pero no hubo respuesta. Se estiró hasta tocar las colgaduras de la cama y las apartó. Ella no estaba.

Envolviéndose en su bata de seda, Talleyrand cojeó en dirección a su vestidor. Pero al pasar junto a los ventanales, vio a través de las cortinas de seda mate el contorno de un figura contra la luz rosada. Corrió los cortinajes que daban a la terraza. Entonces quedó inmóvil.

Mireille estaba de pie, de espaldas a él, mirando hacia sus jardines y el pequeño huerto que había al otro lado del muro de piedra. Estaba completamente desnuda y su piel cremosa resplandecía con brillo de seda en la luz matinal. Tal como él recordaba haberlas visto aquella primera mañana, de pie en la tarima del estudio de David. Valentine y Mireille. La impresión de este recuerdo fue tan inmediata y dolorosa, que parecía como si lo hubiera atravesado una lanza. Pero al mismo tiempo había otra cosa. Algo que emergía lentamente del pulsante y obnubilador dolor rojo de su conciencia. Y a medida que emergía, le pareció más horrible que cualquier cosa que pudiera imaginar. Lo que sentía en ese instante preciso era lujuria. Pasión. Deseaba asir a Mireille allí, en la terraza, en el primer rocío húmedo de la mañana, hundir su carne en la suya, arrojarla al suelo, morder sus labios y magullar su cuerpo, expulsar su dolor en el pozo oscuro y sin fondo de su ser. Mientras seguía en él esta idea, Mireille, sintiendo su presencia, se volvió de cara a él. Se ruborizó intensamente. Él se sintió humillado y trató de cubrir su vergüenza.

—Querida —dijo, sacándose de prisa la bata y acercándose para echarla sobre sus hombros—. Cogerás frío. El rocío es abundante en esta época del año.

Sonaba como un tonto incluso para sí mismo. Peor que un tonto. Cuando sus dedos rozaron los hombros de Mireille para envolverla en su bata de seda, sintió que lo atravesaba una sacudida eléctrica que no se parecía a nada que hubiera sentido antes. Controló el impulso de apartarse de un salto, pero Mireille lo miraba con aquellos insondables ojos verdes. Apartó rápidamente la mirada. Ella no debía saber lo que estaba pensando. Era deplorable. Pensó en todo lo que pudo para reprimir el sentimiento que había surgido en él tan de repente. Con tanta violencia.

—Maurice —dijo ella mientras levantaba sus dedos delgados

para apartar un rizo rebelde de sus cabellos rubios—. Ahora quiero hablar de Valentine. ¿Puedo?

Sus cabellos rojizos flotaban contra su pecho, balanceándose con la suave brisa de la mañana. Él lo sentía arder a través de la fina tela de su camisón. Estaba tan cerca de ella que podía oler el perfume dulce de su piel. Cerró los ojos luchando por controlarse, incapaz de mirarla, temeroso de lo que pudiera ver en él. El dolor que sentía era abrumador. ¿Cómo podía ser tan monstruoso?

Se obligó a abrir los ojos y mirarla. Se obligó a sonreír, pese a que sentía que sus labios se contorsionaban en una expresión extraña.

—Me has llamado Maurice —dijo, siempre con la sonrisa forzada—. No, tío Maurice.

Era tan hermosa, con los labios entreabiertos como oscuros pétalos aplastados... Se arrancó ese pensamiento. Valentine. Ella quería hablar de Valentine. Suavemente, pero con firmeza, puso las manos sobre sus hombros. Sentía el calor de su piel a través de la seda delgada de la bata. Veía la vena azul que latía entre la garganta larga y blanca y más abajo, la sombra entre los pechos jóvenes...

—Valentine os amaba profundamente —decía Mireille con voz ahogada—. Yo conocía todos sus pensamientos y sentimientos. Sé que quería hacer con vos todas esas cosas que hacen los hombres a las mujeres. ¿Sabéis de qué cosas hablo...?

Ella volvía a mirarlo con sus labios tan cerca, su cuerpo tan... No estaba seguro de haber oído bien.

—No... no estoy seguro... quiero decir, claro que lo sé —balbuceó, mirándola—. Pero nunca imaginé...

Volvió a maldecirse por ser un idiota. ¿Qué demonios le estaba diciendo?

—Mireille —dijo con firmeza. Quería ser benevolente, paternal. Al fin y al cabo, esta niña que tenía delante era lo bastante joven como para ser su hija. No era más que una criatura en realidad—. Mireille —repitió, luchando por encontrar la manera correcta de llevar una vez más la conversación a terreno seguro.

Pero ella había levantado las manos y deslizaba sus dedos por sus cabellos. Atrajo su boca hacia la de ella. Dios mío, pensó, debo de estar loco. No es posible que esté sucediendo esto.

—Mireille —repitió, con los labios rozando su boca—, no puedo... no podemos...

Cuando apretó su boca contra la de ella y sintió el calor que latía en sus entrañas, sintió que las compuertas caían. No. No podía. Esto no. Ahora no.

—No lo olvides —susurraba Mireille contra su pecho mientras lo tocaba a través de la tela fina de su bata—, yo también la amaba.

Él gimió y arrancó la bata de sus hombros mientras se hundía en su carne cálida.

∞

Descendía, se hundía. Se sumergía en un estanque de pasión oscura, con los dedos moviéndose como frías aguas profundas sobre la seda de los largos miembros de Mireille. Yacían sobre la desordenada ropa de la cama adonde la había llevado, y se sentía caer, caer. Cuando sus labios se encontraron, sintió como si su sangre se precipitara en el cuerpo de ella, como si sus sangres se mezclaran. La violencia de su pasión era insoportable. Trató de recordar lo que estaba haciendo y por qué no debía hacerlo, pero sólo ansiaba olvidar. Mireille fue a su encuentro con una pasión más oscura y violenta que la suya. Nunca había experimentado algo así. No deseaba que terminara nunca.

Mireille lo miró con sus ojos como oscuros pozos verdes, y supo que ella sentía lo mismo. Cada vez que la tocaba, que la acariciaba, ella parecía hundirse más profundamente en su cuerpo, como si también deseara estar dentro de él, en cada hueso, nervio o tendón; como si deseara atraerlo hasta el fondo del pozo oscuro, donde podían ahogarse juntos en el opio de su pasión. El pozo del Leteo, del olvido. Y él, mientras nadaba en las aguas de sus profundos ojos verdes, sintió que la pasión lo desgarraba como una tormenta, escuchó la llamada de las ondinas, que cantaban desde el fin de las simas.

∞

Maurice Talleyrand había hecho el amor a muchas mujeres, tantas que ya no podía contarlas, pero mientras yacía sobre las sábanas arrugadas y suaves de su cama, con las largas piernas de Mireille entrelazadas a las suyas, no pudo recordar a ninguna. Sabía que nunca podría recuperar lo que había sentido. Había sido el éxtasis absoluto, de una clase que pocos seres humanos experimentan nunca. Pero lo que sentía ahora era el dolor absoluto. Y culpa.

Culpa, porque cuando habían caído juntos sobre la colcha, envueltos el uno en el otro en un abrazo apasionado más potente que cualquiera que hubiese conocido... él había balbuceado «Valentine.» Valentine. Precisamente en el instante en que la pasión se consumaba. Y Mireille había murmurado: «Sí.»

La miró. Su piel cremosa y el cabello enredado eran hermosos contra las frías sábanas de lino. Ella lo miró con aquellos ojos de color verde oscuro. Después sonrió.

—No sabía cómo sería —dijo.

—¿Y te ha gustado? —preguntó él, desordenando con suavidad su pelo.

—Sí —contestó, todavía sonriendo. Después vio que estaba apesadumbrado.

—Lo siento —murmuró—. No quería hacerlo. Pero eres tan hermosa. Y te deseaba tanto. —Y besó sus cabellos y después sus labios.

—No quiero que lo lamentes —dijo Mireille, sentándose en la cama y mirándolo con seriedad—. Por un momento, me hizo sentir como si ella estuviera todavía viva. Como si todo hubiera sido un mal sueño. Si Valentine estuviera viva, habría hecho el amor contigo. De modo que no deberías lamentar haberme llamado por su nombre.

Había leído sus pensamientos. Él la miró y le devolvió la sonrisa.

Se echó en la cama y atrajo a Mireille, poniéndola encima suyo. Su cuerpo largo y gracioso era fresco contra su piel. Los cabellos rojos se derramaban sobre sus hombros. Bebió su perfume. Quería hacerle el amor otra vez. Pero se concentró en apaciguar la rigidez de sus entrañas. Antes había otra cosa que deseaba más.

—Mireille, hay algo que quiero que hagas —dijo, con la voz ahogada por sus cabellos. Ella levantó la cabeza y lo miró—. Sé que es doloroso para ti pero quiero que me hables de Valentine. Quiero que me lo digas todo. Tenemos que comunicarnos con tu tío. Anoche, mientras dormías, hablaste de la prisión de l'Abbaye…

—No puedes decirle a mi tío dónde estoy —interrumpió Mireille, sentándose de golpe en la cama.

—Por lo menos, tenemos que dar a Valentine un entierro decente —argumentó él.

—Ni siquiera sé si podemos encontrar su cuerpo —dijo Mireille, ahogándose con las palabras—. Si juras ayudarme, te diré cómo murió Valentine. Y por qué.

Talleyrand la miró de manera extraña.

—¿Qué quieres decir con por qué? —preguntó—. Supuse que habíais quedado atrapadas en la confusión de l'Abbaye. Seguramente…

—Murió por esto —dijo Mireille.

Salió de la cama y atravesó la habitación hasta llegar junto a su maleta, que Courtiade había dejado junto a la puerta del vestidor.

Con un esfuerzo, la cogió y la colocó sobre la cama. La abrió e hizo un gesto para que Talleyrand mirara. Adentro, cubiertas de tierra y hierbas, había ocho piezas del ajedrez de Montglane.

Talleyrand metió una mano en la gastada bolsa de piel y sacó una pieza, sosteniéndola con ambas manos mientras se sentaba junto a Mireille sobre las mantas revueltas. Era un gran elefante de oro, cuya altura era casi equivalente al largo de su mano. La silla estaba cubierta de rubíes pulidos y zafiros negros formando un dibujo abigarrado, como el de una alfombra. El tronco y los colmillos dorados estaban alzados, en posición de combate.

—El *aufin* —susurró—. Ésta es la pieza que ahora llamamos alfil, el consejero del rey y la reina.

Extrajo una por una las piezas de la bolsa y las dispuso sobre la cama. Un camello de plata y otro de oro. Otro elefante dorado, un semental árabe caracoleante, con las patas levantadas, y tres peones que llevaban armas diversas, cada pequeño infante, del largo de su dedo, todos con incrustaciones de amatistas y citrinas, turmalinas, esmeraldas y jaspes.

Lentamente, Talleyrand cogió el semental y lo hizo girar entre sus manos. Sacando la tierra que tenía en la base, vio un símbolo impreso en el oro oscuro. Lo estudió con atención y después se lo mostró a Mireille. Era un círculo con una flecha clavada a un lado.

—Marte, el Planeta Rojo —dijo—. Dios de la Guerra y la Destrucción. «Y entonces salió otro caballo, que era rojo: y se le dio poder para que a partir de allí eliminara la paz de la tierra y se mataran unos a otros; y se le dio una gran espada.»

Pero Mireille no parecía escucharlo. Estaba allí sentada, contemplando el símbolo impreso en la base del semental que Talleyrand tenía entre las manos. No habló pero parecía estar en trance. Por último, él vio que sus labios se movían y se inclinó para escucharla.

—«Y el nombre de la espada era Sar» —susurró ella. Después cerró los ojos.

∞

Talleyrand permaneció sentado en silencio más de una hora, con la bata apenas envuelta en torno a su cuerpo, mientras Mireille permanecía desnuda sobre el montón desordenado de ropas, narrando su historia.

Le habló del cuento de la abadesa con tanta fidelidad como le fue posible, y de lo que habían hecho las monjas para sacar el juego de entre los muros de la abadía. Narró cómo habían dispersado las piezas por toda Europa y cómo ella y Valentine debían servir como un punto de recepción si alguna hermana necesitaba ayuda. Después le habló de la hermana Claude y de cómo Valentine se había precipitado a encontrarse con ella en el callejón que flanqueaba la prisión.

Cuando Mireille llegó al punto en que la Tribuna había sentenciado a muerte a Valentine y David se había desplomado, Talleyrand la interrumpió. El rostro de Mireille estaba lleno de lágrimas, sus ojos hinchados y tenía la voz entrecortada.

—¿Quieres decir que Valentine no fue asesinada por la chusma? —exclamó.

—¡Fue sentenciada! Ese hombre horrible —sollozó Mireille—. Nunca olvidaré su cara. ¡Aquella mueca espantosa! Cómo disfrutaba del poder que tenía sobre la vida y la muerte. Ojalá se pudra en esas llagas purulentas que lo cubren…

—¿Qué has dicho? —exclamó Talleyrand, cogiéndola de un brazo y sacudiéndola—. ¿Cómo se llamaba ese hombre? ¡Tienes que recordarlo!

—Pregunté su nombre —dijo Mireille, mirándolo a través de sus lágrimas—, pero no quiso decírmelo. Sólo dijo: «Soy la cólera del pueblo.»

—¡Marat! —exclamó Talleyrand—. Tenía que haberlo supuesto. Pero no puedo creer…

—¡Marat! —dijo Mireille—. Ahora que lo sé, no lo olvidaré nunca. Afirmó que si no encontraba las piezas donde le había dicho, me perseguiría. Pero seré yo quien lo persiga.

—Mi queridísima niña —dijo Talleyrand—, has sacado las piezas de su escondite. Ahora, Marat removerá cielo y tierra para encontrarte. ¿Pero cómo escapaste del patio de la prisión?

—Mi tío Jacques Louis —dijo Mireille—. Estaba junto a ese hombre perverso cuando se dio la orden, y se arrojó contra él encolerizado. Yo me arrojé sobre el cuerpo de Valentine, pero me sacaron a rastras como a una… una… —Mireille luchó por continuar—. Y entonces oí a mi tío gritando mi nombre, diciéndome que huyera. Salí corriendo a ciegas de la prisión. No sé cómo me las arreglé para atravesar las puertas. Para mí es como un sueño horrible, pero me encontré otra vez en el callejón y corrí para salvarme hasta el jardín de David.

—Eres una criatura valiente, querida. Me pregunto si yo tendría fuerzas para hacer lo que tú has hecho.

—Valentine murió a causa de las piezas —sollozó Mireille, tratando de calmarse—. ¡No podía permitirle que las cogiera! Las tenía en mis manos antes de que él tuviera tiempo de salir de la prisión. Cogí ropa de mi habitación y este maletín y huí...

—Pero no podía ser mucho después de las seis cuando saliste de casa de David. ¿Dónde estuviste entre esa hora y la hora en que llegaste aquí, después de medianoche?

—En el jardín de David sólo había dos de las piezas —contestó Mireille—. Eran las que Valentine y yo habíamos traído con nosotras desde Montglane: el elefante de oro y el camello de plata. Las otras seis las trajo la hermana Claude de otra abadía. Yo sabía que la hermana Claude había llegado a París ayer mismo por la mañana. No había tenido mucho tiempo para ocultarlas y era demasiado peligroso llevarlas consigo cuando fue a encontrarse con nosotras. Pero la hermana Claude murió y sólo dijo dónde estaban a Valentine.

—¡Pero las tienes tú! —dijo Talleyrand, con la mano abierta sobre las piezas enjoyadas que seguían dispersas sobre las sábanas. Le parecía sentir un calor que irradiaba de ellas—. Me dijiste que en la prisión había soldados y miembros de la Tribuna y gente por todas partes. ¿Cómo pudo Valentine descubrirte el lugar donde estaban?

—Sus últimas palabras fueron «recuerda el fantasma». Y después dijo su nombre varias veces.

—¿El fantasma? —preguntó confundido Talleyrand.

—Enseguida comprendí lo que quería decirme. Se refería a tu historia del fantasma del cardenal Richelieu.

—¿Estás segura? Bueno, debes estarlo ya que aquí están las piezas. Pero no logro imaginar cómo las encontraste con tan poca información.

—Nos dijiste que habías sido sacerdote en St. Remy, de donde saliste para ir a la Sorbona, y que allí, viste el fantasma del cardenal Richelieu en la capilla. Como sabes, el apellido de la familia de Valentine es De Remy. Pero recordé enseguida que el bisabuelo de Valentine, Gericauld de Remy, estaba enterrado en la capilla de la Sorbona, no lejos de la tumba del cardenal Richelieu. Ése era el mensaje que trataba de darme. Allí estaban enterradas las piezas. Regresé a la capilla atravesando los barrios a oscuras, y allí encontré una llama votiva ardiendo ante la tumba del antepasado de Valentine. Sirviéndome de la luz de esa vela, registré la capilla. Pasaron horas hasta que encontré una baldosa floja, parcialmente oculta tras la pila bautismal y, levantándola, exhumé las piezas. Después huí lo más rápido que pude. Vine aquí, a la Rue de Beaune. —Mireille hizo una pausa, sin aliento—. Maurice —dijo después, reclinando la cabeza contra su pecho para que él pudiera sentir el latido de su pulso—, creo que había otra razón para que Valentine mencionara el fantasma. Estaba tratando de decirme que recurriera a ti en busca de ayuda, que confiara en ti.

—¿Pero qué puedo hacer yo para ayudarte, querida mía? —dijo Talleyrand—. Yo mismo estoy prisionero en Francia hasta que pueda conseguir un pase. Es evidente que comprendes que la posesión de estas piezas nos pone en una situación aún más comprometida.

—No sería así si conociéramos el secreto, el secreto del poder que contienen. Si supiéramos eso, nosotros tendríamos la ventaja. ¿No lo crees así?

Parecía tan valerosa y seria, que Talleyrand no pudo evitar una sonrisa. Se inclinó sobre ella y apoyó los labios en sus hombros desnudos. Y a pesar de sí mismo, volvió a sentir el deseo. En ese momento, se escuchó un suave golpe en la puerta del dormitorio.

—Monseñor —dijo Courtiade al otro lado de la puerta cerrada—, no quiero molestaros pero hay una persona en el patio.

—No estoy en casa, Courtiade —dijo Talleyrand—. Ya lo sabes.

—Pero, monseñor —dijo el valet—, es un mensajero del señor Danton. Ha traído los pases.

∞

Aquella noche, a las nueve, Courtiade estaba tendido en el suelo del estudio, con su rígida chaqueta doblada en una silla y las mangas de su almidonada camisa arremangadas. Estaba clavando el último compartimento falso de las cajas de libros que estaban dispersas por la habitación. Por todas partes había libros sueltos. Mireille y Talleyrand estaban sentados entre los montones bebiendo coñac.

—Courtiade —dijo Talleyrand—, mañana te irás a Londres con estas cajas de libros. Cuando llegues, pregunta por los agentes de propiedad de madame de Staël y ellos lo arreglarán para darte las llaves y llevarte al alojamiento que hemos conseguido. Hagas lo que hagas, no dejes que nadie más que tú toque estas cajas. No las pierdas de vista y no las abras hasta que hayamos llegado mademoiselle Mireille y yo.

—Ya te he dicho —dijo con firmeza Mireille— que no puedo ir contigo a Londres. Sólo deseo que las piezas salgan de Francia.

—Mi querida niña —dijo Talleyrand acariciando sus cabellos—, ya hemos hablado de esto. Insisto en que uses mi pase. Yo me conseguiré otro enseguida. No puedes permanecer más tiempo en París.

—Mi primera tarea era arrebatar el ajedrez de Montglane de manos de ese hombre horrible y de las de otros que podrían darle un mal uso —dijo Mireille—. Valentine hubiera hecho lo mismo. Otras pueden venir a París en busca de refugio. Debo quedarme aquí para ayudarlas.

—Eres una joven valiente —dijo él—. Sin embargo, no permitiré que te quedes sola en París, y no puedes regresar a casa de tu tío. Ambos debemos decidir qué haremos con estas piezas cuando lleguemos a Londres...

—Me interpretas mal —dijo Mireille con frialdad, poniéndose de pie—. No dije que pensara quedarme en París.

Extrayendo una pieza del ajedrez de Montglane de la bolsa de piel que estaba junto a su silla, se la alcanzó a Courtiade. Era el caballo, el caracoleante semental de oro que había estado estudiando esa mañana. Courtiade cogió la pieza con cuidado. Mireille sintió el fuego que pasaba de su brazo al de él. Courtiade la metió en el compartimento falso y rellenó el espacio con paja.

—Mademoiselle —dijo el serio Courtiade con los ojos brillantes—, entra justo. Apuesto mi vida a que vuestros libros llegarán sanos y salvos a Londres.

Mireille le tendió la mano, que Courtiade estrechó cordialmente. Después, ella se volvió hacia Talleyrand.

—No entiendo nada —dijo él, irritado—. Primero te niegas a ir a Londres porque dices que debes quedarte en París. Después afirmas que no piensas quedarte aquí. Por favor, aclárate.

—Tú irás a Londres con las piezas —le informó ella con voz sorprendentemente autoritaria—, pero mi misión es otra. Escribiré a la abadesa informándola de mis planes. Tengo dinero propio y Valentine y yo éramos huérfanas. Sus propiedades y título pasan a mí por derecho. Después, solicitaré que envíe otra monja a París hasta que yo haya terminado mi trabajo.

—¿Pero adónde irás? ¿Qué harás? —preguntó Talleyrand—. Eres una joven sola, sin familia...

—Desde ayer he pensado mucho en eso —dijo Mireille—. Tengo cosas que terminar antes de poder volver a Francia. Estoy en peligro... hasta que pueda comprender el secreto de estas piezas. Y sólo hay una manera de comprenderlo. Y es ir a su lugar de origen.

—¡Buen Dios! —dijo indignado Talleyrand—. ¡Me has dicho que

el gobernador moro de Barcelona se las dio a Carlomagno! Pero eso fue hace casi mil años. Diría que a estas alturas el rastro debe estar algo frío. ¡Y Barcelona no está precisamente a las afueras de París! ¡No permitiré que recorras Europa sola!

—No pienso ir a un país de Europa —dijo Mireille sonriendo—. Los moros no llegaron de Europa sino de Mauritania, desde el fondo del desierto del Sáhara. Para encontrar el sentido hay que remontarse a las fuentes...

Miró a Talleyrand con sus insondables ojos verdes y éste le devolvió una mirada estupefacta.

—Iré a Argelia —dijo ella—. Porque allí es donde empieza el Sáhara.

EL JUEGO MEDIO

Con frecuencia se encuentran, dentro de los cocos, los esqueletos de los ratones, porque es más fácil entrar en ellos, delgados y ávidos, que salir, apaciguados pero gordos.

VÍCTOR KORCHNOI
(Gran Maestro ruso)
Mi vida es el ajedrez

La táctica consiste en saber qué hacer cuando hay algo que hacer. La estrategia, en saber qué hacer cuando no hay nada que hacer.

SAVIELLY TARTAKOVER
(Gran Maestro polaco)

De camino a casa de Harry, en el taxi, me sentí más confundida que nunca. La declaración de Mordecai en el sentido de que yo había estado presente en ambas ocasiones luctuosas, no hizo más que reforzar el perturbador sentimiento de que este circo tenía algo que ver conmigo. ¿Por qué tanto Solarin como la adivina me habían hecho una advertencia a mí? ¿Y por qué había pintado yo un hombre en bicicleta, que ahora aparecía como artista invitado en la vida real?

Deseaba haberle hecho más preguntas a Mordecai. Al parecer, sabía más de lo que dejaba entrever. Había admitido, por ejemplo, que conocía a Solarin desde hacía doce años. ¿Cómo sabíamos que no habían mantenido el contacto?

Cuando llegamos a casa de Harry, el portero se precipitó a abrir la puerta principal. Durante el viaje, apenas habíamos hablado. Por último, mientras subíamos en el ascensor, Lily dijo:

—Mordecai parecía fascinado contigo.

—Es una persona muy compleja.

—No tienes ni idea —dijo mientras las puertas se abrían en su planta—. Aun cuando lo venzo en el ajedrez, me pregunto qué combinaciones podría haber hecho. Confío en él más que en nadie pero siempre ha tenido un lado secreto. Y hablando de secretos, no menciones la muerte de Saul hasta que sepamos más.

—Debería ir a la policía —dije.

—Se preguntarían por qué has tardado tanto en mencionarlo —señaló Lily—. Tal vez una sentencia de diez años retrasaría tu viaje a Argelia.

—Seguramente no pensarían que yo…

—¿Por qué no? —preguntó cuando llegábamos ante la puerta de Harry.

—¡Ahí están! —exclamó Llewellyn desde la sala cuando Lily y yo entramos en el vestíbulo de mármol y entregamos nuestros abrigos a la doncella—. Tarde, como de costumbre. ¿Dónde estabais? Harry está en la cocina, con un ataque.

El vestíbulo tenía un suelo de tablero de ajedrez, con cuadros blancos y negros. En torno a las paredes curvas había pilares de mármol y paisajes italianos en tonos verdegrises. En el centro borboteaba una fuentecilla rodeada de hiedra.

A cada lado había anchos escalones de mármol, curvados y decorados en los bordes. Los de la derecha conducían al comedor de etiqueta, donde había una mesa de caoba oscura puesta para cinco personas. A la izquierda, la sala donde estaba Blanche, sentada en una pesada silla de brocado rojo oscuro. Una espantosa cómoda china, lacada en rojo con tiradores de oro, dominaba el extremo más alejado de la habitación. Los desechos excesivos, caros, de la tienda de antigüedades de Llewellyn, salpicaban el resto del recinto. El propio Llewellyn venía a nuestro encuentro.

—¿Dónde habéis estado? —preguntó Blanche mientras bajábamos las escaleras—. Íbamos a tomar unos cócteles con entremeses hace una hora.

Llewellyn me dio un besito y se fue a informar a Harry de nuestra llegada.

—Estábamos charlando —dijo Lily, depositando su mole en otra silla adornada en exceso y cogiendo una revista.

Harry salió a toda prisa de la cocina, trayendo una gran bandeja de canapés. Llevaba un mandil de chef con un gran sombrero blando. Parecía la publicidad gigantesca de una masa autoleudante.

—Me he enterado de que habíais llegado —dijo sonriendo—. He dado la noche libre a la mayor parte del servicio para que no picotearan mientras guisaba. Así que he preparado los entremeses con mis propias manos.

—Dice Lily que han estado charlando todo este tiempo, ¿te imaginas? —interrumpió Blanche mientras Harry depositaba la bandeja en una mesilla auxiliar—. Se podría haber echado a perder toda la cena.

—Déjalas tranquilas —dijo Harry guiñándome un ojo de espaldas a Blanche—. Las chicas de esta edad deberían cotillear un poco.

Harry acariciaba la fantasía de que si era expuesta a mi influencia durante cierto tiempo, parte de mi personalidad pasaría a Lily.

—Y ahora, mira —dijo arrastrándome en dirección a la bandeja—. Esto es caviar y smétana, esto es huevo y cebolla y ésta es mi receta secreta de hígado picado con *schmaltz*. ¡Mi madre me la pasó en su lecho de muerte!

—Huele que alimenta —dije.

—Y esto otro es salmón ahumado con queso-crema, por si no te interesa el caviar. Quiero que haya desaparecido la mitad de esto para cuando vuelva. La cena estará lista en media hora.

Volvió a sonreírme y salió de la habitación.

—Dios mío, salmón ahumado —dijo Blanche como si empezara a dolerle la cabeza—. Dame uno de ésos.

Se lo di y cogí uno.

Lily se acercó a la bandeja y devoró algunos canapés.

—¿Quieres champaña, Cat? ¿O te preparo otra cosa?

—Champaña —le dije en el momento en que regresaba Llewellyn.

—Yo lo serviré —se ofreció, metiéndose detrás del bar—. Champaña para Cat, ¿y que querrá mi encantadora sobrina?

—Whisky con soda —dijo Lily—. ¿Dónde está Carioca?

—Ya hemos dado las buenas noches al pequeño tesoro. No hay por qué tenerlo dando vueltas entre los entremeses.

Su actitud era comprensible, porque Carioca insistía en morderle los tobillos cada vez que lo veía. Lily puso mala cara y Llewellyn me dio una copa de champaña hormigueante de burbujas y volvió al bar para servir el whisky con soda.

Después de la media hora prescrita y muchos canapés, Harry salió de la cocina con una chaqueta de terciopelo marrón y nos invitó a sentarnos. Lily y Llewellyn fueron a un lado de la mesa de caoba, Blanche y Harry se sentaron en las cabeceras, y a mí me quedó el otro lado. Nos sentamos y Harry sirvió el vino.

—Brindemos por la marcha de nuestra querida amiga Cat, su primer viaje largo desde que la conocemos.

Todos brindamos y Harry continuó:

—Antes que te vayas, te daré una lista de los mejores restaurantes de París. Ve a Maxim's o a la Tour d'Argent, da mi nombre al *maître*, y te servirán como a una princesa.

Tenía que decírselo. Era ahora o nunca.

—En realidad, Harry —dije—, sólo estaré unos días en París. Después me voy a Argel.

Harry me lanzó una mirada con el vaso suspendido en el aire. Lo depositó sobre la mesa.

—¿Argel? —preguntó.

—Es allí donde voy a trabajar —expliqué—. Estaré un año.

—¿Vas a vivir con los árabes?

—Bueno, voy a Argelia —dije.

Los demás permanecieron en silencio y aprecié el hecho de que nadie intentara intervenir.

—¿Por qué vas a Argel? ¿Te has vuelto loca de repente? ¿O hay alguna otra razón que al parecer se me escapa?

—Voy a desarrollar un sistema de computación para la OPEP —le dije—. Es un consorcio de petróleo. Quiere decir Organización de Países Exportadores de Petróleo. Producen y distribuyen crudo, y Argel es una de sus bases.

—¿Qué clase de consorcio es? —preguntó Harry—. ¿Dirigido por un grupo de gente que ni siquiera sabe hacer un agujero en el suelo? ¡Durante cuatro mil años, los árabes han estado vagando por el desierto, dejando que sus camellos cagaran donde quisieran y sin producir nada en absoluto! ¿Cómo puedes...?

Valerie, la doncella, entró con perfecta sincronización con una gran sopera de caldo de pollo en una mesilla rodante. La puso junto a Blanche y empezó a servir.

—¿Qué haces, Valerie? —dijo Harry—. ¡Ahora no!

—Monsieur Rad —dijo Valerie, que era marsellesa y sabía cómo tratar a los hombres—, he estado con usted durante diez años. Y en todo ese tiempo, nunca he permitido que me dijera cuándo tengo que servir la sopa. ¿Por qué iría a empezar ahora?

Y siguió sirviendo con gran aplomo.

Cuando Harry se recuperó, Valerie ya estaba a mi lado.

—Ya que insistes en servir la sopa, Valerie —dijo—, querría que me dieras tu opinión sobre algo.

—Muy bien —contestó ella, frunciendo los labios y dándose la vuelta para servirle la sopa.

—¿Conoces bien a la señorita Velis?

—Muy bien —aceptó Valerie.

—¿Sabes que la señorita Velis acaba de informarme que está planeando ir a Argel para vivir entre los árabes? ¿Qué piensas de eso?

—Argelia es un país maravilloso —dijo Valerie acercándose a Lily—. Tengo un hermano que vive allí. Lo he visitado muchas veces. —Y me saludó con la cabeza desde el lado opuesto de la mesa—. Le gustará mucho.

Sirvió a Llewellyn y desapareció.

Permanecimos en silencio. Se escuchaba el ruido de cucharas golpeando el fondo de los boles. Finalmente, Harry dijo:

—¿Qué te parece la sopa?

—Es estupenda —contesté.

—Será mejor que sepas que en Argel no conseguirás una sopa como ésta.

Era su manera de admitir que había perdido. Se podía escuchar el alivio barriendo la mesa como un gran suspiro.

∞

La cena fue maravillosa. Harry había hecho souflés de patata con salsa de manzana casera que estaba un punto agria y sabía a naranjas. Había un enorme asado que se derrumbaba en sus jugos y podía cortarse con un tenedor. Y también un guiso de fideos que llamaba *kugel*, con la superficie tostada. Montones de verduras y cuatro clases diferentes de pan con crema agria. De postre comimos el mejor *strudel* que había probado, lleno de pasas y muy caliente.

Blanche, Llewellyn y Lily habían permanecido en un silencio desacostumbrado, manteniendo una especie de charla superficial sin demasiadas ganas. Por último, Harry se volvió hacia mí, volvió a llenar mi vaso de vino y dijo:

—¿Me llamarás si tienes problemas? Estoy preocupado por ti, querida, sin nadie a quien recurrir salvo unos árabes y esos *goyim* para los que trabajas.

—Gracias —dije—. Pero Harry, por favor, trata de comprender que voy a trabajar a un país civilizado. Quiero decir que no es como ir de excursión a la jungla...

—¿Qué quieres decir? —me interrumpió Harry—. Los árabes todavía cortan la mano a los ladrones. Además, ya ni siquiera los países civilizados son seguros. No dejo que Lily conduzca sola en Nueva York por miedo a que la asalten. ¿Supongo que te habrás enterado de que Saul nos dejó de pronto? ¡Ese ingrato!

Lily y yo nos miramos y apartamos la vista. Harry seguía.

—Lily sigue en ese maldito torneo de ajedrez y no tengo nadie que la lleve. Me enferma la idea de que va a estar sola por la calle... ahora que me he enterado de que hasta en el torneo murió un jugador.

—No seas ridículo —dijo Lily—. Es un torneo muy importante. Si gano podría jugar en los interzonales contra los mejores jugadores del mundo. Desde luego no voy a abandonar porque un viejo loco dejó que se lo cargaran...

—¿Que se lo cargaran? —preguntó Harry, y su mirada se fijó en mí antes de que tuviera tiempo de adoptar una expresión ingenua—.

— 243 —

¡Estupendo! ¡Maravilloso! Eso es justo lo que me preocupaba. Y mientras tanto, tú corres a la calle Cuarenta y seis cada cinco minutos para jugar al ajedrez con ese viejo estúpido y achacoso. ¿Cómo vas a encontrar marido así?

—¿Estás hablando de Mordecai? —pregunté a Harry.

Sobre la mesa cayó un silencio ensordecedor. Harry se había quedado de piedra. Llewellyn había cerrado los ojos y jugaba con su servilleta. Blanche miraba a Harry con una sonrisilla desagradable. Lily contemplaba fijamente su plato y daba golpecitos en la mesa con la cuchara.

—¿He dicho algo malo? —pregunté.

—No es nada —masculló Harry—. No te preocupes.

Pero no agregó nada más.

—Está bien, querida —dijo Blanche con dulzura forzada—. Es algo de lo que no hablamos con frecuencia, eso es todo. Mordecai es el padre de Harry. Lily lo quiere mucho. Él la enseñó a jugar al ajedrez cuando era pequeña. Creo que lo hizo sólo para fastidiarme.

—Eso es ridículo, madre —dijo Lily—. Yo le pedí que me enseñara. Y tú lo sabes.

—Apenas te habíamos sacado los pañales —dijo Blanche, sin dejar de mirarme—. En mi opinión, es un viejo horrible. No ha estado en este apartamento desde que Harry y yo nos casamos hace veinticinco años. Me sorprende que Lily te lo haya presentado.

—Es mi abuelo —dijo Lily.

—Podrías habérmelo dicho antes —intervino Harry.

Parecía sentirse tan herido que durante un instante pensé que iba a ponerse a llorar. Aquellos ojos de San Bernardo nunca habían sido tan lánguidos.

—Lo siento muchísimo —dije—. Ha sido culpa mía...

—No ha sido culpa tuya —dijo Lily—. Así que cállate. El problema aquí es que nadie ha comprendido nunca que yo quiero jugar al ajedrez. No quiero ser actriz o casarme con un hombre rico. No quiero desplumar a otros como hace Llewellyn...

Llewellyn alzó un instante la vista con una mirada asesina y regresó a la contemplación de la mesa.

—Quiero jugar al ajedrez y sólo Mordecai lo comprende.

—Cada vez que se menciona el nombre de ese hombre en esta casa —dijo Blanche con una voz que sonaba estridente por primera vez—, separa un poco más a esta familia.

—No veo por qué tengo que escurrirme al centro como un culpable —dijo Lily—, sólo para ver a mi...

—¿Cómo, escurrirte? —preguntó Harry—. ¿Alguna vez te he pedido que te escurrieras? Siempre que quisiste ir, te envié en el coche. Nadie ha dicho nunca que tuvieras que escurrirte a ninguna parte.

—Pero a lo mejor quería hacerlo —dijo Llewellyn, hablando por primera vez—. Tal vez nuestra querida Lily quería escurrirse con Cat para hablar del torneo al que asistieron juntas el domingo pasado, cuando mataron a Fiske. Al fin y al cabo, Mordecai es un antiguo socio del maestro Fiske. O, más bien, era.

Llewellyn sonreía como si acabara de encontrar el lugar donde clavar su daga. Me pregunté cómo había disparado tan cerca del blanco. Intenté una pequeña treta.

—No seas tonto. Todo el mundo sabe que Lily nunca va a los torneos...

—¿Por qué mentir? —dijo Lily—. Es probable que haya salido en los periódicos. Había suficientes periodistas dando vueltas por allí.

—¡Nunca me decís nada! —gimió Harry. Tenía la cara roja—. ¿Qué demonios está pasando aquí?

Nos miró malhumorado, a punto de estallar. Nunca lo había visto tan enfadado.

—El domingo Cat y yo fuimos al torneo. Fiske jugaba con un ruso. Fiske murió y Cat y yo nos fuimos. Eso es todo lo que pasó, así que no lo transformes en un melodrama.

—¿Quién hace un melodrama? —preguntó Harry—. Ahora que lo has explicado, estoy satisfecho. Sólo que hubieras podido satisfacerme un poco antes, nada más. Pero no irás a ningún otro torneo donde se carguen a la gente.

—Procuraré arreglarlo de modo que todos permanezcan vivos —dijo Lily.

—¿Y qué tenía que decir el brillante Mordecai de la muerte de Fiske? —preguntó Llewellyn, que no parecía dispuesto a que el tema decayera—. Seguro que tenía una opinión. Parece tener opiniones sobre todo.

Blanche puso una mano sobre el brazo de Llewellyn, como si ya fuera suficiente.

—Mordecai pensó que Fiske había sido asesinado —dijo Lily, apartando la silla de la mesa y poniéndose de pie. Dejó caer su servilleta—. ¿Alguien quiere pasar a la sala para beber un estomacal de arsénico?

Salió del comedor. Hubo un incómodo instante de silencio. Después Harry me dio una palmada en el hombro.

—Lo siento, querida. Es tu fiesta de despedida y aquí estamos, gritándonos como una manada de hienas. Ven, tomemos un coñac y hablemos de algo más alegre.

Acepté. Nos fuimos todos a la sala para tomar una última copa. Al cabo de unos minutos, Blanche se quejó de dolor de cabeza y se disculpó. Llewellyn me llevó aparte y dijo:

—¿Recuerdas mi pequeña proposición sobre Argelia?

Asentí.

—Ven un momento al estudio —agregó— y hablaremos del asunto.

Lo seguí por el pasillo oscuro hasta el estudio, que estaba decorado con suaves muebles rechonchos de color castaño y luces difusas. Llewellyn cerró la puerta.

—¿Estás dispuesta a hacerlo? —preguntó.

—Mira, sé que es importante para ti —le dije—. Y lo he pensado. Trataré de encontrar esas piezas de ajedrez, pero no voy a hacer nada ilegal.

—Si puedo enviarte un giro, ¿las comprarías? Quiero decir que podría ponerte en contacto con alguien que… las sacaría del país.

—De contrabando, quieres decir.

—¿Por qué ponerlo en esos términos? —dijo Llewellyn.

—Deja que te haga una pregunta, Llewellyn —dije—. Si tienes a alguien que sabe dónde están las piezas y tienes a alguien dispuesto a pagarlas y alguien más que va a sacarlas del país, ¿para qué me necesitas a mí?

Llewellyn permaneció un momento en silencio. Era evidente que meditaba una respuesta. Por último, dijo:

—¿Por qué no ser honestos? Ya lo hemos intentado. El dueño se niega a venderlas a mi gente. Se niega incluso a verlos.

—¿Y por qué ese hombre iría a tratar conmigo?

Llewellyn esbozó una sonrisa extraña. Después dijo, crípticamente:

—Es una mujer. Y tenemos razones para creer que sólo está dispuesta a tratar con otra mujer.

∞

No había sido muy claro, pero me pareció mejor no insistir porque tenía motivos personales que podían escaparse sin querer en la conversación.

Cuando regresamos a la sala, Lily estaba sentada en el sofá con Carioca en el regazo. Harry estaba de pie junto a la espantosa cómoda lacada, hablando por teléfono. Aunque me daba la espalda, la rigidez de su actitud me dio a entender que algo andaba mal. Lancé una mirada a Lily, que meneó la cabeza. Cuando vio a Llewellyn, Carioca levantó las orejas y un gruñido sacudió su cuerpo esponjoso. Llewellyn se excusó a toda prisa, dándome un beso en la mejilla, y se fue.

—Era la policía —dijo Harry, colgando el teléfono y volviéndose hacia mí con una expresión desolada. Tenía los hombros caídos y parecía a punto de echarse a llorar—. Han sacado un cuerpo del East River. Quieren que vaya a la morgue a identificarlo. El muerto… —dijo ahogándose— tenía el billetero de Saul y la licencia de chófer en el bolsillo. Tengo que ir.

Me puse verde. Así que Mordecai tenía razón. Alguien estaba intentando encubrir las cosas, ¿pero cómo había terminado el cuerpo de Saul en el East River? Temía mirar a Lily. Ninguna de las dos dijo nada, pero Harry no pareció notarlo.

—¿Sabes? —estaba diciendo—, el domingo por la noche supe que algo iba mal. Cuando Saul regresó, se encerró en su habitación negándose a hablar con nadie. No salió para cenar. ¿Crees que puede haberse suicidado? Debí insistir en hablar con él… me culpo por esto.

—No sabes con certeza que sea Saul al que han encontrado —dijo Lily. Me lanzó una mirada suplicante, pero yo no sabía si me pedía que dijera la verdad o que mantuviera la boca cerrada. Me sentía fatal.

—¿Quieres que vaya contigo? —sugerí.

—No, querida —dijo Harry, lanzando un suspiro—. Esperemos que Lily tenga razón y haya habido un error. Pero si es Saul, tendré que quedarme un rato allí. Querría reclamar el… querría arreglarlo con una funeraria.

Harry se despidió con un beso, disculpándose otra vez por la tristeza de la velada y finalmente se fue.

—Dios, me siento muy mal —dijo Lily cuando se hubo ido—. Harry quería a Saul como a un hijo.

—Creo que deberíamos decirle la verdad —dije.

—¡No seas tan noble! —dijo Lily—. ¿Cómo demonios vamos a explicar que hace dos días viste el cadáver de Saul y olvidaste mencionarlo durante la cena? Recuerda lo que dijo Mordecai.

—Mordecai parecía tener algún presentimiento de que alguien estaba encubriendo estos asesinatos —le dije—. Creo que debería hablar con él.

Le pedí a Lily el número de teléfono de su abuelo. Dejó caer a Carioca en mi regazo y fue hacia la cómoda para coger papel. Carioca me lamió la mano. La sequé.

—¿No te parece increíble la mierda que mete Lulu en esta casa? —dijo Lily refiriéndose a la cómoda rojo y oro. Lily siempre llamaba Lulu a Llewellyn cuando estaba enfadada—. Los cajones se atascan y estos espantosos tiradores de bronce son demasiado.

Apuntó el número de Mordecai en un trozo de papel y me lo dio.

—¿Cuándo te vas? —preguntó.

—¿A Argel? El sábado. Pero dudo que tengamos mucho tiempo para hablar antes de entonces.

Me puse de pie y le arrojé a Carioca. Ella lo levantó y frotó su nariz contra la suya mientras el animal se debatía tratando de escapar.

—De todos modos, no podré verte antes del sábado. Estaré encerrada con Mordecai jugando al ajedrez hasta que recomience el torneo, la semana próxima. ¿Pero cómo haremos para comunicarnos contigo si tenemos noticias sobre la muerte de Fiske o... la de Saul?

—No sé cuál será mi dirección. Creo que deberías telegrafiar a mi oficina de aquí y ellos me enviarán el correo.

Lo arreglamos así. Bajé y el portero me consiguió un taxi. Mientras el coche atravesaba la noche oscura y hostil, traté de repasar todo lo que había sucedido hasta ese momento, para extraerle algún sentido. Pero mi cabeza era como un ovillo enredado y sentía en el estómago pequeños nudos de miedo. Llegué a la puerta de mi edificio en la serena desesperación del pánico absoluto.

Le dejé algún dinero al conductor, entré deprisa al edificio y al vestíbulo. Frenética, apreté el botón del ascensor. De pronto sentí un golpecito en el hombro. Casi salto hasta el techo.

Era el conserje, con mi correspondencia en la mano.

—Lamento haberla sobresaltado, señorita Velis —se excusó—. No quería olvidar su correspondencia. Tengo entendido que este fin de semana nos deja.

—Sí, he dado al gerente la dirección de mi oficina. A partir del viernes, pueden enviarme el correo allí.

—Muy bien —dijo, y me dio las buenas noches.

No fui directamente a mi apartamento, sino al terrado. Nadie, aparte de los residentes, conocía la existencia de la contrapuerta que conducía al amplio espacio embaldosado de la terraza desde la cual se dominaba todo Manhattan. Allá, a mis pies, tan lejos como alcanzaba mi vista, brillaban las luces resplandecientes de la ciudad que estaba a punto de abandonar. El aire era limpio y fresco. Veía el Empire State y el Edificio Chrysler burbujeando en la distancia.

Me quedé allí arriba unos diez minutos, hasta que sentí que controlaba el estómago y los nervios. Después, volví a bajar a mi planta.

El cabello que había dejado pegado en la puerta estaba intacto, de modo que nadie había entrado. Pero cuando terminé de abrir todos los cerrojos y entré en el recibidor, supe que algo andaba mal. Todavía no había encendido las luces, pero una luz débil brillaba en la habitación principal, al final del pasillo. Nunca dejaba luces encendidas cuando salía.

Di la luz del recibidor, hice una inspiración profunda y atravesé lentamente el pasillo. En el otro extremo de la habitación, sobre el piano, había una pequeña lámpara cónica que usaba para leer partituras. La habían colocado de modo que brillara sobre el espejo adornado que había encima del piano. Incluso a una distancia de veinticinco pasos, veía qué era lo iluminado. Contra el espejo había una nota.

Atravesé la habitación como una sonámbula, abriéndome paso a través de la jungla. No dejaba de pensar en que oía susurros detrás de los árboles. La lucecilla resplandecía como una baliza que me atraía hacia el espejo. Rodeé el piano y me detuve delante de la nota. Mientras la leía, sentía un estremecimiento ya familiar en la columna vertebral.

La he advertido pero
veo que no quiere escucharme. Cuando se encuentre
en peligro, no meta la cabeza en la arena. En
Argel hay mucha arena.

Me quedé allí un largo rato, mirando la nota. Aun cuando el pequeño caballo que la firmaba no me hubiera sugerido nada, reconocía la letra. Era la de Solarin. ¿Pero cómo había entrado en mi apartamento dejando la trampa intacta? ¿Acaso podía escalar un muro de once plantas y entrar por la ventana?

Me exprimí el cerebro tratando de encontrar sentido a todo aquello. ¿Qué quería de mí Solarin? ¿Por qué estaba dispuesto a correr el riesgo de entrar en mi apartamento sólo para comunicarse conmigo? Dos veces se había tomado el trabajo de hablarme, de advertirme, y las dos veces lo había hecho poco antes de que alguien muriera. ¿Pero qué tenía que ver conmigo? Además, si estaba en peligro, ¿qué esperaba que hiciera al respecto?

Regresé por el pasillo y volví a correr el cerrojo de mi puerta, poniendo la cadena. Después revisé el apartamento, mirando detrás de las plantas, en los armarios y en la despensa, para asegurarme de que estaba sola. Dejé caer la correspondencia al suelo, bajé la cama plegable y me senté en el borde para sacarme los zapatos y las medias. Entonces me di cuenta.

La nota estaba en el otro extremo de la habitación, resplandeciendo bajo el suave haz de luz de la lámpara. Pero la lámpara no enfocaba exactamente su centro. Brillaba sólo sobre un lado. Volví a levantarme, con las medias en la mano, y volví a mirarla. La luz enfocaba un lado de la nota —el izquierdo—, de modo que sólo iluminaba la primera palabra de cada línea. Y esas primeras palabras formaban otra frase: «La veo en Argel».

∞

A las dos de la madrugada estaba echada en la cama contemplando el techo. No podía cerrar los ojos. Mi cerebro seguía funcionando, como un ordenador. Había algo incorrecto, algo que faltaba. Las piezas del rompecabezas eran muchas y al parecer no lograba reunirlas. Sin embargo, estaba segura de que de alguna manera encajarían. Me puse a repasarlo por milésima vez.

La pitonisa me había advertido de que estaba en peligro. Solarin también. La pitonisa había dejado un mensaje en su profecía. Solarin había dejado otro oculto en su nota. ¿Estarían ambos relacionados de alguna forma?

Había algo a lo que no le había prestado atención porque no tenía sentido. El mensaje en código de la adivinadora decía *J'adoube CV*. Como observara Nim, al parecer quería contactar conmigo. Pero si era así, ¿por qué no había vuelto a saber de ella? Habían pasado tres meses y había desaparecido del mapa.

Me arrastré fuera de la cama y volví a encender las luces. Ya que no podía dormir, al menos podía intentar descifrar el maldito enigma. Fui hasta el armario y revolví hasta encontrar la servilleta de cóctel y el papel plegado en que Nim había escrito el poema en versos yámbicos. Fui a la alacena y me serví una copa de brandy. Después me dejé caer al suelo, sobre un montón de cojines.

Sacando un lápiz de un cubilete, empecé a contar las letras y a rodearlas con círculos, como me había enseñado Nim. Si la maldita mujer estaba tan ansiosa por comunicarse conmigo, tal vez ya lo había hecho. Tal vez en la profecía hubiera escondido algo más. Algo que no había visto antes.

Ya que la primera letra de cada línea había producido un mensaje, intenté con la última. Pero por desgracia salía algo incomprensible.

No me pareció significativo, de modo que lo intenté con las primeras letras de las segundas palabras de cada línea, después las terceras, etcétera. Sin resultado. Intenté la primera letra de la primera frase, la segunda, de la segunda y tampoco conseguí nada. No funcionaba. Tomé un trago de brandy y seguí intentándolo durante una hora.

Eran casi las tres y media de la mañana cuando se me ocurrió intentarlo con pares e impares. Tomando las letras impares de cada frase, conseguí algo por fin. La primera letra de la primera frase, la tercera letra de la siguiente, después la quinta, la séptima, y conseguí «JEREMÍAS-H». No sólo era una palabra sino un nombre. Me arrastré por la habitación, registrando montones de libros, hasta que encontré una vieja y enmohecida Biblia Gedeón. Revisé el índice hasta que encontré Jeremías, el libro veinticuatro del Antiguo Testamento. Pero mi mensaje decía «Jeremías-H». ¿Para qué era la H? Lo pensé un momento hasta que comprendí que en el alfabeto internacional la «H» es la octava letra. ¿Y con eso?

Después observé que la octava frase del poema decía: «Como tú bien sabes, busca del treinta y tres y del tres el beneficio.» Estaba dispuesta a jurar que parecía referirse a capítulo y versículo.

Busqué Jeremías 33:3. ¡Bingo!

«Acude a mí y te responderé, y
te mostraré cosas grandes y poderosas que
no conoces.»

De modo que tenía razón. Había otro mensaje escondido en la profecía. El único problema era que, tal como estaban las cosas, este mensaje era inútil. Si la vieja bribona había querido mostrarme cosas que eran grandes y poderosas, entonces ¿dónde demonios estaban esas cosas? Yo no lo sabía.

Era estimulante descubrir que una persona que nunca había logrado terminar las palabras cruzadas del *New York Times* servía para decodificar profecías escritas en una servilleta de cóctel. Por otro lado, me sentía bastante frustrada. Si bien cada capa que descubría parecía tener significado, en el sentido de que era inglés y contenía un mensaje, los mensajes en sí mismos no parecían llevar a ninguna parte. Excepto a otros mensajes.

Suspiré, miré el maldito poema, me bebí el resto de brandy y decidí empezar de nuevo. Fuera lo que fuese, tenía que estar escondido en el poema. Era el único lugar donde podía estar.

Cuando en mi cabeza confusa apareció la idea de que quizá tuviera que dejar de buscar letras, eran las cinco de la mañana. Tal vez el mensaje estuviera expresado en palabras, como en el caso de la nota de Solarin. Y en el momento en que se me ocurrió la idea —quizá con la ayuda del tercer vaso de brandy—, mi mirada se posó en la primera frase de la profecía.

«Juego hay en estas líneas que componen un indicio...»

Cuando la pitonisa había dicho esas palabras, estaba mirando las líneas de mi mano. ¿Pero qué pasaba si las líneas del propio poema componían la clave del mensaje?

Cogí el texto para darle un último repaso. ¿Dónde estaba el indicio? A esas alturas ya había decidido tomar esas claves crípticas en su sentido literal. Ella había dicho que las propias líneas formaban una clave, de la misma manera en que el patrón de la rima, al sumarse, había producido 666, el número de la Bestia.

Es absurdo decir que tuve una intuición repentina cuando hacía cinco horas que estudiaba la maldita nota, pero así lo sentí. Con una certeza que desmentían mi falta de sueño y la proporción de alcohol en sangre, supe que había encontrado la respuesta.

El patrón rítmico del poema no sólo sumaba 666. Era la clave del mensaje oculto. Para entonces mi copia del poema estaba tan garabateada que parecía un mapa de las interrelaciones galácticas del universo. Dando vuelta la página para escribir por detrás, copié el texto y el patrón rítmico. El modelo había sido 1-2-3, 2-3-1, 3-1-2. Elegí en cada frase la palabra que correspondía a ese número. El mensaje decía: JUEGO-ES-Y CUAL-UNA-BATALLA SEGUIRÁ-COMO-SIEMPRE.

Y con la inconmovible confianza que me proporcionaba mi estupor alcohólico, supe exactamente lo que significaba. ¿Acaso no me había dicho Solarin que estaban jugando una partida de ajedrez? Pero la adivina me había hecho su advertencia tres meses antes.

J'adoube. Te toco. Te ajusto, Catherine Velis. Ven a mí y te contestaré y te mostraré cosas grandes y poderosas que no conoces.

Porque se está desarrollando una batalla y tú eres un peón en el juego. Una pieza en el tablero de ajedrez de la vida.

Sonreí, estiré las piernas y busqué el teléfono. Aunque no podía comunicarme con Nim, sí podía dejar un mensaje en su ordenador. Nim era un maestro de la decodificación, tal vez la mayor autoridad mundial. Había dado conferencias y escrito libros sobre la materia, ¿no? No era sorprendente que me hubiera arrancado la nota de la mano cuando descubrí su patrón de versificación. Había comprendido enseguida que era una clave. Pero el mal nacido había esperado a que lo descubriera por mí misma. Marqué el número y dejé mi mensaje de despedida:

«Un peón avanza en dirección a Argel.»

Después, mientras el cielo se iluminaba, decidí acostarme. No quería seguir pensando y mi cerebro estaba de acuerdo conmigo. Estaba apartando con el pie la correspondencia que había dejado acumulada en el suelo, cuando vi un sobre sin sello ni dirección. Lo habían entregado a mano y no reconocí la letra compleja, ornamentada, en que estaba escrito mi nombre. Lo cogí y lo abrí. Dentro había una gran tarjeta gruesa. Me senté en la cama para leerla.

Mi querida Catherine:

    Disfruté de nuestro breve encuentro. No podré hablar con usted antes de su partida, porque yo mismo salgo de la ciudad por unas semanas.

    Basándome en nuestra charla, he decidido enviar a Lily a reunirse con usted en Argel. Dos cabezas son mejor que una cuando se trata de resolver acertijos. ¿No lo cree así?

    A propósito, olvidé preguntarle... ¿disfrutó de su encuentro con mi amiga la pitonisa? Le envía saludos: bienvenida al juego.

    Con mi afecto,

MORDECAI RAD

EL DESARROLLO

Una y otra vez encontramos en las antiguas li-
teraturas leyendas que hablan de juegos sabios y
misteriosos concebidos y jugados por eruditos,
monjes o los cortesanos de los príncipes cultiva-
dos. Podían tomar la forma de juegos de ajedrez
en los que las piezas y cuadrados tenían significa-
dos secretos, además de sus funciones habituales.

HERMAN HESSE
El juego de los abalorios

Juego el juego por el juego mismo.

SHERLOCK HOLMES

ARGEL   *Abril de 1973*

Era uno de esos crepúsculos azul lavanda en los que tiembla la
expectación de la primavera. El propio cielo parecía canturrear
mientras el avión describía círculos a través de la delgada bruma que
se elevaba desde las costas del Mediterráneo. Debajo de mí, estaba
Argel.
    La llamaban Al-Djezair Beida. La Isla Blanca. Parecía haber sur-
gido chorreando del mar como una ciudad de cuento de hadas, un
espejismo. Los siete picos de leyenda estaban atestados de edificios
blancos que caían unos sobre otros como el glaseado decorativo de
un pastel de bodas. Hasta los árboles tenían formas místicas, exóticas, y colores que no eran de este mundo.
    Ésa era la ciudad blanca que iluminaba el camino de entrada al
continente negro. Allá abajo, detrás de la fachada resplandeciente,
estaban las piezas dispersas del misterio por descubrir, por el cual
había atravesado medio mundo. Mientras mi avión descendía sobre
el agua, sentí que estaba a punto de aterrizar, no en Argel, sino en el
primer cuadrado: el cuadrado que me llevaría al corazón mismo del
juego.

                            ∞

El aeropuerto de Dar-el-Beida (El palacio blanco) está en el
borde mismo de Argel, y su corta pista llega hasta el Mediterráneo.
    Cuando bajamos del avión, una hilera de palmeras se balancea-
ban como largas plumas en la brisa fresca y musgosa ante el chato
edificio de dos plantas. El aire estaba lleno del perfume del jazmín de
floración nocturna. A lo largo de la parte frontal del bajo edificio de
vidrio, habían colocado una pancarta escrita a mano: aquellos rizos,

puntos y rayas que parecían pinturas japonesas, fueron mi primer encuentro con el árabe clásico. Debajo de las letras esculpidas, las palabras impresas traducían: *Bienvenue en Algérie.*

Habían amontonado el equipaje sobre el pavimento para que pudiéramos encontrar nuestras maletas. Un maletero puso la mía en un carrito metálico mientras yo seguía al grupo de pasajeros al interior del aeropuerto. Al incorporarme a la cola ante Inmigración, pensé en lo lejos que había llegado desde aquella noche, hacía apenas una semana, en la que había renunciado a dormir hasta descifrar la profecía de la pitonisa. Y había cubierto esa distancia sola.

No por elección. Aquella primera mañana, después de descifrar el poema, había intentado frenéticamente ponerme en comunicación con cualquiera de entre mi abigarrada colección de amigos, pero parecía haber una conspiración de silencio. Cuando llamé al apartamento de Harry, Valerie, la doncella, me dijo que Lily y Mordecai estaban encerrados en alguna parte estudiando los misterios del ajedrez. Harry había salido de la ciudad para llevar el cuerpo de Saul a unos parientes lejanos que había localizado en Ohio u Oklahoma... en algún lugar del interior. Aprovechando la ausencia de Harry, Llewellyn y Blanche habían partido hacia Londres en un viaje de compra de antigüedades.

Nim seguía enclaustrado, por decirlo así, y no contestaba ninguno de mis mensajes urgentes. Pero el sábado por la mañana, mientras yo luchaba con los de la mudanza, que hacían lo posible por envolver la basura con papel de regalo, apareció Boswell ante mi puerta, llevando en la mano una caja «de parte del encantador caballero que estuvo aquí el otro día».

La caja estaba llena de libros y había una nota que ponía: «Reza en busca de guía y lávate detrás de las orejas», firmado «Las Hermanas de la Misericordia». Metí los libros en mi bolso de mano y los olvidé. ¿Cómo podía saber que esos libros que descansaban en mi bolso como una bomba de relojería tendrían una influencia tan grande en lo que pronto sucedería? Pero Nim lo sabía. Tal vez siempre lo había sabido. Incluso antes de poner sus manos en mis hombros y decir *j'adoube.*

Entre la mezcla ecléctica de viejos y mohosos libros de bolsillo estaba *La leyenda de Carlomagno*, así como libros sobre ajedrez, cuadrados mágicos e investigaciones matemáticas de todos los sabores y variedades posibles. También había un aburrido libro sobre proyección de mercado titulado *Los números Fibonacci*, escrito, quién lo iba a decir, por el doctor Ladislaus Nim.

Es difícil afirmar que me volví una experta en ajedrez durante el vuelo de seis horas entre Nueva York y París, pero aprendí mucho sobre el ajedrez de Montglane y el papel que había desempeñado en el derrumbe del imperio de Carlomagno. Aunque jamás se mencionaba por su nombre, este juego de ajedrez estaba mezclado en las muertes de no menos de media docena de reyes, príncipes y cortesanos diversos, todos con la cabeza aplastada con las piezas de oro macizo. Algunos de estos crímenes iniciaron guerras, y al morir Carlomagno, sus propios hijos destruyeron el imperio franco en su lucha por lograr la posesión del misterioso juego de ajedrez. Allí, Nim había escrito una nota al margen: «Ajedrez, el más peligroso de los juegos.»

La semana anterior había estado aprendiendo algo de ajedrez por mi cuenta, incluso antes de leer los libros que él me envió; en todo caso, lo bastante como para conocer la diferencia entre táctica y estrategia. La táctica eran los movimientos a corto plazo que permitían tomar una posición. Pero la estrategia era la forma en que se ganaba el juego. Para cuando llegué a París, esta información me serviría de mucho.

Cruzar el Atlántico no había eliminado nada de la pátina de traición y corrupción largamente probadas de la sociedad Fulbright Cone. Tal vez hubiera cambiado el lenguaje del juego que jugaban, pero los movimientos seguían siendo los mismos. Cuando llegué a la oficina de París, me anunciaron que tal vez el negocio quedara en nada. Al parecer, no habían conseguido obtener un contrato firmado por los chicos de la OPEP.

Según dijeron, los habían tenido días esperando en diversos ministerios de Argel, yendo y viniendo de París con grandes gastos y regresando siempre con las manos vacías.

Ahora Jean Philippe Petard, el socio principal en persona, planeaba ocuparse del asunto. Advirtiéndome de que no hiciera nada hasta que él llegara a Argel el fin de semana, Petard me aseguró que la sucursal francesa seguramente me encontraría algo que hacer cuando las cosas hubieran vuelto a su cauce. Su tono parecía insinuar un poco de mecanografía, limpieza de suelos y ventanas y tal vez el repaso de algunos baños. Pero yo tenía otros planes.

Tal vez la sucursal francesa no tuviera un contrato firmado con el cliente, pero yo tenía un billete de avión a Argel y una semana allí sin supervisión inmediata.

Mientras salía de la oficina de Fulbright Cone en París y paraba un taxi, decidí que Nim había tenido razón sobre la necesidad de afinar mis instintos asesinos. Había estado demasiado tiempo usando tácticas para maniobras inmediatas y no lograba distinguir entre las piezas y el tablero. ¿Habría llegado el momento de sacar aquellas piezas que me dificultaban la visión?

∞

Había estado en la cola de Inmigración en Dar-el-Beida casi media hora antes de que me llegara el turno. Nos arrastramos como hormigas por los angostos pasillos flanqueados por vallas de metal hasta llegar al control de pasaportes.

Por fin estuve frente al compartimento de vidrio. El oficial estudiaba mi visado argelino, con su pequeña etiqueta roja oficial y la enorme firma que cubría casi la página azul. Lo observó bastante tiempo antes de echarme una mirada que tenía una expresión extraña.

—Viaja sola —dijo en francés. No era una pregunta—. Tiene un visado de *affaires*, mademoiselle. ¿Y para quién trabaja? (*Affaires* quería decir negocios. ¡Muy propio de los franceses matar dos pájaros de un solo tiro!)

—Para la OPEP —empecé a explicar en mi mal francés. Pero antes de que pudiera continuar, puso a toda prisa un sello que decía «Dar-el-Beida» sobre mi visado. Hizo un movimiento de cabeza a un portero que había estado remoloneando contra la pared. El portero se acercó mientras el oficial de Inmigración revisaba por encima el resto del visado y me deslizaba el formulario de declaración de aduanas.

—OPEP —dijo el oficial—. Muy bien. Por favor, ponga en este formulario cualquier objeto de oro o dinero que traiga…

Mientras llenaba el formulario, observé que murmuraba algo al portero, señalándome con la cabeza. El otro me miró, asintió y se alejó.

—¿Y su lugar de residencia durante su estancia? —preguntó el oficial mientras yo le devolvía mi declaración completa por debajo del tabique de vidrio.

—Hotel El Riadh —contesté. El portero había ido a la parte de atrás de los pasillos de Inmigración y, después de mirar una vez por encima de su hombro, golpeaba ahora la puerta de vidrio ahumado de la oficina solitaria que había en la pared trasera. Se abrió la puerta y salió un hombre fornido. Ahora, ambos me miraban. No era mi imaginación. Y el tipo llevaba un arma apoyada en la cadera.

—Sus papeles están en orden —me dijo tranquilamente el oficial de Inmigración—. Ahora puede dirigirse a la Aduana.

Murmuré una frase de agradecimiento, cogí mis papeles y atravesé el pasillo angosto hacia un cartel que ponía «Douanier». Desde lejos vi mi equipaje dispuesto en una cinta transportadora inmóvil. Pero justo cuando me encaminaba hacia allí, se me acercó el portero que había estado mirándome.

—*Pardon, mademoiselle* —dijo con una voz suave y cortés que nadie más podía oír—. ¿Quiere acompañarme? —E hizo un gesto hacia la puerta de vidrio ahumado de la oficina. El hombre fornido seguía allí de pie, acariciando el arma que colgaba de su cintura. Se me vino el corazón a la boca.

—¡Por supuesto que no! —dije en voz alta y en inglés. Me volví hacia mi equipaje y traté de ignorarlo.

—Me temo que debo insistir —dijo el portero poniendo una mano firme sobre mi brazo. Traté de recordarme que era conocida en los ambientes de negocios por tener nervios de acero. Pero sentía que me invadía el pánico.

—No comprendo cuál es el problema —dije, esta vez en francés, mientras le apartaba la mano.

—*Pas de problème* —dijo con tranquilidad, sin apartar sus ojos de los míos—. *El chef du sécurité* querría hacerle unas preguntas, eso es todo. El procedimiento sólo llevará unos minutos. Sus maletas están seguras. Yo mismo las vigilaré.

No era mi equipaje lo que me preocupaba. Me sentía reacia a abandonar el suelo resplandeciente de la Aduana para entrar en un despacho sin identificación vigilado por un hombre armado. Pero al parecer no tenía elección. Me escoltó hasta la oficina y el pistolero se hizo a un lado para dejarme entrar.

Era un cuarto diminuto, apenas lo bastante grande como para contener el escritorio de metal y dos sillas. Cuando entré, el hombre que estaba detrás del escritorio se puso de pie para saludarme.

Tenía unos treinta y cinco años y era musculoso, bronceado y guapo. Se movía como un gato en torno al escritorio y los músculos se destacaban contra las líneas enjutas de su impecable traje oscuro. Hubiera podido pasar por un gigoló italiano o una estrella de cine francés con el espeso cabello negro peinado hacia atrás, la piel aceitunada, la nariz recta y la boca bien dibujada.

—Eso es todo, Achmet —dijo con voz sedosa al matón armado que seguía detrás de mí, sosteniendo la puerta. Achmet se retiró, cerrándola con suavidad.

—Mademoiselle Velis, supongo —dijo mi anfitrión, indicándome con un gesto el asiento opuesto al suyo—. La estaba esperando.

—¿Cómo dice? —pregunté, sin sentarme y mirándolo de frente.

—Lo siento, no es mi intención ser misterioso —y sonrió—. Mi oficina revisa todos los visados a punto de concederse. No hay muchas mujeres que soliciten visados comerciales; en realidad, tal vez sea usted la primera. Debo confesar que sentía curiosidad por conocer a una mujer así...

—Bueno, ahora que ha satisfecho su curiosidad... —dije, volviéndome hacia la puerta.

—Mi querida señorita —dijo, anticipándose a mi intento de huida—, por favor, siéntese. No soy un ogro, ni voy a comérmela. Soy el *chef de sécurité*. Me llaman Sharrif. —Y me mostró sus blancos dientes en una sonrisa arrebatadora mientras yo me sentaba con renuencia en la silla que me había ofrecido tres veces—. ¿Puedo decir que su conjunto de safari me parece muy apropiado? No sólo es elegante sino también muy adecuado para un país con tres mil kilómetros de desierto. ¿Piensa visitar el Sáhara durante su estancia, mademoiselle? —agregó de manera fortuita mientras se sentaba detrás del escritorio.

—Iré a donde me envíe mi cliente —le dije.

—Ah, sí, su cliente —repitió el resbaladizo personaje—. El doctor Kader, Emile Kamel Kader, el ministro del petróleo. Un viejo amigo. Debe transmitirle mis saludos más afectuosos. Recuerdo que fue él quien avaló su visado. ¿Puedo ver su pasaporte, por favor?

Ya había extendido la mano y tuve la rápida visión de un gemelo de oro que debió retener en Aduanas. No hay muchos funcionarios de aeropuerto que ganen tanta pasta como para eso.

—Es una simple formalidad. En cada vuelo, elegimos a una persona al azar para hacer un registro más minucioso que el que se realiza en aduanas. Puede no volver a sucederle en veinte viajes o en cien...

—En mi país —dije—, sólo se hace pasar a las oficinas privadas de los aeropuertos a la gente sospechosa de contrabando.

Estaba haciendo una apuesta fuerte y lo sabía. Pero no me dejaba engañar por el relumbrón de su historia camaleónica, sus gemelos de oro o sus dientes de estrella de cine. De todo el avión yo era la única persona a quien habían llamado y registrado. Y había visto las caras de los funcionarios mientras cuchicheaban y me miraban desde lejos. Iban a por mí. Y no sólo porque en un país musulmán sintieran curiosidad por una mujer de negocios.

—Ah —dijo—, ¿teme que crea que es usted contrabandista? ¡Por desgracia para mí, la ley del estado establece que sólo las funcionarias pueden registrar a una dama! No, sólo deseo ver su pasaporte... al menos por ahora.

Lo examinó con gran interés.

—Nunca habría adivinado su edad. No parece tener más de dieciocho años y sin embargo veo que acaba de cumplir... veinticuatro. ¡Qué interesante! ¿Sabía que el día de su cumpleaños, cuatro de abril, es una fiesta islámica?

En ese momento, recordé las palabras de la pitonisa, cuando me dijo que no mencionara mi cumpleaños. Yo había olvidado cosas tales como pasaportes y permisos de conducir.

—Espero no haberla alarmado —agregó, mirándome de manera extraña.

—En absoluto —contesté con indiferencia—. Y ahora, si ha terminado...

—Tal vez le interese saber más —continuó, suave como un gato, mientras se estiraba y cogía mi bolso de mano. Sin duda era otra formalidad pero yo empezaba a sentirme muy incómoda. «*Estás en peligro* —decía una voz dentro de mí—. *No confíes en nadie, mira siempre por encima del hombro, porque está escrito: El cuarto día del cuarto mes vendrá el ocho.*»

—Cuatro de abril —murmuraba para sí Sharrif mientras sacaba un pintalabios, un peine y un cepillo del bolso y los ponía con cuidado sobre el escritorio, como las pruebas etiquetadas en un juicio por asesinato—. En Al-Islam, lo llamamos el Día de Curación. Tenemos dos maneras de contar el tiempo: el año islámico, que es un año lunar, y el año solar, que empieza el 21 de marzo del calendario occidental. Cada uno de ellos tiene muchas tradiciones. Cuando empieza el año solar —siguió, sacando libretas, plumas y lápices de mi bolso y ordenándolos en hileras—, Mahoma nos dice que debemos recitar el Corán diez veces diarias durante la primera semana. En la segunda semana, tenemos que levantarnos cada día, echar nuestro aliento sobre un bol de agua y beber de esa misma agua, durante siete días. Entonces, en el octavo día —y Sharrif me miró súbitamente, como si esperara encontrarme con los dedos en la nariz. Sonrió y yo le devolví la sonrisa—, es decir, en el octavo día de la segunda semana de este mes mágico, cuando todos los rituales se hayan cumplido, la persona quedará curada, fueran cuales fuesen sus enfermedades. Esto sería el cuatro de abril. Se cree que las personas que han nacido ese día tienen grandes poderes para curar a otros… casi como si… pero, naturalmente, como occidental es dudoso que puedan interesarle estas supersticiones.

¿Era mi imaginación o me vigilaba como un gato al ratón? Yo estaba controlando la expresión de mi cara cuando lanzó una exclamación que me sobresaltó.

—¡Ah! —dijo, y con un giro de la muñeca arrojó algo sobre la mesa, frente a mí—. ¡Veo que le interesa el ajedrez!

Era el pequeño ajedrez magnético de Lily, que había quedado olvidado en un rincón de mi bolso. Y Sharrif iba sacando los libros y ordenándolos en una pila sobre el escritorio mientras leía cuidadosamente los títulos.

—Juegos matemáticos de ajedrez… ¡ah! *¡Los números Fibonacci!* —exclamó, con esa sonrisa que me hacía sentir que tenía algo contra mí. Señalaba el aburrido libro de Nim—. ¿De modo que le interesan las matemáticas? —preguntó, mirándome con intención.

—No mucho —dije, poniéndome en pie y tratando de volver a guardar mis pertenencias en la bolsa mientras Sharrif me las alcanzaba. Era difícil imaginar cómo una chica delgada podía arrastrar por medio mundo tanta basura inservible. Pero allí estaba.

—¿Qué sabe exactamente sobre los números Fibonacci? —preguntó mientras yo seguía llenando el bolso.

—Se usan para proyecciones de mercado —murmuré—. Los teóricos de la Eliott Wave proyectan mercados con ellos… es una teoría desarrollada por un tipo llamado R. N. Eliott en los treinta…

—¿Entonces no conoce al autor? —me interrumpió Sharrif. Sentí que me ponía enferma mientras lo miraba, con la mano petrificada sobre el libro.

—Me refiero a Leonardo Fibonacci —agregó Sharrif, mirándome con seriedad—. Un italiano nacido en Pisa en el siglo doce, pero educado aquí, en Argel. Era un brillante erudito de las matemáticas de aquel moro famoso, Al-Kwarizmi, que ha dado su nombre al algoritmo. Fibonacci introdujo en Europa la numeración arábiga, que reemplazó a los viejos números romanos…

Maldición. Debí haber comprendido que Nim no iba a darme un libro sólo para que me entretuviera, aun cuando lo hubiera escrito él mismo. Ahora hubiera deseado saber de qué se trataba antes de que Sharrif iniciara su pequeño interrogatorio. En mi cabeza se encendía una luz de alarma pero no conseguía leer lo que transmitía en Morse.

¿Acaso no me había instado Nim a aprender cosas sobre los cuadrados mágicos? ¿Solarin no había inventado una fórmula para el recorrido del caballo? ¿Las profecías de la adivina no estaban compuestas en números? ¿Por qué era tan obtusa que no sabía sumar dos más dos?

Recordé que había sido un moro quien regalara el ajedrez de Montglane a Carlomagno. No era un genio matemático pero había estado trabajando con ordenadores lo bastante como para saber que los moros habían introducido en Europa prácticamente todos los descubrimientos matemáticos importantes desde que conquistaron Sevilla en el siglo octavo. Era evidente que la búsqueda de este fabuloso juego de ajedrez tenía algo que ver con las matemáticas, ¿pero qué? Sharrif me había dicho más de lo que yo le había dicho a él, pero no conseguía ordenar los datos. Sacando de entre sus dedos el último libro, lo deposité en mi bolso.

—Como estará un año en Argel —dijo él—, tal vez podamos jugar una partida en alguna ocasión. Yo mismo fui aspirante al título persa en categoría júnior…

—Tal vez le interese aprender una expresión occidental —dije por encima del hombro mientras me dirigía hacia la puerta—. No nos llame… ya lo llamaremos nosotros.

Abrí la puerta. Achmet, el matón, me lanzó una mirada sorprendida y después miró a Sharrif, que estaba apenas poniéndose de pie. Cerré la puerta a mis espaldas y el vidrio tembló. No miré hacia atrás.

Me dirigí a toda prisa hacia la Aduana. Al abrir mis maletas delante del aduanero, comprendí por su indiferencia y el ligero desorden del contenido, que las había visto antes. Las cerró y las marcó con tiza.

Para entonces, el resto del aeropuerto estaba casi desierto, pero por suerte la oficina de cambio seguía abierta. Después de cambiar algún dinero, llamé a un maletero y salí en busca de un taxi. Volví a sentir la pesadez del aire balsámico. El oscuro aroma del jazmín lo invadía todo.

—Al Hotel El Riadh —dije al conductor mientras subía de un salto, y partimos por el bulevar de color ambarino que llevaba a Argel.

El rostro del chófer, viejo y nudoso como madera roja, me miró inquisitivamente por el espejo retrovisor.

—¿Ha estado antes en Argel, madame? —preguntó—. Si no, puedo ofrecerle un breve recorrido de la ciudad por cien dinares. Incluido el viaje a El Riadh, por supuesto.

El Riadh estaba a más de treinta kilómetros, al otro lado de Argel, y cien dinares eran sólo veinticinco dólares, de modo que acepté. Cruzar el centro de Manhattan en hora punta podía salir más caro.

Íbamos por el bulevar principal. A un lado había una majestuosa hilera de gordas palmeras datileras. Al otro, los edificios que miraban hacia el puerto de Argel estaban protegidos por altas arcadas coloniales. Podía olerse el sabor salado y húmedo del mar.

En medio del puerto, frente al elegante Hotel Aletti, nos desviamos por una avenida empinada que ascendía la colina. A medida que la calle se elevaba, los edificios parecían agrandarse y cerrarse a nuestro alrededor al mismo tiempo. Eran estructuras coloniales imponentes, pintadas a la cal, de antes de la guerra, suspendidas en la oscuridad como fantasmas que susurraran por encima de nuestras cabezas. Estaban tan cerca unas de otras que nos impedían la visión de la noche estrellada.

Ahora el aire era oscuro y silencioso. Unas escasas farolas callejeras proyectaban las sombras de árboles retorcidos en las paredes blancas a medida que el camino se hacía cada vez más estrecho y empinado, dirigiéndose tortuosamente hacia el corazón de Al-Djezair. La Isla.

A mitad del camino de ascenso, la calzada se ensanchaba un poco y se achataba para formar una plaza circular con una fuente decorada en el medio, que parecía marcar el punto central de esa ciudad vertical. Al doblar la curva, pude ver la masa retorcida de calles que formaban la parte superior de la ciudad. Al girar, los faros de un coche que venía detrás de nosotros giraron también, mientras los rayos débiles de mi taxi penetraban la sofocante oscuridad de lo alto.

—Alguien nos sigue —dije al conductor.

—Sí, madame. —Y me miró por el espejo retrovisor, con una sonrisa nerviosa. Sus dientes frontales, de oro, resplandecieron un instante en el reflejo de los faros que nos seguían—. Han estado siguiéndonos desde el aeropuerto. ¿Tal vez es usted una espía?

—No sea ridículo.

—Verá, el coche que nos sigue es el del *chef de sécurité*.

—¿El jefe de seguridad? Me entrevistó en el aeropuerto. Sharrif.

—El mismo —dijo el conductor, poniéndose cada vez más nervioso a medida que pasaban los minutos. Ahora nuestro coche estaba en lo más alto de la ciudad y el camino se estrechaba hasta ser una cinta fina que corría peligrosamente por el borde del acantilado que dominaba Argel. Mi conductor miró hacia abajo mientras el coche que nos perseguía, largo y negro, doblaba la curva justo debajo de nosotros.

Por encima de las onduladas colinas se tendía toda la ciudad, una masa de calles tortuosas que corrían como dedos de lava hacia la media luna de luces que señalaba el puerto. Más allá, en las negras aguas de la bahía, resplandecían los barcos, balanceándose en el mar tranquilo.

El conductor apretaba el acelerador. Cuando nuestro coche dobló en la siguiente curva, Argel desapareció por completo y quedamos hundidos en la oscuridad. Pronto el camino se metió en un agujero negro, un bosque espeso e impenetrable en el que el pesado olor de los pinos eliminaba casi la humedad salina del mar. Ni siquiera la luz delgada y acuosa de la luna podía atravesar la espesa cúpula entrelazada de los árboles.

—Es poco lo que podemos hacer ahora —dijo sin dejar de mirar hacia atrás, vigilando sus espejos mientras atravesaba el bosque solitario. Yo hubiera querido que mantuviera los ojos puestos en la carretera—. Ahora estamos en la zona llamada Les Pins. Entre nosotros y El Riadh no hay más que pinos. Es un atajo.

La carretera que atravesaba el pinar seguía bajando y subiendo colinas como el carrito de una montaña rusa. Cuando el conductor aumentó la velocidad, me pareció sentir que el taxi abandonaba la tierra unas cuantas veces, al llegar a lo alto de una elevación. No se veía nada.

—Tengo mucho tiempo —le dije, sujetándome al asiento para que mi cabeza no se aplastara contra el techo—. ¿Por qué no va más despacio?

Detrás de cada colina aparecían los faros del otro coche.

—Este hombre, Sharrif —dijo el taxista con voz temblorosa—. ¿Sabe por qué la ha interrogado en el aeropuerto?

—No me interrogó —dije, un poco a la defensiva—. Sólo quería hacerme unas preguntas. Al fin y al cabo, no hay muchas mujeres que vengan a Argel por negocios. —Mi risa me sonó forzada incluso a mí—. Los de Inmigración pueden interrogar a quien quieran, ¿no?

—Madame —dijo el conductor, meneando la cabeza y mirándome de manera extraña por el espejo, mientras de vez en cuando los faros del otro coche le daban en los ojos—. Este hombre, Sharrif, no trabaja para Inmigración. Su trabajo no consiste en dar la bienvenida a Argel. No ha hecho que la sigan para asegurarse de que llega a casa sana y salva —agregó, permitiéndose el pequeño chiste pese a que su voz seguía siendo insegura—. Su trabajo es algo más importante que eso.

—¿De veras? —pregunté, sorprendida.

—No se lo dijo —explicó mi conductor, sin dejar de vigilar el espejo con una mirada asustada—. Ese Sharrif es el jefe de la policía secreta.

∞

Tal como la describía mi conductor, la policía secreta sonaba como una mezcla del FBI, la CIA, la KGB y la Gestapo. El hombre pareció más que aliviado cuando nos detuvimos frente al Hotel El Riadh, un edificio bajo, impecable, con una pequeña piscina de fantasía y una fuente en la entrada, rodeadas de espeso follaje. El largo sendero y la entrada escultórica resplandecían de luces, ocultas en un bosquecillo casi pegado a la costa.

Al bajar del taxi, vi los faros del otro coche que giraban y volvían a internarse en la oscura arboleda. Las nudosas manos de mi conductor temblaban mientras cogía mis maletas y empezaba a llevarlas al interior del hotel.

Lo seguí y le pagué. Cuando se fue, di mi nombre al empleado de recepción. El reloj que había tras el escritorio señalaba las diez menos cuarto.

—Estoy desolado, madame —dijo el conserje—. No tengo reserva a su nombre. Y por desgracia estamos al completo.

Sonrió y se encogió de hombros; después me dio la espalda y se dedicó a sus papeles. Era justo lo que me faltaba. Había observado que no había precisamente una hilera de taxis frente al aislado El Riadh, y caminar de regreso a Argel atravesando un bosque de pinos lleno de policías con el equipaje a la espalda, no era mi idea de diversión.

—Tiene que haber algún error —le dije en voz alta—. Mi reserva se confirmó hace más de una semana.

—Tiene que haber sido algún otro hotel —dijo con esa sonrisa cortés que parecía ser una característica nacional. E increíblemente volvió a darme la espalda.

Se me ocurrió que en todo esto podía haber encerrada una lección para la astuta ejecutiva. Tal vez esta espalda indiferente era un simple preludio, un preliminar para el acto del regateo al estilo árabe. Y tal vez se suponía que uno tenía que regatear por todo: no sólo por contratos de asesoría a alto nivel sino también por una reserva de hotel confirmada. Decidí que merecía la pena probar. Saqué del bolsillo un billete de cincuenta dinares y lo puse sobre el mostrador.

—¿Tendría la amabilidad de guardar mis maletas? Sharrif, el jefe de seguridad, espera encontrarme aquí... por favor, cuando llegue, dígale que estoy en el salón.

Me dije que no era por completo un invento. Sharrif esperaría encontrarme allí, ya que sus matones me habían seguido hasta la puerta. Y no era probable que el conserje telefoneara a un tipo como Sharrif para interesarse por sus planes para la hora del aperitivo.

—Oh, perdóneme, por favor, madame —exclamó el conserje, mirando rápidamente el registro y, según advertí, guardándose el dinero con un hábil movimiento—. Acabo de darme cuenta de que tenemos una reserva a su nombre. —Hizo una anotación y me miró con la misma sonrisa encantadora—. ¿Hago que el botones lleve las maletas a su habitación?

—Sería estupendo —le dije, dando unos billetes al botones que se acercaba al trote—. Mientras tanto, echaré una mirada por aquí. Por favor, envíeme la llave al salón cuando haya terminado.

—Muy bien, madame —dijo el conserje, resplandeciente.

Cogí mi bolso y atravesé el vestíbulo en dirección al salón. Cerca de la entrada, el vestíbulo era bajo y moderno, pero cuando giré en una esquina, se abrió formando un espacio vasto semejante a un atrio. Las paredes encaladas se curvaban y elevaban como levantando el vuelo, ascendiendo hacia la cúpula del techo, a quince metros de altura. En la cúpula había agujeros que miraban hacia la noche estrellada.

Al otro lado del magnífico vestíbulo, suspendida a unos nueve metros por encima de la pared opuesta, estaba la terraza salón, que daba la impresión de flotar en el espacio. Por el borde de la terraza caía una cascada, que parecía no surgir de ninguna parte, y se desplomaba como una pared de agua que aquí y allá formaba un chorro de espuma al chocar con salientes de piedra incrustadas en la pared posterior. Abajo, el agua se depositaba en un gran estanque espumoso abierto en el pulido suelo de mármol del vestíbulo.

A cada lado de la cascada había escaleras a cielo abierto que ascendían desde el vestíbulo hasta el salón, curvándose hacia el firmamento como una doble hélice. Crucé el vestíbulo y empecé a subir por la escalera de la izquierda. Por agujeros abiertos en las paredes entraban árboles silvestres florecidos. Hermosos tapices de exquisitos colores colocados sobre las escaleras caían quince metros para depositarse en el fondo formando bellos pliegues.

Los suelos eran de mármoles pulidos dispuestos en sorprendentes patrones de distintos tonos. Aquí y allá había rincones íntimos con gruesas alfombras persas, bandejas de cobre, otomanas de cuero, lujosas alfombrillas de piel y samóvares de bronce. Aunque el salón era grande, con grandes ventanas acristaladas que daban al mar, tenía un aire de intimidad.

Sentada en una blanda otomana, hice mi pedido a un camarero que me recomendó la cerveza local. Todas las ventanas estaban abiertas, y desde la alta terraza de piedra entraba una brisa húmeda. El mar se balanceaba con suavidad y su murmullo era hipnótico. Por primera vez desde mi salida de Nueva York, me sentí relajada.

El camarero me trajo la cerveza en una bandeja, ya servida. Junto a la copa estaba la llave de mi habitación.

—Madame encontrará su habitación al otro lado de los jardines —me dijo, señalando un espacio oscuro al otro lado de la terraza, que no pude ver bien bajo la delgada luz de la luna—. Se sigue el laberinto de arbustos hasta el árbol de flor de luna, que tiene pimpollos muy perfumados. La habitación cuarenta y cuatro está justo detrás del árbol. Tiene entrada privada.

La cerveza sabía a flores, no dulce sino más bien aromática, con un ligero gusto a madera. Terminé por pedir otra. Mientras la bebía, pensé en el extraño interrogatorio de Sharrif, pero decidí desechar todas las suposiciones hasta que hubiera tenido más tiempo para empaparme en el tema que, ahora veía, Nim había procurado sugerirme. Así que me puse a pensar en mi trabajo. ¿Qué estrategia utilizaría cuando fuera a la mañana siguiente a hacer mi visita al Ministerio? Recordé los problemas que había tenido Fulbright Cone para tratar de lograr la firma del contrato. Era una historia rara.

La semana anterior el ministro de Industria y Energía, un tipo llamado Abdelsalaam Belaid, había aceptado una reunión. Iba a ser una ceremonia oficial para firmar el contrato, de modo que seis socios volaron a Argel, a gran coste, con una caja de Dom Pérignon, para descubrir al llegar al Ministerio que el ministro Belaid estaba en viaje de negocios al exterior. Aceptaron reacios una entrevista con el segundo en jefe, un pavo llamado Emile Kamel Kader (el mismo que había dado el visto bueno a mi visado, según observara Sharrif).

Mientras esperaban en una de las innumerables antesalas hasta que Kader pudiera verlos, advirtieron un racimo de banqueros japoneses que descendía el corredor y se metía en un ascensor. Y en el centro estaba el ministro Belaid, aquel que había salido en viaje de negocios.

Los socios de Fulbright Cone no estaban acostumbrados a ese trato; sobre todo si eran seis y, en todo caso, no de manera tan descarada. Estaban dispuestos a quejarse en cuanto los admitieran al despacho de Emile Kamel Kader. Pero cuando por fin entraron, Kader saltaba por la habitación con pantaloncillos de tenis y polo, blandiendo una raqueta.

—Lo siento muchísimo —les dijo—, pero hoy es lunes. Y los lunes siempre juego un set con un viejo compañero de estudios. No puedo desilusionarlo. —Y allá se fue, dejando a seis socios de Fulbright Cone con un palmo de narices.

Tenía interés en conocer a los tipos que eran capaces de armar semejante farsa con los socios de mi ilustre compañía. Y supuse que era otra manifestación de la metodología árabe del trueque. Pero si seis socios no habían conseguido la firma de un contrato, ¿cómo podía hacerlo yo?

Cogí mi copa de cerveza y salí a la terraza. Contemplé el oscuro jardín que se extendía entre el hotel y el mar, parecido a un laberinto, como había dicho el camarero. Había crujientes senderos de grava blanca que separaban arriates de cactus, flores y arbustos, follaje tropical y desértico, todo mezclado.

En el borde del jardín que tocaba la playa había una chata terraza de mármol con una piscina enorme que resplandecía como una turquesa a causa de las lámparas que la iluminaban por debajo del agua. Entre la piscina y el mar había un retorcido muro escultórico de curvas paredes blancas unidas por arcos de formas extrañas, a través de los cuales se veía la difusa playa de arena y las blancas olas que iban y venían. Junto a la pared que recordaba una telaraña, se levantaba una torre de ladrillos con una cúpula como una cebolla, de ésas desde las cuales canta el muecín su llamada a la oración vespertina.

Mis ojos volvían a fijarse en el jardín cuando lo vi. Fue sólo un relámpago, el brillo de una luz que venía de la piscina y se fijaba en los rayos y contorno de la rueda de una bicicleta. Después, desapareció detrás del follaje.

Me quedé inmóvil en lo alto de la escalera mientras mis ojos recorrían el jardín, la piscina y la playa y procuraba captar algún sonido. Pero no oí nada. Ni un movimiento. De pronto, alguien apoyó la mano en mi hombro. Casi me desplomo.

—Perdón, madame —dijo el camarero lanzándome una mirada extraña—. El conserje me ha pedido que le informe que hoy por la tarde, antes de su llegada, recibió correspondencia para usted. Había olvidado mencionarlo. —Y me tendió un sobre que parecía un télex y un periódico envuelto en papel marrón—. Le deseo una feliz velada —dijo, y se fue.

Volví a mirar el jardín. Tal vez la imaginación me jugaba una mala pasada. Al fin y al cabo, aunque hubiera visto lo que creía haber visto, era indudable que tanto en Argel como en cualquier otro lugar, la gente iba en bicicleta.

Regresé al salón iluminado y me senté con mi cerveza. Abrí el télex, que ponía: «Lee tu periódico. Sección G5.» No llevaba firma, pero cuando desenvolví el periódico supuse quién lo había enviado. Era la edición dominical del *New York Times*. ¿Cómo había llegado tan rápido? Las Hermanas de la Misericordia se movían por caminos extraños y misteriosos.

Busqué la sección G5, Deportes. Había un artículo sobre el torneo de ajedrez.

TORNEO DE AJEDREZ CANCELADO
SE CUESTIONA EL SUICIDIO
DE UN GRAN MAESTRO

El suicidio la semana pasada del maestro Antony Fiske, que provocó suspicacia en los círculos ajedrecísticos de Nueva York, ha provocado ahora una investigación seria del Departamento de Homicidios de la policía de esta ciudad. En una declaración emitida hoy, la Oficina del Forense afirma que es imposible que el maestro británico, de 67 años, haya muerto por su propia mano. La muerte obedeció a «una fractura cervical, resultado de la presión simultánea ejercida sobre la vertebra prominens (C7) y debajo de la barbilla». Según el médico del torneo, Dr. Osgood, que fue el primero en examinar a Fiske y expresar sospechas con relación a la causa de la muerte, no hay manera de que un hombre se produzca esa fractura, «a menos que esté de pie a sus propias espaldas mientras se rompe el cuello».

Alexander Solarin, gran maestro ruso, estaba jugando una partida con Fiske cuando observó el «extraño comportamiento» de éste. La embajada soviética ha solicitado inmunidad diplomática para el controvertido maestro, que una vez más produjo escándalo al rechazarla. (Véase artículo en página A6.) Solarin fue la última persona que vio a Fiske con vida y ha hecho una declaración a la policía.

El patrocinador del torneo, John Hermanold, emitió un comunicado de prensa explicando los motivos de su decisión de cancelar el torneo. Hoy afirmó que el gran maestro Fiske tenía un largo historial de lucha contra la adicción a las drogas y sugi-

rió que los informantes policiales podrían dar pistas posibles para el homicidio.

Para ayudar a la investigación, los coordinadores del torneo han proporcionado a la policía los nombres y direcciones de las 63 personas, incluidos jueces y jugadores, que estaban presentes el domingo en la sesión a puerta cerrada en el Club Metropolitan.

(Véase la edición del Times *del domingo próximo para un análisis en profundidad: «Antony Fiske, vida de un gran maestro.»)*

Así que ya era un secreto a voces y la división Homicidios de Nueva York investigaba. Me emocionó enterarme de que ni nombre estaba ahora en manos de la poli de Manhattan, aunque me sentí aliviada de que no pudieran hacer nada al respecto, salvo pedir mi extradición desde el norte de África. Me preguntaba si Lily también habría escapado de la inquisición. Indudablemente, Solarin no había podido. Pasé a la página A6 para obtener más detalles.

Me sorprendió encontrar una «Entrevista exclusiva» a dos columnas con el provocativo título de: «LOS SOVIÉTICOS NIEGAN SU INTERVENCIÓN EN LA MUERTE DEL GRAN MAESTRO BRITÁNICO.» Me salté el relleno que describía a Solarin como carismático y misterioso, resumiendo su carrera interrumpida y su brusca salida de España. El núcleo de la entrevista me dio más datos de los que esperaba.

En primer lugar, no había sido Solarin quien negara la intervención. Hasta ese momento no había comprendido que sólo segundos antes del crimen, él estaba solo en el lavabo con Fiske. Pero los soviéticos, sí, y habían sufrido un ataque, pidiendo inmunidad diplomática y golpeando la mesa con el zapato mítico.

Solarin había rechazado la inmunidad (sin duda conocía el procedimiento) y había subrayado su deseo de cooperar con las autoridades locales. Cuando lo interrogaron sobre la posible adicción a las drogas de Fiske, hizo un comentario que me causó gracia: «Tal vez John (Hermanold) tenga información de primera mano. La autopsia no menciona la presencia de elementos químicos en su cuerpo.» Con lo cual sugería que Hermanold era un mentiroso o un camello.

Pero quedé atónita al leer la descripción que Solarin hacía del crimen. Por propio testimonio, era prácticamente imposible que alguien, salvo él mismo, entrara en el lavabo para matar a Fiske. No había tiempo ni oportunidad porque Solarin y los jueces habían bloqueado el único camino de huida. Me descubrí deseando haber obtenido más detalles de la distribución física del lugar. Si lograba encontrar a Nim, todavía era posible. Podía ir al club y coger los datos para mí.

Mientras tanto, me estaba entrando sueño. Mi reloj interno me dijo que eran las cuatro de la tarde en Nueva York. Cogí la llave y el correo de la bandeja, volví a salir y bajé los escalones que daban al jardín. En el muro cercano encontré el árbol de flor de luna, de penetrante perfume, con su negro follaje lustroso, que dominaba el jardín con su altura. Sus flores cerosas, en forma de trompetas, eran como lirios vueltos del revés, abriéndose a la luz de la luna y despidiendo su olor penetrante y sensual.

Subí los pocos escalones hasta mi habitación y abrí la puerta. Las lámparas ya estaban encendidas. Era una habitación grande con suelos de baldosas de cerámica, paredes estucadas y grandes ventanas francesas que miraban al mar, más allá del árbol. Había una gruesa colcha de lana, como la piel de una oveja, una alfombrilla del mismo material y escasos muebles.

El baño tenía una gran bañera, un lavabo, un inodoro y un bidet. No había ducha. Abrí el grifo y empezó a salir un agua de color rojizo. La dejé correr durante varios minutos, pero no cambió de color ni se calentó. Estupendo. Podía ser divertido bañarse en agua helada del color de la herrumbre.

Dejé correr el agua, regresé a la habitación y abrí el armario. Dentro estaba mi ropa, cuidadosamente colgada, y las maletas ordenadas en el fondo. Pensé que al parecer en ese lugar disfrutaban revisando las pertenencias de otros. Pero no tenía nada que ocultar que pudiera ponerse en una maleta. El portafolios me había enseñado la lección.

Cogí el teléfono y conseguí al operador del hotel, le di el número del ordenador de Nim en Nueva York. Me dijo que me llamaría en cuanto hiciese la conexión. Me desnudé y volví al lavabo. La bañera tenía ocho centímetros de desechos de hierro. Suspirando, entré en aquella porquería y me senté lo más graciosamente que pude.

Mientras trataba de sacarme del cuerpo el jabón escamoso, el teléfono empezó a sonar. Me envolví en una toalla raída, regresé al dormitorio y cogí el auricular.

—Estoy desolado, madame —dijo el operador—, pero su número no contesta.

—¿Cómo es posible? —pregunté—. Es pleno día en Nueva York y es un teléfono comercial.

Además, el ordenador de Nim estaba conectado las veinticuatro horas.

—No, madame, es la city la que no contesta.

—¿La city? ¿La ciudad de Nueva York no contesta? —No podían haberla borrado del mapa en un día—. No habla en serio. ¡En Nueva York hay diez millones de personas!

—Tal vez la operadora se haya ido a la cama, madame —contestó con gran calma—. O ya que es tan temprano, se habrá ido a comer.

Bienvenida a Argelia, pensé. Di las gracias al operador, colgué y recorrí la habitación apagando las lámparas. Después fui hacia los ventanales y los abrí para llenar el dormitorio con el pesado aroma del árbol de flor de luna.

Me quedé allí, mirando las estrellas suspendidas sobre el mar. Desde donde estaba, parecían tan remotas y frías como piedras pegadas a un trapo color azul marino. Y sentí mi propia lejanía, la gran distancia que me separaba de la gente y las cosas que conocía. Cómo me había deslizado, sin sentirlo, en otro mundo.

Finalmente, volví a entrar y me deslicé entre las sábanas húmedas y me adormecí, mirando las estrellas suspendidas sobre la costa del continente africano.

∞

Cuando escuché el primer ruido y abrí los ojos en la oscuridad, pensé que había estado soñando. La esfera luminosa del reloj que había junto a la cama señalaba las doce y veinte. Pero en mi apartamento de Nueva York no había reloj. Poco a poco, comprendí dónde estaba y me di media vuelta para volver a dormir cuando escuché de nuevo el ruido junto a la ventana, afuera: el chirrido lento, metálico, de las ruedas de una bicicleta.

Como una idiota, había dejado abierta la ventana que daba al mar. Allí, oculta por el árbol e iluminada por la luna, estaba la silueta de un hombre, con una mano en el manillar de una bicicleta. ¡De modo que no había sido mi imaginación!

Mientras me dejaba caer en silencio por un lado de la cama y me arrastraba en la oscuridad hacia las ventanas para cerrarlas, mi corazón latía con golpes pesados, lentos. Comprendí al instante que había dos problemas. Primero, no tenía idea de dónde estaban los cerrojos de la ventana (caso de que existieran) y, segundo, estaba completamente desnuda. Maldición. Ya era demasiado tarde para saltar por el dormitorio buscando lencería. Llegué a la pared más alejada, me aplasté contra ella y traté de encontrar los malditos pestillos.

En ese momento escuché crujir la gravilla y la silueta de afuera avanzó hacia la ventana, apoyando la bicicleta en la parte exterior del muro.

—No tenía idea de que durmiera desnuda —susurró.

Era imposible confundir el suave acento eslavo. Era Solarin. Sentía el rubor que me cubría todo el cuerpo y despedía calor en la oscuridad. Hijo de puta.

Estaba pasando la pierna por el vano de la venta. ¡Dios, estaba entrando! Con una boqueada, corrí hacia la cama, tiré de una sábana y me envolví en ella.

—¿Qué demonios está haciendo aquí? —exclamé mientras entraba en la habitación, cerraba las ventanas y pasaba los cerrojos.

—¿No recibió mi nota? —preguntó mientras cerraba los postigos y se me acercaba en la oscuridad.

—¿Pero tiene idea de la hora que es? —balbuceaba yo mientras se acercaba—. ¿Cómo ha llegado aquí? Ayer estaba en Nueva York…

—Usted también —dijo Solarin encendiendo la luz. Me miró de arriba abajo con una sonrisa y se sentó sin ser invitado en el borde de mi cama, como si fuera el dueño del lugar—. Pero ahora estamos los dos aquí. Solos. En este encantador escenario marino. Es muy romántico, ¿no le parece? —Y sus ojos verdes, con reflejos plateados, chispearon a la luz de la lámpara.

—¡Romántico! —bufé, envolviéndome dignamente en la sábana—. ¡No quiero que se me acerque! Cada vez que lo veo, se cargan a alguien…

—Tenga cuidado —dijo—, las paredes pueden tener oídos. Póngase algo de ropa. La llevaré a un lugar donde podamos hablar.

—Debe estar loco —le dije—. ¡No pienso poner un pie fuera de aquí y menos con usted! Y además…

Pero él se había puesto de pie, acercándose rápidamente y cogiendo la parte frontal de mi sábana como si estuviera a punto de sacármela. Me miraba con una sonrisa crispada.

—Vístase o la vestiré yo —dijo, siempre sonriendo.

Sentí que el rubor me cubría el cuello. Me liberé y fui hasta el armario con la mayor dignidad posible, cogiendo algunas prendas. Después, hice una presurosa retirada hacia el lavabo, para vestirme. Cuando cerré la puerta de un golpe, estaba furiosa. El cabrón pensaba que podía salir de la nada, despertarme asustada e intimidarme para que… si al menos no fuera tan guapo.

¿Pero qué quería? ¿Por qué me perseguía así... por medio mundo? ¿Y qué estaba haciendo con esa bicicleta?

Me puse unos tejanos y un holgado jersey rojo de cachemir, con mis viejas alpargatas. Cuando salí, Solarin estaba sentado sobre la cama jugando al ajedrez con el juego magnético de Lily que, sin duda, había encontrado revisando mis pertenencias. Levantó la mirada y sonrió.

—¿Quién gana? —pregunté.

—Yo —dijo con seriedad—. Siempre gano.

Se puso en pie, mirando una vez más su posición en el tablero. Después fue hacia el armario, sacó una chaqueta y me ayudó a ponérmela.

—Se la ve muy guapa —me dijo—. No es tan atractivo como el primer conjunto pero más apropiado para un paseo de medianoche por la playa.

—Si cree que voy a dar un paseo por una playa desierta con usted, está loco.

—No está lejos —dijo, ignorándome—. La llevo a un cabaret. Tienen té de menta y danza del vientre. Le encantará, querida. ¡Tal vez en Argelia las mujeres lleven velo, pero los bailarines son hombres!

Meneé la cabeza y lo seguí. Cerró la puerta con la llave que me había confiscado. Se la guardó en el bolsillo.

La luz de la luna era muy brillante. Plateaba el cabello de Solarin y sus ojos parecían traslúcidos. Caminamos por la estrecha franja de playa y vimos la costa iluminada que descendía en dirección a Argel. Las olas golpeaban con suavidad la arena oscura.

—¿Ha leído el periódico que le envié? —preguntó.

—¿Lo envió usted? ¿Por qué?

—Quería que supiera que descubrieron que Fiske fue asesinado. Como le había dicho.

—La muerte de Fiske no tiene nada que ver conmigo —dije, golpeando los pies para sacarme la arena de los zapatos.

—Como no ceso de repetirle, todo tiene que ver con usted. ¿Cree que he atravesado diez mil kilómetros para espiar por la ventana de su dormitorio? —dijo con cierta impaciencia—. Ya le he dicho que está en peligro. Mi inglés no es perfecto, pero al parecer lo hablo mejor de lo que usted lo comprende.

—El único peligro que parece amenazarme es usted —repliqué—. ¿Cómo sé que no ha asesinado a Fiske? Si lo recuerda, la última vez que lo vi me había robado el portafolios, abandonándome con el cadáver del chófer de mi amiga. ¿Cómo sé que no mató también a Saul y me dejó con el muerto entre las manos?

—Sí que maté a Saul —dijo Solarin con calma. Cuando quedé petrificada, me miró con curiosidad—. ¿Quién más podría haberlo hecho?

Yo había perdido el habla. Estaba clavada en el suelo y mi sangre parecía haberse convertido en horchata. Paseaba por un playa desierta en compañía de un asesino.

—Debería darme las gracias —decía Solarin— por llevarme su portafolios. Hubiera podido complicarla en su muerte. Fue muy difícil devolvérselo.

Su actitud me enfurecía. Seguía viendo la cara blanca de Saul sobre aquella losa de piedra, y ahora sabía que era Solarin quien la había puesto allí.

—¡Vaya, muchas gracias! —dije, furiosa—. ¿Qué quiere decir con que mató a Saul? ¿Cómo puede traerme aquí y decirme que asesinó a un hombre inocente?

—Hable bajo —dijo Solarin, mirándome con ojos acerados y cogiéndome por los brazos—. ¿Hubiera preferido que él me matara a mí?

—¿Saul? —pregunté con lo que esperaba que se escuchara como un bufido de desdén. Aparté su mano y empecé a desandar el camino, pero Solarin volvió a cogerme y me hizo girar.

—Como dirían los americanos, protegerla empieza a ser un engorro —exclamó.

—Gracias, no necesito protección —repliqué—. Y menos de un asesino. De modo que vuelva y dígale a quien le haya enviado…

—Mire —dijo Solarin encolerizado. Me agarró por los hombros, contemplando la luna y haciendo una inspiración profunda. Sin duda, contaba hasta diez—. ¿Y si le dijera que fue Saul quien mató a Fiske? ¿Que yo era el único en situación de saberlo y que por eso vino a buscarme? ¿Me escucharía entonces?

Sus pálidos ojos verdes buscaban los míos, pero yo no podía pensar. Estaba confusa. ¿Saul, un asesino? Cerré los ojos y traté de pensar, pero sin resultado.

—Vale, dispare —dije, lamentando por un instante la desafortunada elección de palabras. Solarin me sonrió. Hasta a la luz de la luna su sonrisa era radiante.

—Entonces tendremos que andar —dijo, manteniendo una mano en mi hombro y volviendo a ponerme en el buen camino—. Si no puedo moverme, no consigo hablar ni jugar al ajedrez.

Caminamos unos instantes en silencio, mientras ordenaba sus pensamientos.

—Creo que lo mejor será empezar por el principio —dijo por fin.

Me limité a asentir con la cabeza.

—Primero debería comprender que yo no tenía interés en ese torneo de ajedrez en el que me vio jugar. Mi gobierno lo arregló como una especie de cobertura para que pudiera ir a Nueva York, donde tenía negocios urgentes que atender.

—¿Qué clase de negocios? —pregunté.

—Ya llegaremos a eso.

Seguíamos caminando por la arena, junto a las olas, cuando de pronto Solarin se inclinó y cogió una conchilla oscura que estaba medio enterrada en la arena. La luz de la luna le dio un brillo opalescente.

—Hay vida en todas partes —musitó, dándome la delicada conchilla—. Hasta en el fondo del mar. Y por todas partes la extingue la estupidez del hombre.

—Esa almeja no murió con el cuello fracturado —señalé—. ¿Es una especie de asesino profesional? ¿Cómo puede estar cinco minutos con un hombre en una habitación y acabar con él?

Arrojé la conchilla lo más lejos que pude, al mar. Solarin suspiró y seguimos caminando.

—Cuando advertí que Fiske estaba haciendo trampas en el torneo —continuó por fin con cierto esfuerzo—, quise saber quién lo había obligado a hacerlo y por qué.

Así que Lily tenía razón respecto a eso, pensé. Pero no dije nada.

—Supuse que detrás de eso había otros, de modo que detuve el juego y lo seguí a los lavabos. Confesó eso y más. Me dijo quién estaba detrás. Y por qué.

—¿Quién era?

—No lo dijo directamente. Él mismo no lo sabía. Pero me dijo que los hombres que lo amenazaron sabían que yo estaría en el torneo. Había sólo un hombre que lo sabía: el hombre con quien mi gobierno hizo los arreglos. El patrocinador del torneo…

—¡Hermanold! —exclamé. Solarin asintió y continuó.

—Fiske me dijo también que Hermanold, o sus contactos, iban tras la fórmula que una vez aposté en broma contra una partida, en España. Dije que si alguien me vencía, le daría una fórmula secreta… Y estos imbéciles, creyendo que la oferta seguía siendo válida, decidieron enfrentar a Fiske conmigo de modo que no pudiera perder. Si algo andaba mal en el juego de Fiske, creo que Hermanold había

— 279 —

acordado encontrarse con él en el lavabo del Canadian Club, donde no los verían...

—Pero Hermanold no planeaba eso —aventuré. Las piezas empezaban a encajar, pero seguía sin ver el cuadro completo—. Había arreglado que algún otro se encontrara con Fiske, eso es lo que quiere decir. ¿Alguien cuya presencia no se echara de menos entre la gente que participaba en el juego?

—Exacto —dijo Solarin—. Pero no esperaban que yo siguiera a Fiske. Cuando él entró, yo le pisaba los talones. Su asesino, escondido afuera, en el corredor, debió de oír todo lo que dijimos. Para entonces ya no tenía sentido amenazar a Fiske. El juego había terminado. Tenían que eliminarlo en seguida.

—Eliminarlo con perjuicio grave —dije. Miré hacia el oscuro mar y pensé en ello. Era posible, al menos desde el punto de vista táctico. Y yo tenía algunas piezas que Solarin no podía conocer. Por ejemplo, que Hermanold no esperaba que Lily asistiera al torneo, porque nunca lo hacía. Pero cuando Lily y yo llegamos al club, Hermanold había insistido en que se quedara, alarmándose cuando ella amenazó con irse (¡con el coche y el chófer!). Sus actos podían tener más de una explicación si contaba con Saul para realizar algún trabajo. ¿Pero por qué Saul? Tal vez supiera más ajedrez del que yo creía. ¡Tal vez había estado sentado en la limusina, afuera, jugando la partida de Fiske y transmitiéndole los movimientos! Al fin y al cabo, ¿hasta qué punto conocía a Saul?

Ahora Solarin estaba explicándome la sucedido: cómo había observado el anillo que llevaba su contrincante, cómo lo había seguido al lavabo de hombres, cómo se había enterado de los contactos de Fiske en Inglaterra y lo que deseaban, cómo huyó del lavabo cuando éste se quitó el anillo, pensando que contenía un explosivo. Aunque sabía que Hermanold estaba tras la llegada de Fiske al torneo, no podía haber sido el propio Hermanold quien asesinara a Fiske y sacara el anillo del lavabo. Yo era testigo de que no había salido del Metropolitan Club.

—Saul no estaba en el coche cuando regresamos Lily y yo —admití, reacia—. Tuvo la ocasión, aunque no tengo idea de cuáles podían ser sus motivos... En realidad, si me baso en su descripción de los hechos, no habría tenido oportunidad de salir del Canadian Club y regresar al coche, porque usted y los jueces bloqueaban su única salida. Esto explicaría su ausencia cuando Lily y yo lo buscábamos.

Explicaría bastante más que eso, pensé. ¡Por ejemplo, las balas que habían disparado contra nuestro coche!

Si la historia de Solarin era real y Hermanold había contratado a Saul para despachar a Fiske, no podía permitirse que Lily y yo volviéramos a entrar en el club persiguiendo al chófer. ¡Si había subido a la sala de juego y nos había visto junto al coche, desconcertadas, habría tenido que hacer algo para asustarnos!

—¡De modo que fue Hermanold quien subió a la sala de juego vacía, sacó un revólver y disparó contra nuestro coche! —exclamé, cogiendo a Solarin de un brazo. Él me miraba atónito, preguntándose cómo había llegado a esa conclusión—. Esto explicaría también por qué Hermanold dijo a la prensa que Fiske era drogadicto —agregué—. ¡Distraería la atención de sí mismo, fijándola en cambio en algún camello desconocido!

Solarin rompió a reír.

—Conozco a un tipo llamado Brodski a quien le gustaría contratarla —dijo—. Tiene un cerebro especialmente diseñado para el espionaje. Y ahora que sabe todo lo que yo sé, vamos a tomar una copa.

En el extremo de la larga curva de la playa, distinguía ahora una gran tienda instalada en la arena, con la forma delineada por hileras de luces parpadeantes.

—No tan rápido —dije, sujetándolo por el brazo—. Suponiendo que Saul mató a Fiske, eso deja algunas preguntas sin contestar. ¿Qué era esa fórmula que tenía en España y que ellos tanto deseaban? ¿Para qué iba a Nueva York? ¿Y cómo terminó Saul en las Naciones Unidas?

La tienda, con rayas blancas y rojas, se veía enorme sobre la playa. Tendría unos nueve metros de alto en el centro. A la entrada había dos macetas de bronce con grandes palmeras, y una larga alfombra con volutas doradas y azules se internaba en la arena, cubierta por una marquesina de lona que daba al mar. Nos encaminamos hacia la entrada.

—Tenía una entrevista de negocios con un contacto en las Naciones Unidas —dijo Solarin—. No había advertido que Saul me seguía... hasta que se interpuso usted.

—¡Entonces usted era el hombre de la bicicleta! —exclamé—. Pero sus ropas eran...

—Me encontré con mi contacto —interrumpió él—. Ella vio que usted me seguía y que Saul estaba detrás de usted... (¡De modo que la vieja de las palomas era su contacto de negocios!)—. Espantamos a los pájaros como camuflaje —siguió Solarin—, y yo me escondí en el hueco de las escaleras traseras hasta que ustedes pasaron. Después salí para seguir a Saul. Había entrado en el edificio, pero no sabía dónde. Mientras bajaba en ascensor, me quité el chándal porque tenía la otra ropa debajo. Cuando volví a subir, la vi entrar en la sala de meditación. No tenía idea de que Saul ya estaba allí… escuchando todo lo que dijimos.

—¿Dentro de la sala de meditación? —exclamé. Ahora estábamos a pocos metros de la tienda, vestidos con tejanos y jerséis y con aspecto bastante descuidado, pero nos encaminamos a la entrada como si llegáramos a El Morocco en limusina.

—Querida —dijo Solarin, desordenando mi cabello como hacía Nim a veces—, usted es muy ingenua. Aunque tal vez no haya comprendido mis advertencias, Saul sí las comprendió. Cuando usted se fue y él salió de detrás de aquella losa de piedra y me atacó, supe que había oído lo bastante como para que también su vida estuviera en peligro. Me llevé su portafolios para que sus cohortes no supieran que usted había estado allí. Más tarde, mi contacto me dejó una nota en mi hotel, explicándome cómo devolverlo.

—Pero cómo sabía ella… —empecé. Solarin sonrió y volvió a desordenarme el pelo mientras el *maître* se adelantaba a saludarnos. Solarin le dio un billete de cien dinares de propina. El *maître* y yo quedamos estupefactos. Era evidente que, en un país donde cincuenta céntimos eran una buena propina, conseguiríamos la mejor mesa.

—Soy un capitalista de corazón —susurró Solarin en mi oído mientras seguíamos al hombre y entrábamos en el enorme cabaret.

El suelo estaba todo cubierto de alfombrillas de paja colocadas sobre la arena. Encima había alfombras persas de colores vivos, con gruesos cojines de espejuelos bordados con diseños brillantes. Había grupos de palmeras en macetas separando las mesas, mezcladas con enormes ramos de plumas de pavo real y avestruz que temblaban en la luz suave. Aquí y allá, de los palos de la tienda colgaban linternas de bronce con diseños de filigrana, que producían extraños patrones lumínicos sobre los cojines resplandecientes de espejos. Era como entrar en un caleidoscopio.

En el centro había un gran escenario circular con focos, y un grupo de músicos tocaba una música salvaje, frenética, que no había oído nunca. Había largos tambores ovalados de bronce, grandes gaitas hechas con pellejos de animales, con la piel todavía colgando, flautas, clarinetes y carillones de todas clases. Mientras tocaban, los músicos bailaban con un extraño movimiento circular.

Nos sentaron en una enorme pila de cojines cerca de una mesa de cobre, delante del escenario. El volumen de la música me impedía hacerle preguntas, de modo que me quedé pensando mientras él aullaba el pedido en la oreja de un camarero que pasaba.

¿Qué era esa fórmula que quería Hermanold? ¿Quién era la mujer de las palomas y cómo había sabido dónde podía encontrarme Solarin para devolverme el portafolios? ¿Cuáles eran los negocios de Solarin en Nueva York? Si la última vez que vi a Saul estaba sobre una losa, ¿cómo había aparecido en el East River? Y por último, ¿qué tenía todo eso que ver conmigo?

Justo en el momento en que la banda se tomaba un descanso, llegaron las bebidas. Dos enormes vasos de Amaretto, caldeados como brandy y acompañados por una tetera de largo pico. El camarero sirvió el té en unos vasos que mantenía alejados, haciendo equilibrios sobre unos platillos diminutos. El líquido humeante volaba por el aire, del pico al vaso, sin que se derramara una gota. Cuando el camarero se retiró, Solarin brindó por mí con su vaso de té de menta.

—Por el juego —dijo con una sonrisa misteriosa. Se me congeló la sangre.

—No sé de qué me está hablando —mentí, tratando de recordar lo que había dicho Nim sobre el aprovechamiento del ataque. ¿Qué sabía él del maldito juego?

—Por supuesto que sí, querida mía —dijo con suavidad, cogiendo mi vaso y llevándolo a mis labios—. Si no lo supiera, yo no estaría aquí sentado bebiendo con usted.

Cuando el líquido ambarino se deslizó por mi garganta, una gota cayó por mi barbilla. Solarin sonrió y la limpió con un dedo, volviendo a dejar el vaso en la bandeja. No me miraba, pero su cabeza estaba lo bastante cerca como para poder oír todo lo que decía.

—El juego más peligroso que pueda imaginarse —murmuró tan bajo que nadie podía oírnos—, y cada uno de nosotros fue elegido para los papeles que desempeñamos…

—¿Qué quiere decir con elegidos? —pregunté, pero antes de que pudiera contestarme, se escuchó un estallido de címbalos y timbales, mientras los músicos regresaban trotando al escenario.

Los seguía un grupo de bailarines con túnicas cosacas de pálido terciopelo azul, los pantalones metidos dentro de altas botas y ensanchándose en las rodillas. Llevaban pesadas cuerdas retorcidas a la cintura, con borlas en el extremo, que colgaban de sus caderas y se balanceaban mientras ellos seguían el ritmo lento, exótico. Se elevó la música de clarinetes y caramillos, sinuosa y ondulante, parecida a la melodía que convierte a la cobra en una columna rígida y oscilante que se levanta de la cesta.

—¿Le gusta? —me susurró Solarin. Asentí—. Es música cabilia —me dijo mientras los acordes nos envolvían con su trama—. De las altas montañas Atlas que atraviesan Argelia y Marruecos. Ese bailarín del centro, ¿ve el cabello rubio y los ojos claros? Y la nariz aguileña, la barbilla fuerte como el perfil de una moneda romana. Ésas son las características de los cabilias; no se parecen en nada a los beduinos...

Una mujer mayor se levantó entre el público y fue bailando hacia el escenario, para diversión de la multitud que la animaba con maullidos que deben de significar lo mismo en todas las lenguas. Pese a su porte imponente, sus largas ropas grises y el rígido velo de lino, se movía con paso ligero y despedía una sensualidad que no pasaba inadvertida a los bailarines. Bailaron en torno a ella, balanceando las caderas atrás y adelante en su dirección, de modo que las borlas de sus túnicas la tocaban apenas, como una caricia.

El público estaba entusiasmado con ese despliegue y se entusiasmó aún más cuando la mujer de cabellos plateados se acercó sinuosamente al bailarín principal, sacó unos billetes de entre los pliegues de su traje y los deslizó con gran discreción entre las cuerdas de su cinturón, muy cerca de la bragueta. Él miró al cielo de manera sugerente con una amplia sonrisa, para beneficio del público.

La gente estaba de pie, siguiendo el ritmo de la música con las palmas, que iba creciendo mientras la mujer se acercaba al borde del escenario con pasos circulares. Justo en el borde, con la luz detrás de ella, con las manos estiradas dando palmadas de despedida al ritmo flamenco, se volvió hacia nosotros y yo me quedé inmóvil.

Eché una rápida mirada a Solarin, que me miraba con atención. Entonces me puse de pie de un salto mientras la mujer, una silueta oscura contra la luz plateada, bajaba del escenario y la penumbra confusa de la multitud se la tragaba, entre las plumas de avestruz y el follaje de las palmeras. Éstas se movían en el brillante relámpago de la luz reflejada.

La mano de Solarin era como un grillete de acero en mi brazo. Se quedó junto a mí, apretando todo su cuerpo contra el mío.

—Suélteme —susurré entre dientes, porque algunas personas que estaban cerca nos estaban mirando—. ¡He dicho que me suelte! ¿Sabe quién era ésa?

—¿Lo sabe usted? —susurró en mi oído—. ¡Deje de llamar la atención!

Cuando vio que yo seguía debatiéndome, me rodeó con sus brazos en un abrazo mortal que hubiera podido parecer afectuoso.

—Nos pondrá en peligro —me decía en el oído, tan cerca que podía oler el aroma mezclado de menta y almendras de su aliento—. Como lo hizo al ir a ese torneo de ajedrez... y siguiéndome a las Naciones Unidas. No tiene idea del riesgo que ha corrido viniendo a verla. Ni tampoco de la clase de juego desaprensivo que está jugando con las vidas de otros...

—¡No, no la tengo! —dije casi gritando, porque la presión de su abrazo me lastimaba. En el escenario, los bailarines seguían girando con la música, que nos bañaba en olas rítmicas—. ¡Pero ésa era la pitonisa y voy a encontrarla!

—¿La pitonisa? —preguntó Solarin, desconcertado pero sin soltarme. Sus ojos en los míos eran verdes como el oscuro, oscuro mar. Cualquiera que nos viera, pensaría que éramos amantes.

—No sé si dice la buenaventura —dijo—, pero desde luego conoce el futuro. Fue ella quien me llamó a Nueva York. Fue ella quien me hizo seguirla hasta Argel. Fue ella quien la eligió...

—¡Elegir! —dije—. ¿Elegirme para qué? ¡Ni siquiera conozco a esa mujer!

Solarin me cogió por sorpresa al aflojar su brazo. Cuando me asió la muñeca, la música daba vueltas en torno a nosotros como una pulsante bruma de sonido. Levantó mi mano con la palma hacia arriba y apretó los labios contra el lugar blando en la base de la palma, donde la sangre late más cerca de la superficie. Durante un segundo, sentí la sangre cálida corriendo por mis venas. Después levantó la cabeza y me miró a los ojos. Cuando le devolví la mirada, me temblaban las rodillas.

—Míralo —susurró, y comprendí que su dedo trazaba un dibujo en la base de mi muñeca. Bajé lentamente la vista porque en ese momento no quería dejar de mirarlo—. Míralo —volvió a decir mientras yo contemplaba mi muñeca. Allí, en la base de mi palma, justo donde la gran arteria azul latía con el paso de la sangre, había dos líneas que se entrelazaban en un abrazo serpentino, formando un número ocho—. Has sido elegida para descifrar la fórmula —dijo con suavidad, casi sin mover los labios. ¡La fórmula! Retuve el aliento mientras él me miraba profundamente a los ojos.

—¿Qué fórmula? —me oí murmurar.

—La fórmula del ocho... —empezó, pero en ese momento se puso rígido y su cara volvió a convertirse en una máscara mientras miraba por encima de mi hombro, fijando la vista en algo que estaba a mis espaldas. Dejó caer mi mano y dio un paso atrás mientras me volvía para mirar.

La música seguía batiendo su ritmo primitivo y los bailarines daban vueltas en un frenesí exótico. Al otro lado del escenario, contra el resplandor enceguecedor de los focos, había una forma sombría y vigilante. Cuando el foco recorrió la curva del escenario, siguiendo a los bailarines, iluminó un instante la figura oscura. ¡Era Sharrif!

Me hizo una cortés inclinación de cabeza antes de que pasara la luz. Yo me volví hacia Solarin, pero allí donde había estado un momento antes, una palmera se balanceaba lentamente en el espacio.

LA ISLA

Un día una misteriosa colonia abandonó España y se instaló en la lengua de tierra en la cual ha permanecido hasta hoy. Llegó de no se sabe dónde y hablaba una lengua desconocida. Uno de sus jefes, que hablaba provenzal, rogó a la comuna de Marsella que les diera ese promontorio desnudo y estéril en el cual habían anclado sus barcas, como los marineros de los antiguos tiempos...

ALEJANDRO DUMAS
El conde de Montecristo,
descripción de Córcega

Tengo el presentimiento de que algún día esta pequeña isla sorprenderá a Europa.

JEAN-JACQUES ROUSSEAU
El contrato social,
descripción de Córcega.

LA ISLA

Pasaban unos minutos de la medianoche, cuando Mireille salió de casa de Talleyrand aprovechando la oscuridad, y desapareció en el sofocante terciopelo de la calurosa noche parisina.

En cuanto aceptó que no podía modificar su resolución, Talleyrand le proporcionó un caballo fuerte y sano de sus establos y la pequeña bolsa de monedas que había podido reunir a esa hora. Vestida con piezas sueltas de librea que reunió Courtiade para disfrazarla, con el cabello recogido en una coleta y ligeramente empolvado, como el de un muchacho, Mireille había salido sin ser observada por el patio de servicio y se había abierto paso por las calles oscuras de París hacia las barricadas y el Bois de Boulogne: el camino de Versalles.

No podía permitir que Talleyrand la acompañase. Todo París conocía su aristocrático perfil. Además, descubrieron que los pases enviados por Danton no eran válidos hasta el 14 de septiembre, es decir casi dos semanas más tarde. Acordaron que la única solución era que Mireille partiera sola, que Maurice permaneciera en París como si no hubiera sucedido nada, y que Courtiade saliera aquella misma noche con las cajas de libros y esperara en el Canal hasta que su pase le permitiera ir a Inglaterra.

Ahora, mientras su caballo atravesaba la total oscuridad de las estrechas calles, Mireille tuvo por fin tiempo de meditar en la peligrosa misión que tenía por delante.

Desde el instante en que su carruaje alquilado había sido detenido ante las puertas de la prisión de l'Abbaye, los acontecimientos se habían precipitado de tal forma, que sólo había podido actuar de forma instintiva. El horror de la ejecución de Valentine, el terror súbito ante la amenaza a su vida mientras huía por las calles incendiadas de París, el rostro de Marat y las muecas de los mirones que contemplaban la matanza... era como si por un momento se hubiera levantado una tapa de la delgada capa de la civilización, ofreciéndole la perspectiva de la horrorosa bestialidad del hombre, latiendo bajo el frágil barniz.

A partir de aquel momento, el tiempo se había detenido y sucedieron cosas que se la tragaron con la velocidad devoradora del fuego. Detrás de cada ola que la asaltaba, había una reacción emotiva más intensa que cualquiera que hubiera conocido. Esta pasión seguía ardiendo en su interior como una llama oscura; una llama que se intensificó durante las breves horas que pasó en brazos de Talleyrand. Una llama que aumentaba su deseo de coger, antes que nada, las piezas del juego de Montglane.

Desde su visión de la brillante sonrisa de Valentine al otro lado del patio, parecía haber pasado una eternidad. Y, sin embargo, sólo habían pasado treinta y dos horas. Treinta y dos, pensó Mireille mientras atravesaba sola las calles desiertas: el número de piezas de un juego de ajedrez. La cantidad que debía reunir para descifrar el acertijo... y vengar la muerte de Valentine.

∞

Había visto poca gente en las estrechas callejuelas periféricas de camino al Bois de Boulogne. Incluso aquí, en el campo y bajo la luna llena, las carreteras estaban vacías, aunque todavía se hallaba lejos de las barricadas. A esas alturas, la mayor parte de los parisinos se habían enterado de las masacres en las prisiones, que continuaban todavía, y habían decidido permanecer en la relativa seguridad de sus hogares.

Aunque para llegar al puerto de Marsella, su destino, tenía que ir hacia el este, a Lyon, Mireille se había dirigido hacia el oeste, en dirección a Versalles. El motivo era que allí estaba el convento de St. Cyr, la escuela fundada en el siglo anterior por madame de Maintenon, consorte de Luis XIV, para la educación de las hijas de la nobleza. La abadesa de Montglane se había detenido en St. Cyr de camino a Rusia.

Tal vez la directora le diera asilo, la ayudara a ponerse en contacto con la abadesa de Montglane para obtener los fondos que necesitaba, la ayudara a salir de Francia. La reputación de la abadesa de Montglane era el único pase hacia la libertad que poseía Mireille. Rezó para que obrara un milagro.

En el Bois, las barricadas eran montones de piedras, sacos de tierra y trozos de muebles. Mireille veía la plaza delante de ella, atestada de gente con sus carros tirados por bueyes, carruajes y animales, esperando para huir en cuanto se abrieran las puertas. Se aproximó, desmontó y permaneció a la sombra de su caballo para que no se descubriera su disfraz a la parpadeante luz de las antorchas que iluminaban el lugar.

En la barrera había una conmoción. Mireille cogió las riendas del caballo y se mezcló con el grupo de gente que llenaba la plaza. Más allá, a la luz de las antorchas, veía soldados que trepaban para alzar la barrera. Alguien quería entrar.

Cerca de Mireille se apiñaba un grupo de hombres jóvenes que estiraban el cuello para ver mejor. Debía de ser una docena o más, vestidos con encajes, terciopelos y brillantes botas de tacones altos adornadas con deslumbrantes cuentas de vidrio, como gemas. Eran la *jeunesse dorée*, la juventud dorada que tantas veces le señalara Germaine de Staël en la ópera. Mireille los oyó quejarse en voz alta al grupo heterogéneo de nobles y campesinos que llenaba la plaza.

—¡Esta Revolución se ha vuelto imposible! —exclamó uno—. Realmente, no hay razón para retener a los ciudadanos franceses como rehenes, ahora que hemos rechazado a los sucios prusianos.

—¡Eh, soldado! —gritó otro agitando un pañuelo de encaje en dirección a uno de los que estaban en lo alto de la barricada—. ¡Tenemos que ir a una fiesta en Versalles! ¿Cuánto tiempo piensan tenernos esperando aquí?

El soldado volvió su bayoneta en dirección al pañuelo, que desapareció al instante de la vista.

La multitud se preguntaba quién podía aproximarse por el otro lado de la barricada. Se sabía que ahora todos los caminos que atravesaban zonas boscosas estaban llenos de salteadores. Los orinales, grupos de inquisidores autonombrados, cruzaban los caminos en unos vehículos de extraño diseño que les habían dado su apodo. Aunque no actuaban por orden oficial, estaban animados por el celo de nuevos ciudadanos de Francia: detenían a los viajeros arrojándose sobre sus coches como langostas, exigiendo ver sus papeles y haciendo un arresto ciudadano si el interrogatorio no les satisfacía. Y para ahorrarse problemas, en ocasiones el arresto incluía el ahorcamiento en el árbol más cercano, como ejemplo para otros.

Se abrieron las barreras y pasó un grupo de fiacrés y cabriolés llenos de polvo. La muchedumbre de la plaza los rodeó para enterarse de lo que pudieran por boca de los agotados pasajeros que acababan de llegar. Asiendo a su caballo por las riendas, Mireille avanzó hacia el primer coche de postas, cuya puerta se abría para dejar salir a los pasajeros.

Un soldado joven, que llevaba el uniforme rojo y azul del ejército, bajó de un salto en medio de la muchedumbre para ayudar al cochero a bajar cajas y baúles del techo del carruaje.

Mireille estaba lo bastante cerca como para ver que era un joven de extraordinaria belleza. Llevaba suelto el largo cabello castaño, que caía hasta los hombros. Los grandes ojos gris azulados, sombreados por espesas pestañas, acentuaban la palidez traslúcida de su piel. La estrecha nariz romana era un tanto aguileña. Los labios, bien formados, tenían una expresión de desdén cuando echó una ojeada a la ruidosa multitud y le dio la espalda.

Después lo vio ayudando a alguien a bajar del carruaje, una criatura hermosa de no más de quince años, tan pálida y frágil que a Mireille le inspiró serios temores. La niña se parecía tanto al soldado que Mireille tuvo la seguridad de que eran hermanos, y la ternura con la que él ayudaba a su joven compañera a bajar del coche abonó esta suposición. Ambos eran menudos pero bien formados. Constituían una pareja de aspecto romántico, pensó Mireille, como el héroe y la heroína de un cuento de hadas.

Los pasajeros que bajaban del carruaje parecían sacudidos y asustados mientras procuraban quitarse el polvo de los trajes, pero la más conmovida era la jovencita que estaba cerca de Mireille, blanca como una sábana y temblando como si estuviera a punto de desmayarse. El soldado trataba de ayudarla a atravesar la muchedumbre cuando un viejo que estaba cerca de Mireille lo cogió por el brazo.

—¿Cómo está el camino de Versalles, amigo? —preguntó.

—Yo que usted, no intentaría ir allí esta noche —replicó cortésmente el soldado, en voz lo bastante alta como para que lo escucharan todos—. Los orinales no trabajan y mi hermana está indispuesta. El viaje nos ha llevado cerca de ocho horas porque desde que salimos de St. Cyr nos han detenido una docena de veces…

—¡St. Cyr! —exclamó Mireille—. ¿Venís de St. Cyr? ¡Es allí a donde voy!

Ante esto, el soldado y su joven hermana se volvieron hacia Mireille y los ojos de la chica se dilataron.

—¡Pero… pero, si es una dama! —exclamó la joven, mirando el traje y el cabello empolvado de Mireille—. ¡Una dama vestida de hombre!

El soldado le lanzó una mirada elogiosa.

—¿De modo que vais a St. Cyr? —preguntó—. ¡Esperemos que no tuvierais intención de incorporaros al convento!

—¿Venís del convento? —dijo ella—. Tengo que llegar allí esta noche. Es un asunto de gran importancia. Debéis decirme cómo están las cosas.

—No podemos quedarnos aquí —dijo el soldado—. Mi hermana no se encuentra bien.

Y echándose al hombro su única maleta, se abrió paso a través de la multitud.

Mireille los siguió de cerca, tirando de las riendas de su caballo. Cuando los tres salieron por fin de entre la gente, la joven posó sus ojos oscuros en Mireille.

—Debéis tener una razón muy poderosa para iros a St. Cyr esta noche —dijo—. Los caminos son inseguros. Tenéis mucho coraje al viajar en tiempos como éste, una mujer sola.

—Incluso con un corcel tan magnífico —intervino el soldado, dando una palmada en el flanco del caballo de Mireille—, y aunque sea disfrazada. Si no hubiera pedido licencia en el ejército cuando cerraron el convento, para escoltar a Maria-Anna a casa…

—¿Es que han cerrado St. Cyr? —exclamó Mireille cogiendo su brazo—. ¡Entonces me ha abandonado mi última esperanza!

La pequeña Maria-Anna intentó consolarla posando una mano en su brazo.

—¿Teníais amigos en St. Cyr? —preguntó, preocupada—. ¿O familia? Tal vez fuera alguien a quien conozco…

—Buscaba refugio —empezó Mireille, sin saber cuánto debía revelar a esos extraños. Pero tenía poca elección. Si el convento estaba cerrado, su único plan se derrumbaba y debía concebir otro. ¿Qué importancia tenía en quién confiara si su situación era desesperada?

—Aunque no conocía a la directora —les dijo—, esperaba que pudiera ayudarme a ponerme en contacto con la abadesa de mi antiguo convento. Su nombre era madame de Roque…

—¡Madame de Roque! —exclamó la jovencita, que aunque era pequeña y frágil, había cogido con gran fuerza el brazo de Mireille—. ¡La abadesa de Montglane! —Y lanzó una rápida mirada a su hermano, que dejó su maleta en el suelo y posó sus ojos en Mireille mientras hablaba.

—¿Entonces venís de la abadía de Montglane?

Al asentir Mireille con cautela, el joven agregó al instante:

—Nuestra madre conoció a la abadesa de Montglane… han sido

amigas íntimas. En realidad, fue por consejo de madame de Roque que envíamos a mi hermana a St. Cyr hace años.

—Sí —susurró la niña—. Y yo misma he conocido bien a la abadesa. Durante su visita a St. Cyr, hace dos años, habló conmigo en varias ocasiones. Pero antes de seguir... ¿fuisteis una de las últimas... en quedaros en la abadía de Montglane, mademoiselle? Si es así, comprenderéis por qué os hago esta pregunta. —Y volvió a mirar a su hermano.

Mireille sentía la sangre latiendo en sus oídos. ¿Era simple coincidencia este encuentro con personas que conocían a la abadesa? ¿Podía atreverse a esperar que hubieran sido depositarios de su confianza? No, llegar a esa conclusión era demasiado peligroso. Pero la niña parecía percibir su preocupación.

—Por vuestro rostro veo que preferís no hablar de esto aquí, al aire libre —dijo—. Y tenéis razón, por supuesto. Pero hablar de ello podría beneficiarnos a ambas. Veréis, antes de salir de St. Cyr vuestra abadesa me confió una misión especial. Tal vez sepáis de qué hablo. Os propongo que nos acompañéis hasta la posada más cercana, donde mi hermano ha reservado alojamiento para esta noche. Allí podremos hablar con mayor tranquilidad...

La sangre seguía latiendo en las sienes de Mireille y mil pensamientos se confundían en su cabeza. Aun cuando confiara lo bastante en estos extraños como para ir con ellos, quedaría atrapada en París en un momento en que Marat podía estar registrando la ciudad en su busca. Por otro lado, no estaba segura de poder salir sin ayuda de la ciudad. Y si el convento estaba cerrado, ¿adónde podía acudir en busca de refugio?

—Mi hermana tiene razón —dijo el soldado sin dejar de mirarla—. No podemos quedarnos aquí. Mademoiselle, os ofrezco nuestra protección.

Mireille volvió a pensar en lo guapo que era, con su abundante cabello castaño suelto y los grandes ojos tristes. Aunque era esbelto y casi de su misma altura, daba una impresión de gran fortaleza y seguridad. Por último, decidió que confiaba en él.

—Muy bien —dijo con una sonrisa—. Iré a la posada y allí hablaremos.

Ante estas palabras, la niña sonrió y oprimió el brazo de su hermano. Se miraron amorosamente a los ojos. Después, el soldado volvió a coger la maleta y tomó las riendas del caballo mientras su hermana daba el brazo a Mireille.

—No lo lamentaréis, mademoiselle —dijo la niña—. Permitidme

presentarme. Mi nombre es Maria-Anna, pero mi familia me llama Elisa. Y éste es mi hermano Napoleone... de la familia Buonaparte.

∞

Ya en la posada, los jóvenes se sentaron en rígidas sillas de madera en torno a una mesa gastada, también de madera. Sobre la mesa ardía una sola vela y, junto a ésta, había una barra de duro pan negro y una jarra de cerveza clara que constituían su austera comida.

—Somos de Córcega —decía Napoleone a Mireille—, una isla que no se adapta con facilidad al yugo de la tiranía. Como dijo Livio hace casi dos mil años, los corsos somos tan rudos como nuestra tierra y tan ingobernables como bestias salvajes. No hace aún cuarenta años, nuestro líder Pasquale Paoli expulsó a los genoveses de nuestras playas, liberó Córcega y contrató al famoso filósofo Jean-Jacques Rousseau para que redactara una Constitución. Sin embargo, la libertad duró poco, porque en 1768 Francia compró a Génova la isla de Córcega. En la primavera siguiente desembarcó en el peñón treinta mil hombres y ahogó nuestro trono de libertad en un mar de sangre. Os digo estas cosas porque fue esta historia, y el papel desempeñado en ella por nuestra familia, las que nos pusieron en contacto con la abadesa de Montglane.

Mireille, que había estado a punto de preguntar por qué le relataba esa saga histórica, permaneció en un silencio atento. Cogió un trozo de pan negro para comer mientras escuchaba.

—Nuestros padres lucharon con valentía junto a Paoli para rechazar a los franceses —siguió Napoleone—. Mi madre fue una gran heroína de la Revolución. Cabalgó a pelo de noche por las salvajes colinas corsas, con las balas de los franceses zumbando en sus oídos, para llevar municiones y víveres a mi padre y los soldados que luchaban en Il Corte... el Nido del Águila. ¡Por entonces estaba en el séptimo mes de embarazo y me llevaba a mí en su vientre! Como ha dicho siempre, nací para ser soldado. Pero cuando yo nací, mi país moría.

—Vuestra madre era una mujer valerosa, sin duda —dijo Mireille, tratando de imaginar a la revolucionaria a caballo como amiga íntima de la abadesa.

—Vos me recordáis a ella —dijo Napoleone sonriendo—. Pero me desvío. Cuando la Revolución fracasó y Paoli fue exiliado a Inglaterra, la vieja nobleza corsa eligió a mi padre para representar a nuestra isla ante los Estados Generales, en Versalles. Esto fue en

1782... el año y el lugar donde Letizia, nuestra madre, conoció a la abadesa de Montglane. Nunca olvidaré lo elegante que se veía nuestra madre, cómo hablaban los chicos de su belleza cuando, al regresar de Versalles, nos visitó en Autun...

—¡Autun! —exclamó Mireille, que estuvo a punto de tirar su vaso de cerveza—. ¿Estabais en Autun al mismo tiempo que el señor Talleyrand? ¿Cuando era obispo?

—No, eso fue después de mi estancia, porque me fui pronto a la escuela militar de Brienne —contestó él—. Pero es un gran estadista a quien me gustaría conocer algún día. He leído muchas veces la obra que escribió con Thomas Paine: la *Declaración de los Derechos del Hombre*... uno de los documentos más bellos de la Revolución Francesa...

—Continúa con tu historia —susurró Elisa, dándole un codazo en las costillas—, porque mademoiselle y yo no queremos pasar la noche hablando de política.

—Lo intento —dijo Napoleone mirando a su hermana—. No conocemos las circunstancias exactas del encuentro de Letizia con la abadesa, pero sabemos que fue en St. Cyr. Debió de impresionar a la abadesa... porque desde entonces siempre ha ayudado a nuestra familia.

—Nuestra familia es pobre, mademoiselle —explicó Elisa—. Aun en vida de mi padre, el dinero se escapaba de entre sus dedos como agua. La abadesa de Montglane ha pagado mi educación desde el día que entré a St. Cyr, hace ocho años.

—Debe haber tenido un vínculo poderoso con vuestra madre —dijo Mireille.

—Más que un vínculo —aceptó Elisa—, porque hasta que abandonó Francia, no ha pasado una semana en la cual no se comunicaran. Lo comprenderéis cuando os hable de la misión que me confió.

Habían pasado diez años, pensó Mireille. Diez años desde que ambas mujeres se conocieran, mujeres con antecedentes y perspectivas tan distintas. Una, criada en una isla salvaje y primitiva, luchando junto a su esposo en las montañas, dándole ocho hijos; la otra, una enclaustrada mujer de Dios, de noble nacimiento y bien educada. ¿Cuál podía ser la naturaleza de su relación, cuando había impulsado a la abadesa a confiar un secreto a la niña que ahora tenía delante... quien no podía tener más de doce o trece años cuando la abadesa la vio por última vez?

Pero Elisa estaba explicándolo...

—El mensaje de la abadesa para mi madre era tan secreto que no deseaba ponerlo por escrito. Tenía que repetírselo personalmente cuando la viera. En ese momento, ni la abadesa ni yo sospechábamos que pasarían dos largos años, que la Revolución cambiaría nuestras vidas y nos impediría viajar. Me da miedo no haber transmitido antes este mensaje... tal vez fuera crucial, porque la abadesa me dijo que había personas que conspiraban para quitarle un tesoro secreto, un secreto cuya existencia conocían pocos... y que estaba oculto en Montglane.

La voz de Elisa había bajado hasta ser apenas un susurro, pese a que estaban completamente solos en la habitación. Mireille trató de no dejar traslucir nada, pero el corazón le latía con tal fuerza que tuvo la convicción de que los otros podían oírlo.

—Había venido a St. Cyr, tan cerca de París —continuó Elisa—, para enterarse de la identidad de aquellos que trataban de robarlo. Me dijo que para proteger ese tesoro, había hecho que las monjas lo sacaran de la abadía.

—¿Y cuál era la naturaleza de ese secreto? —preguntó Mireille con voz débil—. ¿Os lo dijo la abadesa?

—No —dijo Napoleone, contestando por su hermana y mirando con atención a Mireille. Su largo rostro oval estaba pálido en la luz mortecina, que sacaba destellos de su cabello castaño—. Pero ya conocéis las leyendas que rodean esos monasterios de las montañas vascas. Siempre se supone que allí hay reliquias escondidas. Según Chrêtien de Troyes, el Santo Grial está escondido en Monsalvat, también en los Pirineos...

—Por eso, precisamente, quería hablar con vos, mademoiselle —lo interrumpió Elisa—. Cuando nos dijisteis que veníais de Montglane, pensé que tal vez vos podríais echar luz sobre el misterio.

—¿Cuál es el mensaje que os dio la abadesa?

—El último día de su estada en St. Cyr —contestó Elisa reclinándose en la mesa de modo que la luz dorada captó el contorno de su cara—, la abadesa me hizo llamar a una cámara privada. Dijo: «Elisa, te confío una misión secreta porque sé que eres la octava hija de Carlo Buonaparte y Letizia Ramolino. Cuatro de tus hermanos murieron en la infancia; eres la primera mujer que sobrevive. Esto te hace especial a mis ojos. Recibiste el nombre de una gran gobernante, Elissa, a quien algunos llamaban la Roja. Ella fundó una gran ciudad, Q'ar, que después tuvo fama en todo el mundo. Debes ir a tu madre y decirle que la abadesa de Montglane dice lo siguiente: Elissa la Roja se ha levantado... el ocho regresa. Ése es el único mensaje, pero Letizia sabrá de qué se trata... y lo que debe hacer.»

Elisa hizo una pausa y miró a Mireille. También Napoleone trató de captar su reacción... pero el mensaje carecía de sentido para ésta. ¿Qué secreto podía estar comunicando la abadesa, relacionado con las fabulosas piezas de ajedrez? Algo se agitaba en su cerebro, pero no conseguía darle forma. Napoleone se estiró para volver a llenar su vaso, aunque Mireille no era consciente de haber bebido nada.

—¿Quién era esa Elissa de Q'ar? —preguntó, confundida—. No conozco su nombre ni la ciudad que fundó.

—Pero yo, sí —dijo Napoleone. Echándose hacia atrás de modo que su rostro quedaba en sombras, sacó de su bolsillo un libro muy leído—. La admonición favorita de nuestra madre siempre ha sido: «Hojead vuestro Plutarco, releed vuestro Livio» —dijo sonriendo—. Y yo lo he hecho aún mejor, porque aquí, en *La Eneida* de Virgilio, he encontrado a nuestra Elissa... aunque los romanos y los griegos preferían llamarla Dido. Venía de la ciudad de Tiro, en la antigua Fenicia. Pero huyó de aquella ciudad cuando su hermano, el rey de Tiro, asesinó a su esposo. Desembarcó en las costas del norte de África y fundó la ciudad de Q'ar, a la que dio ese nombre en homenaje a la gran diosa Car, que era su protectora. Es la ciudad que ahora conocemos por Cartago.

—¡Cartago! —exclamó Mireille. Excitada, empezó a reunir la información. ¡La ciudad de Cartago, llamada ahora Túnez, estaba a menos de ochocientos kilómetros de Argel! Todas las tierras conocidas como estados Bereberes (Trípoli, Túnez, Argelia y Marruecos) tenían una cosa en común: durante quinientos años, habían sido gobernadas por los bereberes, ancestros de los moros. No podía ser casual que el mensaje de la abadesa señalara precisamente la tierra hacia la que ella iba.

—Veo que esto significa algo para vos —dijo Napoleone interrumpiendo sus pensamientos—. Tal vez podríais decírnoslo.

Mireille se mordió el labio y contempló la llama de la bujía. Ellos habían confiado en ella, que hasta ese momento no había revelado nada. Y sin embargo, sabía que para ganar un juego como el que estaba jugando, necesitaría aliados. ¿Qué daño podía hacer revelar una parte de lo que sabía para acercarse más a la verdad?

—Había un tesoro en Montglane —dijo por fin—. Lo sé porque ayudé a sacarlo con mis propias manos.

Los dos Buonaparte intercambiaron miradas y luego volvieron a contemplar a Mireille.

—Este tesoro era algo de gran valor pero también de gran riesgo

—continuó ella—. Lo llevaron a Montglane hace casi mil años... ocho moros cuyos ancestros salieron de aquellas mismas playas del norte de África que vos describís. Yo misma voy allí para descubrir el secreto que hay detrás de este tesoro...

—¡Entonces debéis acompañarnos a Córcega! —exclamó Elisa, excitada—. ¡Nuestra isla está a mitad de camino de vuestro punto de destino! Os ofrecemos la protección de mi hermano durante el viaje y el refugio de nuestra familia cuando lleguemos...

Lo que había dicho era verdad, pensó Mireille... y además, debía tener en cuenta otra cosa. En Córcega, aunque técnicamente estuviera todavía en suelo francés, se hallaría lejos de las garras de Marat, que en ese mismo momento podía estar buscándola por las calles de París.

Pero había aún algo más. Mientras miraba vacilar la vela en un charco de cera caliente, sintió que volvía a encenderse en su cabeza la llama oscura. Y escuchó las palabras susurradas por Talleyrand mientras descansaban entre las sábanas desordenadas... y él tenía en la mano el vigoroso semental del juego de Montglane... «Y salió otro caballo que era rojo... y se le dio poder para que a partir de entonces eliminara la paz de la tierra y se mataran los unos a los otros... y se le dio una gran espada...»

—«... y el nombre de la espada es Venganza» —dijo Mireille en voz alta.

—¿La espada? —preguntó Napoleone—. ¿Qué espada es ésa?

—La espada roja de la retribución —contestó ella.

Mientras la luz desaparecía poco a poco de la habitación, Mireille volvió a ver las letras que había visto, día tras día, durante los años de su infancia, grabadas sobre el portal de la abadía de Montglane:

«Maldito sea quien derribe estos muros,
al rey sólo lo detiene la mano de Dios.»

—Tal vez hayamos hecho algo más que sacar un antiguo tesoro de los muros de la abadía de Montglane... —dijo con suavidad. A pesar del calor de la noche, sintió el frío en su corazón como si la hubieran tocado con dedos helados—. Tal vez —dijo—, hayamos despertado también una vieja maldición.

La isla de Córcega, como la de Creta, está puesta como una joya, como cantó el poeta, «en medio del mar oscuro como el vino». Aunque estaban casi en invierno, a treinta kilómetros de la costa Mireille podía oler el fuerte aroma del *macchia*, aquel sotobosque de salvia, retama, romero, hinojo, lavanda y espinos, que cubría la isla con enmarañada abundancia.

De pie en la cubierta del pequeño barco que se abría camino por el mar picado, veía las espesas brumas que velaban las montañas altas y ásperas y oscurecían en parte los traicioneros y sinuosos caminos, las cascadas en forma de abanico que caían como encaje sobre la superficie de la roca. El velo de niebla era tan intenso que apenas podía ver dónde terminaba el agua y dónde empezaba la isla.

Iba envuelta en gruesas ropas de lana y aspiraba el aire tonificante mientras miraba la isla suspendida ante sus ojos. Estaba enferma, seriamente enferma, y la causa no eran las sacudidas del mar. Desde que abandonaron Lyon, había padecido unas violentas náuseas.

Junto a ella, en cubierta, estaba Elisa, que le sostenía la mano mientras los marineros corrían a su alrededor recogiendo las velas. Napoleone había bajado para reunir sus escasas pertenencias antes de llegar al puerto.

Tal vez había sido el agua de Lyon, se dijo Mireille. O quizá la dureza de su viaje por el valle del Ródano, donde los ejércitos hostiles peleaban a su alrededor, tratando de obtener Saboya... parte del reino de Cerdeña. Cerca de Givors, Napoleone había vendido su caballo —que hasta ese momento habían llevado uncido al coche de postas— al quinto regimiento del ejército. En el calor de la batalla, los soldados habían perdido más caballos que hombres, y el de Mireille les había proporcionado una bonita suma... lo bastante para pagar los gastos de su viaje... y más.

Durante todo ese tiempo, la enfermedad de Mireille se había agravado. Con cada día transcurrido, el rostro de Elisa reflejaba más preocupación cuando alimentaba a mademoiselle y aplicaba compresas frías en su cabeza en cada descanso. Pero la sopa nunca permanecía demasiado tiempo en el estómago y mademoiselle había empezado a sentirse seriamente preocupada mucho antes de que el barco saliera del puerto de Toulon y se encaminara hacia Córcega atravesando el mar embravecido. Al mirarse en el espejo convexo del barco, se había visto pálida, desmayada y enflaquecida, en lugar de gorda y expandida, como debió verse en la forma redonda del espejo. Había permanecido lo más posible en cubierta, pero ni siquiera el fresco aire salino le había devuelto aquel sentimiento de saludable vigor que siempre había dado por sentado. Ahora, mientras Elisa oprimía su mano, abrazadas ambas en la cubierta del pequeño barco, Mireille sacudió la cabeza para aclararla y tragó saliva para controlar las náuseas. No podía permitirse la debilidad.

Y como si el propio cielo la hubiera escuchado, la bruma oscura se levantó ligeramente y apareció el sol, formando charcos de luz que lamían la superficie aserrada del agua como piedras de oro, precediéndola en cien años al interior del puerto de Ajaccio.

Napoleone estaba en cubierta, y en cuanto llegaron, saltó a la orilla y ayudó a sujetar la nave al embarcadero de piedra. El puerto de Ajaccio bullía de actividad. En la entrada había muchos buques de guerra. Mientras Mireille y Elisa miraban deslumbradas a su alrededor, los soldados franceses trepaban por las guindalesas y corrían por las cubiertas.

El gobierno francés había ordenado a Córcega que atacara Cerdeña, su vecina. Mientras sacaban suministros del barco, Mireille escuchaba a los soldados franceses y la Guardia Nacional corsa hablando entre ellos de la conveniencia de ese ataque, que parecía inminente.

Mireille escuchó un grito proveniente del embarcadero. Mirando hacia abajo, vio a Napoleone precipitándose por entre la muchedumbre en dirección a una mujer pequeña y esbelta que llevaba de la mano a dos criaturas diminutas. Mientras Napoleone la estrechaba en sus brazos, Mireille vio el relámpago de un cabello castaño rojizo y unas manos blancas que revoloteaban como palomas en torno a su cuello. Los niños, sueltos, saltaban libremente en torno a la forma doble de su madre y su hermano.

—Es Letizia, nuestra madre —susurró Elisa, mirando sonriente a Mireille—. Y mi hermana Maria-Carolina, de diez años, y el pequeño Girolamo, que era un bebé cuando me fui a St. Cyr. Pero Napoleone siempre ha sido el favorito de mi madre. Venid, os presentaré.

Y bajaron juntas al atestado puerto.

Mireille pensó que Letizia Ramolino Buonaparte era una mujer diminuta. Aunque esbelta como un junco, daba impresión de solidez. Contempló desde lejos a Mireille y Elisa, con los ojos pálidos y traslúcidos como hielo azul y el rostro sereno como una flor flotando en un estanque quieto. Aunque a su alrededor todo era plácido, su presencia resultaba tan autoritaria que a Mireille le pareció que dominaba incluso la confusión del puerto atestado. Y tuvo la sensación de haberla conocido antes.

—Señora madre —dijo Elisa, abrazando a su madre—, os presento a nuestra nueva amiga. Viene de parte de madame de Roque, la abadesa de Montglane.

Letizia miró largo rato a Mireille sin decir nada. Después le tendió la mano.

—Sí —dijo en voz baja—, os estaba esperando...

—¿A mí? —preguntó Mireille, sorprendida.

—Tenéis un mensaje para mí, ¿no es cierto? Un mensaje de cierta importancia...

—¡Señora madre, tenemos un mensaje! —intervino Elisa, tirándole de la manga. Letizia lanzó una mirada a su hija que, a los quince años, ya era más alta que ella—. Yo misma he estado con la abadesa en St. Cyr y ella me dio este mensaje para vos... —Y Elisa se inclinó hacia el oído de su madre.

Nada podía haber transformado a esta mujer impasible de manera más absoluta que esas pocas palabras susurradas. Ahora, al escuchar, su rostro se oscureció. Sus labios temblaron de emoción mientras retrocedía apoyándose en el hombro de Napoleone.

—¿Qué pasa, madre? —exclamó éste, cogiendo su mano y mirando alarmado sus ojos.

—Madame —urgió Mireille—, debéis decirnos qué sentido tiene este mensaje para vos. Mis actos futuros, mi propia vida, pueden depender de ello. Iba de camino a Argel y me he detenido aquí sólo a causa de mi encuentro fortuito con vuestros hijos. Este mensaje puede ser...

Pero en ese momento una oleada de náusea le impidió seguir hablando. Letizia se abalanzó hacia ella en el momento en que Napoleone la cogía por debajo del brazo para impedirle caer.

—Perdonadme —dijo débilmente Mireille, con la frente fría empapada en sudor—. Me temo que tengo que echarme... no estoy bien.

Letizia parecía casi aliviada por la interrupción. Con cuidado, tocó la frente afiebrada y el corazón palpitante. Después, adoptando una actitud casi militar, dio órdenes y puso en movimiento a los niños mientras Napoleone llevaba a Mireille colina arriba, hasta la carreta. Pero cuando Mireille estuvo acomodada en la parte de atrás, Letizia pareció lo bastante recuperada como para volver a mencionar el tema.

—Mademoiselle —dijo con cautela, echando una ojeada a su alrededor para asegurarse de que no la oían—, aunque hace treinta años que me preparo para esta noticia, el mensaje me ha cogido por sorpresa. Pese a lo que he dicho a mis hijos para protegerlos, conozco a la abadesa desde que tenía la edad de Elisa... mi madre ha sido su confidente. Contestaré a todas vuestras preguntas. Pero primero debemos ponernos en contacto con madame de Roque y descubrir cómo entráis vos en sus planes...

—¡No puedo esperar tanto tiempo! —exclamó Mireille—. Tengo que ir a Argel.

—Pese a ello, voy a contrariar vuestra decisión —dijo Letizia trepando al carro y cogiendo el látigo mientras indicaba a los niños que subieran—. No estáis en condiciones de viajar, e intentándolo podéis poner en peligro la vida de otros, aparte de la vuestra. Porque no comprendéis la naturaleza de este juego que estáis jugando y tampoco sus apuestas...

—Vengo de Montglane —replicó Mireille—. He tocado las piezas con mis propias manos.

Letizia se había vuelto para mirarla y Napoleone y Elisa escuchaban con atención mientras subían a Girolamo a la carreta, porque ellos nunca habían sabido con exactitud en qué consistía el tesoro.

—¡No sabéis nada! —dijo Letizia con fiereza—. Tampoco Elissa de Cartago quiso escuchar las advertencias. Murió por el fuego... inmolada en una pira funeraria como aquel pájaro fabuloso que ha dado su identidad a los fenicios...

—Pero, madre —dijo Letizia mientras ayudaba a Maria-Carolina a subir—, según la historia, ella se arrojó a la pira cuando fue abandonada por Eneas.

—Tal vez —dijo crípticamente Letizia—, y tal vez la razón fuera otra.

—¡El ave Fénix! —murmuró Mireille, sin notar apenas que Elisa y Carolina se acomodaban a duras penas a su lado—. ¿Y acaso la reina Elissa se levantó después de entre sus cenizas... como aquel mítico pájaro del desierto?

—No —canturreó Elisa—, porque más tarde el propio Eneas la vio en el Hades.

Los ojos azules de Letizia seguían posados en Mireille, como perdida en sus pensamientos. Por último habló... y al escuchar sus palabras, Mireille sintió que le recorría un escalofrío.

—Pero se ha levantado ahora... como las piezas del juego de ajedrez de Montglane. Y haremos bien en temblar, todos nosotros. Porque éste es el final de lo que fue profetizado.

Y dándoles la espalda, tocó ligeramente al caballo con el látigo y partieron en silencio

∞

La casa de Letizia Buonaparte era un pequeño edificio encalado de dos plantas, que se alzaba en una calle estrecha en las colinas que dominaban Ajaccio. En la pared de la entrada había dos olivos y, a pesar de la espesa bruma, algunas abejas ambiciosas seguían trabajando en el resto florecido de romero que cubría a medias la puerta.

Durante el viaje de regreso nadie habló. Pero al bajar de la carreta se asignó a Maria-Carolina la tarea de acomodar a Mireille mientras los otros se dedicaban a la preparación de la cena. Mireille llevaba todavía la vieja camisa de Courtiade, que era demasiado grande, y una falda de Elisa, que le iba pequeña, además de los cabellos cubiertos de polvo a causa del viaje y la piel pegajosa por su enfermedad, por lo que se sintió muy aliviada cuando la pequeña Carolina apareció con dos jarras de cobre con agua caliente para prepararle un baño.

Después de bañarse y ponerse las pesadas ropas de lana que le habían conseguido, se sintió algo mejor. Durante la cena, la mesa rebosaba de especialidades locales: *bruccio*, un queso cremoso de oveja; tortitas de trigo; panes hechos con castañas; mermelada de cerezas silvestres de la isla; miel de salvia; pequeños calamares y pulpitos del Mediterráneo que pescaban ellos mismos; conejo de bosque preparado con la salsa especial de Letizia; y aquella novedad que ahora se cultivaba en Córcega, las patatas.

Después de cenar, cuando los pequeños se acostaron, Letizia sirvió unas tacitas de aguardiente de manzana y los cuatro «adultos» se acomodaron en el comedor junto a las cálidas ascuas del brasero.

—Antes que nada —empezó Letizia—, deseo excusarme por mi mal carácter, mademoiselle. Mis hijos me han hablado de vuestro coraje al salir de París durante el Terror, sola y por la noche. He pedido a Napoleone y a Elisa que escuchen lo que voy a decir. Quiero que sepan qué espero de ellos... que os consideren un miembro de nuestra familia, como lo hago yo. Suceda lo que suceda en el futuro, espero que os ayuden como a uno de los nuestros.

—Madame —dijo Mireille calentando su aguardiente de manzana junto al brasero—, he venido a Córcega por una razón… escuchar de vuestros propios labios el significado del mensaje de la abadesa. Esta misión en la que estoy comprometida me fue impuesta por los acontecimientos. El último miembro de mi familia fue destruido a causa del juego de Montglane… y yo dedico toda mi sangre, todo mi aliento, todas las horas que pase sobre la tierra, a descubrir el oscuro secreto que guardan estas piezas.

Letizia miró a Mireille, con su cabello rojo y oro resplandeciente a la luz del brasero y la juventud de su rostro en contraste tan amargo con la fatiga de sus palabras… y su corazón dio un vuelco al pensar en lo que había decidido hacer. Esperaba que la abadesa de Montglane estuviera de acuerdo con su decisión.

—Os diré lo que deseáis saber —dijo por fin—. En mis cuarenta y dos años, jamás he hablado de esto. Tened paciencia porque no es una historia sencilla. Cuando haya terminado, comprenderéis la terrible carga que he llevado todos estos años… Ahora os la paso a vos.

EL CUENTO DE LA SEÑORA MADRE

Cuando era una niña de ocho años, Pasquale Paoli liberó a la isla de Córcega de los genoveses. Como mi padre había muerto, mi madre casó en segundas nupcias con un suizo llamado Franz Fesch. Para casarse con ella, él tuvo que renunciar a su fe calvinista y abrazar el catolicismo. Su familia lo desheredó. Ésta fue la circunstancia que provocó la entrada de la abadesa de Montglane en nuestras vidas.

Pocas personas saben que Helene de Roque desciende de una antigua y noble familia de Saboya, pero su familia tenía propiedades en muchos países y ella misma había viajado mucho. En 1764, año en que la conocí, ya era abadesa de Montglane, pese a que aún no tenía cuarenta años. Conocía a la familia de Fesch y, como noble cuyo origen era en parte suizo, aunque católica, era muy estimada por estos burgueses. Al conocer la situación, decidió erigirse en árbitro entre mi padrastro y su familia y restablecer las relaciones familiares... acto que en ese momento pareció puramente desinteresado.

Franz Fesch, mi padrastro, era un hombre alto y delgado con un rostro expresivo, encantador. Como buen suizo, hablaba con suavidad, daba su opinión en contadas ocasiones y no confiaba prácticamente en nadie. Como es natural, se sentía agradecido a madame de Roque por haber arreglado una reconciliación con su familia, y la invintó a visitarnos a Córcega. En ese momento no podíamos imaginar que ésa había sido precisamente su intención.

Jamás olvidaré el día que llegó a nuestra vieja casa de piedra, suspendida en lo alto de las montañas corsas, a casi dos mil quinientos metros sobre el nivel del mar. Para llegar a ella era preciso atravesar un terreno dificultoso de traicioneros acantilados, barrancos empinados y *macchia* impenetrable que, en algunos sectores, formaba muros de arbusto de dos metros de altura. Pero la abadesa no se había dejado acobardar por el viaje. En cuanto se cumplieron las primeras formalidades, sacó el tema que deseaba considerar.

—Franz Fesch, he venido hasta aquí no sólo en respuesta a vuestra amable invitación —empezó—, sino a causa de un asunto muy urgente. Hay un hombre, un suizo, como vos... converso también a la fe católica. Le temo, porque vigila mis movimientos. Creo que intenta apoderarse de un secreto que guardo... un secreto que tiene quizá mil años. Todas sus actividades lo sugieren, porque ha estudiado musica. Ha llegado incluso a escribir un diccionario de música y ha compuesto una ópera con el famoso André Philidor. Se ha hecho amigo de los filósofos Grimm y Diderot, protegidos ambos por la corte de Catalina la Grande, en Rusia. ¡Ha llegado incluso a mantener correspondencia con Voltaire... un hombre al que desprecia! Y ahora, aunque está demasiado enfermo como para viajar, ha contratado los servicios de un espía que viene aquí, Córcega. Os pido ayuda; que actuéis en mi nombre, como lo he hecho yo por vos.

—¿Y quién es? —preguntó Fesch, interesado—. Tal vez lo conozca.

—Lo conozcáis o no, habréis oído su nombre —contestó la abadesa—. Es Jean-Jacques Rousseau.

—¡Rousseau! ¡Imposible! —exclamó Angela-Maria, mi madre—. ¡Pero si es un gran hombre! ¡La Revolución Corsa se basó en sus teorías sobre la virtud natural! En realidad, Paoli le encargó que escribiera nuestra Constitución... fue Rousseau quien dijo: «El hombre nace libre, pero en todas partes está encadenado.»

—Una cosa es hablar de principios de libertad y virtud —dijo la abadesa con sequedad—, y otra muy distinta actuar en consecuencia. Éste es un hombre que dice que todos los libros son instrumentos de maldad... pero escribe seiscientas páginas de una sentada. Dice que los niños deben ser nutridos físicamente por sus madres e intelectualmente por sus padres... ¡pero abandona a los suyos en la escalera de un orfanato! Estallará más de una revolución en nombre de las virtudes que preconiza... y sin embargo va en busca de una herramienta de tal poder, que encadenará a todos los hombres... salvo a su poseedor.

Los ojos de la abadesa resplandecían como las ascuas del brasero.

—Querréis saber qué es lo que quiero —dijo sonriendo—. Yo entiendo a los suizos, monsieur. Yo misma soy casi suiza. Voy directamente al grano. Quiero información y colaboración. Comprendo que no podáis concederme ninguna de ambas cosas... hasta que os diga cuál es el secreto que guardo y que está enterrado en la abadía de Montglane.

Durante la mayor parte de ese día, la abadesa nos narró un largo y misterioso cuento sobre un legendario juego de ajedrez que, según se decía, había perteneccido a Carlomagno, y que se creía que estaba desde hacía mil años enterrado en la abadía de Montglane. Digo que se creía... porque ningún ser viviente lo había visto, aunque muchos habían procurado conocer el lugar donde estaba enterrado y el secreto de sus presuntos poderes. Como todas sus predecesoras, la abadesa temía que el tesoro tuviera que ser desenterrado durante el ejercicio de sus funciones. Ella sería responsable de la apertura de la caja de Pandora. En consecuencia, había llegado a temer a aquellos que se cruzaban en su camino, de la misma manera en que un jugador de ajedrez vigila con desconfianza las piezas que pueden ahogarlo —incluidas las propias— y planifica su contraataque de antemano. Para eso había venido a Córcega.

—Tal vez sepa qué busca aquí Rousseau —dijo la abadesa—, porque la historia de esta isla es antigua y misteriosa. Como he dicho, el juego de Montglane pasó a manos de Carlomagno por obra de los moros de Barcelona. Pero en el año del Señor 809, cinco antes de la muerte de Carlomagno, otro grupo de moros se apoderó de la isla de Córcega. En la fe islámica hay casi tantas sectas como en la cristiana —continuó con una sonrisa seca—. En cuanto Mahoma murió, su propia familia rompió las hostilidades, dividiendo la fe. La secta que se estableció en Córcega eran los Shia, místicos que predicaban el Talim, una doctrina secreta que incluía la llegada de un redentor.

Fundaron un culto místico con una logia, ritos de iniciación secretos y un Gran Maestre... sobre los cuales ha basado sus ritos la actual Sociedad de los Francmasones. Sometieron Cartago y Trípoli, y establecieron en ellas dinastías poderosas. Uno de los hombres pertenecientes a su orden, un persa de Mesopotamia a quien llamaban Q'armat en homenaje a la antigua diosa Car, organizó un ejército que atacó La Meca y robó el velo de la Kaaba y la sagrada Piedra Negra que estaba dentro. Por último, dieron origen a los Hashhashin, un grupo de homicidas políticos afectos a las drogas, del cual sale la palabra asesinos. Os digo estas cosas —prosiguió la abadesa—, porque esta secta chiíta, despiadada e involucrada en política, que desembarcó en Córcega, conocía la existencia del juego de Montglane. Habían estudiado los antiguos manuscritos de Egipto, Babilonia y Sumeria, que hablaban de los oscuros misterios cuya clave, según creían, estaba en el juego. Y querían recuperarlo. Durante los siglos de guerra que siguieron, estos místicos clandestinos vieron fustrados repetidas veces sus intentos de encontrar y recuperar el juego. Por último, los moros fueron expulsados de sus plazas fuertes de Italia y España. Divididos por peleas intestinas, dejaron de desempeñar un papel importante en la historia.

Durante el relato de la abadesa, mi madre había permanecido en un silencio extraño. Su personalidad, habitualmente directa y abierta, parecía ahora velada y cautelosa. Tanto mi padrastro como yo lo notamos, y Fesch habló... tal vez para incitarla a hacer lo mismo:

—Mi familia y yo quedamos obligados por lo que nos habéis dicho —dijo—. Pero como es natural, esperaréis que nos preguntemos cuál es el secreto que monsieur Rousseau podría buscar en nuestra isla... y por qué nos habéis elegido a nosotros como confidentes en vuestro intento de fustrarlo.

—Aunque, como he dicho, Rousseau puede estar demasiado enfermo como para viajar —contestó la abadesa—, es evidente que indicaría a su agente que visite a uno de sus compatriotas aquí. En cuanto al secreto que persigue... ¿tal vez Angela-Maria, vuestra esposa, pueda decirnos más...? Sus raíces familiares datan de hace mucho en la isla de Córcega... si no me equivoco, son incluso anteriores a los moros...

¡Comprendí de repente por qué la abadesa había venido aquí! El rosto frágil y dulce de mi madre se ruborizó intensamente mientras lanzaba una rápida mirada a Fesch y luego a mí. Se retorcía las manos y parecía no saber qué hacer.

—No tengo intención de desconcertaros, madame Fesch —dijo la abadesa con una voz serena que, pese a ello, transmitía un sentimiento de urgencia—, pero esperaba que el sentido del honor corso exigiría la devolución de un favor por otro.

Fesch parecía confundido, pero yo no. Había vivido siempre en Córcega y conocía las leyendas en torno a la familia de mi madre, los Pietrasanta, cuya morada en esta isla se remontaba a la penumbra de los comienzos.

—Madre —dije—, ésos son sólo viejos mitos, o al menos es lo que me habéis dicho. ¿Qué importa compartirlos con madame de Roque, que tanto ha hecho por nosotros?

Ante esto, Fesch puso su gran mano sobre la mano pequeña de mi madre y la oprimió para manifestarle su apoyo.

—Madame de Roque —dijo mi madre con voz temblorosa—, tenéis mi gratitud, y pertenezco a una clase de gente que paga sus deudas. Pero vuestra historia me ha asustado. La superstición está profundamente enraizada en nuestra sangre. Aunque la mayoría de las familias de esta isla descienden de etruscos, lombardos o sicilianos, la mía pertenece al grupo de los primeros pobladores. Provenimos de Fenicia, un antiguo pueblo de la costa oriental del Mediterráneo. Colonizamos Córcega 1600 años antes del nacimiento de Cristo.

Mientras mi madre hablaba, la abadesa asentía en silencio. Después habló:

—Angela-Maria di Pietrasanta, durante años he buscado a alguien que pudiera hablarme de los antiguos misterios, porque aunque he estudiado a conciencia durante mucho tiempo, en realidad estas cosas sólo se transmiten oralmente y así pasan de generación en generación. Creo que comprenderéis que podéis confiar en que jamás diré una palabra de lo que suceda hoy entre nosotros... y que espero lo mismo de vos. Pero aquí, en Córcega, hay un secreto por descubrir, y otros lo saben. Debo conocerlo antes que ellos.

Mostrando tácitamente su acuerdo, mi madre continuó su relato:

—Estos fenicios eran traficantes, mercaderes, y en las antiguas historias se los conocía como el pueblo del mar. Los griegos los llamaron phoinikes, que significa rojo como la sangre, tal vez a causa de los tintes purpúreos que obtenían de las conchas o quizás por el legendario pájaro de fuego o la palmera, ambos llamados phoinix, es decir, rojo como el fuego. Los hay que piensan que provenimos del mar Rojo y por eso nos dieron ese nombre. Pero nada de esto es cierto. Nos llamaron así por el color de nuestros cabellos. Y todas las tribus que se formaron a partir de los fenicios, como los venecianos, fueron conocidas por esta señal. Me detengo en esto porque estos pueblos extraños y primitivos adoraban las cosas rojas, del color de las llamas y la sangre. Aunque los griegos los llamaban phoinikes, ellos se autodenominaban Pueblo de Khna —o Knossos— y más tarde cananitas. La Biblia nos dice que adoraban a muchos dioses, los dioses de Babilonia: al dios Bel, a quien llamaban Baal; a Isthar, que se convirtió en Astarté; y a Mel'Quarth, a quien los griegos llamaban Car, que significa «Sino» o «Destino», y mi gente llamaba el Moloch.

—El Moloch —susurró la abadesa—. Los hebreos lamentaban el culto pagano de este dios, aunque los acusaron de adorarlo. Arrojaban los niños vivos al fuego para aplacarlo.

—Sí —dijo mi madre—; y cosas peores. Aunque la mayor parte de los pueblos antiguos creía que la venganza sólo correspondía a los dioses, los fenicios creían que les competía a ellos. Los lugares que fundaron —Córcega, Cerdeña, Marsella, Venecia, Sicilia—, son lugares donde la traición es sólo un medio para llegar a un fin; donde el desquite significa justicia. Sus descendientes arrasan aún hoy el Mediterráneo. Esos piratas de Berbería no descendían de los bereberes sino de Barbarroja, y aún hoy, en Túnez y Argel, tienen esclavizados a veinte mil europeos para obtener el rescate, que es su medio de obtener fortuna. Éstos son los verdaderos descendientes de Fenicia: ¡hombres que gobiernan los mares desde fortalezas isleñas, que adoran al dios de los ladrones, viven de la traición y mueren por causa de *vendetta*!

—Sí —dijo excitada la abadesa—. ¡Tal como el moro dijo a Carlomagno, era el propio juego de ajedrez el que llevaba en sí el Sar, la venganza! ¿Pero qué es? ¿Cuál puede ser el oscuro secreto, buscado por los moros y conocido quizá también por los fenicios? ¿Qué poder encierran estas piezas... conocido quizás alguna vez y perdido ahora para siempre sin esa clave enterrada?

—No estoy segura —respondió mi madre—, pero por lo que me habéis dicho, puede que tenga una clave. Habéis dicho que eran ocho los moros que llevaron el juego de ajedrez a Carlomagno, y que se negaron a separarse de él... siguiéndolo incluso a Montglane, donde se creía que practicaban ritos secretos. Sé cuál puede haber sido ese rito. Los fenicios, mis ancestros, practicaban ritos de iniciación como los que habéis descrito. Adoraban una piedra sagrada, a veces una estela o monolito que, según creían, contenía la voz del dios. En todo santuario fenicio había un *masseboth* como la Piedra

Negra de la Kaaba, en la Meca, o la Cúpula de la Roca en Jerusalén. Entre nuestras leyendas figura la de una mujer llamada Elissa, que llegó de Tiro. Su hermano era el rey, y cuando asesinó a su esposo, ella robó las piedras sagradas y huyó a Cartago, en las costas del norte de África. Su hermano la persiguió... porque ella había robado sus dioses. Según nuestra versión de la historia, ella se inmoló en la pira para aplacar a los dioses y salvar a su pueblo. Pero al hacerlo afirmó que volvería a levantarse como el Fénix de entre sus cenizas... el día que las piedras empezaran a cantar. Y dijo que ése sería un día de retribución para la Tierra.

Cuando mi madre terminó su relato, la abadesa permaneció un largo rato en silencio. Ni mi padrastro ni yo interrumpimos sus pensamientos. Por último, dijo lo que estaba pensando.

—Es el misterio de Orfeo, que con su canto daba la vida a las rocas y a las piedras. La dulzura de su canto era tal, que hasta las arenas del desierto lloraban lágrimas de sangre. Aunque tal vez sólo sean mitos, yo misma siento que se aproxima este día de retribución. Si el juego de Montglane se levanta, que el Cielo nos proteja a todos, porque creo que contiene la llave para abrir los labios mudos de la Naturaleza y liberar las voces de los dioses.

∞

Letizia paseó la mirada por el pequeño comedor. Los carbones del brasero ya eran sólo cenizas. Sus dos hijos la miraban en silencio pero Mireille estaba más atenta.

—¿Y dijo la abadesa cómo pensaba que el juego podía provocar estas cosas? —preguntó.

Letizia meneó la cabeza.

—No, pero su otra predicción resultó cierta... la que hizo sobre Rousseau. Porque en el otoño posterior a su visita, llegó su agente, un joven escocés llamado James Boswell. Con el pretexto de escribir una historia de Córcega, se hizo amigo de Paoli y cenaban juntos todas las noches. La abadesa nos había rogado que le comunicásemos sus movimientos y que advirtiésemos a las personas de ascendencia fenicia que no debían compartir sus historias con él. Aunque esto no era necesario porque somos un pueblo clánico y reservado por naturaleza, que no habla fácilmente con extraños a menos que esté en deuda con ellos, como en el caso de la abadesa. Tal como ella predijera, Boswell se puso en contacto con Franz Fesch, pero el frío recibimiento de mi padrastro lo mantuvo alejado y solía decir, bromeando, que era un suizo típico. Cuando más tarde se publicó esta *Historia de Córcega y la vida de Pasquale Paoli*, resultó difícil imaginar que hubiera obtenido muchos datos para comunicar a Rousseau. Y ahora Rousseau ha muerto, claro...

—Pero el juego de Montglane se ha despertado —dijo Mireille, poniéndose de pie y mirando a Letizia a los ojos—. Aunque vuestro relato explica el mensaje de la abadesa y la naturaleza de vuestra amistad... no explica mucho más. ¿Esperáis, señora, que acepte esta historia de piedras cantantes y fenicios vengativos? ¡Tal vez mis cabellos sean rojos como los de Elissa de Q'ar... pero debajo de los míos hay un cerebro! La abadesa de Montglane no es más mística que yo, y tampoco se daría por satisfecha con este cuento. Además, en su mensaje hay más de lo que habéis explicado... ella dijo a vuestra hija que cuando vos recibierais estas noticias, sabríais qué hacer. ¿Qué quería decir con eso, madame Buonaparte...? ¿Y qué relación tenía con la fórmula?

Ante estas palabras, Letizia palideció intensamente y se llevó una mano al pecho. Elisa y Napoleone estaban como clavados a sus sillas, pero éste murmuró:

—¿Qué fórmula?

—¡La fórmula cuya existencia conocía Voltaire... y el cardenal Richelieu... y sin duda también Rousseau... y desde luego vuestra madre! —exclamó Mireille, elevando la voz con cada nombre. Sus ojos verdes ardían como oscuras esmeraldas mientras miraba a Letizia, que permanecía sentada y muda.

Mireille cruzó la habitación con dos ágiles zancadas y, cogiendo a Letizia por los brazos, la puso en pie. Napoleone y Elisa también se levantaron, pero Mireille hizo un gesto que los mantuvo alejados.

—Contestadme, madame... estas piezas ya han matado a dos mujeres ante mis ojos. He visto la naturaleza repulsiva y maléfica de uno de los que la buscan... que me persigue aún ahora y estaría dispuesto a matarme por lo que sé. La caja se ha abierto y la muerte anda suelta. Lo he visto con mis propios ojos, tal como he visto el juego de Montglane y los símbolos que están grabados en sus piezas. Sé que hay una fórmula. ¡Y ahora decidme qué desea la abadesa que hagáis!

Mireille zarandeaba casi a Letizia y su rostro tenía una expresión furiosa mientras volvía a ver frente a sí el rostro de Valentine... de Valentine, que había sido asesinada por las piezas.

Los labios de Letizia temblaban... esta mujer de acero, que jamás derramaba una lágrima, estaba llorando. Mientras Mireille la sujetaba con fuerza, Napoleone pasó un brazo en torno a su madre y Elisa tocó suavemente el brazo de Mireille.

—Madre —dijo Napoleone—. Debe decírselo. Dígale lo que desea saber. ¡Por Dios, habéis desafiado a cien soldados franceses armados! ¿Qué horror es éste tan terrible que ni siquiera podéis mencionarlo?

Letizia trataba de hablar y tenía los labios llenos de lágrimas mientras procuraba controlar los sollozos.

—Juré... todos juramos... que jamás hablaríamos de ello —dijo—. Helene... la abadesa, sabía que había una fórmula antes de haber visto el juego. Y me dijo que si se veía obligada a ser la primera en sacarlo a la luz después de estos mil años, la escribiría... escribiría los símbolos que había en las piezas y el tablero... y de alguna manera me los haría llegar.

—¿A vos? —preguntó Mireille—. ¿Por qué a vos? Por entonces erais sólo una niña.

—Sí, una niña —dijo Letizia sonriendo entre lágrimas—. Una niña de catorce años... que estaba a punto de casarse. Una niña que tuvo trece hijos y vio morir a cinco de ellos. Sigo siendo una niña porque no comprendí el peligro que encerraba mi juramento.

—Decidme —dijo con suavidad Mireille—. Decidme qué prometisteis hacer.

—Yo había estudiado estas antiguas historias toda mi vida. Prometí a Helene que, cuando ella tuviera las piezas en la mano... iría al norte de África, a buscar al pueblo de mi madre... que iría a ver a los antiguos mufti del desierto. Y que descifraría la fórmula...

—¿Conocéis allá personas que puedan ayudaros? —preguntó excitada Mireille—. Pero, madame, allí es donde voy. Permitidme que os haga este servicio. ¡Es mi único deseo! Sé que he estado enferma... pero soy joven y me recuperaré con rapidez...

—No hasta que nos hayamos comunicado con la abadesa —dijo Letizia, recobrando parte de su aplomo. ¡Además, necesitaréis más de una velada para aprender lo que yo he aprendido en cuarenta años! Aunque pensáis que sois fuerte... no lo sois lo bastante como para viajar... creo que he visto lo suficiente de esta clase de enfermedad como para predecir que dentro de seis o siete meses curará. Es justo el tiempo suficiente para aprender...

—¡Seis o siete meses! —exclamó Mireille—. ¡Es imposible! ¡No puedo quedarme tanto tiempo en Córcega!

—Me temo que tendréis que hacerlo, querida —sonrió Letizia—. Veréis, es que no estáis enferma en absoluto. Estáis embarazada.

Mil kilómetros al norte de Córcega, el padre de la criatura de Mireille, Charles Maurice de Talleyrand-Périgord, estaba sentado en las riberas heladas del río Támesis... pescando.

Debajo de él, sobre los rastrojos, había varios chales de lana cubiertos con hule. Llevaba los calzones enrollados por encima de las rodillas y atados con cintas de gros, y los zapatos y las medias estaban cuidadosamente dispuestos a su lado. Llevaba un grueso jubón de piel y botas forradas también de piel, además de un sombrero de ala ancha destinado a evitar que la nieve se despositara en su cuello.

Detrás de él, bajo las ramas nevadas de un gran roble, estaba Courtiade, con una cesta de pescado colgando de un brazo y la chaqueta de terciopelo de su amo bien doblada en el otro. El fondo de la cesta estaba forrado con las hojas amarillentas de un periódico francés de dos meses de antigüedad, que hasta esa misma mañana había estado fijado a las paredes del estudio.

Courtiade sabía qué ponía el periódico y se sintió aliviado cuando Talleyrand lo arrancó bruscamente de la pared, lo metió en la cesta y anunció que ya era hora de ir a pescar. Desde que llegaran las noticias de Francia, su amo había estado insólitamente silencioso. Las habían leído juntos, en voz alta:

BUSCADO
POR TRAICIÓN

Talleyrand, antiguo obispo de Autun, ha emigrado... procurad obtener información de parientes o amigos que puedan haberlo albergado. Esta descripción... rostro largo, ojos azules, nariz normal ligeramente respingona. Talleyrand-Périgord cojea, del pie derecho o del izquierdo...

Courtiade seguía con la mirada las siluetas oscuras de las barcazas que subían y bajaban por las aguas grises y desoladas del Támesis. Fragmentos de hielo desprendidos de las riberas saltaban como peonzas, atraídos por la corriente rápida. El sedal de Talleyrand flotaba entre los juncos que sobresalían por las grietas de hielo sucio. A pesar del aire frío, Courtiade percibía el aroma intenso y salado de los peces. El invierno había llegado demasiado pronto, como muchas otras cosas.

Era el 23 de septiembre y no hacía todavía dos meses que Talleyrand llegara a Londres, a la casita de la calle Woodstock que Courtiade había preparado para él. Justo a tiempo, porque el día anterior el Comité había abierto el armario de hierro del rey, en las Tullerías, y allí habían encontrado las cartas de Mirabeau y La Porte que revelaban los muchos sobornos hechos por Rusia, España y Turquía —y hasta por Luis XVI— a miembros prominentes de la Asamblea.

Mirabeau era afortunado; estaba muerto, pensó Talleyrand mientras recogía el sedal y hacía señas a Courtiade de que le lanzara más cebo. Aquel gran estadista a cuyo funeral habían asistido trescientas mil personas. Ahora, habían cubierto con un velo su busto en la Asamblea, retirando sus cenizas del Panteón. Las cosas serían aún peores para el rey. Su vida pendía ya de un hilo, encerrado como estaba con su familia en la torre de los Caballeros Templarios, aquella poderosa orden de francmasones que exigía que se lo llevase a juicio.

También Talleyrand había sido juzgado *in absentia*, y lo habían declarado culpable. Aunque no habían encontrado pruebas decisivas de su puño y letra, las cartas confiscadas a La Porte sugerían que su amigo el obispo estaría dispuesto, como antiguo Presidente de la Asamblea, a servir los intereses del rey... por un precio.

Talleyrand enganchó en el anzuelo el trozo de cebo que le alcanzaba Courtiade y, suspirando, volvió a echar el sedal a las oscuras aguas del Támesis. Todas las precauciones que había tomado para abandonar Francia con un pase diplomático habían sido inútiles. Como ahora era un hombre buscado en su país, las puertas de la nobleza británica se habían cerrado ante sus narices. Hasta los emigrados que vivían en Inglaterra lo detestaban por haber traicionado a su clase apoyando la Revolución. Y lo más terrible era que estaba sin blanca. Incluso aquellas amantes en las que una vez confiara para obtener apoyo económico, eran ahora pobres y confeccionaban sombreros de paja o escribían novelas para sobrevivir.

La vida era horrenda. Veía que sus treinta y ocho años de existencia desaparecían arrasados por la corriente como el anzuelo que acababa de arrojar a las aguas negras, sin dejar huella. Pero seguía manejando la caña. Aunque no hablaba de ello con frecuencia, no podía olvidar que sus antepasados descendían de Carlos el Calvo, nieto de Carlomagno. Adalberto de Périgord había puesto a Hugo Capeto en el trono de Francia; Traillefer, el Cortafierro, era un héroe de la batalla de Hastings; Hélie de Talleyrand había puesto las Sandalias del Pescador al Papa Juan XXII. Descendía de aquella larga estirpe de hacedores de reyes cuyo lema era *Reque Dieu*: Sólo servimos a Dios. Cuando la vida parecía desesperada, los Talleyrand de Périgord eran más propensos a arrojar el guante que la toalla.

Recogió el sedal, cortó el cebo y lo arrojó a la cesta de Courtiade. El valet lo ayudó a poner en pie.

—Courtiade —dijo Talleyrand entregándole la caña—, ya sabes que dentro de pocos meses cumpliré treinta y nueve años.

—Naturalmente —contestó el valet—. ¿Desea monseñor que prepare una fiesta?

Talleyrand echó la cabeza hacia atrás y rió.

—A fin de mes tengo que dejar la casa de la calle Woodstock y coger un lugar más pequeño en Kensington. Y a fin de año, como no haya otra fuente de ingresos, me veré obligado a vender mi biblioteca...

—Tal vez monseñor pase algo por alto —dijo cortésmente Courtiade, ayudando a Talleyrand a quitarse las cosas y sosteniendo la chaqueta de terciopelo—. Algo que tal vez le haya proporcionado el destino para luchar contra la situación difícil en la que se encuentra... me refiero a esos artículos guardados en este momento detrás de los libros de la biblioteca de monseñor, en la calle Woodstock.

—Courtiade, no ha pasado día en que no haya pensado lo mismo —contestó Talleyrand—. Sin embargo, no creo que fueran puestos allí para ser vendidos.

—Si me lo permitís —continuó Courtiade, doblando la ropa de Talleyrand y recogiendo los brillantes escarpines—. ¿Monseñor ha tenido últimamente noticias de mademoiselle Mireille?

—No —admitió Talleyrand—, pero todavía no estoy dispuesto a redactar su epitafio. Es una joven valerosa y está en el buen camino. Lo que quiero decir es que este tesoro que está ahora en mis manos puede tener más valor que su peso en oro... ¿por qué, si no, lo habrían perseguido tantos durante tanto tiempo? Ahora, la Edad de la Ilusión ha terminado en Francia. Han puesto al rey en la balanza y lo han encontrado deficiente... como a todos los reyes. Su juicio será una simple formalidad. Pero ni siquiera el gobierno más débil puede ser reemplazado por la anarquía. Lo que Francia necesita ahora es un líder, no un gobernante. Y cuando llegue, seré el primero en reconocerlo.

—Monseñor se refiere a un hombre que sirva a la voluntad de Dios y devuelva la paz a nuestra tierra —dijo Courtiade, arrodillándose para meter trozos de hielo en la cesta de pescado.

—No, Courtiade —dijo Talleyrand con un suspiro—. Si Dios deseara paz en la tierra, a estas alturas ya la tendríamos. Nuestro Salvador dijo: «No he venido a traer la paz, sino la espada.» El hombre al que me refiero comprenderá cuál es el valor del juego de Montglane... que se resume en una palabra: poder. Esto es lo que ofrezco al hombre que un día, pronto, conducirá los destinos de Francia.

Mientras Talleyrand y Courtiade marchaban junto a las heladas riberas del Támesis, el valet hizo, vacilante, la pregunta que había ocupado sus pensamientos desde que recibieran aquel periódico francés, aplastado y arrugado ahora debajo del hielo y el pescado:

—¿Y cómo piensa monseñor encontrar a ese hombre, ahora que la acusación de traición le impide regresar a Francia? —susurró.

Talleyrand sonrió y oprimió el hombro del valet con familiaridad desacostumbrada.

—Mi querido Courtiade —dijo—. La traición no es más que una cuestión de fechas.

PARÍS   *Diciembre de 1792*

Estaban a 11 de diciembre. El acontecimiento era el juicio de Luis XVI, rey de Francia. El cargo era traición.

Cuando Jacques Louis David atravesó las puertas, el Club de los Jacobinos ya estaba atestado. Los últimos rezagados de aquel primer día de audiencia iban detrás de él, y algunos le dieron palmadas en el hombro. Captó retazos de sus conversaciones: las damas en sus palcos, bebiendo licores aromáticos; los vendedores ambulantes ofreciendo helados en la convención; las amantes del duque de Orleans murmurando y riendo detrás de sus abanicos de encajes. Y el propio rey, quien, al mostrársele las cartas sacadas de su armario de hierro, fingía no haberlas visto nunca... negaba su firma, invocaba mala memoria cuando se le hacían múltiples cargos de traición al estado. Los Jacobinos estaban de acuerdo en que era un bufón entrenado. La mayor parte de ellos había decidido ya su voto antes de cruzar las grandes puertas de roble del Club Jacobino.

David atravesaba los pisos enlosados del antiguo monasterio en el que los Jacobinos celebraban sus reuniones, cuando alguien tiró de su manga. Al volverse, encontró los ojos fríos y chispeantes de Maximilien Robespierre.

Éste —impecable, como siempre, con un traje gris plata, cuello alto, y el cabello cuidadosamente empolvado— estaba más pálido que la última vez que lo viera, tal vez incluso más severo. Saludó a David con un movimiento de cabeza y sacó una cajita de pastillas del bolsillo interior de su chaqueta. Cogió una y le ofreció la caja.

—Mi querido David —dijo—, no te hemos visto mucho estos últimos meses. Oí decir que trabajabas en una pintura en el Jeu de Paume. Sé que eres un artista devoto, pero no debes ausentarte tanto tiempo… la Revolución te necesita.

Era la manera sutil que tenía Robespierre de indicar que ya no era seguro para un revolucionario mantenerse apartado de la acción. Podía interpretarse como falta de interés.

—Por supuesto, oí hablar del destino de tu pupila en la prisión de l'Abbaye —agregó—. Permíteme que te exprese mi pésame más sentido, aunque sea algo tarde. Supongo que sabrás que Marat fue castigado por los Girondinos delante de la Asamblea. ¡Cuando solicitaron a gritos su castigo, se puso en pie en la Montaña y sacó una pistola, apuntando a su sien como si pensara suicidarse! Una exhibición desagradable, pero le salvó la vida. El rey haría bien en seguir su ejemplo.

—¿Crees que la Convención votará la condena a muerte del rey? —preguntó David cambiando de tema para desechar el horrible recuerdo de la muerte de Valentine, que apenas lo había abandonado en todos los meses transcurridos.

—Un rey vivo es un rey peligroso —dijo Robespierre—. Aunque no propongo el regicidio, su correspondencia no deja lugar a dudas de que planeaba actos de traición contra el estado… ¡como tu amigo Talleyrand! Ya ves que mis predicciones sobre él resultaron ciertas.

—Danton me envió una nota solicitando mi presencia esta noche —dijo David—. Parece que se trata de poner el destino del rey en manos del voto popular.

—Sí, para eso nos reunimos —dijo Robespierre—. Los Girondinos, esos corazones compasivos, apoyan la medida. Pero si permitimos que voten sus representantes provincianos, me temo que nos encontraremos con una restauración de la monarquía. Y hablando de Girondinos, me gustaría que conocieras a ese joven inglés que viene hacia nosotros… es amigo de André Chénier, el poeta. Lo he invitado a venir hoy aquí para que sus ilusiones románticas sobre la Revolución queden destruidas al ver al ala izquierda en acción.

David miró al joven larguirucho que se aproximaba. Era pálido y tenía cabello lacio que peinaba hacia atrás, dejando la frente libre.

Caminaba ligeramente inclinado hacia delante, como si se inclinara sobre el terreno. Llevaba una chaqueta marrón de mal corte, que parecía haber recogido de una bolsa de trapos. Y en lugar de bufanda, llevaba un pañuelo negro anudado en torno al cuello. Pero los ojos eran claros y brillantes y el mentón huidizo estaba equilibrado por una nariz fuerte y prominente. Las manos juveniles mostraban ya las callosidades de las personas que han crecido en el campo y se han visto obligadas a trabajar.

—Éste es el joven William Wordsworth, un poeta —dijo Robespierre cuando el joven se acercó y cogió la mano tendida de David—. Ya hace un mes que está en París… pero ésta es su primera visita al Club de los Jacobinos. Os presento al ciudadano Jacques Louis David, antiguo presidente de la Asamblea.

—¡Monsieur David! —exclamó Wordsworth, estrechando cordialmente la mano de David—. ¡Tuve el gran honor de ver vuestra pintura exhibida en Londres cuando volví de Cambridge! *La muerte de Sócrates*. Sois una inspiración para alguien como yo, cuyo mayor deseo es registrar la historia sobre la marcha.

—Sois escritor, ¿no es eso? —preguntó David—. Entonces, Robespierre seguramente estará de acuerdo conmigo cuando os diga que llegáis a tiempo para ser testigo de un gran acontecimiento: la caída de la monarquía francesa.

—Nuestro poeta, el místico William Blake, publicó el año pasado un poema, «La Revolución Francesa», en el que predice como en la Biblia la caída de los reyes. ¿Tal vez lo habéis leído?

—Me temo mucho que me dedico a Herodoto, Plutarco y Livio —dijo sonriendo David—. En ellos encuentro temas adecuados para mis cuadros, porque no soy un místico ni un poeta.

—Es extraño —dijo Wordsworth—. En Inglaterra creíamos que quienes estaban detrás de esta Revolución eran los francmasones, a quienes, sin duda, debemos considerar místicos.

—Es verdad que la mayor parte de nosotros pertenece a esa sociedad —aceptó Robespierre—. En realidad, el propio Club Jacobino fue fundado por Talleyrand como una orden de francmasones. Pero aquí, en Francia, apenas puede decirse que seamos místicos…

—Algunos sí —interrumpió David—. Por ejemplo, Marat.

—¿Marat? —preguntó Robespierre levantando una ceja—. Bromeas, claro. ¿De dónde has sacado esa idea?

—En realidad, he venido esta noche no sólo convocado por Danton —admitió reacio David—. Vine a verte porque pensé que quizá podrías ayudarme. Has hablado del… accidente… que sufrió mi pupila en la prisión de l'Abbaye. Sabes que su muerte no fue un accidente. Marat la hizo interrogar y ejecutar deliberadamente, porque creía que sabía algo sobre... ¿has oído hablar del juego de Montglane?

Ante estas palabras, Robespierre palideció. El joven Wordsworth miró a uno y a otro con expresión confundida.

—¿Sabes de qué estás hablando? —susurró Robespierre llevándose aparte a David, pese a que Wordsworth los siguió con expresión atenta—. ¿Qué podía saber tu pupila de esas cosas?

—Mis dos pupilas habían sido novicias en la abadía de Montglane... —empezó a decir David, pero volvió a ser interrumpido.

—¿Por qué nunca me lo dijiste? —dijo Robespierre con voz temblorosa—. Pero es evidente... ¡esto explica la devoción que les dedicó el obispo de Autun desde que llegaron! Si me lo hubieras dicho antes... ¡antes de que se me escapara!

—Jamás creí esa historia, Maximilien —dijo David—. Pensé que era sólo una leyenda, una superstición. Sin embargo, Marat lo creía. ¡Y Mireille, en un esfuerzo por salvar a su prima, le dijo que ese tesoro fabuloso existía en realidad! Le dijo que ella y su prima tenían parte de ese tesoro y que lo habían enterrado en mi jardín. Pero al día siguiente, cuando llegó con una delegación para desenterrarlo...

—¿Qué? ¿Qué? —preguntó Robespierre con gran agitación, apretando el brazo de David. Wordsworth no se perdía palabra.

—Mireille había desaparecido —murmuró David—, y cerca de la pequeña fuente del jardín, había un lugar en el que la tierra había sido removida...

—¿Y dónde está ahora tu pupila? —en su agitación, Robespierre casi gritaba—. Hay que interrogarla. Enseguida.

—Ahí es donde esperaba que pudieses ayudarme —dijo David—. Ya he perdido las esperanzas de que regrese. Pensé que con tus contactos podrías enterarte de su paradero y también de si le ha sucedido... algo.

—La encontraremos, aunque tengamos que poner Francia patas arriba —le aseguró Robespierre—. Debes darme una descripción completa, con la mayor cantidad posible de detalles.

—Puedo hacer algo mejor —contestó David—. Tengo un retrato de ella en mi estudio.

Pero el destino quiso que la modelo del retrato no permaneciera mucho tiempo más en suelo francés.

Era un día de final de enero, bien pasada la medianoche, cuando Letizia Buonaparte despertó a Mireille de su sueño en la pequeña habitación que compartía con Elisa, en su casa de las colinas de Ajaccio. Hacía ya tres meses que Mireille estaba en Córcega... y junto a Letizia había aprendido mucho, aunque no todo lo que necesitaba saber.

—Debéis vestiros a toda prisa —dijo Letizia en voz baja a las dos muchachas, que se frotaban los ojos. Junto a ella, en la habitación a oscuras, estaban sus dos hijos menores, Maria-Carolina y Girolamo, ya vestidos, como Letizia, para emprender viaje.

—¿Qué sucede? —exclamó Elisa.

—Debemos huir —dijo Letizia con voz serena y firme—. Han estado aquí los soldados de Paoli. El rey de Francia ha muerto.

—¡No! —exclamó Mireille incorporándose de golpe.

—Lo ejecutaron hace dos días, en París —dijo Letizia sacando ropa del armario para que pudieran vestirse sin demora—. Paoli ha organizado tropas aquí, en Córcega, para unirse a Cerdeña y España... y derrocar el gobierno francés.

—Pero, madre mía —gimió Elisa, que no deseaba salir de la cama—, ¿qué tiene esto que ver con nosotros?

—Esta tarde, en la Asamblea Corsa, tus hermanos Napoleone y Lucciano han hablado en contra de Paoli —dijo Letizia con una sonrisa tensa—. Paoli ha decretado la *vendetta traversa*.

—¿Qué es eso? —preguntó Mireille, saltando de la cama y empezando a ponerse la ropa que le tendía Letizia.

—¡La venganza colateral! —susurró Elisa—. ¡En Córcega es costumbre, cuando alguien te perjudica, vengarse de toda su familia! ¿Dónde están mis hermanos ahora?

—Lucciano se esconde con mi hermano, el cardenal Fesch —contestó Letizia alcanzando la ropa a Elisa—, Napoleone ha huido de la isla. Vamos, no tenemos caballos suficientes para llegar a Bocognano esta noche, aunque los niños vayan de a dos. Debemos robar algunos y llegar antes del amanecer.

Salió de la habitación, empujando a los niños delante de ella. Cuando lloraron asustados, Mireille la oyó decir con voz firme:

—Yo no lloro, ¿no? ¿Qué os habéis inventado para llorar?

—¿Qué hay en Bocognano? —preguntó Mireille a Elisa mientras salían del dormitorio.

—Allí vive mi abuela, Angela-Maria di Pietrasanta —contestó Elisa—. Esto quiere decir que las cosas son muy graves.

Mireille estaba atónita. ¡Por fin veía a la anciana de la que tanto había oído hablar! La amiga de la abadesa de Montglane… Elisa cogió a Mireille por la cintura mientras salían a la oscura noche.

—Angela-Maria ha vivido toda su vida en Córcega. Sólo con sus hermanos, primos y sobrinos nietos podría alzar un ejército que barriera la mitad de la isla. Por eso mi madre acude a ella. Significa que acepta la venganza colateral.

∞

La aldea de Bocognano era un conjunto amurallado suspendido a casi dos mil quinientos metros por encima del nivel del mar, en las escarpadas y abruptas montañas. Cuando cruzaron a caballo el último puente, en fila de a uno y con el torrente rugiendo debajo de ellos, era casi el amanecer. Mientras ascendían la última colina, Mireille vio el perlado Mediterráneo que se extendía hacia el este, las pequeñas islas de Pianosa, Formica, Elba y Montecristo, que parecían flotar en el cielo, y más allá la temblorosa costa de la Toscana, que se levantaba de entre la niebla.

Angela-Maria di Pietrasanta no se alegró de verlos.

—¡Vaya! —dijo la diminuta mujer con las manos en las caderas mientras salía de la pequeña casa de piedra para recibirlos—. ¡Otra vez tienen problemas los hijos de Carlo Buonaparte! Tendría que haber imaginado que algún día llegaríamos a esto.

Si a Letizia le sorprendía que su madre conociera la razón de su llegada, no lo demostró. Con el rostro impasible y tranquilo, como una máscara, saltó de su caballo y se adelantó a besar a su nudosa y airada madre en ambas mejillas.

—¡Bueno, bueno —protestó la anciana—, basta de formalidades! ¡Baja a esos niños de sus caballos porque están medio muertos! ¿Es que no les das de comer? ¡Parecen gallinas desplumadas!

Y se precipitó a bajar a los niños de sus cabalgaduras. Cuando llegó a Mireille, se detuvo y la miró desmontar. Después se acercó y cogió con rudeza su barbilla, volviendo su cara a uno y otro lado para verla bien.

—Así que ésta es la que me decías —dijo a Letizia por encima del hombro—. ¿La que está preñada? ¿La de Montglane?

Mireille llevaba ya casi cinco meses de embarazo y, tal como predijera Letizia, había recobrado la salud.

—Hay que sacarla de la isla, madre —contestó Letizia—. Ya no podemos protegerla, aunque sé que es lo que desearía la abadesa.

—¿Cuánto sabe? —inquirió la anciana.

—Todo lo que he podido enseñarle en tan poco tiempo —contestó Letizia mirando por un instante a Mireille con sus pálidos ojos azules—. Pero no lo bastante.

—¡Bueno, no nos quedemos cacareando aquí para que nos oiga todo el mundo! —exclamó la anciana.

Se volvió hacia Mireille y la estrechó entre sus delgados brazos.

—Venid conmigo, damisela. Tal vez Helene de Roque me maldiga por lo que voy a hacer… pero si es así, le pasa por no contestar al punto su correspondencia. En los tres meses transcurridos desde que estáis aquí, no he tenido noticias de ella. Lo he arreglado todo —prosiguió en un susurro misterioso, llevando a Mireille hacia la casa— para que esta noche, aprovechando las sombras, un barco os lleve a ver a un amigo mío, donde estaréis a salvo hasta que termine la *traversa…*

—Pero, madame —dijo Mireille—, vuestra hija no ha completado mi educación. Si debo irme y permanecer oculta hasta que termine esta batalla, esto retrasará aún más mi misión. No puedo permitirme esperar mucho más…

—¿Y quién os pide que esperéis? —dijo la vieja dando una palmada en el estómago de Mireille y sonriendo—. Además, necesito que vayáis allí donde os envío… y no creo que os moleste. El amigo que va a protegeros sabe que llegáis, aunque no os esperaba tan pronto. Se llama Shahin… un nombre arrebatador. En árabe quiere decir el Halcón Peregrino. Continuaréis vuestra educación en Argel.

ANÁLISIS POSICIONAL

El ajedrez es el arte del análisis.

MIKHAIL BOTVINNIK
GM soviético/Campeón del mundo

El ajedrez es imaginación.

DAVID BRONSTEIN
GM soviético

Wenn ihr's nicht fühlt, ihr werdet's nicht erjagen.
(Si no lo sientes, nunca lo lograrás.)

JOHANN WOLFGANG GÖETHE
Fausto

El camino de la costa describía largas curvas por encima del mar y cada recodo mostraba un paisaje impresionante de la rompiente. Pequeños brotes y líquenes se derramaban por las laderas de pura piedra empapadas por las salpicaduras de agua salada. Las plantas escarchadas florecían en dorados y fucsias intensos y sus hojas como lancetas formaban patrones de encaje al descender la roca incrustada de sal. El mar bullía en un verde metálico... el color de los ojos de Solarin.

Sin embargo, la maraña de pensamientos que atestaban mi cerebro desde la noche anterior me impedía disfrutar de la vista. Trataba de organizarlos mientras mi taxi cruzaba la cornisa en dirección a Argel.

Cada vez que sumaba dos más dos... me daba ocho. Había ochos por todas partes. La adivinadora había sido la primera en señalarlo en relación con mi cumpleaños. Después Mordecai, Sharrif y Solarin lo habían invocado como un número mágico: no sólo había un ocho en la palma de mi mano sino que Solarin decía que había una fórmula del ocho... fuera lo que fuese. Aquéllas habían sido sus últimas palabras antes de desaparecer la noche anterior, dejándome con Sharrif como escolta... y sin llave para regresar a la habitación de mi hotel, porque se la había metido en el bolsillo.

Como es natural, Sharrif sentía curiosidad por saber quién era mi guapo acompañante del cabaret y por qué se había desvanecido tan de repente. Le expliqué lo halagador que resultaba para una chica sencilla como yo tener dos citas en lugar de una, a pocas horas de mi llegada a las playas de un nuevo continente... y lo dejé librado a sus propios pensamientos mientras él y sus matones me llevaban al hotel en el coche patrulla.

Cuando llegué, mi llave estaba en la recepción y la bicicleta de Solarin había desaparecido. Ya que de todas formas había dado al traste con mi noche de apacible sueño, decidí utilizar lo que quedaba de ella para hacer un poco de investigación.

Ahora sabía que existía una fórmula y que no era simplemente el recorrido de un caballo. Era otra clase de fórmula, como había supuesto Lily... una que ni siquiera Solarin había podido descifrar. Y yo estaba segura de que tenía alguna relación con el juego de Montglane.

¿Acaso Nim no había intentado prevenirme? Me había enviado bastantes libros sobre fórmulas y juegos matemáticos. Decidí comenzar con el que tanto había interesado a Sharrif, el que había escrito Nim: *Los números Fibonacci*. Había permanecido leyéndolo casi hasta el amanecer y mi decisión había resultado productiva, aunque no sabía con certeza cómo. Al parecer, los números Fibonacci se usan para algo más que las proyecciones del mercado de valores. Funcionan así:

Leonardo Fibonacci había decidido tomar los números empezando por el uno; sumando cada número al precedente, produjo una cadena numérica de interesantes propiedades. Es decir, uno más cero da uno; uno más uno, dos; dos más uno, tres; tres más dos, cinco; cinco más tres, ocho... y así sucesivamente.

Fibonacci, que había estudiado con los árabes, que creían que todos los números tenían propiedades mágicas, era una especie de místico. Descubrió que la fórmula que describía la relación entre cada uno de sus números —que era la mitad de la raíz cuadrada de cinco menos uno: $1/2 (\sqrt{5}-1)$— describía también la estructura de todas las cosas naturales que formaban una espiral.

Según el libro de Nim, los botánicos descubrieron pronto que todas las plantas cuyos pétalos o tallos eran espiralados, se conformaban según los números Fibonacci. Los biólogos sabían que la concha del nautilus y todas las formas espiraladas de la vida marina seguían ese modelo. Los astrónomos afirmaban que las relaciones de planetas en el sistema solar —incluida la forma de la Vía Láctea— eran descritas por los números Fibonacci. Pero incluso antes de que el libro de Nim lo dijera, yo había comprendido otra cosa, y no porque supiera algo de matemáticas sino porque me había especializado en música. Y era que esta pequeña fórmula no había sido inventada por Fibonacci sino que un tipo llamado Pitágoras la había descubierto dos mil años antes. Los griegos la llamaban *aurio sectio*: la sección áurea.

Dicho en palabras sencillas, la sección áurea describe cualquier punto de una línea en que el radio de la parte menor respecto de la mayor, es igual al radio de la parte mayor respecto de toda la línea. Las civilizaciones antiguas utilizaban este radio en arquitectura, pintura y música. Platón y Aristóteles consideraban que era la relación perfecta para determinar si algo es estéticamente bello. Pero para Pitágoras significaba mucho más.

Pitágoras era un tipo cuya devoción al misticismo hacía aparecer como un *patzer* hasta al propio Fibonacci. Los griegos lo llamaban Pitágoras de Samos porque había llegado a Crotona desde la isla de Samos, huyendo de conflictos políticos. Pero había nacido en Tiro, una ciudad de la antigua Fenicia —ese país que ahora llamamos Líbano—, y había viajado mucho, vivió veintiún años en Egipto y otros doce en Mesopotamia y llegó a Crotona con cincuenta años más que cumplidos. Allí fundó una sociedad mística, disfrazada apenas de escuela, donde sus estudiantes aprendían los secretos que él había desvelado en sus vagabundeos. Estos secretos se centraban en dos cosas: las matemáticas y la música.

Fue Pitágoras quien descubrió que la base de la escala musical occidental es la octava, porque una cuerda dividida por la mitad daría el mismo sonido exactamente ocho tonos más alto que una cuerda del doble de largo. La frecuencia de vibración de una cuerda es inversamente proporcional a su longitud. Uno de sus secretos era que un quinto musical (cinco notas diatónicas, o la sección áurea de una octava) debía regresar a la nota original ocho octavas más alta cuando se la repetía doce veces en una secuencia ascendente. Pero cuando lo probó, había una diferencia de un octavo de nota... de modo que la escala ascendente también era una espiral.

Pero el mayor de los secretos era la teoría pitagórica de que el universo está formado por números y que cada uno de esos números tiene propiedades divinas. Estas proporciones mágicas de los números aparecían por todas partes en la naturaleza, incluyendo —según Pitágoras— los sonidos emitidos por los planetas en vibración mientras se trasladaban por el vacío negro. «Hay geometría en el canturreo de las cuerdas —dijo—. Hay música en el espacio que separa las esferas.»

¿Y qué tenía esto que ver con el juego de Montglane? Sabía que en un juego de ajedrez hay ocho peones y ocho piezas de un lado; y que el propio tablero tiene 64 espacios: ocho al cuadrado. Era evidente que había una fórmula. Solarin la había llamado la fórmula del ocho. ¿Y qué mejor lugar para ocultarla que un juego de ajedrez, enteramente formado por ochos? Como la sección áurea, como los números Fibonacci, como la espiral siempre ascendente... el juego de Montglane era más grande que la suma de sus partes.

Mientras el taxi avanzaba, saqué de mi portafolios un trozo de papel y dibujé un número 8. Después di media vuelta al papel. Era el símbolo de infinito. Mientras miraba esa forma, escuché una voz que martilleaba en mi cabeza. La voz decía: «Juego es y cual una batalla seguirá como siempre.»

$$\infty$$

Pero antes de unirme a la pelea, tenía que resolver un problema importante: para permanecer en Argel debía asegurarme de que tenía trabajo... un trabajo con brillo suficiente como para hacerme dueña de mi propio destino. Mi colega Sharrif me había dado una muestra de la hospitalidad norteafricana y yo quería asegurarme de que mis credenciales eran dignas rivales de las suyas por cualquier conflicto futuro. Y además, ¿cómo me las iba a arreglar para buscar el juego de Montglane si a finales de semana tendría a Petard, mi jefe, colgado de mis faldas?

Necesitaba libertad de movimientos, y sólo había una persona que podía proporcionármela. Iba de camino a verlo, dispuesta a esperar en las interminables colas de salas de espera. Era el hombre que había aprobado mi visado pero también quien había plantado a los socios de Fulbright Cone porque tenía un partido de tenis; el hombre que podía conceder un contrato de computación importante si lográbamos que firmase el papel. Y por alguna razón sentía que su apoyo sería indispensable para el éxito de las muchas empresas que tenía por delante. Aunque en ese momento no podía siquiera imaginar hasta qué punto era así. Se llamaba Emile Kamel Kader.

Mi taxi se detuvo delante del amplio espacio del puerto. Frente al mar estaba la alta recova de arcos blancos que daba entrada a los edificios del gobierno. Nos detuvimos frente al Ministerio de Industria y Energía.

Cuando entré en el vestíbulo de mármol, enorme, oscuro y frío, tuve que ajustar lentamente los ojos a la luz. Había grupos de hombres, algunos vestidos con trajes occidentales, otros con flotantes túnicas blancas o chilabas negras, esas túnicas con capucha que protegen contra los súbitos cambios climáticos del desierto. Unos pocos llevaban tocados a cuadros rojos y blancos que parecían manteles de restaurante italiano. Cuando entré en el vestíbulo, todas las miradas se fijaron en mí y comprendí por qué. Parecía ser una de las pocas personas que llevaban pantalones.

No había directorio del edificio ni ventanilla de información y delante de cada uno de los ascensores disponibles se agolpaba una multitud. Además, no tenía ganas de ir arriba y abajo en compañía de mirones con ojos de pulga, sobre todo porque no estaba segura de qué departamento buscaba. De modo que fui hacia las anchas escaleras de mármol que conducían a la planta superior. Un tipo atezado, con traje occidental, me cortó el paso.

—¿Puedo ayudarla? —dijo con brusquedad, colocándose justo entre la escalera y yo.

—Tengo una cita... —dije, tratando de pasar—. Con el señor Kader. Emile Kamel Kader. Estará esperándome.

—¿El ministro del petróleo? —dijo el tipo mirándome con incredulidad. Para horror mío, asintió cortésmente y dijo—. Por supuesto, madame. La llevaré hasta él.

Mierda. No me queda elección, salvo permitir que me escoltara de regreso a los ascensores. El tipo me había cogido del codo y se abría camino a través de la muchedumbre como si fuera la Reina Madre. Me preguntaba qué sucedería cuando descubriera que no tenía ninguna cita.

Para empeorar las cosas, pensé de pronto, mientras él conseguía un ascensor sólo para nosotros dos, que mi eficiencia disminuía mucho hablando en francés en lugar de inglés. Bueno, tendría tiempo de planificar mi estrategia mientras esperaba durante horas en las antesalas que, según me había dicho Petard, eran *de rigueur*. Eso me permitiría pensar.

Cuando bajamos del ascensor en la última planta, un enjambre de habitantes del desierto, con blancas túnicas, merodeaba cerca del escritorio de recepción, esperando que el pequeño recepcionista con turbante registrara sus protafolios en busca de armas. Estaba sentado detrás del alto escritorio con una radio portátil transmitiendo música a todo volumen e inspeccionando los portafolios con un leve movimiento de la mano. La muchedumbre que lo rodeaba era bastante impresionante. Aunque sus ropas parecían sábanas, el oro y los rubíes que brillaban en sus dedos hubiera provocado el desvanecimiento inmediato de Louis Tiffany.

Mi escolta me arrastraba entre la gente, pidiendo excusas mientras atravesaba la exposición de sudarios. Dijo unas palabras en árabe al recepcionista, que saltó de detrás del escritorio y nos precedió trotando por el corredor. Cuando llegó al final, lo vi detenerse para hablar con un soldado que llevaba un rifle colgando del hombro. Ambos se volvieron para mirarme y el soldado desapareció detrás del recodo. Un instante después, regresó y nos llamó con un movimiento de la mano. El pavo que me había escoltado desde el vestíbulo asintió y se volvió hacia mí.

—El ministro la verá ahora mismo —dijo.

Echando una última mirada rápida al Ku Klux Klan que me rodeaba, cogí mi portafolios y lo seguí al trote.

En el extremo del corredor, el soldado me indicó que lo siguiera. Giró marcialmente y continuó por otro pasillo, más largo, que conducía a un par de puertas talladas que debían de tener cuatro metros de altura.

Entonces se detuvo, adoptó posición de firmes y esperó a que yo cruzara las puertas. Haciendo una inspiración profunda, abrí una. Al otro lado había un fabuloso vestíbulo con suelos de mármol gris oscuro y una enorme estrella de mármol rosado en el centro. Las puertas del lado opuesto estaban abiertas y mostraban una oficina enorme con alfombra de Boussac de pared a pared, negra con cuadrado de gruesos crisantemos rosados. La pared posterior del despacho era curva y estaba enteramente ocupada por ventanas francesas de muchas hojas, todas abiertas, de modo que los cortinajes flotaban hacia el interior de la habitación. Más allá, las copas de altas palmeras datileras ocultaban en parte la visión del mar.

Apoyado en la barandilla de hierro forjado del balcón, dándome la espalda, había un hombre alto y esbelto, con cabellos color arena, que contemplaba el mar. Cuando entré, se volvió hacia mí.

—Mademoiselle —dijo cordialmente, rodeando el escritorio para estrecharme la mano—, permítame que me presente. Soy Emile Kamel Kader, el ministro del petróleo. Deseaba conocerla.

Toda esta presentación fue hecha en inglés. Estuve a punto de desplomarme de alivio.

—Mi inglés le sorprende —dijo con una sonrisa, y no precisamente el tipo de sonrisa oficial que me habían dedicado los locales. Ésta era una de las más cálidas que había visto. Continuó estrechando mi mano un minuto más de lo necesario.

»Crecí en Inglaterra y fui a Cambridge. Pero en el ministerio todos hablan algo de inglés. Al fin y al cabo, es la lengua del petróleo.

Tenía también una voz muy cálida, rica y dorada como miel cayendo en una cuchara. Su color también me recordaba a la miel: ojos ambarinos y cabello ceniciento y ondulado y una piel color aceituna. Cuando sonreía, lo que hacía a menudo, aparecía en torno a sus ojos una red de pequeñas arrugas, señal de que pasaba demasiado tiempo al sol. Pensé en el partido de tenis y le devolví la sonrisa.

—Siéntese, por favor —dijo, llevándome a una silla de palo de rosa exquisitamente tallada. Se acercó a su escritorio, apretó el botón del intercomunicador y dijo unas palabras en árabe—. He pedido que nos traigan té —me dijo—. Tengo entendido que está en El Riadh. Allí la comida es en su mayor parte enlatada, desagradable, aunque el hotel es precioso. Si no tiene otros planes, después de nuestra entrevista la llevaré a almorzar. Entonces podrá ver un poco de la ciudad.

Yo seguía confusa con esta recepción tan cordial y supongo que se me notaba, porque agregó:

—Probablemente esté preguntándose por qué la trajeron tan rápido a mi despacho.

—Tengo que admitir que me habían dicho que me llevaría más tiempo.

—Verá, mademoiselle... ¿puedo llamarla Catherine? Estupendo, y usted debe llamarme Kamel, mi nombre de pila, digamos. En nuestra cultura se considera grosero negarle algo a una mujer. Impropio de un hombre, en realidad. Si una mujer dice que tiene una cita con un ministro, uno no la deja aburriéndose en las antesalas, sino que la hace pasar enseguida. —Y rió con su hermosa voz dorada—. Ahora que conoce la receta del éxito, puede salir bien hasta de un crimen durante su estancia aquí.

La larga nariz romana y la frente ancha de Kamel daban a su perfil el aspecto de una moneda. Había algo en él que me resultaba familiar.

—¿Es usted cabilio? —pregunté de pronto.

—¡Pues, sí! —dijo con expresión complacida—. ¿Cómo lo ha sabido?

—Una simple conjetura —contesté.

—Pero muy buena. Gran parte del ministerio es de origen cabilio. Aunque constituimos menos del quince por ciento de la población de Argelia, el ochenta por ciento de los altos puestos oficiales está en manos cabilias. Los ojos dorados siempre nos traicionan. Vienen de tanto contemplar dinero —rió.

Parecía estar de un humor excelente. Decidí que era el momento adecuado para plantear un tema difícil... aunque no sabía muy bien cómo hacerlo. Al fin y al cabo, los socios habían sido expulsados de su despacho por interferir en un partido de tenis. ¿Qué podía impedirle sacarme en volandas por meter la pata? Pero estaba en el santuario... tal vez no volviera a tener una oportunidad como ésa. Decidí aprovechar la ventaja.

—Verá, hay algo de lo que quiero hablar con usted antes de que llegue mi colega este fin de semana —empecé.

—¿Su colega? —dijo, sentándose detrás del escritorio. ¿Era mi imaginación o de pronto se había puesto en guardia?

—Mi gerente, para ser exacta —dije—. Mi firma ha llegado a la conclusión de que como todavía no tenemos un contrato firmado, necesitan este gerente *in situ* para supervisar las cosas. En realidad, al venir hoy aquí he desobedecido órdenes. Pero he leído el contrato —agregué, sacando una copia de mi portafolios y poniéndola sobre el escritorio—, y con franqueza, no veo que necesite tanta supervisión.

Kamel lanzó una mirada al contrato y después a mí. Unió las manos en actitud de oración y bajó la cabeza, como si pensara. Estaba segura de que había ido demasiado lejos. Por último, habló:

—¿De modo que usted cree en la virtud de la desobediencia? —preguntó—. Eso es interesante... me gustaría saber por qué.

—Éste es un contrato de cobertura para los servicios de un asesor —le dije, señalando el paquete que seguía intocado entre nosotros—. Dice que voy a hacer análisis de recursos petroleros, tanto en el subsuelo como en el barril. Para hacer eso, sólo necesito un ordenador... y un contrato firmado. Un jefe no haría más que interferir.

—Ya veo —dijo Kamel, impasible—. Me ha dado una explicación sin contestar a mi pregunta. Permítame que le haga otra. ¿Conoce los números Fibonacci?

Decidí no lanzar una exclamación.

—Un poco —admití—. Se utilizan para proyección de mercado de valores. ¿Podría decirme por qué le interesa una cuestión tan... digamos erudita?

—Por supuesto —dijo Kamel, apretando un botón. Momentos después apareció un siervo con un cartapacio de piel, se lo alcanzó a Kamel y salió.

»El gobierno argelino —dijo, sacando un documento y tendiéndomelo— cree que nuestro país tiene un suministro de petróleo limitado, lo bastante para unos ocho años más. Tal vez encontremos más en el desierto; tal vez, no. En este momento, el crudo es nuestra exportación básica; mantiene al país pagando todas nuestras importaciones, incluida la alimentación. Aquí tenemos muy poca tierra cultivable, como verá. Importamos toda la leche, la carne, los granos, la madera... hasta la arena.

—¿Importan arena? —pregunté, levantando la vista del documento que había empezado a leer. Argelia tenía cientos de miles de kilómetros cuadrados de arena.

—Arena de tipo industrial, para usar en la manufactura. La arena del Sáhara no tiene la calidad adecuada para propósitos industriales. De modo que dependemos por completo del petróleo. No tenemos reservas pero sí un gran yacimiento de gas natural. Es tan grande que quizá con el tiempo seamos los mayores exportadores mundiales de este producto... si podemos encontrar una manera de transportarlo.

—¿Y esto qué tiene que ver con mi proyecto? —dije, mientras hojeaba las páginas del documento que, aunque escrito en francés, no hacía la menor referencia al petróleo o al gas natural.

—Argelia es un país miembro de la OPEP. Cada país miembro negocia en la actualidad sus contratos y establece individualmente los precios del crudo, con términos distintos según los diferentes países. Gran parte de esto es pura subjetividad y trueque. Como país anfitrión de la OPEP, proponemos que nuestros miembros adopten el concepto de trueque colectivo. Esto servirá a dos propósitos. Primero, aumentará de manera espectacular el precio por barril, manteniendo el coste fijo de explotación. Segundo, podemos reinvertir el dinero en adelantos tecnológicos, como han hecho los israelíes con los fondos occidentales.

—¿Quiere decir en armas?

—No —dijo Kamel sonriendo—, aunque es verdad que, al parecer, todos gastamos mucho en ese departamento. Me refería a adelantos industriales y más que eso. Podemos llevar agua al desierto. Como sabe, la irrigación es la raíz de toda civilización...

—Pero en este documento no veo nada que refleje lo que está diciéndome —dije.

En ese momento llegó el té, traído en un carrito por un valet con guantes blancos. Sirvió el té de menta, ya familiar, dejándolo caer en un chorro humeante. Al tocar los vasos pequeños, el té emitía un silbido.

—Ésta es la manera tradicional de servir té de menta —explicó Kamel—. Trituran hojas de menta verde y las sumergen en agua hirviendo. Contiene todo el azúcar que es capaz de absorber. En algunos ambientes, se dice que es un tonificante; en otros, que es un afrodisíaco.

Rió mientras inclinábamos los vasos y bebíamos el té perfumado.

—Tal vez ahora podamos continuar nuestra conversación —dije, tan pronto como se cerró la puerta detrás del valet—. Usted tiene un contrato sin firmar con mi compañía donde pone que desea calcular las reservas de crudo; y aquí tiene un documento que pone que quiere analizar la importación de arena y otras materias primas. Desea proyectar cierta orientación, porque si no fuera así, no hablaría de los números Fibonacci. ¿Por qué tantas historias distintas?

—Sólo hay una —dijo Kamel, dejando su vaso de té y mirándome con atención—. El ministro Belaid y yo hemos estudiado con cuidado su *résumé*. Estuvimos de acuerdo en que usted sería la persona indicada para este proyecto... su historial demuestra que está dispuesta a quebrantar las reglas... —Y esbozó una amplia sonrisa—. Verá, querida Catherine, esta misma mañana le he negado el visado a su gerente, monsieur Petard.

Atrajo hacia sí la copia del ambiguo contrato, sacó una pluma y trazó su nombre a pie de página.

—Ahora tiene un contrato firmado que explica su misión aquí —dijo, pasándomelo por encima del escritorio. Miré fijamente la firma y sonreí. Kamel me devolvió la sonrisa.

—Excelente, jefe —dije—. Y ahora, ¿tendrá alguien la amabilidad de explicarme lo que se supone que debo hacer?

—Queremos un modelo de computación —dijo suavemente—. Preparado en el mayor secreto.

—¿Y qué tiene que hacer el modelo? —pregunté, estrechando el contrato contra mi pecho y deseando ver la cara de Petard cuando recibiera en París el contrato que ni una delegación completa de socios había conseguido hacer firmar.

—Nos gustaría poder predecir —dijo Kamel— qué hará económicamente el mundo cuando le cortemos el suministro de petróleo.

∞

Las colinas de Argel son más empinadas que las de Roma o San Francisco. Hay lugares donde incluso es difícil permanecer de pie. Cuando llegamos al restaurante, una habitación pequeña en la segunda planta de un edificio que daba a una plaza abierta, estaba sin aliento. El restaurante se llamaba El Baçour lo que, según explicó Kamel, significaba la silla del camello. En la pequeña entrada y el bar había sillas de camello dispersas, cada una de ellas bordada con hermosos patrones de hojas y flores bellamente coloreados.

El recinto principal tenía mesas con manteles blancos y almidonados y blancas cortinas de encaje que se levantaban suavemente a impulsos de la brisa que entraba por las ventanas abiertas. Afuera, las copas de las acacias salvajes golpeaban contra los postigos.

Elegimos una mesa colocada en una especie de alcoba redondeada, donde Kamel pidió *pastilla au pigeon*, un pastel crujiente empapado en canela y azúcar y relleno con una deliciosa combinación de carne de paloma, huevos revueltos picados, pasas, almendras tostadas y especias exóticas. Mientras comíamos el tradicional almuerzo mediterráneo de cinco platos, con los deliciosos vinos caseros fluyendo como agua, Kamel me entretuvo con historias del norte de África.

No había pensado en la increíble historia cultural de ese país que ahora llamaba mi casa. Primero llegaron los tuaregs, cabilios y moros —esas tribus de los antiguos bereberes que se habían establecido en la costa—, seguidos por los cretenses y fenicios que habían establecido guarniciones allí. Después las colonias romanas, los españoles, que habían conquistado tierras moras después de recuperar las propias, y el imperio otomano, que dominó durante trescientos años a los piratas de la costa de Berbería. A partir de 1830, estas tierras habían estado dominadas por los franceses, hasta que la Revolución Argelina terminó con la dominación extranjera, diez años antes de mi llegada.

En los intervalos, habían reinado más dinastías de Deys y Beys de las que podía enumerar, todas ellas con nombres exóticos y prácticas más exóticas que sus nombres. Harenes y decapitaciones parecían constituir la regla. Ahora que primaba el gobierno musulmán, las cosas se habían calmado un poco. Pese a que había observado que Kamel bebía su parte de vino tinto con el tournedó y el arroz azafranado, y su vino blanco para bajar la ensalada... afirmaba ser un seguidor de al-Islam.

—Islam —dije mientras nos servían el café negro muy dulce y el postre—. Quiere decir paz, ¿no es cierto?

—En cierta forma —dijo Kamel, que estaba cortando en cuadrados el *rahad lakhoum*, una sustancia parecida a jalea cubierta de azúcar glas y aromatizada con ambrosía, jazmín y almendras—. Quiere decir lo mismo que *shalom* en hebreo: que la paz sea contigo. En árabe se dice *salaam* y va acompañado de una reverencia profunda, hasta tocar el suelo con la cabeza. Significa sometimiento total a la voluntad de Alá... sumisión completa. —Y me tendió un trozo de *rahad lakhoum* con una sonrisa—. En ocasiones, la sumisión a la voluntad de Alá significa la paz... pero otras veces, no.

—Las más de las veces, no —dije, pero Kamel me miró con seriedad.

—Recuerde que de todos los grandes profetas de la historia, Moisés, Buda, Juan el Bautista, Zaratustra, Cristo, Mahoma fue el único que fue a la guerra. Organizó un ejército de cuarenta mil hombres y lo dirigió en el ataque a La Meca. ¡Y la recuperó!

—¿Y qué me dice de Juana de Arco? —pregunté sonriendo.

—Ella no fundó una religión —contestó—. Pero tenía el espíritu adecuado. No obstante, el *yihad* no es lo que creen ustedes los occidentales. ¿Ha leído alguna vez El Corán?

Yo meneé la cabeza y agregó:

—Haré que le envíen un buen ejemplar... en inglés. Creo que lo encontrará interesante, y distinto de lo que podría imaginar.

Kamel pagó la cuenta y salimos a la calle.

—Y ahora, daremos ese paseo por Argel que le prometí —dijo—. Me gustaría empezar mostrándole la Poste Centrale.

Nos encaminamos a la gran oficina central de Correos, en el puerto. Mientras íbamos de camino, explicó:

—Todas las líneas telefónicas pasan por la Poste Centrale. Es otro de esos sistemas que hemos heredado de los franceses, en los que todo se dirige a un centro y nada puede hacer el camino inverso... como las calles. Las llamadas internacionales se hacen manualmente. Le gustará verlo... sobre todo porque va a tener que lidiar con este sistema telefónico arcaico para diseñar el modelo de computación por el que acabo de firmar. Muchos de los datos que necesitará llegarán por línea telefónica.

Yo no estaba segura de que el modelo que me había descrito fuera a necesitar telecomunicaciones, pero habíamos acordado no hablar de ello en público, de modo que me limité a decir:

—Sí, tuve problemas anoche para conseguir una conferencia.

Subimos la escalinata hacia la Poste Centrale. Como todos los otros edificios, era grande y oscuro, con suelos de mármol y techos altos. Del techo colgaban arañas elaboradas, como en una sucursal bancaria de la década de los veinte. Por todas partes había retratos enmarcados de Houari Boumédienne, el presidente de Argelia. Tenía un rostro largo, grandes ojos tristes y un gran bigote victoriano.

En todos los edificios que había visto había mucho espacio vacío, y la Poste no era una excepción. Aunque Argel era una gran ciudad, nunca parecía haber gente suficiente para llenar todo el espacio, ni siquiera en las calles. Al llegar de Nueva York, esto resultaba impresionante. Mientras atravesábamos Correos, el ruido de los tacones de nuestros zapatos despertaba un eco en las paredes. La gente hablaba en susurros, como si estuviera en una Biblioteca Pública.

En un rincón alejado, con mucho espacio en torno, había un diminuto conmutador del tamaño de una mesa de cocina. Parecía diseñado por Alexander Graham Bell. Detrás de él había una mujercita de rostro tenso, de unos cuarenta años, con una acumulación de cabellos teñidos en lo alto de la cabeza. Su boca era un tajo de color de sangre brillante, un color que no se fabricaba desde la segunda guerra mundial, y el floreado vestido de *voile* también tenía solera. En lo alto del conmutador había una caja de chocolates con muchos papeles vacíos.

—¡Pero si es el ministro! —exclamó la mujer, sacando una clavija del conmutador y poniéndose en pie para saludarlo. Le tendió las dos manos y Kamel las tomó—. Recibí sus chocolates —dijo ella, señalando la caja—. ¡Suizos! Todo lo suyo es siempre de primera clase.

Tenía una voz grave como la de una cantante de Montmartre. Había algo de estibador en su personalidad, y me gustó enseguida. Hablaba francés como los marineros marselleses que tan bien imitaba Valerie, la doncella de Harry.

—Thérèse, me gustaría que conocieras a mademoiselle Catherine Velis —dijo Kamel—. Mademoiselle está haciendo un importante trabajo de computación para el ministerio, para la OPEP, en realidad. Me pareció que serías la persona adecuada para presentársela.

—¡Ah, la OPEP! —exclamó Thérèse, abriendo mucho los ojos y agitando los dedos—. Muy grande. Muy importante. ¡Ésta debe ser inteligente! —observó—. ¿Sabe?, esta OPEP dará un gran golpe muy pronto, créame.

—Thérèse lo sabe todo —dijo Kamel riendo—. Escucha todas las llamadas transcontinentales. Sabe más que el ministro.

—Naturalmente —dijo ella—. ¿Quién se ocuparía de los asuntos si yo no estuviera aquí?

—Thérèse es *pied noir* —me dijo Kamel.

—Quiere decir pie negro —dijo ella en inglés. Después, volviendo al francés, explicó—: Nací con los pies en África pero no soy uno de esos árabes. Mi gente viene del Líbano.

Yo parecía destinada a no terminar de comprender las distinciones genéticas que se hacían en Argelia, a pesar de que a ellos les interesaban mucho.

—Anoche, la señorita Velis tuvo problemas para hacer una llamada —le dijo Kamel.

—¿Qué hora era? —preguntó.

—Alrededor de las once de la noche —dije—. Traté de llamar a Nueva York desde El Riadh.

—¡Pero si yo estaba aquí! —exclamó. Después, meneando la cabeza, me dijo—: Estos tipos que trabajan en el conmutador del hotel son muy holgazanes. Interrumpen las conexiones. A veces hay que esperar ocho horas para conseguir hablar. La próxima vez, me lo hace saber y yo lo arreglo todo. ¿Quiere llamar esta noche? Dígame cuándo y eso está hecho.

—Quiero enviar un mensaje a un ordenador de Nueva York —le dije—, para que alguien sepa que he llegado. Es un grabador, se da el mensaje y queda grabado digitalmente.

—¡Muy moderno! —dijo Thérèse—. Si lo desea, puedo hacerlo en inglés.

Quedamos de acuerdo y escribí el mensaje para Nim, diciéndole que había llegado sana y salva y pronto iría a las montañas. Él entendería; sabría que iba a buscar al anticuario de Llewellyn.

—Excelente —dijo Thérèse doblando la nota—. Lo enviaré en seguida. Ahora que nos hemos conocido, sus llamadas siempre tendrán prioridad. Venga a visitarme alguna vez.

Al salir de la Poste, Kamel dijo:

—Thérèse es la persona más importante de Argelia. Puede hacer triunfar o frustrar una carrera política, sólo con desconectar a quien le desagrada. Creo que usted le gusta. ¡Quién sabe, tal vez la haga presidenta! —agregó riendo.

Caminábamos junto al puerto, de regreso al ministerio, cuando comentó como por casualidad.

—Observé por su mensaje que piensa ir a las montañas. ¿Hay algún lugar preciso al que quiera ir?

—Sólo a visitar al amigo de un amigo —dije, sin comprometerme—. Y para ver algo del país.

—Pregunto porque estas montañas son el hogar de los cabilios. Yo crecí en ellas y conozco bien la región. Si lo desea, puedo enviarle un coche o llevarla yo mismo.

Aunque el ofrecimiento de Kamel era tan desinteresado como el de enseñarme Argel, advertí detrás de él un matiz que no conseguía precisar.

—Creí que había crecido en Inglaterra —dije.

—Fui a los quince años para asistir a la escuela pública. Pero antes corría descalzo por las colinas de los cabilios, como una cabra salvaje. De verdad, debería tener un guía. Es una región magnífica pero resulta fácil perderse. Los mapas de carreteras de Argelia no son todo lo que deberían ser.

Estaba haciéndome un discurso de vendedor y pensé que sería descortés declinar su oferta.

—Tal vez sería mejor ir con usted —dije—. ¿Sabe?, anoche, cuando salí del aeropuerto, me siguió la Sécurité. Un tipo llamado Sharrif. ¿Cree que significa algo?

Kamel se había detenido de golpe. Estábamos en el puerto y los barcos gigantescos se balanceaban con suavidad con la marea baja.

—¿Cómo sabe que era Sharrif? —preguntó abruptamente.

—Lo conocí. Él… hizo que me llevaran a su oficina en el aeropuerto cuando me dirigía a la Aduana. Me hizo unas preguntas, todo con mucha cortesía, y después me dejó ir. Pero hizo que me siguieran…

—¿Qué clase de preguntas? —me interrumpió Kamel. Tenía la cara gris. Traté de recordar todo lo que había pasado y se lo conté a Kamel. Le hablé incluso del comentario del taxista.

Cuando terminé, Kamel quedó en silencio. Parecía estar pensándose algo. Por último, dijo:

—Le agradecería que no mencionara esto a nadie más. Me ocuparé del asunto, pero yo que usted no me preocuparía demasiado. Probablemente sea un caso de confusión de identidad.

Recorrimos el puerto de regreso al ministerio. Cuando llegamos a la entrada, Kamel dijo:

—Si Sharrif vuelve a ponerse en contacto con usted por alguna razón, dígale que me ha informado de esto. —Y puso una mano en mi hombro—. Y dígale también que yo voy a llevarla a Cabilia.

EL SONIDO
DEL DESIERTO

Pero el Desierto oye, aunque los hombres no oigan, y un día se convertirá en un Desierto de sonidos.

MIGUEL DE UNAMUNO

EL SÁHARA

Febrero de 1793

De pie en el Erg, Mireille contempló el vasto desierto rojo.

Hacia el sur estaban las dunas de Ez-Zemoul El Akbar, que se despeñaban como olas a trescientos metros de altura. En la luz de la mañana y a esa distancia, parecían espolones ensangrentados que arañaran la arena.

A sus espaldas se alzaban los montes Atlas, empurpurados todavía por las sombras y velados por las nubes bajas. Se alzaban meditabundos sobre el desierto vacío —una soledad más grande que cualquier otra soledad terrestre—, dieciséis mil kilómetros de arenas profundas del color de polvo de ladrillo, en las que no se movía nada más que los cristales creados por el hálito de Dios.

Lo llamaban Sahra. El Sur. El Erial. El reino de los aroubi... El Árabe, Errante en la soledad.

Sin embargo, el hombre que la había llevado hasta allí no era un aroubi. Shahin tenía piel blanca y su cabello y sus ojos eran del color del bronce viejo. Su gente hablaba la lengua de los antiguos bereberes que habían reinado en ese desierto estéril durante más de quinientos años. Según decía, habían llegado de las montañas y los Erg, aquella imponente cadena de mesetas que separaban las montañas que tenía detrás, de las arenas que se tendían ante ella. Habían llamado Areg, la Duna, a esta cadena de mesetas. Y se llamaban a sí mismos Tu-Areg; es decir, los que están ligados a la Duna. Los tuaregs conocían un secreto tan antiguo como su raza, un secreto enterrado en las arenas del tiempo. Era el secreto cuyo descubrimiento había llevado a Mireille a viajar durante tantos meses y tanta distancia.

Sólo había pasado un mes desde la noche en que fuera con Letizia a la escondida cueva corsa. Allí abordó un pequeño barco pes-

— 345 —

quero que atravesó el encabritado mar invernal y la llevó a África, donde su guía Shahin, el Halcón, la esperaba en el embarcadero de Dar-el-Beida, para conducirla al Magreb. Llevaba un largo *häik* negro y su rostro estaba oculto detrás del *litham* color índigo, un velo doble a través del cual veía pero no podía ser visto. Porque Shahin era uno de los hombres azules, aquellas tribus sagradas del Ahaggar donde sólo los hombres utilizaban velos para protegerse de los vientos del desierto, tiñéndose la piel con un tono de azul que poco tenía de terreno. Los nómadas llamaban Magrebí —los Magos— a esta secta especial que podía desvelar los secretos del Magreb, la tierra donde se ponía el sol. Ellos sabían dónde podía encontrarse la clave para desentrañar el misterio del juego de Montglane.

Por eso Letizia y su madre la habían enviado a África; por eso había cruzado Mireille los altos Atlas en invierno: quinientos kilómetros en medio de ventiscas por un terreno peligroso. Porque cuando descubriera el secreto, sería la única persona viva que había tocado las piezas… y conocía el secreto de su poder.

El secreto no estaba escondido en el desierto debajo de una piedra. Tampoco estaba oculto en una biblioteca polvorienta. Estaba encerrado en los cuentos susurrados de estos nómadas. Atravesando de noche las arenas, pasando de boca en boca, el secreto se había extendido como se extienden las chispas de una fogata moribunda por las arenas silenciosas, quedando enterradas en la oscuridad.

El secreto estaba oculto en los sonidos mismos del desierto, en las historias narradas por su gente… en los susurros misteriosos de las rocas y piedras.

$$\infty$$

Shahin estaba echado boca abajo en la trinchera cubierta por arbustos que habían excavado en la arena. Sobre sus cabezas, el halcón describía círculos en una espiral lenta y ociosa, estudiando los arbustos en busca de movimiento. Detrás de Shahin estaba Mireille agazapada, casi sin respirar. Contemplaba el perfil tenso de su compañero: la larga y estrecha nariz, ganchuda como la de los peregrinos cuyo nombre llevaba; los pálidos ojos amarillos, la boca apretada y el turbante flojo, con el largo cabello trenzado que caía por su espalda. Se había quitado el largo *häik* tradicional y, como Mireille, llevaba sólo una chilaba de lana con capucha teñida de un claro amarillo brillante con los jugos del abal, del mismo color que el desierto.

El halcón que describía círculos en el cielo no podía distinguirlos de la arena y los arbustos que constituían su camuflaje.

—Es un hurr... un halcón sakr —susurró Shahin a Mireille—. No es tan veloz o agresivo como el peregrino, pero es más listo y tiene mejor visión. Será un buen pájaro para vos.

Antes de cruzar el Ez-Zemoul El Akbar, en el borde del Gran Erg oriental, la más alta y ancha cadena de dunas del mundo, Shahin le había dicho que debía cazar y entrenar un halcón. No se trataba sólo de una prueba de merecimiento tradicional entre los tuaregs —cuyas mujeres cazaban y gobernaban—, sino que era también necesario para la supervivencia.

Porque tenían por delante quince, tal vez veinte días en las dunas, ardientes de día y heladas de noche. Sus camellos sólo podían recorrer unos dos kilómetros por hora mientras las arenas rojas se deslizaban bajo sus patas. Habían comprado provisiones en Khardaia: café, harina, miel y dátiles... y sacas con malolientes sardinas secas para alimentar a los camellos. Pero ahora que habían dejado atrás las marismas salinas y la pétrea Hammada, con los últimos hilos de manantiales agotados, no tendrían más comida que ésa, a menos que pudieran cazar. Y no había en la tierra especie que poseyera la resistencia, la vista, la tenacidad y el ánimo predador del halcón, para cazar en aquella tierra salvaje y estéril.

Mireille contemplaba al halcón, que parecía suspendido sobre ellos sin esfuerzo, sostenido por la caliente brisa del desierto. Shahin registró su fardo y sacó la paloma amaestrada que habían comprado. Ató un delgado cordel a su pata; sujetó el otro extremo a una piedra. Después, soltó al pájaro. La paloma se elevó hacia el cielo. Un segundo después, el halcón la había visto y pareció detenerse en medio del aire, reuniendo fuerzas. Después, descendió a gran velocidad, como una bala, y atacó. Mientras ambos pájaros caían a tierra, el aire se llenó de plumas que volaban en todas direcciones.

Mireille inició un movimiento, pero Shahin la retuvo cogiéndole la mano.

—Dejad que pruebe la sangre —susurró—. El sabor de la sangre elimina memoria y prudencia.

Cuando Shahin empezó a tirar del cordel, el halcón estaba en el suelo, desgarrando la paloma. Se agitó un momento pero volvió a posarse en la arena, confuso. Shahin volvió a tirar del cordel... de modo que pareciera que la paloma, malherida, se movía por la arena. Tal como había predicho, el halcón regresó rápidamente a picotear en la carne cálida.

—Acercaos tanto como podáis —susurró Shahin a Mireille—. Cuando esté a un metro de distancia, cogedlo por una pata.

Mireille lo miró como si pensara que estaba loco, pero se acercó lo más que pudo al borde de los arbustos, acuclillada y dispuesta a saltar. Mientras Shahin acercaba cada vez más la paloma, su corazón latía con violencia. Cuando Shahin le dio un golpecito en el brazo, el halcón estaba a apenas un metro de distancia, ocupado siempre con su presa. Sin perder un segundo, saltó de entre los arbustos y le cogió una pata. El ave giró, batiendo las alas, y lanzando un graznido hundió el agudo pico dentado en su muñeca.

Un instante después, Shahin estaba a su lado, cogió el pájaro, lo encapuchó con movimientos expertos y lo sujetó con un trozo de cordel de seda a la banda de cuero que ya había puesto en torno a su muñeca izquierda.

Mireille chupó la sangre que salía de su otro brazo herido, y se manchó la cara y el pelo. Shahin desgarró un trozo de muselina y vendó el lugar en donde el pájaro había mordido la carne. El pico del ave había llegado peligrosamente cerca de una arteria.

—Lo habéis cogido para poder comer —dijo Shahin con una sonrisa ácida—, pero él ha estado a punto de comeros a vos.

Cogiendo su brazo vendado, colocó la mano contra el halcón cegado, que se aferraba ahora con sus espolones a su otra muñeca.

—Acariciadlo —aconsejó—. Que sepa quién es el amo. Se necesita una luna y tres cuartos para dominar a un hurr… pero si vivís con él, coméis con él, lo acariciáis y le habláis… si dormís con él incluso, será vuestro con la luna nueva. ¿Qué nombre le daréis, para que pueda aprenderlo?

Mireille miró con orgullo la criatura salvaje que se aferraba temblando a su brazo. Por un instante olvidó el dolor que sentía.

—Charlot —respondió—. Pequeño Charles. He capturado un pequeño Carlomagno celeste.

Shahin la miró en silencio con sus ojos amarillos y después levantó su velo color índigo de modo que cubriera la mitad inferior de su cara. Cuando habló, el velo se estremeció en el seco aire del desierto.

—Esta noche le pondremos vuestra marca —dijo—, para que sepa que es sólo vuestro.

—¿Mi marca? —preguntó Mireille.

Shahin sacó un anillo de sus dedos y lo puso en su mano. Mireille lanzó una mirada al sello, un pesado bloque de oro. Grabado en la parte superior había un número ocho.

Siguió en silencio a Shahin bajando el empinado talud en dirección al lugar donde esperaban los camellos, arrodillados en la base de la duna. Lo miró mientras él ponía una rodilla en la silla del camello y la bestia se levantaba con un solo movimiento, alzándolo como una pluma. Mireille lo imitó, sosteniendo el halcón con el brazo levantado, y partieron por las arenas del color de la herrumbre.

∞

Cuando Shahin se inclinó para poner el anillo en el fuego, las brasas ardían con un resplandor bajo. Hablaba poco y raras veces sonreía. No había podido saber muchas cosas de él en todo el mes que habían pasado juntos. Se concentraban en la supervivencia. Mireille sólo sabía que alcanzarían las Ahaggar —aquellas montañas de lava que eran el hogar de los tuaregs de Kel Djanet— antes de que naciera su hijo. Shahin era reacio a hablar de otros temas y respondía a todas sus preguntas con un sentencioso «Pronto lo veréis».

Por lo tanto, quedó sorprendida cuando él se quitó los velos y habló mientras miraban cómo el anillo se ponía al rojo vivo entre las brasas.

—Sois lo que llamamos una *thayyib* —dijo Shahin—, una mujer que ha conocido varón sólo una vez… y sin embargo estáis preñada. Tal vez hayáis notado cómo os miraban los de Khardaia cuando nos detuvimos allí. Mi gente cuenta una historia. Siete mil años antes de la Égira, llegó del este una mujer. Viajó sola miles de kilómetros por el desierto de sal, hasta que llegó al Kel Rela Tuareg. Su pueblo la había expulsado porque estaba preñada. Tenía el cabello del color del desierto, como vos. Se llamaba Daia, que quiere decir el manantial. Buscó refugio en una cueva. El día que nació el niño, brotó agua de la roca de la cueva. Y sigue fluyendo aún hoy en Q'ar Daia, la cueva de Daia, la diosa de los pozos.

Así que este Khardaia, donde se habían detenido para comprar camellos y provisiones, se llamaba así por la extraña diosa de Q'ar, como Cartago, penso Mireille. ¿Sería esta Daia, o Dido, la misma leyenda? ¿O la misma persona?

—¿Por qué me decís esto? —preguntó Mireille, acariciando a Charlot posado en su brazo, mientras contemplaba el fuego.

—Está escrito —respondió Shahin— que un día un Nabi o Profeta vendrá por el Bahr al-Azrak… el mar Azul. Un Kalim, alguien que habla con los espíritus, que sigue el Tarikat o camino místico hacia el conocimiento. Este hombre será todas esas cosas y sería un

Za'ar… un hombre de piel blanca, ojos azules y cabellos rojos. Para mi pueblo es un portento y por eso os miraban así…

—Pero yo no soy un hombre —dijo Mireille levantando los ojos— y mis ojos son verdes, no azules.

—No hablo de vos —dijo Shahin. Inclinándose sobre el fuego, sacó su *bousaadi* (un cuchillo largo y delgado) y lo usó para extraer el anillo del fuego—. Es vuestro hijo a quien hemos esperado… el que nacerá bajo los ojos de la diosa… como fue dicho.

Mireille no preguntó a Shahin cómo sabía que su hijo sería un varón. Mientras lo miraba atar una tira de cuero sobre el anillo al rojo, en su cabeza bullían mil pensamientos. Se permitió pensar en la criatura que ocupaba su vientre hinchado. Con casi seis meses de preñez, lo sentía moverse en su interior. ¿Qué sería de él, nacido en esta vasta y traicionera soledad, tan lejos de su propio pueblo? ¿Por qué creía Shahin que él cumpliría esa profecía primitiva? ¿Por qué le había contado la historia de Daia, y qué tenía eso que ver con el secreto que buscaba? Cuando él le tendió el anillo, apartó aquellas ideas de su cabeza.

—Tocadlo rápido pero con firmeza en el pico… justo aquí —le dijo cuando ella cogió el anillo envuelto en cuero—. No lo siente mucho, pero lo recordará…

Mireille miró el halcón encapuchado, que se posaba confiado en su brazo, con los espolones hundidos en la gruesa banda que envolvía su muñeca. El pico estaba expuesto y ella acercó el anillo al rojo, pero se detuvo.

—No puedo —dijo, apartando el anillo. El resplandor rojizo titilaba en el frío aire nocturno.

—Debéis hacerlo —dijo Shahin con firmeza—. ¿De dónde sacaréis la fuerza para matar a un hombre… si no tenéis coraje suficiente para poner vuestra marca a un pájaro?

—¿Matar a un hombre? —dijo Mireille—. ¡Jamás!

Pero mientras hablaba, Shahin esbozó una sonrisa, con los ojos chispeando como el oro en la extraña luz. El beduino tenía razón, pensó ella, cuando decía que en una sonrisa había algo terrible.

—No me digáis que no vais a matar a ese hombre —dijo con suavidad Shahin—. Conocéis su nombre… lo pronunciáis todas las noches durante el sueño. Puedo oler en vos la venganza, como se encuentra agua por el olfato. Esto es lo que os ha traído aquí y lo que os mantiene viva… la venganza.

—No —dijo Mireille, aunque sentía que detrás de los párpados latía la sangre mientras sujetaba el anillo—. Vine para descubrir un secreto. Vos lo sabéis. Y en lugar de eso me contáis leyendas sobre una mujer pelirroja que murió hace miles de años...

—Jamás dije que hubiera muerto —dijo bruscamente Shahin con rostro impasible—. Vive como las cantantes arenas del desierto. Habla como los antiguos misterios. Los dioses no podían soportar verla morir... y la transformaron en piedra viviente. Ella ha esperado ocho mil años, porque vos sois el instrumento de su retribución (vos y vuestro hijo), tal como fue dicho.

...Volveré a levantarme como un Fénix de entre sus cenizas el día que las rocas y las piedras empiecen a cantar... y las arenas del desierto llorarán lágrimas de sangre... y será un día de retribución para la Tierra...

Mireille escuchó la voz de Letizia que susurraba en su cabeza. Y después, la respuesta de la abadesa: El juego de Montglane contiene la clave para abrir los labios mudos de la Naturaleza... y liberar las voces de los dioses.

Miró las arenas, que la luz del fuego teñía de un rosado pálido y escalofriante, nadando bajo el vasto mar de estrellas. Tenía el anillo en la mano. Murmurando tiernamente al halcón, hizo una inspiración profunda y apretó el engaste caliente contra su pico. El pájaro se sobresaltó, tembló, pero no se movió, mientras el olor acre del cartílago quemado llenaba sus narices. Cuando dejó caer el anillo al suelo, se sentía enferma. Pero acarició el lomo y las alas dobladas del halcón. Las plumas suaves se movieron bajo sus dedos. En el pico había un perfecto número ocho.

Mientras acariciaba al animal, Shahin se estiró y puso su gran mano sobre su hombro. Era la primera vez que la tocaba y ahora la miró a los ojos.

—Cuando ella llegó del desierto —dijo—, la llamamos Daia. Pero ahora vive en los Tassili, adonde os llevo. Tiene más de seis metros de altura y está de pie a más de dos metros arriba del Valle de Djabbaren, por encima de los Gigantes de la Tierra... sobre quienes reina. La llamamos La Reina Blanca.

Durante semanas atravesaron las dunas solitarias, deteniéndose sólo para ver volar pequeñas presas y soltando uno de los halcones para cazarlas. Era la única comida fresca que tenían. Su única bebida era la leche de las camellas con su sabor salino, sudoroso.

Era el mediodía de la decimoctava jornada cuando Mireille alcanzó la elevación, con su camello resbalando sobre la arena suelta... y divisó los *zauba'ah*, aquellos pilares naturales formados por el viento que arrasaba el desierto. A unos dieciséis kilómetros de distancia, se elevaban 300 metros hacia el cielo: columnas de arena roja y ocre inclinadas a causa del viento. La arena de la base se levantaba 30 metros en el aire, como un mar embravecido, mezclando rocas, arena y plantas en un caleidoscopio salvaje, como confeti coloreado. Proyectaban a 900 metros de altura una inmensa nube roja que cubría el cielo y se combaba sobre los pilares como una catedral, obliterando el sol del mediodía.

El dosel en forma de tienda que la protegía del resplandor de la arena se agitaba por encima de las sillas de los camellos como velas de botavara que cruzaran el mar del desierto. Era el único sonido que escuchaba, ese aleteo seco... mientras en la distancia el desierto se desgarraba en silencio.

Después escuchó otra cosa... un murmullo lento, bajo y aterrador, como una misteriosa canción oriental. Los camellos empezaron a agitarse, luchando contra las riendas y moviéndose enfurecidos. La arena se movía bajo sus patas.

Shahin saltó de su camello, cogiendo las riendas para dominarlo mientras el animal lanzaba patadas en su dirección.

—Tienen miedo de las arenas cantantes —gritó a Mireille, cogiendo las riendas de su montura mientras ella bajaba para ayudar a sacar el dosel.

Shahin vendaba los ojos de los camellos, que se echaban sobre él, llorando con sus voces ásperas como bramidos. Los maneó con un *ta'kil* —sujetando la pata delantera por encima de la rodilla— y los obligó a echarse en la arena mientras Mireille sacaba las sillas. El viento caliente seguía su ritmo mientras el canto de las arenas se elevaba.

—Están a dieciséis kilómetros —gritó Shahin—, pero se mueven muy rápido. ¡En veinte o treinta minutos las tendremos encima!

Estaba hundiendo en la arena los palos de la tienda, sujetando lonas sobre sus equipajes mientras los camellos bramaban frenéticamente, buscando con sus patas un lugar seguro sobre las arenas movedizas. Mireille cortó las *sibaks*, los cordeles de seda que sujetaban los halcones a sus perchas, cogió los pájaros y los metió en un saco, colocándolo bajo la tienda todavía sin levantar. Después, ella y Shahin se acurrucaron bajo la lona, que estaba ya medio enterrada bajo una arena pesada, semejante a ladrillo.

Debajo de la lona, Shahin empezó a cubrirse la cara y la cabeza con una muselina. Aun allí, bajo la tienda, Mireille sentía las partículas punzantes que le pinchaban la piel y se abrían, paso dentro de su boca, nariz y oídos. Se echó en la arena y permaneció allí tratando de no respirar mientras el ruido aumentaba... como el rugido del mar.

—Es la cola de la serpiente —dijo Shahin, envolviéndola en sus brazos para formar una bolsa de aire que les permitiera respirar mientras la arena caía cada vez con más fuerza sobre ellos—. Se levanta para guardar la puerta. Esto significa que, si Alá nos permite vivir, mañana llegaremos al Tassili.

SAN PETERSBURGO, RUSIA   *Marzo de 1793*

La abadesa de Montglane estaba sentada en el vasto comedor de sus aposentos en el Palacio Imperial de San Petersburgo. Las pesadas tapicerías que cubrían puertas y ventanas tapaban toda la luz y prestaban al recinto una sensación de seguridad. Hasta aquella misma mañana, la abadesa se había creído segura, pensando haber previsto toda eventualidad. Ahora comprendía que se había equivocado. Estaba rodeada por la media docena de *femmes de chambre* que la zarina Catalina había puesto a su servicio. Sentadas en silencio, con las cabezas inclinadas sobre sus encajes y bordados, la vigilaban con el rabillo del ojo para poder informar de su menor movimiento. La abadesa movía los labios, canturreando un Acto de Fe y un Credo, para que creyeran que estaba inmersa en la plegaria.

Mientras tanto, sentada ante la mesilla taraceada francesa, abrió su ejemplar de la Biblia, encuadernado en piel, y leyó por tercera vez la carta que esa misma mañana le había pasado subrepticiamente el embajador francés... lo último que hizo antes de que el trineo lo llevara de regreso a Francia, expulsado.

La carta era de Jacques Louis David. Mireille había desaparecido; había huido de París durante el Terror, tal vez abandonado Francia. Pero Valentine, la dulce Valentine, había muerto. La abadesa se preguntó con desesperación dónde estarían las piezas. Como es natural, la carta no hablaba de eso.

En ese instante, se escuchó un violento estallido en la recámara... un estrépito metálico seguido de exclamaciones excitadas. La voz estentórea de la zarina se impuso sobre las demás.

La abadesa cerró la Biblia, ocultando la carta. Las *femmes de chambre* intercambiaban miradas inquietas. De golpe, se abrió la puerta de la cámara de par en par. La tapicería que la cubría cayó al suelo con un estruendo de anillas de bronce.

Las damas se pusieron de pie, confusas... volcando los costureros, de donde rodaron hilos y telas, mientras Catalina entraba impetuosamente en la habitación, dejando a sus espaldas un enjambre de guardias desconcertados.

—¡Fuera! ¡Fuera, fuera! —gritó, atravesando el cuarto mientras golpeaba contra su palma un rígido rollo de pergamino. Las damas de compañía se apresuraron a dejarle camino libre, diseminando trozos de hilo y telas a su paso, mientras tropezaban en sus prisas por alcanzar la puerta. En la recámara hubo un pequeño atasco al chocar las damas y los guardias en su intento por huir de la ira soberana; después, las puertas exteriores se cerraron con un golpe... en el momento preciso en que la emperatriz llegaba junto al escritorio. La abadesa sonrió tranquila, con la Biblia cerrada frente a ella, sobre el escritorio.

—Mi querida Sofía —dijo con dulzura—, después de tanto años, vienes a rezar maitines conmigo. Sugiero que comencemos con el acto de contrición...

La emperatriz golpeó con el rollo de pergamino sobre la Biblia de la abadesa. Sus ojos ardían de furia.

—¡Empieza tú con el acto de contrición! —gritó—. ¿Cómo te atreves a desafiarme? ¿Cómo te atreves a negarte a obedecer? ¡En este estado, mi voluntad es la ley...! Este estado te ha dado asilo durante más de un año... pese a las advertencias de mis consejeros y en contra de mi propio buen juicio! ¿Cómo osas rechazar mi orden? —Y cogiendo el pergamino, lo abrió delante de la abadesa—. ¡Fírmalo! —aulló, cogiendo la pluma del tintero y arrojando tinta sobre el escritorio con mano temblorosa y el rostro congestionado de furia—. ¡Fírmalo!

—Mi querida Sofía —dijo apaciblemente la abadesa, cogiendo el pergamino—. No sé de qué me hablas. —Y estudió la página como si nunca la hubiera visto.

—¡Platón Zubov me ha dicho que te negaste a firmarlo! —exclamó mientras la abadesa continuaba leyendo. La pluma seguía goteando tinta— ¡Exijo saber la razón... antes de meterte en prisión!

—Si vas a encerrarme en prisión —dijo la abadesa sonriendo—, no veo de qué puede servir mi excusa... aunque para ti pueda tener una importancia fundamental. —Y volvió la vista al papel.

—¿Qué quieres decir? —preguntó la emperatriz, volviendo a dejar la pluma en el tintero—. Sabes muy bien qué es este papel... ¡Negarse a firmarlo es un acto de traición contra el estado! Cualquier emigrado francés que desee permanecer bajo mi protección, tiene que firmar este juramento. ¡Esa nación de bribones disolutos ha asesinado a su rey! He expulsado de mi corte al embajador Genet... He cortado las relaciones diplomáticas con ese gobierno títere de imbéciles... He prohibido que los barcos franceses fondeen en cualquier puerto ruso.

—Sí, sí —dijo la abadesa con cierta impaciencia—. ¿Pero qué tiene esto que ver conmigo? No creo que pueda llamárseme una emigrada... Salí de Francia mucho antes de que cerrara sus puertas. ¿Por qué tendría que cortar mis relaciones con mi país... o la correspondencia amistosa que no hace daño a nadie...?

—¡Al rehusar, sugieres que estás coaligada con esos demonios! —dijo Catalina, horrorizada—. ¿Comprendes que votaron la ejecución de un rey? ¿Con qué derecho se toman semejante libertad? Esa chusma... ¡lo asesinaron a sangre fría, como a un delincuente común! ¡Lo raparon, lo dejaron en camisa y lo llevaron en una carreta de madera para que la escoria pudiera escupirlo! Y en el cadalso, cuando intentó hablar... perdonar los pecados de su pueblo antes de que lo degollaran como a una res... lo obligaron a bajar la cabeza en el tajo y ordenaron que empezaran a batir los tambores...

—Lo sé —dijo con calma la abadesa—. Lo sé. —Y colocando el pergamino sobre el escritorio, se puso de pie ante su amiga—. Pero no puedo interrumpir la comunicación con Francia, pese a cualquier ucase que se te ocurra inventar. Hay algo peor... algo más espantoso que la muerte de un rey... quizá que la muerte de todos los reyes.

Catalina la miraba estupefacta mientras la abadesa, renuente, abría la Biblia y sacaba de entre sus páginas la carta, que le tendió.

—Tal vez hayan desaparecido algunas piezas del juego de Montglane —dijo.

∞

Catalina la Grande, zarina de todas las Rusias, estaba sentada frente a la abadesa, y entre ellas estaba el tablero de ajedrez de azulejos blancos y negros. Cogió un caballo y lo colocó en el centro. Parecía cansada y enferma.

—No comprendo —dijo en voz baja—. Si has sabido siempre

dónde estaban las piezas, ¿por qué no me lo dijiste? ¿Por qué no confiaste en mí? Creí que las habías dispersado…

—Y así era —contestó la abadesa, estudiando el tablero—, pero las habían dispersado manos a las que creía poder controlar. Al parecer me equivocaba. Uno de los jugadores ha desaparecido junto con algunas piezas. Debo recobrarlas.

—Por supuesto —aceptó la emperatriz—. Ya ves que debiste recurrir a mí desde un principio. Tengo agentes en todos los países. Si alguien puede recuperar esas piezas, soy yo.

—No seas absurda —dijo la abadesa, adelantando su reina y comiendo un peón—. Cuando esta joven desapareció, había en París ocho piezas. No sería tan tonta como para llevárselas con ella. Es la única que sabe dónde están ocultas… y no confiaría en nadie, salvo en una persona que estuviera segura que he enviado yo. He escrito con este objeto a mademoiselle Corday, que solía dirigir el convento en Caen. Le he pedido que viaje a París en mi nombre… para encontrar el rastro de la chica desaparecida antes de que sea demasiado tarde. Si ella muriera, moriría con ella el secreto del escondite de esas piezas. Ahora que has expulsado a mi correo, el embajador Genet, ya no puedo comunicarme con Francia, a menos que me ayudes. Mi última carta ha salido en su valija diplomática.

—Helene, eres demasiado inteligente para mí —dijo Catalina con una amplia sonrisa—. Debí haber supuesto de dónde venía el resto de tu correo… lo que no pude confiscar.

—¡Confiscar! —exclamó la abadesa, contemplando cómo Catalina sacaba su alfil del tablero.

—Nada interesante —dijo la zarina—. Pero ahora que me has demostrado confianza suficiente como para revelar el contenido de esta carta, tal vez estés dispuesta a permitir que te ayude con el juego, como te ofrecí al comienzo. Sigo siendo tu amiga… aunque sospecho que sólo la expulsión de Genet te ha movido a confiar en mí. Quiero el juego de Montglane. Debo conseguirlo antes de que caiga en manos menos escrupulosas que las mías. Viniendo aquí, pusiste tu vida en mis manos, pero hasta ahora no habías compartido conmigo lo que sabes. ¿Por qué no iba a confiscar tus cartas, si no me demostrabas confianza?

—¿Cómo podía confiar tanto? —exclamó la abadesa, airada—. ¿Crees que no sé usar los ojos? ¡Has firmado un pacto con Prusia, tu enemigo, para otra partición de tu amiga Polonia! Tu vida está amenazada por mil adversarios, incluso en tu propia corte. Debes saber que tu hijo Pablo está en su posesión de Gatchina, entrenando tropas de aspecto prusiano con vistas a un golpe de estado. Todos los movimientos que haces en este juego peligroso sugieren que podrías buscar el juego de Montglane para servir a tus propios fines: el poder. ¿Cómo podría saber que no me traicionas como has traicionado a tantos otros? Y aunque estés de mi parte, como deseo creer... ¿qué sucedería si trajera el juego aquí? Ni siquiera tu poder puede ir más allá de la tumba, querida Sofía. ¡Y si tú murieras, tiemblo al pensar en el uso que podría dar tu hijo Pablo a estas piezas!

—No tienes por qué temer a Pablo —resopló la zarina mientras la abadesa enrocaba—. Su poder nunca superará esas tropas miserables a las que hace marchar con sus estúpidos uniformes. Cuando yo muera, será mi nieto Alejandro quien reine. Yo misma lo he educado y hará lo que le he dicho...

En ese momento, la abadesa se llevó un dedo a los labios y señaló una tapicería que cubría el extremo más alejado de la habitación. Obedeciendo a su gesto, la zarina se levantó resueltamente de su silla. Mientras la abadesa seguía hablando, ambas mujeres contemplaban la tapicería.

—Ah, qué jugada tan interesante —dijo—, plantea problemas...

La zarina atravesaba la habitación con poderosas zancadas. Con un solo movimiento, apartó el tapiz. Y allí detrás estaba el príncipe Pablo, con su rostro avergonzado rojo como una remolacha. Atónito, lanzó una mirada a su madre y después fijó su vista en el suelo.

—Madre, venía a haceros una visita... —empezó, pero no conseguía mirarla—. Quiero decir, Majestad, venía... a ver a su reverenda madre, la abadesa, para hablar de un asunto...

—Veo que tu ingenio es tan ágil como el de tu difunto padre —espetó la zarina—. ¡Y pensar que he llevado en mi vientre un príncipe cuyo principal talento parece ser fisgar detrás de las puertas! ¡Sal de aquí enseguida! ¡Sólo verte me provoca disgusto!

Le dio la espalda, pero la abadesa vio la mirada de odio amargo que encendió el rostro de Pablo al contemplar la espalda de su madre. Catalina estaba jugando un juego peligroso con ese muchacho; no era tan tonto como ella creía.

—Ruego que la reverenda madre y vuestra Majestad sepan perdonar mi intrusión —susurró. Después, haciendo una profunda reverencia en dirección a la espalda de su madre, retrocedió un paso y salió en silencio de la habitación.

La zarina no habló, pero permaneció junto a la puerta con los ojos fijos en el tablero de ajedrez.

—¿Cuánto crees que habrá oído? —preguntó por fin, leyendo los pensamientos de la abadesa.

—Debemos suponer que lo ha oído todo —dijo la abadesa—. Hay que actuar enseguida.

—¿Por qué, porque un muchacho tonto se ha enterado de que no es el hombre destinado a ser rey? —dijo Catalina con una sonrisa amarga—. Estoy segura de que hace mucho tiempo que lo suponía.

—No —dijo la abadesa—, sino porque se ha enterado de la existencia del juego.

—Pero, seguramente, estaremos a salvo hasta haber concebido un plan —dijo Catalina—. Y la pieza que has traído aquí está en mi caja de seguridad. Si quieres, podemos trasladarla a un lugar en el que nadie pensaría en buscarla. Los obreros están poniendo otra capa de cemento en la última ala del Palacio de Invierno. Hace cincuenta años que se está construyendo… ¡me espanta pensar en la cantidad de huesos que deben estar enterrados allí!

—¿Podríamos hacerlo nosotras? —preguntó la abadesa mientras la zarina cruzaba la habitación.

—¿Estás bromeando? —dijo Catalina, volviendo a sentarse junto al tablero—. ¿Nosotras dos… saliendo a hurtadillas en medio de la noche para esconder una pequeña pieza de ajedrez de quince centímetros de altura? No me parece que haya tanto motivo de alarma.

Pero la abadesa ya no la miraba. Su vista estaba fija en el tablero de ajedrez, una mesa de azulejos blancos y negros que había traído consigo desde Francia. Lentamente, levantó la mano y, con un rápido movimiento del brazo, apartó las piezas, algunas de las cuales cayeron sobre la mullida alfombra de astracán que había en el suelo. Golpeó el tablero con los nudillos. Se escuchó un ruido apagado, denso, como si debajo de la superficie hubiera un acolchado… como si algo separara los delgados cuadros esmaltados de otra cosa escondida más abajo. Los ojos de la zarina se dilataron mientras tocaba la superficie del tablero. Se levantó con el corazón palpitante y se acercó al brasero cuyos bordes ya se habían transformado en cenizas. Cogió un pesado atizador de hierro y, levantándolo por encima de su cabeza, lo descargó con energía sobre el tablero. Algunos azulejos se rompieron. Arrojó el atizador y sacó con las manos los fragmentos y el relleno de algodón que había debajo. Vio el resplandor sofocado que parecía arder con una llama interna. La abadesa seguía sentada junto al tablero con una expresión adusta y conmovida.

—¡El tablero del juego de Montglane! —susurró la zarina, mirando fijamente los cuadros esculpidos de plata y oro que se veían por el agujero—. Lo has tenido todo este tiempo. No me sorprende que callaras. Tenemos que sacar estos azulejos y el relleno, quitarlos de la mesa para que yo pueda contemplar todo su resplandor. ¡Como anhelo verlo!

—Lo había visto en mis sueños —susurró la abadesa—, pero cuando por fin lo sacamos de la tierra, cuando lo vi brillar en la luz apagada de la abadía, cuando toqué las piedras talladas y los extraños símbolos mágicos con mis propias manos... sentí que me recorría una fuerza más aterradora que cualquiera que haya conocido. Ahora comprenderás por qué deseo enterrarlo... esta noche... donde nadie pueda volver a encontrarlo hasta que se hayan recuperado las otras piezas. ¿Hay alguien en quien podamos confiar para que nos ayude?

Catalina la miró largo rato, percibiendo por primera vez en muchos años la soledad del papel que había elegido representar en la vida. Una emperatriz no podía permitirse amigos, confidentes.

—No —dijo a la abadesa con una sonrisa pícara e infantil—, pero hace mucho tiempo que nos permitimos caprichos peligrosos... ¿no es así, Helene? Hoy, a medianoche, podemos cenar juntas... ¿y tal vez después nos venga bien un enérgico paseo por los jardines?

—Tal vez deseemos dar varios paseos —aceptó la abadesa—. Antes de hacer introducir este tablero en la mesa, lo hice dividir cuidadosamente en cuatro... para poder moverlo sin ayuda de demasiada gente. Preví este día...

Usando como palanca el atizador, Catalina ya había empezado a romper los frágiles azulejos. La abadesa iba sacando los fragmentos para mostrar partes cada vez mayores del magnífico tablero. Cada cuadrado contenía un extraño símbolo místico, alternando el oro y la plata. Los bordes estaban ornados con valiosas gemas sin cortar, pulidas como huevos y dispuestas en extraños dibujos esculpidos.

—¿Y después de la cena leeremos mis... cartas confiscadas? —preguntó la abadesa.

—Por supuesto, haré que te las traigan —dijo la emperatriz mirando el tablero con ojos maravillados—. No eran muy interesantes. Son de una antigua amiga tuya... hablan en su mayor parte del tiempo en Córcega...

Pero Mireille ya estaba a miles de kilómetros de Córcega. Y al llegar a la última pared del Ez-Zemoul El Akbar, vio frente a sí, al otro lado de las arenas, el Tassili... la casa de la Reina Blanca.

El Tassili n'Ajjer o meseta de los Abismos, se alzaba sobre el desierto: era una larga cinta de piedra azul que recorría cuatrocientos ochenta kilómetros desde Argelia hasta el interior del reino de Trípoli, rodeando el borde de las montañas Ahaggar y los fértiles oasis que salpicaban el desierto del Sur. Dentro de esos cañones estaba la clave de un antiguo misterio.

Al seguir a Shahin al interior de la embocadura del estrecho desfiladero occidental, Mireille advirtió que la temperatura descendía con rapidez, y por primera vez en casi un mes, olió el rico aroma del agua fresca. Al penetrar en el desfiladero, con sus altas paredes rocosas, vio el fino hilo de agua que corría sobre las piedras irregulares. Las riberas estaban cubiertas de rosadas adelfas que murmuraban en la sombra, mientras que algunas palmeras datileras surgían del cauce mismo y sus frondas plumosas se alzaban hacia el tembloroso fragmento de cielo.

A medida que sus camellos ascendían por la estrecha garganta, el cuello de roca azul iba ensanchándose lentamente y convirtiéndose en un valle rico y fértil en el que altos ríos nutrían los huertos de melocotones, higos y albaricoques. Mireille, que durante semanas no había comido más que lagartijas, salamandras y águilas ratoneras asadas sobre carbón, iba cogiendo melocotones de los árboles mientras pasaban en medio de las gruesas ramas, y los camellos arrancaban grandes manojos de oscuras hojas verdes.

Cada valle desembocaba en otros valles y retorcidas gargantas, cada uno con su clima y vegetación propios.

El Tassili —formado millones de años antes por profundos ríos subterráneos que se abrían paso por capas de rocas de variados colores— estaba esculpido como las cuevas y abismos de un mar enterrado. El río cortaba gargantas cuyas trabajadas paredes de piedra rosada y blanca parecían arrecifes coralinos, amplios valles de agujas espiraladas que se elevaban hacia el cielo. Y en torno a estas masas semejantes a castillos de arenisca roja petrificada, estaban las macizas mesetas con muros de un gris azulado, como los de fortalezas, que surgían del suelo del desierto y se proyectaban mil metros hacia el cielo.

Mireille y Shahin no encontraron a nadie hasta llegar a Tamrit, la aldea de las tiendas, en lo alto de las estribaciones del Aabaraka Tafelalet. Allí, cipreses milenarios se alzaban sobre el profundo y frío cauce del río, y la temperatura descendió de manera tan brusca que a Mireille le costaba trabajo recordar los cuarenta y ocho grados del mes transcurrido entre las dunas secas y estériles.

En Tamrit dejarían los camellos y seguirían a pie, llevando sólo las provisiones que pudieran. Porque ahora habían entrado en aquella parte del laberinto en que, según Shahin, las veredas y cornisas eran tan traicioneras que ni siquiera las cabras salvajes solían aventurarse por ellas.

Dispusieron lo necesario para que el pueblo de las tiendas abrevara a sus camellos. Muchos habían salido a mirar con ojos dilatados las trenzas rojas de Mireille, que el sol poniente convertía en llamas.

—Pasaremos la noche aquí —le dijo Shahin—. El laberinto sólo puede atravesarse de día. Saldremos mañana. En el corazón del laberinto está la llave… —Y levantó el brazo para señalar el extremo de la garganta, donde las paredes rocosas desaparecían en una curva ya oculta por la sombra negrazulada, porque el sol desaparecía debajo del borde del cañón.

—La Reina Blanca —susurró Mireille, mirando las sombras distorsionadas que hacían que la roca pareciera tener movimiento—. Shahin, tú no crees de verdad que allá arriba haya una mujer de piedra… quiero decir, un ser vivo —dijo, estremeciéndose a medida que el sol se ocultaba y el aire se enfriaba de manera palpable.

—Lo sé —dijo él, también susurrando, como si pensara que alguien podía estar escuchando—. Dicen que a veces, al ponerse el sol, cuando no hay nadie cerca, la han oído desde grandes distancias… cantando una melodía extraña. Tal vez… cante para vos.

∞

En Sefar el aire era frío y cristalino. Allí encontraron las primeras rocas talladas, aunque no eran las más antiguas: pequeños demonios con cuernos de chivo, dispersos por las paredes en bajorrelieve. Habían sido pintados unos mil quinientos años antes de Cristo. Cuanto más ascendían, más difícil se hacía el acceso y más antiguas las pinturas; más mágicas, misteriosas y complejas.

Mientras ascendían las empinadas cornisas practicadas en las paredes del cañón, Mireille sentía que iba retrocediendo en el tiempo. En cada curva del cañón, las pinturas que cubrían el oscuro rostro de piedra contaban la historia de las edades de hombres cuyas vidas se habían mezclado con estos abismos —una marea de civilización, ola tras ola—, retrocediendo ocho mil años en el tiempo.

Por todas partes había arte: carmín, ocre, negro, amarillo y pardo; esculpido y pintado en las paredes verticales, grabado con colores radiantes en los recodos oscuros de grietas y cavernas... miles y miles de pinturas, hasta donde alcanzaba la vista. Desplegadas allí, en la soledad de la naturaleza, pintadas en ángulos y alturas que sólo podía alcanzar un montañero experto o —como decía Shahin— un chivo, no sólo contaban la historia del hombre... sino de la vida misma.

Al segundo día vieron los carruajes de los hicsos, el pueblo del mar que dos mil años antes de Cristo había conquistado Egipto y el Sáhara y cuyo armamento más desarrollado —vehículos tirados por caballos y armaduras— los había ayudado a vencer los pintados camellos de los guerreros nativos. Mientras pasaban junto a los muros del cañón como predadores que atravesaran el desierto, leían la historia de sus conquistas como en un libro abierto. Mireille sonreía preguntándose qué pensaría su tío Jacques Louis si pudiera contemplar el trabajo de tantos artistas desconocidos, cuyos nombres se habían perdido en la espesa bruma de los tiempos, pero cuyo trabajo había durado miles de años.

Todas las noches, cuando el sol se ocultaba detrás del cañón, tenían que buscar abrigo. Si no había cuevas cerca, se envolvían en mantas de lana que Shahin fijaba al cañón con las estacas de la tienda, para no despeñarse por el desfiladero durante el sueño.

Al tercer día llegaron a las cuevas de Tan Zoumaitok, tan profundas y oscuras que sólo se podía ver a la luz de antorchas improvisadas con ramas que arrancaban de las grietas en la roca. Dentro de las cuevas había pinturas perfectamente conservadas, de hombres sin rostro con cabezas en forma de moneda, hablando con peces que caminaban erguidos sobre piernas. Porque, según dijo Shahin, las tribus de la antiguedad creían que sus ancestros habían pasado del mar a la tierra como peces, saliendo del lodo primordial con ayuda de sus piernas. Había también descripciones de la magia utilizada para aplacar a los espíritus de la naturaleza —una danza espiralada ejecutada por *djenoun*, o genios que parecían poseídos— moviéndose en sentido contrario al de las agujas del reloj en torno a la forma central de una piedra sagrada. Mireille contempló largo tiempo la imagen, con Shahin mudo a su lado, antes de proseguir la marcha.

En la mañana del cuarto día se acercaron a la cima de la meseta. Al doblar la curva de la garganta, los muros se expandieron y abrieron formando un valle ancho y profundo cubierto por completo de pinturas. Había color por todas partes, en todas las superficies rocosas. Era el valle de los Gigantes. Más de cinco mil pinturas llenaban las paredes de la garganta, de abajo arriba. Mireille se quedó sin aliento un instante, paseando la mirada por aquel vasto despliegue artístico —el más antiguo que había visto—, cubierto con un color tan vivo y ejecutado con tal claridad y simplicidad, como si lo hubieran pintado el día anterior. Eran atemporales, como los frescos de los grandes maestros.

Se quedó en pie durante mucho tiempo. Las historias grabadas en estos muros parecían envolverla, arrastrarla a otro mundo, primitivo y misterioso. Entre la tierra y el cielo sólo había color y forma, un color que parecía pasar a su sangre como una droga mientras estaba de pie en la cornisa, suspendida en el espacio. Y entonces escuchó el sonido.

Al principio pensó que era el viento… un murmullo alto como el del aire pasando por el gollete de una botella. Al levantar la vista, vio un alto desfiladero, a unos trescientos metros por encima de su cabeza, que sobresalía por encima de la garganta seca y salvaje. En la cara de la roca pareció surgir de pronto una grieta estrecha. Mireille miró a Shahin. Él también observaba el desfiladero de donde salía el sonido. Shahin se cubrió el rostro con sus velos y movió la cabeza para indicarle que debía precederlo en la estrecha vereda.

La vereda ascendía de forma abrupta. Pronto fue tan empinada, y la propia cornisa tan frágil, que Mireille, cuya preñez era de más de siete meses, luchaba por conservar tanto la respiración como el equilibrio. En una ocasión, resbaló y cayó de rodillas. Los guijarros sueltos cayeron a la garganta, novecientos metros por debajo. Tragó saliva, se levantó, porque la cornisa era tan estrecha que Shahin no podía ayudarla, y continuó sin mirar hacia abajo. El sonido se elevó.

Eran tres notas, repetidas una y otra vez en diferentes variaciones… con tonos cada vez más agudos. Cuanto más se acercaba a la grieta de la roca, menos se parecía al viento. El tono hermoso, claro, semejaba una voz humana. Mireille continuó ascendiendo por la insegura vereda.

La terraza estaba a mil quinientos metros del valle. Allí, lo que desde abajo parecía una fisura estrecha en la roca, se veía como la gigantesca abertura que era… al parecer, la entrada a una cueva. Se abría como una brecha en la roca, con una amplitud de seis metros y una altura de quince, entre la cornisa y la cima. Mireille esperó que Shahin la alcanzara, cogió su mano y entró por la abertura.

El ruido se hizo ensordecedor, girando en torno a ellos desde todos los lados y despertando ecos en las paredes cerradas de la grieta. Parecía atravesar hasta la última partícula de su cuerpo mientras Mireille recorría el espacio oscuro. En el extremo se veía temblar una luz. Se hundió en la oscuridad, como tragada por la música. Y por fin llegó al extremo, cogida siempre de Shahin, y salió.

Lo que había creído una cueva era en realidad otro pequeño valle, con su techo abierto al cielo. La luz entraba desde arriba y lo iluminaba todo con una capa de un blanco escalofriante. En el paño de muros cóncavos estaban los gigantes. Flotaban a seis metros por encima de ella, en colores pálidos y etéreos. Dioses con cuernos retorcidos que surgían de sus cabezas, hombres en trajes acolchados con tubos que iban de sus bocas al pecho y las caras ocultas debajo de cascos globulares, con rendijas donde debieron haber estado los rasgos. Estaban sentados en sillas de extraños respaldos que sostenían sus cabezas; tenían delante palancas e instrumentos circulares como diales de relojes o barómetros. Todos ellos desempeñaban extrañas funciones ajenas a Mireille, y en medio de todos ellos flotaba la Reina Blanca.

La música había cesado. Tal vez fuera una estratagema del viento... o de su mente. Las figuras resplandecían bajo la luz Mireille miró a la Reina Blanca.

En lo alto de la pared estaba suspendida la extraña y terrible figura, más grande que cualquier otra. Como una divina Némesis, se alzaba por encima del desfiladero en una nube de blanco, con el rostro enérgico sugerido apenas con unas líneas violentas, y los cuernos retorcidos como signos de interrogación que parecían desprenderse de la roca. Su boca era un agujero abierto, como una persona sin lengua que luchara por hablar. Pero no habló.

Mireille la contemplaba con una estupefacción cercana al terror. Rodeada por un silencio más espantoso que la música, miró a Shahin, que estaba inmóvil a su lado. Él también parecía esculpido en la roca eterna envuelto en el oscuro *häik* y cubierto por los velos azules. Mireille estaba aterrorizada y confusa bajo la luz blanquecina, rodeada por los fríos muros de la garganta. Volvió a mirar la pared. Y entonces lo vio.

La mano alzada de la Reina Blanca sostenía una larga vara... y en torno a esta vara se entrelazaban las formas de serpientes. Como un caduceo, formaban un número ocho. Le pareció oír una voz... pero no surgía de la roca sino de su interior. La voz decía: mira otra vez. Mira bien. Ve.

Mireille contempló las figuras alineadas en el muro. Todas eran figuras masculinas... salvo la Reina Blanca. Y de pronto lo vio todo distinto, como si le hubieran arrancado una venda de los ojos. Ya no era un panorama de hombres ocupados en actos extraños e indescifrables... sino un solo hombre. Como un dibujo con movimiento que se iniciara en un extremo y terminara en otro, mostraba el progreso de este hombre a través de muchas etapas... la transmutación de una cosa en otra.

Bajo la vara transformadora de la Reina Blanca, él se movía por la pared, pasando de estadio en estadio de la misma forma en que los hombres de cabezas redondas habían salido del mar con forma de peces. Estaba vestido con ropas rituales... tal vez para protegerse. Tenía palancas en las manos, como un navegante que gobierna un barco o un químico que muele sustancias en un mortero. Y por fin, después de muchos cambios, cuando el gran trabajo estaba completo, se levantaba de su silla y se reunía con la Reina, coronado por sus esfuerzos con los sagrados cuernos espiralados de Marte... el dios de la guerra y la destrucción. Se había convertido en un dios.

—Comprendo —dijo Mireille en voz alta... y el sonido de su voz despertó un eco en las paredes y el suelo del abismo, conmoviendo la luz del sol.

En ese momento sitió el primer dolor. Se echó hacia delante y Shahin la cogió y la ayudó a tenderse en el suelo. Estaba cubierta de sudor frío y su corazón latía desbocado. Shahin se arrancó los velos y apoyó una mano sobre su estómago mientras la segunda contracción atenazaba su cuerpo.

—Ya es hora —dijo con suavidad.

EL TASSILI   *Junio de 1793*

Desde la alta meseta encima de Tamrit, Mireille podía ver las dunas exteriores hasta una distancia de treinta y dos kilómetros. El viento levantaba su cabello, que flotaba a sus espaldas con el color de la arena roja. La tela blanda de su caftán estaba desatada y el niño mamaba de su pecho. Tal como había predicho Shahin, había nacido bajo los ojos de la diosa… y era un varón. Mireille lo había llamado Charlot, como a su halcón. Ya tenía casi seis semanas de vida.

Vio recortadas en el horizonte las suaves plumas rojas de la arena suelta que levantaban los jinetes de Bahr-al-Azrak. Entrecerrando los ojos, distinguió cuatro hombres en sus camellos, descendían por la curva interior de una duna plumosa, como astillas de madera envueltas por el rizo de una ola oceánica. El calor se desprendía de la duna en formas calientes, oscureciendo las figuras cuando entraban en su estela.

Llegar a Tamrit, tan al interior de los cañones del Tassili, les llevaría un día, pero Mireille no necesitaba esperar su llegada. Sabía que venían a buscarla. Hacía ya días que lo presentía. Besó a su hijo en lo alto de la cabeza, lo envolvió en el saco que llevaba colgado al cuello y emprendió el descenso de la montaña… para esperar la carta. Si no llegaba hoy, llegaría pronto. La carta de la abadesa de Montglane, que le decía que debía regresar.

LAS MONTAÑAS
MÁGICAS

¿Qué es el futuro? ¿Qué es el pasado? ¿Qué somos? ¿Cuál es el fluido mágico que nos rodea y
oculta las cosas que más necesitamos saber? Vivimos y morimos en medio de maravillas.

NAPOLEÓN BONAPARTE

LA CABILIA   *Junio de 1973*

Y así Kamel y yo subimos a las Montañas Mágicas. En el viaje a la Cabilia. Cuanto más penetrábamos en ese terreno solitario, más perdía yo contacto con lo que me parecía real.

Nadie sabe con exactitud dónde empieza o termina la Cabilia. Es una confusión laberíntica de altos picos y profundas gargantas. Colocados entre el Medjerdas al norte de Constantino, y las Hodnas, debajo de Bouria, esas vastas cadenas anteriores del Alto Atlas —la Gran y la Pequeña Cabilia— se extienden a lo largo de treinta mil kilómetros, desmoronándose por fin por la cornisa rocosa al mar, cerca de Bejaia.

Mientra Kamel conducía su negro Citroën ministerial por el camino retorcido y sucio entre columnas de antiguos eucaliptus, las colinas azules se levantaban sobre nosotros majestuosas, coronadas de nieve y de misterio. Debajo de ellas se extendía la Tizi-Ouzou, la Garganta de la Aulaga, donde el salvaje brezo argelino bañaba el amplio valle con un brillante color fucsia, con las pesadas flores balanceándose como olas ante cada impulso de la brisa. El aroma era mágico y penetraba el aire con una fragancia mareante.

Junto al camino, las claras aguas azules del Ouled Sebaou se abrían paso entre los brezos. Este río, alimentado por el deshielo primaveral, recorría cuatrocientos ochenta kilómetros hasta Cabo Bengut, regando el Tizi-Ouzou a lo largo del cálido verano. Era difícil imaginar que estábamos sólo a cincuenta kilómetros del brumoso Mediterráneo y que a ciento cuarenta y cinco kilómetros al sur de donde nos hallábamos, se extendía el mayor desierto del mundo.

Durante las cuatro horas transcurridas desde que me recogiera en mi hotel, Kamel había permanecido en un silencio insólito. Se había tomado bastante tiempo para llevarme allí. Casi dos meses desde que me lo prometió. Y durante ese tiempo me había encargado todo tipo de misiones… algunas descabelladas. Inspeccioné refinerías, desmotadoras y molinos. Vi mujeres con rostros cubiertos de velos y descalzas, sentadas sobre capas de sémola, separando cuscús; me ardieron los ojos en el aire caliente y lleno de fibras en suspensión de las plantas textiles; me quemé los pulmones inspeccionando plantas de extrusión, y estuve a punto de caer de cabeza dentro de un tanque de acero fundido desde el precario andamio de una refinería. Me había enviado a todas partes de la zona oeste del estado: Orán, Tlemcén, Sidi-bel-Abbes, para que pudiera reunir los datos necesarios como base para su modelo. Pero nunca al este, donde estaban los Cabilios.

Durante siete semanas, alimenté los grandes ordenadores de Sonatrach, el conglomerado petrolero, con datos sobre todas las industrias imaginables. Incluso puse a trabajar a Thérèse, la telefonista, recogiendo estadísticas gubernamentales sobre producción de crudo y consumo en otros países… para poder comparar balanzas comerciales y ver qué país sufriría más. Como dije a Kamel, en un país en el que la mitad de las comunicaciones pasaban por un conmutador de la primera guerra mundial, y la otra mitad, a camello, no era fácil elaborar un sistema. Pero lo haría lo mejor que pudiera.

Por otra parte, parecía más lejos que nunca de mi objetivo: encontrar el juego de Montglane. No había tenido noticias de Solarin ni de su adjunta: la pitonisa. Thérèse había enviado todos los mensajes que se me ocurrieron a Nin, Lily y Mordecai, pero sin resultado. En lo que a mí refería, había un vacío de información. Y Kamel me había alejado tanto del centro, que casi sentía que sabía lo que yo planeaba. Y de pronto, esa mañana, apareció en mi hotel, ofreciendo «ese viaje que le prometí».

—¿Usted se crió en esta región? —pregunté, bajando el vidrio ahumado para ver mejor.

—En la cadena posterior —contestó Kamel—. Allí, la mayor parte de las aldeas están sobre altos picos y tienen una vista hermosa. ¿Querría ir a algún sitio en especial o me limito a llevarla en el *grand tour*?

—Bueno, en realidad hay un anticuario que me gustaría visitar… colega de un amigo de Nueva York. Prometí ver su tienda, si no lo desvía demasiado…

Me pareció mejor hablar con displicencia, porque no sabía mucho sobre el contacto de Llewellyn. No conseguía encontrar la aldea en ningún mapa, aunque, como decía Kamel, las *cartes geographiques* argelianas eran algo precarias.

—¿Antigüedades? —preguntó Kamel—. No hay muchas. Hace tiempo ya que las cosas de valor están encerradas en los museos. ¿Cómo se llama la tienda?

—No lo sé. La aldea se llama Ain Ka-abah —le dije—. Llewellyn dijo que era la única tienda de antigüedades del pueblo.

—Qué cosa tan extraña —dijo Kamel, siempre mirando el camino—. Ain Ka-abah es la aldea en que nací. Es un lugar diminuto, lejos de las rutas conocidas, pero allí no hay ninguna tienda de antigüedades... de eso estoy seguro.

Sacando la agenda de mi mochila, busqué las rápidas notas que había tomado de Llewellyn.

—Aquí está. No hay nombre de calle, pero está en la zona norte del pueblo. Parece que su especialidad son las alfombras antiguas. El nombre del dueño es El-Marad...

Tal vez fuera mi imaginación, pero me pareció que Kamel se ponía un tanto verde. Tenía la mandíbula tensa y cuando habló, su voz era forzada.

—El-Marad —dijo—. Lo conozco. Es uno de los mayores comerciantes de la región, famoso por sus alfombras. ¿Le interesa comprar una alfombra?

—En realidad, no —dije, cautelosa. Kamel no me lo decía todo, aunque su expresión mostraba bien a las claras que algo andaba mal—. Mi amigo de Nueva York sólo me pidió que pasara a verlo. Si es un problema, siempre puedo venir yo en otro momento.

Kamel permaneció mudo unos minutos. Parecía estar pensando. Llegamos al final del valle y empezó a ascender las montañas. Había prados ondulados de hierba primaveral, moteados con árboles frutales en flor. Junto al camino, se veían niños que vendían manojos de espárragos, gordos y negros champiñones y narcisos fragantes. Kamel salió de la carretera y estuvo charlando varios minutos en una lengua extraña... algún dialecto bereber que sonaba como el gorjeo de los pájaros. Después volvió a meter la cabeza en el coche y me ofreció un ramo de flores de olor muy delicado.

—Si va a conocer a El-Marad —dijo, recuperando su habitual sonrisa—, espero que sepa regatear. Es despiadado como un beduino y diez veces más rico. Yo no lo he visto... de hecho, no he estado en casa desde que murió mi padre. Mi aldea tiene muchos recuerdos para mí...

—No es necesario ir —repetí.

—Por supuesto que iremos —dijo Kamel con firmeza, aunque el tono de su voz no era precisamente entusiasta—. Sin mí, no podría encontrar el lugar. Además, El-Marad se sorprenderá al verme. Desde la muerte de mi padre, ha sido el jefe de la aldea... —Kamel volvió a guardar silencio con un aspecto más bien siniestro. Me pregunté qué sucedía.

—¿Y cómo es ese vendedor de alfombras? —pregunté para romper el hielo.

—En Argelia, el nombre de un hombre puede indicarle a uno muchas cosas —dijo Kamel mientras giraba con destreza por los caminos cada vez más tortuosos—. Por ejemplo Ibn significa hijo de. Algunos son nombres de sitios, como Yamini, es decir Hombre del Yemen, o Jabal-Tarik, montaña de Tarik, o Gibraltar. Las palabras El, Al y Bel se refieren a Alá o Baal, es decir, dios, como Aníbal, Asceta de Dios, o Aladino, Sirviente de Alá, etcétera...

—¿Entonces qué significa El-Marad, Merodeador de Dios? —pregunté riendo.

—Está más cerca de lo que cree —dijo Kamel, lanzando una risa incómoda—. El nombre no es árabe ni bereber, sino acadio, la lengua de la antigua Mesopotamia. Es una forma abreviada de Babel, que se suponía que se elevaría hasta el sol, hasta las puertas del cielo. Eso es lo que significa Bab-el: la Puerta de Dios. Y Nimrod quiere decir el rebelde... el que desobedece a los dioses.

—¡Todo un nombre para un vendedor de alfombras! —reí, aunque por supuesto había observado las semejanzas con el nombre de otro a quien conocía.

—Sí —aceptó—, si eso fuera todo lo que es.

∞

Kamel no quería explicar a qué se refería, pero no era casual que entre cientos de aldeas hubiera crecido precisamente en la que era el hogar de este comerciante.

Hacia las dos de la tarde, cuando llegamos al pequeño balneario de Beni Yenni, mi estómago rugía de hambre. La pequeña posada en lo alto de una montaña era más bien destartalada, pero los oscuros cipreses italianos que se retorcían contra las paredes ocres y los tejados rojos, le daban mucho encanto.

Almorzamos en la pequeña terraza embaldosada, rodeada por una barandilla blanca que sobresalía de la cumbre de la montaña.

Abajo, las águilas rozaban el suelo del valle y de sus alas se desprendían destellos dorados cuando atravesaban la ligera bruma azul que se levantaba del Oouled Aissi. A nuestro alrededor veíamos el peligroso terreno: caminos serpenteantes como delgadas cintas deshilachadas a punto de resbalar por las laderas; aldeas enteras que parecían rojizos cantos rodados que se despeñaran, mantenidas en precario equilibrio en lo más alto de cada elevación. Aunque ya estábamos en junio, el aire era lo bastante frío como para necesitar el jersey, al menos treinta grados más frío que el de la costa que habíamos abandonado esa mañana. Al otro lado del valle, vi la nieve que coronaba el macizo Djurdjura, y las nubes bajas sospechosamente cargadas... justo en la dirección hacia la que íbamos.

Éramos las únicas personas de la terraza y el camarero parecía algo malhumorado mientras traía de la cálida cocina nuestros tragos y la comida. Me pregunté si habría algún huésped en la posada, que recibía un subsidio estatal para alojar a miembros del ministerio. El tráfico turístico en Argelia no era suficiente como para mantener ni siquiera los balnearios más accesibles de la costa.

Permanecimos sentados en medio del aire vigorizante, bebiendo el amargo y rojo *byrrh* con limón y hielo picado. Comimos en silencio. Un caldo caliente de verduras, panes crujientes y pollo hervido con mahonesa y aspic. Kamel parecía aún perdido en sus reflexiones.

Antes de salir de Beni Yenni, abrió el maletero y sacó un montón de mantas de lana. Estaba tan preocupado como yo por el aspecto del tiempo. Casi de inmediato, el camino se hizo precario. ¿Cómo podía imaginar que eso no era nada comparado con lo que nos esperaba?

De Beni Yenni a Tikjda había una hora de camino, pero pareció una eternidad. La pasamos en silencio casi absoluto. Al comienzo, el camino descendía hasta el valle, cruzaba el pequeño río y volvía a ascender lo que parecía una colina baja y ondulante. Pero cuanto más avanzábamos, más empinada se volvía. Cuando llegamos arriba, el Citroën resoplaba. Miré abajo. Ante mí había un abismo de seiscientos metros de profundidad, un laberinto de aserradas y abiertas gargantas practicadas en la roca. Y nuestro camino, o lo que quedaba de él, era una masa de hielo en derrumbe... gravilla incrustada a punto de caer en la arista de la loma. Y para aumentar la emoción, esa estrecha vereda practicada en la roca, retorcida como un nudo marinero, también descendía por la ladera rocosa en una inclinación del quince por ciento... hasta llegar a Tikjda.

Mientras Kamel conducía el grande y felino Citroën por encima del borde y lo colocaba en el camino inseguro, cerré los ojos y recité unas plegarias. Cuando volví a abrirlos, habíamos girado en la curva. Y ahora el camino parecía desconectado de todo, suspendido en el espacio, entre las nubes. A ambos lados, las gargantas descendían trescientos metros o más. Las montañas nevadas parecían surgir como estalagmitas del suelo del valle. Un viento salvaje, atorbellinado, se elevaba por las paredes de los negros barrancos, absorbiendo nieve y oscureciendo el camino. Yo había sugerido volver... pero no había lugar para hacer la maniobra.

Me temblaban las piernas cuando apoyé con fuerza los pies contra el suelo, preparada para el golpe cuando perdiéramos el camino y saliéramos despedidos al espacio. Kamel disminuyó la velocidad a cincuenta kilómetros, después a treinta... hasta que avanzábamos a quince. Absurdamente, a medida que descendíamos la pendiente, la nieve se hacía más pesada. En ocasiones, al girar en una curva pronunciada, encontrábamos un carro o un camión roto abandonados en el camino.

—¡Pero si estamos en junio, por el amor de Dios! —dije a Kamel mientras nos abríamos paso con cautela alrededor de un desfiladero especialmente alto.

—Ni siquiera nieva todavía —dijo con tranquilidad—. Sólo sopla un poco...

—¿Qué quiere decir con todavía? —pregunté.

—Espero que le gusten sus alfombras —dijo Kamel con una sonrisa tensa—, porque esto puede costarle más que dinero. Aun si no nieva, si el camino no se derrumba... si llegamos a Tikjda antes de que oscurezca... todavía tenemos que atravesar el puente.

—¿Antes de que oscurezca? —exclamé, desplegando mi hermético e inútil mapa de la Cabilia—. Según esto, Tikjda está a sólo cuarenta y ocho kilómetros de aquí... y el puente está justo después.

—Sí —aceptó Kamel—, pero los mapas sólo muestran las distancias *en línea recta*. Las cosas que en dos dimensiones parecen cercanas, en la realidad pueden estar muy alejadas.

Llegamos a Tikjda a las siete en punto. El sol, que afortunadamente pudimos ver, hacía equilibrios en la última cornisa, preparado para hundirse detrás del Rif. Habíamos necesitado tres horas para recorrer cuarenta y ocho kilómetros. En el mapa, Kamel había señalado Ain Ka-abah cerca de Tikjda. Parecía como si pudiéramos ir corriendo de un lado al otro... pero el dato resultó ser singularmente engañoso.

Salimos de Tikjda, donde nos detuvimos sólo para cargar gasolina y llenar nuestros pulmones de aire fresco de montaña. El tiempo había mejorado… el cielo estaba sereno, el aire era sedoso, y lejos, más allá de los pinos en forma de prisma, se extendía un fresco valle azul. En el centro de este valle, tal vez a diez u once kilómetros de distancia, había una enorme montaña cuadrada que se alzaba púrpura y dorada bajo los últimos rayos del sol, y cuya cumbre era chata como la de una meseta. Estaba totalmente sola en medio del ancho valle.

—Ain Ka-abah —dijo Kamel, señalando por la ventanilla.

—¿Allá arriba? —pregunté—. Pero no veo ninguna carretera…

—No la hay… es sólo una vereda para ascender a pie —contestó—. Varios kilómetros por terreno pantanoso en la oscuridad, y después arriba por la senda. Pero antes de llegar, tenemos que cruzar el puente.

El puente estaba apenas a ocho kilómetros de Tikjda… pero mil doscientos metros más abajo. En el crepúsculo —ese momento especialmente difícil para lograr una visión clara—, resultaba complicado atravesar las sombras purpúreas proyectadas por los altos desfiladeros. Pero a nuestra derecha, el valle seguía brillante, lleno de una luz que convertía a la montaña de Ain Ka-abah en un lingote de oro. Ante nuestros ojos había un paisaje que me dejó sin aliento. Nuestro camino descendía, descendía, casi hasta el suelo del valle… pero ciento cincuenta metros más arriba, suspendido sobre el torrente impetuoso de un río, estaba el puente. A medida que bajábamos hacia el suelo del cañón, Kamel iba disminuyendo la marcha. Al llegar al puente se detuvo.

Era un puente canijo, tembloroso, que parecía de juguete. Podía haberse construido diez o cien años antes; imposible saberlo. La superficie, alta y estrecha, era apenas suficiente para admitir el paso de un solo coche, y tal vez el nuestro fuera el último. Abajo, el río se arrojaba con saña contra los invisibles pilares; era una impetuosa corriente que caía a gran velocidad de las altas gargantas.

Kamel colocó la pulida limusina negra en la basta superficie. Sentí que el puente temblaba debajo de nosotros.

—Le resultará difícil de imaginar —susurró Kamel, como si la vibración de su voz pudiera ser la gota que rebasara el vaso—, pero en pleno verano ese río es apenas un hilo seco que atraviesa las marismas… apenas gravilla suelta durante toda la estación cálida.

—¿Y cuánto dura la estación cálida… quince minutos? —pregunté con la boca seca de miedo mientras el coche avanzaba crujiendo. Un leño o algo así golpeó los pilares del fondo y el puente tembló como si estuviéramos sufriendo un terremoto. Me aferré al asiento hasta que se detuvo.

Cuando las ruedas delanteras del Citroën pisaron terreno sólido, empecé a respirar otra vez. Mantuve los dedos cruzados hasta que sentí que también las traseras tocaban tierra. Kamel detuvo el coche y me miró con una amplia sonrisa de alivio.

—¡Es increíble lo que las mujeres pueden pedir a un hombre sólo para hacer unas compras! —dijo.

El terreno del valle parecía demasiado blando para bajar con el coche, así que lo dejamos en la última terraza de piedra bajo el puente. Veredas de cabras zigzagueaban por las marismas, abriendo una senda en las altas y duras hierbas. En el lodo se veían el estiércol y las profundas huellas de patas hendidas.

—Suerte que llevaba los zapatos apropiados —dije, mirando con tristeza mis sandalias doradas, inadecuadas para cualquier cosa.

—El ejercicio le vendrá bien —dijo Kamel—. Las mujeres cabilias marchan todos los días… con veintiocho kilos a la espalda. —Y me sonrió.

—Debo confiar en usted porque me gusta su sonrisa —le dije—. No hay otra explicación de por qué estoy haciendo esto.

—¿Qué diferencia hay entre un beduino y un cabilio? —preguntó mientras avanzaba lentamente por los pastos mojados.

—¿Es un chiste étnico? —pregunté riendo.

—No, lo digo en serio. El beduino se distingue porque nunca muestra los dientes cuando ríe. Es descortés mostrar las muelas… en realidad, da mala suerte. Observe a El-Marad y ya verá.

—¿No es cabilio? —pregunté. Íbamos progresando por el oscuro y chato valle del río. La montaña de Ain Ka-abah estaba suspendida sobre nosotros, iluminada todavía por el sol. Allí donde se habían pisado las hierbas húmedas, vimos flores silvestres de colores púrpura, amarillo y rojo, cerrándose para la noche.

—Nadie lo sabe —dijo Kamel, guiándome—. Hace años llegó a la Cabilia, nunca supe de dónde, y se instaló en Ain Ka-abah. Es un hombre de orígenes misteriosos.

—Tengo la impresión de que no le resulta simpático —dije.

Kamel siguió caminando en silencio.

—Es difícil tenerle simpatía a un hombre a quien se considera responsable de la muerte del padre de uno —dijo por fin.

—¡La muerte! —exclamé, adelantándome aprisa para colocarme a su lado. Perdí una sandalia, que desapareció entre los pastos. Kamel se detuvo mientras la buscaba—. ¿Qué quiere decir? —murmuré por entre las altas hierbas.

—Mi padre y El-Marad se asociaron en una aventura comercial —dijo mientras yo recuperaba mi sandalia—. Mi padre fue a Inglaterra a ultimar una negociación. Fue atracado y asesinado por matones en las calles de Londres.

—De modo que este El-Marad no tuvo una responsabilidad directa —dije, poniéndome a su lado mientras seguíamos andando.

—No —dijo Kamel—. De hecho, pagó mis estudios con los beneficios del negocio de mi padre, para que pudiera permanecer en Londres. Pero se guardó el negocio. Nunca le envié una nota de agradecimiento. Por eso dije que le sorprendería verme.

—¿Y por qué lo hace responsable de la muerte de su padre? —lo urgí. Era evidente que Kamel no deseaba hablar del asunto. Cada palabra parecía requerir un esfuerzo.

—No lo sé —dijo tranquilamente, como si lamentara haber sacado el tema—. Tal vez piense que debió haber ido él.

Durante el resto del camino del valle permanecimos en silencio. El sendero que ascendía a Ain Ka-abah era una larga espiral que circundaba la montaña. Había media hora del pie de la montaña hasta su cumbre… y los últimos cuarenta metros eran amplios escalones practicados en la piedra y muy pulidos por el paso de muchos pies.

—¿Cómo come la gente que vive aquí? —pregunté cuando llegábamos jadeantes a lo alto. Las cuatro quintas partes de Argelia eran desierto, no había madera y la única tierra cultivable estaba a trescientos kilómetros de distancia, junto al mar.

—Hacen alfombras —contestó Kamel— y joyas de plata, que truecan. En la montaña hay piedras preciosas y semipreciosas… cornalina y ópalo y algunas turquesas. Todo lo demás se importa de la costa.

La aldea de Ain Ka-abah tenía una larga calle central, con casas de estuco a ambos lados. Nos detuvimos en el camino sucio, frente a una gran casa con techo de paja. Las cigüeñas habían hecho un nido en la chimenea, y había varias posadas en el tejado.

—Ésta es la casa de los tejedores —dijo Kamel.

Mientras bajábamos por la calle, observé que el sol había desaparecido por completo. Era un hermoso crepúsculo color lavanda… pero el aire iba enfriándose.

En la calle había algunos carros llenos de heno, varios asnos y pequeños rebaños de cabras. Supuse que era más fácil subir la colina con carros tirados por asnos que con una limusina Citroën.

En el extremo del pueblo, Kamel hizo una pausa frente a una casa grande. Se quedó mirándola largo tiempo. La casa era de estuco, como las otras, pero tal vez el doble de grande y con un balcón que cruzaba la fachada. Había una mujer golpeando alfombras. Era oscura y llevaba ropa muy colorida. Junto a ella había una niña pequeña con rizos dorados, con un vestido blanco y una bata. La parte superior de su cabello estaba trenzada en mechones muy finos que caían como rizos sueltos. Cuando nos vio, corrió escaleras abajo y se me acercó.

Kamel habló a la madre, que permaneció un momento mirándolo en silencio. Después me vio a mí y me dedicó una sonrisa, mostrando varios dientes de oro. Entró en la casa.

—Ésta es la casa de El-Marad —dijo Kamel—. Esa mujer es su esposa principal. La niña es una hija muy tardía... la mujer dio a luz cuando todos creían que era estéril. Esto se considera una señal de Alá... la criatura es una elegida...

—¿Cómo sabe todo esto si hace diez años que no viene? —pregunté—. Esta niña tiene apenas unos cinco años.

Mientras entrábamos en la casa, Kamel cogió a la pequeña de la mano y la miró con afecto.

—Nunca la había visto —admitió—, pero me mantengo informado de lo que sucede en mi aldea. Esta criatura se consideró todo un suceso. Debí haberle traído algo... al fin y al cabo, no puede decirse que sea responsable de los sentimientos que me inspira su padre.

Revolví en mi bolsa para ver si encontraba algo que resolviera el problema. Una pieza del ajedrez magnético de Lily quedó suelta en mi mano. Era sólo una pieza de plástico: la Reina Blanca. Parecía una muñeca en miniatura. Se la di a la niña. Muy excitada, se apresuró a ir a mostrar el juguete a su madre. Kamel me sonrió, agradecido.

La mujer salió y nos hizo entrar en la casa en penumbras. Llevaba en la mano la pieza de ajedrez, charlaba en bereber con Kamel y no me quitaba los brillantes ojos de encima. Tal vez le estuviera haciendo preguntas sobre mí. De vez en cuando, me tocaba con dedos ligeros como plumas.

Kamel le dijo unas palabras y la mujer se fue.

—Le he pedido que traiga a su esposo —me dijo—. Podemos entrar en la tienda y esperar allí. Una de las esposas nos traerá café.

La tienda de alfombras era grande y ocupaba la mayor parte de la planta principal. Había alfombras apiladas por todas partes, plegadas y enrolladas formando largos tubos contra las paredes. Había alfombras cubriendo el suelo y otras pendiendo de los muros y colgadas de la barandilla interior de la segunda planta. Nos sentamos en el suelo, sobre cojines, con las piernas cruzadas. Entraron dos mujeres jóvenes, una de las cuales llevaba una bandeja con un samovar y tazas, y la otra un soporte para colocarla. Dispusieron todo y nos sirvieron café. Al mirarme lanzaban risillas y después apartaban rápidamente la mirada. Al cabo de unos momentos, se fueron.

—El-Marad tiene tres esposas —me dijo Kamel—. La fe islámica permite hasta cuatro, pero no es probable que tome otra a estas alturas. Debe estar cerca de los ochenta.

—¿Pero usted no tiene ninguna? —pregunté.

—La ley del estado sólo permite a un ministro tener una esposa —contestó Kamel—. De modo que hay que ser más cauteloso. —Me sonrió, pero parecía apagado. Era evidente que se hallaba en tensión.

—Al parecer, estas mujeres me encuentran divertida. Cuando me miran, ríen —dije para aligerar el ambiente.

—Tal vez nunca antes hayan visto a una mujer occidental —dijo Kamel—. Lo seguro es que jamás han visto una mujer con pantalones. Probablemente desearían hacerle muchas preguntas, pero son demasiado tímidas.

En ese momento se abrieron las cortinas que había detrás del balcón y entró en el cuarto un hombre alto e imponente. Medía más de un metro ochenta y tenía una nariz larga y afilada, curvada como el pico de un halcón, cejas hirsutas sobre unos ojos negros y penetrantes, y una mata de cabello negro estriado de canas. Llevaba un largo caftán rojo y blanco de lana fina y ligera y caminaba con paso vigoroso. No representaba más de cincuenta años. Kamel se levantó para saludarlo y se besaron en ambas mejillas, llevándose los dedos a las frentes y el pecho. Kamel le dijo algunas palabras en árabe y el hombre se volvió hacia mí. Su voz era más aguda de lo que esperaba, y suave… casi un susurro.

—Soy El-Marad —me dijo—. Un amigo de Kamel Kader es bienvenido en mi casa.

Me hizo un gesto para que tomara asiento y él se sentó frente a mí, con las piernas cruzadas a la turca. No advertía entre ambos hombres, que hacía por lo menos diez años que no hablaban, ninguna señal de la tensión mencionada por Kamel. El-Marad había arreglado su ropa en torno a sí y me miraba con interés.

—Le presento a mademoiselle Catherine Velis —dijo Kamel con gran cortesía—. Ha venido de América para trabajar para la OPEP.

—La OPEP —repitió El-Marad, asintiendo—. Por fortuna, aquí en las montañas no tenemos petróleo, porque si no también nosotros tendríamos que cambiar nuestra forma de vida. Espero que disfrute de su estancia en nuestra tierra y que, a través de su trabajo, y si es voluntad de Alá, prosperemos todos.

Levantó la mano y entró la madre, llevando a la pequeña. Dio a su marido la pieza de ajedrez y él me la tendió.

—Entiendo que ha dado un regalo a mi hija —dijo—. Soy su deudor. Por favor, elija la alfombra que quiera.

Volvió a levantar la mano y madre e hija desaparecieron tan silenciosamente como habían entrado.

—No, por favor —dije—. Es sólo un juguete de plástico.

Pero él miraba la pieza que tenía en la mano y no parecía oírme. De pronto me miró con ojos de águila bajo las cejas fruncidas.

—¡La Reina Blanca! —susurró, lanzando una rápida mirada a Kamel y volviéndose hacia mí otra vez—. ¿Quién la ha enviado? —preguntó—. ¿Y por qué lo ha traído a él?

Esto me cogió por sorpresa y miré a Kamel. Y entonces comprendí. Él sabía por qué estaba yo allí... tal vez la pieza de ajedrez fuera una especie de señal de que venía de parte de Llewellyn. Pero si era así, se trataba de una contraseña que Llewellyn no había mencionado.

—Lo siento muchísimo —dije, tratando de suavizar las cosas—. Un amigo mío, un anticuario de Nueva York, me pidió que viniera a verlo. Kamel tuvo la amabilidad de traerme.

El-Marad permaneció silencioso un momento, pero me miraba severamente bajo sus pobladas cejas. Seguía jugando con la pieza de ajedrez como si fuera la cuenta de un rosario. Por último, se volvió hacia Kamel y le dijo unas palabras en bereber. Kamel asintió y se puso de pie. Mirándome, dijo:

—Creo que iré a tomar el aire. Parece que hay algo que El-Marad quiere decirle en privado. —Y me sonrió para demostrar que la rudeza de ese hombre extraño no le molestaba. Volviéndose hacia El-Marad, agregó—: Pero Catherine es *dakhil-ak*, ya sabe...

—¡Imposible! —exclamó El-Marad, levantándose él también—. ¡Es una mujer!

—¿Qué es eso? —pregunté, pero Kamel había salido y me quedé a solas con el vendedor de alfombras.

—Dice que está usted bajo su protección —dijo El-Marad, volviéndose hacia mí cuando estuvo seguro de que Kamel se había ido—. Es una formalidad beduina. En el desierto, un hombre perseguido puede aferrarse de los vestidos de otro hombre. La responsabilidad de la protección es insoslayable, aunque no pertenezcan a la misma tribu. Rara vez se ofrece, a menos que se la solicite... ¡y jamás a una mujer!

—Tal vez pensó que dejarme sola con usted exigía medidas extremas —sugerí.

El-Marad me miró estupefacto.

—Es usted muy valerosa al hacer bromas en un momento como éste —dijo lentamente, caminando alrededor de mí, estudiándome—. ¿No le dijo que lo eduqué como a mi propio hijo? —El-Marad se detuvo y me dedicó otra de sus fastidiosas miradas—. Somos *nahnu malihin*, estamos en términos de sal. Si en el desierto comparte usted su sal con alguien, esa sal vale más que el oro...

—De modo que es usted beduino —dije—. Conoce todas las costumbres del desierto y jamás ríe... me pregunto si Llewellyn Markham lo sabe. Tendré que enviarle una nota para hacerle saber que los beduinos no son tan corteses como los bereberes.

Ante la mención del nombre de Llewellyn, El-Marad palideció.

—De modo que él la envía —dijo—. ¿Por qué no ha venido sola?

Suspiré y miré la pieza de ajedrez que tenía en la mano.

—¿Por qué no me dice dónde están? —pregunté—. Ya sabe qué he venido a buscar.

—Muy bien —dijo. Se sentó, sirviéndose un poco de café en una tacita y sorbiéndolo—. Hemos localizado las piezas e intentado comprarlas... sin resultado. La mujer que las tiene ni siquiera quiere vernos. Vive en la Casbah de Argel, pero es muy rica. Aunque no es dueña de todo el juego, tenemos razones para creer que posee muchas piezas. Podemos reunir los fondos para comprarlas... si usted consigue verla...

—¿Y por qué no quiere verlo a usted? —dije, repitiendo la pregunta que había hecho a Llewellyn.

—Vive en un harén —dijo él—. Está enclaustrada... la palabra harén significa santuario prohibido. Allí no puede entrar ningún hombre, salvo el amo.

—¿Y por qué no negociar con su marido? —pregunté.

—Ya no vive —dijo El-Marad, dejando la taza de café con un gesto de impaciencia—. Él está muerto y ella es rica. Los hijos de él la protegen, pero no son hijos de ella. No saben que tiene las piezas. Nadie lo sabe...

—¿Entonces cómo lo sabe usted? —pregunté, levantando la voz—. Mire, me ofrecí para hacer este sencillo favor a un amigo, pero usted no me ayuda. Ni siquiera me ha dicho el nombre o la dirección de esta mujer.

Hizo una pausa y me miró con cuidado.

—Se llama Mokhfi Mokhtar —dijo—. En la Casbah no hay nombres de calles, pero no es grande… la encontrará. Y cuando lo haga, ella venderá si usted le da el mensaje secreto que voy a decirle. Ese mensaje abrirá todas las puertas.

—Vale —dije con impaciencia.

—Dígale que usted ha nacido en el Día Santo Islámico… el Día de la Curación. Dígale que ha nacido, según el calendario occidental… el cuatro de abril…

Ahora me tocaba mirar a mí. Se me heló la sangre y mi corazón latía muy fuerte. Ni siquiera Llewellyn sabía la fecha de mi cumpleaños.

—¿Y por qué tendría que decirle eso? —pregunté con toda la calma de que fui capaz.

—Es el día del cumpleaños de Carlomagno —me dijo con suavidad—, el día en que el juego de ajedrez salió de la tierra… un día importante relacionado con las piezas que buscamos. Se dice que aquel destinado a volver a reunir las piezas después de todos estos años, habrá nacido ese día. Mokhfi Mokhtar conocerá la leyenda… y aceptará verla.

—¿Usted la ha visto alguna vez? —pregunté.

—Sí, una vez hace muchos años… —dijo, y su expresión cambió al recordar el pasado.

Me pregunté cómo era en verdad este hombre… alguien a quien la gente del pueblo evidentemente temía, pero que tenía negocios con un pusilánime como Llewellyn… un hombre a quien Kamel creía sospechoso de robar el negocio de su padre e incluso de haberlo enviado a la muerte, pero que había pagado por su educación para que pudiera llegar a ser uno de los ministros más influyentes del país. Vivía aquí como un ermitaño, a miles de kilómetros de cualquier parte, con un enjambre de esposas… pero tenía contactos comerciales en Londres y Nueva York.

—… Entonces era muy hermosa —estaba diciendo—. Ahora debe ser muy vieja. La vi, pero sólo un momento. Naturalmente, yo no sabía entonces que tenía las piezas… que algún día sería… pero tenía ojos parecidos a los suyos. Eso sí lo recuerdo —dijo, y volvió a ponerse alerta—. ¿Es todo lo que desea saber?

—¿Y cómo consigo el dinero, si puedo comprar las piezas? —pregunté, volviendo a los negocios.

—Ya arreglaremos eso —dijo con brusquedad—. Puede contactar conmigo a través de este apartado postal... —Y me tendió una tira de papel con un número. En ese momento, una de las esposas metió la cabeza por entre los cortinados y detrás de ella vimos a Kamel.

—¿Han terminado el negocio? —preguntó, entrando en la habitación.

—Del todo —dijo El-Marad, poniéndose en pie y ayudándome a hacer lo mismo—. Su amiga es una negociante dura. Puede reclamar el *al-basharah* para otra alfombra.

Sacó de un montón dos alfombras enrolladas de pelo de camello sin peinar. Los colores eran hermosos.

—¿Qué es lo que he reclamado? —pregunté sonriendo.

—El regalo que corresponde a alguien que trae buenas noticias —dijo Kamel, echándose las alfombras a la espalda—. ¿Qué buenas noticias ha traído? ¿O eso también es un secreto?

—Me trae un mensaje de un amigo —dijo suavemente El-Marad—. Si quiere, puedo enviar un chico con un asno para bajar con ustedes —agregó.

Kamel respondió que se lo agradecería, y enviamos a buscarlo. Cuando el chico llegó, El-Marad nos acompañó hasta la calle.

—¡*Al-safar zafar!* —dijo El-Marad, despidiéndonos.

—Un viejo proverbio árabe —dijo Kamel—. Quiere decir: Viajar es la victoria. Le desea lo mejor.

—No es tan cascarrabias como pensé al principio —dije a Kamel—. De todos modos, no me inspira confianza.

Kamel rió. Parecía mucho más tranquilo.

—Juega usted muy bien el juego —dijo.

Tuve un sobresalto, pero seguí andando en la noche oscura. Estaba contenta de que no pudiera verme la cara.

—¿Qué quiere decir? —pregunté.

—Quiero decir que consiguió dos alfombras gratis del más astuto comerciante de Argelia. Si esto se supiera, su reputación quedaría arruinada.

Caminamos un rato en silencio, escuchando los chirridos de las ruedas de la carreta que nos precedía en la oscuridad.

—Creo que deberíamos ir a pasar la noche en las dependencias del ministerio en Bouira —dijo Kamel—. Está a unos dieciséis kilómetros de aquí, camino abajo. Tendrán habitaciones agradables para nosotros y podríamos regresar a Argel mañana... a menos que prefiera regresar esta noche.

—Ni hablar —le dije.

Además, en el alojamiento del ministerio tendrían probablemente baños calientes y otros lujos de los que hacía meses que no disfrutaba. Aunque El Riadh era un hotel encantador, su encanto se había gastado después de dos meses de agua fría con viruta de hierro.

Después de regresar al coche con nuestras alfombras, dar propina al chico e iniciar el camino hacia Bouira, saqué mi diccionario de árabe para buscar unas palabras que me habían desconcertado.

Tal como sospechaba, Mokhfi Mokhtar no era un nombre. Significa el Elegido Oculto. La elegida secreta.

LA TORRE
(el enroque)

Alicia: Es una inmensa partida de ajedrez que se está jugando en todo el mundo... ¡Qué divertida es! ¡Cómo me gustaría ser uno de ellos! No me molestaría ser un peón, si pudiera participar... aunque por supuesto me gustaría más ser una reina.

Reina Roja: Eso se resuelve fácilmente. Si lo deseas, puedes ser el peón de la reina blanca, porque Lily es demasiado pequeña para jugar... y para empezar, te pones en el segundo cuadro. Cuando llegues al octavo, serás una reina...

Lewis Carroll
A través del espejo

La mañana del lunes posterior a nuestro viaje a la Cabilia se armó la gorda. Había comenzado la noche antes, cuando Kamel me llevó a mi hotel… y dejó caer la bomba al irse. Al parecer, se acercaba una conferencia de la OPEP en la cual planeaba presentar los hallazgos de mi modelo de computación… un modelo que todavía no existía. Thérèse había recogido más de treinta cintas de datos sobre cantidad mensual de barriles en cada país. Tenía que formatearlas y cargar mis propios datos por perforadora para producir tendencias de producción, consumo y distribución. Después, tenía que escribir los programas capaces de analizarlas… y todo antes de que se realizara la conferencia.

Por otra parte, con la OPEP nunca se sabía qué quería decir pronto. Las fechas y sitios de cada conferencia se mantenían en el más absoluto de los misterios hasta última hora… en el supuesto de que esas planificaciones lamentables resultaran menos convenientes para los horarios de los terroristas que para los de los ministros de la OPEP. En algunos círculos se había levantado la veda y en los últimos meses habían eliminado cierta cantidad de ministros de la OPEP. El hecho de que Kamel insinuara que se acercaba una reunión, daba fe de la importancia de mi modelo. Sabía que se esperaba de mí que proporcionara datos.

Para empeorar las cosas, cuando llegué al centro de datos del Sonatrach, en lo alto de la colina principal de Argel, me esperaba un mensaje en sobre oficial, pegado a la consola en la que hacía mi trabajo. Era del Ministerio de la Vivienda: por fin me habían encontrado un apartamento de verdad. Podía mudarme esa noche; de hecho, tenía que hacerlo o lo perdería. En Argel, la vivienda era escasa… yo ya había esperado dos meses por ésta. Tendría que volver deprisa, hacer las maletas y salir en cuanto el timbre anunciara la hora de salida. Con tantos acontecimientos, ¿cómo me las iba a arreglar para cumplir con mis planes y buscar a Mokhfi Mokhtar en la Casbah?

Aunque el horario de trabajo en Argel es de las siete de la mañana a las siete de la tarde, los edificios están cerrados durante las tres horas del almuerzo y la siesta. Decidí utilizar esas tres horas para iniciar mi búsqueda.

Como en todas las ciudades árabes, la Casbah era el barrio más antiguo, que alguna vez había estado fortificado. La de Argel era un rompecabezas laberíntico de estrechas callejas empedradas y viejas casas de piedras que se distribuían por las laderas de la colina más empinada. Aunque ocupaba sólo dos kilómetros cuadrados de ladera, estaba atestada de docenas de mezquitas, cementerios, baños turcos e impresionantes tramos de escalones de piedra que se ramificaban como arterias en todos los rincones. Del millón de residentes de Argel, casi el veinte por ciento vivía en ese barrio diminuto: figuras envueltas con velos, que salían y entraban en silencio de las profundas sombras de puertas escondidas. La Casbah podía tragarte sin dejar huella. Era el escenario perfecto para una mujer que se llamaba a sí misma la elegida secreta.

Por desgracia, también era el lugar perfecto para extraviarse. Aunque entre mi oficina y el Palais de la Casbah, en la puerta superior, había veinte minutos de camino, pasé la hora siguiente dando vueltas como una rata en un laberinto. Fuera cual fuese el torcido callejón que tomaba, terminaba siempre en el Cementerio de las Princesas: una espiral. Por mucha que fuera la gente a la que preguntaba por los harenes locales, siempre me respondían con esas miradas inexpresivas —drogadas, sin duda— y algunos insultos ultrajantes o instrucciones inútiles. Cuando pronunciaba el nombre de Mokhfi Mokhtar, la gente reía.

Al terminar la siesta, exhausta y con las manos vacías, pasé por la Poste Centrale para ver a Thérèse sentada frente a su conmutador. No era probable que mi presa figurara en la guía de teléfonos… ni siquiera había visto cables de teléfono en la zona, pero Thérèse conocía a todo el mundo en Argel. A todos menos a la que buscaba.

—¿Por qué tendría alguien un nombre tan ridículo? —me preguntó, dejando que sonaran las chicharras del conmutador mientras me ofrecía unos bombones—. ¡Mi niña, es estupendo que haya pasado hoy por aquí! Tengo un télex para usted… —Revisó un montón de papeles colocados en el estante de su conmutador—. ¡Estos árabes! —murmuró—. Con ellos, todo es *b'ad ghedoua...* después de mañana. Si intentara enviarle esto a El Riadh, tendría suerte de recibirlo el mes próximo. —Encontró el télex y me lo tendió con una reverencia. Bajando la voz, agregó—: Aunque venga de un convento... ¡sospecho que está escrito en código!

Naturalmente, era de la hermana María Magdalena, del convento de San Ladislaus en Nueva York. Se había tomado su tiempo. Eché una mirada al texto, exasperada por el descaro de Nim:

> *POR FAVOR AYUDA CON CRUCIGRAMA DE NY TIMES STOP TODO RESUELTO MENOS LO QUE SIGUE STOP CONSEJO DE HAMLET A SU CHICA STOP QUIÉN SE METE EN LOS ZAPATOS DEL PAPA STOP QUÉ HACE LA ELITE CUANDO SE ENCUENTRA STOP CANTANTE ALEMÁN MEDIEVAL STOP NÚCLEO DEL REACTOR EXPUESTO STOP OBRA DE TCHAIKOVSKY STOP LAS LETRAS SON 3-8-6-5-8-9.*

> *SE SOLICITA RESPUESTA*
> *HERMANA MARÍA MAGDALENA*
> *CONVENTO DE SAN LADISLAUS NY NY*

Estupendo... un crucigrama. Los detestaba, como muy bien sabía Nim. Lo había enviado sólo para torturarme. Era precisamente lo que necesitaba, otra tarea descabellada del rey de las trivialidades.

Agradecí a Thérèse su diligencia y la dejé ante su conmutador multitentacular. En realidad, mi coeficiente decodificador debía haber aumentado en los últimos meses, porque ya había imaginado algunas de las respuestas, de pie en la Poste. Por ejemplo, el consejo de Hamlet a Ofelia fue: «Vete a un convento.» Y lo que hacía la elite cuando se encontraba era «reunirse a hablar». Tendría que recortar los mensajes para coincidir con la cantidad de letras que me proporcionaba, pero evidentemente estaba preparado para una mentalidad simple como la mía.

Pero aquella noche, cuando regresé al hotel a las ocho, me esperaba otra sorpresa. Allí, en el crepúsculo, estacionado en la entrada del hotel, estaba el Rolls Corniche azul de Lily... rodeado de porteros cautivados, camareros y botones, todos acariciando el cromo y tocando el tablero de piel suave.

Pasé deprisa, tratando de imaginar que no había visto lo que había visto. En los últimos dos meses había enviado al menos diez telegramas a Mordecai, rogándole que no enviara a Lily a Argel. Pero ese coche no había llegado solo.

Cuando fui a recepción a coger mi llave y notificar que me iba, tuve otro sobresalto. Apoyado contra el mostrador de mármol y charlando con el empleado de recepción, estaba el atractivo pero siniestro Sharrif... jefe de la Policía Secreta. Antes de que pudiera irme, me había visto.

—¡Mademoiselle Velis! —exclamó, dedicándome su sonrisa de estrella de cine—. Llega justo a tiempo para ayudarnos en una pequeña investigación. ¿Tal vez haya notado al entrar el coche de uno de sus compatriotas?

—Es extraño... me pareció británico —le dije con indiferencia mientras el empleado me daba la llave.

—¡Pero con matrícula de Nueva York! —dijo Sharrif levantando una ceja.

—Es una ciudad grande... —dije alejándome en dirección a mi habitación, pero Sharrif no había terminado.

—Esta tarde, cuando pasó por Aduanas, alguien lo había registrado a su nombre y con esta dirección. ¿Tal vez pueda explicármelo?

Mierda. Cuando encontrara a Lily, la mataría. Probablemente, ya habría sobornado a alguien para entrar en mi cuarto.

—Vaya, estupendo —dije—. Un regalo anónimo de un prójimo neoyorquino. Necesitaba un coche... y los de alquiler son tan difíciles de conseguir.

Iba hacia el jardín, pero Sharrif me pisaba los talones.

—Ahora la Interpol está buscando la matrícula para nosotros —me dijo, apresurándose para no perder el paso—. No puedo creer que el dueño pague los impuestos en efectivo... son el cien por cien del valor del coche... y después lo haga enviar a alguien a quien ni siquiera conoce. Vino a buscarlo un lacayo alquilado para traerlo aquí. Además, en este hotel no hay americanos salvo usted...

—Ni siquiera yo —dije, saliendo y empezando a cruzar la gravilla del jardín—. Me voy dentro de media hora a Sidi Fredj, como ya le habrán dicho sus *jawasis*, sin duda.

Los *jawasis* eran espías —o chivatos— de la Policía Secreta. La insinuación dio en el blanco. Entrecerrando los ojos, me cogió por un brazo obligándome a detenerme. Miré con desdén la mano que me apretaba el codo y me solté con cuidado.

—Mis agentes —dijo, siempre cuidadoso con la semántica— ya han revisado sus habitaciones en busca de visitantes... además de las listas de entrada de la semana de Argel y de Orán. Estamos esperando las listas de los otros puertos de entrada. Como usted sabe, compartimos fronteras con otros siete países y la zona costera. Si usted me dijera a quién pertenece el coche, las cosas serían mucho más sencillas.

—¿Pero qué pasa? —dije, volviendo a caminar—. Si han pagado los impuestos y los papeles están en orden, ¿por qué iría a mirarle los dientes a un caballo regalado? Además, ¿a usted qué le importa de quién es el coche? En un país que no fabrica coches, no hay tope de vehículos importados, ¿no?

No supo qué contestar a eso. No podía admitir que sus *jawasis* me seguían a todas partes e informaban hasta de mis estornudos. En realidad, yo estaba tratando de ponerle las cosas difíciles hasta que pudiera encontrar a Lily... pero parecía raro. Si no estaba en mi habitación y tampoco se había registrado en el hotel, ¿dónde estaba? La respuesta llegó en ese mismo momento.

En el extremo más alejado de la piscina estaba el minarete de ladrillos decorativo que separaba el jardín de la playa. Escuché una voz sospechosamente familiar... el ruido de unas pequeñas garras caninas contra la madera de la puerta y un gruñido sensiblero que era difícil de olvidar para quien lo había escuchado una vez.

En la luz difusa del otro lado de la piscina, vi que la puerta se entreabría... y que una bola de pelo de aspecto feroz salía a toda velocidad. Evitando la piscina a toda pastilla, se precipitó sobre nosotros. Incluso con luz más clara, hubiera sido difícil saber de una ojeada qué clase de animal era Carioca... y vi que Sharrif miraba sorprendido mientras la bestia cargaba sobre su tobillo, hundiendo los puntiagudos dientecillos en la pierna cubierta con calcetín de seda. Sharrif dejó escapar un grito de horror, saltando sobre la pierna sana y tratando de sacudirse a Carioca de la otra. Con un solo tirón, alejé a la bestezuela, apretándola contra mi pecho. Se retorció y me lamió la barbilla.

—¿Qué es eso, en nombre de Dios? —exclamó Sharrif, mirando airado al movedizo monstruo de angora.

—Es el dueño del coche —dije con un suspiro, advirtiendo que el juego se había descubierto—. ¿Desea conocer a su media naranja?

Sharrif me siguió, cojeando y levantando la pernera del pantalón para mirar su pierna herida.

—Esa criaturita podría estar rabiosa —se quejó mientras nos acercábamos al minarete—. Esos animales atacan con frecuencia a la gente.

—No está rabioso... es sólo un crítico exigente —dije. Pasamos por la puerta entreabierta y subimos las escaleras en penumbra del minarete hasta la segunda planta. Era una amplia habitación rodeada de cojines, Lily estaba en medio como un pachá, con los pies levantados y trozos de algodón entre los dedos de los pies... aplicando con cuidado esmalte color sangre a sus uñas. Con un minivestido microscópico, estampado con rosados caniches saltarines, me miró con ojos helados y el rizado cabello rubio cayéndole sobre los ojos. Carioca ladró para que lo soltara. Lo apreté hasta que guardó silencio.

—Ya era hora —dijo indignada—. ¡No te creerás los problemas que he tenido para llegar aquí! —Miró a Sharrif por encima de mi hombro.

—¿Tú has tenido problemas? —dije—. Permíteme que te presente a mi escolta: Sharrif, jefe de la Policía Secreta.

Lily lanzó un enorme suspiro.

—¿Cuántas veces tengo que decirte que no necesitamos a la policía? —dijo—. Podemos arreglárnoslas solas...

—No es la policía —interrumpí—. He dicho Policía Secreta.

—¿Y qué demonios quiere decir eso... que nadie tiene que saber que es policía? Mierda, se me ha estropeado el esmalte —dijo Lily inclinándose sobre su pie. Dejé caer a Carioca en su regazo y ella volvió a mirarme enfadada.

—Entiendo que conoce a esta mujer —dijo Sharrif. Estaba de pie junto a nosotras y extendió la mano—. ¿Puedo ver sus papeles, por favor? No hay constancia de su entrada en este país, ha registrado usted un coche caro con nombre supuesto y es evidente que su perro es un riesgo civil...

—¡Bah, tómese un laxante! —dijo Lily, apartando a Carioca y apoyando los pies en el suelo para levantarse y mirarlo cara a cara—. He pagado mucho para entrar el coche en este país, ¿y cómo sabe usted que entré ilegalmente? ¡Ni siquiera sabe quién soy!

Mientras tanto, iba recorriendo la habitación sobre los talones para que el algodón que tenía entre los dedos no estropeara el esmalte. Sacó unos papeles de un montón de lujosas maletas de piel y los agitó ante las narices de Sharrif. Él se los quitó de la mano y Carioca ladró.

—Me he detenido en este despreciable país de camino a Túnez —informó—. Resulta que soy una importante maestra de ajedrez y voy allí a participar en un torneo...

—No hay torneo de ajedrez en Túnez hasta septiembre —dijo Sharrif estudiando su pasaporte. La miró con suspicacia—. Su nombre es Rad... ¿será por casualidad pariente de...?

—Sí —le espetó ella.

Recordé que Sharrif era un maníaco del ajedrez. Sin duda había oído hablar de Mordecai; tal vez incluso hubiera leído sus libros.

—No tiene en orden el visado de entrada en Argelia —observó él—. Me lo guardo hasta que pueda llegar al fondo de este asunto. Mademoiselle, no puede abandonar este recinto.

Esperé hasta que la puerta de abajo se cerró con un golpe.

—Desde luego, haces amigos muy rápidamente cuando llegas a un país nuevo —dije mientras Lily volvía a sentarse en el vano de la ventana—. ¿Y ahora que se ha llevado tu pasaporte, qué vas a hacer?

—Tengo otro —dijo melancólicamente, sacándose los algodones de entre los dedos—. Nací en Londres de madre inglesa. Los ciudadanos británicos pueden mantener dos nacionalidades, ¿sabes?

No lo sabía, pero tenía preguntas más importantes que hacerle.

—¿Por qué registraste a mi nombre tu maldito coche? ¿Y cómo entraste si no pasaste por Inmigración?

—Alquilé un hidroavión en Palma —dijo—. Me dejaron aquí cerca, en la playa. Tenía que registrar el coche a nombre de un residente, porque lo envié por barco antes. Mordecai me dijo que llegara aquí con el mínimo de problemas.

—Bueno, pues lo has hecho —dije irónicamente—. Dudo que nadie en el país sospeche que estás aquí, salvo la gente de Inmigración de todas las fronteras, la Policía Secreta y tal vez incluso el Presidente. ¿Qué demonios se supone que has venido a hacer? ¿O Mordecai se olvidó de hablarte de eso?

—Me dijo que viniera a rescatarte... ¡y el mentiroso me dijo también que Solarin jugaría en Túnez este mes! Estoy muerta de hambre. Tal vez puedas encontrarme una hamburguesa con queso o algo sustancioso para comer. Aquí no hay servicio de habitaciones... ni siquiera tengo teléfono.

—Veré lo que puedo hacer —dije—. Pero me voy del hotel. Tengo un apartamento nuevo en Sidi Fredj, a una media hora de camino playa abajo. Cogeré el coche para trasladar mis cosas y dentro de una hora te tendré preparado algo de cena. Puedes salir cuando oscurezca y escabullirte por la playa. El paseo te vendrá bien.

Lily aceptó a regañadientes y me fui a recoger mis cosas con las llaves del Rolls en el bolsillo. Estaba segura de que Kamel podría arreglar lo de su entrada ilegal, y mientras estuviera con ella, al menos dispondría del coche. Además, no había tenido noticias de Mordecai desde aquel críptico mensaje sobre la adivinadora y el juego.

Tendría que sondear a Lily para saber de qué se había enterado durante mi ausencia.

∞

El apartamento ministerial de Sidi Fredj era estupendo: dos habitaciones con techos abovedados y suelos de mármol, totalmente amuebladas, incluso con ropa de cama, y un balcón que daba al puerto y al Mediterráneo. Soborné al restaurante al aire libre que había bajo mi terraza para que subiera comida y vino y me senté al fresco en una tumbona para descifrar el crucigrama de Nim mientras esperaba la llegada de Lily. El mensaje quedaba así:

Consejo de Hamlet a su chica (3)
Quién se mete en los zapatos del Papa (8)
Qué hace elite cuando se encuentra (6)
Cantante alemán medieval (5)
Núcleo del reactor expuesto (8)
Obra de Tchaikovsky (9)

No tenía intención de perder tanto tiempo con este ejercicio como con la servilleta de cóctel de la pitonisa, pero tenía la ventaja de una educación musical. Había sólo dos clases de trovadores alemanes: Meistersingers y Minnesingers. También conocía toda la obra de Tchaikovsky... no había tantas obras con esa cantidad de letras.

Mi primer intento quedó así: «Ve-a; Pescador; Hablar; Minne; Disolver; Juana de Arco.» Estaba bastante bien. Un reactor nuclear que se disolvía pasaba a fase de Urgencia... que también encajaba. De modo que el mensaje era: «Ve a Pescador; habla con Minne; ¡Urgencia!»

Aunque no sabía cuál era la relación de Juana de Arco con todo eso, había en Argel un lugar llamado Escaliers de la Pêcherie (Escaleras del Pescador). Y una rápida ojeada a mi agenda me dijo que Minne Renselaas, esposa del cónsul holandés —a quien Nim me había dicho que telefoneara si necesitaba ayuda— vivía en el número uno de esas escaleras. Aunque en la medida de mis conocimientos no creía necesitar ayuda, parecía que para él era urgente que la viera. Traté de recordar el argumento de la Juana de Arco de Tchaikovsky, pero aparte de que ardía en la hoguera no recordé nada más. Esperaba que Nim no me tuviera preparado ese destino.

Conocía las Escaleras del Pescador… un interminable tramo de piedra entre el Boulevard de Anatole France y una calle llamada Bab el Qued, o Puerta del río. La mezquita del Pescador estaba arriba, junto a la entrada a la Casbah… pero allí no había nada que se pareciera a un consulado holandés. *Au contraire*, las embajadas estaban al otro lado de la ciudad, en una zona residencial. De modo que volví a entrar, cogí el teléfono y llamé a Thérèse, que seguía trabajando a las nueve de la noche.

—¡Por supuesto que conozco a madame Renselaas! —exclamó con su voz grave. No nos separaba demasiada distancia y estábamos en tierra, pero el ruido de la línea sugería el fondo del mar—. Todos la conocen en Argel… una dama encantadora. Solía traerme chocolates holandeses y esos dulces diminutos que hacen en Holanda con una flor en el centro. Era esposa del cónsul de los Países Bajos, ¿sabe?

—¿Cómo que era? —aullé.

—Eso fue antes de la Revolución, mi niña. Hace diez años, tal vez quince, que su esposo ha muerto. Pero ella sigue aquí… al menos eso dicen. Sin embargo, no tiene teléfono, porque si no, lo sabría.

—¿Y cómo puedo ponerme en contacto con ella? —balé mientras la línea se espesaba con sonidos acuáticos. No era necesario pinchar el teléfono. Nuestra conversación podía escucharse en todo el puerto—. Sólo tengo la dirección… el número uno de las Escaleras del Pescador. Pero no hay casas junto a la mezquita.

—No —gritó Thérèse—. Allí no hay número uno. ¿Segura que es la dirección correcta?

—La leeré —dije—. Pone… Wahad, Escaliers de la Pêcherie.

—¡Wahad! —rió Thérèse—. Eso significa número uno… pero no es una dirección, sino una persona. Es el guía turístico que está cerca de la Casbah. ¿Conoce ese puesto de flores junto a la mezquita? Pregúntele al florista por Wahad… por cincuenta dinares le hará una visita guiada. El nombre Wahad quiere decir número uno, ¿comprende?

Thérèse había colgado antes de que pudiera preguntarle por qué era necesario un guía turístico para encontrar a Minne. Pero al parecer las cosas se hacían de otra manera en Argel.

Estaba planificando mi excursión para el mediodía siguiente cuando escuché el ruido de uñas caninas golpeteando el suelo de mármol del vestíbulo exterior. Un rápido golpe en la puerta y entró Lily. Ella y Carioca fueron derechos a la cocina, de donde salían los olores de la cena que se estaba calentando: *rouget* a la parrilla, ostras ⟍ al vapor y cuscús.

—Necesito ser alimentada —dijo Lily por encima del hombro. Cuando la alcancé, ya estaba levantando las tapas de las ollas y cogiendo cosas con los dedos—. No necesitamos platos —afirmó.

Suspiré y la miré atiborrarse, experiencia que siempre me quitaba el apetito.

—¿Y por qué te ha enviado Mordecai? Le escribí diciéndole que te mantuviera al margen.

Lily se volvió para mirarme con sus dilatados ojos grises. De entre sus dedos se deslizó un trozo de oveja del cuscús.

—Tendrías que estar emocionada —me informó—. Resulta que en tu ausencia hemos resuelto todo este misterio.

—Cuéntame —dije, impasible. Y me dediqué a descorchar una botella de excelente vino tinto argelino, sirviendo los vasos mientras ella hablaba.

—Mordecai estaba tratando de comprar estas raras y valiosas piezas de ajedrez para un museo... cuando Llewellyn lo descubrió y empezó a interferir en el trato. Mordecai sospecha que Llewellyn sobornó a Saul para descubrir más cosas sobre las piezas. ¡Y cuando Saul lo amenazó con descubrir su doble juego, Llewellyn se asustó y alquiló a alguien para que lo borrara del mapa!

Estaba muy complacida con la explicación.

—O Mordecai no está bien informado o te confunde deliberadamente —le dije—. Llewellyn no tuvo nada que ver con la muerte de Saul. Lo hizo Solarin. Él mismo me lo dijo. Solarin está en Argelia.

Lily tenía una ostra a medio camino de la boca, pero la dejó caer dentro del cuscús. Cogiendo el vino, tomó un buen trago.

—Dímelo otra vez —pidió.

Se lo dije. Le conté toda la historia tal como la entendía, sin reservarme nada. Conté cómo Llewellyn me había pedido que le consiguiera las piezas, cómo la adivina había escondido un mensaje en la profecía, cómo Mordecai había escrito para decirme que conocía a la mujer, cómo había aparecido Solarin en Argel diciendo que Saul mató a Fiske y trató de matarlo a él. Y todo por las piezas. Le expliqué que había imaginado que había una fórmula, tal como ella sospechaba. Estaba oculta en el juego de ajedrez que buscaban todos. Terminé con la descripción de mi visita al colega de Llewellyn, el vendedor de alfombras... y el cuento que me había hecho sobre la misteriosa Mokhfi Mokhtar.

Cuando terminé, Lily me miraba con la boca abierta... y no había probado bocado.

—¿Por qué no me dijiste nada antes? —quiso saber.

Carioca estaba echado de espaldas, con las patas levantadas, como si estuviera enfermo. Lo cogí y lo metí en el fregadero, abriendo un poco el grifo para que pudiera beber.

—No sabía casi nada de esto cuando vine —le contesté—. Y la única razón por la que te lo cuento ahora es porque puedes ayudarme con algo que yo no puedo hacer. Parece como si se estuviera jugando una partida de ajedrez con otras personas haciendo los movimientos. No tengo ni idea de cómo se juega el juego, pero tú eres una experta. Tengo que saberlo para encontrar estas piezas.

—No hablas en serio —dijo Lily—. ¿Te refieres a una partida real? ¿Con gente en lugar de piezas? ¿Y que si matan a alguien... es como si lo barrieran del tablero?

Se acercó al fregadero para lavarse las manos, salpicando a Carioca. Lo puso bajo su brazo, todavía mojado, fue hacia la sala, y yo la seguí con el vino y los vasos. Parecía haberse olvidado de la comida.

—¿Sabes? —dijo, recorriendo la habitación—, si pudiéramos saber quiénes son las piezas, tal vez lograríamos solucionarlo. Puedo mirar cualquier tablero, incluso en medio de una partida, y reconstruir los movimientos que se han hecho hasta ese momento. Por ejemplo, creo que podemos suponer con seguridad que Saul y Fiske eran peones...

—Y tú y yo también —acepté.

Los ojos de Lily brillaban como los de un terrier que huele al zorro. Raras veces la había visto tan excitada.

—Llewellyn y Mordecai podrían ser piezas...

—Y Hermanold —agregué rápidamente—. ¡Él es quien disparó contra nuestro coche!

—No podemos olvidar a Solarin —dijo—. Sin duda, es un jugador. ¿Sabes?, si pudiéramos repasar todo esto con cuidado, recreando los hechos, creo que podría reproducir los movimientos en un tablero y conseguir algo.

—Tal vez deberías quedarte aquí esta noche —sugerí—. Sharrif podría enviar a sus muchachos a arrestarte en cuanto tenga pruebas de que has entrado de forma ilegal. Mañana podría meterte subrepticiamente en la ciudad. Kamel, mi cliente, puede tocar algunos resortes para mantenerte fuera de prisión. Mientras tanto, podemos trabajar con el rompecabezas.

Permanecimos la mitad de la noche despiertas, moviendo piezas de ajedrez por el tablero magnético de Lily... usando una cerilla para ocupar el lugar de la Reina Blanca perdida. Pero Lily estaba desanimada.

—Si tuviéramos más datos —protestó, mientras mirábamos cómo el cielo matinal adquiría una tonalidad lavanda.

—De hecho, conozco la manera de adquirir más datos —admití—. Tengo un amigo muy íntimo que ha estado ayudándome con esto... cuando lo encuentro. Es un mago de la computación que también ha jugado mucho al ajedrez. Tiene una amiga muy relacionada en Argel, la viuda del cónsul holandés. Espero verla mañana. Si consigues arreglar lo del visado, podrías venir conmigo.

Resolvimos hacerlo así y nos metimos en cama para tratar de dormir un poco. No imaginaba que pocas horas después sucedería algo que me convertiría de participante reacia en personaje importante en el juego.

∞

La Darse era el embarcadero situado en el extremo noroeste del puerto de Argel, donde atracaban los barcos pesqueros. Era una amplia mole de piedra que conectaba la masa continental con aquella pequeña isla por la que Argel recibía el nombre de Al-Djezair.

El coche de Kamel no estaba en el estacionamiento del ministerio, de modo que puse el gran Corniche azul en su puesto y dejé una nota en el parabrisas. Me sentí algo incómoda al dejar un coche de paseo en tonos pasteles en medio de todas aquellas limusinas, pero era mejor que dejarlo en la calle.

Lily y yo recorrimos el puerto por el Boulevard Anatole France y cruzamos la Avenue Ernesto Che Guevara en dirección a las Escaliers que conducían a la mezquita del Pescador. Lily había recorrido la tercera parte del tramo de escalones cuando se sentó chorreando sudor, aunque todavía hacía fresco.

—Estás tratando de matarme —me informó dando boqueadas—. ¿Qué clase de lugar es éste? Estas calles suben. Tendrían que arrasarlo todo y empezar de cero.

—A mí me parece encantador —le dije, tirando de su brazo. Carioca yacía despatarrado junto a ella, con la lengua fuera—. Además, cerca de la Casbah no hay dónde aparcar. Así que vamos.

Después de muchas protestas y descansos, llegamos a lo alto, donde la sinuosa calle Bab el Oued separaba la mezquita del Pescador de la Casbah. A nuestra izquierda estaba la Place des Martyrs, un espacio amplio lleno de ancianos y bancos, donde estaba el puesto de flores. Lily se dejó caer en el primer banco vacío.

—Busco a Wahad, el guía —dije al malhumorado florista. Me miró de arriba abajo y agitó la mano. Un niño, vestido como un vagabundo, con un cigarrillo colgado de los labios descoloridos, se acercó corriendo.

—Wahad, tienes un cliente —dijo el florista al niño. Me cogió por sorpresa.

—¿Tú eres el guía? —pregunté.

La mugrienta criatura no podía tener más de diez años, pero ya parecía agostada y decrépita. Por no mencionar los piojos. Se rascó, se mojó los dedos para apagar el cigarrillo y lo guardó detrás de la oreja.

—Para la Casbah el precio mínimo es de cincuenta dinares —me dijo—. Por cien, le muestro la ciudad.

—No quiero una gira —dije, cogiéndolo de la camisa deshilachada para llevármelo aparte—. Busco a la señora Renselaas... Minne Renselaas, viuda del cónsul holandés. Un amigo me dijo...

—Ya sé quién es —respondió, cerrando un ojo para detenerme.

—Te pagaré para que me lleves hasta ella... ¿has dicho cincuenta dinares? —pregunté, mientras buscaba el dinero en el bolso.

—Nadie ve a la dama a menos que ella lo diga —dijo—. ¿Tiene una invitación o algo así?

¿Invitación? Me sentía como una idiota, pero saqué el télex de Nim y se lo mostré, pensando que tal vez lo confundiera. Lo miró largo rato, desde diferentes ángulos. Por último, dijo:

—No sé leer. ¿Qué pone?

De modo que tuve que explicar a la desagradable criatura que un amigo mío lo había enviado en código. Y le expliqué lo que pensaba que decía: Ve a las Escaleras del Pescador, habla con Minne. Urgente.

—¿Y eso es todo? —preguntó, como si ese tipo de conversación fuera algo habitual—. ¿No hay nada más? ¿Algo como una palabra secreta?

—Juana de Arco —dije—. Dice Juana de Arco.

—No está bien —me dijo, cogiendo el cigarrillo y volviendo a encenderlo.

Miré a Lily, derrumbada en el banco del otro lado de la plaza. Me devolvió una mirada que me decía que estaba loca. Me devané los sesos tratando de encontrar otra pieza de Tchaikovsky que tuviera nueve letras —obviamente, ésa era la clave—, pero no lo logré. Wahad seguía mirando el papel que tenía en la mano.

—Sé leer números —me dijo por fin—. Eso es un número de teléfono.

Miré y vi que Nim había escrito seis números. Estaba muy excitada.

—¡Es el número de teléfono de ella! —dije—. Podríamos llamarla y preguntar…

—No —dijo Wahad con aspecto misterioso—, no es su número de teléfono sino el mío.

—¡Tuyo! —exclamé.

Lily y el florista nos miraban y ella se levantó y empezó a encaminarse hacia nosotros.

—Pero eso no prueba…

—Prueba que alguien sabe que yo puedo encontrar a la dama —me dijo—. Pero no lo haré, a menos que sepa las palabras exactas.

Pequeño cabrón testarudo. Estaba maldiciendo interiormente a Nim por ser tan críptico… cuando de pronto se me ocurrió. Otra obra de Tchaikovsky con nueve letras… al menos, en francés. Lily acababa de llegar a nuestro lado cuando cogí a Wahad por el cuello de la camisa.

—¡Dame Pique! —exclamé—. ¡La Reina de Picas!

Wahad me dedicó una sonrisa de dientes torcidos.

—Eso, señora —dijo—. La Reina Negra.

Aplastando el cigarrillo en el suelo, nos hizo señas de que cruzáramos Bab el Oued y lo siguiéramos al interior de la Casbah.

∞

Wahad nos hizo subir y bajar por calles empinadas que yo jamás hubiera podido descubrir sola. Lily jadeaba y resoplaba detrás de nosotros, de modo que finalmente cogí a Carioca y lo metí en mi bolso para que parara de gemir. Después de media hora de dar vueltas por recodos y esquinas, llegamos a un callejón sin salida con altas paredes de ladrillo que tapaban la luz del cielo. Wahad esperó a que Lily nos alcanzara y yo sentí de pronto un escalofrío. Tuve la sensación de haber estado allí antes. Después comprendí que se parecía a mi sueño de aquella noche en casa de Nim, cuando desperté cubierta de sudor frío. Estaba aterrorizada. Giré y cogí a Wahad por el hombro.

—¿Adónde nos llevas? —exclamé.

—Síganme —dijo, y abrió una pesada puerta de madera enterrada en la pared de ladrillos. Miré a Lily y me encogí de hombros;
después entramos. Había una escalera oscura con aspecto de conducir a una mazmorra.

—¿Estás seguro de que sabes lo que estás haciendo? —pregunté a
Wahad, que ya había desaparecido en la penumbra.

—¿Y cómo sabemos que no nos están secuestrando? —me susurró Lily mientras empezábamos a bajar las escaleras. Había apoyado
su mano en mi hombro y Carioca gemía suavemente en mi bolso—.
He oído decir que las mujeres rubias se venden a muy altos precios
en el mercado de esclavos...

Pensé que, si lo hacían por eso, ella costaría el doble. Luego dije:

—Cállate y deja de empujarme.

Pero estaba asustada. Sabía que yo sola nunca podría encontrar
el camino de salida.

Wahad nos esperaba al pie de la escalera, y choqué con él en la
oscuridad.

Lily seguía apoyada en mí mientras oíamos que Wahad hacía girar un picaporte. La puerta se entreabrió, dejando pasar una luz difusa.

Me arrastró por un gran sótano oscuro donde había una docena
de hombres sentados en cojines, jugando a los dados. Mientras atravesábamos la habitación llena de humo, algunos nos miraron con
ojos turbios. Pero nadie trató de detenernos.

—¿Qué es ese olor asqueroso? —preguntó Lily por lo bajo—. Es
como carne en descomposición.

—Hachís —respondí susurrando, mirando los grandes recipien-
tes llenos de agua que había por todo el recinto, a los hombres que
chupaban a través de tubos y hacían rodar los dados de marfil.

¿Dónde demonios nos llevaba Wahad? Lo seguimos hasta la
puerta que había en el otro extremo y subimos por un corredor empinado y oscuro hasta la parte trasera de una pequeña tienda. La
tienda estaba repleta de pájaros... pájaros de la jungla posados en
perchas semejantes a ramas, moviéndose por todas partes dentro de
las jaulas.

Una sola ventana cubierta por una parra dejaba entrar la luz exterior. Las lágrimas de cristal de las arañas proyectaban prismas dorados, verdes y azules contra las paredes y sobre los rostros velados
y el cabello de media docena de mujeres que trajinaban por la habitación. Al igual que los hombres que habíamos visto, estas mujeres
nos ignoraron, como si formáramos parte del empapelado.

Wahad me empujó a través del laberinto de árboles y perchas hasta una pequeña arcada en el extremo más alejado de la tienda. Daba a un callejón estrecho. Estaba cerrado a cal y canto y la única entrada era la que habíamos utilizado. Altos muros de ladrillo cubierto de musgo rodeaban el pequeño trozo de pavimento cuadrado y frente a nosotros había una pesada puerta.

Wahad cruzó el patio cerrado, tirando de una cuerda que colgaba junto a la puerta. Pasó mucho rato antes de que sucediera algo. Eché una mirada a Lily, que seguía colgada de mí. Había recuperado el aliento pero su cara estaba lívida, seguramente como la mía. Mi intranquilidad estaba transformándose en terror.

Por la mirilla de la puerta apareció una cara masculina. Miró a Wahad sin hablar. Después, sus ojos pasaron a Lily y a mí, en nuestro rincón del patio. Hasta Carioca estaba mudo. Wahad murmuró algo y, aunque estábamos a bastante distancia, pude oír lo que decía.

—Mokhfi Mokhtar —susurró—. Le he traído a la mujer.

Atravesamos la maciza puerta de madera y entramos en un pequeño jardín, rodeado de muros de ladrillo. El suelo formaba un dibujo de baldosas esmaltadas en varios diseños. No parecía repetirse ninguno. En el follaje irregular borboteaban fuentecillas. Los pájaros gorjeaban y jugaban en la luz moteada. En la parte posterior del patio había un muro cubierto de ventanas francesas de muchos paños, cubiertas de viñas. A través de estas ventanas vi una habitación lujosamente amueblada con alfombras marroquíes, urnas chinas e intrincadas pieles y maderas talladas.

Wahad se deslizó por la puerta que estaba a nuestras espaldas. Lily giró y gritó:

—¡No permitas que ese pequeño monstruo se nos escape… jamás saldremos de aquí!

Pero ya había desaparecido, lo mismo que el hombre que nos había hecho entrar, de modo que ambas quedamos solas en el oscuro patio, donde el aire era fresco y balsámico, con el aroma mezclado de colonias y hierbas dulces. Mientras las fuentes hacían música que resonaba en las paredes musgosas, me sentí mareada.

Advertí que una sombra se movía detrás de las ventanas francesas. Atravesó fugazmente el pesado cortinaje de jazmín y buganvilla. Lily me apretó la mano. Nos quedamos de pie junto a las fuentes y contemplamos la forma plateada que atravesaba una arcada y en-

traba al jardín, flotando en una luz verdosa como un hilo de seda...
una mujer esbelta, hermosa, cuyos vestidos traslúcidos crujían
como un susurro secreto al moverse. Su cabello suave flotaba en
torno a su cara medio velada como las alas plateadas de los pájaros.
Cuando nos habló, su voz era dulce y baja, como agua fría pasando
por encima de piedras pulidas.

—Soy Minne Renselaas —dijo, deteniéndose ante nosotras
como un espectro en la luz temblorosa. Pero antes de que se quitara
el opaco velo plateado que le cubría la cara, supe quién era. La pitonisa.

LA MUERTE
DE LOS REYES

Por Dios bendito, sentémonos en el suelo
Y contemos tristes historias sobre la muerte de
[los reyes:
Cómo algunos fueron depuestos; otros, muertos
[en la guerra;
Otros, aun perseguidos por los fantasmas a quie-
[nes despojaron;
Otros, envenenados por sus mujeres; otros muer-
[tos durmiendo.

Asesinados todos: porque dentro de la corona
[hueca
Que rodea las sienes mortales de un rey
Tiene la Muerte su corte... y con un alfiler
Atraviesa el muro de su castillo, y ¡adiós, rey!

WILLIAM SHAKESPEARE
Ricardo II

PARÍS

Mireille estaba de pie bajo los frondosos castaños en la entrada del patio de Jacques Louis David y espiaba por entre las rejas de la puerta de hierro. Con su largo *häik* negro y el rostro oscurecido por el velo de muselina, parecía una típica modelo de los cuadros exóticos del famoso pintor. Y lo que era aún más importante: con ese atuendo nadie podría reconocerla. Sucia y agotada después del duro viaje, tiró de la cuerda y escuchó la campana que resonaba en el interior.

Hacía menos de seis semanas que había recibido la carta de la abadesa, llena de reproches y urgencia. Había tardado mucho en recibirla porque la había enviado a Córcega, desde donde la reenvió el único miembro de la familia de Napoleone y Elisa que no había huido de la isla: su nudosa abuela, Angela-Maria di Pietrasanta.

Aquella carta ordenaba a Mireille que regresase de inmediato a Francia:

> *... Al saber que no estabais en París, temí no sólo por vos sino también por el destino de aquello que Dios ha puesto a vuestro cuidado... responsabilidad que, según veo, habéis desdeñado. Estoy desesperada por aquellas de vuestras hermanas que pueden haber huido a esa ciudad en busca de vuestra ayuda cuando no estabais allí para prestársela. Ya me comprendéis.*
>
> *Os recuerdo que afrontamos adversarios poderosos que no se detendrán ante nada para lograr sus fines, que han organizado su oposición mientras que nosotras hemos sido dispersadas por los vientos del destino. Ha llegado el momento de recuperar las riendas, volver los acontecimientos a nuestro favor y reunir lo que el destino ha separado.*

Os conmino a ir inmediatamente a París. Alguien fue a buscaros a instancias mías, con instrucciones específicas relacionadas con vuestra misión, que es fundamental.

Mi corazón se duele con vos por la pérdida de vuestra adorada prima. Que Dios os acompañe en vuestra tarea...

La carta no tenía fecha ni firma. Aunque Mireille reconoció la letra de la abadesa, no sabía cuánto tiempo hacía que había escrito esa carta. Aunque dolida por la acusación de haber abandonado su deber, Mireille había comprendido el verdadero sentido del mensaje. Había otras piezas en peligro, otras monjas estaban amenazadas por las mismas fuerzas del mal que destruyeran a Valentine. Debía regresar a Francia.

Shahin aceptó acompañarla hasta el mar. Pero Charlot, su hijo de un mes, era demasiado pequeño para afrontar ese arduo viaje. En Djanet, el pueblo de Shahin prometió cuidar al niño hasta su regreso, porque ya consideraban a la criatura pelirroja como el profeta que se les había anunciado. Después de una dolorosa despedida, lo dejó en brazos del ama de cría y partió. Durante veinticinco días atravesaron el Deban Ubari, el borde occidental del desierto de Libia, evitando las montañas y las traicioneras dunas, y tomaron un atajo hacia Trípoli y el mar. Una vez allí, Shahin la puso en un *schooner* de dos mástiles que iba a Francia. Estos barcos, los más veloces del mundo, navegaban con el viento en mar abierto a catorce nudos, haciendo el viaje desde Trípoli hasta St. Nazaire, en la desembocadura del Loira, en apenas diez días. Mireille había regresado.

Ahora, de pie ante la puerta de David, desaliñada y exhausta, miraba por los barrotes aquel patio del que había huido hacía menos de un año. Pero parecía como si hubiera pasado un siglo desde aquella tarde en que ella y Valentine escalaron los muros del jardín, riendo excitadas ante su atrevimiento, y fueron a los Cordeliers en busca de la hermana Claude. Apartó estos recuerdos de su mente y volvió a tirar de la campanilla. Por fin Pierre, el anciano sirviente, salió de la caseta y fue arrastrando los pies hacia las puertas de hierro, donde ella esperaba en silencio en las sombras de los altos castaños.

—Madame —dijo Pierre sin reconocerla—, el maestro no ve a nadie antes de almorzar... y nunca sin cita previa.

—Pero Pierre, sin duda aceptará verme a mí —dijo Mireille bajándose el velo. Los ojos de Pierre se dilataron y le empezó a temblar la barbilla. Buscó torpemente entre sus pesadas llaves para abrir la puerta.

—Mademoiselle —susurró—, hemos rezado por vos todos los días.

Sus ojos estaban llenos de lágrimas de júbilo, mientras abría las puertas. Mireille lo abrazó fugazmente y ambos cruzaron deprisa el patio.

Solo en su estudio, David tallaba un gran trozo de madera, una escultura del ateísmo que se quemaría el mes siguiente, en el Festival del Ser Supremo. El aire estaba impregnado por el aroma de la madera recién cortada. El suelo estaba cubierto de viruta y el polvillo de madera cubría el rico terciopelo de su chaqueta. Cuando la puerta se abrió a sus espaldas, se volvió, se puso en pie de un salto, volcando el banquillo y dejó caer el cincel.

—¿Sueño o me he vuelto loco? —exclamó, levantando una nube de polvo al atravesar a toda prisa la habitación y coger a Mireille en un potente abrazo—. ¡Gracias a Dios que estás a salvo! —La apartó para verla mejor—. ¡Cuando te fuiste, llegó Marat con una delegación, cavaron en mi jardín con sus ministros y delegados de las alcantarillas, como cerdos buscando trufas! No tenía idea de que esas piezas existieran realmente. Si hubieras confiado en mí... habría podido ayudar...

—Podéis ayudarme ahora —dijo Mireille, desplomándose exhausta en una silla—. ¿Ha venido alguien a buscarme? Espero una emisaria de la abadesa.

—Mi querida niña —dijo David con voz preocupada—, durante tu ausencia han venido a París varias... jóvenes que escribían pidiendo una entrevista contigo o con Valentine. Pero yo estaba aterrado por ti. Entregué esas notas a Robespierre, pensando que podían ayudarnos a encontrarte.

—¡Robespierre! ¡Dios mío! ¿Qué habéis hecho? —gritó Mireille.

—Es un amigo íntimo en quien se puede confiar —se apresuró a aclarar David—. Lo llaman el Incorruptible. Nadie podría inducirlo a abandonar su deber. Mireille, le he hablado de tu relación con el juego de Montglane. Él también te buscaba...

—¡No! —gritó Mireille—. Nadie debe saber que estoy aquí, ni siquiera que me habéis visto. No comprendéis... Valentine fue asesinada por esas piezas. Mi vida también está en peligro. Decidme cuántas monjas escribieron, cuántas cartas disteis a ese hombre.

Mientras trataba de recordar, David estaba pálido de miedo. ¿Tendría ella razón? Tal vez no había sabido apreciar la situación...

—Hubo cinco —le dijo—. En mi estudio tengo registrados sus nombres.

—Cinco monjas —susurró ella—. Otras cinco muertes sobre mi conciencia. Porque no estaba aquí. —Miró vagamente el espacio.

—¡Muertas! —dijo David—. Pero él jamás las interrogó. Descubrió que habían desaparecido... todas ellas.

—Sólo podemos rogar porque sea verdad —dijo Mireille, mirándolo—. Tío, estas piezas son más peligrosas que cualquier cosa que podáis imaginar. Tenemos que saber más del interés de Robespierre, sin que se entere de que estoy aquí. Y Marat... ¿dónde está Marat? Porque si ese hombre se enterara de esto, ni siquiera nuestras plegarias nos servirían de nada.

—Está en su casa enfermo de gravedad —murmuró David—. Enfermo, pero más poderoso que nunca. Hace tres meses, los Girondinos lo juzgaron por incitar al asesinato y la dictadura, por desdeñar los objetivos de la Revolución: libertad, igualdad, fraternidad. Pero Marat fue absuelto por un juzgado aterrorizado, la chusma lo coronó de laureles y lo paseó por las calles en medio de multitudes entusiastas y lo eligió presidente del club de los Jacobinos. Y ahora está en su casa, denunciando a los Girondinos que quisieron oponérsele. La mayoría de ellos han sido arrestados... el resto ha huido a las provincias. Gobierna el estado desde su bañera con las armas del miedo. Lo que se dice de nuestra Revolución parece ser cierto: el fuego que destruye no puede construir.

—Pero puede ser consumido por una llama más alta —dijo Mireille—. Esa llama es el juego de Montglane. Cuando lo hayamos reunido, devorará incluso a Marat. He regresado a París para liberar esa fuerza. Y espero vuestra ayuda.

—¿Pero no oyes lo que he dicho? —exclamó David—. Lo que ha destruido nuestro país es precisamente esta venganza y esta traición. ¿Dónde terminará? Si creemos en Dios, debemos creer en una justicia divina que con el tiempo nos devolverá la cordura...

—No tengo tiempo de esperar a Dios —dijo Mireille.

11 de julio de 1793

En ese mismo momento, otra monja que no podía esperar se dirigía a toda prisa a París.

Charlotte Corday llegó a la ciudad en coche de postas a las diez de la mañana. Después de registrarse en un pequeño hotel cercano, se dirigió a la Convención.

La carta de la abadesa —que el embajador Genet le había llevado a Caen— había tardado en llegar, pero su mensaje era claro. Las piezas enviadas a París en el mes de septiembre anterior mediante la hermana Claude, habían desaparecido. Durante el Terror había muerto otra monja: la joven Valentine. Su prima había desaparecido sin dejar huella. Charlotte había tomado contacto con la facción girondina —antiguos delegados de la Convención que ahora se escondían en Caen—, con la esperanza de conocer a alguno que hubiera estado en la prisión de l'Abbaye... el último lugar en que se había visto a Mireille.

Los Girondinos no sabían nada de una muchacha pelirroja que había desaparecido en medio de aquella locura, pero su jefe, el guapo Barbaroux, le tomó simpatía a la antigua monja que buscaba a su amiga. El pase que le dio le daba permiso para mantener una breve entrevista con el delegado Lauze Duperret, que se encontró con ella en la Convención, en la antecámara de visitantes.

—Vengo de Caen —dijo Charlotte en cuanto el distinguido delegado se sentó frente a ella, ante la mesa lustrada—. Busco a una amiga que desapareció el pasado septiembre, durante los tumultos en la prisión. Ella, como yo, fue monja en un convento que ha sido clausurado.

—Charles-Jean-Marie Barbaroux no me ha hecho precisamente un favor al enviaros aquí —dijo el delegado, con una sonrisa cínica—. Es un hombre buscado... ¿o no lo sabíais? ¿Acaso desea que a mí me suceda lo mismo? Tengo bastantes problemas, y podéis decírselo así cuando regreséis a Caen... lo que espero que suceda pronto. —Empezó a ponerse de pie.

—Por favor —dijo Charlotte tendiendo la mano—. Mi amiga estaba en la prisión de l'Abbaye cuando empezó la masacre. Jamás se ha encontrado su cuerpo. Tenemos razones para creer que ha escapado... pero nadie sabe dónde. Debéis decirme... ¿quién de entre los miembros de la Asamblea presidió aquellos juicios?

Duperret hizo una pausa y sonrió. No era una sonrisa agradable.

—Nadie escapó de l'Abbaye —le dijo secamente—. Puedo contar con los dedos de las manos los que fueron absueltos. Si fuisteis lo bastante estúpida como para venir aquí, tal vez lo seáis también como para interrogar al hombre responsable del Terror... pero no os lo recomiendo. Se llama Marat.

Mireille, con un vestido de algodón rojo y blanco y un sombrero de paja con cintas de colores, bajó del coche abierto de David y pidió al cochero que esperara. Entró aprisa en el vasto y atestado barrio del mercado de Les Halles, uno de los más antiguos de la ciudad.

Durante los dos días que llevaba en París, se había enterado de suficientes cosas como para actuar de inmediato. No necesitaba esperar instrucciones de la abadesa. No sólo habían desaparecido cinco monjas con sus piezas sino que, según le dijera David, había otras personas que sabían de la existencia del juego de Montglane... y de su relación con él. Demasiados: Robespierre, Marat... y André Philidor, el maestro de ajedrez y compositor cuya ópera había visto en compañía de madame de Staël. Según David, Philidor había huido a Inglaterra. Pero antes de irse le había hablado a David de un encuentro que había tenido con el gran matemático Leonard Euler y un compositor llamado Bach. Éste había tomado la fórmula del recorrido del caballo descubierta por Euler, transformándola en música. Estos hombres pensaban que el secreto del juego de Montglane tenía relación con la música... ¿cuántos más habrían llegado tan lejos?

Mireille atravesó los puestos al aire libre, llenos de verduras, carnes y pescado que sólo los ricos podían comprar. Su corazón latía con fuerza y sus ideas se confundían. Tenía que actuar de inmediato... mientras conociera sus paraderos y ellos ignoraran el suyo. Eran todos como peones en un tablero, arrastrados hacia un centro invisible en un juego inexorable como el destino. La abadesa había tenido razón al decir que debían recuperar las riendas... pero era Mireille quien debía tomar el control. Porque comprendía que ahora sabía más que la abadesa —tal vez más que nadie— sobre el juego de Montglane.

El relato de Philidor abonaba lo que le había dicho Talleyrand y confirmado Letizia Buonaparte: en el juego había una fórmula. Algo que la abadesa nunca había mencionado. Pero Mireille sabía. Ante sus ojos flotaba todavía la extraña figura pálida de la Reina Blanca, con el báculo del ocho con su mano levantada.

Mireille descendió al laberinto, aquella parte de Les Halles que alguna vez fueran catacumbas romanas y se utilizaba ahora como mercado subterráneo. Allí había puestos de cacharros de cobre, cintas, especias y sedas de oriente. Pasó junto a un pequeño café en el corredor estrecho, donde un grupo de carniceros, sucios todavía con las señales de su comercio, comían sopa de col y jugaban al dominó. Se fijó en la sangre que manchaba sus brazos desnudos y sus mandiles blancos. Cerró los ojos y se abrió paso por el estrecho laberinto.

Al final del segundo pasaje había una tienda de cubertería. Miró la mercancía, probó la resistencia y el filo de cada cuchillo antes de encontrar uno que le convenía: un cuchillo de quince centímetros con una hoja equilibrada, semejante al *bousaadi* que había usado con tanta destreza en el desierto. Hizo que el vendedor lo afilara hasta que se pudiese partir un pelo en el aire.

Quedaba sólo una pregunta. ¿Cómo entraría? Miró al comerciante envolver el cuchillo con su funda en papel de estraza. Mireille le pagó dos francos, se puso el paquete bajo el brazo y partió.

13 de julio de 1793

Su pregunta encontró respuesta la tarde siguiente, mientras ella y David discutían en el pequeño comedor anejo al estudio. Él, como delegado de la Convención, podía asegurarle la entrada al domicilio de Marat. Pero se negaba… tenía miedo. Pierre, el sirviente, interrumpió su acalorada discusión.

—En la puerta de entrada hay una dama, señor. Pregunta por vos… y busca información sobre mademoiselle Mireille.

—¿Quién es? —preguntó Mireille, lanzando una rápida mirada a David.

—Una dama de vuestra altura, mademoiselle —contestó Pierre— y con cabellos rojos… dice que se llama Corday.

—Hazla pasar —dijo Mireille para estupefacción de David.

De modo que éste era el emisario, pensó Mireille cuando Pierre salió. Recordó a la fría y orgullosa compañera de Alexandrine de Forbin, que hacía tres años fuera a Montglane para decirles que las piezas del juego corrían peligro. Ahora la abadesa la había enviado… pero llegaba demasiado tarde.

Cuando Charlotte Corday fue introducida en la habitación, se detuvo de golpe, mirando incrédula a Mireille. Se sentó vacilante en la silla que le ofrecía David, sin apartar los ojos de Mireille. Allí estaba la mujer cuyas noticias habían desenterrado el juego, pensó Mireille. Aunque el tiempo transcurrido las había cambiado a ambas, seguían pareciéndose: altas, de huesos grandes, con alborotados rizos rojos en torno a los rostros ovales. Lo bastante parecidas como para pasar por hermanas. Y sin embargo, tan distintas.

—Llegaba desesperada —empezó Charlotte—, porque todos los rastros estaban fríos, todas las puertas cerradas. Debo hablaros a solas. —Lanzó una inquieta mirada a David, quien se excusó. Cuando hubo salido, dijo—: ¿Están a salvo las piezas?

—¡Las piezas! —dijo Mireille con amargura—. ¡Siempre las piezas! Me maravilla la tenacidad de nuestra abadesa… una mujer a quien Dios confió las almas de cincuenta mujeres, mujeres apartadas del mundo que creían en ella como en sus propias vidas. Nos dijo que las piezas eran peligrosas… pero no que seríamos perseguidas y asesinadas por ellas. ¿Qué clase de pastor es el que guía a sus ovejas al matadero?

—Comprendo… estáis destrozada por la muerte de vuestra prima —dijo Charlotte—. ¡Pero fue un accidente! Quedó atrapada en un tumulto junto con mi amada hermana Claude. No podéis permitir que esto haga vacilar vuestra fe. La abadesa os ha elegido para una misión…

—Ahora yo elijo mis propias misiones —exclamó Mireille con sus ojos verdes ardientes de pasión—. Y la primera es encontrar al hombre que asesinó a mi prima. ¡No fue un accidente! En este último año han desaparecido otras cinco monjas. Creo que él sabe qué ha sido de ellas y de las piezas que custodiaban. Y tengo cuentas que saldar.

Charlotte se había llevado la mano al pecho. Su cara estaba lívida mientras contemplaba a Mireille desde el otro lado de la mesa. Su voz temblaba.

—¡Marat! —susurró—. ¡Sabía de su intervención… pero no esto! La abadesa no sabía nada de estas monjas desaparecidas.

—Parece que hay muchas cosas que nuestra abadesa no sabe —contestó Mireille—. Pero yo, sí. No es mi intención oponérmele, pero creo que comprenderéis que primero tengo cosas que hacer. ¿Estáis conmigo… o contra mí?

Charlotte miró a Mireille, al otro lado de la mesa, con sus profundos ojos azules brillantes de emoción. Por último, se estiró y colocó su mano sobre la de Mireille. Ésta se sintió temblar.

—Los derrotaremos —exclamó Charlotte con energía—. Por difícil que sea lo que me pidáis, estaré a vuestro lado… como desearía la abadesa.

—Os habéis enterado de la intervención de Marat —dijo Mireille con voz tensa—. ¿Qué más sabéis del hombre?

—Traté de verlo… buscándoos —contestó Charlotte bajando la voz—. Un portero me echó. Pero le he escrito pidiendo una cita… esta tarde.

—¿Vive solo? —preguntó Mireille, excitada.

—Comparte alojamiento con su hermana Albertine… y con Simone Évrard, su esposa natural. ¡Pero no querréis ir vos! Si dais vuestro nombre o suponen quién sois, seréis arrestada…

—No pienso dar mi nombre —aseguró Mireille esbozando una sonrisa—. Daré el vuestro.

∞

El sol ya se ponía cuando Mireille y Charlotte llegaron en la parte trasera de un cabriolet alquilado al callejón frente a la casa de Marat. El reflejo del cielo daba color de sangre a las ventanas; la última luz del sol convertía en cobre las piedras de la calle.

—Debo saber qué razón disteis en vuestra carta para solicitar esta entrevista —exigió Mireille.

—Escribí diciendo que venía de Caen —respondió Charlotte— para denunciar las actividades de los Girondinos contra el gobierno. Puse que conocía ciertas conspiraciones…

—Dadme vuestros papeles —ordenó Mireille extendiendo la mano—, por si necesito pruebas para entrar.

—Ruego por vos —dijo Charlotte, dándole los papeles que Mireille metió en su corpiño, junto al cuchillo—. Esperaré aquí vuestro regreso.

Mireille cruzó la calle y subió los escalones que conducían a la desvencijada casa de piedra. Se detuvo en la entrada, donde se leía una tarjeta ajada:

Jean Paul Marat: Médico

Realizó una inspiración profunda y dio unos golpes en la puerta con la aldaba de metal. El ruido resonó en las vacías paredes del interior. Por último, escuchó que se acercaban unos pasos lentos y se abrió la puerta.

Se encontró mirando a una mujer alta, de cara cerosa y grande atravesada de arrugas. Con un movimiento de muñeca, apartó un mechón de cabellos que se había soltado del moño descuidado. Limpiándose las manos llenas de harina en la toalla que rodeaba su amplia cintura, miró a Mireille de pies a cabeza, examinando el elegante vestido de algodón, el bonete con lazos y los rizos suaves que caían sobre los hombros cremosos.

—¿Qué queréis? —preguntó con desdén.

—Mi nombre es Corday. El ciudadano Marat me espera —dijo Mireille.

—Está enfermo —replicó la mujer empezando a cerrar la puerta.

Pero Mireille se lo impidió, obligándola a retroceder un paso.

—¡Insisto en verlo!

—¿Qué sucede, Simone? —preguntó otra mujer que había aparecido en el extremo del largo pasillo.

—Una visita, Albertine... para tu hermano. Le he dicho que está enfermo...

—Marat querrá verme —dijo Mireille en alta voz—, si supiera qué noticias traigo de Caen... y de Montglane.

A través de una puerta entreabierta que había en medio del pasillo se escuchó una voz.

—¿Una visita, Simone? ¡Tráela de inmediato!

Ésta se encogió de hombros e indicó a Mireille que la siguiera.

Era una gran habitación azulejada con una sola ventana pequeña y alta a través de la cual podía ver el cielo rojo que iba agrisándose. El lugar hedía con el olor de medicinas astringentes y putrefacción. En un rincón había una bañera en forma de bota. Y allí, en la sombra penetrada por la única luz de una vela colocada sobre una escribanía que tenía sobre las rodillas, estaba Marat. Con la cabeza envuelta en un trapo mojado y la piel marcada que resplandecía con un blanco enfermizo a la luz de la vela, trabajaba inclinado sobre la escribanía atestada de plumas y papeles.

Mireille tenía los ojos fijos en el hombre. Cuando Simone la introdujo en la habitación y le indicó por señas que se sentara en un banquillo de madera que había junto a la bañera, Marat no levantó la vista. Siguió escribiendo mientras Mireille lo contemplaba con el corazón latiendo con furia. Ansiaba saltar sobre él, hundirle la cabeza en el agua tibia del baño y mantenerlo allí hasta que... pero Simone seguía de pie a sus espaldas.

—Vuestra llegada es oportuna —decía Marat, inclinado siempre sobre los papeles—. Estoy precisamente preparando una lista de Girondinos que parecen estar sublevando las provincias. Si venís de Caen, podréis ratificarla. Pero decís que también traéis noticias de Montglane...

Miró a Mireille y sus ojos se dilataron. Guardó silencio un momento y después dijo a Simone:

—Ahora puedes dejarnos, querida amiga.

Durante un momento, Simone permaneció inmóvil, pero finalmente, sometida a la mirada penetrante de Marat, se volvió y se fue, cerrando la puerta a sus espaldas.

Mireille devolvió la mirada de Marat sin pronunciar palabra. Era extraño, pensó. Ésta era la encarnación de la maldad, el hombre cuyo espantoso rostro había visitado sus inquietos sueños durante tanto tiempo, y estaba sentado en una bañera de cobre llena de sales hediondas, pudriéndose como un trozo de carne pasada. Un anciano agostado, muriendo por su propia maldad. Si en su corazón hubiera habido lugar para la piedad, lo habría compadecido. Pero no lo había.

—De modo que por fin habéis venido —susurró él sin quitarle los ojos de encima—. ¡Cuando vi que faltaban las piezas, supe que algún día volveríais!

Sus ojos chispeaban a la temblorosa luz de la bujía. Mireille sintió que se le helaba la sangre en las venas.

—¿Dónde están? —preguntó.

—Eso era exactamente lo que quería preguntaros —dijo él con tranquilidad—. Habéis cometido un gran error al venir aquí, mademoiselle, con nombre supuesto o sin él. Jamás saldréis de este lugar con vida... a menos que me digáis qué se hizo de aquellas piezas que sacasteis del jardín de David.

—Vos tampoco —dijo Mireille, sintiendo que su corazón se apaciguaba mientras sacaba el cuchillo de su corpiño—. Cinco de mis hermanas han desaparecido. Tengo intención de saber si terminaron como mi prima.

—Ah... habéis venido a matarme —dijo Marat con una sonrisa terrible—. Pero no creo que lo hagáis. Soy un hombre moribundo, ¿veis? No necesito que me lo digan los médicos... yo lo soy.

Mireille tocó el filo del cuchillo con la yema de un dedo.

Cogiendo una pluma de la escribanía, Marat la pasó por su pecho desnudo.

—Os aconsejo que pongáis la punta de la daga aquí... a la izquierda, entre la segunda costilla y la tercera. Cortaréis la aorta. Rápido y seguro. Pero antes de morir, os interesará saber que tengo las piezas. Y no cinco, como creíais, sino ocho. Entre nosotros dos, mademoiselle, podríamos controlar la mitad del tablero.

Mireille trató de permanecer impasible, pero el corazón volvía a desbocársele. La adrenalina se infiltraba en su sangre como una droga.

—¡No os creo! —exclamó.

—Preguntad a vuestra amiga, mademoiselle de Corday, cuántas monjas recurrieron a ella en vuestra ausencia —dijo Marat—. Mademoiselle Beaumont... mademoiselle Defresnay... mademoiselle d'Armentières... ¿os dicen algo esos nombres?

Todas eran monjas de Montglane. ¿Qué estaba diciendo el hombre? Ninguna de ellas había venido a París... ninguna de ellas había escrito esas cartas que David pasara a Robespierre...

—Fueron a Caen —dijo Marat, leyendo sus pensamientos—. Esperaban encontrar a Corday. ¡Qué triste! Enseguida se enteraron de que la mujer que las interceptaba no era una monja...

—¿Una mujer? —preguntó Mireille.

En ese instante se oyó un golpe afuera y la puerta se abrió. Entró Simone Évrard con una bandeja de riñones y mollejas humeantes. Atravesó la habitación con una expresión agria mientras contemplaba a Marat y su visitante con el rabillo del ojo. Puso la bandeja en el vano de la ventana.

—Para que se enfríen y podamos picarlos para el pastel de carne —dijo secamente fijando sus pequeños ojos en Mireille, que había ocultado a toda prisa el cuchillo entre los pliegues de su traje.

—Por favor, no vuelvas a molestarnos —le dijo secamente Marat.

Simone le lanzó una mirada ofendida y abandonó sin más la habitación, con una expresión herida en su feo rostro.

—Cerrad la puerta con llave —dijo Marat a Mireille, que lo miró sorprendida. La mirada de Marat era oscura cuando se reclinó en la bañera y sus pulmones emitían un sonido raspante a causa del esfuerzo por respirar—. Mi querida mademoiselle, la enfermedad ha invadido todo mi cuerpo. Si queréis matarme, no tenéis mucho tiempo. Pero me parece que lo que más deseáis es información... y yo también. Cerrad la puerta y os diré lo que sé.

Mireille fue hacia la puerta empuñando siempre el cuchillo e hizo girar la llave hasta que escuchó el sonido del pestillo. Le latía la cabeza. ¿Quién era la mujer de la que hablaba... que había robado las piezas a las desprevenidas monjas?

—Vos las matasteis. ¡Las asesinasteis por las piezas!

—Yo soy un inválido —contestó él con una sonrisa horrible y su cara blanca flotando entre las sombras—. Pero como el Rey en el tablero, la pieza más débil puede ser también la más valiosa. Las maté… pero sólo con información. Sabía quiénes eran y dónde era probable que se dirigiesen en caso de peligro. Vuestra abadesa era una estúpida… los nombres de las monjas de Montglane eran del dominio público. Pero no, no las maté yo mismo. Os diré quién lo hizo cuando me digáis lo que habéis hecho con las piezas que os llevasteis. Os diré incluso dónde están nuestras piezas capturadas, aunque no os servirá de nada…

La duda y el miedo atormentaban a Mireille. ¿Cómo podía confiar en él… cuando la última vez que le diera su palabra había asesinado a Valentine?

—Decidme el nombre de la mujer y dónde están las piezas—dijo, volviendo a acercarse a la bañera—. Si no, nada.

—Sois vos quien tiene el cuchillo —dijo Marat con voz quebrada—. Pero mi aliada es la jugadora más poderosa. ¡Jamás la destruiréis… jamás! Vuestra única esperanza es uniros a nosotros y reunir las piezas. Por separado no son nada. Pero juntas, tienen un poder inmenso. Si no me creéis, preguntadle a vuestra abadesa. Ella la conoce. Comprende su poder. Su nombre es Catalina… ¡es la Reina Blanca!

—¡Catalina! —exclamó Mireille, mientras los pensamientos se agolpaban en su cabeza. ¡La abadesa había ido a Rusia! Su amiga de la infancia… el relato de Talleyrand… la mujer que había comprado la biblioteca de Voltaire… Catalina la Grande, zarina de todas las Rusias! ¿Pero cómo podía esta mujer ser al mismo tiempo aliada de Marat y amiga de la abadesa?

—Estáis mintiendo —dijo—. ¿Dónde está ahora? ¿Y dónde están las piezas?

—Os he dicho su nombre —exclamó, lívido de furia—. Pero antes de deciros más, debéis demostrarme la misma confianza. ¿Dónde están las piezas que sacasteis del jardín de David? ¡Decídmelo!

Mireille respiró hondo, apretando el cuchillo.

—Las he sacado del país —dijo lentamente—. Están a salvo en Inglaterra.

Pero el rostro de Marat se iluminó al escuchar sus palabras. Mireille podía ver los cambios que se operaban en él mientras su expresión adoptaba esa máscara de maldad que había recordado en sus sueños.

—¡Por supuesto! —exclamó—. ¡He sido un tonto! ¡Se las habéis dado a Talleyrand! Dios mío… ¡es más de lo que esperaba! —Trató de ponerse de pie en la bañera—. ¡Está en Inglaterra! —exclamó—. ¡En Inglaterra! Dios mío… ¡ella puede obtenerlas! —Luchaba por apartar la escribanía con sus débiles brazos. El agua de la bañera se agitaba—. ¡A mí! ¡A mí!

—¡No! —exclamó Mireille—. ¡Dijisteis que me diríais dónde están las piezas!

—¡Pequeña idiota! —rió él, apartando la escribanía, que cayó al suelo, manchando con tinta las faldas de Mireille. Escuchó pasos que se acercaban por el corredor y una mano que agitaba el picaporte. Empujó a Marat, que volvió a caer en la bañera. Con una mano cogió su grasiento cabello y apoyó el cuchillo en su pecho.

—¡Decidme dónde están! —gritó, mientras el ruido de los puños que golpeaban la puerta ahogaba sus palabras—. ¡Decídmelo!

—¡Pequeña cobarde! —silbó él con los labios llenos de saliva—. ¡Hazlo o que Dios te maldiga! ¡Has llegado demasiado tarde... demasiado tarde!

Mireille lo contempló mientras continuaban golpeando la puerta. Escuchaba gritos de mujeres mientras miraba la cara horrible que le dedicaba una sonrisa perversa. «... Cómo tendréis fuerza para matar a un hombre... Huelo en vos la venganza como se huele el agua en el desierto...» Escuchaba la voz de Shahin susurrando en su cabeza, ahogando los gritos de las mujeres, los golpes en la puerta. ¿Qué quería decir él con que llegaba demasiado tarde? ¿Qué importancia tenía que Talleyrand estuviera en Inglaterra? ¿Y qué quería decir con que ella podía conseguirlas?

El cerrojo estaba a punto de ceder ante las embestidas del pesado cuerpo de Simone Évrard, y la madera podrida que rodeaba la cerradura se astillaba. Mireille contempló la cara llena de pústulas de Marat. Haciendo una inspiración profunda, hundió el cuchillo en su pecho. La sangre brotó de la herida manchando su vestido. Hundió la hoja hasta la empuñadura.

—El punto exacto... —murmuró él mientras la sangre llegaba a su boca. Su cabeza cayó hacia un lado; con cada contracción del corazón, la sangre surgía en grandes chorros. Mireille sacó el cuchillo y lo dejó caer al suelo en el momento en que se abría la puerta.

Simone Évrard irrumpió en la habitación con Albertine pisándole los talones. La hermana de Marat lanzó una mirada a la bañera, gritó y se desmayó. Mientras Mireille avanzaba hacia la puerta como en un sueño, Simone aullaba.

—¡Dios! ¡Lo habéis matado! ¡Lo habéis matado! —gritaba mientras se precipitaba hacia la bañera y caía de rodillas para detener con su delantal el flujo de sangre. Mireille siguió caminando por el corredor como en un trance. De pronto se abrió la puerta delantera y varios vecinos entraron en la casa. Mireille pasó junto a ellos en el corredor... moviéndose como una autómata, con la cara y el vestido manchados de sangre. Escuchó los gritos y gemidos detrás de ella mientras avanzaba hacia la puerta abierta como si estuviera hipnotizada. ¿Qué había querido decir con que llegaba demasiado tarde?

Tenía la mano apoyada en la puerta cuando el golpe la abatió desde atrás. Sintió el dolor y escuchó el ruido de madera que se rompía. Se desplomó. En el suelo polvoriento estaban dispersos los fragmentos de la silla con que la habían golpeado. Luchó por levantarse con la cabeza latiendo. Un hombre la cogió por el escote del vestido, arañando sus senos y poniéndola en pie. La aplastó contra la pared, donde volvió a golpearse la cabeza, y se derrumbó. Esta vez no pudo levantarse. Escuchó el ruido de pisadas, el temblor de las maderas flojas del suelo al entrar mucha gente en la casa, los ruidos de gritos y exclamaciones violentas de los hombres... el llanto de una mujer.

Yacía en el suelo sucio incapaz de moverse. Después de un largo rato, sintió manos que se deslizaban bajo su cuerpo... alguien trataba de levantarla. Eran hombres con uniformes oscuros que la ayudaban a ponerse en pie. Le dolía la cabeza y sentía un latido espantoso en la nuca y la columna vertebral. La levantaban cogiéndola por los codos, dirigiéndola hacia la puerta mientras ella trataba de caminar.

Afuera se había juntado una multitud que rodeaba la casa. Tenía la vista borrosa... contempló la masa de rostros, cientos de ellos que la miraban como enjambres de ratones... todos ahogándose, pensó... todos ahogándose. La policía hacía retroceder a la gente con sus bastones. Escuchó exclamaciones y gritos: «¡Asesina!, ¡carnicera!», y muy lejos, al otro lado de la calle, vio una cara blanca que flotaba en la ventana abierta de un carruaje. Luchó por enfocarla. Durante un segundo vio los ojos aterrados, los labios pálidos y los nudillos blancos que apretaban la puerta del coche: era Charlotte Corday. Después, todo se volvió negro.

14 de julio de 1793

Cuando Jacques Louis David regresó de la Convención, agotado, eran las ocho de la noche. La gente ya había comenzado a lanzar petardos y a correr por las calles como imbéciles borrachos mientras él detenía su carruaje en el patio.

Era el día de la Bastilla, pero por alguna razón no podía captar su espíritu. ¡Esa mañana, al llegar a la Convención, se había enterado de que la noche anterior habían asesinado a Marat! Y la mujer que tenían en la Bastilla, la asesina, era la visitante de Mireille, Charlotte Corday.

La propia Mireille no había regresado en toda la noche. David estaba enfermo de aprensión. Su posición no era tan segura como para que no pudiera alcanzarlo el largo brazo de la Comuna de París si descubrían que el complot anarquista se había fraguado en su comedor. Si pudiera encontrar a Mireille... salir de París antes de que la gente sumara dos más dos...

Bajó del carruaje y se sacudió el polvo que cubría el sombrero tricolor que él mismo había diseñado para los delegados de la Convención, para representar el espíritu de la Revolución. Al ir a cerrar los portones, una forma esbelta salió de entre las sombras y se dirigió a él. Cuando el hombre lo cogió del brazo, David procuró apartarse, asustado. En el cielo brilló un cohete que le permitió echar una ojeada a la cara pálida y los ojos verde mar de Maximilien Robespierre.

—Tenemos que hablar, ciudadano —susurró éste con una voz suave y aterradora mientras en el cielo crepuscular estallaban los cohetes—. Esta tarde te perdiste la vista...

—¡Estaba en la Convención! —exclamó David con voz asustada, porque era evidente a qué vista se refería Robespierre—. ¿Por qué saltaste de ese modo de entre las sombras? —agregó, tratando de disimular la verdadera causa de su temblor—. Si deseas hablarme, entra.

—Amigo mío, lo que tengo que decir no debe ser oído por sirvientes u oídos indiscretos —dijo Robespierre con voz grave.

—Mis sirvientes tienen permiso esta noche para celebrar el día de la Bastilla. ¿Por qué, si no, crees que he cerrado yo mismo la puerta?

Temblaba de tal manera que se sintió agradecido por la oscuridad que los rodeaba mientras atravesaban el patio.

—Es lamentable que no hayas podido venir a la audiencia —dijo Robespierre mientras entraban en la casa vacía y oscura—. Verás, la detenida no es Charlotte Corday, sino la muchacha cuyo dibujo me mostraste... la que hemos estado buscando por toda Francia. ¡Mi querido David, la asesina de Marat es tu pupila Mireille!

∞

Pese al cálido tiempo de julio, David sentía un frío mortal. Se sentó en el pequeño comedor frente a Robespierre mientras éste encendía una lámpara de aceite y le servía un poco de brandy que había en una jarra. David temblaba tanto que apenas podía sostener la copa.

—No he hablado de esto con nadie porque prefería hacerlo primero contigo —decía Robespierre—. Necesito tu ayuda... tu pupila tiene una información que me interesa. Sé por qué fue a ver a Marat... persigue el secreto del juego de Montglane. Debo saber qué sucedió entre ellos en su entrevista antes de la muerte de Marat y si ella tuvo la oportunidad de comunicar lo que sabe a otros.

—¡Pero te digo que no sé nada de estas cosas espantosas! —exclamó David, mirando horrorizado a Robespierre—. Jamás creí en la existencia del juego de Montglane hasta aquel día que salí del café de la Régence con André Philidor... ¿te acuerdas? Él fue quien me lo dijo. Pero cuando repetí esa historia a Mireille...

Robespierre se inclinó sobre la mesa para coger el brazo de David.

—¿Ella ha estado aquí? ¿Has hablado con ella? Dios mío, ¿por qué no me lo dijiste?

—Dijo que nadie debía saber que estaba aquí —gimió David con la cabeza entre las manos—. Llegó hace cuatro días, Dios sabe de dónde... vestida de mufti como un árabe...

—¡Ha estado en el desierto! —dijo Robespierre, levantándose de un salto y recorriendo la habitación de un lado al otro—. Querido David, esta pupila tuya no es una escolar inocente. Este secreto se remonta a los moros... al desierto. Lo que ella busca es el secreto de las piezas. Por eso asesinó a Marat a sangre fría. ¡Está en el centro mismo de este juego poderoso y peligroso! Debes decirme qué más dijo... antes de que sea demasiado tarde.

—¡Fue al decirte la verdad cuando provoqué este horror! —exclamo David a punto de llorar—. Y si ellos descubren quién es, soy hombre muerto. Tal vez temieran y odiaran a Marat cuando vivía... pero ahora que ha muerto, van a poner sus cenizas en el Panteón... han guardado su corazón en el club jacobino como si fuera una santa reliquia.

—Lo sé —dijo Robespierre con esa voz suave que hacía estremecer a David—. Por eso he venido. Querido David, tal vez pueda hacer algo para ayudaros a ambos... pero sólo si tú me ayudas primero. Creo que tu pupila confía en ti... te dirá lo que sabe mientras que a mí ni siquiera me hablaría. Si pudiera introducirte en secreto en la prisión...

—¡Por favor, no me pidas eso! —David casi gritaba—. Haré todo lo que pueda por ayudarla... pero lo que sugieres podría costarnos la cabeza a todos.

—No comprendes —dijo con calma Robespierre, sentándose junto a David. Tomó su mano entre las suyas—. Amigo mío, sé que eres un revolucionario entusiasta. Pero lo que no sabes es que el juego de Montglane está en el centro mismo de la tormenta que está destruyendo las monarquías en toda Europa... que eliminará para siempre el yugo de la opresión. —Acercándose al aparador se sirvió un vaso de oporto. Después continuó—: Tal vez si te explico cómo entré yo en el juego, lo comprenderás. Porque hay un juego en marcha, querido David... un juego peligroso y letal que destruye el poder de los reyes. El juego de Montglane debe reunirse bajo el control de aquellos que, como nosotros, utilizarán esta poderosa herramienta para apoyar esas virtudes inocentes preconizadas por Jean-Jacques Rousseau. Porque fue él mismo quién me eligió para el juego.

—¡Rousseau! —murmuró David espantado—. ¿Él buscaba el juego de Montglane?

—Philidor lo conocía... y yo también —dijo Robespierre, sacando de su libreta una hoja de papel de carta y buscando a su alrededor algo con qué escribir. David, tanteando en medio de la confusión de papeles que había sobre el aparador, le tendió un lápiz de dibujo, y mientras empezaba a trazar un diagrama, Robespierre continuó:

—Lo conocí hace quince años, cuando era un abogado joven que asistía a los Estados Generales en París. Me enteré de que el reverenciado filósofo Rousseau había caído enfermo de gravedad en las afueras de la ciudad. Sin perder tiempo, me procuré una entrevista y fui a caballo a visitar al hombre que, a los sesenta y seis años, dejaba un legado que pronto cambiaría el futuro del mundo. Desde luego, lo que me dijo aquel día alteró mi futuro... tal vez el tuyo cambie también.

David permaneció sentado en silencio mientras los cohetes estallaban como crisantemos que se desplegaran en la profunda oscuridad, al otro lado de las ventanas. Y Robespierre, con la cabeza inclinada sobre su dibujo, inició su relato...

LA HISTORIA DEL ABOGADO

A unos cincuenta kilómetros de París, cerca de la ciudad de Ermenonville, están las propiedades del marqués de Girardin, donde Rousseau y su amante Thérèse Levasseur habitaban una casita desde mediados de mayo del año de 1778.

Era el mes de junio; el tiempo era balsámico, el olor de la hierba recién cortada y las rosas florecidas impregnaba los prados que rodeaban el castillo del marqués. En el centro de un lago, dentro de la propiedad, había una isleta, llamada isla de los Álamos. Allí encontré a Rousseau, vestido con el traje de moro que, según decían, usaba siempre: un caftán púrpura suelto, un chal verde con flecos, zapatos de piel marroquí roja con las puntas levantadas como babuchas, una gran bolsa de piel amarilla puesta en bandolera y una gorra con bordes de piel que enmarcaba su rostro oscuro e intenso. Un hombre exótico y misterioso que parecía moverse al ritmo de los moteados árboles y el agua como si obedeciera a una música interna que sólo él escuchaba. Crucé a pie el puentecillo y me presenté... aunque lamentaba interrumpir esa concentración tan profunda. Yo lo ignoraba, pero Rousseau estaba contemplando su encuentro con la eternidad... que estaba a pocas semanas de distancia.

—Os he estado esperando —dijo tranquilamente al saludarme—. Señor Robespierre, me dicen que sois un hombre adepto a esas virtudes naturales que preconizo. En los umbrales de la muerte, es consolador saber que hay por lo menos un ser humano que comparte nuestras creencias.

En ese momento yo tenía veinte años y era un gran admirador de Rousseau... un hombre que se había visto obligado a ir de un lado a otro, exiliado de su país, forzado a depender de la caridad de otros a pesar de su fama y el valor de sus ideas. No sé qué esperaba al ir a verlo... tal vez alguna intuición filosófica profunda, una conversación esperanzadora sobre política, un extracto romántico de *La Nouvelle Héloïse*. Pero al parecer Rousseau, sintiendo la proximidad de la muerte, tenía otra cosa en la cabeza.

—Voltaire murió la semana pasada —empezó diciendo—. Nuestras dos vidas estaban ligadas como las de aquellos caballos de los que hablaba Platón... uno tirando hacia la Tierra, el otro, hacia los cielos. Voltaire pujaba por la Razón, mientras que yo era el campeón de la Naturaleza. Entre nosotros, nuestras filosofías servirán para desmembrar el carro de la Iglesia y el Estado.

—Pensé que os desagradaba ese hombre —dije, confundido.

—Lo odiaba y lo amaba... lamento no haberlo conocido nunca. Una cosa es segura: no lo sobreviviré mucho tiempo. La tragedia es que Voltaire tenía la clave de un misterio que he tratado de desentrañar durante toda mi vida. A causa de su testaruda parcialidad por lo racional, jamás conoció el valor de lo que había descubierto. Y ahora es demasiado tarde. Ha muerto. Y con él murió el secreto del juego de Montglane.

Mientras hablaba, sentí que mi excitación aumentaba. ¡El juego de ajedrez de Carlomagno! Todo escolar francés conocía la historia... ¿era posible que fuese más que una leyenda? Contuve la respiración, rogando porque continuara.

Rousseau se había sentado en un tronco caído y buscaba algo en su bolsa de piel amarilla. Para mi sorpresa, sacó una delicada tela de punto y encaje y mientras hablaba empezó a trabajar con una diminuta aguja de plata.

—Cuando era joven —dijo—, me ganaba la vida en París vendiendo mis encajes y estambres, porque mis óperas no le interesaban a nadie. Aunque había deseado ser un gran compositor, me pasaba las veladas jugando al ajedrez con Denis Diderot y André Philidor, que eran tan pobres como yo mismo. A su tiempo Diderot me consiguió un puesto como secretario del conde de Montaigu, embajador francés en Venecia. Era la primavera de 1743... no lo olvidaré nunca. Porque ese año, en Venecia, sería testigo de algo que todavía puedo ver tan vívidamente como si fuese ayer. Un secreto en el centro mismo del juego de Montglane.

Rousseau pareció quedar perdido en un ensueño. Su labor de aguja cayó al suelo. Me incliné para cogerla y se la devolví.

—¿Decís que presenciasteis algo? —urgí—. ¿Algo relacionado con el juego de ajedrez de Carlomagno?

El viejo filósofo volvió a la realidad.

—Sí... incluso entonces Venecia era una ciudad muy antigua, llena de misterio —recordó, soñador—. En ese lugar había algo oscuro y siniestro, pese a que estaba rodeado de agua y lleno de brillantes luces. Podía sentir esa oscuridad que lo invadía todo mientras vagaba por el complicado laberinto de calles, atravesaba antiguos puentes de piedra, me trasladaba en serenas góndolas por los canales secretos donde sólo el sonido del agua rompía el silencio de mi meditación...

—¿Parecía un lugar apropiado para creer en lo sobrenatural? —sugerí.

—Exacto —dijo riendo—. Una noche fui solo a San Samuele, el teatro más encantador de Venecia, para ver una nueva comedia de Goldoni llamada *La Donna di Garbo*. El teatro era como una joya en miniatura: las filas de palcos llegaban al techo, todos azul y dorado, cada uno con una pequeña canasta de frutas pintada y flores e hileras de brillantes luces de modo que se veía al público tan bien como a los actores. El teatro estaba atestado de coloridos gondoleros, cortesanas emplumadas, burguesía enjoyada... un público totalmente distinto al exquisito que se encuentra en los teatros parisienses... y todos participaban ruidosamente en la obra. Silbidos, risas, exclamaciones, saludaban cada palabra del diálogo, de modo que apenas podía oírse a los actores.

»En mi palco había un jovencito más o menos de la edad de André Philidor... unos dieciséis años, pero llevaba el pálido maquillaje, los labios color rubí, la peluca empolvada y el sombrero con plumas tan de moda en aquel tiempo en Venecia. Se presentó como Giovanni Casanova. Había sido educado como abogado, como vos mismo, pero tenía otros muchos talentos. Era hijo único de dos cómicos venecianos, actores que frecuentaban los escenarios desde aquí a San Petersburgo, y él se ganaba la vida tocando el violín en varios teatros locales. Estaba encantado de conocer a alguien recién llegado de París... ansiaba visitar esa ciudad tan famosa por su riqueza y su decadencia, dos características agradables a su disposición. Dijo que le interesaba la corte de Luis XV... un hombre conocido por su extravagancia, sus amantes, su inmoralidad y sus incursiones en el ocultismo. Esto último le interesaba especialmente... y me hizo muchas preguntas sobre las sociedades de francmasones tan populares en el París de entonces. Aunque yo sabía poco de esas cosas, a la mañana siguiente se ofreció a mejorar mi educación. Era domingo de Pascua. Tal como habíamos arreglado, nos encontramos al amanecer, cuando ya se había reunido una gran multitud ante la Porta della Carta... esa puerta que separa la famosa catedral de San Marcos del Palacio Ducal anejo. La muchedumbre, despojada de los coloridos trajes de la semana anterior de Carnaval, estaba vestida de negro... y todos esperaban entre murmullos el comienzo de algún acontecimiento.

»—Estamos a punto de presenciar el ritual más antiguo de Venecia —me dijo Casanova—. Cada Pascua, al salir el sol, el Dux de Venecia encabeza una procesión a través de la Piazzetta y de regreso a San Marcos. Se llama la Larga Marcha... es una ceremonia tan antigua como la propia Venecia.

»—Pero Venecia es más antigua que la Pascua... que el Cristianismo —observé mientras esperábamos en medio de la multitud expectante, apretujados todos detrás de los cordones de terciopelo.

»—Nunca dije que fuera un ritual cristiano —dijo Casanova con una sonrisa misteriosa—. Venecia fue fundada por los fenicios... de allí su nombre. Fenicia fue una civilización construida en base a las islas. Adoraban a la diosa de la luna, Car. Así como la luna controla las mareas, controlaban los fenicios el mar, de donde surge el mayor misterio de todos: la vida.

»Se trataba de un rito fenicio. Esto me hizo recordar vagamente alguna cosa. Pero en ese momento la gente que nos rodeaba guardó silencio. En los escalones del Palacio apareció un conjunto de cuernos que ejecutó una fanfarria. El Dux de Venecia, coronado con joyas y ataviado con satenes purpúreos, salió por la Porta della Carta rodeado de músicos con laúdes, flautas y liras que interpretaban una música que parecía de inspiración divina. Los seguían emisarios de la Santa Sede con sus rígidas casullas blancas y sus mitras enjoyadas adornadas con hilos de oro.

»Casanova me instó a observar con atención el rito mientras los participantes bajaban a la Piazzetta, haciendo una pausa en el Sitio de Justicia, un muro decorado con escenas bíblicas del día del juicio, donde encadenaban a los herejes durante la Inquisición. Allí estaban los monolíticos Pilares de Acre, llevados a Venecia desde las costas de la antigua Fenicia durante las Cruzadas. ¿Significaría algo que el Dux y sus acompañantes se detuvieran a meditar en ese lugar preciso? Por último, reiniciaron la marcha al ritmo de aquella música celestial. Se bajaron los cordones que contenían a la multitud y pudimos seguir la procesión. Mientras Casanova y yo nos cogíamos del brazo para movernos con los demás, empecé a percibir la difusa intuición de algo... no puedo explicarlo. Era el sentimiento de que estaba presenciando algo tan viejo como el tiempo. Algo oscuro y misterioso, rico en historia y simbolismo. Algo peligroso. Mientras la procesión seguía su curso serpentino a través de la Piazzetta y regresaba atravesando la Columnata, sentí como si estuviéramos penetrando cada vez más en las entrañas de un laberinto oscuro del cual era imposible escapar. Yo estaba perfectamente seguro, a la luz del día, rodeado de cientos de personas... y sin embargo tenía miedo. Pasó algún tiempo antes de que advirtiera que era la música, el movimiento, la ceremonia misma lo que me asustaba. Cada vez que hacíamos una pausa detrás del Dux, ante un artefacto o una escultura, sentía que el latido de la sangre en mis venas aumentaba. Era como un mensaje que tratara de transmitirse a mi cerebro mediante un código secreto, pero no podía comprenderlo. Casanova me observaba con atención. El Dux había hecho otra pausa:

»—Ésta es la estatua de Mercurio… el mensajero de los dioses —dijo Casanova cuando llegamos a la danzante figura de bronce—. En Egipto lo llamaban Thot, el juez. En Grecia lo llamaban Hermes, guía de almas, porque él conducía las almas al infierno y a veces engañaba a los propios dioses volviendo a robarlas. Príncipe de fulleros, comodín, bromista… el loco de la baraja del tarot… era el dios del robo y la astucia. Hermes inventó la lira de siete cuerdas… la octava, cuya música hizo llorar de alegría a los dioses.

»Miré bastante rato a la estatua antes de proseguir. Él era el veloz, el que podía liberar a la gente del reino de la Muerte. Con sus sandalias aladas y el brillante caduceo… esa vara de serpientes entrelazadas que formaban el número ocho, presidía la tierra de los sueños, los mundos de la magia, los reinos de la fortuna y la suerte y los juegos de todas clases. ¿Era una coincidencia que su estatua mirara esta lenta procesión con su malvada sonrisa? ¿O acaso se trataba de su rito, perdido en las brumas del tiempo? El Dux y sus acompañantes hicieron muchas paradas en esta procesión trascendental: dieciséis en total. Mientras los seguíamos, fui percibiendo un modelo. No fue hasta la décima parada, la pared del Castello, cuando empecé a armarlo. El muro tenía cuatro metros de espesor y estaba cubierto de piedras multicolores. Casanova me tradujo la inscripción, la más antigua que existía en véneto:

"Si un hombre pudiera decir y hacer lo que cree,
vería cómo podría transformarse."

»Y allí, en el centro del muro, estaba incrustada una sencilla piedra blanca, que el Dux y su corte contemplaban como si contuviera un milagro. De pronto, sentí un estremecimiento. Sentí como si me arrancaran un velo de los ojos, de modo que podía ver las muchas partes como una sola. Éste no era un simple rito… se trataba de un proceso que se desplegaba ante nosotros y cada pausa en la procesión simbolizaba un paso en el camino de transformación de un estado en otro. Era como una fórmula… ¿pero una fórmula para qué? Y entonces lo supe.

Rousseau se detuvo y sacó de su bolsa un dibujo ajado por los muchos años de consulta. Desplegándolo con mucho cuidado, me lo tendió:

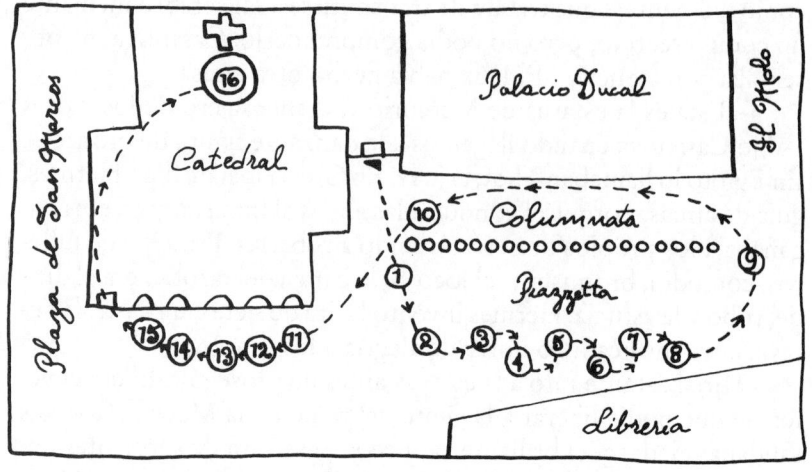

—Éste es el registro que hice de la Larga Marcha, mostrando el camino de las dieciséis paradas... el número de piezas blancas o negras de un tablero de ajedrez. Observaréis que el propio curso forma un número ocho... como las serpientes entrelazadas de la vara de Hermes... como el camino de ocho pliegues que Buda prescribió para alcanzar el Nirvana... como las ocho plantas de la Torre de Babel que se ascendían para llegar a los dioses. Como la fórmula que, según dicen, trajeron los ocho moros a Carlomagno... escondida en el juego de Montglane...

—¿Una fórmula? —pregunté, atónito.

—De infinito poder —contestó Rousseau—, cuyo significado puede estar olvidado pero cuya atracción es tan fuerte que la actuamos sin comprender qué significa... como hicimos Casanova y yo en Venecia hace treinta y cinco años.

—Ese rito parece bello y misterioso —acepté—. ¿Pero por qué lo asociáis con el juego de Montglane... un tesoro que, al fin y al cabo, todos consideran una leyenda?

—¿No lo veis? —preguntó irritado Rousseau—. Estas islas italianas y griegas recibieron sus tradiciones, sus cultos laberínticos, de adoración de piedras, de la misma fuente... la fuente de la cual surgieron.

—Os referís a Fenicia —dije.

—Me refiero a la Isla Oscura —dijo misteriosamente—, la isla que los árabes denominaron Al-Djezaire. La isla entre dos ríos... ríos que se entrelazan como las serpientes de la vara de Hermes y forman un número ocho... ríos que regaron la cuna de la humanidad: el Tigris y el Éufrates...

—¿Queréis decir que este ritual... esta fórmula, vino de la Mesopotamia? —exclamé.

—¡Me he pasado la vida tratando de ponerle las manos encima! —dijo Rousseau, poniéndose en pie cogido de mi brazo—. Envié a Casanova, después a Boswell, finalmente a Diderot... para tratar de conocer el secreto. Ahora os envío a vos. Os elijo para buscar el secreto de esa fórmula... porque he pasado treinta y cinco años tratando de comprender el sentido oculto detrás del sentido. Ya es casi demasiado tarde...

—¡Pero, señor! —dije, confuso—. Aun si descubrierais una fórmula tan poderosa, ¿qué haríais con ella? Vos, que habéis escrito sobre las virtudes sencillas de la vida campesina... la igualdad inocente y natural de todos los hombres. ¿De qué os serviría esa herramienta?

—¡Yo soy el enemigo de los reyes! —exclamó Rousseau, desesperado—. La fórmula contenida en el juego de Montglane terminará con los reyes... con todos los reyes... para siempre. ¡Oh, si pudiera vivir lo suficiente como para tenerla a mi alcance!

Yo tenía muchas preguntas que hacer a Rousseau, pero ya estaba pálido de fatiga y tenía la frente cubierta de sudor. Estaba guardando su labor como si la entrevista hubiera terminado. Me dirigió una última mirada como si se deslizara hacia una dimensión donde ya no podía seguirlo.

—Una vez hubo un gran rey —explicó—. El rey más poderoso del mundo. Dijeron que nunca moriría... que era inmortal. Lo llamaban Al-Iksandr, el dios bicorne, y lo representaron en monedas de oro llevando en la frente los cuernos espiralados de la divinidad. La historia lo recuerda como Alejandro Magno, conquistador del mundo. Murió a los treinta y tres años en Babilonia, en Mesopotamia... buscando la fórmula. Y así morirían todos si poseyéramos el secreto...

—Me pongo a vuestras órdenes —dije, ayudándolo a llegar al puentecillo mientras él se apoyaba pesadamente en mi hombro—. Entre los dos localizaremos el juego de Montglane si todavía existe y aprenderemos el significado de la fórmula.

—Para mí es demasiado tarde —dijo Rousseau meneando tristemente la cabeza—. Os confío este plano, que según creo es la úncia clave que poseemos. La leyenda afirma que el juego está enterrado en el palacio de Carlomagno, en Aix-la-Chapelle... o en la abadía de Montglane. Vuestra misión es encontrarlo.

∞

De repente, Robespierre interrumpió su relato y miró por encima de su hombro. Anté él, sobre la mesa y bajo la luz de lámpara, estaba el plano que había hecho de memoria, que describía el extraño ritual veneciano. David, que había estado estudiándolo, levantó la mirada.

—¿Has oído algo? —preguntó Robespierre, mientras en sus ojos verdes se reflejaba el súbito estallido de chispas de los fuegos artificiales.

—Es sólo tu imaginación —dijo bruscamente David—. No me sorprende que te sobresaltes recordando una cosa semejante. Me pregunto cuánto de lo que me has contado era el simple delirio de la senilidad.

—Has escuchado la historia de Philidor y ahora la de Rousseau —dijo Robespierre, nervioso—. Tu pupila, Mireille, poseía algunas de las piezas... lo admitió en l'Abbaye. Debes acompañarme a la Bastilla... conseguir que confiese. Sólo entonces podré ayudarte.

David comprendía demasiado bien la amenaza apenas velada implícita en esas palabras: sin Robespierre, la condena a muerte de Mireille era segura... y también la de David. La poderosa influencia de Robespierre podía fácilmente volverse contra ellos... y David ya estaba involucrado en esto más de lo que había creído posible. Por primera vez, veía con claridad que Mireille había estado acertada al advertirle que se cuidara de sus amigos.

—¡Tú estabas complicado en esto con Marat! —exclamó—. ¡Tal como temía Mireille! Esas monjas cuyas cartas te di... ¿qué ha sido de ellas?

—Sigues sin comprender —dijo impaciente Robespierre—. Este juego es más grande que tú o que yo... o que tu pupila o esas estúpidas monjas. La mujer a la que sirvo es mejor como aliada que como enemiga. Recuérdalo, si deseas mantener la cabeza pegada al tronco. No sé qué fue de las monjas... sólo sé que ella lucha por reunir las piezas del juego de Montglane, como Rousseau, por el bien de la humanidad.

—¿Ella? —preguntó David, pero Robespierre se había levantado como dispuesto a partir.

—La Reina Blanca —dijo Robespierre con una sonrisa sibilina—. Como una diosa, ella toma lo que merece y dona lo que desea. Créeme... si haces lo que te digo, serás bien recompensado. Ella se ocupará de eso.

—No quiero ningún aliado... ninguna recompensa —dijo con amargura David, levantándose a su vez. Era un Judas. No tenía más elección que obedecer... pero era el miedo lo que lo compulsaba a ello.

Cogió la lámpara de aceite y acompañó a Robespierre a la puerta ofreciendo llevarlo hasta los portones de entrada ya que no había sirvientes en la casa.

—No importa qué quieras... mientras lo hagas —dijo brevemente Robespierre—. Cuando ella regrese de Londres, te la presentaré. En este momento no puedo revelar su nombre... pero la llaman la Mujer de la India...

Sus voces se perdieron en el corredor. Cuando la habitación quedó por completo a oscuras, se entreabrió la puerta trasera, que daba al estudio. Una figura sombría, iluminada apenas por el estallido ocasional de los fuegos artificiales, se deslizó en la habitación y fue hasta la mesa donde habían estado sentados ambos hombres. En la siguiente explosión de cohetes que iluminó la habitación, la alta y majestuosa forma de Charlotte Corday quedó bañada por la luz mientras se inclinaba ante la mesa. Llevaba bajo el brazo una caja de pinturas y un rollo de telas que había robado del estudio.

Miró un largo rato el plano que yacía abierto en la mesa, ante sus ojos. Con cuidado, plegó el dibujo del ritual veneciano y lo introdujo en su corpiño. Después se deslizó hacia el corredor y desapareció en la noche sombría.

17 de julio de 1793

Dentro de la celda estaba oscuro. Una pequeña ventana con barrotes, demasiado alta como para poder alcanzarla, dejaba pasar un rayo de luz que, por contraste, sólo oscurecía aún más la celda. Por la piedra mohosa de los muros se deslizaban hilos de agua que formaban charcos que hedían a hongos y orina. Era la Bastilla, cuya liberación, cuatro años antes, encendiera la antorcha de la Revolución. La primera noche de Mireille en su interior había sido el día de la Bastilla, el 14 de julio, la noche posterior al asesinato de Marat.

Hacía ahora tres días que estaba en esa celda malsana; sólo había salido de ella para la audiencia y el juicio, que se había verificado esa

tarde. No habían necesitado mucho tiempo para pronunciar al veredicto: muerte. Dos horas después volvería a abandonar la celda para
no regresar más.

Estaba sentada en el duro camastro sin tocar el trozo de pan ni la
jarra de hojalata con agua que le habían dado como última comida.
Pensaba en su niño, Charlot, a quien había dejado en el desierto.
Nunca volvería a verlo. Se preguntó cómo sería la guillotina... qué
sentiría cuando empezaran a batir los tambores, señalando el momento en que debía caer la hoja. Lo sabría dentro de dos horas. Sería
lo último que sabría. Pensó en Valentine.

Todavía le dolía la cabeza a causa del golpe recibido cuando la
capturaron. Aunque la herida se había cerrado, aún sentía el bulto
pulsante en la nuca. Su juicio había sido más brutal que el arresto. El
fiscal había desgarrado el escote de su traje delante de todo el tribunal... para sacar los papeles de Charlotte, que había guardado allí.
Ahora el mundo creía que era Charlotte Corday... y si ella corregía
el malentendido, las vidas de todas las monjas de Montglane estarían en peligro.

Escuchó un sonido raspante al otro lado de la puerta... el ruido
de un cerrojo herrumbrado. Se abrió la puerta, y cuando sus ojos se
ajustaron a la luz, vio dos siluetas dibujadas contra el resplandor di-
fuso. Una era su carcelero... la otra, vestida con calzas, una capucha
de seda, medias y un blusón suelto con un pañuelo, llevaba la cara
semioculta por un sombrero de ala baja. El carcelero entró. Mireille
se puso en pie.

—Mademoiselle —dijo el carcelero—, el tribunal ha enviado un
retratista para hacer un esbozo para los registros. Dice que habéis
dado permiso...

—¡Sí, sí! —se apresuró a decir Mireille—. ¡Que entre!

Ésta era su oportunidad, pensó excitada. ¡Si pudiera convencer a
este hombre de que arriesgara su vida sacando un mensaje suyo de la
prisión! Esperó hasta que salió el guardia y luego corrió hacia el pintor. Llevaba una lámpara de aceite que lanzaba una llama humeante.

—¡Monsieur! —exclamó Mireille—. Dadme una hoja de papel y
algo con que escribir. Hay un mensaje que debo hacer llegar al exterior... a alguien en quien confío... antes de morir. Su nombre es
Corday como el mío...

—¿No me reconoces, Mireille? —dijo el pintor con voz suave,
mientras empezaba a quitarse la chaqueta y después el sombrero.
Mireille lo miraba fijamente. ¡Los rizos rojos cayeron sobre el pecho
de Charlotte Corday!—. ¡Vamos, no pierdas el tiempo! Hay mucho

que decir y hacer. Y debemos intercambiar nuestras ropas de inmediato.

—Pero no comprendo… ¿qué estás haciendo? —dijo Mireille en un murmullo áspero.

—He estado en casa de David —dijo Charlotte, cogiendo el brazo de Mireille—. Está aliado con ese demonio de Robespierre… los he oído. ¿Han estado aquí?

—¿Aquí? —preguntó Mireille confundida.

—Saben que tú mataste a Marat y más. Detrás de esto hay una mujer… la llaman la Mujer de la India. Es la Reina Blanca y ha ido a Londres…

—¡Londres! —exclamó Mireille. Eso era lo que quería decir Marat con que era demasiado tarde. ¡No se trataba de Catalina la Grande, sino de una mujer que estaba en Londres, donde Mireille había enviado las piezas! La Mujer de la India…

—Apresúrate —decía Charlotte—. Debes desvestirte y ponerte estas ropas de pintor que he robado en casa de David…

—¿Estás loca? —preguntó Mireille—. Puedes llevar estas noticias a la abadesa junto con las mías. Pero no hay tiempo para trucos… no funcionarán. Y tengo mucho que decir antes de…

—Por favor, date prisa —insistió Charlotte—. Yo también tengo mucho que decir y poco tiempo… vamos, mira este dibujo y dime si te recuerda algo. —Tendió a Mireille el plano dibujado por Robespierre. Después se sentó en el jergón para quitarse los zapatos y las medias. Mireille examinó el dibujo con cuidado.

—Parece un plano —dijo levantando los ojos, como si empezara a ocurrírsele algo—. Ahora recuerdo… junto con las piezas había un paño. Un paño azul oscuro que cubría el juego de Montglane. El diseño… era como el de este plano.

—Exactamente —dijo Charlotte—. Junto con él hay una historia. Haz lo que te digo, rápido.

—Si tienes intención de cambiar de lugar conmigo, no puedes —exclamó Mireille—. Dentro de dos horas me llevan al cadalso. Si te encuentran aquí, en mi lugar, no escaparás.

—Escúchame con atención —dijo Charlotte, luchando por aflojar el nudo del pañuelo—. La abadesa me ha enviado para protegerte a toda costa. Sabíamos quién eras mucho antes de que yo arriesgara mi vida yendo a Montglane. Si no hubiera sido por ti, la abadesa jamás habría sacado el juego de la abadía. No era a tu prima Valentine a quien eligió cuando os envió a París. Sabía que nunca te irías sin ella, pero era a ti a quien quería… a ti, que podías tener éxito…

Charlotte desabrochaba el vestido de Mireille. De pronto, ésta la cogió por los brazos.

—¿Qué quieres decir con que me eligió? —susurró—. ¿Por qué dices que sacó las piezas por mi causa?

—No seas ciega —dijo Charlotte con ferocidad. Cogiendo la mano de Mireille, la puso bajo la luz de la lámpara—. ¡La marca está en tu mano! ¡Cumples años el cuatro de abril! ¡Tú eres la que fue anunciada... la que reunirá el juego de Montglane!

—¡Dios mío! —dijo Mireille, retirando la mano—. ¿Sabes lo que dices? ¡Valentine murió por esto! Arriesgas tu vida por una profecía estúpida...

—No, querida —dijo con tranquilidad Charlotte—. Doy mi vida.

Mireille la miró horrorizada. ¿Cómo podía aceptar semejante ofrecimiento? Volvió a pensar en su hijo... abandonado en el desierto...

—¡No! —exclamó—. No puede haber otro sacrificio a causa de esas temibles piezas. ¡No después del terror que han provocado!

—¿Entonces quieres que muramos las dos? —preguntó Charlotte mientras seguía aflojando las ropas de Mireille, reprimiendo las lágrimas y evitando su mirada.

Mireille cogió la barbilla de Charlotte, levantando su cara hasta que ambas se miraron profundamente a los ojos. Después de una larga pausa, Charlotte dijo con voz temblorosa:

—Tenemos que derrotarlos. Tú eres la única que puede hacerlo. ¿No lo ves ni siquiera ahora? Mireille... ¡tú eres la Reina Negra!

Habían pasado dos horas cuando Charlotte escuchó el chirrido del cerrojo que anunciaba que llegaban los guardias para conducirla al cadalso. Estaba arrodillada en la oscuridad junto al jergón... rezando.

Mireille se había llevado la lámpara de aceite y los esbozos de Charlotte que había hecho y que tal vez tuviera que mostrar para salir de la prisión. Después de su llorosa despedida, Charlotte se había retirado a sus propios pensamientos y recuerdos. Tenía una sensación de plenitud... de finalidad. En algún lugar de su interior había formado un pequeño espacio de calma que ni siquiera la afilada hoja de la guillotina podría cercenar. Estaba a punto de hacerse una con Dios.

La puerta se abrió y se cerró a sus espaldas. Todo era oscuridad, pero escuchó la respiración de alguien. ¿Qué era? ¿Por qué no se la llevaban? Esperó en silencio.

Se escuchó el ruido del pedernal, percibió el olor del combustible mientras se encendía un farol.

—Permitidme presentarme —dijo una voz suave. Había en esa voz algo que le produjo un estremecimiento. Entonces recordó… y quedó inmóvil, manteniéndose de espaldas—. Mi nombre es Maximilien Robespierre.

Charlotte temblaba mientras mantenía el rostro oculto. Vio la luz del farol que se movía en su dirección, escuchó el ruido de la silla cerca del lugar donde estaba arrodillada… y otro ruido que no pudo identificar. ¿Había alguien más en la celda? Tenía miedo de volverse a mirar.

—No es necesario que os presentéis —decía tranquilamente Robespierre—. He estado esta tarde en el juicio y antes también, en la audiencia. Esos papeles que el fiscal sacó de vuestro corpiño… no eran vuestros.

Entonces escuchó unos pasos leves que avanzaban hacia ellos. No estaban solos. Al sentir la mano suave en su hombro, tuvo un sobresalto y estuvo a punto de gritar.

—¡Mireille, por favor perdona lo que he hecho! —sollozó la voz inconfundible del pintor David—. Tenía que traerlo aquí… no tenía elección. Mi querida niña…

David la hizo volverse, hundiendo el rostro en su cuello. Por encima de su hombro, vio la larga cara ovalada, la peluca empolvada y los brillantes ojos verdes de Maximilien Robespierre. Su sonrisa perversa se desvaneció de repente, dando paso a una expresión de sorpresa primero, de furia después, mientras levantaba la mecha del farol, levantándolo para ver mejor.

—¡Imbécil! —exclamó con voz estridente. Apartando al aterrado David, que lloraba en el hombro de Charlotte, la señaló—. ¡Te dije que llegaríamos demasiado tarde! Pero no… tú tenías que esperar al juicio. ¡De verdad pensabas que sería absuelta! ¡Y ahora se nos ha escapado… y todo por tu culpa!

Puso el farol sobre la mesa, vertiendo parte del aceite, mientras cogía a Charlotte y la obligaba a levantarse. Furioso, apartando a David con brutalidad, Robespierre levantó la mano y abofeteó a Charlotte.

—¿Dónde está? —gritó—. ¿Qué habéis hecho con ella? ¡Juro que moriréis en su lugar por mucho que os haya dicho… a menos que confeséis!

Charlotte no hizo nada por detener la sangre que salía de su labio mientras se erguía orgullosa para mirar a Robespierre a los ojos. Después sonrió.

—Ésa es mi intención —dijo tranquilamente.

LONDRES

30 de julio de 1793

Cuando Talleyrand regresó del teatro, era casi medianoche. Arrojó su capa sobre una silla, en el recibidor, y se dirigió al pequeño estudio que daba al vestíbulo para servirse una copa de jerez. Courtiade apareció en el recibidor.

—Monseñor —dijo en voz baja—, os espera una visitante. La he acomodado en el estudio hasta vuestro regreso. Parecía muy urgente... dice que trae noticias de mademoiselle Mireille.

—¡Por fin, gracias a Dios! —dijo Talleyrand entrando aprisa en el estudio.

Allí, a la luz del fuego, había una forma esbelta, muy envuelta en una capa de terciopelo negro. Estaba calentándose las manos junto al fuego. Al entrar Talleyrand, sacudió la cabeza para librarse de la pesada capucha y dejó que la capa se deslizara de sus hombros desnudos. El cabello, casi blanco de tan rubio, cayó sobre sus senos semidesnudos. Él vio su piel temblorosa a la luz del fuego, el perfil delineado por la luz dorada, la nariz algo respingona y la barbilla levantada. El traje de terciopelo oscuro, muy escotado, se adhería a su cuerpo adorable. No podía respirar... sentía los fuertes dedos del dolor retorciendo su corazón mientras permanecía inmóvil en la puerta.

—¡Valentine! —susurró. Dios mío, ¿cómo era posible? ¿Cómo podía volver de la tumba?

Ella se volvió y le sonrió con sus ojos azules resplandecientes mientras la luz parpadeante del fuego brillaba a través de sus cabellos. Ágilmente, con un movimiento semejante al del agua que fluye, se acercó a él y se arrodilló a sus pies, apretando la cara contra su mano. Él colocó su otra mano sobre sus cabellos, acariciándolos. Cerró los ojos. Sentía que se le rompía el corazón. ¿Cómo era posible?

—Monsieur, estoy en gran peligro —murmuró ella en voz baja.

Pero no era la voz de Valentine. Él abrió los ojos y contempló el rostro levantado, tan hermoso, tan parecido al de Valentine. Pero no era ella.

Su mirada recorrió el cabello dorado, la piel suave, la sombra entre los senos, los brazos desnudos... y en ese momento quedó petrificado al ver lo que ella tenía en la manos... lo que le tendía en el resplandor del fuego. Era un peón de oro, brillante de gemas, un peón del juego de Montglane.

—Me pongo en vuestras manos, señor —susurró ella—. Necesito vuestra ayuda. Mi nombre es Catherine Grand... y vengo de la India...

LA REINA NEGRA

Der Hölle Rache kocht in meinem Herzen
Tod und Verzweiflung flammet um mich her!…
Verstossen sei auf evig, verlassen sei auf evig,
Zertrümmert zei'n auf evig alle bande der Natur.

(La Venganza del Infierno bulle mi corazón
La Muerte y la Desesperación arden en torno a mí…
Expulsada para siempre, abandonada para siempre,
Para siempre rotos los lazos de la Naturaleza.)

Emmanuel Schikaneder
y Wolfgang Amadeus Mozart
La Reina de la Noche
La flauta mágica

ARGEL   *Junio de 1973*

De modo que allí estaba Minne Renselaas, la adivina.

Estabámos sentadas en su habitación de ventanas francesas de muchas hojas, ocultas a la vista del patio por una cortina de emparrados. De la cocina llegó comida, servida en la baja mesa de bronce por un enjambre de mujeres con velos que desaparecieron tan en silencio como habían llegado. Lily, derrumbada en el suelo sobre una pila de cojines, comía una granada. Yo estaba a su lado, hundida en una silla de cuero marroquí, mascando una tarta de kiwis y caquis. Y frente a mí, reclinada en un diván de terciopelo verde y con los pies levantados, estaba Minne Renselaas.

Por fin la veía; la adivina que seis meses antes me había arrastrado a este juego peligroso. Una mujer de muchas caras. Para Nim era una amiga, la viuda del cónsul holandés. Se suponía que iba a protegerme si tenía problemas. De creer a Thérèse, era una mujer popular en la ciudad. Para Solarin era un contacto de negocios. Para Mordecai, su aliada y vieja amiga. Pero si escuchaba a El-Marad, era también Mokhfi Mokhtar de la Casbah, la mujer que tenía las piezas del juego de Montglane. Era muchas cosas para mucha gente... pero todas se resumían en una.

—Usted es la Reina Negra —dije.

Minne Renselaas sonrió misteriosamente.

—Bienvenida al juego —dijo.

—¡De modo que eso era lo que quería decir la Reina de Picas! —exclamó Lily, incorporándose sobre los cojines—. Es una jugadora... de modo que conoce los movimientos.

—Una jugadora importante —asentí, estudiando a Minne—. Es la pitonisa cuyo encuentro conmigo arregló tu abuelo. Si no me equivoco, sabe más de este juego que simplemente los movimientos...

—No te equivocas —dijo Minne, sin dejar de sonreír como el gato de Cheshire.

Era increíble lo distinta que parecía cada vez que la veía. Vestida con una tela plateada centelleante, que destacaba contra el verde oscuro del diván, con su piel cremosa sin arrugas, parecía mucho más joven que la última vez que la viera... bailando en el bistró. Y muy lejos de la adornada pitonisa con sus gafas de pedrería o la anciana mujer de los pájaros de las Naciones Unidas, vestida de negro. Parecía un camaleón. ¿Quién era en realidad?

—Por fin has venido —decía con su voz suave y fría. En esa voz había una traza de acento que no conseguía identificar—. He esperado mucho tiempo. Pero ahora puedes ayudarme...

Mi paciencia se agotaba.

—¿Ayudarla? —dije—. Mire, señora... no le pedí que me eligiera para este juego. Pero la he llamado y usted me ha contestado... tal como decía el poema. Ahora, supongamos que me muestra cosas grandes y poderosas que no conozco. Porque ya estoy harta de misterio e intriga. Me han disparado, me ha perseguido la Policía Secreta, he visto dos personas asesinadas. A Lily la busca Inmigración y están a punto de encerrarla en una cárcel argelina... y todo a causa de esto que llaman juego.

Mi estallido me dejó sin aliento. Mi voz resonaba en las altas paredes. Carioca había buscado la protección del regazo de Minne, y Lily lo miró furiosa.

—Me alegro de ver que tienes carácter —dijo ella con frialdad. Acarició a Carioca, y el pequeño traidor ronroneaba en su regazo como un gato de angora—. Sin embargo, en el ajedrez la paciencia es una virtud muy valiosa... como puede corroborar tu amiga Lily. Yo he sido paciente durante mucho tiempo... esperándote. Fui a Nueva York arriesgando mi vida, sólo para conocerte. Aparte de ese viaje, hace diez años que no salgo de la Casbah... desde la Revolución Argelina. En cierto sentido, estoy prisionera aquí. Pero tú me liberarás.

—¡Prisionera! —dijimos a un tiempo Lily y yo.

—Pues en mi opinión tiene bastante movimiento —agregué—. ¿Quién la tiene secuestrada?

—No hay quién sino qué —contestó, estirándose para servir té sin molestar a Carioca—. Hace diez años sucedió algo, algo que no podía haber previsto, y que dio por tierra con un delicado equilibrio de poder. Mi esposo murió y empezó la Revolución...

—Los argelinos expulsaron a los franceses en 1963 —expliqué a

Lily—. Fue un verdadero baño de sangre. —Volviéndome hacia Minne, agregué—: Con el cierre de las embajadas, debe haberse encontrado en una situación difícil, sin otro lugar adonde ir como no fuese Holanda. Seguramente, su gobierno hubiera podido sacarla... ¿por qué está aún aquí? Hace diez años que terminó la Revolución.

Minne dejó su taza con un golpe seco, apartó a Carioca y se puso en pie.

—Estoy clavada, como un peón retrasado —dijo, apretando los puños—. Lo que sucedió en el verano de 1963 empeoró con la muerte de mi esposo y las molestias de la Revolución. Hace diez años, en Rusia, unos obreros que reparaban el Palacio de Invierno encontraron los fragmentos partidos del tablero... del juego de Montglane.

Lily y yo nos miramos excitadas. Ahora estábamos llegando a alguna parte.

—Increíble —dije—. ¿Pero cómo lo sabe usted? No salió precisamente en primera plana. ¿Y qué tiene eso que ver con que esté atrapada?

—¡Escucha y lo comprenderás! —exclamó, yendo de un lado a otro mientras Carioca bajaba de un salto para trotar en seguimiento de su largo traje plateado. Intentaba pisar el ruedo que se movía ante sus ojos—. Si cogieron el tablero... tendrían la tercera parte de la fórmula. —Apartó bruscamente sus faldas del alcance de los dientes de Carioca, y se volvió hacia nosotras.

—¿Se refiere a los rusos? —pregunté—. Pero si ellos están en el otro bando, ¿cómo es que es uña y carne con Solarin?

Pero mi cerebro se movía rápido. Había dicho una tercera parte de la fórmula. ¡Significaba que sabía cuántas partes había!

—¿Solarin? —preguntó Minne, riendo—. ¿Cómo crees que me enteré? ¿Por qué piensas que lo elegí como jugador? ¿Por qué crees que mi vida corre peligro... que debo permanecer en Argelia... que os necesito tanto a las dos?

—¿Porque los rusos tienen la tercera parte de la fórmula? —inquirí—. Pero seguramente no serán los únicos jugadores del bando opuesto.

—No —aceptó Minne—, pero son los que descubrieron que yo tengo el resto.

Cuando Minne salió de la habitación en busca de algo que deseaba mostrarnos, Lily y yo nos sentíamos a punto de estallar. Carioca saltaba por ahí como una pelota de goma, hasta que le di una patada.

Recuperando su tablero magnético de mi bolso, Lily estaba preparándolo sobre la mesa de bronce mientras hablábamos. Me preguntaba quiénes eran nuestros adversarios. ¿Cómo sabían los rusos que Minne era una de las jugadoras... y qué tenía ella que la mantenía atrapada allí desde hacía diez años?

—Recuerdas lo que nos dijo Mordecai —susurró Lily—. Dijo que fue a Rusia a jugar al ajedrez con Solarin... eso fue hace unos diez años, ¿no?

—Exacto. Quieres decir que en ese momento lo reclutó como jugador, ¿verdad?

—¿Pero en calidad de qué? —preguntó Lily moviendo las piezas por el tablero.

—¡El caballo! —exclamé, recordando de pronto—. ¡Solarin puso ese símbolo en la nota que dejó en mi apartamento!

—De modo que si Minne es la Reina Negra, todos pertenecemos al equipo de las negras... tú y yo, Mordecai y Solarin. Los que llevan sombrero negro son los buenos. Si fue Mordecai quien reclutó a Solarin, tal vez Mordecai sea el rey negro... y Solarin el caballo del rey...

—Tú y yo somos peones —agregué—. Y Saul y Fiske...

—Peones que fueron eliminados del tablero —dijo Lily completando mi pensamiento mientras barría un par de peones. Iba moviendo las piezas mientras yo trataba de seguir su línea de pensamiento.

Pero desde el instante en que comprendí que Minne era la adivina, algo rondaba por mi cabeza. Y de pronto supe de qué se trataba. En realidad, no había sido Minne quien me había arrastrado al juego, sino Nim... siempre había sido Nim. Si no hubiera sido por él, yo no me habría molestado en descifrar aquel acertijo, ni me habría preocupado por mi cumpleaños, ni habría supuesto que las muertes de otras personas tenían algo que ver conmigo... y tampoco habría aceptado conseguir las piezas del juego de Montglane. Y ya que estaba en eso, había sido Nim quien arreglara mi contrato con la compañía de Harry... hacía tres años, cuando los dos trabajábamos para Triple-M. Y había sido él quien me había enviado a ver a Minne Renselaas...

En ese momento, regresó Minne trayendo una gran caja de metal y un pequeño libro encuadernado en piel y atado con bramante. Puso ambas cosas sobre la mesa.

—¡Nim sabía que usted era la adivina! —le dije—. Incluso cuando me ayudaba a decodificar ese mensaje.

—¿Tu amigo de Nueva York? —intervino Lily—. ¿Y qué pieza es él?

—Una torre —dijo Minne, estudiando el tablero que armaba Lily.

—¡Por supuesto! —dijo Lily—. Está en Nueva York para enrocar...

—Sólo he visto una vez a Ladislaus Nim —me dijo Minne—. Cuando lo elegí como jugador, como te he elegido a ti. Aunque él te recomendó mucho, no sabía que yo iría a Nueva York a conocerte. Tenía que estar segura de que eras la que necesitaba... que tenías las capacidades necesarias...

—¿Qué capacidades? —preguntó Lily, siempre ocupada con las piezas—. Ni siquiera sabe jugar al ajedrez.

—Ella no, pero tú sí —dijo Minne—. Hacéis un equipo perfecto.

—¿Equipo? —exclamé. Estaba tan ansiosa de formar equipo con Lily, como un buey de ser uncido junto a un canguro. Aunque era evidente que jugaba al ajedrez mucho mejor que yo, cuando se trataba de la realidad, resultaba una molestia.

—De modo que tenemos una reina, un caballo, una torre y unos peones —interrumpió Lily, mirando a Minne con sus ojos grises—. ¿Y qué hay del otro equipo? ¿Qué pasa con John Hermanold, que disparó contra mi coche, o de mi tío Llewellyn o su colega el vendedor de alfombras... cómo se llama?

—¡El-Marad! —dije, y de pronto comprendí cuál era la pieza que representaba. No era difícil... un tipo que vivía como un ermitaño en las montañas, sin abandonar nunca su lugar pero manejando negocios en todo el mundo, temido y odiado por todos cuantos lo conocían, y que estaba tras las piezas—. Él es el rey blanco —aventuré.

Minne había palidecido intensamente. Se derrumbó en una silla junto a mí.

—¿Has conocido a El-Marad? —preguntó, casi susurrando.

—Hace unos días, en la Cabilia —dije—. Parece saber mucho sobre usted. Me dijo que su nombre era Mokhfi Mokhtar... que vivía en la Casbah... que tenía las piezas del juego de Montglane. Dijo que me las daría si yo le decía que mi cumpleaños es el cuarto día del cuarto mes...

—Entonces, sabe mucho más de lo que creía —dijo Minne, bastante alterada. Cogió una llave y empezó a abrir la caja de metal que había traído—. Pero obviamente hay una cosa que no sabe, porque de otro modo no te hubiera permitido verlo. ¡No sabe quién eres!

—¿Quién soy? —pregunté, confusa—. Yo no tengo nada que ver

con este juego. Hay montones de personas que nacieron el mismo día que yo… montones de personas que tienen líneas curiosas en la mano. Esto es ridículo. Estoy de acuerdo con Lily… no veo cómo puedo ayudarla…

—No quiero que me ayudes —dijo Minne con firmeza, abriendo la caja mientras hablaba—. Quiero que ocupes mi lugar.

Se inclinó sobre el tablero, apartando el brazo de Lily, cogió la Reina Negra y la adelantó.

Lily contempló la pieza… en el tablero. De pronto, tocó mi rodilla.

—¡Ya lo tengo! —exclamó, saltando excitada sobre los cojines. Carioca aprovechó la oportunidad para robar una espumosa pasta de queso y arrastrarla a su cubil debajo de la mesa—. ¿No ves? De este modo, la Reina Negra puede dar mate a la Blanca, obligando al rey a moverse por el tablero… pero sólo arriesgándose. La única pieza que tiene para protegerla es este peón adelantado…

Traté de comprender. Allí, sobre el tablero, había ocho piezas negras en cuadros negros; las otras estaban en cuadros blancos. Y delante de todas, en el extremo del territorio blanco, había un solo peón negro, protegido por una torre y un caballo.

—Sabía que trabajaríais bien juntas —dijo Minne sonriendo—, si os daban la oportunidad. Ésta es una reconstrucción casi perfecta de la partida tal como está en este momento. Al menos, por ahora. —Mirándome, agregó—: ¿Por qué no preguntas a esta nieta de Mordecai Rad cuál es la pieza esencial en la que se centra esta partida específica?

Me volví hacia Lily, que también sonreía y tocaba el peón adelantado con su larga uña roja.

—La única pieza que puede reemplazar a una reina es otra reina —dijo—. Pareces ser tú.

—¿Qué quieres decir? —pregunté—. Creí que era un peón.

—Lo eres… pero si un peón atraviesa las filas de los peones opuestos y alcanza el octavo cuadrado del lado opuesto, puede transformarse en cualquier otra pieza que desee. Incluso en reina. ¡Cuando ese peón llegue al octavo cuadrado, el de la coronación, puede reemplazar a la Reina Negra!

—O vengarla —dijo Minne, con los ojos brillantes como ascuas—. Un peón adelantado penetra Argel… la Isla Blanca. Así como has penetrado en territorio blanco… penetrarás el misterio. El secreto del ocho.

∞

Mi estado de ánimo oscilaba como un barómetro durante el monzón. ¿Yo era la Reina Negra? ¿Qué quería decir? Aunque Lily señaló que podía haber más de una reina del mismo color en el tablero... Minne había dicho que yo iba a reemplazarla. ¿Quería eso decir que planeaba abandonar el juego?

Además, si necesitaba una sustituta... ¿por qué no Lily? Lily había dispuesto el juego en aquel pequeño tablero de modo que cada persona coincidía con las piezas y todos los movimientos imitaban los sucesos. Pero yo era una ignorante en lo relacionado con el ajedrez... ¿cuál era entonces mi capacidad? Además, al peón le quedaba camino por delante antes de llegar a la línea de coronación. Aunque era demasiado tarde para que otro peón lo eliminara... todavía podía ser barrido por piezas con movimientos más flexibles. Hasta yo sabía eso.

Minne había desenvuelto el contenido de la caja de metal. Después, retiró un pesado paño que procedió a desplegar sobre la gran mesa de bronce. El paño era azul oscuro, casi negro. Dispersos en su superficie había trozos de vidrio coloreado —algunos redondos, otros ovalados—, cada uno de los cuales tenía el tamaño aproximado de un cuarto de dólar. El paño estaba bordado con extraños diseños con una especie de hilo metálico. Parecían símbolos del zodíaco. Se parecían también a algo que no coseguía localizar pero que me resultaba familiar. En el centro del paño había un gran bordado de dos serpientes tragando cada una la cola de la otra. Formaban un número ocho.

—¿Qué es esto? —pregunté, examinando el paño con curiosidad. Lily se había acercado más y tocaba la tela.

—Me recuerda algo —dijo.

—Éste es el paño que originalmente cubría el juego de Montglane —dijo Minne mirándonos con atención—. Estuvo enterrado con las piezas durante mil años hasta que ambos fueron exhumados durante la Revolución Francesa por las monjas de la abadía de Montglane, en el sur de Francia. Después, este paño pasó por muchas manos. Se dice que fue enviado a Rusia durante el reinado de Catalina la Grande, junto con el tablero fragmentado que han descubierto.

—¿Cómo sabe todo esto? —pregunté, aunque al parecer no podía apartar los ojos del oscuro terciopelo azul desplegado ante ellos. El paño del juego de Montglane... más de mil años de antigüedad y todavía intacto. Parecía arder opacamente en la luz verdosa que se filtraba por la buganvilla—. ¿Y cómo lo consiguió? —agregué, estirándome para tocar las piedras que ya estaba examinando Lily.

—¿Sabes? —dijo Lily—, en casa de mi abuelo he visto muchas gemas sin pulir. ¡Creo que estas cosas son auténticas!

—Lo son —dijo Minne, con una voz que me hizo sobresaltar a pesar mío—. Todo lo que rodea este temible juego es real. Como sabéis, el juego de Montglane contiene una fórmula… una fórmula de gran poder, una fuerza de maldad para aquellos que saben cómo usarla.

—¿Y por qué necesariamente maldad? —pregunté. Pero en ese paño había algo… tal vez fuera mi imaginación, pero parecía iluminar el rostro de Minne desde abajo cuando se inclinó sobre él en la penumbra.

—La pregunta debería ser… ¿por qué es necesaria la maldad? —dijo con frialdad Minne—. Pero ha existido desde mucho antes que el juego de Montglane. Y también la fórmula. Mirad mejor el paño y lo veréis.

Esbozó una sonrisa extrañamente amarga mientras volvía a servir té. De pronto, su hermoso rostro parecía duro y agotado. Por primera vez, advertí el precio que se cobraba el juego.

Sentí a Carioca revolviendo pasta de queso sobre mi pie. Sacándolo de debajo de la mesa, lo puse en mi silla y me incliné sobre el paño para mirarlo mejor.

Allí, en la luz difusa, estaba el dorado número ocho, las serpientes retorciéndose en el oscuro terciopelo azul como un cometa sinuoso que atravesara el cielo de medianoche. En torno a ellas estaban los símbolos: Marte y Venus, el Sol y la Luna, Saturno y Mercurio… y entonces lo vi. ¡Comprendí qué otra cosa representaban!

—¡Son los elementos! —exclamé.

—La octava ley —dijo Minne, asintiendo.

Ahora todo adquiría sentido. Estos pedazos de gemas sin tallar y bordados de oro formaban símbolos que habían sido utilizados tanto por filósofos como por científicos desde tiempos inmemoriales para describir las partes constitutivas básicas de la naturaleza. Allí estaban el hierro y el cobre, la plata y el oro; sulfuro, mercurio, plomo y antinomio; hidrógeno, oxígeno, sales y ácidos. En resumen, todo lo que comprendía materia, fuese viva o muerta.

Mientras pensaba, empecé a recorrer la habitación… y a comprenderlo todo.

—La octava ley —expliqué a Lily, que me miraba como si pensara que estaba loca— es la ley sobre la cual se basó la tabla periódica de los elementos. En la década de 1860, antes de que Mendeleiev elaborara sus tablas, el químico inglés John Newlands descubrió que si dispones los elementos en orden ascendente por peso atómico, cada octavo elemento será una especie de repetición del primero... como la octava nota de una octava musical. ¡Le dio el nombre de la teoría de Pitágoras porque pensó que las propiedades moleculares de los elementos tenían entre sí la misma relación que tienen las notas en la escala musical!

—¿Y es verdad? —preguntó Lily.

—¿Cómo voy a saberlo? —respondí—. Todo lo que sé de química es lo que aprendí antes de que me expulsaran por volar el laboratorio de mi universidad.

—Pero aprendiste bien —dijo Minne riendo—. ¿Recuerdas algo más?

¿Qué era? Yo seguía de pie, mirando el paño, cuando de pronto recordé. Ondas y partículas... partículas y ondas. Algo relacionado con valencias y electrones bailaba en la periferia de mi cerebro. Pero Minne estaba hablando.

—Tal vez pueda refrescarte la memoria. Esta fórmula es casi tan vieja como la propia civilización... se hablaba de ella en escritos anteriores a Cristo en 4.000 años. Deja que te relate la historia...

Tomé asiento junto a ella mientras Minne se inclinaba, siguiendo con la punta de los dedos la silueta del número ocho. Cuando empezó su relato, parecía perdida en un trance.

—Hace seis mil años ya había civilizaciones avanzadas a lo largo de los grandes ríos del mundo: el Nilo, el Ganges, el Indo y el Éufrates. Practicaban un arte secreto que más tarde daría origen tanto a la religión como a la ciencia. Este arte era tan misterioso que se necesitaba toda una vida para convertirse en iniciado... para ser introducido a su verdadero sentido. El rito de iniciación era a menudo cruel y en ocasiones mortal. La tradición de este rito ha llegado hasta los tiempos modernos; sigue apareciendo en la misa católica, en los ritos cabalísticos, en las ceremonias de rosacruces y masones. Pero se ha perdido su sentido oculto. Estos rituales son la reactuación del proceso de la fórmula que era conocida por los antiguos... una reactuación que les permitía transmitir conocimiento mediante un acto. Porque estaba prohibido escribirlo.

Minne me miró con sus ojos verde oscuros y su mirada parecía buscar algo en mi interior.

—Los fenicios comprendían el ritual... y los griegos, también. Hasta Pitágoras prohibió a sus alumnos ponerlo por escrito porque se creía que era muy peligroso. El gran error de los moros fue que desobedecieron la orden. Pusieron los símbolos de la fórmula en el juego de Montglane. Aunque está en código, cualquiera que posea todas las partes puede llegar a descifrar el sentido... sin pasar por la iniciación que los obliga a jurar, bajo pena de muerte, no usarlo jamás para hacer el mal. Los árabes dieron a estas tierras donde se desarrolló esta ciencia oculta, donde floreció, el nombre del negro y rico légamo que todas las primaveras se depositaba en las riberas de los ríos que les daban la vida. Era en primavera cuando se realizaba el rito. Las llamaban Al-Khem, las Tierras Negras. Y la ciencia secreta se llamaba Al-Khemie, el Arte Negro.

—¿La alquimia? —preguntó Lily—. ¿Se refiere a transformar paja en oro?

—Al arte de la transmutación, sí —dijo Minne con una extraña sonrisa—. Afirmaban que podían transformar metales bajos como la hojalata y el cobre en otros raros como plata y oro... y más, mucho más.

—Está bromeando —dijo Lily—. ¿Me está diciendo que hemos viajado miles de kilómetros y hemos pasado por todos estos apuros... sólo para descubrir que el secreto de este juego es un montón de magia de pacotilla inventada por un grupo de sacerdotes primitivos?

Yo seguía estudiando el plano. Algo empezaba a formularse.

—La alquimia no es magia —le dije, empezando a entusiasmarme—. Quiero decir, al principio no lo era... sólo ahora. En realidad, fue el origen de la química y la física modernas. La estudiaban todos los científicos de la Edad Media... e incluso después. Galileo ayudó al duque de Toscana y al Papa Urbano VIII con sus experimentos alquímicos. La madre de Johannes Kepler estuvo a punto de ser enviada a la hoguera por bruja, por haber enseñado a su hijo secretos místicos... —Minne asentía mientras yo seguía moviéndome—. Dicen que Isaac Newton pasaba más tiempo cociendo elementos químicos en su laboratorio de Cambridge, que escribiendo los *Principia Mathematica*. Paracelso puede haber sido un místico, pero también fue el padre de la química moderna. En realidad, en las modernas plantas de fundición y fraccionamiento utilizamos los principios alquímicos descubiertos por él. ¿No sabes cómo producen plásticos, asfalto y fibras sintéticas partiendo del petróleo? Fraccionan las moléculas, las separan con calor y catalizadores... de la misma manera en que los alquimistas aseguraban que convertían mercurio en oro. En realidad, en esta historia hay un solo problema.

—¿Sólo uno? —preguntó Lily, siempre escéptica.

—Hace seis mil años, en Mesopotamia, no tenían aceleradores de partículas... ni plantas fraccionadoras en Palestina. No podían hacer mucho más que convertir cobre y latón en bronce.

—Tal vez no —contestó Minne, impasible—. Pero si estos antiguos sacerdotes de la ciencia no tenían un secreto raro y peligroso, ¿por qué lo envolvieron en un velo de misterio? ¿Por qué exigir que el iniciado soportara toda una vida de entrenamiento, una letanía de juramentos y promesas, un ritual de dolor y peligro, antes de ser admitido a la orden...?

—¿De los elegidos ocultos? —dije—. ¿De los elegidos secretos?

Minne no sonrió. Me miró y después fijó la vista en el paño. Pasó largo tiempo antes de que hablara, y cuando lo hizo, su voz me atravesó como un cuchillo.

—Del ocho —dijo serenamente—. De los que podían escuchar la música de las esferas.

Clic. La última pieza encontró su lugar. Ahora sabía por qué Nim me había recomendado; por qué Mordecai me había enviado y Minne me había elegido. No era simplemente mi vibrante personalidad, el día de mi cumpleaños o la palma de mi mano... aunque eso era lo que querían hacerme creer. No estábamos hablando de misticismo, sino de ciencia. Y la música era ciencia... una ciencia más antigua que la acústica que había estudiado Solarin, o que la física, especialidad de Nim. Mi especialidad era la música, de modo que lo sabía. No era casual que Pitágoras hubiera enseñado la música como algo que tenía la misma importancia que las matemáticas y la astronomía. Pensaba que las ondas sonoras impregnaban el universo... abarcaban todo lo existente, desde lo más grande hasta lo más pequeño. Y no se equivocaba mucho.

—Son ondas —dije— las que mantienen unidas las moléculas... ondas las que mueven un electrón de una capa a otra, cambiando su valencia para que pueda entrar en reacción química con otras moléculas...

—Exacto —dijo Minne, excitada—. Ondas de luz y sonido que abarcan el universo. Sabía que eras la elección correcta... ya estás sobre la pista.

Con su cara ruborizada, volvía a parecer joven, y una vez más advertí qué belleza debió haber sido no muchos años atrás.

—Pero nuestros enemigos también lo están —agregó—. Te dije

que esta fórmula tenía tres partes. El tablero, que ahora está en manos del equipo contrario... y el paño que tienes delante. La parte central está en las piezas.

—Pero creí que las tenía usted —interrumpió Lily.

—Poseo la colección más grande desde que el juego fue desenterrado: veinte piezas, dispersas en escondites donde había esperado que no fuesen descubiertas por otros mil años. Pero me equivocaba. En cuanto los rusos se enteraron de que tenía las piezas, las fuerzas blancas sospecharon de inmediato que algunas podían estar aquí, en Argelia... y para mi desgracia tenían razón. El-Marad está reuniendo sus huestes. Creo que tiene emisarios aquí, que pronto me cercarán, impidiéndome sacar las piezas del país...

¡De modo que eso era lo que quería decir cuando afirmó que El-Marad no sabía quién era yo! Por supuesto... me había elegido como emisario, sin comprender que yo había sido elegida por el otro equipo. Pero iba a enterarme de otras cosas.

—¿De modo que sus piezas están aquí, en Argelia? —dije—. ¿Quién tiene las otras? ¿El-Marad? ¿Los rusos?

—Tienen algunas... no sé cuántas —me dijo—. Otras fueron dispersadas o se perdieron después de la Revolución Francesa. Pueden estar en cualquier parte... en Europa, el Extremo Oriente, hasta en América... tal vez nunca se las vuelva a encontrar. He pasado mi vida reuniendo las que tengo. Algunas están escondidas en lugares seguros de otros países... pero de las veinte, ocho están ocultas aquí, en el desierto... en el Tassili. Tenéis que cogerlas y traérmelas antes de que sea demasiado tarde. —Cuando me cogió del brazo, su cara seguía ruborizada de excitación.

—No tan rápido —dije—. Mire, el Tassili está a más de mil seiscientos kilómetros de aquí. Lily está ilegalmente en el país y yo tengo un trabajo de gran urgencia. ¿No puede esperar hasta que...?

—¡Nada puede ser más urgente que lo que te pido! —exclamó—. Si no recuperas esas piezas, pueden caer en otras manos. El mundo se convertiría en un lugar imposible de imaginar. ¿No ves la extensión lógica de semejante fórmula?

La veía. Había otro proceso que empleaba la transmutación de los elementos: la creación de elementos transuránicos, es decir, elementos de mayor peso atómico que el del uranio.

—¿Quiere decir que con esta fórmula alguien podría conseguir plutonio? —sugerí. Ahora comprendía por qué Nim decía que la asignatura más importante que podía estudiar un físico nuclear era ética. Y comprendí el sentimiento de urgencia de Minne.

—Te dibujaré un mapa —dijo Minne, como si nuestra partida fuera un *fait accompli*—. Lo aprenderéis de memoria y después lo destruiré. Y hay otra cosa que deseo que tengáis... un documento de gran importancia y valor.

Me tendió el libro encuadernado en piel y atado con bramante que había traído junto con el paño. Mientras empezaba a dibujar el plano, busqué en mi bolso las tijerillas de uñas para cortar el bramante. El libro era pequeño, del tamaño de un libro de bolsillo grueso, y, al parecer, muy viejo. La portada era de suave cuero de Marruecos, muy usada, y llevaba unas marcas que parecían haber sido grabadas mediante el fuego, como un sello cincelado en la piel en lugar de cera, en forma de números ocho. Al mirarla, sentí un estremecimiento. Después corté el duro bramante y el libro se abrió.

Estaba cosido a mano. El papel era transparente como la piel de una cebolla, pero suave y cremoso como tela; tan delgado, que advertí que tenía más páginas de las que creía, tal vez seiscientas o setecientas, todas manuscritas.

Era una letra pequeña, apretada, con los floreos típicos de la escritura anticuada como aquella que complacía a John Hancock. Estaba escrito por los dos lados, de modo que la tinta se transparentaba, haciéndolo más difícil de leer. Pero leí. Estaba redactado en un francés del viejo estilo y algunas palabras me resultaban desconocidas, pero recibí rápidamente el mensaje.

Mientras Minne murmuraba con Lily, revisando el plano minuciosamente, sentía que mi corazón se apretaba por el miedo. Ahora entendía cómo había aprendido lo que nos había estado contando.

Cette Anno Dominii Mille Sept Cent Quatre-Vingt-Treize, au fin de Juin à Tassili n'Ajjer Saharien, je devient de racontre cette histoire. Mireille ai nun, si suis de France...

Cuando empecé a leer en voz alta, traduciendo simultáneamente, Lily levantó despacio la mirada y empezó a captar lo que estaba diciendo. Minne estaba sentada en silencio, como perdida en un trance. Parecía estar oyendo una voz que clamara en la soledad, desde las brumas del tiempo... una voz que recorría los milenios. En realidad, todavía no habían pasado doscientos años desde la escritura del documento.

«En este año de 1793 —leí—, en el mes de junio y en Tassili n'Ajjer, en el Sáhara, empiezo a narrar esta historia. Mi nombre es Mireille y vengo de Francia. Después de pasar ocho años de mi juventud en la abadía de Montglane, en los Pirineos, contemplo una gran maldad suelta por el mundo… una maldad que empiezo a comprender ahora. Relataré su historia. Lo llaman el juego de Montglane y comenzó con Carlomagno, el gran rey que construyó nuestra abadía…»

EL CONTINENTE PERDIDO

A una distancia de diez días de viaje hay un montículo de sal, un manantial y un trozo de tierra deshabitada. Junto a ella se levanta el monte Atlas, en forma de esbelto cono, tan alto que dicen que jamás se puede ver su cumbre, porque tanto en verano como en invierno, está tapada por las nubes.

Los nativos se llaman atlantas a causa de esta montaña, a la que llaman Pilar del Cielo. Se dice que esta gente no come criatura viviente y que jamás sueña.

HERODOTO
«Los pueblos del cinturón de arena»
Los libros de la historia (454 a.C.)

Mientras el gran Corniche de Lily descendía los Erg hacia el oasis de Ghardaia, vi los interminables kilómetros de oscura arena roja que se extendía en todas direcciones.

Sobre el mapa, la geografía de Argelia es bastante simple; está diseñada como un cántaro ladeado. El pico, en el fondo de la frontera marroquí, parece estar vertiendo agua en los países vecinos del Sáhara occidental y Mauritania. El asa está formada por dos franjas: una extensión de ochenta kilómetros de ancho de tierra irrigada a lo largo de la costa norte, y otra cinta de 480 kilómetros de montañas, al sur de ésta. El resto del país —poco más de un millón de kilómetros cuadrados— es desierto.

Conducía Lily. Llevábamos cinco horas en la carretera y habíamos cubierto 560 kilómetros de peligrosos caminos de montaña, en dirección al desierto… una hazaña que había llevado al gimiente Carioca a esconderse bajo el asiento. Yo no lo había notado. Había estado demasiado absorta traduciendo en voz alta el diario que nos había dado Minne, un relato de oscuro misterio, la aparición del Terror en Francia, y por debajo de todo eso la más que centenaria búsqueda de Mireille, la monja francesa, del secreto del juego de Montglane. La misma búsqueda en la que estábamos nosotras ahora.

Resultaba evidente cómo había descubierto Minne la historia del juego, su misterioso poder, la fórmula contenida en él y el juego letal desatado por la consecución de las piezas. Un juego que había continuado generación tras generación, barriendo a los jugadores en su transcurso, de la misma manera en que estábamos siendo tragados Lily y yo, Solarin y Nim, y tal vez la propia Minne. Una partida jugada en el mismo terreno que estábamos cruzando.

—El Sáhara —dije, levantando la mirada del libro cuando empezamos a bajar hacia Ghardaia—. ¿Sabes?, este desierto no siempre fue el mayor del mundo. Hace millones de años, el Sáhara era el mar interior más grande del planeta. Así se formó todo el crudo y el gas líquido natural, por la descomposición gaseosa de pequeños animales y plantas marinas. La alquimia de la naturaleza.

—¡No me digas! —comentó secamente Lily—. Bueno, mi indicador de gasolina me dice que deberíamos detenernos para un reaprovisionamiento de esas diminutas formas marinas. Supongo que lo mejor es hacerlo en Ghardaia. El mapa de Minne no mostraba muchas otras ciudades en esta ruta.

—No lo vi —dije, refiriéndome al mapa dibujado y luego destruido por Minne—. Espero que tengas buena memoria.

—Soy jugadora de ajedrez —dijo Lily como si eso lo explicara todo.

—Parece que esta ciudad, Ghardaia, solía llamarse Khardaia —dije, volviendo al diario—. Al parecer, nuestra amiga Mireille se detuvo aquí en el año 1783.

Leí:

> Y llegamos al lugar de Khardaia, que recibe su nombre de la diosa bereber Kar –la Luna–, a quien los árabes llamaban Libia, que quiere decir «goteante de lluvia». Ella gobernaba el mar interior desde el Nilo hasta el océano Atlántico; su hijo Fénix fundó el imperio fenicio; se dice que su padre era el mismísimo Poseidón. Tiene muchos nombres en muchas tierras: Ishtar, Astarté, Kali, Cibeles. De ella surge toda vida, como del mar. En esta tierra la llaman la Reina Blanca...

—Dios mío —dijo Lily, echándome una mirada mientras disminuía la velocidad para girar hacia Ghardaia—. ¿Quieres decir que esta ciudad lleva el nombre de nuestra archienemiga? ¡De modo que tal vez estemos a punto de llegar a un cuadrado blanco!

Estábamos tan absortas en la lectura del diario, en busca de más datos, que no vi el Renault gris oscuro que teníamos detrás, hasta que aplicó los frenos y nos siguió por el desvío hacia Ghardaia.

—¿No hemos visto antes ese coche? —pregunté. Lily asintió, manteniendo los ojos fijos en la carretera.

—En Argel —dijo tranquilamente—. Estaba estacionado a tres coches de distancia de nosotros, en el aparcamiento del ministerio. Y dentro estaban los mismos dos tipos... hace alrededor de una hora nos pasaron, así que los vi bien. Desde entonces, no nos han abandonado. ¿Crees que nuestro colega Sharrif tiene algo que ver con esto?

—No —dije, mirándolos por el espejo retrovisor—. Es un coche del ministerio.

Y sabía quién lo había enviado.

∞

Desde antes de salir de Argel, yo había estado nerviosa. Cuando dejamos a Minne en la Casbah, llamé a Kamel desde una cabina del Plaza, para decirle que me iba por unos días. Se puso furioso.

—¿Está loca? —gritó por la ruidosa línea—. ¡Sabe que ese balance de modelo comercial es urgente para mí! ¡Necesito esas cifras antes del fin de semana! Este proyecto suyo tiene el más alto nivel de urgencia.

—Mire, volveré pronto —dije—. Además, ya está todo hecho. He recogido datos de todos los países especificados y los he incorporado en su mayor parte a los ordenadores de Sonatrach. Puedo dejarle una lista de instrucciones sobre cómo manejar los programas... están todos preparados.

—¿Dónde está en este momento? —me interrumpió Kamel, prácticamente saltando sobre mí a través de la línea—. Pasa de la una... hace horas que debería estar trabajando. Encontré ese coche ridículo en mi lugar de estacionamiento, con una nota. Y ahora Sharrif está al otro lado de mi puerta, buscándola. Dice que ha hecho contrabando de automóviles, y refugiado inmigrantes ilegales... ¡y algo sobre un perro malvado! ¿Quiere por favor explicarme qué pasa?

Estupendo. Si me encontraba con Sharrif antes de terminar esta misión, estaba frita. Tendría que negociar con Kamel... al menos en parte. Me estaba quedando sin aliados.

—Vale —dije—. Una amiga mía tiene problemas. Vino a visitarme, pero su visado no tiene sello...

—Tengo su pasaporte sobre mi escritorio —rugió Kamel—. Lo trajo Sharrif. Ni siquiera tiene visado...

—Un tecnicismo —dije rápidamente—. Tiene doble nacionalidad... otro pasaporte. Usted podría arreglarlo para que pareciera que entró legalmente. Haría quedar como un tonto a Sharrif...

La voz de Kamel empezaba a sonar irritada.

—¡Mademoiselle, no ambiciono hacer quedar como un tonto al jefe de la Policía Secreta! —Aunque después pareció ablandarse un poco—. Trataré de ayudarla, aunque lo hago a mi pesar. A propósito, le diré que sé quién es la joven. Conocí a su abuelo. Era íntimo amigo de mi padre… jugaban al ajedrez en Inglaterra…

Vale… ¡el argumento se complicaba! Hice un gesto a Lily, que trató de meterse en la cabina y apretar la oreja contra el receptor.

—¿Su padre jugaba al ajedrez con Mordecai? —repetí—. ¿Era un buen jugador?

—¿No lo somos todos? —preguntó evasivamente Kamel. Hizo una pausa. Parecía estar pensando. Ante sus palabras siguientes, Lily se puso rígida y yo sentí que el estómago me daba un vuelco—. Sé lo que están planeando. La ha visto, ¿no?

—¿A quién? —dije con toda la ingenuidad que pude reunir.

—No sea idiota. Soy su amigo. Sé qué le dijo El-Marad… sé lo que está buscando. Mi querida niña, está jugando un juego peligroso. Estas personas son asesinos… todos ellos. No es difícil adivinar adónde va… sé lo que se rumorea que está escondido allí. ¿No se le ha ocurrido pensar que cuando Sharrif esté seguro de que ha desaparecido, también la buscará allí?

Lily y yo nos miramos. ¿Quería decir que Kamel también era un jugador?

—Trataré de cubrirlas —estaba diciendo—, pero la espero de regreso a fin de semana. Haga lo que haga, no venga a su despacho ni al mío antes… y no intente los aeropuertos. Si tiene algo que decirme sobre su… proyecto… lo mejor es comunicarse por correo.

Por su tono, comprendí lo que eso significaba… debía hacer pasar toda correspondencia a través de Thérèse. Antes de irnos, podía dejarle el pasaporte de Lily y mis instrucciones sobre la OPEP.

Antes de cortar la comunicación, Kamel me deseó suerte y agregó:

—Trataré de cuidarla lo mejor que pueda. Pero si se mete en un verdadero problema, tal vez esté sola.

—¿No lo estamos todos? —dije riendo. Y cité a El-Marad—: ¡El-safar Zafar!… El viaje es la victoria. —Esperaba que el viejo proverbio árabe resultara verdadero, pero tenía serias reservas. Cuando colgué, me sentí como si hubiera cortado mi último lazo con la realidad.

∞

De modo que estaba segura de que el coche del ministerio que nos seguía a Ghardaia había sido enviado por Kamel. Probablemente fueran guardias enviados para protegernos. No podíamos permitir que nos siguieran al desierto. Tendría que pensar algo.

No conocía ese trozo de Argelia, pero sí sabía que la ciudad de Ghardaia a la que nos aproximábamos, era una de las famosas Pentápolis o «Cinco ciudades del M'zab». Mientras Lily buscaba una gasolinera, vi las ciudades dispuestas contra los desfiladeros púrpuras, rosados y rojos que nos rodeaban, como formaciones rocosas cristalinas que se levantaran de la arena. Eran ciudades que se mencionaban en todos los libros que se habían escrito sobre el desierto. Le Corbusier decía que fluían con «el ritmo natural de la vida». Frank Lloyd Wright las había llamado las ciudades más hermosas del mundo —con sus estructuras de arena roja «del color de la sangre, el color de la creación». Pero el diario de Mireille, la monja francesa, tenía algo más interesante que decir sobre ellas:

> *Estas ciudades fueron fundadas hace mil años por los ibaditas —los poseídos por Dios—, quienes creían que las ciudades estaban poseídas por el espíritu de la extraña diosa Lunar, y las llamaron como ella: La Luminosa, Melika... La Reina...*

—Mierda sagrada —dijo Lily, deteniéndose ante la gasolinera. El coche que nos seguía pasó de largo, dio una vuelta en U y retrocedió para poner gasolina—. Estamos en el medio de ninguna parte con dos sujetos pisándonos los talones, ciento sesenta mil kilómetros cuadrados de arena delante y sin idea de lo que buscamos, ni siquiera cuando lo encontremos.

Tuve que estar de acuerdo con su desolada afirmación. Pero pronto las cosas empeorarían.

—Será mejor que compre gasolina extra —dijo Lily saltando del coche. Sacó un fajo de billetes y compró dos latas de veinte litros de gasolina y otras dos de agua, mientras un ayudante llenaba hasta los bordes al sediento Rolls.

—No era necesario —le dije cuando volvió, después de haber metido las reservas en el maletero—. El camino hacia el Tassili atraviesa el campo petrolero de Hassi-Messaud. Tuberías y pozos todo el camino...

—No por donde iremos nosotras —me informó, encendiendo el contacto—. Debiste mirar el mapa.

Empecé a sentir algo desagradable en la boca del estómago.

Desde allí había sólo dos rutas posibles para internarse en el Tassili: la que iba hacia el este a través de los campos petroleros de Ourgla y luego giraba al sur para entrar en la zona por arriba —e incluso esta ruta exigía una conducción experta—; y la otra, dos veces más larga, que atravesaba la árida y estéril planicie de Tidikelt... una de las zonas más secas y peligrosas del desierto, un lugar donde la carretera estaba señalada con postes de diez metros de alto para poder desenterrarla cuando desapareciera, lo que sucedía a menudo. Tal vez el Corniche pareciera un tanque... pero no tenía la oruga necesaria para cruzar esas dunas.

—No lo dirás en serio —aseguré a Lily mientras salía de la gasolinera, arrastrando a nuestros seguidores—. Para en el restaurante más próximo. Tenemos que hablar.

—Y hacer una sesión de estrategia —aceptó, mirando por el espejo retrovisor—. Esos tipos me están poniendo nerviosa.

Encontramos un pequeño restaurante en las afueras de Ghardaia. Bajamos, atravesamos el fresco bar de la entrada y penetramos en el patio interior donde las mesas protegidas por sombrillas y las palmeras datileras proyectaban sombras bajo el rojo resplandor del crepúsculo. Las mesas estaban vacías, eran sólo las seis de la tarde, pero encontré un camarero y pedí ensalada y un *tadjine*, carne de oveja especiada con cuscús.

Cuando llegaron nuestros compañeros y se sentaron discretamente a unas mesas de distancia, Lily estaba picando de la aceitosa ensalada.

—¿Cómo sugieres que nos libremos de esos imbéciles? —preguntó Lily, dejando caer un trozo de *tadjine* en la boca de Carioca, que estaba sentado en su regazo.

—Primero hablemos de la ruta —le dije—. Supongo que de aquí a Tassili hay 640 kilómetros. Pero si tomamos el camino del sur, serán mil trescientos, en una carretera donde la comida, la gasolina y las ciudades son pocas y están a mucha distancia unas de otras... sólo arena.

—Mil trescientos kilómetros no son nada —dijo Lily—. Es todo terreno llano. Tal como yo conduzco, estaremos allí antes de que amanezca. —Chasqueó los dedos llamando al camarero y pidió seis botellas grandes de Ben Haroun, el agua Perrier del sur—. Además, es la única manera de llegar a donde vamos. Me aprendí el camino de memoria, ¿recuerdas?

Antes de que pudiera responder, eché una mirada a la entrada del patio y dejé escapar un gemido sofocado.

—No mires ahora —dije susurrando—, pero tenemos más huéspedes.

Dos tipos fornidos habían entrado por la cortina de cuentas y cruzaban el patio para sentarse cerca de nosotras. Nos miraron con indiferencia... pero los emisarios de Kamel, al otro lado, tenían problemas visuales. Miraron fijamente a los recién llegados y después se miraron el uno al otro... y yo sabía por qué. La última vez que había visto a uno de los tipos fornidos, había sido en el aeropuerto, acariciando un revólver... y el otro me había servido de chófer desde el bristó la noche que llegué a Argel... servicio gratis de la Policía Secreta.

—A fin de cuentas, Sharrif no nos ha olvidado —informé a Lily mientras comía algo—. Nunca olvido una cara y tal vez los haya elegido porque ellos tampoco. Los dos me han visto antes.

—Pero no pueden habernos seguido por esa carretera vacía —insistió ella—. Los hubiera visto, como a los otros.

—Husmear con la nariz pegada al suelo es algo que se perdió con Sherlock Holmes —señalé.

—¿Quieres decir que pusieron algo en nuestro coche... como un radar? —preguntó con su voz ronca—. ¡Para poder seguirnos sin que los viésemos!

—Bingo, mi querido Watson —dije en voz baja—. Entreténlos durante veinte minutos mientras yo encuentro el micrófono y lo saco. La electrónica es mi fuerte.

—Yo tengo mis propias técnicas —susurró Lily con un guiño—. Si me perdonas, creo que iré a empolvarme la nariz.

Levantándose con una sonrisa, dejó caer a Carioca en mi regazo. El matón que se puso de pie para seguirla quedó paralizado cuando ella preguntó en voz alta por *«les toilettes»*. El matón volvió a sentarse.

Yo luchaba con Carioca, que parecía haber concebido una marcada preferencia por el *tadjine*. Cuando Lily regresó por fin, lo cogió, lo metió en mi bolso, repartió las pesadas botellas de agua conmigo y se dirigió hacia la puerta.

—¿Qué has hecho? —pregunté. Nuestros compañeros de cena pagaban a toda prisa sus cuentas.

—Juego de niños —murmuró mientras íbamos hacia el coche—. Una lima de uñas de acero y una piedra. Pinché los conductos de gasolina y las ruedas... sólo cortes, nada de agujeros grandes. Los haremos dar vueltas por el desierto un rato hasta que se cansen... y después tomaremos la carretera.

—Dos pájaros de un tiro... y una lima —dije cálidamente mientras subíamos al Corniche—. ¡Buen trabajo!

Pero mientras salíamos a la calle, observé que había media docena de coches aparcados... tal vez pertenecientes al personal del restaurante o los cafés de los alrededores.

—¿Y cómo sabías cuál era el de la Policía Secreta?

—No lo sabía —dijo Lily, sonriendo mientras salía calle abajo—. Así que los agujereé todos, para estar segura.

∞

Me equivocaba al suponer que la ruta del sur era de unos mil trescientos kilómetros. El cartel indicador en las afueras de Ghardaia, con las distancias a todos los puntos del sur (no había muchos), ponía 1.637 kilómetros desde Djanet hasta la entrada sur del Tassili. Y aunque Lily fuera una conductora rápida, ¿cuánto tiempo necesitaría cuando nos quedáramos sin autopista?

Tal como predijo, los chicos de Kamel se quedaron sin transporte una hora después de seguirnos bajo la luz menguante del M'zab. Y como yo había predicho, los muchachos de Sharrif se habían quedado tan atrás que no tuvimos el privilegio de presenciar cómo arruinaban la reputación de su jefe quedándose varados junto al camino. En cuanto nos vimos libres de escoltas, nos detuvimos y yo me metí debajo del gran Corniche. Necesité cinco minutos y una linterna para encontrar el micrófono detrás del eje trasero. Lo aplasté con la palanca que me dio Lily.

Ignorando el extendido cementerio de Ghardaia, aspiramos el fresco aire nocturno y saltamos de alegría, dándonos golpecitos en la espalda para celebrar nuestra inteligencia, mientras Carioca brincaba alrededor nuestro, ladrando a todo pulmón. Después volvimos a meternos en el coche y le dimos al acelerador.

A estas alturas, había cambiado mi actitud sobre la elección de ruta hecha por Minne. Aunque la autopista norte hubiera sido más sencilla, nos habíamos sacado de encima a nuestros perseguidores, de modo que no podían saber qué dirección habíamos tomado. Ningún árabe cuerdo podía imaginar que dos mujeres solas pudieran elegir esta ruta... a mí misma me costaba imaginarlo. Pero habíamos perdido tanto tiempo eludiendo a esos tipos, que para cuando dejamos el M'zab eran más de las nueve de la noche y estaba totalmente oscuro. Demasiado como para leer el libro que tenía en el regazo, demasiado incluso como para mirar el paisaje vacío. Dormité un poco mientras Lily recorría el camino largo y estrecho, para poder relevarla cuando llegara mi turno.

Habían pasado diez horas y amanecía ya cuando cruzamos el Hammada y fuimos hacia el sur atravesando las dunas de Touat. Por fortuna, había sido un viaje sin incidentes... tal vez sereno en exceso. Yo tenía el inquietante presentimiento de que se nos acababa la suerte. Había empezado a pensar en el desierto.

En las montañas que habíamos cruzado el día anterior a mediodía hacía unos dieciocho grados. Ghardaia a la hora del crepúsculo tenía unos cinco grados más... y a medianoche, en las dunas, había rocío incluso a finales de junio. Pero ahora amanecía en las planicies de Tidikelt, el borde del verdadero desierto —ése donde la arena y el viento reemplazan a las palmeras, las plantas y el agua—, y todavía nos quedaban por recorrer 720 kilómetros. No teníamos más ropa que la puesta... ni comida, salvo unas botellas de agua gaseosa. Pero nos esperaban noticias peores. Lily interrumpió mis meditaciones.

—Allá hay una barrera —dijo con voz tensa, esforzándose por ver a través del parabrisas lleno de insectos y bañado por la luz intensa del sol naciente—. Parece una frontera... no sé qué es. ¿Corremos el riesgo?

Sí, había un pequeño quiosco con la barrera pintada a franjas que uno asocia con los puestos de Inmigración, colocado en el medio del desierto. En esta soledad vasta, parecía extraño y fuera de lugar.

—Parece que no tenemos elección —le dije. El último atajo había quedado a 160 kilómetros detrás de nosotras. Allí estaba: el único camino de la ciudad.

—¿Por qué demonios habrá una barrera justo aquí? —dijo Lily lanzándose hacia delante y con voz tensa.

—Tal vez sea un control sanitario —dije, tratando de bromear—. No hay mucha gente lo bastante demente como para ir más allá de este punto. Sabes lo que hay allí, ¿no?

—¿Nada? —tanteó.

Nuestra risa aflojó parte de la tensión. Ambas estábamos preocupadas por lo mismo: cómo serían las prisiones en esta parte del desierto. Porque eso sería lo que tendríamos que afrontar si descubrían quiénes éramos... y lo que habíamos hecho al parque automovilístico del ministro de la OPEP y el jefe de la Policía Secreta.

—No nos dejemos ganar por el pánico —dije, mientras nos acercábamos a la barrera. Salió el guardia, un tipo pequeño con bigotes, que parecía haberse quedado atrás cuando la Legión Extranjera se largó. Después de mucha conversación en mi mediocre francés, resultó evidente que deseaba que mostráramos alguna especie de permiso para pasar.

—¡Un permiso! —exclamó Lily, casi escupiéndolo—. ¿Necesitamos permiso para entrar en esta tierra olvidada de Dios?

Yo dije cortésmente en francés:

—¿Y cuál es el propósito de ese permiso, monsieur?

—Para El-Tanzerouft... el Desierto de la Sed —me aseguró—, el gobierno tiene que inspeccionar su coche... y darle un certificado de salud.

—Tiene miedo de que el coche no resista —dije a Lily—. Untémosle la mano con dinero, dejemos que examine algunas cosas... y podremos irnos.

Cuando el guardia vio el color de nuestro dinero y Lily hubo derramado unas cuantas lágrimas, llegó a la conclusión de que era lo bastante importante como para darnos el beso aprobatorio del gobierno. Examinó nuestras latas de gasolina y agua... se maravilló ante la estatuilla de plata de la muñequita alada y tetona que había sobre el capó... chasqueó con admiración la lengua ante las pegatinas que ponían «Suiza» y la «F» de Francia. Las cosas parecían estar saliendo bien, hasta que nos dijo que corriéramos la capota y nos fuéramos.

Lily me miró intranquila. Yo no sabía qué le pasaba.

—¿Significa eso lo que creo que significa? —preguntó.

—Nos dijo que podíamos irnos —le aseguré, empezando a caminar en dirección al coche.

—Me refiero a lo del techo... ¿tengo que ponerlo?

—Por supuesto. Estamos en el desierto. Dentro de unas horas habrá treinta y ocho grados a la sombra... pero no hay sombra. Por no hablar del efecto producido por la arena en nuestros peinados...

—¡Es que no puedo! —susurró—. ¡No tengo capota!

—¡O sea que hemos hecho mil trescientos kilómetros en un coche que no puede atravesar el desierto! —dije alzando la voz. El guardia estaba en su quiosco, dispuesto a levantar la barrera... pero se detuvo.

—Por supuesto que puede —dijo indignada, deslizándose en el asiento del conductor—. Éste es el mejor automóvil que se ha hecho nunca. Pero no tiene capota. Estaba rota y Harry dijo que la haría reparar... pero no lo hizo. No obstante, pienso que nuestro problema más inmediato...

—¡Nuestro problema inmediato —aullé—, es que estás a punto de entrar en el mayor desierto del mundo... sin techo sobre nuestras cabezas! ¡Conseguirás que muramos!

Nuestro pequeño guardia podía no saber inglés, pero sabía que pasaba algo. En ese momento, un enorme camión se detuvo detrás de nosotros y empezó a darle al claxon. Lily hizo un gesto con la mano, encendió el motor y dio marcha atrás para hacer a un lado el Corniche, de modo que el otro pudiera adelantarse. El guardia volvió a salir para examinar los papeles del conductor.

—No veo por qué te pones tan nerviosa —dijo Lily—. El coche tiene aire acondicionado.

—¡Aire acondicionado! —volví a gritar—. ¿Aire acondicionado? ¡Será una gran ayuda contra la insolación y las tormentas de arena...!

Iba poniéndome cada vez más nerviosa cuando el guardia regresó a su garita para levantar la barrera para el camionero que, sin duda, había tenido la cordura necesaria como para hacer inspeccionar su vehículo antes de entrar en el séptimo círculo del infierno.

Antes de que pudiera advertir lo que pasaba, Lily apretó el acelerador. Levantando nubes de arena, regresó a la carretera y atravesó la barrera pegada al camión. Cuando la barra de hierro bajó justo detrás de mí y dio un golpe a la parte trasera del coche, me agaché. Se oyó un ruido desagradable de metal aplastado mientras la barrera golpeaba los parachoques traseros. Escuché que el guardia salía corriendo de su garita, gritando en árabe... pero mi voz superó la suya.

—¡Casi me decapitas! —rugí.

El coche se precipitó peligrosamente hacia el borde de la carretera —quedé aplastada contra la puerta—, y después, para mi espanto, nos salimos del camino y nos hundimos en la arena roja.

No veía nada... sentí terror. Tenía arena en los ojos, la nariz, la garganta. La bruma roja giraba en torno a mí. Los únicos ruidos eran las toses de Carioca, oculto debajo del asiento, y el claxon atronador del gigantesco camión... que parecía peligrosamente cerca de mi oído.

Cuando volvimos a la superficie, bajo la brillante luz del día, la arena caía de las grandes aletas del Corniche, las ruedas pisaban pavimento y de alguna manera, por milagro, el coche había adelantado al camión, que seguía trabajosamente por el camino. Estaba furiosa con Lily... pero también estupefacta.

—¿Cómo hemos llegado aquí? —pregunté, pasándome los dedos por el pelo para sacarme la arena.

—No entiendo por qué Harry se molestó en conseguirme un chófer —dijo alegremente, como si no hubiera pasado nada. Tenía el cabello, la cara y el vestido cubiertos con una fina capa de arena—. Siempre he adorado conducir. Es magnífico estar aquí... apuesto a que ya he conseguido el récord de velocidad entre los jugadores de ajedrez...

—¿No se te ha ocurrido pensar —interrumpí—, que aun cuando no nos hayamos matado, aquel hombrecillo de allí puede tener un teléfono? ¿Qué pasa si nos denuncia? ¿Qué pasa si llama a un puesto más adelantado...?

—¿Adelantado adónde? —se burló Lily con desdén—. No puede decirse que este lugar esté atestado de coches patrulleros.

Tenía razón, por supuesto. Nadie se iba a poner tan nervioso como para perseguirnos aquí, en medio de ninguna parte, sólo porque nos habíamos saltado un control de inspección de coches.

Volví al diario de Mireille, empezando donde lo habíamos dejado el día anterior:

> *Y así fui hacia el este desde Khardaia, a través del seco Chebkha y las planicies rocosas de Hammada, en dirección al Tassili n'Ajjer, que está al borde del desierto de Libia. Y cuando partía, se levantó sobre las dunas rojas el sol, para indicarme el camino que buscaba...*

El este, la dirección por donde se elevaba el sol cada mañana sobre la frontera libia, a través de los cañones del Tassili, adonde íbamos también nosotras. Pero si el sol se levantaba por el este... ¿por qué no había notado que estaba saliendo ahora, rojo y lleno, en lo que parecía ser el norte, mientras nos alejábamos de la barricada de Ain Salah... hacia el infinito?

∞

Hacía horas que Lily recorría la interminable cinta de carretera de doble sentido que oscilaba como una larguísima serpiente entre las dunas. Yo estaba casi dormida a causa del calor y Lily —que hacía casi veinte horas que conducía y veinticuatro que no dormía— estaba poniéndose verde en torno a los ojos y roja en la punta de la nariz, a causa del calor achicharrante.

En las últimas cuatro horas, la temperatura había subido sin cesar. Ahora eran las diez de la mañana y los indicadores del tablero registraban la increíble temperatura de cuarenta y ocho grados... y una altura de 150 metros por encima del nivel del mar. Esto no podía ser correcto. Me froté los ojos y volví a mirar.

—Algo va mal —dije—. Esas planicies que hemos dejado atrás

pueden estar cerca del nivel del mar... pero desde Ain Salah han pasado cuatro horas. Ya tendríamos que estar a unos cuantos cientos de metros por encima, en pleno desierto. Hace mucho más calor del que debería hacer a esta hora del día.

—Y eso no es todo —asintió Lily con la voz ahogada a causa del calor—. Deberíamos haber encontrado un desvío hace por lo menos media hora, según las indicaciones de Minne. Pero no estaba...

En ese momento advertí la dirección del sol.

—¿Por qué dijo ese tipo que necesitábamos un permiso? —dije, con voz algo histérica—. ¿No dijo que era para El-Tanzerouft... el Desierto de la Sed? Oh, Dios mío...

Estaba empezando a comprender algo horrible, pese a que los carteles indicadores estaban escritos en árabe y no tenía demasiada familiaridad con los mapas del Sáhara.

—¿Qué pasa? —exclamó Lily, mirándome con nerviosismo.

—Esa barrera no era Ain Salah —dije de pronto—. Creo que en algún momento de la noche tomamos un camino equivocado. ¡Vamos hacia el sur, al desierto de sal! ¡Vamos camino a Mali!

Lily detuvo el coche en medio de la carretera. Su cara, que empezaba a pelarse de mala manera, reflejaba desespero. Apoyó la frente en el volante y le puse una mano en el hombro. Ambas sabíamos que era cierto. Dios, ¿qué íbamos a hacer ahora?

Cuando bromeábamos diciendo que más allá de esa barrera no había nada, nos habíamos apresurado al reírnos. Yo había oído historias sobre el Desierto de la Sed. No había en la tierra ningún lugar más terrorífico que ése. Hasta la famosa Zona Vacía de Arabia podía cruzarse en camello... pero esto era el fin del mundo... un desierto donde no podía sobrevivir ninguna forma de vida. Hacía que las mesetas que habíamos perdido accidentalmente, parecieran en comparación un paraíso. Aquí, cuando descendiéramos por debajo del nivel del mar, decían que la temperatura subía tanto que se podía freír un huevo en la arena... y el agua se evaporaba de inmediato.

—Creo que deberíamos retroceder —dije a Lily, que seguía con la cabeza inclinada—. Hazte a un lado y déjame conducir. Pondremos el aire acondicionado... pareces enferma.

—Eso sólo recalentará más el motor —dijo con voz pastosa, levantando la cabeza—. No sé cómo demonios me salté el camino. Puedes conducir... pero si volvemos, ya sabes que se descubrirá el pastel.

Tenía razón, ¿pero qué otra cosa podíamos hacer? La miré y vi que sus labios estaban resquebrajándose por el calor. Salí del coche y abrí el maletero. Había dos mantas para cubrir las rodillas. Envolví una en torno a mi cabeza y mis hombros y cogí la otra para tapar a Lily. Saqué a Carioca de debajo del asiento... le colgaba la lengua, que estaba casi seca. Le levanté la cabeza y le di agua. Después fui a mirar bajo el capó.

Hice unos cuantos viajes para volver a poner gasolina y agua. No quería deprimir más a Lily, pero su error de la noche anterior había sido un verdadero desastre. Basándome en la manera en que el tanque devoró la primera lata de agua, no parecía que fuéramos a lograrlo en este coche... aun cuando retrocediéramos. Si era así, daba lo mismo seguir adelante.

—Nos sigue un camión grande, ¿no? —dije, sentándome en el asiento del conductor y poniendo en marcha el coche—. Si seguimos, aunque tengamos una avería, terminará por llegar... no hubo salidas salvo unos caminos sucios, en los últimos trescientos kilómetros.

—Si tú quieres, estoy dispuesta —me dijo débilmente... y me miró con una sonrisa que sirvió para agrietarle más los labios—. Si Harry pudiera vernos ahora.

—Bueno, por fin somos amigas... como él quería —dije, devolviendo su sonrisa en una mala imitación de coraje.

—Sí —asintió Lily—. Pero qué forma tan *meshugge* de morir.

—Todavía no hemos muerto —le dije.

Pero cuando miré el sol que se elevaba aún más en el cielo blanco, me pregunté cuánto tardaríamos...

De modo que éste era el aspecto de un millón y medio de kilómetros de arena, pensé mientras mantenía al Corniche cuidadosamente por debajo de cuarenta, tratando de evitar que el agua hirviera. Era un enorme océano rojo. ¿Por qué no era amarillo o blanco o gris sucio, como otros desiertos? La roca pulverizada centelleaba como cristal bajo la mirada ardiente del sol... más resplandeciente que la piedra arenisca, más ocura que la canela. Mientras escuchaba cómo el motor iba consumiendo lentamente el agua y observaba el ascenso del termostato, el desierto esperaba en silencio, tan lejos como alcanzaba la vista... esperando como una roja eternidad oscura.

Tenía que detener el coche a cada momento para enfriarlo, pero el termostato externo subía a más de sesenta grados... una temperatura que me resultaba difícil imaginar fuera de un horno. Cuando me detuve a levantar el capó, vi la pintura que se descascarillaba y caía en la parte delantera del Corniche. Tenía los zapatos como enlodados y llenos de sudor, pero cuando me incliné para sacármelos, no encontré sudor. La piel de mis pies hinchados se había abierto a causa del calor y los zapatos estaban llenos de sangre. Sentí deseos de vomitar. Volví a ponerme los zapatos, regresé al coche sin decir nada y seguí conduciendo.

Hacía rato que me había sacado la camisa para envolverla en torno al volante, donde la piel se había resquebrajado y se caía. En el cerebro me hervía la sangre... sentía el calor sofocante quemándome los pulmones. Si pudiéramos resistir hasta el crepúsculo, sobreviviríamos otro día. Tal vez alguien viniera a rescatarnos... tal vez llegaría aquel camión. Pero hasta el gigantesco camión que habíamos pasado por la mañana empezaba a parecer un fragmento imaginario... el espejismo de la memoria.

Eran las dos de la tarde... la aguja del termostato señalaba cerca de setenta grados... cuando advertí algo. Al principio pensé que se me iba la cabeza y tenía alucinaciones... que estaba viendo un espejismo. Me pareció que la arena empezaba a moverse.

No había ni la más ligera brisa... ¿cómo podía estar moviéndose la arena? Pero se movía. Disminuí un poco la velocidad, y después me detuve. Lily estaba durmiendo profundamente en el asiento trasero, ella y Carioca cubiertos con la manta.

Olfateé y escuché. Había ese aire chato y opresivo que se percibe antes de una tormenta... ese silencio sofocante, el vacío aterrador de sonido que sólo llega antes de la más espantosa de las tormentas: el tornado. El huracán. Se acercaba algo... ¿pero qué?

Salté del coche y puse la manta sobre el capó hirviente para poder subirme y ver mejor. Examiné el horizonte. En el cielo no había nada... pero hasta donde alcanzaba la vista las arenas se movían... reptaban lentamente como algo vivo. Pese al calor pulsante, doloroso, me estremecí.

Volví a bajar y empecé a despertar a Lily, sacándole la manta que la protegía. Se sentó, confundida, con la cara muy ampollada a causa del sol que la había quemado antes.

—¡Nos quedamos sin gasolina! —dijo, asustada. Su voz era ronca y tenía hinchados los labios y la lengua.

—El coche sigue bien —dije—. Pero se acerca algo... no sé qué.

Carioca había salido de la protección de la manta y empezó a gemir mientras miraba con desconfianza la arena que se movía en torno a nosotros. Lily lo miró y después volvió hacia mí sus ojos asustados.

—¿Una tormenta? —preguntó.

Asentí.

—Creo que sí. No creo que aquí podamos esperar lluvia… tiene que ser una tormenta de arena. Podría ser una catástrofe.

No quería insistir en que, gracias a ella, no teníamos refugio. Tal vez, aunque lo hubiéramos tenido, no hubiese servido para nada. En un lugar como éste, donde los caminos podían quedar enterrados por capas de hasta diez metros de espesor… lo mismo era aplicable a nosotras. No teníamos ninguna oportunidad, aunque el coche tuviese capota… tal vez ni siquiera sirviera meternos debajo.

—Creo que deberíamos intentar ir por delante de la tormenta —anuncié con firmeza, como si supiera de lo que hablaba.

—¿De qué dirección viene? —preguntó Lily. Me encogí de hombros.

—No la veo ni la huelo ni la siento —dije—. No me preguntes cómo… pero sé que está ahí.

Y también lo sabía Carioca, totalmente aterrado. No podíamos equivocarnos los dos.

Volví a poner el coche en marcha y apreté el acelerador tanto como pude. Mientras atravesábamos el espantoso calor, me sentí invadida por el miedo. Como Ichabod Crane huyendo del horrible fantasma sin cabeza del vacío, yo corría delante de una tormenta que no veía ni oía. El aire se hacía cada vez más asfixiante, ardiente como una manta de fuego que cayera sobre nuestras cabezas. Lily y Carioca estaban junto a mí, en el asiento delantero, mirando al frente a través del parabrisas lleno de arena, mientras el coche se precipitaba dentro de la incansable mirada roja. Y entonces escuché el sonido.

Al principio pensé que era mi imaginación… una especie de ronroneo que podía tener su origen en la arena que golpeaba constantemente contra el coche. La arena había roído la pintura del capó y el radiador, y ahora mordía el puro metal. Pero la intensidad del sonido aumentaba sin cesar… un leve zumbido como el de un tábano o una mosca. Yo seguía adelante, pero tenía miedo. Lily también lo oyó y se volvió hacia mí, pero no estaba dispuesta a detenerme para saber qué era. Mucho me temía que ya lo sabía.

A medida que el ruido aumentaba, parecía ahogar todo cuanto nos rodeaba. Ahora, la arena que flanqueaba el camino se levantaba en nubecillas y arrojaba pequeños géiseres sobre el pavimento…

pero el sonido seguía aumentando hasta que fue casi ensordecedor. De pronto, levanté el pie del acelerador mientras Lily se sujetaba al tablero con sus uñas rojo-sangre. El ruido se escuchaba justo sobre nuestras cabezas, violento, y estuve a punto de salirme del camino antes de encontrar los frenos.

—¡Un avión! —gritaba Lily… y yo también. Estábamos abrazadas y las lágrimas corrían por nuestras mejillas. Un avión se había colocado sobre nuestras cabezas… y descendía ante nuestros ojos, a unos cien metros de nosotras, sobre una pista de aterrizaje en pleno desierto.

∞

—Señoras —dijo el funcionario de la pista de aterrizaje de Debnane—, han tenido suerte de encontrarme aquí. Recibimos sólo este vuelo diario de Air Algérie. Cuando no hay vuelos privados programados, este lugar está cerrado. Hay más de cien kilómetros de aquí a la siguiente gasolinera… y no hubieran llegado.

Estaba rellenando nuestros tanques de gasolina y agua de bombas cercanas a la pista. El enorme avión de transporte que había zumbado sobre nuestras cabezas estaba posado sobre el asfalto y los calientes propulsores expulsaban aire ardiente hacia arriba. Lily estaba de pie, con Carioca en sus brazos, mirando a nuestro pequeño y fornido salvador como si fuera el arcángel Gabriel. De hecho, era la única persona visible en la inmensidad que nos rodeaba. El piloto se había echado a dormir una siesta en la carlinga metálica, en medio de aquel calor terrible. Sobre la pista volaba el polvo… se estaba levantando viento. Me dolía la garganta a causa de la sequedad y el alivio. Decidí que creía en Dios.

—¿Para qué sirve esta pista de aterrizaje aquí, en medio de nada? —me preguntó Lily. Transmití su pregunta al funcionario.

—Correos —dijo—, suministros para los obreros de un polo de gas natural que trabajan al oeste de aquí, en caravanas. Se detienen de camino al Hoggar… después regresan a Argel.

Lily había comprendido.

—El Hoggar son montañas volcánicas del sur —le dije—. Creo que están cerca del Tassili.

—Pregúntale cuándo harán despegar este armatoste —dijo Lily, encaminándose hacia la carlinga con Carioca trotando detrás de puntillas, levantando ágilmente las almohadillas de sus patas para apartarlas del calor del asfalto.

—Pronto —contestó el hombre a mi pregunta en francés. Señaló el desierto—. Tenemos que salir antes de que llegue el Diablo de Arena. No falta mucho.

De modo que yo tenía razón... venía una tormenta.

—¿Adónde vas? —pregunté a Lily.

—A averiguar cuánto costará traernos el coche —dijo por encima del hombro

∞

Cuando nuestro coche bajó la rampa del avión y pisó asfalto en Tamanrasset, eran las cuatro de la tarde. Las palmeras datileras ondulaban en la brisa tibia y las montañas, casi negras de tan azules, se levantaban en el cielo ante nosotros.

—Es sorprendente lo que puede comprar el dinero —dije a Lily mientras ella pagaba su comisión al alegre piloto y volvíamos a subir al Corniche.

—No lo olvides nunca —contestó, pasando a través de las puertas de alambre de acero—. ¡El tipo hasta me dio un mapa! Allá en el desierto hubiera estado dispuesta a escupir otro de los grandes por un mapa. Ahora por lo menos sabremos dónde estamos cuando volvamos a perdernos.

Yo no sabía quién tenía peor aspecto, si Lily o el Corniche. Su piel pálida estaba agrietada por el sol y la pintura azul de la mitad frontal del coche había desaparecido, dejando ver el metal a causa de la abrasión de la arena y el sol. Pero el motor seguía ronroneando como un gato. Estaba sorprendida.

—Aquí es donde vamos —dijo Lily señalando un punto del mapa que había desplegado sobre el tablero—. Suma los kilómetros, buscaremos el camino más rápido.

Sólo había una ruta: 720 kilómetros y camino de montaña todo el trayecto. En la bifurcación hacia Djanet nos detuvimos en un molino junto a la carretera, para tomar nuestra primera comida en casi veinticuatro horas. Yo estaba famélica y me tragué dos platos de cremosa sopa de pollo con verduras, mojando trozos de pan seco. Una jarra de vino y una enorme ración de pescado con patatas ayudaron a calmar la agonía del estómago. Compré un cuarto de litro de café muy dulce para el camino.

—¿Sabes?, tendríamos que haber leído antes este diario —aseguré cuando estábamos otra vez en el serpenteante camino de doble sentido que iba hacia el este, a Djanet—. Esta monja, Mireille, parece haber acampado en todos los rincones de este territorio... sabe todo. ¿Sabes que los griegos llamaron «Atlas» a estas montañas mucho antes de que las del norte recibieran el mismo nombre? ¿Y que según Herodoto, la gente que vivía aquí recibía el nombre de atlantes? ¡Estamos atravesando el reino perdido de la Atlántida!

—Creí que estaba debajo del océano —dijo Lily—. No dice dónde están escondidas las piezas, ¿no?

—No... creo que sabe qué pasó con ellas, pero buscaba su secreto... la fórmula.

—Bueno, lee, querida, lee. Pero esta vez... dime dónde tengo que girar.

Viajamos toda la tarde y parte de la noche. Era medianoche cuando llegamos a Djanet y las pilas de la linterna estaban agotadas a causa de mi lectura... pero ahora sabía adónde íbamos. Y por qué.

—Dios mío —dijo Lily cuando dejé el libro. Había llevado el coche al arcén y apagado el motor.

Permanecimos sentadas, mirando el cielo estrellado, la luz de la luna goteando como leche sobre las altas mesetas del Tassili, a nuestra izquierda.

—No puedo creerme esta historia... ¿Cruzó el desierto en camello en medio de una tormenta de arena, trepó esas mesetas a pie y dio a luz un niño en medio de las montañas, a los pies de la Diosa Blanca? ¿Qué clase de tía es ésa?

—Bueno, nosotras mismas no hemos estado danzando entre los tulipanes —dije riendo—. Tal vez deberíamos echar un sueñecito de unas horas antes de que amanezca.

—Mira, hay luna llena. Tengo más pilas para esa linterna en el maletero. Subamos por la carretera mientras podamos, hasta que lleguemos a la grieta... después a pie. Con ese café, estoy totalmente despierta. Podemos llevarnos las mantas por si acaso. Vamos ahora, mientras no hay nadie.

Una veintena de kilómetros después de Djanet, llegamos a una intersección donde un largo camino sucio se internaba entre los cañones. Ponía «Tamrit» con una flecha indicadora, y debajo había impresas cinco huellas de camellos y ponía «*Piste Chamelière*». Ruta de camellos. De todos modos, nos internamos por ella.

—¿A qué distancia está este lugar? —pregunté a Lily—. Tú eres la que te aprendiste el camino de memoria.

—Hay un campamento base. Creo que es Tamrit... la aldea de las tiendas. Desde allí, los turistas suben a pie para ver las pinturas prehistóricas... dijo unos veinte kilómetros.

—Una caminata de cuatro horas —calculé—. Pero no con estos zapatos.

No podía decirse que estuviéramos preparadas para los rigores del campo a través, pensé con tristeza. Pero era demasiado tarde como para buscar en el listín la tienda Saks Fifth Avenue más cercana.

Al llegar al desvío de Tamrit nos detuvimos y dejamos el Corniche junto al camino, detrás de unos arbustos. Lily cambió las pilas y cogió las mantas. Yo volví a poner a Carioca en mi bolso. Nos adelantamos por la vereda. Más o menos cada cuarenta y cinco metros había pequeños carteles junto al camino, con adornadas palabras árabes y la traducción francesa debajo.

—Este lugar está mejor señalizado que la autopista —susurró Lily.

Aunque en kilómetros a la redonda los únicos ruidos que se oían eran el chirriar de los grillos y el estallido seco de la grava bajo nuestros pies, ambas caminábamos de puntillas y susurrábamos como si estuviéramos a punto de asaltar un banco. Naturalmente, se parecía bastante. El cielo era tan claro y la luz de la luna tan intensa, que ni siquiera necesitábamos la linterna para leer los rótulos. A medida que íbamos hacia el sureste, el camino plano iba inclinándose. Marchábamos por un estrecho cañón junto a una corriente murmurante, cuando observé un montón de rótulos, todos señalando en diferentes direcciones: Sefar, Aouanrhet, In Itinen...

—¿Y ahora? —pregunté a Lily, soltando a Carioca para que pudiera retozar un poco. Al instante, corrió hasta el árbol más cercano y lo bautizó.

—¡Eso es! —dijo Lily dando saltos—. ¡Allá están!

Los árboles que señalaba y que Carioca seguía olfateando, surgían del cauce del río; un grupo de cipreses gigantescos, muy gruesos, tan altos que ennegrecían el cielo nocturno.

—Primero los árboles gigantes —dijo Lily—; después tendría que haber unos lagos reflectantes cerca.

Y así era. A unos 450 metros más allá, vimos los pequeños estanques con sus límpidas superficies reflejando la luna. Carioca se había abalanzado sobre uno de los estanques para beber. Su lengua movediza quebró la superficie del agua en miles de fragmentos de luz.

—Éstos dan la dirección —dijo Lily—. Seguimos bajando por este cañón hasta algo que se llama Bosque de Piedra...

Marchábamos por el cauce del río cuando vi otro rótulo, señalando lo alto de un estrecho desfiladero: «*La Forêt de Pierre*».

—Por aquí —dije, cogiendo el brazo de Lily y empezando a subir. En la pendiente del desfiladero había mucha grava suelta que se derrumbaba bajo nuestros pies mientras ascendíamos. Escuchaba quejarse a Lily cada vez que una piedra se clavaba en sus delgados zapatos. Y cada vez que se soltaba un trozo de pizarra, Carioca rodaba… hasta que finalmente volví a cogerlo y lo llevé hasta lo alto.

Era un camino largo y empinado que nos llevó más de media hora recorrer. En la cumbre, el cañón se ensanchaba formando una amplia meseta chata, como un valle sobre la montaña. A través del gran espacio, bañadas por la luna, veíamos las agujas espirales de roca que se elevaban del suelo de la meseta como varillas de cóctel. El desfile curvado de piedras erguidas era como el largo y retorcido esqueleto de un dinosaurio tendido sobre el valle.

—¡El Bosque de Piedra! —murmuró Lily—. Y justo donde se suponía que debía estar.

Respiraba pesadamente, y yo jadeaba a causa de la ascensión sobre terreno inseguro, y sin embargo todo parecía demasiado fácil.

Pero tal vez me apresuraba.

Atravesamos el Bosque de Piedra, cuyas hermosas rocas retorcidas adoptaban colores fantásticos a la luz de la luna. En el extremo más alejado de la meseta había otro grupo de rótulos que señalaban direcciones diferentes.

—¿Y ahora? —pregunté a Lily.

—Se supone que tenemos que buscar un signo —me dijo misteriosamente.

—Allí están… por lo menos media docena. —Señalé las pequeñas flechas con nombres.

—No esa clase de signo —me dijo—. Un signo que nos diga dónde están las piezas.

—¿Y qué aspecto se supone que tiene?

—No estoy segura —me dijo, mirando a nuestro alrededor—. Es después del Bosque de Piedra…

—¿No estás segura? —pregunté, reprimiendo el deseo de ahorcarla. Había sido un día duro—. Dijiste que tenías todo esto grabado en tu cerebro como una partida de ajedrez a ciegas… un «paisaje de la imaginación», creo que lo llamaste. Creí que podías visualizar cada rincón y grieta de este terreno…

—Y puedo —dijo Lily, enojada—. Hemos llegado hasta aquí, ¿no? ¿Por qué no te callas y me ayudas a resolver este problema?

—De modo que admites que estás perdida —dije.

—¡No lo estoy! —exclamó Lily, y su voz resonó en el resplandeciente bosque de piedras monolíticas que nos rodeaba—. Estoy buscando algo… algo específico. Un signo. Ella dijo que habría una señal que significaría algo.

—¿Para quién? —pregunté. Lily me miró aturdida. Veía cómo se le pelaba su nariz —. Quiero decir, ¿algo como un arco iris o un rayo? ¿Como la escritura en la pared… mene, mene, tekel…?

Nos miramos. Se nos ocurrió a las dos al mismo tiempo. Encendió la linterna y la orientó hacia el desfiladero que teníamos delante, en el extremo de la larga meseta… y allí estaba.

Una pintura gigantesca ocupaba toda la pared. Antílopes salvajes que volaban sobre las praderas, en colores que parecían brillantes incluso con la luz escasa. Y en el centro, un carro volando a toda velocidad y llevando a una cazadora, una mujer vestida de blanco.

Miramos la pintura durante mucho tiempo, paseando la luz de la linterna por todo el magnífico panorama para apreciar cada una de sus formas delicadas. La pared era alta y ancha y se curvaba hacia adentro, como el fragmento de un arco roto. Allí, en el centro de la salvaje estampida por las antiguas planicies, estaba el carro del cielo —con el cuerpo en forma de luna creciente y las dos ruedas de ocho rayos—, arrastrado por un par de caballos saltarines con los flancos inundados de color: rojo, blanco y negro. Un hombre negro con cabeza de ibis estaba arrodillado en la parte delantera, sujetando firmemente las riendas mientras los caballos saltaban por encima de la tundra. Detrás, había dos largos lazos serpentinos que se entrelazaban al viento para formar un número ocho. En el centro, dominando las figuras del hombre y las bestias como una gran venganza blanca, estaba la diosa. Aunque a su alrededor todo era frenesí, ella permanecía inmóvil, dándonos la espalda, con el cabello volando al viento y el cuerpo congelado como el de una estatua. Tenía los brazos alzados como para golpear algo. Su larga lanza, que mantenía apartada, no apuntaba a los antílopes, que huían frenéticamente, sino hacia arriba, al cielo estrellado. Su propio cuerpo tenía la forma de un basto y triangulado número ocho que parecía tallado en la roca.

—Eso es —dijo Lily sin respiración, mirando la pintura—. Sabes lo que significa esa forma, ¿no? ¿Ese doble triángulo colocado en forma de reloj de arena?

Barrió el muro con la luz para centrarla en la forma.

—Desde que vi aquel paño en casa de Minne, he estado tratando de saber a qué me recordaba —continuó—. Y ahora lo sé. Es una antigua hacha de doble filo llamada *labrys*, que tiene forma de número ocho. Los antiguos micenos la usaban en Creta…

—¿Y qué tiene eso que ver con nuestra presencia aquí?

—Es lo que estoy tratando de explicarte —dijo excitada, cegándome casi al enfocar la linterna en mi cara—. Lo vi en el libro de ajedrez que me mostró Mordecai. El juego de ajedrez más antiguo que se conoce se encontró en el palacio del rey minos, en Creta… el lugar donde se construyó el famoso Laberinto, llamado así por esta antigua hacha. El juego es del año 2000 antes de Cristo. Estaba hecho de oro, plata y gemas… como el juego de Montglane. Y en el centro tenía tallado un *labrys*…

—Como el paño de Minne —interrumpí. Lily asentía y movía la linterna de un lado al otro, agitada—. Pero yo creía que el ajedrez no se había inventado hasta el seiscientos o setecientos de nuestra era —agregué—. Siempre dicen que llegó de Persia o de la India. ¿Cómo puede ser tan antiguo ese juego minoico?

—El propio Mordecai ha escrito mucho sobre la historia del ajedrez —dijo Lily, volviendo a iluminar a la dama de blanco, de pie en su carruaje en forma de media luna y con la lanza levantada hacia el cielo—. Piensa que ese juego de Creta fue diseñado por el mismo tipo que construyó el Laberinto… el escultor Dédalo…

Ahora las piezas empezaban a acomodarse. Le cogí la linterna y la paseé por el muro.

—La diosa de la luna… —susurré—. El ritual del laberinto… «En medio del mar oscuro como el viento, hay una tierra llamada Creta, una tierra hermosa y rica gestada por el agua…»

Recordé que se trataba de una isla habitada por los fenicios, como las otras islas del Mediterráneo. Es decir, una cultura como la fenicia, laberíntica, rodeada de agua… que adoraba a la luna. Miré las formas de la pared.

—¿Por qué estaba esa hacha grabada en el tablero? —pregunté a Lily, aunque en mi corazón conocía la respuesta antes de que ella hablara—. ¿Cuál era la conexión, según Mordecai?

Pero aunque estaba preparada, sus palabras me produjeron el mismo estremecimiento que la forma blanca suspendida sobre mi cabeza.

—De eso se trata —dijo con calma—. Es para matar al rey.

∞

El hacha sagrada se usaba para matar al rey. El ritual siempre había sido el mismo, desde el principio de los tiempos. El juego del ajedrez era una simple representación. ¿Por qué no me había dado cuenta antes?

Kamel me había dicho que leyera el Corán. Y Sharrif, el mismo atardecer de mi llegada a Argel, había mencionado la importancia de mi cumpleaños en el calendario islámico que, como la mayoría de los calendarios más antiguos, era lunar... o basado en los ciclos de la luna.

Y sin embargo, no había visto la relación.

El rito era el mismo para todas aquellas civilizaciones cuya supervivencia dependía del mar... y en consecuencia de esa diosa lunar que provocaba las mareas, que hacía crecer y menguar los ríos. Una diosa que exigía un sacrificio sangriento. Elegían un hombre vivo para ser su rey, pero el término de su reinado estaba estrictamente limitado por el rito.

Gobernaba durante un Gran Año —es decir, ocho años—, el tiempo que necesitaban los calendarios lunar y solar para coincidir. Cien meses lunares equivalían a ocho años solares. Al término de ese tiempo, se sacrificaba al rey para aplacar a la diosa... y con la luna nueva se elegía otro.

Este rito de muerte y renacimiento se celebraba siempre en la primavera, cuando el sol estaba colocado entre las constelaciones zodiacales de Aries y Tauro... o sea, según los cálculos modernos, el cuatro de abril. ¡Ése era el día en que mataban al rey!

Éste era el ritual de la Triple Diosa Kar, a quien pagaban tributo desde Carqemish a Carcassone... desde Cartago a Jartoum. Su nombre se escucha todavía hoy en los dólmenes de Karnak, en las cuevas de Karlsbaad y Karelia y a través de los Cárpatos.

Mientras sostenía la luz y miraba su forma monolítica suspendida sobre mí, las palabras que surgían de su nombre se agolpaban en mi cabeza. ¿Por qué nunca había escuchado antes? Aparecía en carmín, cardinal y cardíaco; en carnal, carnívoro... y Karma, el eterno ciclo de encarnación, transformación y olvido. Ella era la palabra hecha carne, la vibración del destino enrollada como Kundalini en el corazón mismo de la vida... la caracola o fuerza espiral que constituía el propio universo. Y la fuerza liberada por el juego de Montglane era la suya.

Me volví hacia Lily con la linterna temblando en mi mano, y nos abrazamos en busca de calor mientras la fría luz de la luna caía sobre nosotras como una ducha helada.

—Sé adónde apunta la lanza —dijo Lily débilmente, haciendo un gesto hacia la pintura de la pared—. No señala la luna... ése no es el signo. Es algo iluminado por la luna... en lo alto de aquel desfiladero.

Parecía tan asustada como yo ante la perspectiva de trepar hasta allí en plena noche... debía de tener unos 120 metros de altura.

—Tal vez —contesté—. Pero en mi profesión tenemos un lema: «No trabajes duro; trabaja con astucia.» Tenemos el mensaje. Sabemos que las piezas están por aquí, en algún lugar. Pero el mensaje dice más que eso... y tú has imaginado lo que podía ser.

—¿De veras? —preguntó, mirándome con sus ojos grises muy dilatados—. ¿El qué?

—Mira a la dama de la pared —le dije—. Conduce el carro de la luna a través de un mar de antílopes. No los ve... mira hacia otro lado y su lanza apunta al cielo. Pero no está mirando al cielo...

—¡Está mirando directamente a la montaña! —exclamó Lily—. ¡Está dentro de ese desfiladero! —Su excitación se calmó un poco cuando volvió a mirar—. ¿Y qué se supone que tenemos que hacer... volar ese desfiladero? Me olvidé de poner la nitroglicerina en la maleta.

—Sé razonable —dije—. Estamos de pie en el Bosque de Piedra. ¿Cómo crees que esas piedras talladas, espirales, llegaron a adquirir esa forma de árboles? La arena no corta la piedra de esa manera, por mucho que sople... la desbasta, la pule. Lo único que talla la roca en formas precisas es el agua. Esta meseta fue formada por ríos u océanos subterráneos. Ninguna otra cosa podría darle este aspecto. El agua perfora la piedra... ¿entiendes lo que quiero decir?

—¡Un laberinto! —exclamó Lily—. ¡Dices que dentro de ese desfiladero hay un laberinto! ¡Por eso pintaron a la diosa como un *labrys* al lado! Es un mensaje, como un rótulo. Pero la lanza sigue apuntando hacia arriba... el agua debe haber llegado desde arriba.

—Tal vez —dije, todavía reacia—. Pero mira esta pared, cómo está esculpida. Se curva hacia adentro, parece un bol. Es exactamente la manera en que el mar golpea contra un arrecife. Así se forman todas las grutas marinas. Puedes verlo en cualquier costa desde Carmel hasta Capri. Creo que la entrada está aquí abajo... al menos deberíamos mirarlo antes de matarnos trepando por ahí.

Lily cogió la linterna y nos abrimos paso trabajosamente a lo largo del desfiladero durante media hora. Había varias grietas, pero ninguna lo bastante grande como para permitir el paso. Estaba empezando a pensar que mi idea era un fracaso, cuando vi un lugar donde la suave superficie de la piedra hacía una ligera indentación. Afortunadamente, metí la mano allí. En lugar de unirse, como parecía, al otro lado, la parte frontal de la roca seguía internándose. La seguí y continuó girando como si se curvara hacia atrás para unirse a la otra roca… pero no lo hacía.

—Creo que lo tengo —dije a Lily mientras desaparecía en la oscuridad de la hendidura.

Ella siguió mi voz con la linterna. Cuando llegó a mi lado, yo cogí la luz y la paseé por la superficie de la roca. La grieta continuaba retrocediendo en una espiral, adentrándose cada vez más en el desfiladero.

Las dos secciones de roca parecían enrollarse la una en torno a la otra como las espirales de un nautilus, y nosotras las seguimos. Se puso tan oscuro que el débil rayo de luz de nuestra linterna iluminaba apenas a unos pocos centímetros de distancia.

De pronto se escuchó un fuerte ruido que estuvo a punto de hacerme saltar por el aire.

Después comprendí que era Carioca, dentro de mi bolso, que ladraba. Retumbaba como el rugido de un león.

—En esta cueva hay más de lo que parece —dije a Lily, maniobrando para dejar salir a Carioca—. Ese eco llegó muy lejos.

—No lo bajes. Aquí puede haber arañas… o serpientes.

—Si crees que voy a permitir que mee en mi bolso, te equivocas —dije—. Además, si se trata de serpientes… mejor él que yo.

Lily me lanzó una mirada furiosa en la luz difusa. Puse a Carioca en el suelo, donde cumplió de inmediato con sus necesidades. Miré a Lily con una ceja levantada y después examiné el sitio.

Rodeamos lentamente la cueva… eran sólo nueve metros en redondo. Pero no encontramos la clave. Después de un rato, Lily dejó las mantas en el suelo y se sentó.

—Tienen que estar por aquí, en alguna parte —dijo—. Resulta demasiado perfecto que hayamos encontrado este lugar… aunque no sea exactamente el laberinto que imaginaba. —De pronto se incorporó bruscamente—. ¿Dónde está Carioca? —preguntó.

Miré en torno, pero había desaparecido.

—Dios mío —dije, tratando de mantener la calma—. Sólo hay una salida… por donde entramos. ¿Por qué no lo llamas?

Lo hizo.

Después de una larga y tensa pausa, escuchamos sus pequeños ladridos. Venían de la retorcida entrada, para alivio nuestro.

—Iré a buscarlo —le dije. Pero Lily ya estaba en pie.

—Ni hablar —dijo, y su voz resonó en la penumbra—. No vas a dejarme sola en la oscuridad.

Iba pisándome los talones… lo que tal vez explique por qué cayó sobre mí por el agujero. Pareció que tardábamos una eternidad en llegar al fondo.

Cerca del final de la entrada en espiral de la cueva, oculta a la vista cuando entramos pegadas a la curva del muro, había una empinada pendiente rocosa que caía casi diez metros en el interior de la meseta. Cuando logré sacar mi magullado cuerpo de debajo del peso de Lily, dirigí la luz hacia arriba. La luz resplandecía por todas partes en las paredes cristalizadas y los techos de la cueva más grande que había visto. Nos quedamos allí sentadas, mirando la multitud de colores, mientras Carioca saltaba alegremente en torno nuestro, impermeable a la caída.

—¡Buen trabajo! —exclamé, palmeando su cabeza—. ¡De vez en cuando es una suerte que sea tan *klutz*, mi peludo amigo!

Me puse en pie y me sacudí la ropa mientras Lily recogía las mantas y los objetos sueltos que habían caído de mi bolso. Miramos boquiabiertas la enorme cueva. Cualquiera que fuese el lugar que ilumináramos, parecía no tener fin.

—Creo que tenemos problemas —dijo la voz de Lily, surgiendo de la oscuridad que había a mis espaldas—. Se me ocurre que esta rampa por la que hemos caído es demasiado empinada como para volver a treparla sin ayuda. También se me ocurre que en este lugar podríamos perdernos a menos que dejemos una huella de migas de pan.

Tenía razón en ambos casos… pero mi cerebro se negaba a hacer horas extras.

—Siéntate y piensa —le dije, fatigada—. Trata de recordar una señal y yo trataré de pensar cómo podemos salir de aquí.

Entonces escuché un sonido… un vago susurro como el de hojas secas volando por un callejón vacío.

Empecé a buscar con la linterna, pero de pronto Carioca empezó a dar saltos ladrando histéricamente al techo de la cueva y un grito ensordecedor como los aullidos de mil arpías asaltó mis oídos.

—¡Las mantas! —grité a Lily—. ¡Coge las malditas mantas!

Atrapé a Carioca, que seguía saltando, lo metí bajo el brazo y me arrojé hacia Lily, arrancándole las mantas de las manos en el momento en que empezó a gritar. Arrojé una manta sobre su cabeza y traté de cubrirme… acuclillándome en el instante en que atacaron los murciélagos.

A juzgar por el sonido, había miles. Lily y yo nos agachamos mientras ellos golpeaban las mantas como diminutos kamikazes: tump, tump, tump. Escuchaba los gritos de Lily por encima del ruido de sus alas. Se estaba poniendo histérica y Carioca se retorcía frenéticamente en mis brazos. Parecía querer liquidar él solo toda la población de murciélagos del Sáhara, y su agudo ladrido, combinado con los gritos de Lily, retumbaban en los altos muros.

—¡Odio los murciélagos! —aulló histéricamente Lily, apretando mi brazo mientras yo la arrastraba por la cueva, espiando por debajo de la manta para ver el terreno—. ¡Los odio! ¡Los odio!

—Ellos no parecen tenerte mucho afecto —grité por encima del estruendo. Pero sabía que los murciélagos no podían dañarnos a menos que se enredaran en los cabellos o estuvieran rabiosos.

Corríamos medio inclinadas hacia una de las arterias de la enorme cueva, donde Carioca se soltó y empezó a correr. Los murciélagos seguían apareciendo por todas partes.

—¡Dios mío! —grité—. ¡Carioca! ¡Vuelve!

Sosteniendo la manta sobre mi cabeza, solté a Lily y lo perseguí, agitando la linterna con la esperanza de aturdir a los murciélagos.

—¡No me dejes! —escuché gritar a Lily. Sus pasos venían en mi seguimiento por entre los pedruscos del suelo. Yo corría cada vez más rápido, pero Carioca giró en una curva y desapareció.

Los murciélagos se habían ido. Ante nosotras se extendía una larga cueva semejante a un corredor y no se escuchaba nada. Me volví hacia Lily, que estaba acurrucada detrás de mí, temblando, con la manta envuelta en la cabeza.

—Ha muerto —gimoteó, buscando a Carioca con la mirada—. Lo soltaste y lo han matado. ¿Qué debemos hacer? —Su voz era débil a causa del miedo—. Tú siempre sabes qué hacer. Harry dice…

—Me importa un comino lo que diga Harry —le espeté. Me estaba dejando invadir por el pánico, pero luché contra él haciendo unas inhalaciones profundas. En realidad, no tenía objeto volverse loca. ¿Acaso Huckleberry Finn no había salido de una cueva parecida? ¿O era Tom Sawyer? Empecé a reír.

—¿De qué te ríes? —preguntó frenéticamente Lily—. ¿Qué vamos a hacer?

—En primer lugar, apagar la linterna —le dije—, para no quedarnos sin pilas en este lugar dejado de la mano de…

Y en ese momento lo vi.

Desde el extremo más alejado del corredor donde estábamos,

llegaba un débil resplandor. Era muy leve... pero en aquella oscuridad, era como la llama de un faro brillando sobre un mar glacial.

—¿Qué es eso? —jadeó Lily.

Nuestra esperanza de salvación, pensé, cogiendo su brazo y avanzando. ¿Era posible que el lugar tuviera otra entrada?

No sé cuánto caminamos. En la oscuridad se pierde todo sentido del tiempo y el espacio. Pero seguimos el débil resplandor sin linterna, atravesando la cueva silenciosa, durante lo que pareció un lapso muy largo. El resplandor iba haciéndose cada vez más intenso. Por último, llegamos a un recinto de dimensiones magníficas... un techo de unos quince metros de altura y muros cubiertos de formas extrañamente brillantes. Desde un agujero abierto en el techo, entraba un maravilloso haz de luz lunar. Lily empezó a llorar.

—Nunca pensé que me sentiría tan feliz de ver el cielo —sollozó.

No podía estar más de acuerdo con ella. El alivio me recorrió como una droga. Pero en el momento en que me preguntaba cómo haríamos para ascender aquellos quince metros para alcanzar el agujero del techo, escuché unos soplidos difíciles de confundir. Volví a encender la linterna y allí, en un rincón, cavando como en busca de un hueso, estaba Carioca.

Lily iba a precipitarse sobre él, pero la retuve. ¿Qué estaba haciendo el perro? Ambas lo contemplamos bajo la extraña luz.

Cavaba con entusiasmo en el montón de piedras y desechos del suelo. Pero en ese montón había algo raro. Apagué la linterna de modo que sólo quedara el brillo débil de la luna. Entonces comprendí qué era lo que me llamaba la atención. El propio suelo resplandecía... algo que había debajo de la tierra. Y justo encima, tallado en la roca, había un gigantesco caduceo con el número ocho, que parecía flotar en la pálida luz de la luna.

Lily y yo nos arrodillamos en el suelo y empezamos a cavar también. Pasaron pocos minutos antes de que encontráramos la primera pieza. La saqué y la sostuve en la mano: era la forma perfecta de un caballo, levantándose sobre las patas traseras. Tenía unos doce centímetros de alto, y era mucho más pesado de lo que parecía. Volví a encender la linterna y se la pasé a Lily mientras mirábamos la pieza con más atención. La minuciosidad del trabajo era increíble. Todo estaba indicado de manera precisa en un metal que parecía ser una forma muy pura de plata: desde los resoplantes ollares hasta los delicados cascos. Obviamente, era obra de un artesano genial. Las cinchas de la silla del caballo estaban tejidas hilo por hilo. La propia silla, la base de la pieza, incluso los ojos del caballo, eran de gemas pulidas pero sin tallar, que resplandecían en colores luminosos en el escaso rayo de luz de la linterna.

—Es increíble —susurró Lily en el silencio, roto sólo por la permanente actividad excavadora de Carioca—. Saquemos las otras.

Y así seguimos arañando el montículo hasta que sacamos las demás. En torno a nosotros, sobre la tierra, había ocho piezas del juego de Montglane, brillando bajo la luna. Estaba el caballo de plata y cuatro pequeños peones, cada uno de unos ocho centímetros de altura. Llevaban togas de extraño aspecto con un panel enfrente, y lanzas de puntas retorcidas. Había un camello dorado, con una torre sobre sus espaldas.

Pero las dos últimas piezas eran las más sorprendentes. Una era un hombre sentado a lomos de un elefante con el tronco erguido. Era todo de oro y similar a la foto del elefante de marfil que me había mostrado Llewellyn hacía tantos meses… pero faltaban los infantes en torno a la base. Lo más interesante de todo era el estilo; parecía haber sido esculpido del natural, basándose en una persona real más que en los rostros estilizados habituales en las piezas de ajedrez. Era un rostro grande y noble, de nariz romana, pero narices muy abiertas, como las de las cabezas negroides halladas en Ife, Nigeria. Su largo cabello le caía por la espalda y algunos de los rizos estaban trenzados y adornados con gemas semipreciosas. El rey.

La última pieza era casi tan alta como el rey: unos quince centímetros. Era una silla sedán cubierta, con las cortinas corridas. Dentro había una figura sentada en la posición del loto, mirando hacia fuera. Tenía una expresión de altanería —casi de fiereza— en los almendrados ojos de esmeralda. Aunque la figura tenía barba, también poseía senos de mujer.

—La reina —dijo suavemente Lily—. En Egipto y Persia llevaba barba, que indicaba que tenía poder para reinar. En los tiempos antiguos, esta pieza tenía menos poder que en el juego moderno. Pero se ha fortalecido.

Nos miramos en la luz lívida, con las piezas del juego de Montglane entre nosotras. Y sonreímos.

—Lo hemos conseguido —dijo Lily—. Ahora, todo lo que nos falta es encontrar la manera de salir de aquí.

Iluminé los muros. Parecía difícil, pero no imposible.

—Creo que puedo encontrar lugares donde agarrarme en esta roca —dije—. Si cortamos las mantas a tiras, podemos hacer una cuerda. La bajaré cuando llegue arriba. Tú la atas a mi bolso… y así sacaremos a Carioca y las piezas.

—Estupendo —dijo Lily—. ¿Y yo?

—No puedo levantarte —dije—. Tendrás que trepar.

Me saqué los zapatos mientras Lily desgarraba las mantas usando mis tijerillas de uñas. Cuando terminamos de cortarlas, el cielo empezaba a aclararse por encima de nuestras cabezas.

Los muros eran lo bastante rugosos como para encontrar puntos de apoyo y la hendidura de luz llegaba a ambos lados de la cueva. Necesité alrededor de media hora para trepar llevando la cuerda. Cuando llegué, jadeante, a la luz del día, estaba en lo alto del desfiladero por cuya base habíamos entrado la noche anterior. Desde abajo, Lily ató el bolso y levanté primero a Carioca y después las piezas hasta la cornisa. Ahora le tocaba a Lily. Acaricié mis pies doloridos, porque las ampollas habían vuelto a reventarse.

—Tengo miedo —gritó desde abajo—. ¿Qué pasa si caigo y me rompo una pierna?

—Tendría que rematarte —contesté—. Simplemente, hazlo... y no mires abajo.

Empezó a trepar por el desfiladero, tanteando con los pies desnudos en busca de los apoyos sólidos en la roca. Más o menos a mitad de camino, quedó inmovilizada.

—Vamos —dije—. No puedes detenerte ahora.

Pero se quedó allí, aferrada a la roca como una araña aterrorizada. No hablaba ni se movía. Empecé a sentir pánico.

—Mira —dije—, ¿por qué no imaginas esto como una partida de ajedrez? Estás clavada en una posición y no ves la manera de salir. ¡Pero tiene que haberla, porque si no, pierdes la partida! No sé cómo llamáis a la situación en que todas las piezas están clavadas y no tienen adónde ir... pero ésa es tu situación en este momento, a menos que encuentres otro sitio donde poner el pie.

Vi que movía un poco la mano. Se soltó y resbaló un poco. Después, lentamente, empezó a moverse otra vez. Lancé un gran suspiro de alivio, pero no dije nada para no distraerla mientras continuaba su ascensión. Después de lo que parecieron eones, su mano aferró la cornisa. Cogí la cuerda que le había hecho atar en torno a su cintura y, tirando, la icé.

Lily se quedó allí, jadeando. Tenía los ojos cerrados. Durante mucho rato, no habló. Por último, abrió los ojos y miró el amanecer... y luego a mí.

—Lo llaman Zugzwang —jadeó—. Dios mío... lo hemos hecho.

∞

Pero sucederían más cosas.

Nos pusimos los zapatos y caminamos por la cornisa, completando el descenso. Después, atravesamos el Bosque de Piedra. Sólo necesitamos dos horas para bajar la colina y regresar al lugar que quedaba encima de donde habíamos dejado el coche.

Estábamos las dos exhaustas y yo le decía a Lily cómo me hubiera gustado tener huevos fritos para desayunar —un plato imposible en ese país—, cuando sentí que me cogía del brazo.

—No me lo creo —dijo, señalando hacia abajo, al camino donde habíamos dejado oculto el coche detrás de unos arbustos. Había dos coches policiales estacionados a cada lado... y un tercer coche que me pareció reconocer. Cuando vi los dos matones de Sharrif revisando minuciosamente el Corniche, supe que no me equivocaba.

—¿Cómo han podido llegar hasta aquí? —dijo Lily—. Quiero decir... nos los quitamos de encima a cientos de kilómetros de aquí.

—¿Cuántos Corniche azules crees que hay en Argelia? —señalé—. ¿Y cuántos caminos que atraviesen el Tassili?

Nos quedamos un minuto allí, mirando el camino ocultas por los arbustos.

—No te habrás gastado toda la calderilla de Harry, ¿no? —le pregunté.

Meneó la cabeza con aire de derrota.

—Entonces, sugiero que vayamos andando hasta Tamrit... esa aldea de tiendas por donde pasamos. Tal vez podamos comprar unos cuantos asnos para que nos lleven de regreso a Djanet.

—¿Y dejar mi coche en manos de esos villanos? —silbó.

—Debería haberte dejado colgando de aquella roca —dije—. En Zugzwang.

ZUGZWANG

Siempre es mejor sacrificar los hombres de tu
adversario.

SAVIELLY TARTAKOVER
GM polaco

Pasaba el mediodía cuando Lily y yo abandonamos las altas y onduladas mesetas del Tassili y descendimos a las planicies de Abmer, trescientos metros más abajo... en las proximidades de Djanet.

Por el camino encontramos agua para beber en los muchos ríos pequeños que irrigan el Tassili, y yo había llevado algunas ramas llenas de *dhars* frescos, esos dátiles almibarados que se pegan a los dedos y las costillas. Era todo lo que habíamos comido desde la cena de la noche anterior.

En Tamrit, la aldea de tiendas que habíamos pasado de noche a la entrada del Tassili, alquilamos asnos a un guía.

Los asnos son menos cómodos de montar que los caballos. A mis pies desgarrados podía agregar ahora una lista de males corporales: el trasero dolorido y la columna atormentada, producto de interminables horas de trotar arriba y abajo por las dunas rocosas; las manos desolladas de trepar por el desfiladero; un dolor de cabeza probablemente causado por insolación. Pero pese a ello, mi estado de ánimo era excelente. Por fin teníamos las piezas... e íbamos hacia Argel. O al menos, eso creía.

Dejamos los asnos al tío del guía en Djanet, a cuatro horas de camino. Él nos llevó en su carro de heno al aeropuerto.

Aunque Kamel me había dicho que evitara los aeropuertos, en ese momento parecía imposible. Habían descubierto nuestro coche y lo vigilaban... y encontrar un coche de alquiler en una ciudad de ese tamaño era impensable. ¿Cómo íbamos a volver? ¿En globo?

—Me preocupa llegar al aeropuerto de Argel —dijo Lily mientras nos quitábamos el heno de la ropa y pasábamos por las puertas acristaladas del aeropuerto de Djanet—. ¿No dijiste que Sharrif tiene un despacho allí?

—Justo en el departamento de Inmigración —le confirmé.

Pero Argel no nos preocuparía mucho tiempo.

—Hoy no hay más vuelos a Argel —dijo la dama que expendía billetes—. El último salió hace una hora. No habrá otro hasta mañana por la mañana.

¿Qué se podía esperar en una ciudad con doscientas mil palmeras y dos calles?

—Buen Dios —dijo Lily, llevándome a un lado—. No podemos quedarnos a pasar la noche en este sitio. Si tratáramos de registrarnos en un hotel, nos pedirían identificación, y yo no tengo. Han encontrado nuestro coche... saben que estamos aquí. Creo que necesitamos otro plan.

Teníamos que salir de allí... y rápido. Y llevar las piezas a Minne antes de que sucediera otra cosa. Volví al mostrador con Lily pisándome los talones.

—¿Hay otros vuelos esta tarde... al lugar que sea? —pregunté a la empleada.

—Hay un vuelo chárter a Orán —contestó—. Fue contratado por un grupo de estudiantes japoneses que van a Marruecos. Sale dentro de unos minutos por la puerta cuatro.

Lily ya estaba corriendo en dirección a la puerta cuatro, con Carioca bajo el brazo, como una barra de pan... y yo iba detrás. Pensé que si había un pueblo en el mundo que comprendiera el dinero, era el japonés. Y Lily tenía bastante de eso como para comunicarse en cualquier lengua.

El organizador del tour, un tipo atildado con una blazer azul y un rótulo en el que se leía «Hiroshi», ya estaba empujando a los ruidosos estudiantes por el pasillo cuando llegamos, sin aliento. Lily explicó nuestra situación en inglés, y yo empecé a traducir a toda prisa al francés.

—Quinientos dólares en efectivo —dijo Lily—. Dólares americanos derechos a su bolsillo.

—Setecientos cincuenta —replicó él.

—Hecho —dijo Lily, sacando los crujientes billetes y poniéndoselos bajo las narices.

Se los guardó más rápido que un camello de Las Vegas. Estábamos en marcha.

Hasta ese momento, siempre había imaginado a los japoneses como un pueblo de cultura impecable y gran sofisticación que tocaba música sedante y realizaba serenas ceremonias de té. Pero aquel vuelo de tres horas por encima del desierto corrigió esta impresión. Esos estudiantes recorrían el pasillo de un lado al otro contando chistes groseros y cantando canciones de los Beatles en japonés: una cacofonía que me hacía anhelar los estridentes murciélagos que habíamos abandonado en las cuevas del Tassili.

A Lily no le interesaba nada de esto. Se perdió en la parte trasera del avión, jugando una partida de Go con el director del tour y derrotándolo sin piedad en un juego que es el deporte nacional japonés.

Cuando desde la ventanilla del avión vi la gran catedral de estuco rosado que coronaba la ciudad montañosa de Orán, me sentí aliviada. Orán tiene un gran aeropuerto internacional que no sólo sirve a las ciudades mediterráneas, sino también a la costa atlántica y el África subsaharaui. Cuando Lily y yo bajamos del avión, pensé en un problema que ni se me había planteado en el aeropuerto de Djanet: cómo atravesar los detectores de metal.

Así que, en cuanto bajamos, me fui de inmediato a una agencia de alquiler de coches. Tenía una cobertura plausible… en la cercana ciudad de Arzew había una refinería de petróleo.

—Trabajo para el ministro del petróleo —dije al empleado, agitando mi credencial del ministerio—. Necesito un coche para visitar las refinerías de Arzew. Es una emergencia… el coche del ministerio se ha averiado.

—Por desgracia, mademoiselle —dijo el agente meneando la cabeza—, no hay coches de alquiler por lo menos hasta dentro de una semana.

—¡Una semana! ¡Qué situación tan grotesca! Necesito un coche hoy… para inspeccionar los índices de producción. Exijo que requise un coche para mí. Allí afuera hay coches. ¿Quién los ha reservado? Sea quien fuere… esto es más urgente.

—Si me lo hubiera advertido —dijo—, pero esos coches de ahí… los han devuelto hoy. Hay clientes que han esperado semanas estos coches… y son todos VIP. Como éste… —Cogió un manojo de llaves del escritorio y lo sacudió—. Hace apenas una hora llamó el consulado soviético. Su oficial de enlace para el petróleo llega en el próximo vuelo desde Argel…

—¿Un oficial ruso? —dije con desdén—. Debe estar bromeando. Tal vez querría telefonear al ministro argelino y explicar que no puedo inspeccionar la producción en Arzew durante una semana porque los rusos, que no saben nada de petróleo, se han llevado el último coche.

Lily y yo nos miramos indignadas y meneamos la cabeza mientras el empleado iba poniéndose cada vez más nervioso. Lamentaba haber tratado de impresionarme con su clientela, pero lamentaba aún más haber dicho que se trataba de un ruso.

—¡Tiene razón! —exclamó cogiendo un tablero con algunos papeles y pasándomelo—. ¿A qué tantas prisas de la embajada soviética? Aquí, mademoiselle... firme esto. Después le traeré el coche.

Cuando el empleado regresó con las llaves en la mano, le pedí que usara su teléfono para ponerse en contacto con la operadora internacional de Argel, asegurándole que no le cobrarían la llamada. Me puso con Thérèse y cogí el teléfono.

—¡Mi niña! —exclamó por encima de la estática—. ¿Qué ha hecho? Medio Argel la busca. Créame... ¡he escuchado las llamadas! El ministro me dijo que si tenía noticias suyas, tenía que decirle que no podía atenderla. No debe acercarse al ministerio en su ausencia.

—¿Dónde está? —pregunté mirando nerviosamente al empleado, que escuchaba todo al tiempo que fingía no entender inglés.

—Está en conferencia —dijo significativamente.

Mierda. ¿Quería decir eso que había empezado la conferencia de la OPEP?

—¿Dónde está, por si desea encontrarla?

—Voy de camino a inspeccionar las refinerías de Arzew —dije en voz alta y en francés—. Nuestro coche tuvo una avería... pero gracias al estupendo trabajo del agente de Auto-Rental del aeropuerto de Orán, he conseguido otro vehículo. Diga al ministro que mañana le informaré...

—¡Haga lo que haga, no debe volver ahora! —dijo Thérèse—. Ese *salaud* de Persia sabe dónde ha estado... y quién la envió allí. Salga del aeropuerto lo más pronto que pueda. ¡Los aeropuertos están vigilados por sus hombres!

El bastardo persa al que se refería era Sharrif, quien, evidentemente, sabía que habíamos ido al Tassili. ¿Pero cómo lo sabía Thérèse... y lo más increíble, cómo sabía quién me había enviado allí? ¡Entonces recordé que era a Thérèse a quien había interrogado para encontrar a Minne Renselaas!

—Thérèse —dije, siempre vigilando al agente y pasando al inglés—, ¿fue usted quien le dijo al ministro que había tenido una reunión en la Casbah?

—Sí —respondió susurrando—. Veo que la encontró. Que el cielo la ayude ahora, niña. —Y bajó tanto la voz que tuve que hacer un esfuerzo para oírla—. ¡Ellos han adivinado quién es usted!

La línea quedó muda un momento... y después escuché el ruido de la desconexión. Colgué con el corazón desbocado y cogí las llaves del coche, que estaban sobre el mostrador.

—Bueno —dije cordialmente, estrechando la mano del empleado—. ¡El ministro estará muy complacido de saber que al fin y al cabo podemos inspeccionar Arzew! ¡No sé cómo darle las gracias por su ayuda!

Afuera, Lily saltó dentro del Renault en compañía de Carioca y yo cogí el volante. Apreté los pedales, en dirección a la carretera de la costa. Iba hacia Argel, pese a los consejos de Thérèse. ¿Qué otra cosa podía hacer? Pero mientras el coche devoraba carretera, mi cerebro corría a kilómetro por minuto. Si Thérèse decía lo que creía que decía, mi vida no valía un comino. Conduje como un murciélago escapando del infierno, hasta que llegué a la autopista de doble sentido que iba a Argel.

El camino recorría la alta cornisa que estaba a cuatrocientos kilómetros al este de Argel. Una vez pasadas las refinerías de Arzew, dejé de mirar con tanta ansiedad el espejo retrovisor y finalmente detuve el coche y pasé el volante a Lily, para poder reiniciar la traducción del diario de Mireille donde la habíamos dejado.

Abrí el libro y pasé con cuidado las hojas frágiles para encontrar el punto. Ya había pasado el mediodía, y el sol de bordes purpúreos iba inclinándose en dirección al mar oscuro, haciendo arco iris allí donde el agua chocaba contra los acantilados. Bosquecillos de olivos de oscuras ramas se apretaban contra la roca bajo la sesgada luz de la tarde, con sus temblorosas hojas moviéndose como diminutas láminas metálicas.

Al apartar la mirada del móvil paisaje, me sentí regresar al extraño mundo de la palabra escrita. Pensé que era extraña la forma en que este libro se había hecho más real para mí que los peligros reales e inmediatos que me acechaban. Mireille, esta monja francesa, se había convertido en una especie de compañera en el camino de nuestra aventura. Su historia se desplegaba ante nosotras —dentro de nosotras— como una flor oscura y misteriosa.

Seguí traduciendo mientras Lily conducía en silencio. Sentía como si estuviera oyendo el relato de mi propia búsqueda de labios de alguien sentado junto a mí: una mujer ocupada en una misión que sólo yo podía comprender... como si la voz susurrante que escuchaba fuera la mía propia. En algún momento de mis aventuras, la búsqueda de Mireille se había convertido en mi propia búsqueda. Seguí leyendo...

Abandoné la prisión muy excitada. En la caja de pinturas que llevaba había una carta de la abadesa y una considerable suma de dinero que adjuntaba para ayudarme en mi misión. Una carta de crédito, decía, estaría a mi disposición en un banco británico para poder disponer de los fondos de mi difunto primo. Pero estaba decidida a no ir todavía a Inglaterra... había una tarea previa. Mi hijo estaba en el desierto... Charlot, a quien apenas esa mañana había creído no volver a ver. Había nacido bajo la mirada de la diosa. Había nacido dentro del juego...

∞

Lily disminuyó la velocidad y levanté la vista. Atardecía y tenía los ojos cansados a causa de la falta de luz. Necesité un momento para comprender por qué se había colocado a un lado del camino, apagando los faros. A través de la penumbra, vi coches policiales y vehículos militares delante nuestro... y algunos coches que habían detenido para efectuar registros.

—¿Dónde estamos? —pregunté. No sabía si nos habían visto.

—A unos ocho kilómetros de Sidi-Fredj... tu apartamento y mi hotel. A cuarenta kilómetros de Argel. En media hora hubiéramos estado allí. ¿Qué hacemos ahora?

—Bueno, no podemos quedarnos aquí —le dije—. Y tampoco podemos seguir. Encontrarían las piezas por mucho que las escondiéramos. —Pensé un momento—. A pocos metros de aquí hay un puerto pesquero... no está en ningún mapa, pero he ido allí a comprar pescado y langostas. Es el único lugar al que podemos ir sin tener que dar la vuelta y despertar sospechas. Se llama La Madrague... podemos escondernos allí mientras pensamos algo.

Avanzamos lentamente por el sinuoso camino, hasta que llegamos al sucio desvío. A estas alturas había oscurecido por completo, pero el pueblo era una sola calle que flanqueaba el pequeño puerto. Nos detuvimos delante de la única posada, un lugar de marineros donde sabía que hacían una *bouillabaise* excelente. A través de las ventanas cerradas y la puerta delantera, que era apenas una puerta de malla de alambre con los goznes flojos, veíamos rayos de luz.

—Éste es el único lugar en varios kilómetros a la redonda que tiene un teléfono —dije a Lily mientras permanecíamos en el coche, mirando las puertas del mesón—. Por no hablar de comida... parece que hace meses que no comemos. Tratemos de comunicarnos con

Kamel para ver si puede sacarnos de aquí. Pero por mucho que mires... creo que estamos en Zugzwang. —Le sonreí en la penumbra.

—¿Y qué pasa si no lo encontramos? —preguntó—. ¿Cuánto tiempo crees que se quedarán allí? No podemos pasar la noche en este lugar.

—En realidad, si queremos abandonar el coche podemos ir por la playa. Mi apartamento está a pocos kilómetros a pie. De esa manera, superaríamos la barrera, pero quedaríamos atrapadas en Sidi-Fredj sin transporte.

De modo que decidimos probar el primer plan y entrar. Tal vez fuera la peor sugerencia que había hecho desde el comienzo de nuestra excursión.

La Madrague era un bar de marineros, sí... pero los marineros que se volvieron a mirarnos cuando entramos parecían extras de una versión de *La isla del tesoro*. Carioca se sumergió en brazos de Lily, husmeando como si tratara de librarse del mal olor.

—Acabo de recordar —dije mientras nos deteníamos en la puerta— que durante el día La Madrague es un puerto pesquero... pero por la noche es el hogar de la mafia argelina.

—Espero que estés bromeando —dijo ella, levantando la barbilla mientras nos dirigíamos a la barra—. Pero me parece que no.

En ese momento sufrí un sobresalto terrible. Vi una cara que hubiera preferido no conocer. Estaba sonriendo y levantó la mano, haciendo señas al camarero, mientras llegábamos a la barra. Éste se inclinó hacia nosotras.

—Están invitadas a la mesa del rincón —susurró en una voz que no se parecía en nada en una invitación—. Digan qué quieren beber y les serviré allí.

—Nosotros nos pagamos nuestros propios tragos —dijo altivamente Lily, pero yo la cogí del brazo.

—Estamos de mierda hasta el cuello —murmuré en su oído—. No mires ahora... pero nuestro anfitrión, Long John Silver, está muy lejos de casa.

Y la guié a través de la muchedumbre de marineros silenciosos que iban apartándose como el mar Rojo para dejarnos pasar... derecho en dirección a la mesa donde el hombre esperaba. El vendedor de alfombras: El-Marad.

Yo no podía dejar de pensar en lo que llevaba en el bolso, colgando del hombro... y en lo que nos haría ese tipo si lo descubría.

—Ya hemos probado el truco de los lavabos —dije en el oído de Lily—. Espero que tengas otra carta en la manga. El tipo al que estás a punto de conocer es el Rey Blanco, y dudo de que tenga todavía ilusiones sobre quiénes somos y dónde hemos estado.

El-Marad estaba sentado a la mesa con un montón de cerillas esparcidas delante. Las sacaba de una caja y las colocaba sobre la mesa formando una pirámide, y no se levantó ni miró cuando llegamos.

—Buenas noches, señoras —dijo con esa horrible voz suave cuando nos detuvimos junto a la mesa—. He estado esperándolas. ¿No quieren unirse a mí en un juego de Nim?

Yo me sobresalté, pero aparentemente no se trataba de un juego de palabras.

—Es un antiguo juego británico —continuó—. En argot inglés Nim significa capturar, birlar... robar. ¿Pero tal vez no lo sabían? —Me miró con aquellos ojos negros sin pupilas—. En realidad, es un juego sencillo. Cada jugador saca una o más cerillas de cualquier hilera de la pirámide... pero de una sola hilera. El jugador que se queda con la última cerilla, pierde.

—Gracias por explicar las reglas —dije, cogiendo una silla y sentándome mientras Lily me imitaba—. No fue usted quien arregló aquella barrera del camino, ¿no?

—No... pero ya que estaba allí, me aproveché de ello. Éste era el único lugar al que podían desviarse cuando llegaran.

¡Por supuesto! Qué imbécil había sido. De este lado de Sidi-Fredj no había otra población en kilómetros a la redonda.

—No nos ha traído aquí para jugar —dije, mirando con desdén su pirámide de cerillas—. ¿Qué quiere?

—Pero sí que las he traído para jugar un juego —dijo con una sonrisa siniestra—. ¿O debería decir el juego? ¡Y si no me equivoco, ésta es la nieta de Mordecai Rad, el experto jugador en todas las ocasiones... sobre todo las relacionadas con el robo!

Su voz iba adquiriendo matices malignos mientras miraba a Lily con sus odiosos ojos negros.

—Es también sobrina de su asociado Llewellyn, que nos presentó —le dije—. ¿Y qué papel desempeña él en el juego?

—¿Disfrutó de su encuentro con Mokhfi Mokhtar? —preguntó El-Marad—. Fue ella quien las envió en la pequeña misión de la que acaban de regresar... si no me equivoco.

Estiró una mano y sacó una cerilla de la hilera superior y me hizo un gesto para que jugara yo.

—Le envía sus cariñosos recuerdos —dije, sacando dos cerillas de la hilera siguiente. Pensaba en mil cosas a la vez... pero en algún lugar de mi cabeza contemplaba este juego que jugábamos... el juego de Nim. Había cinco hileras de cerillas, con una arriba de todo y cada hilera con una cerilla más que la anterior. ¿Qué me recordaba? Entonces lo supe.

—¿A mí? —preguntó El-Marad, que me pareció algo incómodo—. Seguramente se equivoca.

—Usted es el Rey Blanco, ¿no? —dije tranquilamente, mirando cómo palidecía su piel correosa—. Ella tiene su número, colega. Me sorprende que haya abandonado aquellas montañas donde estaba tan seguro, para hacer un viaje como éste... saltando por el tablero y corriendo en busca de refugio. Fue un mal movimiento.

Lily me miraba fijamente mientras El-Marad tragaba saliva, bajaba la vista y cogía otra cerilla del montón. De pronto, Lily me estrechó la mano por debajo de la mesa. Había comprendido cuál era la jugada.

—Aquí también se ha equivocado —le dije señalando las cerillas—. Soy una experta en computación y este juego de Nim es un sistema binario. Lo que significa que hay una fórmula para ganar o perder. Y acabo de ganar.

—¿Quiere decir... que era una trampa? —susurró El-Marad, horrorizado. Se levantó de un salto, dispersando cerillas por todas partes—. ¿La envió al desierto sólo para hacerme salir? ¡No, no la creo!

—Vale, no me cree —dije—. Sigue seguro en casa, en el octavo cuadrado, protegido por sus flancos. No está sentado aquí, asustado como una perdiz...

—Frente a la nueva Reina Negra —intervino jovialmente Lily.

El-Marad la miró y después me miró a mí. Me puse en pie como si me dispusiera a irme, pero él me cogió del brazo.

—¡Usted! —exclamó, moviendo frenéticamente los ojos—. ¡Entonces... ella ha dejado el juego! Me ha engañado...

Yo iba hacia la puerta y Lily me seguía. El-Marad me alcanzó y volvió a cogerme.

—Usted tiene las piezas —silbó—. Éste es un truco para inducirme a error. Pero usted las tiene... jamás hubiera vuelto del Tassili sin ellas.

—Por supuesto que las tengo —dije—, pero no en un lugar donde a usted se le ocurriría mirar.

Tenía que salir de allí antes de que adivinara dónde estaban. Estábamos casi junto a la puerta.

En ese momento, Carioca saltó de los brazos de Lily, resbaló en el suelo de linóleo, se recuperó y corrió ladrando como un energúmeno mientras se precipitaba hacia la puerta. Levanté la vista horrorizada cuando la puerta se abrió y Sharrif, rodeado por una brigada de matones con traje, ocupó el espacio de la salida con un palpable muro de hombros.

—Alto en nombre de la… —empezó.

Pero antes de que pudiera recuperarme, Carioca se había lanzado sobre su tobillo favorito. Sharrif se dobló, dolorido, retrocedió y salió por la puerta, llevando consigo algunos de sus guardias. Yo me lancé directamente tras él, tirándolo al suelo y marcándole la cara. Lily y yo nos precipitamos en dirección al coche con El-Marad y la mitad del bar detrás de nosotras.

—¡El agua! —grité por encima del hombro mientras corría—. ¡El agua!

Porque no lograríamos llegar al coche a tiempo para encerrarnos y encender el motor. No miré atrás… seguí corriendo, derecha hacia el pequeño embarcadero. Había barcas pesqueras por todas partes, sujetas a los pilares. Cuando llegué a la punta, miré.

El puerto era un pandemónium. El-Marad estaba justo detrás de Lily. Sharrif había sacado de su pierna a Carioca, que seguía mordiendo, y luchaba con él mientras trataba de ver en la oscuridad algo contra lo cual poder disparar. Detrás de mí había tres tipos, de modo que me apreté la nariz y salté.

Lo último que vi al llegar al agua fue el cuerpecillo de Carioca, que Sharrif levantaba por el aire y arrojaba al mar. Después sentí las frías y oscuras aguas del Mediterráneo por encima de mi cabeza. Sentí el peso del juego de Montglane que me atraía hacia abajo, muy abajo, al fondo del mar.

LA TIERRA BLANCA

La tierra que ahora poseen los guerreros britanos,
y donde han levantado su poderoso imperio,
era en antiguos tiempos una salvaje soledad,
despoblada, desprovista, desconocida, desdeñada...

Y tampoco mereció tener un nombre.
Hasta que aquel venturoso marino aprendió
a salvar su barco de las blancas rocas
que cubren toda la costa del sur
amenazando con el naufragio inesperado y el rápido
                                                [hundimiento,
y por seguridad puso en ella su marca,
y la llamó Albión.

EDMUND SPENSER
The Faerie Queene (1590)

«Ah, perfide, perfide Albion!»

Napoleón citando
a Jacques Bénigne Bossuet (1692)

LONDRES   *Noviembre de 1793*

Cuando los soldados de William Pitt golpearon enérgicamente la puerta de la casa de Talleyrand, en Kensington, eran las cuatro de la madrugada. Courtiade se echó la bata por encima y descendió rápidamente las escaleras para ver qué sucedía. Al abrir la puerta, vio el parpadeo de las luces que se encendían en las casas contiguas y a algunos vecinos curiosos que espiaban por entre sus cortinas el escuadrón de soldados imperiales que estaba frente a él, en el umbral. Courtiade contuvo la respiración.

Habían esperado esto durante mucho tiempo. Había llegado por fin. Talleyrand ya estaba bajando las escaleras, envuelto en chales de seda que caían sobre su larga bata. Al cruzar el pequeño recibidor en dirección a los soldados, su rostro era una máscara de helada reserva.

—¿Monsieur Talleyrand? —preguntó el oficial al mando.

—Yo mismo —Talleyrand se inclinó con una sonrisa fría.

—El primer ministro Pitt transmite su pesar al no poder entregaros personalmente estos papeles —dijo el oficial como si estuviera recitando un discurso aprendido. Sacó un fajo de papeles de su bolsillo y se lo entregó a Talleyrand—. La República de Francia, un grupo no reconocido de anarquistas, ha declarado la guerra al Reino Soberano de Gran Bretaña. Todos los emigrados que apoyan, o puede demostrarse que han apoyado, a este gobierno, carecen desde ahora del refugio y protección proporcionados por la Casa de Hannover y Su Majestad Jorge III. Charles Maurice de Talleyrand-Périgord, se os declara culpable de actos sediciosos contra el Reino de Gran Bretaña, de violar el Acta de Correspondencia Ilegal de 1793, de conspirar contra el Soberano en vuestra antigua capacidad de ayudante del Ministro de Exteriores del susodicho país...

—Mi querido amigo —dijo Talleyrand con una risa maliciosa, levantando la vista de los papeles que había estado estudiando—. Esto es absurdo. ¡Hace casi un año que Francia declaró la guerra a Inglaterra! Y Pitt sabe muy bien que hice todo cuanto estaba a mi alcance para evitarla. En Francia me buscan por traición... ¿no es suficiente?

Pero era perder el tiempo.

—El ministro Pitt os informa que tenéis tres días para abandonar Inglaterra. Ésos son vuestros documentos de deportación y el permiso de viaje. Os deseo buenos días, monseñor.

Dando la orden de media vuelta a sus hombres, giró sobre sus talones. Talleyrand contempló en silencio cómo la escuadra bajaba cadenciosamente el sendero de piedra que partía de su puerta. Después, se apartó sin decir nada. Courtiade cerró la puerta.

—*Albus per fide decipare* —dijo Talleyrand suavemente, en voz baja—. Ésta, mi querido Courtiade, es una cita de Bossuet, uno de los más grandes oradores que ha conocido Francia. Lo llamó «la tierra blanca que defrauda la confianza»... Pérfida Albión. Un pueblo que jamás fue gobernado por su propia raza. Primero los sajones teutónicos, después los normandos y escoceses... y ahora los alemanes, a quienes detestan, pero que se les parecen tanto. Nos maldicen, pero tienen poca memoria... porque ellos también mataron a su rey en la época de Cromwell. Y ahora alejan de sus costas al único aliado francés que no desea convertirse en su amo.

Se detuvo con la cabeza inclinada, con sus chales de seda barriendo el suelo. Courtiade se aclaró la garganta.

—Si Monseñor ha elegido un destino, podría iniciar los trámites de viaje ahora mismo...

—Tres días no son bastante —dijo Talleyrand, volviendo a la realidad—. Al amanecer iré a ver a Pitt para pedirle más plazo. Tengo que asegurarme fondos y encontrar un país que me acepte.

—¿Pero madame de Staël...? —sugirió cortésmente Courtiade.

—Germaine ha hecho lo que ha podido para encontrarme refugio en Ginebra... pero el gobierno se niega. Al parecer, todos me consideran un traidor. ¡Ah, Courtiade, qué pronto se congelan en el invierno de nuestra vida las corrientes de la posibilidad!

—Monseñor no puede decir que está en el invierno de la vida —objetó Courtiade.

Talleyrand le miró con sus cínicos ojos azules.

—Tengo cuarenta años y soy un fracasado —dijo—. ¿Eso no basta?

—Pero no habéis fracasado en todo —dijo desde arriba una voz suave.

Ambos hombres levantaron la mirada. En el descanso de la escalera, apoyada contra la barandilla con una delgada bata y el largo cabello rubio cubriendo sus hombros desnudos, estaba Catherine Grand.

—El primer ministro puede teneros mañana… es más que suficiente —dijo con una sonrisa lenta y sensual—. Pero esta noche sois mío.

∞

Hacía cuatro meses que Catherine Grand había entrado en la vida de Talleyrand, al llegar a su casa a medianoche llevando el peón de oro del juego de Montglane. Desde entonces no se había movido.

Había llegado desesperada, según decía. Mireille había sido enviada a la guillotina… y con su último aliento, había rogado a Catherine que llevara esta pieza de ajedrez a Talleyrand, para que él pudiera esconderla con las demás. Al menos, eso era lo que contaba.

Había temblado con sus brazos, con los ojos llenos de lágrimas y su cálido cuerpo apretado contra el de él. Cuánta amargura parecía sentir por la muerte de Mireille… qué consoladora para Talleyrand en su dolor ante esta historia… y qué hermosa cuando caía de rodillas para solicitar su misericordia en esa situación desesperada.

Maurice siempre había sido sensible a la belleza: en objetos de arte, en animales de raza y, sobre todo, en las mujeres. Todo cuanto rodeaba a Catherine Grand era hermoso: su piel inmaculada, su magnífico cuerpo envuelto en ropas y joyas impecables, el aroma a violetas de su aliento, la cascada de cabello casi blanco de tan rubio. Y todo cuanto la rodeaba le recordaba a Valentine. Todo salvo una cosa: era una mentirosa.

Pero era una mentirosa bella. ¿Cómo podía algo tan hermoso parecer tan peligroso, traicionero, ajeno a sus costumbres? Los franceses decían que el mejor lugar para aprender los hábitos de un extranjero era la cama. Maurice se descubrió más que deseoso de probarlo.

Cuanto más sabía, más parecía ella perfectamente adecuada a él en todo sentido. Tal vez, demasiado perfecta. Amaba los vinos de Madeira, la música de Haydn y Mozart, y prefería llevar contra la piel sedas chinas a sedas francesas. Amaba los perros, como él, y se bañaba dos veces por día, hábito que él siempre había creído exclusivamente suyo. Era casi como si hubiera estudiado sus preferencias... de hecho, él estaba seguro de que así era. Sabía más sobre sus hábitos que el propio Courtiade. Pero cuando hablaba de su pasado, su relación con Mireille o su conocimiento del juego de Montglane, sus palabras sonaban a falso. Fue entonces cuando él decidió saber de ella tanto como ella de él. Escribió a aquellas personas de Francia en las que todavía podía confiar e inició sus investigaciones. La correspondencia rindió frutos interesantes.

Su nombre era Catherine Noël Worlée. Era cuatro años mayor de lo que confesaba y había nacido de padres franceses en la colonia holandesa de Tranquebar, en la India. A los quince años, sus padres la habían casado por dinero con un inglés mucho mayor que ella... un tal George Grand. Cuando tenía diecisiete años, su amante, a quien su marido había amenazado de muerte, le pagó cincuenta mil rupias para que abandonara la India para siempre. Ese dinero le permitió vivir con lujo, primero en Londres y más tarde en París.

En París se había empezado a sospechar que espiaba por cuenta de los británicos. Poco antes del Terror, su portero había sido muerto de un disparo frente a su puerta, y la propia Catherine había desaparecido. Y ahora, apenas un año después, había buscado en Londres al exiliado Talleyrand... un hombre sin título, dinero ni país y con pocas esperanzas de que las cosas mejorasen en el futuro. ¿Por qué?

Mientras desataba los rosados lazos de seda de su camisón y lo deslizaba por sus hombros, Talleyrand sonrió para sus adentros. Al fin y al cabo, había basado su carrera en el atractivo que tenía para las mujeres. Las mujeres le habían dado dinero, posición y poder. ¿Cómo podía reprochar a Catherine Grand que utilizara sus considerables recursos de la misma manera? ¿Pero qué quería de él? Talleyrand creía saberlo. Poseía una sola cosa digna de buscarse: el juego de Montglane.

Pero él la quería a ella. Aunque sabía que era demasiado madura como para ser inocente, con demasiado empeño como para ser verdaderamente apasionada, demasiado traicionera como para confiar en ella... la deseaba con una urgencia que no podía controlar. Aunque todo lo que la rodeaba era artificio y apariencia... la deseaba.

Valentine había muerto. Si también habían matado a Mireille, el juego de Montglane le había costado las vidas de las dos únicas personas a las que había amado. ¿Por qué no iba a darle algo a cambio?

La abrazó con una pasión terrible, urgente, una especie de sed. La poseería... y al cuerno con los demonios que lo atormentaban.

Pero Mireille no estaba muerta... y tampoco muy lejos de Londres. Estaba a bordo de un buque mercante que aun entonces atravesaba las aguas oscuras del Canal, mientras la tormenta inminente se preparaba. Cuando se bamboleaban por los agitados *straits*, tuvo su primera visión de los acantilados blancos de Dover.

En los seis meses transcurridos desde que dejara a Charlotte Corday en su lugar de la Bastilla, Mireille había viajado mucho. Con el dinero enviado por la abadesa, que había encontrado en la caja de pinturas, había alquilado una pequeña barca de pescadores cerca del puerto de la Bastilla, que la llevó por el Sena hasta que en uno de los embarcaderos de aquel sinuoso río, encontró una nave que se dirigía a Trípoli. Asegurándose en secreto un billete, la abordó y partió incluso antes de que Charlotte fuera conducida al cadalso.

Mientras las costas de Francia desaparecían a sus espaldas, a Mireille le pareció que podía escuchar las gimientes ruedas del carro que estaría llevando a Charlotte a la guillotina. En su imaginación escuchaba los pies pesados en el cadalso, el batir de los tambores, el siseo de la hoja en su largo descenso, los gritos de la multitud en la Place de la Révolution. Mireille sintió la hoja fría, cercenando lo poco que le quedaba de la infancia y la inocencia y dejando sólo aquella tarea fatal. La tarea para la cual había sido elegida: destruir a la Reina Blanca y reunir las piezas.

Pero primero había otra cosa que hacer. Iría al desierto para recuperar a su hijo. Si tenía una segunda oportunidad, derrotaría incluso la insistencia de Shahin de guardar al niño como Kalim: un profeta para su pueblo. Si es un profeta, pensó Mireille, que su destino quede entrelazado al mío.

Pero ahora, mientras los vientos del mar del Norte azotaban las velas con las primeras ráfagas de lluvia, Mireille se preguntó si había sido prudente al demorar tanto su viaje a Inglaterra... a Talleyrand, que guardaba las piezas. Tenía entre sus manos la pequeña mano de Charlot, sentado en sus rodillas en cubierta. Shahin estaba de pie detrás de ellos, mirando otro barco que pasaba por el Canal turbulento. Shahin, con sus largas ropas negras, que se había negado a separarse del pequeño profeta a quien había ayudado a nacer. Ahora levantó su largo brazo hacia las nubes bajas que colgaban sobre los arrecifes de tiza.

—La Tierra Blanca —dijo serenamente—. El dominio de la Reina Blanca. Está esperando… siento su presencia, incluso a esta distancia.

—Ruego que no lleguemos demasiado tarde —dijo Mireille.

—Huelo adversidad —contestó Shahin—. Siempre viene con las tormentas, como un regalo traicionero de los dioses…

Siguió mirando el barco que, desplegando sus velas al viento, fue tragado por la oscuridad del agitado Canal. El barco que, sin saberlo ellos, se llevaba a Talleyrand hacia el Atlántico.

∞

La única idea que ocupaba a Talleyrand mientras su barco se movía en la pesada oscuridad no era Catherine Grand… sino Mireille. La edad de la ilusión había terminado y, quizá, también la vida de Mireille. Mientras que él, a los cuarenta años, se iba para reiniciar la vida.

Al fin y al cabo, pensó sentado en su camarote y reuniendo sus papeles, los cuarenta años no eran el fin de la vida… ni América era el fin del mundo. Al menos en Filadelfia estaría en buena compañía, porque llevaba cartas de presentación para el presidente Washington y el secretario del tesoro, Alexander Hamilton. Y por supuesto había conocido a Jefferson, que acababa de dejar su puesto de secretario de estado, durante su último período como embajador en Francia.

Aunque tenía pocos recursos aparte de su excelente salud y el dinero que había reunido con la venta de su biblioteca, tenía al menos la satisfacción de poseer ahora nueve piezas del juego de Montglane, en lugar de las ocho originales. Porque a pesar de todas las confabulaciones de la adorable Catherine Grand, la había convencido de que su escondite también serviría para el peón de oro que ella le confiara. Rió al pensar en la expresión de ella durante su llorosa despedida… cuando trató de convencerla de que se fuera con él en lugar de preocuparse por las piezas que había dejado tan bien ocultas en Inglaterra.

Naturalmente, estaban a bordo, en sus baúles, gracias a los recursos del siempre vigilante Courtiade. Ahora tendrían un nuevo hogar. En eso estaba pensando cuando el barco fue azotado por el primer golpe de viento.

Levantó la mirada, sorprendido, mientras el barco se agitaba con violencia bajo sus pies. Estaba a punto de solicitar ayuda, cuando Courtiade se precipitó en el camarote.

—Monseñor, nos piden que vayamos a la cubierta inferior de inmediato —dijo el valet con su calma habitual. Pero la velocidad de sus movimientos mientras sacaba las piezas del juego de Montglane de su escondite en el baúl, revelaban la urgencia de la situación—. El capitán cree que el barco será atraído hacia las rocas. Tenemos que prepararnos para abordar los botes salvavidas. Mantendrán desocupada la cubierta superior para maniobrar con las velas… pero tendríamos que estar preparados para subir de inmediato si no podemos evitar los arrecifes…

—¿Qué arrecifes? —exclamó Talleyrand, poniéndose en pie alarmado, volcando casi sus útiles de escribir y el tintero.

—Hemos pasado Pointe Barfleur, monseñor —dijo tranquilamente Courtiade, sosteniendo la chaqueta de mañana de Talleyrand mientras el barco se agitaba en todas direcciones—. Vamos contra la cornisa normanda —y se inclinó para meter las piezas en una maleta de mano.

—Dios mío —dijo Talleyrand, cogiendo la maleta. Cojeó en dirección a la puerta del camarote apoyándose en el hombro del valet y aferrando la maleta. El barco se inclinó de repente hacia estribor y ambos hombres fueron arrojados contra la puerta. Abriéndola con dificultad, avanzaron por el estrecho corredor lleno de mujeres que sollozaban histéricas órdenes a sus niños. Cuando llegaron a la cubierta inferior, había gente por todas partes: los alaridos, gritos y gemidos de su miedo se mezclaban con el ruido de pies y las exclamaciones de los marineros en la cubierta superior, y el sonido de las aguas del Canal azotaba con furia el barco.

Y entonces, horrorizados, sintieron que el propio barco se derrumbaba bajo sus pies mientras sus cuerpos chocaban unos contra otros como huevos sueltos en una cesta. El barco cayó y siguió cayendo como si no fuera a detenerse nunca. Después chocó y oyeron el espantoso ruido de la madera astillándose… y el agua entró por el agujero irregular, inundándolo con su fuerza mientras el barco gigantesco se aplastaba contra la roca.

∞

La lluvia helada caía sobre las empedradas calles de Kensington mientras Mireille recorría cuidadosamente las piedras resbaladizas hacia las puertas enrejadas del jardín de Talleyrand. La seguía Shahin, con sus largos vestidos negros empapados, llevando en brazos al pequeño Charlot.

A Mireille jamás se le había ocurrido que Talleyrand podía no estar ya en Inglaterra. Pero antes incluso de abrir la reja, vio con el corazón acongojado el jardín vacío con el desierto belvedere, las planchas de madera que tapiaban las ventanas de la casa y la barra de hierro que sellaba la puerta delantera. Sin embargo, abrió la reja y recorrió el sendero de piedra, arrastrando sus faldas por los charcos de agua.

Sus inútiles golpes resonaron en el interior de la casa vacía. Mientras la lluvia caía sobre su cabeza descubierta, escuchó la odiosa voz de Marat susurrando: «¡Demasiado tarde... llegáis demasiado tarde!» Se apoyó en la puerta, dejando que la lluvia la empapara, hasta que sintió bajo su brazo la mano de Shahin, que la conducía por el mojado césped en dirección al refugio del belvedere.

Desesperada, se arrojó de cara contra el banco de madera que recorría el perímetro interior, sollozando hasta que le pareció que su corazón iba a romperse. Con cuidado, Shahin dejó a Charlot en el suelo. El niño gateó hacia Mireille, cogiéndose de sus ropas mojadas para ponerse en pie, vacilante sobre sus piernas inseguras. Cogió su dedo y lo apretó con fuerza.

—Bah —dijo Charlot mientras Mireille contemplaba sus sorprendentes ojos azules. Fruncía el entrecejo, y su rostro sabio y serio goteaba agua bajo la capucha mojada de su pequeña chilaba. Mireille rió.

—Bah, *toi* —dijo, quitándole la capucha. Acarició su sedoso cabello rojo—. Tu padre ha desaparecido. Se supone que eres un profeta... ¿por qué no previste esto?

Charlot la miró con seriedad.

—Bah —repitió.

Shahin se sentó junto a ella. Su cara de halcón, teñida con el pálido azul de su tribu, parecía aún más misteriosa a la luz escalofriante de la furiosa tormenta que arreciaba al otro lado de las celosías.

—En el desierto —dijo con suavidad— es posible encontrar a un hombre por las huellas de su camello, porque cada bestia deja una huella tan identificable como una cara. Aquí, tal vez el camino sea más difícil de encontrar. Pero un hombre, como un camello, tiene sus hábitos... dictados por su educación, su formación y su talante.

Mireille rió para sus adentros ante la idea de seguir los pasos irregulares de Talleyrand a través de las calles empedradas de Londres... pero de pronto vio lo que Shahin quería decir.

—¿Un lobo regresa siempre a su territorio de caza? —preguntó.

—Al menos lo bastante como para dejar su olor —dijo Shahin.

∞

Pero el lobo cuyo olor buscaban había sido expulsado… no sólo de Londres sino también del barco que ahora estaba encallado en la roca que lo desgarraba. Talleyrand y Courtiade, junto con los otros pasajeros, estaban en los botes, dirigiéndose a fuerza de remos a la oscura costa de las Islas del Canal, buscando un refugio seguro contra la tormenta.

Lo que aliviaba a Talleyrand era que se trataba de un refugio de otra clase, porque esta cadena de islotes, colocados tan cerca unos de otros dentro de las aguas costeras de Francia, era en realidad inglesa y lo había sido desde el tiempo de Guillermo de Orange.

Los nativos hablaban todavía una antigua forma de francés normando que ni siquiera comprendían los propios franceses. Aunque pagaban sus tributos a Inglaterra por su protección contra el pillaje, conservaban su antigua ley normanda, junto con un espíritu de orgullosa independencia que los hacía útiles y les proporcionaba riqueza en tiempos de guerra. Las Islas del Canal eran famosas por sus naufragios… y por los grandes astilleros que lo reparaban todo, desde buques de guerra a naves corsarias. Hacia estos astilleros arrastrarían misericordiosamente, para repararlo, al barco de Talleyrand. Y mientras tanto, si bien no podía estar del todo cómodo allí, al menos estaría a salvo del arresto francés.

Su bote evitaba con cuidado las oscuras rocas de granito y gres que protegían la costa y los marineros luchaban duramente contra las poderosas olas, hasta que por fin avistaron una rocosa extensión de playa y fondearon allí. Los agotados pasajeros marcharon bajo la lluvia, ascendiendo veredas lodosas que atravesaban altos campos abiertos de húmedo lino y dormidos brezos, en dirección al pueblo más cercano.

Talleyrand y Courtiade, con la maleta de las piezas milagrosamente intacta, se retiraron a una posada cercana para calentarse con brandy junto al fuego antes de buscar alojamiento más permanente. No se sabía cuántas semanas o meses estarían allí, esperando para reanudar su viaje. Talleyrand preguntó al posadero cuánto tardarían los astilleros locales en reparar un barco con la quilla y el casco en tan mal estado.

—Podéis preguntarlo al patrón del astillero —contestó el hombre—. Acaba de volver de ver los daños. Está tomando una jarra en aquel rincón.

Talleyrand se levantó y atravesó la habitación hacia un hombre coloradote, en mitad de la cincuentena, que estaba sentado sosteniendo su jarra de cerveza con las dos manos. El hombre levantó la mirada, vio a Talleyrand y a Courtiade, y con un gesto les indicó que tomaran asiento.

—Del naufragio, ¿eh? —dijo el hombre mirando sus trajes empapados—. Dicen que iba a América. Un lugar desdichado… yo soy de allí. Jamás dejará de sorprenderme la manera en que los franceses van allí en manadas, como si fuera la tierra prometida.

El discurso del hombre indicaba buena cuna y educación… y su postura sugería que había pasado más horas cabalgando que en un astillero. Su aspecto era el de un hombre habituado a mandar y sin embargo su tono transmitía fatiga, un sentimiento amargo de la vida. Talleyrand decidió tratar de saber más.

—A mí, América me parece una tierra prometida —dijo—, pero soy un hombre a quien le quedan pocas opciones. Si regresara a mi tierra, muy pronto probaría el sabor de la guillotina, y gracias al ministro Pitt, hace poco me han invitado a separar también mi destino de Inglaterra. Pero tengo cartas de recomendación para algunos de vuestros más distinguidos compatriotas: el secretario Hamilton y el presidente Washington. Tal vez ellos sepan qué hacer con un francés maduro y sin trabajo.

—Los conozco bien a ambos —replicó su compañero—. Serví a las órdenes de George Washington durante mucho tiempo. Fue él quien me hizo brigadier y general de división y me dio mando en Filadelfia.

—¡Es extraordinario! —exclamó Talleyrand. Si el tipo había tenido esos puestos, ¿qué demonios estaba haciendo en ese rincón, reparando barcos en las islas del Canal y proveyendo corsarios?—. ¿Entonces tal vez podríais escribir para mí otra carta a vuestro presidente? Dicen que es muy difícil verlo…

—Me temo que soy justo el hombre cuyas referencias os alejarían aún más de su puerta —dijo el otro con una sonrisa desagradable—. Permitidme que me presente. Soy Benedict Arnold.

∞

La ópera, los casinos, las casas de juego, los salones. Éstos eran, pensó Mireille, los lugares que frecuentaría Talleyrand. Los lugares adonde debía lograr acceso para localizarlo en Londres.

Pero al regresar a su posada, vio fijada a la pared la hoja que la obligaría a cambiar sus decisiones antes de haberlas tomado:

Parsloe's, en la calle St. James, era un café y establecimiento de bebidas en el que el ajedrez era la actividad principal. Dentro de esos muros se encontraba la flor y nata, no sólo del mundo ajedrecístico de Londres, sino de la sociedad europea. Y la mayor atracción era André Philidor, el ajedrecista francés cuya fama se había extendido por toda Europa.

Aquella noche, cuando Mireille atravesó las pesadas puertas de Parsloe's, entró en otro mundo, un silencioso paraíso de opulencia. Ante ella había una extensión de madera ricamente lustrada, sedas verde oscuro y espesas alfombras indias, iluminadas por suaves lámparas de aceite dentro de pantallas de vidrio ahumado.

El recinto todavía estaba casi vacío, salvo por algunos porteros que arreglaban los vasos y un hombre solitario, tal vez al final de la cincuentena, sentado en una silla tapizada cerca de la puerta. Él mismo estaba bien provisto, con una rotunda cintura, pesadas mandíbulas y una papada que cubría la mitad de su corbata de encaje de oro. Llevaba una chaqueta de terciopelo de un rojo tan profundo, que casi hacía juego con las venillas rotas de su nariz. Sus ojos pequeños contemplaban con interés a Mireille desde las profundidades de los hinchados pliegues que los rodeaban. ¡Y con mayor interés aún al extraño gigante de rostro azul que entraba tras ella, con vestidos de seda púrpura y llevando en brazos a un diminuto niño pelirrojo!

Terminó lo que quedaba de licor en su copa y la dejó sobre la mesa con un golpe, y llamó al encargado para pedir más. Después luchó por ponerse de pie y se acercó a Mireille como si estuviera atravesando la cubierta insegura de un barco.

—Una rapaza pelirroja, la más bella que he visto —dijo, arrastrando las palabras—. Las trenzas de oro rojo que rompen el corazón de un hombre... ésas que inician guerras... como las de Deirdre de los Pesares.

Se quitó la estúpida peluca y barrió el suelo en una reverencia burlona, aprovechando el movimiento para examinar el cuerpo de Mireille. Después, en su estupor alcohólico, se metió la peluca empolvada en el bolsillo, cogió su mano y la besó con galantería.

—¡Una mujer misteriosa, con criado exótico y todo! Me presentaré: soy James Boswell, de Affleck, abogado por vocación, historiador por distracción, y descendiente de los bondadosos reyes estuardos.

La saludó con la cabeza, reprimiendo un hipo, y le tendió el brazo doblado. Mireille lanzó una mirada a Shahin cuyo rostro seguía siendo una máscara impasible, porque no comprendía una palabra de inglés.

—¿No será el monsieur Boswell que escribió la famosa *Historia de Córcega*? —preguntó Mireille con su encantador inglés con acento. Parecía demasiada coincidencia. Primero Philidor... después Boswell, de quien Letizia Buonaparte tenía tanto que decir, y ambos aquí, en el mismo club... Tal vez no fuera una coincidencia.

—El mismo —confirmó el oscilante borracho, apoyándose en el brazo de Mireille como si ella estuviera encargada de sostenerlo—. Por vuestro acento, imagino que sois francesa y no aprobáis las opiniones liberales que yo expresé contra vuestro gobierno cuando era joven.

—Al contrario, monsieur —le aseguró Mireille—, vuestras opiniones me parecen fascinantes. Y ahora en Francia tenemos un nuevo gobierno... más de acuerdo con lo que vos y monsieur Rousseau proponíais hace tanto tiempo. Lo conocisteis, ¿no es así?

—Los conocí a todos —dijo él con aire despreocupado—. Rousseau, Paoli, Garrick, Sheridan, Johnson... todos los grandes, en cualquier campo. Yo, como un edecán, hago mi cama en el lodo de la historia... —Le dio un pellizco en la barbilla—. Y también en otros lugares —dijo con risa provocativa.

Habían llegado a su mesa, donde ya lo esperaba otra bebida. Cogió el vaso y tomó otro trago saludable. Mireille lo contempló con audacia. Estaba borracho, pero no era tonto. Y sin duda no era accidental que esa noche estuvieran allí dos hombres relacionados con el juego de Montglane. Tenía que mantenerse en guardia, porque podía haber otros.

—¿Y al señor Philidor, que actúa aquí esta noche... también lo conocéis? —preguntó con cuidadosa inocencia. Pero bajo la aparente calma, su corazón latía con fuerza.

—Toda persona interesada en el ajedrez, está interesa en vuestro famoso compatriota —contestó Boswell, con el vaso a medio camino de su boca—. Ésta es su primera aparición pública en cierto tiempo... no ha estado bien. ¿Pero tal vez lo sabéis? Como estáis aquí esta noche... ¿debo suponer que sois una jugadora? —Ahora sus pequeños ojos eran vivos pese a su intoxicación... y el doble sentido demasiado transparente.

—Para eso he venido, monsieur —dijo Mireille, abandonando su encanto escolar y dirigiéndole una sonrisa obtusa—. Ya que al parecer conocéis al caballero, ¿quizá tendréis la amabilidad de presentarnos cuando llegue?

—Naturalmente, estaré encantado —dijo Boswell, aunque el tono lo desmentía—. En realidad, ya está aquí. Están ultimando cosas en la habitación trasera.

Le ofreció su brazo y la condujo a una cámara revestida de madera, con candelabros de bronce. Shahin la siguió en silencio.

Allí había varios hombres reunidos. En el centro de la habitación, un hombre alto y larguirucho no mucho mayor que Mireille, pálido y con una nariz aguileña, disponía piezas sobre uno de los tableros. Junto a las mesas había un hombre bajo, fornido, cerca del final de la treintena, con una lujosa cabeza de cabellos dorados cayendo en rizos sueltos en torno a su rostro. Hablaba con un hombre mayor del cual Mireille sólo veía la espalda encorvada.

Ella y Boswell se aproximaron a las mesas.

—Mi querido Philidor —exclamó él, palmeando con fuerza el hombro del mayor—, os interrumpo sólo para presentaros a esta joven y arrebatadora belleza de vuestra tierra.

Ignoró a Shahin, que vigilaba con los ojos negros de un halcón desde su lugar junto a la puerta.

El hombre mayor se volvió y miró los ojos de Mireille. Philidor, vestido en el anticuado estilo de Luis XV —pese a que sus terciopelos y medias estaban ajados—, era un hombre de gran dignidad y porte aristocrático. Aunque alto, parecía tan frágil como un pétalo seco, y su piel traslúcida era casi tan blanca como su empolvada peluca. Se inclinó ligeramente, besando la mano de Mireille. Después le habló con gran sinceridad.

—Madame, es raro encontrar una belleza tan radiante junto a un tablero de ajedrez.

—Y más raro aún encontrarla aferrada al brazo de un viejo degenerado como Boswell —interrumpió el hombre más joven, fijando su mirada intensa y oscura sobre Mireille. Cuando él también se inclinó para besar su mano, el joven alto con nariz de halcón se acercó para esperar su turno.

—Jamás había tenido el placer de ver a monsieur Boswell antes de entrar en este club —dijo Mireille a quienes la rodeaban—. Es monsieur Philidor la persona a la que he venido a ver. Soy gran admiradora suya.

—¡No más que nosotros! —asintió el joven—. Mi nombre es William Blake y este joven chivo que rasca la tierra a mi lado es William Wordsworth. Dos Williams por el precio de uno.

—Una casa llena de escritores —agregó Philidor—, lo que equivale a decir una casa de mendigos... porque ambos Williams afirman ser poetas.

Mireille pensaba a toda velocidad, tratando de recordar qué sabía de esos dos poetas. El más joven, Wordsworth, había estado en el club de los Jacobinos y había conocido a David y a Robespierre, quienes a su vez conocían a Philidor... David se lo había dicho. Recordaba también que Blake, cuyo nombre ya era famoso en Francia, había escrito obras de un gran misticismo... algo acerca de la Revolución Francesa. ¿Cómo se combinaban esos datos?

—¿Habéis venido a ver la exhibición? —decía Blake—. Es una hazaña tan notable, que Diderot la inmortalizó en la *Enciclopedia*. Comenzará en seguida... mientras tanto, reuniremos nuestros fondos para ofreceros un coñac...

—Preferiría alguna información —dijo Mireille, decidida a mantener el control. Tal vez nunca más viera a estos hombres reunidos en una habitación... y seguramente había una razón por la cual estaban allí.

»Veréis, tal como monsieur Boswell puede haber imaginado, lo que me interesa es otra partida de ajedrez. Sé qué es lo que intentó descubrir en Córcega hace tantos años, lo que buscaba Jean-Jacques Rousseau. Sé qué aprendió monsieur Philidor del gran matemático Euler mientras estaba en Prusia y lo que aprendisteis vos, señor Wordsworth, de David y Robespierre...

—No tenemos ni idea de lo que estáis diciendo —interrumpió Boswell, aunque Philidor había palidecido y buscaba una silla.

—Sí, caballeros, sabéis muy bien de qué estoy hablando —dijo Mireille, aprovechando su ventaja mientras los cuatro hombres la miraban atónitos—. Estoy hablando del juego de Montglane, del que vais a hablar esta noche. No me miréis con semejante horror. ¿Creéis que estaría aquí si no conociera vuestros planes?

—No sabe nada —dijo Boswell—. Llega gente para la exhibición. Sugiero que aplacemos esta conversación...

Wordsworth había servido un vaso de agua a Philidor, que parecía a punto de desvanecerse.

—¿Quién sois? —preguntó el maestro de ajedrez a Mireille, mirándola como si estuviera viendo un fantasma.

Mireille respiró hondo.

—Mi nombre es Mireille y vengo de Montglane —dijo—. Sé que el juego existe, porque yo he tenido sus piezas en mis manos.

—¡Sois la pupila de David! —balbuceó Philidor.

—¡La que desapareció! —dijo Wordsworth—. La que estaban buscando...

—Hay alguien con quien tenemos que consultar —dijo apresuradamente Boswell—. Antes de que sigamos adelante...

—No hay tiempo —lo interrumpió Mireille—. Si me decís lo que sabéis, yo también confiaré en vosotros. Pero ahora... no más tarde.

—Diría que es un trato —musitó Blake, paseándose como perdido en un ensueño—. Confieso que tengo razones personales para estar interesado en este juego. Sean cuales fueren los deseos de vuestras cohortes, Boswell, no me conciernen. Yo me enteré de la existencia del juego por otras vías... por una voz clamando en el desierto...

—¡Sois un estúpido! —exclamó Boswell, dando un puñetazo de ebrio sobre la mesa—. Creéis que el fantasma de vuestro querido hermano os da una patente única para reclamar este juego. Pero hay otros que comprenden su valor... y no están ahogándose en el misticismo.

—Si mis motivos os parecen demasiado puros —le espetó Blake—, no deberíais haberme invitado a participar de vuestra cábala esta noche. —Y con una sonrisa fría, se volvió hacia Mireille—. Mi hermano Robert murió hace unos años —le explicó—. Era lo único que amaba en esta verde tierra. Cuando su espíritu abandonó su cuerpo, me habló con un suspiro... y me dijo que buscara el juego de Montglane, el manantial y fuente de todos los misterios desde los comienzos del tiempo. Mademoiselle, si sabéis algo de este objeto, me complacerá compartir con vos lo poco que sé. Y también a Wordsworth, si no me equivoco.

Horrorizado, Boswell giró sobre sus talones y salió aprisa de la habitación. Philidor lanzó una mirada aguda a Blake, colocando su mano en el brazo del más joven como para recomendarle precaución.

—Tal vez por fin pueda dar descanso a los huesos de mi hermano —dijo Blake.

Llevó a Mireille a una silla en la parte trasera y se fue a buscar su coñac mientras Wordsworth acomodaba a Philidor en la mesa central. Cuando Shahin se sentó junto a Mireille, llevando en brazos a Charlot, el recinto iba llenándose de espectadores.

—El borracho ha salido del edificio —dijo serenamente Shahin—. Huelo peligro. Al-Kalim también lo siente. Debemos irnos de aquí enseguida.

—Todavía no —dijo Mireille—. Primero, hay algo que tengo que saber.

Blake regresó con la bebida para Mireille y tomó asiento a su lado. Cuando Wordsworth se unió a ellos, los últimos invitados estaban acomodándose en sus asientos. Philidor estaba sentado ante el tablero, con los ojos vendados, mientras un hombre explicaba las reglas del juego. Ambos poetas se inclinaron hacia Mireille y Blake empezó a decir en voz baja:

—En Inglaterra hay una historia muy conocida, relacionada con el famoso filósofo francés François-Marie Arouet, conocido como Voltaire. Alrededor de las Navidades de 1725, treinta años antes de mi nacimiento, Voltaire escoltó una noche a la actriz Adrienne Lecouvreur a la Comédie Française, en París. Durante el entreacto, fue insultado en público por el Chevalier de Rohan Chabot, quien gritó a todo pulmón: «Monsieur de Voltaire… monsieur Arouet… ¿por qué no decidís de una vez cómo os llamáis?» Voltaire, dueño de una lengua temible, gritó a su vez: «Mi nombre empieza conmigo… el vuestro termina con vos.» Pese a que el duelo estaba prohibido —continuó Blake—, el poeta fue a Versalles y exigió abiertamente una satisfacción al caballero. Esta actitud le valió la Bastilla. Mientras estaba allí, en su celda, se le ocurrió una idea. Apelando a las autoridades para que no lo dejasen languidecer otra vez en prisión, propuso retirarse en cambio a un exilio voluntario… en Inglaterra.

—Dicen —intervino Wordsworth— que durante su estancia en la Bastilla, Voltaire descifró un manuscrito secreto relacionado con el juego de Montglane. Entonces se le ocurrió la idea de venir aquí y presentarlo como una especie de acertijo a Sir Isaac Newton, nuestro famoso matemático y científico, cuyas obras había leído con gran admiración. Newton estaba viejo y cansado y había perdido interés en su trabajo, que ya no constituía un desafío para él. Voltaire le propuso proporcionarle la chispa necesaria… no sólo un desafío a que descifrara lo que él había descifrado, sino para que desentrañara el problema más profundo de su significado real. Porque según dicen, madame, este manuscrito describía un gran secreto enterrado en el juego de Montglane, una fórmula de gran poder.

—Lo sé —dijo Mireille, irritada, apartando los dedos de Charlot que se habían enredado en sus cabellos. El resto del público miraba fijamente lo que sucedía en el tablero central, donde Philidor escuchaba la lectura de los movimientos de su oponente y, dando la espalda al tablero, anunciaba sus respuestas.

—¿Y consiguió Sir Isaac resolver el acertijo? —preguntó impaciente, sintiendo la tensión de Shahin, que quería partir, pese a que no veía su cara.

—Ciertamente —contestó Blake—. Eso es lo que deseamos decirle. Fue lo último que hizo… porque murió al año siguiente…

LA HISTORIA DE LOS DOS POETAS

Cuando los dos hombres se conocieron en Londres, en mayo de 1726, Voltaire estaba al comienzo de la treintena y Newton tenía ochenta y tres años. Unos treinta años antes, había padecido una especie de depresión nerviosa y en los últimos veinte años no había publicado nada importante.

Cuando se conocieron, el esbelto y cínico Voltaire, con su acerbo ingenio, debió desconcertarse ante Newton, gordo y rosado, con una cabellera blanca y modales lánguidos, casi dóciles. Aunque la sociedad se lo había apropiado, Newton era en realidad un hombre solitario que hablaba poco y guardaba celosamente sus pensamientos secretos. Lo opuesto a su joven admirador francés, que ya había sido encarcelado dos veces en la Bastilla por su falta de tacto y su temperamento impetuoso.

Pero Newton siempre se sintió atraído hacia un problema, fuese de naturaleza científica o mística. Cuando llegó Voltaire con su manuscrito místico, Sir Isaac se lo llevó ansiosamente a sus habitaciones y desapareció durante varios días, dejando al poeta en suspenso. Por último, invitó a Voltaire a su estudio… un lugar lleno de instrumental óptico, con las paredes cubiertas de libros mohosos.

—Sólo he publicado un fragmento de mi trabajo —dijo el científico al filósofo—. Y eso, sólo por la insistencia de la Royal Society. Ahora soy viejo y rico y puedo hacer lo que me plazca... pero sigo negándome a publicar. Vuestro compatriota, el cardenal Richelieu, comprendía este tipo de reserva, porque de otro modo no hubiera escrito su diario en código.

—¿Entonces lo habéis descifrado? —preguntó Voltaire.

—Eso... y más —dijo el matemático con una sonrisa, llevando a Voltaire a un rincón de su estudio donde había una gran caja de metal cerrada con llave. Sacó la llave de su bolsillo y miró con reserva al francés—. Es la caja de Pandora. ¿La abrimos? —preguntó.

Cuando Voltaire asintió ansiosamente, hicieron girar la llave en la cerradura herrumbrada.

Allí había manuscritos de cientos de años de antigüedad... algunos casi destruidos por el descuido de muchos años. Pero la mayor parte de ellos estaba muy ajada y Voltaire sospechó que habían sido utilizados por el propio Newton. Cuando éste sacó con cuidado los papeles de la caja de metal, Voltaire echó una ojeada a los títulos, sorprendido: *De Occulta Philosophia*, el *Musaeum Hermeticum*, *Transmutatione Metallorum*... libros heréticos de Al-Jabir, Paracelso, Villanova, Agrippa, Lully. Obras de magia prohibidas por todas las iglesias cristianas. Obras de alquimia por docenas, y debajo de ellas, cuidadosamente protegidas por tapas de papel, miles de páginas de notas y análisis experimentales de la propia mano de Newton.

—¡Pero vos sois el mayor valedor de la razón de nuestro siglo! —exclamó Voltaire, mirando incrédulo los libros y papeles—. ¿Cómo podéis sumergiros en este pantano de misticismo y magia?

—No es magia —lo corrigió Newton—, sino ciencia. La más peligrosa de todas las ciencias, cuyo objetivo es alterar el curso de la naturaleza. El hombre inventó la Razón sólo para que lo ayudase a descifrar las fórmulas creadas por Dios. En todo lo natural hay un código... y cada código tiene una clave. He recreado muchos experimentos de los antiguos alquimistas... pero este documento que me habéis proporcionado dice que la clave final está contenida en el juego de Montglane. Si esto fuera verdad, daría todo lo que he descubierto... todo lo que he inventado... por una hora a solas con esas piezas.

—¿Y qué os revelaría esta clave final que no seáis capaz de descubrir vos mismo mediante investigación y experimentación? —preguntó Voltaire.

—La piedra —contestó con diligencia Newton—. La clave de todos los secretos.

∞

Cuando los poetas, sin aliento, interrumpieron su relato, Mireille se volvió de inmediato hacia Blake. Los murmullos del público, que comentaba el progreso del juego, habían ocultado con éxito sus voces.

—¿Qué quería decir con la piedra? —preguntó, cogiendo con fuerza el brazo del poeta.

—Claro, me olvidaba —dijo Blake riendo—. Yo mismo he estudiado estas cosas, de modo que doy por sentado que todo el mundo lo sabe. El objetivo de todo experimento alquímico es llegar a una solución que se reduce a una torta de polvo rojizo seco... al menos, así lo describen. He leído los trabajos de Newton. Aunque no se publicaron por vergüenza, nadie creía en serio que hubiera pasado tanto tiempo con esa tontería, por fortuna jamás se destruyeron...

—¿Y qué es esta torta de polvo rojizo? —lo urgió Mireille, tan ansiosa que se sentía a punto de gritar. Charlot estaba tirando de sus ropas desde atrás. No necesitaba un profeta para saber que se había entretenido demasiado.

—Bueno, de eso se trata —dijo Wordsworth echándose hacia adelante con los ojos brillantes de excitación—. Esta torta es la piedra. Un trozo de ella, combinado con metales bajos, la convierte en oro. Cuando se disuelve y se traga, se supone que cura todas tus enfermedades. La llaman la piedra filosofal...

El cerebro de Mireille procesó todo lo que sabía. Las piedras sagradas adoradas por los fenicios... la piedra blanca descrita por Rousseau, incrustada en el muro de Venecia: «Si un hombre pudiera decir y hacer lo que piensa —decía más o menos la inscripción— ya vería cómo podría transformarse.» Ante sus ojos flotaba la Reina Blanca, convirtiendo a un hombre en un dios...

De pronto, Mireille se puso de pie. Sorprendidos, Blake y Wordsworth la imitaron.

—¿Qué sucede? —susurró rápidamente el joven Wordsworth. Varias personas los habían mirado, irritadas por la interrupción.

—Debo irme —dijo Mireille, plantando un beso en su mejilla, que lo ruborizó. Volviéndose hacia Blake, cogió su mano—. Estoy en peligro... no puedo permanecer aquí. Pero no os olvidaré.

Se volvió, seguida por Shahin, que se levantó y se movió como una sombra mientras ella salía de la habitación.

—Tal vez deberíamos seguirla —dijo Blake—. Pero no sé por qué creo que volveremos a tener noticias suyas. Una mujer notable, ¿no crees?

—Sí —dijo Wordsworth—. Ya la estoy viendo en un poema —Rió al ver la expresión preocupada de Blake—. ¡Oh, no en un poema mío, sino tuyo!

Mireille y Shahin atravesaron aprisa la habitación exterior, con los pies hundiéndose en las alfombras blandas. Los porteros que daban vueltas en torno al bar apenas los notaron cuando pasaron como espectros. Al salir a la calle, Shahin cogió a Mireille del brazo y la apretó contra la pared en sombras. Charlot, en brazos de Shahin, contemplaba la húmeda oscuridad con los ojos de un gato.

—¿Qué sucede? —susurró Mireille, pero Shahin se llevó un dedo a los labios. Ella se esforzó por ver en la penumbra y entonces oyó el ruido de suaves pasos que atravesaban el pavimento mojado. Vio dos formas delineadas en la bruma.

Las sombras se aproximaban a la puerta del club Parsloe's... apenas a unos metros de distancia de donde esperaban Mireille y Shahin reteniendo la respiración. Hasta Charlot estaba silencioso como un ratoncillo. La puerta del club se abrió, lanzando un rayo de luz que iluminó las formas de la calle. Una era la del pesado y ebrio Boswell, envuelto en una larga capa oscura. La otra... Mireille quedó boquiabierta mientras miraba a Boswell volverse y ofrecer su mano.

Era una mujer, esbelta y hermosa, que echó hacia atrás la capucha de su capa. ¡De ella surgió el largo cabello rubio de Valentine! ¡Era Valentine! Mireille emitió un sollozo ahogado e inició un movimiento hacia la luz, pero Shahin la retuvo con mano de hierro. Ella se volvió hacia él, enfadada, pero él se inclinó rápidamente y le habló al oído.

—La Reina Blanca —susurró. Mireille retrocedió horrorizada mientras la puerta del club se cerraba, dejándolos de nuevo en la oscuridad.

Durante las semanas que permaneció a la espera de la reparación de su barco, Talleyrand tuvo muchas oportunidades de conocer a Benedict Arnold, el famoso traidor que había burlado a su país convirtiéndose en espía del gobierno británico.

Era curioso ver a esos dos hombres sentados en la posada, jugando a las damas o al ajedrez. Cada uno de ellos había tenido una carrera prometedora, ocuparon altos puestos y se hicieron dignos del respeto de sus padres y superiores. Pero ambos se habían granjeado enemistades que les costaron su reputación y su forma de vida. Al regresar a Inglaterra cuando su tarea de espionaje se descubrió, Arnold se encontró con que no se le había reservado ningún puesto en el ejército. Era objeto de burla y fue abandonado a que viviera como pudiese. Eso explica la situación en que lo había encontrado Talleyrand.

Pero aunque Arnold no pudiera darle cartas de presentación para americanos importantes, Talleyrand vio que sí podía proporcionarle información sobre el país al que pronto viajaría. Durante esas semanas, acosó a preguntas al patrón del astillero. Y ahora, el último día de su estancia antes de que el barco partiera hacia el Nuevo Mundo, hizo aún más preguntas mientras jugaban al ajedrez en la posada.

—¿Cuáles son las ocupaciones sociales en América? —preguntó—. ¿Tienen salones como en Inglaterra o en Francia?

—Cuando hayáis salido de Filadelfia o Nueva York, que están llenas de inmigrantes holandeses, encontraréis poco más que pueblos fronterizos. Por la noche, la gente se sienta junto al fuego con un libro o juega una partida de ajedrez, como ahora nosotros. Fuera del límite marino oriental, no hay mucha sociedad. Pero el ajedrez es casi el pasatiempo nacional... dicen que hasta los tramperos llevan un pequeño juego en sus viajes.

—¿De veras? —dijo Talleyrand—. No tenía idea de que hubiese ese nivel intelectual en lo que hasta hace muy poco eran colonias aisladas.

—No se trata de intelecto... sino de moralidad —dijo Arnold—. En todo caso, ésa es su versión de las cosas. Tal vez haya leído esa obra de Ben Franklin que es tan popular en América. Se llama *La ética del ajedrez*... y habla de cómo podríamos aprender muchas lecciones de vida estudiando minuciosamente el juego. —Rió con cierta amargura, levantando los ojos del tablero y fijándolos en Talleyrand—. ¿Sabéis?, era Franklin quien estaba tan ansioso por resolver el acertijo del juego de Montglane...

Talleyrand lo miró con desconfianza.

—¿De qué estáis hablando? —preguntó con firmeza—. ¿Queréis decir que hasta al otro lado del Atlántico se habla de esa leyenda ridícula?

—Ridícula o no —dijo el otro con una sonrisa que Talleyrand no pudo desentrañar—, dicen que el viejo Ben Franklin se pasó la vida tratando de descifrar el acertijo. Hasta fue a Montglane durante su estancia en Francia como embajador. Es un lugar en el sur de Francia...

—Sé dónde está —lo interrumpió Talleyrand—. ¿Qué buscaba?

—Pues el juego de Carlomagno... creí que aquí todos sabían de qué se trataba. Decían que estaba enterrado en Montglane. Benjamin Franklin era un excelente matemático y jugador de ajedrez. Inventó un recorrido del caballo que, según afirmaba, era su idea de cómo estaba trazado el juego de Montglane.

—¿Trazado? —preguntó Talleyrand, estremeciéndose al comprender lo que sugerían las palabras del hombre. Hasta América, a miles de kilómetros de los horrores de Europa, estaría sujeto a la influencia del espantoso juego que tanto había afectado su vida.

—Sí —dijo Arnold, moviendo una pieza—. Debéis preguntárselo a Alexander Hamilton... un colega masón. Dicen que Franklin descifró una parte de la fórmula... y antes de morir se la pasó a ellos...

EL OCTAVO CUADRADO

¡Por fin el octavo cuadrado!, exclamó Alicia… ¡Oh, cómo me alegro de haber llegado aquí! ¿Y qué es esto que tengo en la cabeza?, dijo escandalizada… mientras se lo quitaba y lo colocaba en su regazo para descubrir de qué podía tratarse. Era una corona de oro.

LEWIS CARROLL
A través del espejo

EL OCTAVO CUADRADO

Me arrastré fuera del agua en la media luna rocosa de playa que había delante del pinar, a punto de vomitar a causa de toda el agua salada que había tragado... pero viva. Y era el juego de Montglane lo que me había salvado.

El peso de aquellas piezas que llevaba en el bolso me había atraído hacia el fondo antes de poder dar una brazada, poniéndome fuera del alcance de esos pequeños trozos de plomo que golpeaban el agua por encima de mi cabeza... surgidos de las pistolas de los colegas de Sharrif. Como el agua tenía apenas tres metros de profundidad, pude caminar por el fondo arenoso, arrastrando el bolso conmigo, tanteando mi camino entre los botes hasta que pude sacar la nariz del agua para respirar. Usando siempre el enjambre de barcas como refugio y mi bolso como ancla, me abrí camino por los bajíos en la negra y mojada oscuridad.

Abrí los ojos en la playa, tratando de apreciar con exactitud, en medio de mi deseperación, dónde había caído. Aunque eran las nueve de la noche y la oscuridad era casi total, veía algunas luces parpadeantes que parecían el puerto de Sidi-Fredj, a unos tres kilómetros de distancia. Si no me capturaban, podía llegar andando... ¿pero dónde estaba Lily?

Toqué el bolso empapado y lo registré. Las piezas seguían allí. Sólo Dios sabía qué más había perdido al arrastrar el bolso por la mugre del fondo... pero mi manuscrito antiguo estaba metido en una bolsa impermeable donde guardaba el maquillaje. Esperaba que no hubiese habido infiltraciones.

Estaba planificando mi siguiente movimiento cuando un objeto empapado se arrastró fuera del agua a unos pocos metros de donde yo estaba. En la profunda luz purpúrea, parecía una gallina desplumada, pero el pequeño ladrido que emitió mientras se acercaba vacilante a mí y se arrojaba en mi regazo, despejó mis dudas: era Carioca, cubierto de lodo. No tenía forma de secarlo porque yo misma estaba empapada, de modo que lo levanté mientras me ponía en pie, me lo puse bajo el brazo y fui hacia el pinar… el atajo más seguro para llegar a casa.

Había perdido un zapato en el agua, de modo que dejé el otro y fui descalza sobre la blanda alfombra de agujas de los pinos, usando mis instintos caseros para encaminarme hacia el puerto. Haría unos quince minutos que caminaba, cuando escuché el crujido de una ramilla. Me detuve y acaricié al tembloroso Carioca, rogando que no montara el mismo numerito que con los murciélagos.

Pero no tenía importancia. Unos segundos después, me iluminaron la cara con una gran linterna. Me quedé allí bizqueando, con el corazón helado de miedo. Entonces un soldado con uniforme de color caqui apareció en el círculo de luz y se acercó a mí. Llevaba una enorme ametralladora y una canana con balas de aspecto horrible colgando de un costado. El arma apuntaba a mi estómago.

—¡Alto! —gritó, sin ninguna necesidad—. ¿Quién es usted? ¡Explíquese! ¿Qué hace aquí?

—He llevado a mi perro a nadar un rato —dije, y levanté a Carioca como prueba—. Soy Catherine Velis. Les mostraré mis papeles de identificación…

Comprendí que los papeles que estaba a punto de buscar estaban empapados. Empecé a hablar a toda velocidad.

—Estaba paseando a mi perro en Sidi-Fredj —dije—, cuando se cayó del embarcadero. Salté para rescatarlo, pero la corriente nos trajo hasta aquí… —Diablos, de pronto advertí que en el Mediterráneo no había corrientes. Seguí a toda prisa—. Trabajo para la OPEP… para el ministro Kader. Él me avalará. Vivo allá. —Levanté la mano y me quité el arma de la cara. Decidí adoptar otra actitud… la americana desagradable—. ¡Le digo que es urgente que vea al ministro Kader! —dije enérgicamente, irguiéndome con una dignidad que debía resultar ridícula en mis presentes condiciones—. ¿Tiene idea de quién soy?

El soldado miró por encima de su hombro a alguien que me ocultaba la luz de la linterna.

—¿Tal vez asiste a la conferencia? —preguntó, volviéndose hacia mí.

¡Claro! ¡Por eso patrullaban el bosque esos soldados! Y ésa era la razón de la barrera en el camino. Por eso Kamel había insistido tanto en que regresara a fin de semana... ¡había empezado la conferencia de la OPEP!

—Por supuesto —aseguré—. Soy uno de los delegados clave... estarán preguntándose dónde estoy.

El soldado rodeó el rayo de luz y se puso a murmurar en árabe con su compañero. Unos minutos después, apagaron la linterna. El mayor habló en tono de disculpa.

—Madame, la acompañaremos a reunirse con su grupo. En este momento los delegados están reuniéndose en el Restaurant du Port. ¿Tal vez desearía ir primero a su alojamiento a cambiarse?

Estuve de acuerdo en que sería una buena idea. Al cabo de una media hora, mi escolta y yo llegamos a mi apartamento. Los guardias esperaron fuera mientras me cambiaba rápidamente, me secaba el cabello y secaba a Carioca lo mejor posible.

No podía dejar las piezas en mi apartamento, de modo que saqué del armario un bolso de muletón y las metí dentro junto con Carioca. El libro que me había dado Minne estaba húmedo pero, gracias a su alojamiento hermético, no se había estropeado. Volviendo sus páginas, le di un rápido repaso con el secador de pelo y me fui a encontrarme con los guardias que me escoltaron por el puerto.

El Restaurant du Port era un edificio enorme con altos techos y suelos de mármol, donde había almorzado a menudo cuando todavía me alojaba en El Riadh. Atravesamos la larga columnata de arcos en forma de llave que se iniciaba en la plaza aneja al puerto y después ascendimos el ancho tramo de escaleras que iban desde el agua hasta las paredes de vidrio brillantemente iluminadas del restaurante. Cada treinta pasos había soldados que miraban hacia el puerto con las manos a la espalda y los rifles colgando. Cuando llegamos a la entrada, espié a través de las paredes de vidrio para ver si podía localizar a Kamel.

Habían cambiado la ordenación del restaurante, de modo que había cinco largas filas de mesas que se extendían desde donde yo estaba hasta el otro extremo, tal vez a unos treinta metros de distancia. En torno a la porción central del suelo había una tarima elevada y protegida por una barandilla de bronce, donde se había sentado a los más altos dignatarios. Incluso desde mi puesto de observación, la disposición resultaba imponente. Allí estaban no sólo los ministros del petróleo sino también los gobernantes de todos los países de la OPEP. Los uniformes con trencillas doradas, las túnicas bordadas con sombreros de leopardo, los trajes blancos y los trajes occidentales color carbonilla se mezclaban en una confusión de colores.

El taciturno guardián de la puerta despojó a mi soldado de su arma e hizo un gesto en dirección a la terraza de mármol que estaba a unos metros por encima de la multitud. El soldado me precedió entre largas filas de mesas de manteles blancos, en dirección a la breve escalera del centro. Al entrar, vi la expresión horrorizada del rostro de Kamel a varios metros de distancia. Me acerqué a la mesa, el soldado dio un talonazo y Kamel se puso en pie.

—¡Mademoiselle Velis! —dijo, y se volvió hacia el soldado—. Gracias por traer a nuestra estimada colaboradora a nuestra mesa, oficial. ¿Se había perdido? —Miraba por el rabillo del ojo como si fuera mejor que tuviera preparada una explicación.

—En el pinar, señor ministro —dijo el soldado—. Un accidente desgraciado con un perrillo. Entendimos que se la esperaba en su mesa... —Echó una ojeada a la mesa, totalmente llena de hombres y sin lugar vacío para mí.

—Ha hecho muy bien, oficial —dijo Kamel—. Puede volver a su puesto. No olvidaremos su rápida acción.

El soldado volvió a taconear y se fue.

Kamel agitaba la mano para llamar la atención de un camarero que pasaba y le pidió que pusiera otro cubierto. Se quedó de pie hasta que llegó la silla. Después nos sentamos. Kamel estaba presentándome.

—El ministro Yamini —dijo, indicando al regordete y rosado ministro saudí, con cara de ángel, que me hizo una inclinación cortés, levantándose a medias—. Mademoiselle Velis es la experta norteamericana que ha creado el brillante sistema de computación y los análisis de los que le hablé en la reunión de esta tarde —agregó.

El ministro Yamini levantó una ceja para demostrar su impresión.

—Ya conoce al ministro Belaid, creo —siguió Kamel mientras Abdelsalaam Belaid, que había firmado mi contrato, se levantaba con un guiño y apretaba mi mano. Su piel almendrada y suave, las sienes plateadas y la brillante cabeza calva me recordaron a un elegante capo de la mafia.

El ministro Belaid se volvió hacia su derecha para hablar con su compañero de mesa, que a su vez estaba inmerso en una conversación con su vecino. Ambos hombres se interpusieron para mirarlo y yo me puse verde al reconocerlos.

—Mademoiselle Catherine Velis, nuestra experta en computación —dijo Belaid con su voz susurrante. La cara larga y triste del presidente de Argelia, Houari Boumédienne me miró una vez y luego se volvió hacia su ministro... como si se preguntara qué demonios hacía yo allí. Belaid se encogió de hombros con una sonrisa neutra.

—*Enchanté* —dijo el presidente.

—El rey Faisal, de Arabia Saudí —continuó Belaid, señalando al hombre intenso, con cara de rapaz, que me miraba por debajo de su tocado blanco. No sonrió; sólo me hizo una inclinación de cabeza.

Cogí el vaso de vino que tenía delante y me eché al coleto un trago reconfortante. ¿Cómo demonios iba a arreglármelas para explicarle a Kamel lo que estaba sucediendo... y cómo iba a salir de allí para rescatar a Lily? Con esos compañeros de mesa, era imposible excusarse... ni siquiera para ir al lavabo.

En ese momento hubo una conmoción repentina en la planta principal, por debajo de nosotros. Todo el mundo se volvió a ver qué sucedía. Estaban todos sentados salvo los camareros que corrían de un lado a otro ofreciendo cestas de pan, fuentes de ensalada y más vino y agua. Pero había entrado un hombre alto y moreno, vestido con una larga túnica blanca. Su rostro guapo era una máscara de pasión mientras recorría las filas de mesas balanceando una fusta. Los camareros, reunidos en grupos, no hacían gesto alguno por detenerlo. Yo miraba incrédula mientras lo veía descargar la fusta a un lado y a otro mientras pasaba, barriendo las botellas de vino y tirándolas al suelo. Los comensales permanecían en silencio mientras las botellas caían a derecha e izquierda.

Con un suspiro, Boumédienne se puso en pie y dijo unas rápidas palabras al mayordomo que había acudido a su lado. Después, el melancólico presidente de Argelia descendió a nivel del suelo, donde esperó que el hombre guapo llegara a su lado con sus largos pasos.

—¿Quién es ese tipo? —pregunté a Kamel en un susurro.

—Muhammar El Gadaffi. De Libia —dijo Kamel en voz baja—. Hoy hizo un discurso en la conferencia sobre la inconveniencia de que los seguidores del Islam beban alcohol. Veo que tiene intención de ser fiel a sus palabras. Está loco. Dicen que ha contratado asesinos europeos para atacar a importantes ministros de la OPEP.

—Lo sé —dijo el querúbico Yamini, con una sonrisa llena de hoyuelos—. Mi nombre ocupa un lugar prominente en su lista.

No parecía preocuparle mucho. Cogió un trozo de apio y los mascó con aire de satisfacción.

—¿Pero por qué? —murmuré—. ¿Sólo porque beben?

—Porque insistimos en que el embargo sea económico en lugar de político —contestó Kamel. Bajando la voz, dijo a través de sus dientes apretados—. Ahora que tenemos un momento... ¿qué está pasando? ¿Dónde ha estado? Sharrif ha puesto el país patas arriba buscándola. Aunque no la arrestará aquí, está usted metida en un lío serio.

—Lo sé —susurré a mi vez, mirando el lugar donde Boumédienne hablaba serenamente con Gadaffi, con su larga y triste cara inclinada, de modo que no podía ver su expresión. Los comensales estaban recogiendo las botellas de vino y pasándolas, goteantes, a los camareros, que las reemplazaban subrepticiamente por otras.

—Tengo que hablarle a solas —seguí—. Su colega persa tiene a mi amiga. Hace media hora estaba nadando por la costa. En mi bolso de muletón llevo un perro mojado... y algo más que tal vez le interese. Tengo que salir de aquí...

—Buen Dios —dijo suavemente Kamel—. ¿Quiere decir que las tiene? ¿Aquí? —Miró en torno ocultando el pánico con una sonrisa.

—De modo que está en el juego —susurré, sonriendo yo también.

—¿Por qué cree que la traje aquí? —murmuró Kamel—. Me costó horrores explicar por qué había desaparecido justo antes de la conferencia...

—Podemos hablar de eso más tarde. Ahora tengo que salir de aquí y rescatar a Lily.

—Déjemelo a mí... algo haremos. ¿Dónde está?

—La Madrague —musité. Kamel me miró atónito, pero en ese momento Houari Boumédienne regresó a la mesa y volvió a sentarse. Todo el mundo sonrió en su dirección y el rey Faisal dijo en inglés:

—Nuestro coronel Gadaffi no es tan estúpido como aparenta —Y fijó sus grandes y líquidos ojos de halcón en el presidente de Argelia—. ¿Recuerda lo que dijo cuando alguien se quejó de la presencia de Castro en la conferencia de países no alineados? —El rey se volvió hacia Yamini, su ministro, que estaba a su derecha—. El coronel Gadaffi dijo que si se impedía a cualquier país su participación en el Tercer Mundo porque recibía dinero de una de las grandes potencias... todos teníamos que hacer las maletas y volver a casa. Terminó leyendo una lista de los arreglos financieros y armamentistas de la mitad de los países presentes... muy exacta, podría agregar. No lo desdeñaría como fanático religioso. En absoluto.

Ahora Boumédienne me estaba mirando a mí. Era un hombre misterioso. Desde su exitoso liderazgo de la Revolución, diez años antes, y el subsiguiente golpe militar que lo puso en la presidencia del país, había llevado a Argelia al frente de la OPEP, convirtiéndola en la Suiza del Tercer Mundo.

—Mademoiselle Velis —dijo, hablándome directamente por primera vez—. ¿En su trabajo para el ministerio... conoció en alguna ocasión al coronel Gadaffi?

—Jamás —contesté.

—Es extraño —dijo Boumédienne—, porque cuando estábamos hablando, la vio... y dijo algo que parecía indicar otra cosa.

Sentí que Kamel se ponía tenso. Cogió con fuerza mi brazo por debajo de la mesa.

—¿De veras? —preguntó Kamel con aire despreocupado—. ¿Y qué fue, señor presidente?

—Supongo que un caso de confusión de identidad —dijo el presidente con negligencia, fijando sus grandes ojos oscuros en Kamel—. Preguntó si era ella.

—¿Ella? —dijo el ministro Belaid, confundido—. ¿Y qué quiere decir eso?

—Supongo que quería decir si era quien había preparado esas proyecciones de las que tanto hemos oído hablar a Kamel Kader —dijo el presidente, y se volvió.

Empecé a murmurar algo a Kader, pero meneó la cabeza y se volvió hacia su jefe, Belaid.

—Catherine y yo desearíamos tener la posibilidad de revisar las cifras antes de presentarlas mañana. ¿Sería posible excusarnos del banquete? Si no, me temo que tendremos que pasar la noche sin dormir.

La expresión de Belaid dejaba bien claro que no creía una sola palabra de todo eso.

—Primero, desearía decirle algo —dijo, levantándose y llevando aparte a Kamel. Yo también me puse de pie, jugando con mi servilleta. Yamini se inclinó.

—Ha sido un placer tenerla en la mesa, aunque haya sido por tan breve tiempo —me aseguró con su sonrisa llena de hoyuelos.

Belaid estaba de pie cerca de la pared, hablando con Kamel, mientras los camareros iban deprisa de un lado a otro con bandejas de comida humeante. Cuando me aproximé, dijo:

—Mademoiselle, le agradecemos todo lo que ha hecho por nosotros. No tenga a Kamel Kader levantado hasta muy tarde. —Y regresó a la mesa.

—¿Podemos irnos ahora? —pregunté a Kamel en un murmullo.

—Sí... de inmediato —dijo, cogiéndome del brazo y bajando a

toda prisa las escaleras—. Abdelsalaam recibió un mensanje de la Policía Secreta, diciéndole que la están buscando. Dicen que escapó al arresto en La Madrague... se enteró durante la cena. Me la confía en lugar de entregarla enseguida. Espero que comprenderá cuál sería mi posición si vuelve a desaparecer.

—Por el amor de Dios —le susurré mientras nos abríamos paso entre las mesas—, usted sabe por qué fui al desierto. ¡Y sabe dónde vamos ahora! Soy yo quien debería hacer las preguntas. ¿Por qué no me dijo que estaba involucrado en el juego? ¿Belaid juega también? ¿Y qué pasa con Thérèse? ¿Y con ese cruzado musulmán de Libia que dijo que me conocía... de qué se trataba?

—Me gustaría saberlo —dijo adustamente Kamel. Hizo un gesto con la cabeza al guardia, que se inclinó cuando pasamos—. Cogeremos mi coche para ir a La Madrague. Debe decirme todo lo que ha pasado para que pueda ayudar a su amiga.

Entramos en su coche en la luz tenue del estacionamiento. Se volvió hacia mí en la oscuridad, de modo que las farolas de la calle sólo iluminaban sus ojos amarillos.

—Conozco a Mokhfi Mokhtar desde niño —dijo—. Ella eligió a mi padre para una misión... para formar una alianza con El-Marad y entrar en territorio blanco; esa misión provocó su muerte. Thérèse trabajaba para mi padre. Ahora, aunque trabaja en la Poste Centrale, sirve a Mokhfi Mokhtar, como sus hijos.

—¿Sus hijos? —pregunté, tratando de imaginar a la despampanante operadora como madre.

—Valerie y Michel —dijo Kamel—. Creo que ha conocido a Michel. Lo llaman Wahad...

¡De modo que Wahad era hijo de Thérèse! La trama se enredaba como un ovillo... y como había dejado de creer en las coincidencias, registré en algún lugar de mi cabeza la información de que Valerie era también el nombre de una asistenta empleada de Harry Rad. Pero tenía cosas más importantes de qué ocuparme, antes de individualizar a los peones.

—No entiendo —interrumpí—. Si enviaron a su padre en esta misión y fracasó... significa que el equipo blanco consiguió las piezas que él buscaba, ¿no? ¿Entonces cuándo termina este juego? ¿Cuando alguien reúne todas las piezas?

—A veces pienso que nunca terminará —dijo Kamel con amargura, encendió el motor y tomó el largo camino flanqueado por muros de cactus, para salir del Sidi-Fredj—. Pero la vida de su amiga sí corre peligro de terminar si no llegamos pronto a La Madrague.

—¿Es usted un pez lo bastante gordo como para aterrizar alegremente y exigir que la devuelvan?

El reflejo de las luces del tablero se fijó en la fría sonrisa de Kamel. Estábamos llegando a la barrera que Lily y yo habíamos visto desde el otro lado. Mostró su pase por la ventanilla y el guardia le hizo señas de que podía seguir.

—Lo único que preferiría tener El-Marad en lugar de su amiga —dijo serenamente— es lo que afirma tener en su bolsa de muletón. Y no me refiero al perro. ¿Le parece justo?

—¿Quiere decir... darles las piezas a cambio de Lily? —dije, estupefacta. Entonces comprendí que probablemente fuera la única manera de entrar y salir con vida—. ¿No podríamos darle sólo una? —sugerí.

Kamel rió y me apretó un hombro.

—Cuando sepa que las tiene —dijo— El-Marad nos eliminará del tablero.

¿Por qué no habíamos llevado con nosotros algunos soldados... o incluso unos delegados de la OPEP? En ese momento me hubiera venido bien ese fanático de Gadaffi con su fusta, abatiendo a sus enemigos como una horda mongol de un solo miembro. Pero en su lugar tenía al seductor Kamel, que iba a la muerte con dignidad y compostura perfectas... como podría haberlo hecho su padre diez años antes.

En lugar de detener el coche frente al bar iluminado, donde estaba todavía aparcado nuestro coche de alquiler, Kamel siguió por el puerto, recorriendo la única manzana desierta. Se detuvo en el extremo, donde un tramo de escaleras ascendía el acantilado que protegía la pequeña bahía. No se veía un alma y se había levantado viento, que arrojaba las nubes por encima del ancho espacio de la luna. Salimos y Kamel señaló la parte superior del acantilado, donde había una casa pequeña pero encantadora, rodeada de plantas y suspendida sobre la pendiente rocosa. Al lado del mar, el acantilado terminaba bruscamente y había una caída de unos treinta metros hasta el agua.

—La casa de verano de El-Marad —dijo Kamel en voz baja.

La casa estaba iluminada, y al iniciar el ascenso por las maltrechas escaleras de madera, escuché el ruido interior que recorría el acantilado. Distinguí la voz de Lily, que se alzaba por encima del chapoteo de las olas.

—¡Si me pone una mano encima, asesino de perros —aullaba—, será lo último que haga en su vida!

Kamel me miró sonriendo.

—Tal vez no necesite ayuda —dijo.

—Está hablando a Sharrif —le dije—. Es el que arrojó a su perro al agua. —Carioca ya estaba haciendo ruidos dentro de mi bolso. Metí la mano dentro y le rasqué la cabeza—. Es hora de hacer tu numerito, bicho —dije, sacándolo de la bolsa.

—Creo que tendría que volver a bajar y poner en marcha el coche —susurró Kamel, tendiéndome la llave—. Deje que yo me encargue del resto.

—Ni hablar —contesté, furiosa ante los ruidos sordos que salían de la casa—. Vamos a cogerlos por sorpresa.

Puse a Carioca en la escalera y subió como una pelota de ping-pong demente. Kamel y yo lo seguimos. Yo aferraba la llave del coche.

La entrada de la casa eran las grandes ventanas francesas que daban al lado del mar. Observé que el sendero que conducía a ellas estaba peligrosamente cerca del borde, separado de él sólo por un muro de piedra adornado con narcisos. Tal vez esto nos sirviera.

Cuando llegué y eché una mirada rápida al interior para ver lo que pasaba, Carioca ya estaba arañando las puertas de vidrio con sus pequeñas garras. Contra la pared de la izquierda había tres matones con las chaquetas abiertas, de modo que podían verse las pistoleras. El suelo era de un resbaladizo azulejo esmaltado azul y oro. En el centro estaba Lily, con Sharrif inclinado sobre ella. Cuando escuchó el jaleo que armaba Carioca, se puso en pie de un salto, pero Sharrif volvió a sentarla de una bofetada. Tenía lo que parecía un hematoma en la mejilla. En el extremo más alejado de la habitación estaba El-Marad, sentado sobre un montón de cojines. Con movimientos pausados, movió una pieza de ajedrez a través del tablero que tenía delante, sobre la baja mesilla de cobre.

Sharrif se había vuelto hacia las ventanas, donde estábamos nosotros, iluminados por la moteada luz de la luna. Yo tragué y levanté la cara para que pudiera verme.

—Ellos son cinco... nosotros, tres y medio —susurré a Kamel, que estaba silencioso a mi lado mientras Sharrif avanzaba hacia la puerta, indicando por señas a sus hombres que mantuvieran las armas enfundadas.

—Usted se ocupa de los gorilas. Yo de El-Marad. Creo que Carioca ya ha elegido su veneno —agregué, mientras Sharrif entreabría un poco la puerta.

Lanzando una mirada a su enemigo, dijo:

—Ustedes entran... eso se queda afuera.

Aparté a Carioca para que Kamel y yo pudiéramos entrar.

—¡Lo salvaste! —exclamó Lily, sonriéndome. Después, lanzando una mirada burlona a Sharrif, agregó—: La gente que amenaza a animales indefensos sólo está intentando ocultar su impotencia...

Sharrif avanzaba hacia ella como para pegarle otra vez, cuando El-Marad habló suavemente desde su rincón, mirándome con una sonrisa siniestra.

—Mademoiselle Velis —dijo—. Es maravilloso que haya regresado... y con escolta. Hubiera jurado que Kamel Kader tendría inteligencia de no traérmela por segunda vez. Pero ahora que estamos todos reunidos...

—¡Omitamos las expresiones corteses! —dije, dirigiéndome hacia él. Al pasar junto a Lily, le puse la llave del coche en la mano y susurré—: La puerta... ahora. Ya sabe para qué estamos aquí —dije a El-Marad mientras seguía avanzando.

—Y usted sabe lo que yo quiero —me dijo—. ¿Podemos llamarlo una transacción comercial?

Me detuve junto a la mesa baja y miré por encima del hombro. Kamel se había colocado cerca de los matones y estaba pidiendo a uno de ellos que le diera fuego para su cigarrillo. Lily estaba junto a las puertaventanas, con Sharrif pisándole los talones. Se había acuclillado y tamborileaba en el cristal con sus largas uñas rojas, mientras la colgante lengua de Carioca lamía el vidrio al otro lado. Todos estábamos en nuestros puestos... era ahora o nunca.

—Mi amigo el ministro no parece creer que usted sea muy escrupuloso en lo referente a los tratos comerciales —dije al vendedor de alfombras. Él levantó la mirada y empezó a decir algo, pero lo interrumpí—. Pero si lo que quiere son las piezas —dije—, aquí están.

Me saqué el bolso del hombro y sin detenerme la levanté lo más alto que pude y la descargué con todo su enorme peso... sobre su cabeza. Sus ojos se pusieron en blanco y empezó a caer hacia un lado. Yo giré para enfrentarme al pandemónium que estaba produciéndose tras de mí.

Lily había abierto las ventanas, Carioca entraba corriendo en la habitación y yo balanceaba la cachiporra en que se había transformado mi bolso y corría en dirección a los matones. El primero tenía el arma a medio sacar cuando lo golpeé. El segundo estaba doblado en dos a causa del puñetazo en el estómago que le había dado Kamel. Cuando el tercero sacó su arma y me apuntó, todos estábamos amontonados en el suelo.

—¡Aquí, imbécil! —chilló Sharrif, apartando a Carioca a patadas. Lily estaba devorando distancia y ya atravesaba la puerta. El matón levantó el arma, apuntó y apretó el gatillo... en el momento en que Kamel lo empujaba a un lado, golpeándolo contra la pared.

Sharrif ululaba en su frenesí, mientras giraba a causa del impacto de la bala, llevándose una mano al hombro. Carioca perseguía su pierna describiendo círculos, tratando de colocar un mordisco. Kamel estaba detrás de mí, luchando por conseguir el arma del matón mientras uno de los otros empezaba a incorporarse. Levanté el bolso y le pegué; esta vez se quedó en el suelo. Después, para asegurarme, golpeé en la nuca al camarada de Kamel. Mientras caía, Kamel le quitó el arma.

Nos precipitábamos hacia la puerta cuando sentí que una mano me cogía y me zafé. Era Sharrif, con el perro aferrado a su pierna pero moviéndose todavía. Atravesó la puerta en mi persecución con la sangre saliendo de su herida. Dos de sus colegas estaban otra vez de pie y detrás de él mientras yo me lanzaba... no hacia las escaleras sino hacia el borde del acantilado. Abajo veía a Kamel en la mitad del tramo de escaleras, volviéndose a mirarme con desesperación. En la luz de la luna, vi que Lily corría hacia el coche de Kamel.

Sin pensarlo, salté el bajo muro de contención y me tendí boca abajo en el suelo en el momento en que Sharrif y sus tropas aparecían por el costado de la casa y corrían hacia las escaleras. El enorme peso del juego de Montglane colgaba de mi mano dolorida por la ladera del precipicio. Estuve a punto de soltarlo. Veía el pie del acantilado treinta metros por debajo, donde las olas golpeaban contra la roca bajo el viento creciente. Contuve la respiración y, lentamente, con todas mis fuerzas, levanté el bolso.

—¡El coche! —escuché gritar a Sharrif—. ¡Van hacia el coche!

Escuché el golpeteo de sus pies bajando los cochambrosos escalones y empezaba a incorporarme cuando escuché algo junto a mi oído. Espié en la luz pálida por encima del murete y la larga lengua de Carioca me lamió la cara. Estaba a punto de ponerme de pie cuando las nubes volvieron a abrirse y vi al tercer matón, a quien creía haber dejado seco, que se dirigía hacia mí frotándose la cabeza. Volví a acuclillarme, pero era demasiado tarde.

Saltó sobre mí por encima del muro. Yo volví a echarme al suelo mientras lo oía gritar. Mirando a través de mis dedos, vi su pierna vacilando en el borde. Después desapareció. Volví a saltar el muro buscando terreno seguro, cogí a Carioca y corrí hacia la escalera.

Ahora soplaba un fuerte viento, como si se acercara una tormenta. Horrorizada, vi el coche de Kamel que partía en medio de una nube de polvo mientras Sharrif y sus dos compañeros corrían frenéticamente detrás, disparando balas al azar a los neumáticos. Y entonces, para mi sorpresa, vi que el coche daba la vuelta, encendía los faros y se abalanzaba sobre los tipos. Los tres se arrojaron a un lado cuando el coche pasó junto a ellos a toda velocidad. ¡Lily y Kamel volvían a buscarme!

Bajé a toda prisa, los escalones de cuatro en cuatro, tan rápido como pude, sujetando con fuerza a Carioca con una mano... y las piezas con la otra. Llegué abajo justo cuando pasaba el coche envuelto en una nube de polvo. La puerta se abrió y salté dentro. Lily arrancó otra vez antes de que pudiera cerrarla. Kamel estaba en el asiento trasero, con el revólver fuera de la ventana. El estruendo de las balas era ensordecedor. Mientras luchaba por cerrar la puerta del coche, vi a Sharrif y sus colegas pasar corriendo en dirección a un automóvil estacionado al borde del agua. Seguimos mientras Kamel llenaba su coche de plomo. Aunque tuviera éxito en su intento por inutilizarlo, estaba segura de que tendrían uno de repuesto.

En el mejor de los casos, la técnica de conducción de Lily era desestabilizadora... pero ahora parecía creer que tenía licencia para matar. Coleamos por todo el camino de tierra que salía del puerto y seguimos mordiendo neumáticos hasta que llegamos a la carretera principal. Estábamos todos silenciosos y sin aliento y Kamel miraba por la ventanilla trasera mientras Lily iba aumentando la velocidad. Cuando estaba a punto de llegar a ciento sesenta, vi que nos abalanzábamos contra la barrera de la OPEP.

—¡Apriete el botón rojo del tablero! —gritó Kamel para hacerse oír por encima del chirrido de los neumáticos. Me incliné, lo apreté y se escuchó una sirena, además de encenderse una pequeña luz roja que relampagueaba como un faro.

—¡Buen equipo! —dije a Kamel por encima del hombro mientras pasábamos y los guardias se hacían a un lado. Lily se lanzó a un slalom por entre los coches, mientras por las ventanillas nos contemplaban rostros estupefactos... luego los dejamos atrás.

—Ser ministro tiene algunas ventajas —dijo Kamel con modestia—. Pero en el otro extremo de Sidi-Fredj hay otra barrera.

—¡Al demonio los torpedos y adelante! —exclamó Lily, apretando otra vez el acelerador mientras el enorme Citroën daba un salto semejante al de un pura sangre en la recta final. Pasamos la segunda barrera igual que la primera, dejándolos envueltos en una polvareda.

—A propósito —dijo Lily mirando a Kamel por el retrovisor—, no nos han presentado formalmente. Soy Lily Rad. Creo que conoce a mi abuelo.

—Mantén los ojos en el camino —dije, mientras el coche oscilaba peligrosamente cerca del abismo del acantilado. Casi volaba a causa del viento.

—Mordecai y mi padre eran amigos íntimos —dijo Kamel—. Tal vez vuelva a verlo algún día. Por favor, cuando lo vea, transmítale mis recuerdos más afectuosos.

En ese momento Kamel se volvió y miró por la ventanilla. Se nos acercaban algunas luces.

—Más gas —dije con urgencia a Lily.

—Éste no es el momento de impresionarnos con sus habilidades —murmuró Kamel, empuñando el arma mientras el coche que nos seguía ponía en funcionamiento la sirena y las luces. Kamel trataba de ver entre el viento y el polvo.

—¡Dios, es un poli! —dijo Lily disminuyendo un tanto la velocidad.

—¡Siga! —le espetó ferozmente Kamel.

Obediente, Lily apretó el acelerador y el Citroën osciló un momento y después se recobró. La aguja estaba llegando a los 200 kilómetros. Fuera cual fuese su coche, no podrían ir mucho más rápido por ese camino. Sobre todo a causa de las violentas ráfagas de viento que soplaban desde todos lados.

—Hay una manera de llegar a la Casbah por detrás —dijo Kamel vigilando siempre a nuestros perseguidores—. Estará a unos diez minutos de aquí... y habrá que atravesar Argel. Pero conozco esas callejuelas mejor que Sharrif. Este camino nos llevará a la Casbah desde arriba... Conozco el camino —agregó serenamente—. Y con razón... es la casa de mi padre.

—¿Minne Renselaas vive en casa de su padre? —pregunté—. Creía que su familia provenía de las montañas.

—Mi padre tenía una casa aquí, en la Casbah... para sus esposas.

—¿Sus esposas? —exclamé.

—Minne Renselaas es mi madrastra —dijo Kamel—. Mi padre era el Rey Negro.

∞

Detuvimos el coche en una de las calles laterales que formaban la laberíntica región superior de Argel. Tenía mil preguntas que hacer, pero estaba tratando de ver si aparecía el coche de Sharrif. Estaba segura de que no los habíamos despistado, pero estaban lo bastante lejos como para no poder ver sus luces cuando apagamos las nuestras. Saltamos fuera del coche y entramos a pie en el laberinto.

Lily iba detrás de Kamel, cogida de su manga, y yo la seguía. Las calles estaban oscuras y eran tan estrechas que tropecé y estuve a punto de caer de bruces.

—No lo entiendo —murmuraba Lily con su voz áspera mientras yo seguía mirando por encima del hombro—. Si Minne era la esposa del cónsul holandés, Renselaas, ¿cómo podía estar también casada con su padre? Por estos lugares la monogamia no parece ser muy popular.

—Renselaas murió durante la Revolución —dijo Kamel—. Ella necesitaba quedarse en Argel... mi padre le ofreció su protección. Aunque se querían mucho como amigos, sospecho que fue un matrimonio de conveniencia. En todo caso, al año mi padre había muerto...

—Si él era el Rey Negro —siseó Lily— y lo mataron, ¿por qué no terminó el juego? ¿No es eso lo que quiere decir *Shah Mat*, el Rey ha muerto?

—El juego continúa, como en la vida —dijo Kamel secamente—. El Rey ha muerto... viva el Rey.

Miré el cielo entre la angosta franja de edificios que se cerraban encima de nuestras cabezas mientras nos hundíamos más profundamente en la Casbah. Aunque escuchaba silbar el viento arriba, no podía penetrar los pasajes estrechos por los que nos movíamos. Desde lo alto caía sobre nosotros un polvo fino y por la cara de la luna pasaba una película color rojo oscuro. Kamel también levantó la mirada.

—Llega el siroco —afirmó—. Tenemos que darnos prisa. Espero que esto no altere nuestros planes.

Miré al cielo, inquieta. El siroco era una tormenta de arena... una de las más famosas del mundo. Quería estar a cubierto antes de que se iniciara. Kamel se detuvo en un pequeño callejón sin salida y sacó de su bolsillo una llave.

—¡El fumadero de opio! —susurró Lily, recordando nuestro pasaje por allí—. ¿O era hachís?

—Éste es otro camino —dijo Kamel—. Es una puerta cuya llave sólo tengo yo.

Abrió la puerta en la oscuridad, haciéndome pasar primero a mí y luego a Lily. Lo oí cerrar la puerta a nuestras espaldas.

Era un corredor largo y oscuro con una luz difusa en el extremo. Sentía una gruesa alfombra bajo los pies y la fría tela damasquinada que cubría las paredes.

Llegamos por fin a una habitación amplia, con los suelos cubiertos por ricas alfombras persas, cuya única iluminación provenía de un gran candelabro de oro colocado sobre una mesa de mármol, en el extremo más alejado del recinto. Era la luz adecuada para distinguir los opulentos muebles: mesillas de oscuro mármol de Carrara, otomanas de seda amarilla con borlas doradas, sofás con los profundos colores bronceados de los licores añejos y grandes esculturas dispersas en pedestales y mesas... magníficas incluso para mi ojo no entrenado. En aquella líquida luz dorada, la habitación parecía un tesoro encontrado en el fondo de un mar antiguo. Al atravesar lentamente el cuarto en compañía de Lily, en dirección a las dos figuras que esperaban en el otro extremo, me sentí como si estuviera atravesando una atmósfera más densa que el agua.

Allí, a la luz del candelabro, en un traje de brocado de oro adornado con resplandecientes monedas, estaba Minne Renselaas. Y junto a ella, con un vaso en la mano y mirándonos con sus pálidos ojos verdes... vi a Alexander Solarin.

Solarin me miró con su arrebatadora sonrisa. Había pensado a menudo en él desde aquella noche en que había desaparecido en la tienda de la playa, y siempre con la secreta convicción de que volveríamos a vernos. Se adelantó, me dio la mano y después se volvió a Lily.

—Nunca nos han presentado —le dijo. Ella estaba exaltada, como si hubiera deseado arrojarle en ese mismo momento un guante... o un tablero de ajedrez, y desafiarlo a jugar en ese mismo instante—. Soy Alexander Solarin... y usted es la nieta de uno de los más grandes maestros del ajedrez vivos. Espero poder devolverla a su abuelo muy pronto.

Lily, algo apaciguada por estas alabanzas, estrechó su mano.

—Es suficiente —dijo Minne, mientras Kamel se unía a nuestro grupo—. No tenemos mucho tiempo. Imagino que tienes las piezas.

En una mesa cercana vi una caja de metal que reconocí como la que contenía el paño.

Di unas palmadas a mi bolso y nos acercamos a la mesa, donde lo deposité y saqué las piezas una por una. Allí estaban, a la luz de las velas, relumbrando con todas aquellas gemas coloreadas y emitiendo el mismo resplandor extraño que había observado en la cueva. Todos las miramos un momento en silencio: el brillante carro, el caballo caracoleante, los asombrosos rey y reina. Solarin se inclinó para tocarlas y después miró a Minne. Ella fue la primera en hablar.

—Por fin —dijo—. Después de todo este tiempo, se reunirán con las otras. Y es a ti a quien debo agradecértelo. Con tus actos, redimirás la muerte inútil de tantos en el transcurso de tanto tiempo...

—¿Las otras? —pregunté, mirándola en la penumbra.

—En América —respondió con una sonrisa—. Esta noche Solarin te llevará a Marsella, desde donde hemos arreglado un billete para tu regreso...

Kamel metió la mano en el bolsillo y devolvió su pasaporte a Lily. Ella lo cogió... pero ambas mirábamos sorprendidas a Minne.

—¿A América? —dije—. ¿Pero quién tiene las otras piezas?

—Mordecai —dijo ella, siempre sonriendo—. Tiene otras nueve. Con el paño —agregó, cogiendo la caja y dándomela—, tendréis más de la mitad de la fórmula. Será la primera vez que se reúnen en casi doscientos años.

—¿Y qué pasará cuando estén reunidas? —quise saber.

—Eso tienes que descubrirlo tú —dijo Minne mirándome con gravedad. Después volvió a contemplar las piezas que seguían brillando en el centro de la mesa—. Ahora te toca a ti... —Lentamente se dio media vuelta y puso las manos en el rostro de Solarin.

—Mi amado Sascha —le dijo con lágrimas en los ojos—. Cuídate mucho, mi niño. Protégelas... —Y le dio un beso en la frente.

Para sorpresa mía, Solarin la abrazó y hundió la cabeza en su hombro. Todos miramos estupefactos mientras el joven maestro de ajedrez y la elegante Mokhfi Mokhtar se abrazaban en silencio. Después se separaron y ella se volvió hacia Kamel, apretando su mano.

—Que lleguen a puerto sanas y salvas —susurró. Y después, sin dirigir una palabra más a Lily o a mí, se volvió y salió de la habitación. Solarin y Kamel la miraban en silencio.

—Debes irte —dijo Kamel por fin, volviéndose hacia Solarin—. Me ocuparé de que esté segura. Que Alá vaya contigo, amigo mío.

Estaba recogiendo las piezas y poniéndolas otra vez en mi bolso junto con la caja que contenía el paño, que me sacó de las manos. Lily estaba allí de pie, apretando a Carioca contra su pecho.

—No lo entiendo —dijo débilmente—. ¿Esto es todo? ¿Nos vamos? ¿Cómo haremos para llegar a Marsella?

—Hemos conseguido un barco —dijo Kamel—. Vengan, no hay un minuto que perder.

—¿Qué pasa con Minne? —pregunté—. ¿La veremos otra vez?

—Por ahora, no —dijo rápidamente Solarin, recobrándose—. Debemos irnos antes de que llegue la tormenta... salir al mar de inmediato. La travesía es sencilla una vez sorteado el puerto.

Cuando volví a encontrarme una vez más en las calles oscuras de la Casbah en compañía de Lily y Solarin, seguía mareada.

Corríamos por los silenciosos callejones en los que las casas se apretujaban obstruyendo la luz. Por el olor a sal comprendí que nos acercábamos al puerto. Salimos a la amplia plaza junto a la Mezquita de los Pescadores, donde había conocido a Wahad tantos días antes. Parecía como si hubieran pasado meses. Ahora la arena golpeaba la plaza con gran violencia. Solarin me cogió del brazo para cruzarla mientras Lily, con Carioca en sus brazos, corría detrás de nosotros.

Habíamos empezado a bajar las escaleras hacia el puerto, cuando retuve el aliento y le solté a Solarin.

—Minne lo llamó su niño... no será también su madrastra, ¿no?

—No —respondió, haciéndome bajar los escalones de dos en dos—. Ruego poder verla otra vez antes de morir. Es mi abuela...

EL SILENCIO ANTES
DE LA TORMENTA

Porque entonces caminaba solo
Bajo las silenciosas estrellas y en ese tiempo
Percibí lo que el sonido tiene de poder...
Y permanecía
En la noche ennegrecida por la tormenta inminente
Bajo una roca, escuchando notas que son
El fantasmal lenguaje de la antigua tierra
O tienen su difusa morada en los vientos distantes.

Y allí bebí el poder de la visión.

WILLIAM WORDSWORTH
Preludio

VERMONT

Talleyrand cojeaba por el bosque en el que haces de luz, vibrantes de motas doradas, atravesaban la catedral del follaje primaveral. Aquí y allí, brillantes colibrís verdes se lanzaban a recoger el néctar de los sedosos capullos de una masa de campanillas que colgaba como un velo de un viejo roble. El suelo estaba todavía húmedo bajo sus pies, los árboles seguían goteando agua del chaparrón reciente, captando la luz como diamantes dispersos en el follaje moteado.

Hacía más de dos años que estaba en América. Esa tierra no había defraudado sus expectativas... pero sí sus esperanzas. El embajador francés, un burócrata mediocre, comprendía las ambiciones políticas de Talleyrand y conocía también los cargos de traición formulados contra él. Había bloqueado su acceso al presidente Washington y las puertas de la sociedad de Filadelfia se cerraron tan decididamente como las de Londres. Sólo Alexander Hamilton siguió siendo su amigo y aliado, aunque no pudo asegurarle un trabajo. Por último, agotados sus últimos recursos, Talleyrand quedó reducido a vender propiedades en Vermont a los nuevos emigrados franceses. Al menos, servía para mantenerlo con vida.

Ahora, mientras recorría apoyado en su bastón el terreno difícil, midiendo las parcelas que vendería al día siguiente, suspiró y pensó en su vida arruinada. ¿Qué estaba tratando de salvar, en realidad? A los cuarenta y dos años, no tenía nada que mostrar por los siglos de buena crianza y su refinada educación. Los americanos, con pocas excepciones, eran salvajes y criminales expulsados de los países civilizados de Europa. Hasta las clases superiores de Filadelfia eran menos educadas que bárbaros como Marat —que era médico— o que Danton, que había estudiado leyes.

Pero la mayoría de aquellos caballeros habían muerto; aquellos que primero habían dirigido y después minado la Revolución. Marat, asesinado; Camille Desmoulins y Georges Danton en la guillotina, en el mismo cadalso; Hérbert, Chaumette, Couthon, Saint-Just... Lébas, que se había volado los sesos para no someterse al arresto, y los hermanos Robespierre, Maximilien y Agustin, cuyas muertes bajo la hoja de la guillotina señalaron el fin del Terror. Él habría podido tener el mismo destino si hubiera permanecido en Francia. Pero ahora había llegado el momento de recoger la recompensa. Dio unas palmaditas a la carta que llevaba en el bolsillo y sonrió para sus adentros. Su lugar estaba en Francia, en el resplandeciente salón de Germaine de Staël, tejiendo brillantes intrigas políticas. Y no aquí, cojeando en medio de aquella soledad sin dios.

De pronto advirtió que hacía bastante tiempo que no escuchaba nada más que el zumbido de las abejas. Se inclinó para poner su estaca en el suelo y, después, tratando de ver a través de las hojas, dijo:

—Courtiade, ¿estás ahí?

No hubo respuesta. Volvió a preguntar, en voz más alta. Desde las profundidades de los arbustos llegó la voz pesarosa de su valet.

—Sí, Monseñor... por desgracia sí, estoy aquí.

Courtiade se abrió paso por el bosquecillo bajo y salió al pequeño claro. Una gran bolsa de cuero, colgada en bandolera, le atravesaba el pecho.

Talleyrand pasó el brazo por los hombros de su criado y se abrieron camino por la maleza, de regreso al sendero rocoso donde habían dejado carro y caballo.

—Veinte parcelas de tierra —murmuró—. Vamos, Courtiade, si mañana vendemos esto, regresaremos a Filadelfia con fondos suficientes como para pagar nuestro regreso a Francia.

—¿Entonces la carta de madame de Staël dice que podéis regresar? —preguntó Courtiade, y en su rostro sobrio e impasible se dibujó el inicio de una sonrisa.

Talleyrand metió la mano en el bolsillo y sacó la carta que llevaba allí desde hacía unas semanas. Courtiade miró la letra y los sellos floridos con el nombre de la República Francesa.

—Como de costumbre —dijo Talleyrand agitando la carta—, Germaine se ha metido en medio del jaleo. En cuanto regresó a Francia, instaló a su nuevo amante, un suizo llamado Benjamin Constant, en la embajada sueca, delante de las narices de su marido. Ha creado tal furia con sus actividades políticas, que fue denunciada en la Convención por tratar de armar una conspiración monárquica mientras le ponía los cuernos a su marido. Ahora le han ordenado que permanezca a treinta kilómetros de París... pero incluso allí se las arregla para hacer milagros. Es una mujer de gran poder y encanto, a quien siempre contaré entre mis amistades.

Había hecho a Courtiade gesto de que podía abrir la carta, y el criado iba leyendo mientras seguían en dirección al carro.

> ... *Tu día ha llegado,* mon cher ami. *Vuelve pronto y recoge los frutos de la paciencia. Todavía tengo amigos con la cabeza pegada a los hombros, que recordarán tu nombre y los servicios que prestaste a Francia en el pasado. Afectuosamente, Germaine.*

Courtiade levantó la mirada con indisimulado gozo. Habían llegado junto al carro, donde el viejo y cansado caballo mascaba suaves pastos. Talleyrand le dio una palmada en el cuello y se volvió hacia Courtiade.

—¿Has traído las piezas? —preguntó.

—Aquí están —contestó el criado, dando unas palmadas a la bolsa de cuero que colgaba de su hombro—. Y el recorrido del caballo de monsieur Benjamin Franklin, que el secretario Hamilton ha copiado para vos.

—Eso puedes guardarlo... porque no significa nada para nadie, salvo nosotros. Pero las piezas son demasiado peligrosas como para llevarlas a Francia. Por eso quería traerlas aquí, a esta soledad donde nadie puede imaginar que estén ocultas. Vermont... un nombre francés, ¿no es cierto? Monte Verde. —Y señaló con su bastón la elevada cadena de colinas verdes y redondeadas que se alzaban por encima de sus cabezas—. Allá, en aquellos picos color esmeralda, cerca de Dios. Así, él podrá vigilarlas en mi lugar.

Sus ojos resplandecían cuando miró a Courtiade, pero la expresión del rostro del criado era sobria otra vez.

—¿Qué pasa? —preguntó Talleyrand—. ¿No te gusta la idea?

—Habéis arriesgado tanto por estas piezas, señor —explicó cortésmente el valet—. Han costado tantas vidas. Dejarlas atrás parece... —y buscó palabras para expresar sus sentimientos.

—Como si no hubiera servido para nada —dijo con amargura Talleyrand.

—Si perdonáis que me exprese con tanta audacia, monseñor... si mademoiselle Mireille estuviese viva, moveríais cielo y tierra por conservar estas piezas, tal como os las confió... no las abandonaríais a los peligros de esta soledad. —Miró a Talleyrand con expresión preocupada ante lo que iban a hacer.

—Han pasado casi cuatro años sin una palabra, una señal —dijo Talleyrand con voz quebrada—. Sin embargo, pese a que no tenía nada a que cogerme, nunca abandoné la esperanza... hasta ahora. Pero Germaine ha regresado a Francia, y si hubiera algún rastro, su círculo de informantes lo habría descubierto. Su silencio augura lo peor. Tal vez, plantando estas piezas en la tierra, mi esperanza vuelva a encontrar sus raíces.

Tres horas más tarde, mientras los dos hombres colocaban la última piedra sobre el montículo de tierra elevado en el corazón de los Montes Verdes, Talleyrand levantó la cabeza y miró a Courtiade.

—Tal vez ahora —dijo, contemplando el montículo— podamos tener la seguridad de que no volverán a salir a la superficie por otros mil años.

Courtiade estaba colocando arbustos y enredaderas sobre la tumba y gravemente, contestó:

—Pero al menos... sobrevivirán.

SAN PETERSBURGO, RUSIA   *Noviembre de 1796*

Seis meses más tarde, en una antecámara del Palacio Imperial de San Petersburgo, Valerian Zubov y su guapo hermano Platón, amado de la zarina Catalina la Grande, susurraban entre sí mientras los miembros de la corte, prematuramente vestidos con trajes de luto, entraban por las puertas abiertas en dirección a la cámara real.

—No sobreviviremos —murmuró Valerian quien, como su hermano, llevaba un traje de terciopelo negro cubierto de condecoraciones—. ¡Tenemos que actuar ahora... o todo se habrá perdido!

—No puedo irme hasta que haya muerto —murmuró Platón orgullosamente cuando hubo pasado el último grupo—. ¿Qué parecería? Tal vez se recupere de repente... ¡y entonces todo se habrá perdido!

—¡No se recuperará! —contestó Valerian, luchando por reprimir su agitación—. Es una *haémorragie des cervelles*. El doctor me ha dicho que nadie se recupera de una hemorragia cerebral. Y cuando ella muera, Pablo será el zar.

—Me ha ofrecido una tregua —dijo Platón, con voz insegura—. Esta mañana... me ha ofrecido un título y una propiedad. Por supuesto, nada tan espléndido como el Palacio Taurida. Algo en el campo.

—¿Y confías en él?

—No —admitió Platón—. ¿Pero qué puedo hacer? Aun cuando decidiera huir, no lograría llegar a la frontera...

∞

La abadesa estaba sentada junto a la cama de la gran zarina de todas las Rusias. El rostro de Catalina era blanco. Estaba inconsciente. La abadesa tenía entre las suyas la mano de Catalina y miraba aquella piel lívida que, de vez en cuando, enrojecía mientras boqueaba en las últimas ansias de la muerte.

Qué terrible era verla allí tendida, esa amiga que había sido tan vital, tan enérgica. Ni todo el poder del mundo había conseguido salvarla de esa muerte espantosa: su cuerpo era un pálido saco de fluidos, como una fruta podrida que se hubiera desprendido demasiado tarde del árbol. Éste era el fin que Dios tenía preparado para todos, ricos y pobres, santos y pecadores. *Te absolvum*, pensó la abadesa... si mi absolución sirve para algo. Pero antes debes despertar, amiga mía. Porque necesito tu ayuda. Si hay algo que debes hacer antes de morir, es decirme dónde escondiste la única pieza que te traje. ¡Dime dónde has puesto la reina negra!

∞

Pero Catalina no se recuperó. La abadesa, sentada en sus frías habitaciones, mirando la chimenea vacía, que la debilidad y el dolor le impedían encender, se devanaba los sesos pensando en lo que podía hacer. Toda la corte estaba de duelo tras las puertas cerradas... pero se trataba de un duelo por sí mismos más que por la zarina fallecida. Enfermos de miedo ante lo que podía sucederles ahora que el loco príncipe Pablo iba a ser coronado zar.

Decían que en el instante en que Catalina lanzó su último suspiro, había corrido a sus habitaciones para vaciar el contenido de su escritorio, arrojándolo al fuego sin abrir ni leer. Temeroso de que entre esas últimas disposiciones hubiera un papel declarando lo que siempre había afirmado que deseaba: desheredarlo a favor de su hijo Alejandro.

El propio palacio se había transformado en una barraca. Los soldados de la guardia personal de Pablo, vestidos con sus uniformes de aspecto prusiano y brillantes botones, patrullaban los corredores noche y día, lanzando órdenes que podían oírse por encima del estruendo de las botas. Estaban dejando salir de las prisiones a los francmasones y otros liberales a quienes Catalina había encerrado. Pablo estaba resuelto a contrariar todo lo que Catalina había hecho en su vida. Era sólo cuestión de tiempo, pensó la abadesa, antes de que fijara su atención en aquellos que habían sido sus amigos.

Oyó que se abría la chirriante puerta de sus habitaciones. Levantó la mirada y vio a Pablo, con sus ojos saltones, contemplándola desde el otro lado de la cámara. Reía como un idiota, frotándose las manos. Ella no sabía si a causa de su satisfacción o del frío intenso.

—Os he estado esperando, Pavel Petrovich —dijo la abadesa con una sonrisa.

—¡Me llamaréis Majestad… y os pondréis en pie cuando entre en vuestros aposentos! —dijo él casi gritando. Después, calmándose mientras la abadesa se levantaba lentamente, se acercó a ella y la miró con odio—. ¿No diríais, madame de Roque, que hay una gran diferencia en nuestras posiciones desde la última vez que entré en esta cámara? —dijo con voz desafiante.

—Pues sí —dijo con calma la abadesa—. Si la memoria no me engaña, vuestra madre me explicaba las razones por las que no heredaríais su trono… y, sin embargo, parece que los acontecimientos han tomado otro rumbo…

—¿Su trono? —gritó Pablo, crispando las manos—. ¡Era mi trono… el que me robó cuando yo tenía apenas ocho años! ¡Era una déspota! —gritó, con la cara roja de furia—. ¡Sé lo que estabais planeando entre las dos! ¡Sé lo que teníais en vuestra posesión! ¡Os exijo que me digáis dónde está escondido el resto!

Y metiendo una mano en el bolsillo de su chaqueta, sacó la reina negra. La abadesa retrocedió asustada, pero se rehizo en seguida.

—Eso es mío —dijo con gran tranquilidad, extendiendo la mano.

—¡No, no! —exclamó Pablo maliciosamente—. Las quiero todas… porque sé qué son, comprendéis. ¡Todas serán mías! ¡Todas mías!

—Me temo que no —dijo la abadesa, siempre con la mano tendida.

—Tal vez una temporada en prisión calme vuestros escrúpulos —contestó Pablo, apartándose mientras volvía a guardar la pesada pieza.

—Seguramente no habláis en serio —dijo la abadesa.

—No será hasta después del funeral —rió Pablo, haciendo una pausa en la puerta—. No me gustaría que os perdierais el espectáculo. He ordenado que se exhumen los huesos de mi padre, Pedro III, se los saque del monasterio de Alexander Nevsky y se los traiga al Palacio de Invierno para ser expuestos junto al cuerpo de la mujer que ordenó su muerte. Sobre los ataúdes de mis padres, vestidos con sus trajes de ceremonia, habrá un lazo con la siguiente inscripción: «Separados en vida, reunidos por la muerte». Un cortejo de portadores, formado por los antiguos amantes de mi madre, transportará los féretros por las calles nevadas de la ciudad. ¡He dispuesto las cosas de modo que los que asesinaron a mi padre sean los encargados de llevar su ataúd! —Reía como un histérico mientras la abadesa lo miraba horrorizada.

—Pero Potemkin ha muerto —dijo ella.

—Sí... es demasiado tarde para el Serenísimo —rió—. ¡Sus huesos serán extraídos del mausoleo de Kherson y se dispersarán para que se los coman los perros! —Pablo abrió la puerta y se volvió hacia la abadesa—. En cuanto a Platón Zubov, el favorito más reciente de mi madre, recibirá nuevas tierras. Lo recibiré allí con champaña y una cena en fuentes de oro. ¡Pero sólo lo disfrutará por un día!

—¿Tal vez sea mi compañero de prisión? —sugirió la abadesa, ansiosa por saber lo más posible de los planes de ese demente.

—¿Para qué molestarse con semejante imbécil? En cuanto esté instalado, le haré una invitación al viaje. ¡Disfrutaré de la visión de su cara cuando se entere que debe devolver en un día todo lo que ganó con tanto esfuerzo y tantos años en la cama de ella!

En cuanto los cortinados se cerraron detrás de Pablo, la abadesa corrió hacia su escritorio. Mireille estaba viva, lo sabía, porque la carta de crédito que había enviado mediante Charlotte Corday para el banco de Londres había sido utilizada no una, sino muchas veces. Si Platón Zubov era desterrado, tal vez fuera la única persona que podría comunicarse con Mireille a través de aquel banco. Si Pablo no cambiaba de idea, tenía una posibilidad. Podía tener una pieza del juego de Montglane, pero no las tenía todas. Ella poseía el paño... y sabía dónde estaba escondido el tablero.

Mientras escribía la carta, redactada con sumo cuidado por si caía en otras manos, rezaba porque Mireille la recibiera antes de que fuera demasiado tarde. Cuando terminó, la escondió entre sus vestidos para poder pasársela a Zubov en el funeral. Después la abadesa se sentó para coser el paño del juego de Montglane en el revés de sus ropas. Tal vez fuera la última oportunidad que tendría de esconderlo antes de ir a prisión.

PARÍS   *Diciembre de 1797*

El carruaje de Germaine de Staël atravesó las hileras de magníficas columnas dóricas que señalaban la entrada del hotel Galliffet, en la Rue de Bac. Sus seis caballos blancos, enjaezados y haciendo saltar la grava, se detuvieron ante la entrada principal. El lacayo bajó de un salto y sacó la escalerilla para ayudar a bajar a su airada ama. ¡En un año había sacado a Talleyrand de la oscuridad del exilio y lo había puesto en este palacio magnífico... y éste era su agradecimiento!

El patio ya estaba lleno de árboles y arbustos decorativos en tiestos. Courtiade se paseaba por la nieve, dando instrucciones para su colocación en los prados exteriores, contra el vasto fondo del parque nevado. Había cientos de árboles en flor... lo bastante como para convertir los prados en una tierra de hadas primaveral en medio del invierno. El criado contempló inquieto la llegada de madame de Staël y después se adelantó para saludarla.

—¡No trates de aplacarme, Courtiade! —exclamó Germaine antes de que el criado llegara a su lado—. ¡He venido a retorcer el cuello de ese miserable desagradecido que es tu amo!

Y antes de que Courtiade pudiera detenerla, subió la escalera y entró en la casa a través de las puertas acristaladas del costado.

Encontró a Talleyrand arriba, examinando recibos en el soleado estudio que daba al patio. Cuando entró impetuosamente en la habitación, él se volvió con una sonrisa.

—¡Germaine... qué placer inesperado! —dijo poniéndose de pie.

—¿Cómo te atreves a preparar una fiesta para ese corso advenedizo sin invitarme? —gritó ella—. ¿Olvidas quién te trajo de América, quién logró que se retiraran los cargos contra ti, quién convenció a Barras de que serías mejor ministro de Relaciones Exteriores que Delacroix? ¿Es éste el agradecimiento que recibo por poner a tu disposición mi considerable influencia? ¡Espero recordar en el futuro la velocidad con la que los franceses olvidan a sus amigos!

—Mi querida Germaine —dijo Talleyrand, ronroneando apaciguador mientras acariciaba su brazo—. Fue el propio monsieur Delacroix quien convenció a Barras de que yo sería más adecuado para ese trabajo.

—El hombre más adecuado para algunos trabajos —exclamó Germaine con ira y mofa—. ¡Todo París sabe que el niño que espera su mujer es tuyo! Probablemente los invitaste a ambos... a tu predecesor y a la amante con quien le has puesto los cuernos...

—He invitado a todas mis amantes —rió él—. Incluida tú. Pero si estuviera en tu lugar, querida mía, no arrojaría piedras en lo que se refiere a poner cuernos...

—No he recibido ninguna invitación —dijo Germaine, saltándose las insinuaciones.

—Por supuesto que no —dijo él, contemplándola con sus dóciles y brillantes ojos azules—. ¿Para qué molestarme en invitar a mi mejor amiga? ¿Cómo pensaste que podía planificar una fiesta de esta magnitud, con quinientos invitados, sin tu ayuda? ¡Hace días que te espero!

Germaine vaciló un momento.

—Pero ya has iniciado los preparativos —dijo.

—Unos miles de árboles y arbustos —resopló Talleyrand—. No es nada comparado con lo que tengo pensado. —Y cogiéndola del brazo, la hizo recorrer las ventanas, señalando el patio—. ¿Qué te parece esto? Docenas de tiendas de seda llenas de cintas y banderolas, junto a los prados y agrupadas en el patio. Entre las tiendas, soldados con uniformes franceses en posición de firmes... —y volvió a llevarla hacia la puerta del estudio, donde la galería de mármol rodeaba el solemne vestíbulo de entrada que llevaba a una escalera de lujoso mármol italiano. Había obreros arrodillados que desenrrollaban una alfombra de color rojo oscuro—. ¡Y aquí, mientras entran los huéspedes, habrá músicos tocando marchas militares y trasladándose por la galería, bajando y subiendo las escaleras al ritmo de la Marsellesa!

—¡Es magnífico! —exclamó Germaine juntando las manos—. Hay que colorear todas la flores rojas, blancas y azules... con lazos de *crêpe* de los mismos colores adornando las balaustradas...

—¿Ves? —dijo Talleyrand sonriendo y abrazándola—. ¿Qué haría yo sin ti?

∞

Como sorpresa especial, Talleyrand había dispuesto que en el comedor hubiera sillas sólo para las mujeres. Cada caballero permanecería en pie detrás de la silla de una dama, sirviéndole trozos escogidos de las bandejas de comidas elaboradas que los lacayos de librea harían circular constantemente. Esto halagaba a las mujeres y daba a los hombres la oportunidad de conversar.

Napoleón estaba encantado con la recreación de su campamento italiano que lo recibiera en la entrada. Vestido de uniforme sencillo y desprovisto de condecoraciones, como le había aconsejado Talleyrand, se distiguía de los directores del gobierno, que llegaron con los lujosos trajes emplumados diseñados por David.

El propio David, en el extremo más alejado del salón, servía a una belleza rubia a quien Napoleón ansiaba conocer.

—¿La he visto antes en alguna parte? —susurró a Talleyrand con una sonrisa, mirando las hileras de mesas.

—Quizás —respondió Talleyrand con frialdad—. Ha estado en Londres durante el Terror y acaba de regresar a Francia. Se llama Catherine Grand.

Cuando los invitados se levantaron de la mesa, dispersándose por los diversos salones de baile, Talleyrand trajo a la hermosa mujer. El general ya había sido atrapado por madame de Staël, que lo acosaba a preguntas.

—Decidme, general Bonaparte —preguntó enérgicamente—. ¿Qué tipo de mujer admiráis más?

—La que concibe más hijos —fue su seca respuesta. Al ver que Catherine Grand se acercaba del brazo de Talleyrand, sonrió—. ¿Y dónde habéis estado escondida, hermosa? —preguntó después que fueron presentados—. Tenéis aspecto francés y nombre inglés. ¿Sois británica de nacimiento?

—*Je suis d'Inde* —contestó Catherine Grand con una dulce sonrisa. Germaine quedó boquiabierta y Napoleón miró a Talleyrand con una mirada inquisitiva. Porque esta declaración de doble sentido, tal como la pronunció, significaba también «Soy una completa idiota».

—Madame Grand no es tan tonta como pretende hacernos creer —dijo irónicamente Talleyrand, mirando a Germaine—. En realidad, creo que es una de las mujeres más inteligentes de Europa.

—Una mujer bonita puede no ser siempre inteligente —dijo Napoleón—, pero una mujer inteligente siempre es bonita.

—Me avergonzáis frente a madame de Staël —dijo Catherine Grand—. Todo el mundo sabe que ella es la mujer más brillante de Europa. ¡Pero si hasta ha escrito un libro!

—Ella escribe libros —dijo Napoleón, cogiendo el brazo de Catherine—, ¡pero se escribirán libros sobre vos! —En ese momento se acercó David, saludando cordialmente a todos. Pero ante madame Grand hizo una pausa.

—Sí, el parecido es notable, ¿no es verdad? —dijo Talleyrand, adivinando sus pensamientos—. Por eso os asigné un lugar junto a madame Grand durante la cena. Y decidme, ¿qué fue de aquel cuadro que estabáis haciendo sobre las Sabinas? Me gustaría comprarlo en nombre del recuerdo... si se termina alguna vez.

—Lo terminé en prisión —dijo David con una risa nerviosa—. Poco después se exhibió en la Academia. Ya sabéis que después de la caída de Robespierre estuve encerrado varios meses.

—Yo también estuve preso en Marsella —rió Napoleón—. Y por la misma razón. El hermano de Robespierre, Augustin, era partidario mío... ¿pero qué es ese cuadro del que habláis? Si madame Grand posó para él, me interesaría verlo.

—No fue ella —contestó David con voz temblorosa—, sino alguien a quien se parece mucho. Una pupila mía que... murió durante el Terror. Había dos...

—Valentine y Mireille —interrumpió madame de Staël—. Unas criaturas adorables... solían ir a todas partes con nosotros. Una murió, ¿pero qué le sucedió a la otra, la pelirroja?

—También ha muerto, según creo —dijo Talleyrand—. O al menos eso ha afirmado madame Grand. Fuisteis su íntima amiga, ¿no es así, querida mía?

Catherine Grand había palidecido, pero sonrió dulcemente mientras luchaba por rehacerse. David le dirigió una mirada rápida y estaba a punto de hablar cuando Napoleón lo interrumpió.

—¿Mireille? ¿Era la pelirroja?

—Exacto —dijo Talleyrand—. Ambas eran monjas de Montglane...

—¡Montglane! —susurró Napoleón, mirando fijamente a Talleyrand. Después volvió a mirar a David—. ¿Decís que eran vuestras pupilas?

—Hasta que murieron —repitió Talleyrand, mirando con atención a madame Grand mientras ella se retorcía, incómoda. Después miró a David—. Parece que hay algo que os molesta —dijo, cogiendo el brazo del pintor.

—Hay algo que me molesta a mí —dijo Napoleón, eligiendo cuidadosamente las palabras—. Caballeros... sugiero que escoltemos a las damas al salón de baile y nos retiremos al estudio unos momentos. Me gustaría llegar al fondo de todo esto.

—¡Cómo, general Bonaparte! —dijo Talleyrand—. ¿Sabéis algo de las dos mujeres de las que hablamos?

—Ciertamente... al menos de una de ellas —contestó con aire sincero—. Si se trata de la mujer que pienso... ¡estuvo a punto de dar a luz a su hijo en mi casa de Córcega!

∞

—Está viva... y ha tenido un hijo —dijo Talleyrand después de reunir las historias de Napoleón y David. Mi hijo, pensó, paseándose por su estudio mientras los otros dos hombres bebían un estupendo madeira sentados en los blandos sillones de damasco de oro junto al fuego—. ¿Pero dónde puede encontrarse ahora? Ha estado en Córcega y en el Magreb... después volvió a Francia, donde perpetró el crimen de que me habláis. —Miró a David, que temblaba ante la enormidad de la historia que acababa de relatar... por primera vez.

—Pero ahora Robespierre ha muerto... y no hay nadie en Francia, salvo vos, que sepa esto —dijo a David—. ¿Dónde podría estar? ¿Por qué no vuelve?

—Tal vez deberíamos hablar con mi madre —sugirió Napoleón—. Como he dicho, era ella quien conocía a la abadesa, que fue la que inició todo este juego. Creo que su nombre es madame de Roque...

—Pero... ¡ella estaba en Rusia! —dijo Talleyrand, volviéndose de pronto de cara a los otros al comprender lo que esto significaba—. Catalina la Grande murió el invierno pasado... hace casi un año. ¿Y qué ha sido de la abadesa ahora que Pablo está en el trono?

—¿Y de las piezas, cuya localización sólo ella debe conocer? —agregó Napoleón.

—Sé dónde han ido a parar algunas —dijo David, hablando por primera vez desde que concluyera su terrible historia. Ahora miró a Talleyrand de frente, y éste se sintió intranquilo. ¿Había adivinado David dónde había pasado Mireille la última noche que estuvo en París? ¿Habría supuesto Napoleón a quién pertenecía el magnífico caballo que montaba cuando él y su hermana la encontraron en las barricadas? Si era así, tal vez imaginaran qué había hecho ella con las piezas de oro y plata del juego de Montglane antes de dejar Francia. Miró con atención a David, con rostro indiferente.

—Antes de morir, Robespierre me habló... del juego que estaba desarrollándose para obtener las piezas. Había una mujer detrás...

la Reina Blanca, su protectora y la de Marat. Fue ella quien asesinó a las monjas que buscaban a Mireille… ella quien capturó las piezas. Sólo Dios sabe cuántas tiene ahora o si Mireille conoce el peligro que la acecha. Pero vosotros deberíais saberlo, caballeros. Aunque residió en Londres durante el Terror… él la llamaba la mujer de la India.

LA TORMENTA

El Ángel de Albión se detuvo junto a la Piedra
de la Noche y vio el terror como un cometa, o más
bien parecido al planeta rojo, que una vez encerró
en su esfera a los terribles cometas fugaces.

El espectro lució su terrible longitud manchando el Templo con líneas de sangre; y así surgió la Voz que sacudió el Templo.

WILLIAM BLAKE
América: una Profecía

Y así viajé por toda la tierra y fui un peregrino
durante toda mi vida, solo, un extranjero en tierra
extraña. Después Tú hiciste crecer en mí Tu arte
por debajo del hálito de la terrible tormenta que
ruge en mi interior.

PARACELSO

Me sobresaltó enterarme de que Solarin era el nieto de Minne Renselaas, pero no tenía tiempo de cuestionar su genealogía mientras bajábamos a trompicones las Escaleras del Pescador en compañía de Lily y en la oscuridad creada por la tormenta inminente. Debajo de nosotros, el mar estaba cubierto por una misteriosa bruma rojiza, y cuando miré colina arriba por encima del hombro, vi el resplandor escalofriante de la luna, los dedos rojos del siroco que levantaban toneladas de arena, que descendía por las anfractuosidades de las montañas como si procurara atraparnos en nuestra huida.

Llegamos a las dársenas del extremo del puerto, donde estaban atracados los barcos privados. Apenas distinguía sus formas oscuras en medio de la arena y el viento. Lily y yo subimos a ciegas a nuestro barco detrás de Solarin y bajamos de inmediato para acomodar a Carioca y las piezas y para escapar de la arena que ya quemaba nuestra piel y nuestros pulmones. Vi a Solarin soltando las amarras mientras cerraba la puerta de la pequeña cabina y descendía a tientas detrás de Lily.

El motor se encendió, ronroneando suavemente mientras el barco empezaba a moverse. Tanteé a mi alrededor hasta que encontré un objeto con forma de lámpara que olía a queroseno. La encendí para poder ver el interior de la cabina, pequeña pero lujosamente arreglada. Había madera oscura por todas partes y ricas alfombras, algunas sillas giratorias de piel, una litera contra la pared y una hamaca de red colgada en un rincón y rodeada de fotos de Mae West. Frente a las camas, había una pequeña cocina con un fregadero y un hornillo. Pero cuando abrí los armarios, vi que no había comida… sólo una buena provisión de licores. Abrí una botella de coñac, cogí vasos de agua y serví un trago a cada una.

—Espero que Solarin sepa cómo manejar esta cosa —dijo Lily tomando un buen trago.

—No seas ridícula —le dije, al recordar después del primer trago cuánto tiempo hacía que no comía nada—. Esto no es un barco de vela... ¿no escuchas el ruido del motor?

—Bueno, si es sólo una motora —dijo Lily—, ¿para qué demonios tiene todos esos mástiles en el medio? ¿Para que haga bonito?

Ahora que lo mencionaba, me pareció recordar haberlos visto. No era posible que estuviéramos saliendo al mar con un velero en medio de la tormenta que se avecinaba. Ni siquiera Solarin tenía tanta confianza en sí mismo. Para asegurarme, me pareció que lo mejor era echar un vistazo.

Subí la escalerilla estrecha que daba a la pequeña cabina de mando, rodeada de bancos tapizados. Ya habíamos salido del puerto y estábamos ligeramente por delante de la sábana de arena roja que seguía avanzando sobre Argel. El viento era fuerte, la luna, brillante, y a su fría luz tuve mi primera visión clara del barco al que presuntamente debíamos la salvación.

Era más grande de lo que creía, con hermosas cubiertas que parecían de teca pulida a mano. En torno al perímetro había lustradas barandillas de bronce y la pequeña cabina estaba llena de resplandeciente quincallería artesanal. No uno sino dos mástiles se alzaban hacia el cielo oscurecido. Solarin, con una mano en el timón, estaba sacando de un agujero en cubierta grandes paquetes de lona plegada.

—¿Un velero? —pregunté, mirándolo trabajar.

—Un ketch —murmuró, siempre sacando lona—. Fue todo lo que pude robar con tan poco tiempo, pero es un buen barco... once metros... —Significara eso lo que significase.

—Estupendo. Un velero robado —dije—. Ni Lily ni yo sabemos nada sobre navegación... espero que tú sí.

—Por supuesto —dijo con desdén—. Nací junto al mar Negro.

—¿Y qué? Yo vivo en Manhattan... una isla rodeada de barcos por todos lados. Eso no quiere decir que sepa cómo conducir uno en medio de una tormenta.

—Si dejaras de quejarte y me ayudaras a sacar estas velas, tal vez lograríamos escapar de la tormenta. Te diré lo que tienes que hacer... una vez que las hayamos dispuesto, podré manejarlas solo. Si salimos pronto, podríamos estar más allá de Menorca cuando llegue la tormenta.

De modo que me puse a trabajar, siguiendo sus instrucciones. Las cuerdas, llamadas sábanas y drizas, hechas de cáñamo, me cortaron los dedos al tirar de ellas. Las velas —metros de algodón egipcio cosido a mano— tenían nombres como foque o sobremesana. Atamos dos en el mástil más adelantado y otra a popa, como decía Solarin. Tiré tan fuerte como pude mientras él me daba sus órdenes a gritos... y até lo que esperaba que fueran las cuerdas correctas a los ganchos de metal incrustados en cubierta. Cuando izamos las tres, la belleza del barco resultó notable, así como la velocidad con la que adelantaba.

—Lo has hecho bien —dijo Solarin cuando me reuní con él—. Es un barco estupendo... —Hizo una pausa y me miró—. ¿Por qué no bajas y descansas un poco? Tienes aspecto de necesitarlo. El juego todavía no ha terminado.

Era verdad... no había dormido nada desde la siesta en el avión a Orán, hacía doce horas... aunque parecían doce días. Y exceptuando aquella zambullida en el mar, tampoco me había bañado.

Pero antes de rendirme a la fatiga y el hambre, había cosas que necesitaba saber.

—Dijiste que íbamos a Marsella —observé—. ¿No será ése uno de los primeros lugares donde nos buscarán Sharrif y sus matones, en cuanto se convenzan de que no estamos en Argel?

—Atracaremos cerca de La Camargue —dijo Solarin, empujándome sobre un asiento mientras girábamos y el botalón pasaba por encima de nuestras cabezas—. Kamel tiene un avión privado esperándonos en un aeropuerto cercano. No esperará para siempre... le resultó difícil arreglarlo... de modo que es una suerte que haya buen viento.

—¿Por qué no me dices qué está sucediendo en realidad? —pregunté—. ¿Por qué nunca me dijiste que Minne era tu abuela... o que conocías a Kamel? ¿Y cómo te metiste en este juego? Pensábamos que era Mordecai quien te había metido.

—Y lo fue —me dijo, manteniendo los ojos fijos en el mar oscuro—. Antes de ir a Nueva York, sólo había visto una vez a mi abuela... cuando era niño. No podía tener más de seis años en ese momento, pero jamás olvidaré... —Hizo una pausa, como perdido en sus recuerdos. No lo interrumpí. Esperé a que continuara.

»Nunca conocí a mi abuelo —dijo lentamente—. Murió antes de que yo naciera. Ella se casó con Renselaas más tarde... y cuando él murió, se casó con el padre de Kamel. Sólo conocí a Kamel cuando vine a Argel. Fue Mordecai quien viajó a Rusia para atraerme al juego. No sé cómo lo conoció Minne... pero sin duda es el jugador de ajedrez más despiadado que ha existido desde Alekhine, y mucho más encantador. En el poco tiempo que tuvimos para jugar, aprendí mucho de él...

—Pero no fue a Rusia para jugar al ajedrez contigo —interrumpí.

—¡Claro que no! —dijo Solarin, riendo—. Estaba buscando el tablero, y pensó que yo podía ayudarle a conseguirlo.

—¿Y fue así?

—No —dijo Solarin, volviendo hacia mí su mirada verde con una expresión que no pude definir—. Los ayudé a conseguirte. ¿No fue bastante?

Yo tenía otras preguntas, pero su mirada me puso incómoda... no sé por qué. El viento arreciaba, llevando consigo la dura y punzante arena. De pronto me sentí muy fatigada. Empecé a levantarme, pero Solarin me lo impidió.

—Cuidado con el botalón —me dijo—. Estamos girando otra vez. —Y empujando la vela hacia el otro lado, me indicó que podía bajar—. Llamaré si te necesito —dijo.

Cuando bajé la empinada escalerilla, vi a Lily sentada en la litera de abajo dando a Carioca unos bizcochos secos empapados en agua. Junto a ella, sobre la cama, había un tarro abierto de mantequilla de cacahuete que de alguna manera se las había arreglado para encontrar, junto con varias bolsas de frutos secos y tostadas. Se me ocurrió que, de pronto, se la veía más bien delgada, con su quemada nariz tirando hacia el bronceado y el sucio minivestido adhiriéndose a curvas esbeltas más que a grasa gelatinosa.

—Será mejor que comas —dijo—. Este movimiento constante me está enfermando... no he podido dar ni un mordisco.

Allí, en la cabina, se notaba el balanceo de las olas. Tragué algunos frutos secos con mucha mantequilla de cacahuete, los bajé con los restos de mi coñac y me arrastré a la litera superior.

—Creo que lo mejor que podemos hacer es dormir un poco —aconsejé—. Tenemos una larga noche por delante... y mañana un día aún más largo.

—Ya es mañana —dijo Lily, poniéndose de pie y mirando su reloj. Apagó la lámpara. Escuché el chirrido de los resortes cuando ella y Carioca se acomodaron para pasar la noche. Fue lo último que oí antes de perderme en tierra de sueños.

∞

No sé cuándo escuché el primer golpe. Soñaba que estaba en el fondo del mar, arrastrándome por la arena blanda mientras las olas se agitaban a mi alrededor. En mi sueño, las piezas del juego de Montglane estaban vivas y trataban de salirse de mi bolso. Por grandes que fuesen mis esfuerzos por volver a meterlas dentro y avanzar hacia la playa, mis pies seguían hundiéndose en el limo. Tenía que respirar. Estaba tratando de salir a la superficie cuando llegó una ola que volvió a sumergirme.

Abrí los ojos, y al principio no supe dónde estaba. Miraba por un ojo de buey totalmente sumergido en el agua. Después el barco se inclinó hacia el otro lado, caí de mi litera y me golpeé contra el fregadero. Me puse de pie, empapada. El agua me llegaba a las rodillas e inundaba toda la cabina. Las olas golpeaban contra la litera de Lily, donde estaba Carioca, sentado sobre su forma todavía dormida, tratando de mantener las patas secas. Algo marchaba muy mal.

—¡Despierta! —grité, y el ruido del agua y de las gimientes maderas ahogaron mis palabras. Estaba tratando de mantener la calma mientras tiraba de ella en dirección a la hamaca. Sosteniéndola con un brazo, cogí los salvavidas con la mano libre. La arrojé dentro de la balanceante hamaca. Cogí a Carioca y se lo puse encima en el preciso momento en que el estómago de Lily se rebelaba. Cogí un cubo de plástico que flotaba junto a nosotras y se lo metí en la cara. Vomitó sus bizcochos y después me miró con expresión agónica.

—¿Dónde está Solarin? —preguntó por encima del ruido del viento y el agua.

—No lo sé —respondí, arrojándole un salvavidas y poniéndome el otro mientras caminaba por el agua cada vez más abundante—. Ponte eso... voy a ver.

El agua bajaba por los escalones. La puerta golpeaba contra la pared. La agarré al salir y volví a cerrarla. Después miré en torno... ojalá no lo hubiera hecho.

El barco, inclinado profundamente hacia la derecha, retrocedía en diagonal por un enorme agujero de agua. El agua bañaba la cubierta y salía por el costado. Y una de las velas frontales, mojada y pesada, se había soltado y se arrastraba por el agua. Solarin, apenas a dos metros de distancia, yacía a medias fuera de la cabina, con los brazos colgando sobre cubierta en el momento en que la ola lo levantaba... y empezaba a arrastrarlo.

Cogí el timón y me abalancé sobre él, asiendo su pie desnudo y la pernera del pantalón mientras el agua golpeaba su cuerpo insensible... y seguía arrastrándolo. De pronto, no pude seguir sujetándolo. El agua lo arrastró por la estrecha cubierta y lo lanzó contra la barandilla, después volvió a levantarlo y empezó a arrojarlo por encima del barco.

Me lancé de bruces sobre la cubierta, usando todo lo que tenía a mi alcance —pies, manos— para trasladarme, cogiéndome a las clavijas de metal incrustadas en cubierta mientras trataba de acercarme a él arrastrándome por el suelo inclinado. Estábamos siendo chupados hacia el vientre de una ola... mientras otra pared de agua de la altura de un edificio de cuatro pisos se hinchaba al otro lado de la hondonada.

Caí sobre Solarin y lo cogí por la camisa, tirando de él con todas mis fuerzas contra el agua y la inclinación de la cubierta. Sólo Dios sabe cómo conseguí meterlo en la cabina, arrojándolo dentro de cabeza. Lo saqué del agua, colocándolo contra un asiento y lo abofeteé muy fuerte varias veces... la sangre brotaba de una herida en su cabeza y le caía sobre las orejas. Yo gritaba por encima del ruido del viento y el agua mientras el barco caía más y más rápido por el muro de agua.

Abrió los ojos, confuso, y volvió a cerrarlos porque se le llenaban de agua.

—¡Estamos girando! —chillé—. ¿Qué hay que hacer?

Solarin se incorporó de golpe, cogiéndose del costado de la cabina y miró rápidamente a su alrededor, apreciando la situación.

—Baja las velas... —Cogió mis manos y las puso en el timón—. ¡Corta a estribor! —gritó, mientras luchaba por levantarse.

—¿A la izquierda o a la derecha? —pregunté, aterrada.

—¡Derecha! —respondió... pero volvió a derrumbarse en el asiento que estaba junto a mí, con la cabeza sangrando abundantemente mientras el agua nos cubría y yo me aferraba al timón.

Lo hice girar con todas mis fuerzas y sentí que el barco se hundía en el agua mientras caíamos. Seguí haciendo girar el timón hasta que estuvimos por completo inclinados sobre un lado. Estaba segura de que iba a darse la vuelta... no había nada, salvo la gravedad que nos llevaba cada vez más abajo mientras la pared de agua se alzaba encima de nosotros, ennegreciendo la lodosa luz castaña del cielo matutino.

—¡Las drizas! —exclamó Solarin, sujetándome. Lo miré un instante... y después lo empujé hacia el timón, al que se cogió con todas sus fuerzas.

Sentía el sabor del miedo en la boca. Solarin mantenía el barco en la base de la siguiente ola, cogió un hacha y me la puso en la mano. Me arrastré por el techo de la cabina, derecha hacia el mástil frontal. Por encima de nosotros, la ola se hacía cada vez más grande, mientras la pluma de la parte superior empezaba a curvarse sobre sí misma. Cuando el agua cayó sobre el barco, no pude ver nada. El rugido de miles de toneladas de agua era ensordecedor. Con la mente en blanco, medio me arrastré y me deslicé hacia el mástil.

Lo cogí con todas mis fuerzas y descargué hachazos sobre las drizas hasta que el cáñamo se soltó girando en espiral, como un baile de crótalos. La soga voló libre y yo me apreté boca abajo en la cubierta cuando el cabo suelto me golpeó con la fuerza de un tren. Había velas por todas partes y oía el ruido espantoso de la madera que se astillaba. El muro de agua se desplomó sobre nosotros. Mi nariz se lleno de guijarros y arena... el agua bajaba por mi garganta mientras yo me esforzaba por no toser ni tratar de respirar. Fui arrancada de mi refugio del mástil y arrojada hacia atrás, de modo que no sabía si estaba cabeza abajo o no. Trataba de asirme con todas mis fuerzas a todo contra lo que chocaba... mientras el agua seguía llegando.

La parte frontal del barco se levantó en el aire y después se desplomó. Una sucia lluvia gris caía sobre nosotros mientras entrábamos y salíamos violentamente de las olas... pero seguíamos a flote. Las velas eran omnipresentes, semisumergidas en el mar y aplastándose contra cubierta... algunas cayeron pesadamente sobre mis piernas mientras yo trataba de incorporarme. Empecé a retroceder hacia el mástil trasero, cogiendo el hacha, que había quedado enganchada en un montón de trapos, a un metro de distancia. Hubiera podido ser mi cabeza, pensé mientras corría acuclillada por un costado del barco, cogiéndome a la barandilla para no caer.

Solarin, en la cabina, apartaba las velas cogido del timón.

La sangre mojaba su cabello rubio como un pañuelo color carmesí, y goteaba por su camisa.

—¡Ata esa vela! —aulló—. Usa lo que tengas a mano... pero sujétala antes de que vuelva a golpearnos.

Tiraba de las velas delanteras de pie en el puente. Estaban dispersas como la piel de un animal ahogado.

Corté la driza trasera pero el viento era tan fuerte que me costaba mantener la vela sujeta. Cuando la bajé y la até como pude, atravesé la cubierta agachada, con los pies desnudos chapoteando en el agua, golpeándome los dedos con las clavijas del suelo. Estaba calada hasta los huesos, pero tiré del foque, colgándome de él con todas mis fuerzas mientras se hundía en el mar y sacándolo del agua que salía de la cubierta. Solarin estaba sujetando la sobremesana, que colgaba suelta como un brazo roto.

Mientras él luchaba con el timón, salté al puente. El barco seguía brincando como un corcho a través del vacío oscuro y lodoso. Aunque el mar estaba encabritado y violento, escupiendo agua por todos lados y agitándonos de atrás para adelante... ya no había olas como la que acababa de golpearnos. Era como si un extraño genio hubiera salido de una botella del negro suelo marino, hubiera tenido un breve ataque de cólera... y hubiera desaparecido. Al menos, eso esperaba.

Estaba exhausta... y sorprendida de estar viva. Me quedé allí sentada, temblando de frío y miedo, mirando el perfil de Solarin, que contemplaba las olas. Parecía tan concentrado como ante aquel tablero de ajedrez... como si esto también hubiera sido cuestión de vida o muerte. Recordé que había dicho: «Soy un maestro de este juego.» «¿Y quién gana? —le pregunté entonces, y él contestó—: Yo. Siempre gano.»

Solarin luchó en un silencio hosco con el timón durante lo que parecieron horas mientras yo estaba allí sentada, fría e insensible, con la cabeza vacía. El viento amainaba pero las olas seguían siendo tan altas que nos movíamos como en una montaña rusa. En el Mediterráneo había visto esas tormentas que llegaban y se desvanecían, producían olas de tres metros de altura en los escalones del puerto de Sidi-Fredj y desaparecían después, como chupadas por un vacío. Rezaba porque esta vez sucediera lo mismo.

Cuando vi el cielo oscuro que nos cubría aclarándose en la distancia, hablé.

—Si estamos bien por un rato —le dije—, tendría que bajar y ver si Lily sigue viva.

—Podrás irte enseguida. —Se volvió hacia mí, con un lado de la cara sucio de sangre y agua, que goteaba del pelo y caía en su nariz y su mejilla—. Pero primero quiero darte las gracias por salvarme la vida.

—Creo que tú salvaste la mía —dije con una sonrisa, pese a que seguía temblando de miedo y frío—. No hubiera sabido por dónde empezar...

Pero Solarin me miraba fijamente, con las manos apoyadas en el timón. Antes de que pudiera reaccionar, se inclinó sobre mí... sus labios eran cálidos y el agua que se deslizaba por su pelo cayó en mi cara y volvimos a quedar empapados por sus dedos como aguijones de avispas. Solarin se apoyó contra el timón y me atrajo hacia él, sus manos eran cálidas en aquellos lugares en los que mi camisa se pegaba a mi piel. Me atravesó un estremecimiento como una corriente eléctrica mientras él volvía a besarme, esta vez de manera más prolongada. Las olas subían y bajaban. Seguramente por eso tenía aquella sensación extraña en el estómago. No podía moverme y sentía que su calor me penetraba más y más. Por último se apartó y miró mis ojos con una sonrisa.

—Si sigo así, nos hundiremos seguro —dijo con sus labios a pocos centímetros de los míos. Reacio, volvió a poner las manos sobre el timón. Frunció el ceño al volver a mirar el mar—. Es mejor que bajes —dijo despacio, como si estuviera pensando en algo. No se volvió a mirarme.

—Buscaré algo para vendarte la cabeza —prometí, furiosa al comprobar que mi voz sonaba débil. El mar estaba muy movido aún, y las oscuras paredes de agua nos rodeaban. Pero eso no bastaba para explicar cómo me sentía al mirar su cabello mojado... y las zonas donde su camisa desgarrada se apretaba contra su cuerpo esbelto y musculoso. Bajé.

Al descender las escaleras, temblaba todavía. Por supuesto, pensé, su abrazo era una manifestación de gratitud... eso era todo. ¿Por qué tenía entonces esa extraña sensación en el estómago? ¿Por qué veía todavía sus traslúcidos ojos verdes, tan penetrantes en el segundo anterior a aquel beso?

En la débil luz que provenía de la escotilla, tanteé el camino por el camarote. La hamaca había sido arrancada de la pared. Lily estaba sentada en el rincón, con el desmadejado Carioca en su regazo. Tenía las patitas apoyadas en su pecho y trataba de lamerle la cara. Cuando me oyó abrirme paso sobre mis vacilantes pies, levantó la cabeza. Yo me balanceaba entre el fregadero y las literas. Mientras avanzaba, iba sacando cosas del agua y las metía en la pila.

—¿Estás bien? —pregunté a Lily. El lugar hedía a vómito... no quería mirar con demasiada atención el agua en la que estaba metida.

—Vamos a morir —gimió—. Dios mío, después de todo lo que hemos pasado... vamos a morir. Y todo por esas malditas piezas.

—¿Dónde están? —pregunté asustada de repente, pensando que al fin y al cabo mi sueño podía haber sido una premonición.

—Aquí en la bolsa —dijo, sacándola de debajo suyo—. Cuando el barco hizo aquella zambullida, volaron por el camarote y me golpearon... y la hamaca se cayó. Estoy llena de magulladuras...

Su rostro estaba manchado de lágrimas y agua sucia.

—Yo las guardaré —le dije, cogí la bolsa, la metí debajo del fregadero y cerré la puerta del armario—. Creo que lo lograremos. La tormenta amaina. Pero Solarin tiene una fea herida en la cabeza. Tengo que encontrar algo para limpiarlo.

—En el lavabo hay un botiquín —indicó con un hilo de voz, tratando de incorporarse—. Dios mío, me encuentro muy mal.

—Trata de volver a la cama —le dije—. Tal vez la litera superior esté más seca que el resto. Yo vuelvo a ayudarlo.

Cuando salí del pequeño lavabo con el botiquín lleno de agua que había conseguido encontrar entre los despojos, Lily había subido a la litera y yacía de costado, gimiendo. Carioca trataba de meterse bajo su cuerpo, buscando un lugar caliente. Di una palmadita a cada una de las cabezas mojadas y volví a subir trabajosamente mientras el barco rolaba y soltaba bajo mis pies.

Ahora el cielo estaba más claro, del color de la leche con cacao, y a la distancia veía lo que parecía ser un manchón de sol sobre el agua. ¿Era posible que hubiera pasado lo peor? Mientras me sentaba junto a Solarin, sentí que me inundaba el alivio.

—No hay una venda seca en toda la casa —dije, abriendo la caja de lata de las medicinas y examinando el contenido empapado—. Pero hay iodina y tijeras...

Solarin miró y sacó un tubo grueso de pomada lubricante. Me lo pasó sin levantar la mirada.

—Puedes ponerme eso si quieres —dijo, volviendo a fijar los ojos en el agua mientras empezaba a desabotonar su camisa con una sola mano—. Me desinfectará y parará un poco la hemorragia... entonces, si desgarras la camisa para vendarme...

Lo ayudé a sacarse la camisa mientras él seguía contemplando el mar. Podía oler el calor de su piel a pocos centímetros de distancia. Traté de no pensar en eso mientras él hablaba.

—Esta tormenta va amainando —dijo, como si hablara consigo mismo—. Pero nos esperan problemas mayores. El botalón está resquebrajado y el foque desgarrado. No conseguiremos llegar a Marsella. Además, nos hemos desviado... tendré que orientarme. En cuanto me hayas vendado, puedes coger el timón mientras echo una ojeada a los mapas...

Su cara era una máscara impasible mientras contemplaba el mar, y yo trataba de no mirar su cuerpo, que tenía a pocos centímetros, mientras estaba allí sentado, desnudo hasta la cintura. ¿Pero qué me pasaba?, pensé. Debía estar mareada a causa del terror que había sufrido hacía poco... pero lo único en lo que podía pensar mientras el barco se hamacaba sobre las solas, era en la calidez de sus labios y el color de sus ojos cuando los hundía en los míos...

—Si no llegamos a Marsella —dije, obligándome a pensar en otra cosa—, ¿no se irá el avión sin nosotros?

—Sí —dijo Solarin sonriendo de manera extraña mientras seguía mirando el mar—. Qué terrible contratiempo... tal vez nos veríamos obligados a atracar en algún lugar remoto. Podríamos quedar varados durante meses, sin transporte y totalmente aislados.

Yo estaba arrodillada sobre el barco, untándole la cabeza con pomada, cuando continuó:

—¡Qué cosa tan terrible! ¿Qué harías, atrapada con un ruso loco que sólo sabe jugar al ajedrez?

—Supongo que aprendería a jugar —le dije, empezando a vendarlo mientras él daba un respingo.

—Creo que los vendajes pueden esperar —me dijo, cogiéndome por las muñecas. Yo tenía ambas manos ocupadas con medicinas y tiras de camisa. Me obligó a ponerme de pie y como quedé sobre el banco, rodeó mis piernas con sus brazos, me cargó sobre sus hombros como si fuera un saco de patatas y salió del puente mientras el barco continuaba rolando sobre las olas.

—¿Qué haces? —reí, con la cara apretada contra su espalda mientras su sangre me manchaba la cabeza.

Me deslizó pegada a su cuerpo y me colocó en cubierta. El agua nos cubría los pies mientras estábamos allí mirándonos, absorbiendo con las piernas el movimiento perpetuo del barco sobre el agua.

—Voy a mostrarte qué más saben hacer los maestros de ajedrez rusos —dijo, mirándome.

Sus ojos verdegrises no sonreían. Me atrajo hacia él y nuestros cuerpos y labios se encontraron. Yo sentía el calor de su carne desnuda a través de la tela mojada de mi camisa; cuando besó mis ojos y mi rostro, el agua salada goteó de su cara y entró en mi boca entreabierta. Sus manos estaban hundidas en mi cabello húmedo. A través de las frías telas mojadas que me cubrían, sentí cómo aumentaba mi propio calor, disolviéndome por dentro como hielo bajo el cálido sol del estío. Aferré sus hombros y hundí la cara en la piel más dura de su pecho desnudo. Solarin murmuraba palabras en mi oído mientras el barco se balanceaba arriba y abajo, meciéndonos mientras nos movíamos...

—Te deseaba aquel día en el club de ajedrez —dijo, apartando mi cara para mirarme a los ojos—. Quería poseerte allí mismo, en el suelo... con todos aquellos obreros que andaban por ahí. La noche que fui a tu apartamento para dejar aquella nota, estuve a punto de quedarme, esperando que regresaras temprano por error y me encontraras allí...

—¿Para darme la bienvenida al juego? —pregunté sonriendo.

—Al diablo con el juego —exclamó con amargura. Sus ojos eran dos oscuros pozos apasionados—. Me dijeron que no me acercara a ti... que no me complicara. No ha pasado una sola noche sin que pensara en esto... sin desearte. Dios, hace meses que debí hacerlo...

Estaba desabotonando mi camisa. Mientras sus manos se movían sobre mi piel, sentí la fuerza que pasaba entre nosotros, invadiéndome y dejándome vacía de todo, salvo una idea.

Me levantó con un solo movimiento y me depositó sobre las velas arrugadas y mojadas. Sentí que el agua nos bañaba cada vez que pasábamos una ola. Sobre nuestras cabezas crujían los mástiles y el cielo estaba pálido, con una luz amarilla. Solarin me estaba mirando con la cabeza inclinada; sus labios pasaban por encima de mí como agua y sus manos recorrían mi piel mojada. Su cuerpo se fundió en el mío con el calor y la violencia de un catalizador. Me aferré a sus hombros y sentí que su pasión me recorría entera.

Nuestros cuerpos se movían con una potencia tan furiosa y primitiva como la del mar que rolaba bajo nosotros. Me sentí caer... caer mientras escuchaba el gemido bajo de Solarin. Sentí que sus dientes se hundían en mi carne y su cuerpo en el mío.

El cuerpo de Solarin descansaba sobre el mío entre las velas, con una mano enredada en mi cabello y su cabeza rubia goteando en mi pecho agua, que se deslizaba hasta el hueco de mi vientre. Qué extraño, pensé mientras ponía mi mano en su cabeza, que me sintiera como si lo conociese desde siempre, cuando sólo nos habíamos visto tres veces... ésta era la cuarta. No sabía nada de Solarin, excepto chismes de Lily y Hermanold en el club y lo poco que había recordado Nim de sus lecturas de periódicos especializados. No tenía ni la menor idea de dónde vivía, qué tipo de vida era la suya, quiénes eran sus amigos, si comía huevos en el desayuno o usaba pijama para meterse en la cama. Nunca le había preguntado cómo había hecho para librarse de los guardias de la KGB, ni siquiera por qué lo acompañaban. Ahora comprendía cómo era posible que hubiese visto a su abuela sólo dos veces.

De pronto, supe por qué había pintado su retrato antes de haberlo conocido. Tal vez lo hubiera notado dando vueltas en torno a mi apartamento con aquella bicicleta, sin registrarlo conscientemente. Pero ni siquiera eso era importante.

En realidad, se trataba de cosas que no necesitaba saber; relaciones y acontecimientos superficiales que son el eje en torno al cual gira la vida de la mayor parte de la gente. Pero no la mía. Bajo el misterio, la máscara, el barniz frío, veía en Solarin su propio núcleo. Y lo que veía era pasión... una sed inextinguible de vida, una pasión por descubrir la verdad oculta detrás del velo. Era una pasión que me resultaba familiar, porque igualaba a la mía.

Eso era lo que había reconocido Minne y lo que había querido de mí: esta pasión, canalizada por ella en una búsqueda de las piezas. Por eso había encargado a su nieto que me protegiera... pero no me distrajera, no se complicara conmigo. Cuando Solarin se volvió sobre un lado y apretó sus labios contra mi estómago, sentí un estremecimiento delicioso a lo largo de la columna vertebral. Toqué su cabello. Ella se equivocaba, pensé. Había un ingrediente que había descuidado en aquel guisado alquímico con el que quería derrotar el mal para siempre. El ingrediente olvidado era el amor.

Cuando por fin nos movimos, el mar se había aquietado hasta no ser más que olas suaves de un marrón bronceado. El cielo era de un blanco brillante y cegador, intenso pero sin sol. Buscamos nuestras ropas frías y mojadas y luchamos por vestirnos. Sin una palabra, Solarin cogió algunas tiras de su camisa y las utilizó para limpiar los lugares que había manchado con su sangre. Después me miró con sus ojos verdes y sonrió.

—Tengo pésimas noticias —dijo, mientras me abrazaba y levantaba el otro brazo para señalar un punto más allá de las olas oscuras.

Allí, en la lejanía, temblando contra el brillo ceñudo del agua, se levantaba una forma parecida a un espejismo.

—Tierra —susurró Solarin en mi oído—. Hace dos horas, hubiera dado cualquier cosa por ver esto, pero en este momento preferiría fingir que no es real...

∞

La isla se llamaba Formentera y estaba en la curva sur de las Baleares, frente a la costa oriental de España. Calculé rápidamente que esto significaba que la tormenta nos había desviado 240 kilómetros al este de nuestro curso original... y ahora estábamos en un punto equidistante entre Gibraltar y Marsella. Era evidente que resultaba imposible alcanzar aquel avión que nos esperaba cerca de La Camargue... aun cuando tuviéramos un barco en buenas condiciones. Pero con nuestro foque roto, las velas desgarradas y el desastre general de la cubierta... necesitábamos detenernos para hacer inventario y reparaciones. Cuando Solarin consiguió trabajosamente atracar en una bahía solitaria del extremo sur de la isla, bajé para despertar a Lily y esbozar juntos un plan alternativo.

—Jamás pensé que me sentiría aliviada de pasar la noche dando tumbos en aquel ataúd marino —dijo Lily boquiabierta cuando echó su primera mirada a la cubierta—. Pero esto parece un campo de batalla. Gracias a Dios que estaba demasiado enferma como para ser testigo de la catástrofe.

Aunque todavía se la veía indispuesta, parecía haber recobrado la mayor parte de su antigua fortaleza. Cruzó la destartalada cubierta, llena de desechos y tela mojada, aspirando el aire fresco.

—Tenemos un problema —le dije en cuanto nos sentamos en conciliábulo con Solarin—. No llegaremos a coger ese avión. Tendremos que pensar cómo llegar a Manhattan sin pasar esas piezas por la aduana —continué—, mientras esquivamos también Inmigración.

—Nosotros, los ciudadanos soviéticos —explicó Solarin ante la mirada inquisitiva de Lily—, no tenemos lo que se dice carta blanca para viajar a todas partes. Además... Sharrif estará vigilando todos los aeropuertos comerciales, incluyendo los de Ibiza y Mallorca, estoy seguro. Como prometí a Minne que os llevaría de vuelta sanas y salvas, y con las piezas, me gustaría sugerir algo.

—Dispara... a estas alturas estoy dispuesta a todo —dijo Lily, arrancando nudos del manto mojado y enredado de Carioca, que trataba de huir de su regazo.

—Formentera es una pequeña isla de pescadores... están acostumbrados a los visitantes que llegan de Ibiza para pasar el día. Esta cueva es muy abrigada... ni nos verán. Sugiero que vayamos al pueblo, compremos ropas y víveres y veamos si podemos conseguir otra vela y las herramientas que necesitaré para reparar el daño. Puede resultar caro, pero en una semana o así podríamos hacernos a la mar y nos iríamos con tanto sigilo como hemos venido... sin que nadie lo advierta.

—Suena estupendo —dijo Lily—. Todavía tengo mucha calderilla empapada que podemos usar. Me vendría muy bien cambiar de traje y tener unos días de descanso después de tanta histeria. ¿Y dónde propones que vayamos después?

—A Nueva York —respondió Solarin—, vía Las Bahamas y el Canal.

—¿Qué? —gritamos Lily y yo a un tiempo.

—¡Pero deben de ser siete mil kilómetros! —agregué horrorizada—. ¡En un barco que apenas ha sobrevivido a seiscientos en una tormenta!

—En realidad, por la ruta que propongo se acerca más a los nueve mil kilómetros —dijo Solarin con una sonrisa—. Pero si funcionó para Colón, ¿por qué no para nosotros? Tal vez sea la peor estación para navegar por el Mediterráneo, pero es la mejor para cruzar el Atlántico. Con una brisa decente, lo haremos en menos de un mes... y cuando lleguemos, ambas seréis excelentes marineras.

Lily y yo estábamos demasiado agotadas, sucias y hambrientas como para discutirlo. Además, más reciente aún que la escena de la tormenta, era mi recuerdo de lo que había pasado entre Solarin y yo hacía un rato. Un mes así no parecía una perspectiva desdeñable. De modo que partimos en busca de un pueblo mientras Solarin se quedaba limpiando el estropicio.

Los días de trabajo duro y bello tiempo dorado nos ablandaron un poco. La isla de Formentera tenía casas encaladas y calles arenosas, bosquecillos de olivos y manantiales silenciosos, ancianas vestidas de negro y pescadores con camisetas a rayas. Todo esto, contra el fondo del interminable mar azul, era un bálsamo para los ojos y un consuelo para el alma. Tres días de comer pescado fresco y frutas recién arrancadas de los árboles, de beber buen vino mediterráneo y respirar el saludable aire salado obraron maravillas en nuestra disposición. Teníamos unos hermosos bronceados; hasta Lily estaba poniéndose esbelta y musculosa a causa del trabajo que hacíamos en el barco.

Todas las noches, Lily jugaba al ajedrez con Solarin. Aunque nunca la dejó ganar, después de cada partida explicaba los errores que había cometido con todo detalle. Después de un tiempo, Lily no sólo empezó a aceptar bien sus errores... sino a interrogar a Solarin cuando un movimiento la desconcertaba. Estaba otra vez tan absorta en el ajedrez, que apenas se dio cuenta cuando, desde la primera noche pasada en la isla, elegí dormir en cubierta con Solarin, más que en el camarote donde dormía ella.

—Tiene el don —me dijo Solarin una noche mientras estábamos sentados en cubierta, mirando el silencioso cielo de estrellas—. Todo lo que tenía su abuelo... y más. Si puede olvidar que es una mujer, será una gran jugadora de ajedrez.

—¿Qué tiene que ver que sea una mujer? —pregunté.

Solarin sonrió y me acarició el cabello.

—Las niñas son distintas de los niños —dijo—. ¿Quieres una prueba?

Reí y lo miré a la pálida luz de la luna.

—Te has explicado muy bien —contesté.

—Pensamos de manera distinta —agregó, deslizándose para apoyar la cabeza en mi regazo. Me miró y comprendí que hablaba en serio—. Por ejemplo, para descubrir la fórmula contenida en el juego de Montglane, lo más probable es que tu camino sea distinto del mío.

—Vale —dije, riendo—. ¿Qué harías tú?

—Trataría de especificar todo lo que sé —me dijo, estirándose para tomar un trago de mi brandy—. Después vería cómo estos puntos dados pueden combinarse para formar una solución. Admito que tengo una pequeña ventaja. Por ejemplo, tal vez sea la única persona en mil años que ha visto el paño... las piezas, y también ha echado una ojeada al tablero. —Me miró al percibir mi sobresalto—. En Rusia —dijo—, cuando apareció el tablero, hubo quienes se arrogaron rápidamente la responsabilidad de encontrar las otras piezas. Por supuesto, eran miembros del equipo blanco. Creo que Brosdki, el funcionario de la KGB que me acompañó a Nueva York, es uno de ellos. Me congracié con altos funcionarios del gobierno al sugerir, tal como me había dicho Mordecai, que sabía dónde había otras piezas y podía obtenerlas. —Volvió lentamente a su idea inicial. Mirándome en la luz plateada, dijo—: Vi tantos símbolos en el juego, que me hicieron pensar que quizá no fuese una sola fórmula... sino muchas. Al fin y al cabo, como ya has supuesto, estos símbolos no representan sólo planetas y signos del zodíaco, sino también elementos de la tabla periódica. Me parece que para convertir cada elemento en otro, necesitarías una fórmula diferente. ¿Pero cómo sabemos qué símbolos debemos combinar y en qué secuencia? ¿Cómo sabemos que cualquiera de estas fórmulas funciona?

—Con tu teoría, no podríamos saberlo —contesté, tomando un trago de brandy mientras mi cerebro empezaba su trabajo—. Habría demasiadas variables azarosas... demasiadas permutaciones. Tal vez no sepa mucho de alquimia, pero comprendo las fórmulas. Todo lo que sabemos señala al hecho de que hay una sola fórmula. Pero puede no ser lo que pensamos...

—¿Qué quieres decir? —preguntó Solarin, mirándome.

Desde nuestra llegada a la isla, ninguno de nosotros había mencionado aquellas piezas guardadas en su bolsa bajo el fregadero. De manera implícita, acordamos no arruinar nuestro breve idilio mencionando la búsqueda que había puesto nuestras vidas en peligro. Ahora que Solarin me despertaba convocando el espectro, empecé otra vez a manipular la idea que, como un dolor de muelas, había estado latiendo en mi cabeza durante todas esas semanas y meses.

—Quiero decir que pienso que hay una sola fórmula, con una solución simple. Si era tan difícil que nadie podía comprenderla, ¿por qué ocultarla detrás de semejante velo de misterio? Es como las pirámides. Durante miles de años la gente ha estado hablando de lo duro que debió ser para los egipcios levantar aquellos bloques de granito y piedra caliza de dos mil toneladas con sus herramientas primitivas. Y sin embargo, allí están. ¿Pero qué pasa si no las movieron? Los egipcios eran alquimistas, ¿no? Debían saber que se puede diluir esas piedras en ácido, meterlas en un cubo y pegarlas entre sí como si lo hicieran con cemento.

—Sigue —dijo Solarin, mirándome con una extraña sonrisa. Visto así, al revés, se veía muy hermoso.

—Las piezas del juego de Montglane resplandecen en la oscuridad —continué, pensando a toda velocidad—. ¿Sabes lo que se consigue cuando descompones el elemento mercurio? Dos isótopos radiactivos. Uno que en cuestión de horas o días se transforma en talio... y el otro, en oro radiactivo.

Solarin giró y se apoyó en un codo mientras me miraba de cerca.

—Si puedo hacer de abogado del Diablo un momento —dijo con cuidado—, señalaría que razonas de efecto a causa. Dices, si había piezas transmutadas, tiene que haber una fórmula para conseguirlo. Pero aunque sea así, ¿por qué esta fórmula? ¿Y por qué sólo una y no cincuenta o cien?

—Porque en la ciencia, como en la naturaleza, a menudo lo que funciona es la solución más simple, la obvia —dije—. Minne pensaba que había una sola fórmula. Dijo que tenía tres partes: el tablero, las piezas y el paño... —Me detuve, porque de pronto se me ocurrió algo—. Como piedra, papel y tijeras —dije, y cuando Solarin me miró desconcertado, agregué—: Es un juego infantil.

—Me recuerdas a una criatura —rió, tomando otro trago de mi brandy—. Pero también eran niños los grandes científicos. Sigue.

—Las piezas cubren el tablero... el paño cubre las piezas —dije, pensando—. De modo que la primera parte de la fórmula puede describir qué, la segunda dice cómo y la tercera explica... cuándo.

—Quieres decir que los símbolos del tablero describen qué materias primas... elementos... se usan —dijo Solarin, rascándose el vendaje—, las piezas dicen en qué proporciones combinarlas y el paño dice en qué secuencia.

—Casi —respondí, excitada—. Como dijiste, esos símbolos describen elementos de la tabla periódica. Pero hemos pasado por alto lo primero que observamos. ¡También representan planos y signos del zodíaco! La tercera parte dice exactamente cuándo, en qué tiempo, mes o año, hay que ejecutar cada paso del proceso. Pero no puede ser. ¿Qué diferencia puede establecer la fecha en que se inicia o termina un experimento?

Solarin permaneció mudo un momento, y cuando habló, lo hizo lentamente, con aquel inglés seco y formal que usaba cuando estaba muy tenso.

—Establecería una enorme diferencia —me dijo—, si comprendiera qué quería decir Pitágoras cuando hablaba de «la música de las esferas». Creo que has dado con algo. Busquemos las piezas.

Cuando bajé, Lily y Carioca roncaban en sus respectivas literas. Solarin se había quedado arriba para encender una lámpara y preparar el ajedrez magnético con el cual él y Lily jugaban todas las noches.

—¿Qué pasa? —preguntó Lily mientras yo revolvía en busca de las piezas.

—Estamos resolviendo el enigma —dije alegremente—. ¿Quieres unirte a nosotros?

—Por supuesto —dijo. Escuché gemir el colchón mientras se levantaba—. Estaba preguntándome cuándo me invitaríais a vuestros conciliábulos nocturnos. ¿Qué pasa exactamente entre vosotros... o no debería preguntarlo?

Di gracias al cielo por la oscuridad.

—Olvídalo —agregó Lily—. Es un tipo guapo... pero no de los que me gustan. Uno de estos días le ganaré una partida.

Trepamos las escaleras, con Lily poniéndose un jersey sobre el pijama, y nos sentamos en los bancos tapizados del puente, una a cada lado de Solarin. Lily se sirvió un trago mientras yo sacaba del bolso las piezas y el paño y los disponía en el suelo, a la luz de la lámpara.

Resumí rápidamente nuestra conversación anterior en beneficio de Lily y me senté, dejando el suelo a Solarin. La barca se balanceaba, las olas golpeaban suavemente. Una dulce brisa nos acariciaba mientras estábamos allí sentados, bajo el universo de estrellas. Lily estaba tocando el paño y mirando a Solarin con una expresión rara.

—¿Qué es exactamente lo que quiso decir Pitágoras con lo de «música de las esferas»? —le preguntó.

—Pensaba que el universo estaba hecho de números —dijo Solarin, mirando las piezas del juego de Montglane—. Que de la misma manera en que las notas de una escala musical se repiten octava tras octava... las cosas de la naturaleza forman un patrón semejante. Pensamos que abrió un campo de la investigación matemática en el que sólo recientemente se han hecho descubrimientos importantes. Se llama análisis armónico y es la base de mi especialidad, la física acústica... y también un factor clave de la física cuántica.

Solarin se puso de pie y empezó a caminar. Recordé lo que me había dicho una vez: que para poder pensar tenía que moverse.

—La idea básica —dijo, mientras Lily lo observaba con atención— es que cualquier fenómeno de naturaleza periódicamente recurrente puede medirse. Es decir, cualquier onda, sea de sonido, calor o luz, incluso las mareas. Kepler utilizó esta teoría para descubrir las leyes del movimiento planetario... Newton, para explicar la ley de gravitación universal y la precesión de los equinoccios. Leonard Euler la usó para probar que la luz era una forma ondulada cuyo color depende de la longitud. Pero fue Fourier, el gran matemático del siglo XVIII, quien encontró el método por el cual todas las formas onduladas, incluidas las de los átomos, podían medirse. —Se volvió hacia nosotras, con sus ojos brillantes en la penumbra.

—De modo que Pitágoras tenía razón —dije—. El universo está hecho de números que recurren con precisión matemática y pueden medirse. ¿Piensas que en eso consiste el juego de Montglane... en el análisis armónico de la estructura molecular? ¿Medir ondas para analizar la estructura de los elementos?

—Lo que puede medirse puede comprenderse —dijo lentamente Solarin—. Lo que puede comprenderse puede alterarse. Pitágoras estudió con el mayor de los alquimistas... Hermes Trimegisto, a quien los egipcios consideraban la encarnación del gran dios Toth. Fue él quien definió el primer principio de la alquimia: «Lo que hay arriba es como lo que hay abajo.» Las ondas del universo operan de la misma manera que las ondas del átomo más diminuto... y puede demostrarse que interactúan. —Hizo una pausa para mirarme—. Dos mil años después, Fourier mostró exactamente cómo interactúan. Maxwell y Planck revelaron que la propia energía podía describirse en términos de estas formas onduladas. Einstein dio el último paso y mostró que lo que había sugerido Fourier como herramienta analítica era así en realidad: que la materia y la energía eran formas onduladas que podían transformarse las unas en las otras.

Algo estaba trabajando en mi cabeza. Miraba fijamente el paño, en el que los dedos de Lily recorrían los cuerpos de oro de las serpientes entrelazadas que formaban el número ocho. En algún lugar de mi interior estaba formándose una conexión entre el paño —el *labrys*/laberinto descrito por Lily— y lo que acababa de decir Solarin sobre las ondas. Lo que hay arriba es como lo que hay abajo. Macrocosmos, microcosmos. Materia-energía. ¿Qué significaba?

—El ocho —dije en voz alta, aunque seguía perdida en mis pensamientos—. Todo conduce de regreso al ocho. El *labrys* tiene forma de ocho... y también la espiral que, según demostró Newton, estaba formada por la precesión de los equinoccios. Ese paseo místico descrito en nuestro diario... el que dio Rousseau en Venecia... también era un ocho. Y el símbolo de infinito...

—¿Qué diario? —preguntó Solarin, súbitamente alerta. Lo miré, incrédula. ¿Era posible que Minne nos hubiera mostrado algo que su nieto desconocía?

—Es un libro que nos dio Minne —le dije—. Es el diario de una monja francesa que vivió hace 200 años. Ella estaba presente cuando sacaron el juego de la abadía de Montglane. No hemos tenido tiempo de terminarlo. Lo tengo aquí... —Empecé a sacar el libro de mi bolso, pero Solarin dio un salto.

—Dios mío —exclamó—, de modo que eso era lo que quería decir cuando dijo que tú tenías la clave final. ¿Por qué no lo mencionaste antes? —Tocaba la suave piel del libro que tenía en la mano.

—Tenía otras cosas en la cabeza —dije. Abrí el libro en la página en que se describía la Larga Marcha, aquella ceremonia en Venecia. Los tres nos inclinamos para verlo a la luz de la bujía. Lo estudiamos un momento en silencio. Lily esbozó una sonrisa y se volvió a mirar a Solarin con sus grandes ojos grises.

—Son movimientos de ajedrez, ¿no es cierto? —preguntó.

Él asintió.

—Cada movimiento con el número ocho en este diagrama —dijo— corresponde a un símbolo con la misma ubicación en este paño... probablemente un símbolo que también veían en la ceremonia. Y si no me equivoco, nos indica qué clase de pieza llegaría lógicamente al tablero. Dieciséis pasos, cada uno formado por tres piezas de información. Tal vez las tres que tú adivinaste: qué, cómo y cuándo.

—Como los trigramas del I-Ching —dije—. Cada grupo contiene un cuanto de información.

Solarin me miraba de hito en hito. De pronto rió.

—Exacto —dijo, inclinándose para estrujar mi hombro—. Vamos, ajedrecistas. Hemos adivinado la estructura del juego. Ahora reunámoslo todo y descubramos la puerta al infinito.

∞

Trabajamos toda la noche. Ahora comprendía por qué los matemáticos se sienten recorridos por una onda trascendental de energía cuando descubren una nueva fórmula o ven un nuevo patrón en algo que han contemplado mil veces. Sólo las matemáticas proporcionaban el sentimiento de atravesar otra dimensión, una que no existía en el tiempo y el espacio... ese sentimiento de caer dentro y a través de un acertijo, de tenerlo en torno de manera física.

Yo no era una gran matemática, pero comprendía a Pitágoras cuando decía que las matemáticas formaban una unidad con la música. Mientras Lily y Solarin trabajaban con los movimientos de las piezas en el tablero y yo trataba de captar el patrón en papel... me sentía como si pudiera oír el canto de la fórmula del juego de Montglane. Era como un elixir que recorría mis venas, arrastrándome con su hermosa armonía mientras nosotros luchábamos en el suelo tratando de encontrar el sistema en las piezas.

No era fácil. Tal como había insinuado Solarin, cuando se trata de una fórmula comprendida por sesenta y cuatro cuadrados, treinta y dos piezas y dieciséis posiciones en un paño... las combinaciones posibles eran muchas más que el número total de estrellas en el universo conocido. Aunque por nuestro dibujo parecía como si algunos de los movimientos fueran movimientos del caballo y otros de la torre o el alfil... no podíamos estar seguros. El sistema completo tenía que coincidir en los sesenta y cuatro cuadrados del tablero del juego de Montglane.

Y esto se veía dificultado por el hecho de que, aun cuando supiéramos qué peón o caballo había hecho el movimiento hacia cierto cuadrado, no sabíamos cuál había estado en qué cuadrado en el momento en que se había diseñado el juego.

No obstante, estaba convencida de que incluso para estas cosas había una clave... de modo que seguimos adelante con la información que teníamos. Las blancas siempre mueven primero, y por lo general mueven un peón. Aunque Lily se quejó de que eso no era rigurosamente histórico, por nuestro gráfico parecía claro que el primer movimiento había sido de un peón... la única pieza que podía hacer un movimiento vertical al comienzo del juego.

¿Alternaban los movimientos piezas blancas y negras o debíamos suponer que, como en el recorrido del caballo, podían estar constituidas por una sola pieza que saltaba al azar por el tablero? Optamos por lo primero, porque disminuía las posibilidades. Y ya que se trataba de una fórmula y no de un juego, decidimos también que cada pieza sólo podría mover una vez y que cada cuadrado podría ocuparse sólo una vez. Para Solarin este modelo no formaba un juego que tuviera sentido en una partida real... pero sí revelaba un patrón que se parecía al del paño y nuestro mapa. Sólo que, por extraño que pareciera, quedaba al revés; es decir, era la imagen refleja de la procesión que se había celebrado en Venecia.

Al amanecer teníamos un esquema semejante a la imagen del *labrys* proporcionada por Lily. Y si se dejaban en el tablero las piezas que no se habían movido, formaban otro número ocho geométrico en el plano vertical. Sabíamos que estábamos muy cerca:

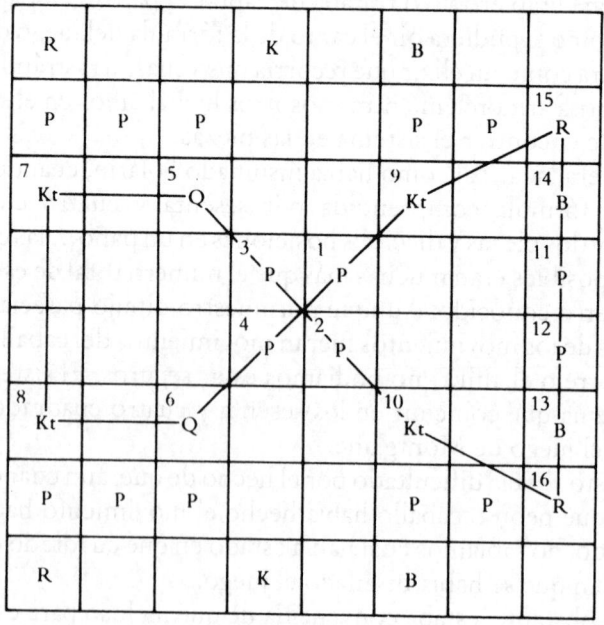

Con ojos fatigados, levantamos la mirada de nuestro trabajo con un sentimiento de camaradería que trascendía nuestras tendencias competitivas individuales. Lily empezó a reír y rodar por el suelo con Carioca saltando sobre su estómago. Solarin se precipitó sobre mí como un lunático, levantándome y haciéndome girar por el aire. Salía el sol, que teñía el mar de un color rojo sangre y el cielo, de un rosado de perla.

—Ahora lo único que tenemos que hacer es conseguir el tablero y las piezas que faltan —le dije con una sonrisa maliciosa—. Estoy segura de que será coser y cantar.

—Sabemos que en Nueva York hay otras nueve —señaló, sonriéndome con una expresión que sugería que estaba pensando en otra cosa aparte del ajedrez—. Creo que tendríamos que ir a echar un vistazo... ¿no te parece?

—Venga, venga, capitán —dijo Lily—. Levantemos el penol y atemos el botalón. Voto porque nos pongamos en camino.

—Será por agua entonces —dijo Solarin, feliz.

—Y que la gran diosa Kar vele sobre nuestros esfuerzos náuticos —dije.

—Izaré las velas por eso —dijo Lily.

Y lo cumplió.

EL SECRETO

Newton no fue el primer representante de la Edad de la Razón. Fue el último de los magos, el último de los babilonios y sumerios… porque miraba el universo y todo cuanto contiene como un acertijo, un secreto que podía leerse aplicando pensamiento puro a cierta evidencia, claves místicas que Dios había dispersado por el mundo para desatar una suerte de caza del tesoro Filosófica en manos de la hermandad esotérica…

Consideraba el universo como un criptograma dispuesto por el Todopoderoso… de la misma manera en que él, al comunicarse con Leibnitz, envolvió el descubrimiento del cálculo como un criptograma. Creía que mediante el pensamiento puro, la concentración mental, el acertijo, quedaría revelado al iniciado.

JOHN MAYNARD KEYNES

Finalmente, hemos regresado a una versión de la doctrina del viejo Pitágoras, a partir del cual surgieron las matemáticas y la física matemática. Él… dirigía su atención a los números como caracterizadores de la periodicidad de las notas musicales. Y ahora, en el siglo xx, encontramos a los físicos ocupados en la periodicidad de los átomos.

ALFRED NORTH WHITEHEAD

Y así, el número parece conducir a la verdad.

PLATÓN

SAN PETERSBURGO, RUSIA *Octubre de 1798*

Pablo I, zar de todas las Rusias, recorría su cámara golpeando con una fusta la pernera de los pantalones de su uniforme militar verde oscuro. Estaba orgulloso de estos uniformes de tela basta, que seguían el modelo de los utilizados por las tropas de Federico el Grande de Prusia. Pablo se quitó algo de la solapa del chaleco y levantó los ojos para mirar a su hijo Alejandro, que estaba al otro lado de la habitación en posición de firmes. Qué desilusión había resultado ser Alejandro, pensó Pablo. Pálido, poético y tan guapo que podía considerárselo hermoso; detrás de aquellos ojos azul grisáceos que había heredado de su abuela, había algo a un tiempo místico y vacuo. Pero en todo caso no había heredado el cerebro de su abuela. Carecía de todo aquello que se espera de un líder.

En cierta forma era una suerte, pensó Pablo. Porque el muchacho de veintiún años, lejos de desear apoderarse del trono que Catalina pensaba dejarle, había anunciado su deseo de abdicar si se le asignaba semejante responsabilidad. Decía que prefería la vida tranquila de un hombre de letras: vivir en la oscuridad en algún lugar del Danubio antes que mezclarse en la seductora pero peligrosa corte de San Petersburgo, donde su padre le ordenaba quedarse.

Ahora, mientras miraba a través de las ventanas los jardines otoñales, sus ojos vagos sugerían que en su cabeza no había más que fantasías. Sin embargo, en realidad sus pensamientos estaban muy lejos de la ociosidad. Debajo de aquellos sedosos rizos había una mente cuyo funcionamiento era infinitamente más complejo de lo que podía imaginar Pablo. El problema que lo ocupaba ahora era cómo sacar cierto tema sin despertar las sospechas de Pablo. Era un tema que jamás se mencionaba en la corte; no desde la muerte de Catalina, hacía dos años. El tema de la abadesa de Montglane.

Alejandro tenía una razón vital para descubrir qué había sido de esa anciana, que desapareciera en el vacío pocos días después de la muerte de su abuela. Pero antes de que se le ocurriera cómo empezar, Pablo se había vuelto de cara a él, siempre agitando su fusta como un estúpido soldado de juguete. Alejandro trató de prestar atención.

—Sé que no te atraen los asuntos de estado —dijo Pablo con desdén—, pero debes mostrar algún interés. Al fin y al cabo, un día este imperio será tuyo. Mis actos de hoy serán tus responsabilidades de mañana. Hoy te he hecho venir para decirte algo en confianza, algo que puede alterar el destino de Rusia. —Hizo una pausa teatral—. He decidido firmar un tratado con Inglaterra.

—¡Pero, padre, detestáis a los británicos! —dijo Alejandro.

—Sí, los desprecio —dijo Pablo—, pero no tengo mucha elección. ¡Ahora los franceses, no contentos con destrozar el imperio austríaco, expandiendo sus fronteras a todos los países que los rodean y masacrando a la mitad de su populacho para mantenerlo quieto... han enviado a ese sanguinario general Bonaparte al otro lado del mar para conquistar Malta y Egipto! —Descargó la fusta en el escritorio, con la cara ceñuda. Alejandro no dijo nada.

»¡Yo soy el Gran Maestre electo de los Caballeros de Malta! —gritó Pablo, señalando una medalla de oro fijada al lazo oscuro que le cruzaba el pecho—. ¡Yo llevo la estrella de ocho puntas de la Cruz de Malta! ¡Esa isla me pertenece! Durante siglos hemos buscado un puerto de aguas cálidas como Malta... y ahora por fin casi teníamos uno. Hasta que llegó ese asesino francés con sus cuarenta mil hombres. —Miró a Alejandro como si esperara una respuesta.

—¿Y por qué querría un general francés conquistar una tierra que durante más de trescientos años ha sido una espina para los turcos otomanos? —inquirió éste... preguntándose para sus adentros por qué Pablo querría oponerse a esa jugada. Serviría para distraer a esos turcos que su abuela había combatido durante veinte años, del control de Constantinopla y el Mar Negro.

—¿Es que no adivinas qué busca ese Bonaparte? —susurró Pablo, adelantándose para mirar a Alejandro a la cara mientras se frotaba las manos. Alejandro meneó la cabeza.

—¿Crees que los ingleses serán mejores aliados? —preguntó—. La Harpe, mi tutor, solía llamar a Inglaterra, Pérfida Albión...

—¡No se trata de eso! —exclamó Pablo—. Como de costumbre, mezclas poesía y política y no beneficias a ninguna. Yo sé por qué ha ido a Egipto ese bribón de Bonaparte... no importa qué haya dicho a esos idiotas del Directorio que largan el dinero... no importa cuántos miles de soldados haya desembarcado allí. ¿Devolver los poderes de la Sublime Puerta? ¿Derrotar a los mamelucos? ¡Bah, todo es mentira!

Alejandro permanecía inmóvil y silencioso, pero prestaba atención mientras su padre continuaba desvariando.

—Ten en cuenta lo que digo, no se detendrá en Egipto. Seguirá a Siria y Asiria, Fenicia y Babilonia, las tierras que siempre deseó mi madre. ¡Si hasta te dio el nombre de Alejandro y a tu hermano el de Constantino como una especie de amuleto de buena suerte!

Pablo hizo una pausa y examinó la habitación. Sus ojos se detuvieron en un tapiz que describía una escena de caza. Un cuervo herido, sangrando y atravesado por flechas, se introducía en el bosque, seguido por los cazadores y sus perros. Pablo se volvió hacia Alejandro con una sonrisa fría.

—¡Este Bonaparte no quiere territorio, sino poder! Se ha llevado tantos científicos como soldados: el matemático Monge, el químico Berthollet, el físico Fourier... ha limpiado la Politécnica y el Instituto Nacional. ¿Y por qué, te pregunto, si su ambición fuera sólo de conquista?

—¿Qué queréis decir? —murmuró Alejandro, a quien empezaba a ocurrírsele una idea.

—¡Allí está oculto el secreto del juego de Montglane! —siseó Pablo, con el rostro convertido en una máscara de miedo y odio—. Eso es lo que busca.

—Pero, padre —dijo Alejandro, eligiendo sus palabras con sumo cuidado—. ¿No creeréis en esos viejos mitos? Al fin y al cabo la propia abadesa de Montglane...

—¡Por supuesto que lo creo! —gritó Pablo. Su rostro se había oscurecido y bajó la voz hasta que no fue más que un susurro histérico—. Yo mismo poseo una de las piezas —agregó con los puños apretados. Había dejado caer la fusta—. Hay otras ocultas aquí... lo sé. Pero ni siquiera dos años en la prisión Ropsha han desatado la lengua de esa mujer. Es como la Esfinge. Pero algún día se quebrará... y cuando lo haga...

Alejandro apenas oyó lo que siguió, mientras su padre seguía delirando sobre los franceses, los ingleses, sus planes para Malta... y el insidioso Bonaparte a quien planeaba destruir. Alejandro sabía que no era probable que estas amenazas fructificaran, porque las tropas de Pablo lo despreciaban ya, como los niños detestan a una institutriz tiránica.

Alejandro felicitó a su padre por su brillante estrategia política, se excusó y abandonó la cámara. De modo que la abadesa estaba en la prisión de Ropsha, pensó, mientras atravesaba los grandes salones del Palacio de Invierno. De modo que Bonaparte había llegado a Egipto con un montón de científicos. Y Pablo tenía una de las piezas del juego de Montglane. Había sido un día productivo. Por fin las cosas empezaban a moverse.

Alejandro necesitó casi media hora para llegar a los establos interiores, que ocupaban un ala entera en el extremo más alejado del Palacio de Invierno... un ala casi tan amplia como el salón de los espejos de Versalles. Allí, el aire era denso por el olor penetrante de los animales y el forraje. Recorrió los pasillos cubiertos de paja mientras cerdos y gallinas se apartaban de su camino. Sirvientes de rosadas mejillas con sus justillos, calzas, delantales blancos y botas gruesas se volvían a mirar al joven príncipe y sonreían a sus espaldas. Su rostro guapo, su rizado cabello castaño y los brillantes ojos azules, les recordaban a la joven zarina Catalina, su abuela, cuando solía montar por las calles nevadas con su caballo castrado a manchas, vestida con uniforme militar.

Éste era el muchacho a quien deseaban como zar. Aquellas mismas cosas que fastidiaban a su padre —su silencio y misticismo, el velado misterio detrás de la mirada azul grisácea—, despertaban la oscura vena mística profundamente enterrada en sus almas eslavas.

Alejandro se dirigió hacia el mozo de cuadra para que le ensillara un caballo, montó y se fue. Los sirvientes y mozos se quedaron mirándolo. Siempre mirándolo. Sabían que la hora estaba cerca. Él era a quien esperaban, el que había sido profetizado desde los tiempos de Pedro el Grande. El silencioso, misterioso Alejandro, elegido no para rescatarlos sino para descender con ellos a la oscuridad. Para convertirse en el alma de Rusia.

∞

Alejandro siempre se había sentido incómodo con los siervos y campesinos. Era casi como si lo considerasen un santo... y esperaran de él que satisficiera sus expectativas.

Esto era peligroso. Pablo guardaba celosamente el trono que le había sido negado durante tanto tiempo. Ahora cogía el poder que había deseado... lo atesoraba, usaba y abusaba de él como una amante a quien se desea pero no se puede controlar.

Alejandro cruzó el Neva y pasó por los mercados de la ciudad.

Sólo permitió que su gran caballo blanco empezara a trotar cuando hubo atravesado las tierras de pastoreo y llegado a los húmedos campos otoñales.

Cabalgó por el bosque durante horas, como si no tuviera un destino concreto. Las hojas amarillas se amontonaban en el suelo como vainas de maíz. Por último, en un claro del bosque, llegó a una cañada silenciosa donde una masa de ramas negras y húmedas teleranías de hojas doradas ocultaban en parte la silueta de una antigua casucha de adobe. Desmontó con aire indiferente y empezó a pasear a su fatigado caballo.

Sosteniendo apenas las riendas entre los dedos, atravesó el suave y aromático colchón de hojas del suelo del bosque. Su forma esbelta y atlética, la negra chaqueta militar con el cuello alto, tocando casi la barbilla, los ajustados pantalones blancos y las rígidas botas negras le daban el aspecto de un simple soldado vagabundeando por el bosque. De las ramas de un árbol cayó un poco de agua. La sacudió de los flecos de su charretera dorada y sacó su espada, tocándola con aire ausente, como si estuviera comprobando el filo. Contempló un instante la casucha, junto a la cual pastaban dos caballos.

Alejandro miró a su alrededor. Un cuclillo cantó tres veces… después, silencio. Sólo el ruido del agua deslizándose de las ramas de los árboles. Soltó las riendas del caballo y se encaminó a la choza.

Entreabrió la puerta con un chirrido. Dentro, la oscuridad era casi total. No podía ajustar los ojos a la penumbra, pero olía la tierra del suelo… y una vela recientemente apagada. Le pareció escuchar algo que se agitaba en la oscuridad. Su corazón apresuró su ritmo.

—¿Estáis ahí? —susurró.

Hubo una pequeña lluvia de chispas… el olor de una pajilla quemada al levantarse una llama, y se encendió una vela. Encima de su resplandor, vio el hermoso rostro oval, el tumulto brillante del cabello color fresa y los resplandecientes ojos verdes que interrogaban los suyos.

—¿Habéis tenido éxito? —preguntó Mireille en voz tan baja que tuvo que esforzarse por captar las palabras.

—Sí… está en la prisión Ropsha —respondió Alejandro, susurrando también aunque no había nadie allí que pudiera escucharlo—. Puedo llevaros allí. Pero hay más. Él tiene una de las piezas… tal como temíais.

—¿Y el resto? —preguntó Mireille, serena. Sus ojos verdes lo mareaban.

—No podía enterarme de más sin despertar sospechas. Fue

como un milagro que hablara tanto como lo hizo. Ah, sí… parece que esa expedición francesa a Egipto es más de lo que creíamos, tal vez una tapadera. El general Bonaparte se ha llevado consigo muchos científicos…

—¿Científicos? —preguntó Mireille, adelantándose en su silla.

—Matemáticos, físicos, químicos… —dijo Alejandro.

Mireille había lanzado una mirada por encima de su hombro, hacia el rincón oscuro de la choza. De las sombras emergió la forma alta y esbelta de un hombre de cara de halcón, vestido de negro de pies a cabeza. Llevaba de la mano a un niño de unos cinco años, que sonrió con dulzura a Alejandro. El príncipe le devolvió la sonrisa.

—¿Lo has oído? —preguntó Mireille a Shahin, quien asintió en silencio—. Napoleone está en Egipto, pero no por solicitud mía. ¿Qué hace allí? ¿Cuánto sabe? Quiero que regrese a Francia… si te vas ahora, ¿cuánto tiempo necesitarás para llegar hasta él?

—Tal vez esté en Alejandría… o en El Cairo —dijo Shahin—. Si atravieso el imperio turco, puedo llegar a cualquiera de esos lugares en dos meses. Debo llevar conmigo a Al-Kalim… esos otomanos verán que es El Profeta, la Puerta me dejará pasar y me conducirá al hijo de Letizia Bonaparte.

Alejandro contemplaba atónito este diálogo.

—Habláis del general Bonaparte como si lo conocieseis —dijo a Mireille.

—Es un corso —dijo ella secamente—. Vuestro francés es mucho mejor que el suyo. Pero no tenemos tiempo para entretenernos… llevadme a Ropsha antes de que sea demasiado tarde.

Alejandro se volvió hacia la puerta, ayudando a Mireille a envolverse en su capa, cuando de pronto vio que el pequeño Charlot se había puesto a su lado.

—Al-Kalim tiene algo que deciros, Majestad —dijo Shahin, señalando al niño. Alejandro lo miró con una sonrisa.

—Pronto seréis un gran rey —dijo el pequeño Charlot con su aflautada voz infantil. Alejandro seguía sonriendo… pero las siguientes palabras del niño hicieron desvanecer su sonrisa—. La sangre en vuestras manos será menor que la que había en las manos de vuestra abuela, pero obedecerá a un hecho semejante. Un hombre a quien admiráis os traicionará… veo un invierno frío y un gran fuego. Habéis ayudado a mi madre… y por eso seréis salvado de las manos de esta persona desleal y viviréis para reinar veinticinco años…

—¡Ya basta, Charlot! —siseó Mireille, cogiendo de la mano a su hijo y lanzando una mirada oscura a Shahin. Alejandro estaba petrificado... helado hasta la médula de los huesos.

—¡Este niño es clarividente! —susurró.

—Entonces permitidle que use ese don para algo —replicó ella—, en lugar de ir por ahí diciendo la buenaventura como una vieja bruja inclinada sobre un tarot.

Arrastrando a Charlot, atravesó la puerta, dejando atrás al atónito príncipe. Mientras se volvía hacia Shahin y contemplaba sus impenetrables ojos negros, oyó la vocecilla del pequeño Charlot.

—Lo siento, mamá —dijo—. Me olvidé. Prometo no volver a hacerlo.

∞

La prisión Ropsha hacía que en comparación la Bastilla pareciera un palacio. Fría y húmeda, sin ventanas, era en todos los sentidos una mazmorra de la desesperación. Durante dos años la abadesa había sobrevivido allí, bebiendo agua salobre y comiendo alimentos que eran poco mejores que comida para cerdos. Dos años durante los cuales Mireille había intentado a todas horas descubrir su paradero.

Ahora, Alejandro la introdujo en la prisión y habló con los guardias, que lo amaban mucho más que a su padre y estaban dispuestos a hacer lo que pidiera. Siempre de la mano de Charlot, Mireille atravesó los oscuros corredores siguiendo la linterna del guardia, mientras Alejandro y Shahin iban a la retaguardia.

La celda de la abadesa estaba hundida en las entrañas de la prisión; era un pequeño agujero cerrado por una pesada puerta de metal. Mireille estaba helada de miedo. El guardia la dejó pasar y ella atravesó el recinto. La anciana yacía allí como una muñeca a la que le hubieran sacado el relleno, con la piel amarillenta como una hoja seca bajo la pálida luz del farol. Mireille cayó de rodillas junto al jergón y rodeó a la abadesa con sus brazos, ayudándola a sentarse. Su cuerpo carecía de sustancia... parecía como si fuera a derrumbarse en polvo.

Charlot se acercó y cogió la agostada mano de la abadesa en su pequeña mano.

—Mamá —susurró—, esta dama está muy enferma. Desearía que la sacáramos de este lugar antes de morir...

Mireille lo miró y después miró a Alejandro, que estaba de pie a sus espaldas.

—Dejadme ver lo que puedo hacer —dijo. Salió con el guardia. Shahin se acercó a la cama. Con un enorme esfuerzo, la abadesa trató de abrir los ojos, pero fracasó. Mireille se inclinó sobre el pecho de la anciana y sintió que las lágrimas cálidas acudían a sus ojos, quemándole la garganta. Charlot le puso una mano en el hombro.

—Hay algo que necesita decir —dijo tranquilamente a su madre—. Escucho sus pensamientos... no quiere que la entierren otros... ¡Madre! —susurró—. ¡Hay algo dentro de sus vestidos! Algo que quiere que tengamos nosotros.

—Buen Dios —murmuró Mireille, en el momento en que Alejandro regresaba.

—¡Venid, llevémosla antes de que el guardia cambie de idea! —susurró con urgencia. Shahin se inclinó sobre el jergón y levantó a la abadesa como si fuera una pluma. Los cuatro salieron a toda prisa por una puerta que conducía a un corredor subterráneo. Por último emergieron a la luz del día, no muy lejos de donde habían dejado los caballos. Shahin, sosteniendo a la frágil anciana con un solo brazo, subió con facilidad a su caballo y se encaminó hacia el bosque, seguido por los demás.

En cuanto llegaron a un lugar aislado, se detuvieron y desmontaron. Alejandro bajó a la abadesa con sus propios brazos. Mireille extendió su capa en el suelo para colocar sobre ella a la moribunda. La abadesa, con los ojos abiertos aún, luchaba por hablar. Alejandro le llevó agua que había sacado de un riachuelo cercano, pero estaba demasiado débil para beber.

—Lo sabía... —dijo con voz quebrada y áspera.

—Sabíais que vendría a buscaros —dijo Mireille, acariciando la frente afiebrada mientras la abadesa seguía luchando—. Pero me temo que he llegado demasiado tarde. Mi querida amiga, tendréis un entierro cristiano... yo misma recibiré vuestra confesión, porque no hay aquí nadie más que pueda hacerlo.

Las lágrimas corrían por sus mejillas mientras se arrodillaba junto a la abadesa y cogía su mano. Pero Charlot también estaba de rodillas, con las manos sobre el traje que colgaba de la forma quebradiza.

—Madre, está aquí, en este traje... entre el paño y el forro —exclamó.

Shahin se adelantó, sacando su afilado *bousaadi* para cortar la tela. Mireille puso una mano en su brazo para impedírselo, pero en ese momento la abadesa dijo en un susurro ronco:

—Shahin. —Sonrió mientras trataba de levantar la mano para tocarlo—. Por fin has encontrado a tu profeta. Voy al encuentro de ese Alá tuyo... muy pronto. Le llevaré... tu amor. —Dejó caer la mano mientras cerraba los ojos. Mireille empezó a sollozar, pero los labios de la abadesa seguían moviéndose. Charlot se inclinó y posó los labios en la frente de la abadesa—. No cortéis... el paño... —dijo ésta. Y dejó de moverse.

Shahin y Alejandro permanecieron inmóviles bajo los goteantes árboles mientras Mireille se arrojaba sobre el cuerpo de la abadesa y lloraba. Después de unos minutos, Charlot apartó a su madre. Con sus pequeñas manos, levantó el pesado traje de la anciana. Allí, en el forro del panel frontal del vestido, ella había dibujado un tosco tablero de ajedrez, escrito con su propia sangre... marrón ahora y manchado por el uso. En cada uno de los cuadros, había inscrito cuidadosamente un signo. Charlot levantó la mirada hacia Shahin, que le tendió el cuchillo. Con cuidado, el niño cortó el hilo que sujetaba la tela al forro. Y allí, bajo el tablero de ajedrez, estaba el pesado paño azul oscuro... cubierto de gemas resplandecientes.

PARÍS   *Enero de 1799*

Charles Maurice Talleyrand salió de los despachos del Directorio y bajó cojeando los elevados escalones de piedra que conducían al patio, donde esperaba su carruaje. Había sido un día duro, lleno de acusaciones e insultos que le habían dedicado los cinco directores, a causa de unos presuntos sobornos que habría recibido hacía poco de la delegación americana. Era demasiado orgulloso para justificarse o excusarse... y tenía un recuerdo demasiado cercano de la pobreza como para admitir sus pecados y devolver el dinero. Había permanecido allí sentado, en un silencio pétreo, mientras los otros sacaban espuma por la boca. Cuando se cansaran... se iría sin haber cedido terreno.

Cojeó agotado por el patio empedrado en dirección a su carruaje. Esa noche cenaría solo, abriría una botella de madeira añejo y se daría un baño caliente. Éstos eran los únicos pensamientos que lo ocupaban cuando el cochero, al divisar a su amo, se precipitó sobre el carruaje. Talleyrand le hizo señas de que subiera al pescante y abrió la puerta por sí mismo. Al deslizarse en su asiento, escuchó un crujido de sedas en la oscuridad del coche. Inmediatamente, se puso rígido.

—No temas —dijo una suave voz femenina... una voz que le produjo estremecimientos. En la oscuridad, una mano enguantada apretó la suya. Cuando el carruaje partió bajo las luces de la calle, vio la hermosa piel cremosa... el cabello rojizo.

—¡Mireille! —exclamó, pero ella puso su mano enguantada sobre los labios de Maurice. Antes de saber lo que estaba ocurriendo, Talleyrand estaba arrodillado en el balanceante coche, inundando su rostro de besos, hundiendo las manos en su cabello, murmurando mil cosas mientras luchaba por controlarse. Le parecía que iba a volverse loco.

—Si supieras cuánto tiempo te he buscado... no sólo aquí, sino en todas partes. ¿Cómo pudiste abandonarme tanto tiempo sin una palabra, una señal? Estaba aterrorizado por ti...

Mireille lo hizo callar con un beso, mientras él bebía el perfume de su cuerpo y lloraba. Lloró siete años de lágrimas reprimidas y bebió las lágrimas que cubrían las mejillas de Mireille mientras se aferraban el uno al otro como criaturas perdidas en el mar.

Entraron en su casa protegidos por la oscuridad, atravesando las amplias ventanas que daban a los prados. Sin detenerse para cerrar las ventanas o encender una lámpara, él la levantó en sus brazos y la llevó al diván, con sus largos cabellos flotando sobre su brazo. Desnudándola sin una palabra, cubrió con su cuerpo el cuerpo tembloroso de Mireille y se perdió en su carne cálida y su cabello sedoso.

—Te amo —dijo. Era la primera vez que pronunciaba esas palabras.

—Tu amor nos ha dado un hijo —susurró Mireille, mirándolo a la luz de la luna que entraba por las ventanas. Él pensó que su corazón iba a romperse.

—Tendremos otro —dijo, y sintió que su pasión lo sacudía como una tormenta.

∞

—Las enterré —dijo Talleyrand, sentados ambos ante la mesa lacada que había en el salón anexo a su dormitorio—. En los Montes Verdes de América... aunque, si he de ser justo, Courtiade procuró convencerme de que no lo hiciera. Él tenía más fe que yo. Creía que todavía vivías.

Talleyrand sonrió a Mireille, sentada con el cabello desordenado, envuelta en su bata, al otro lado de la mesa. Era tan hermosa, ansiaba volver a poseerla allí... pero entre ellos estaba sentado el conservador Courtiade, plegando cuidadosamente su servilleta mientras escuchaba su charla.

—Courtiade —dijo Talleyrand, tratando de apaciguar la violencia de sus sentimientos—, parece que tengo una criatura... un hijo. Se llama Charlot, como yo. —Se volvió hacia Mireille—. ¿Y cuándo veré a este pequeño prodigio?

—Pronto —dijo Mireille—. Ha ido a Egipto... donde está el general Bonaparte. ¿Hasta qué punto conocéis a Napoleone?

—Fui yo quien lo convenció de ir allí... o al menos, es lo que me hizo creer. —Brevemente describió su reunión con Bonaparte y David—. Así me enteré de que podías estar viva aún... que estuviste embarazada —le dijo—. David me contó lo de Marat. —La miró gravemente, pero Mireille meneó la cabeza como para librarse de ese recuerdo—. Hay otra cosa que deberías saber —añadió Talleyrand, mirando a Courtiade mientras hablaba—. Hay una mujer... se llama Catherine Grand. Está complicada de alguna manera en la búsqueda del juego de Montglane. David me dijo que Robespierre la llamaba la Reina Blanca...

Mireille había palidecido intensamente. Apretaba el mango del cuchillo de mantequilla como si fuera a partirlo. Durante un momento, no pudo hablar. Sus labios estaban tan blancos, que Courtiade se había estirado para servirle champaña. Mireille miró los ojos de Talleyrand.

—¿Dónde está ahora? —preguntó. Talleyrand contempló su plato un momento y después fijó en ella sus francos ojos azules.

—Si anoche no te hubiera encontrado en mi carruaje —dijo despacio—, estaría en mi cama.

Permanecieron en silencio, Courtiade mirando la mesa y los ojos de Talleyrand clavados en Mireille. Ella dejó el cuchillo en la mesa y, apartando su silla, se puso de pie y fue hacia las ventanas. Talleyrand se levantó para seguirla, se detuvo a sus espaldas y la envolvió en sus brazos.

—He tenido tantas mujeres —murmuró con el rostro hundido en sus cabellos—. Creí que estabas muerta... y después, cuando supe que no lo estabas... si la vieras, lo comprenderías.

—La he visto —dijo Mireille con voz inexpresiva. Se volvió para mirarlo a los ojos—. Esa mujer está detrás de todo. Tiene ocho de las piezas...

—Siete —dijo Talleyrand—. Yo tengo la octava.

Mireille lo miró, estupefacta.

—La enterramos junto con las otras —le dijo—. Mireille, hice bien en esconderlas, en librarnos de esa espantosa maldición. Una vez, yo también quise el juego… jugué contigo y con Valentine, esperando ganarme vuestra confianza. Pero en lugar de eso, tú ganaste mi amor. —La sujetó por los hombros. No podía ver los pensamientos que se atropellaban dentro de su cabeza—. Te digo que te amo —agregó—. ¿Es necesario que todos seamos arrastrados a ese pozo de odio? ¿No ha costado ya bastante ese juego…?

—Demasiado —dijo Mireille con amargura mientras se apartaba—. Demasiado para perdonar y olvidar. Esa mujer ha asesinado a cinco monjas a sangre fría. Era responsable de Marat y Robespierre… de la ejecución de Valentine. Te olvidas de que yo la vi morir… ¡degollada como un animal! —Sus ojos verdes estaban empañados, como si estuviera drogada—. Los vi morir a todos… Valentine, la abadesa, Marat. ¡Charlotte Corday dio su vida por mí! La traición de esta mujer no quedará sin castigo. ¡Te digo que conseguiré las piezas cueste lo que cueste!

Talleyrand había retrocedido un paso y la miraba con lágrimas en los ojos. No vio a Courtiade, que se había levantado y atravesaba la habitación para poner una mano sobre el brazo de su amo.

—Monseñor, ella tiene razón —dijo suavemente—. No importa cuánto deseemos la felicidad o queramos no ver… este juego no terminará hasta que se reúnan todas las piezas y se las oculte. Lo sabéis tan bien como yo. Es preciso detener a madame Grand.

—¿No se ha derramado bastante sangre? —dijo Talleyrand.

—Ya no deseo la venganza —dijo Mireille, viendo ante sus ojos la horrible cara de Marat mientras le decía dónde debía golpear con la daga—. Quiero las piezas… el juego debe terminar.

—Ella me dio esa pieza por propia voluntad —dijo Talleyrand—. Ni siquiera la fuerza bruta podría convencerla de que se separara de las otras.

—Si te casaras con ella —dijo Mireille—, por la ley francesa toda su propiedad sería tuya… ella te pertenecería.

—¡Casarme! —exclamó Talleyrand, dando un salto atrás como si se hubiera quemado—. Pero yo te amo a ti… y además soy un obispo de la iglesia católica. Con o sin sede, estoy obligado de por vida por la ley romana… no francesa.

Courtiade carraspeó.

—Monseñor podría obtener la dispensa papal —sugirió cortésmente—. Creo que hay precedentes.

—Por favor, Courtiade, no olvides a quién sirves —le espetó Talleyrand—. Es imposible. Después de todo lo que has dicho de esa mujer... ¿cómo puede uno de los dos sugerir semejante cosa? Venderíais mi alma por siete piezas miserables.

—Por terminar de una vez por todas con este juego —dijo Mireille, con un brillo intenso en la mirada—, yo vendería la mía.

EL CAIRO, EGIPTO   *Febrero de 1799*

Shahin hizo echar a su camello cerca de las grandes pirámides de Gizeh y dejó que Charlot se deslizara al suelo. Ahora que habían llegado a Egipto, quería llevar de inmediato al niño a ese lugar sagrado. Miró a Charlot, que atravesaba la arena hasta llegar a la base de la Esfinge y empezaba a trepar por su pata gigantesca. Después desmontó y lo siguió, con sus negras ropas meciéndose en la brisa.

—Ésta es la Esfinge —le dijo Shahin cuando llegó a su lado. El niño pelirrojo, ya con casi seis años, hablaba con fluidez el cabilio y el árabe, además del francés materno, de modo que Shahin conversaba libremente con él—. Una figura antigua y misteriosa, con el torso y la cabeza de una mujer... y el cuerpo de un león. Está sentada entre las constelaciones de Leo y Virgo, donde descansa el sol durante el equinoccio de verano.

—Si es una mujer —dijo Charlot levantando la mirada hacia la gran figura de piedra suspendida sobre su cabeza—, ¿por qué tiene barba?

—Es una gran reina... la Reina de la Noche —contestó Shahin—. Su planeta es Mercurio... el dios de la curación. La barba muestra su enorme poder.

—Mi madre es una gran reina... tú me lo dijiste —observó Charlot—. Pero ella no tiene barba.

—Tal vez no le interese exhibir su poder —dijo Shahin.

Contemplaron la franja de arena. A lo lejos veían las tiendas del campamento del cual habían salido. En torno a ellos, las pirámides gigantescas se levantaban en la luz dorada, dispersas en la planicie vacía como los ladrillos de un juego de construcción infantil. Charlot miró a Shahin con sus ojos azules dilatados.

—¿Quién las puso allí? —preguntó.

—Muchos reyes durante muchos miles de años —dijo Shahin—. Estos reyes eran grandes sacerdotes... así los llamamos en árabe, *kahin*. El que conoce el futuro. Entre los fenicios, babilonios y khabiru, a los que tú llamas hebreos, al sacerdote lo llaman *kohen*. Y en mi lengua, el cabilio, lo llamamos *kahuna*.

—¿Eso es lo que soy? —preguntó Charlot mientras Shahin lo ayudaba a bajar para esperar al grupo de gente que venía desde el campamento, cabalgando en medio del polvo dorado.

—No —dijo sobriamente Shahin—. Tú eres más que eso.

Cuando los caballos se detuvieron, el joven jinete que iba al frente saltó al suelo y atravesó el terreno árido, sacándose los guantes mientras se acercaba. Su largo cabello castaño le caía sobre los hombros. Mientras los otros desmontaban, se detuvo frente a Charlot y puso una rodilla en el suelo.

—De modo que aquí estás —dijo el joven. Llevaba los pantalones ajustados y la chaqueta de cuello alto del ejército francés—. ¡El hijo de Mireille! Jovencito, soy el general Bonaparte... un amigo de tu madre. ¿Por qué no ha venido contigo? En el campamento me dijeron que habías venido solo y me buscabas.

Napoleón puso su mano en el brillante cabello rojo de Charlot y lo acarició. Después, metió sus guantes en el cinturón y se puso de pie, haciendo una reverencia a Shahin.

—Y vos debéis ser Shahin —dijo, sin esperar la respuesta del niño—. Angela Maria di Pietrasanta, mi abuela, me ha hablado a menudo de vos como de un gran hombre. Creo que fue ella quien os envió a la madre del niño. Deben de haber pasado cinco años o más...

Shahin apartó el velo de su boca.

—Al-Kalim trae un mensaje muy urgente —dijo en voz baja—. Sólo debe ser escuchado por vuestros oídos.

—Venid, venid —dijo Napoleón, haciendo señas a sus soldados—. Éstos son mis oficiales. Al amanecer salimos para Siria... un viaje duro. Sea lo que fuere, podrá esperar hasta esta noche... os invito a ser mis huéspedes en la cena en el palacio del rey. —Se volvió dispuesto a irse, pero Charlot cogió su mano.

—Esta campaña está condenada —dijo el niño. Napoleón se volvió hacia él, estupefacto, pero Charlot no había terminado—. Veo hambre y sed... morirán muchos hombres y no se ganará nada. Debéis volver de inmediato a Francia. Allí os convertiréis en un gran líder... tendréis mucho poder. Pero sólo durará quince años. Después, terminará...

Napoleón apartó su mano mientras sus oficiales se revolvían incómodos. Después, el joven general echó la cabeza hacia atrás y rió.

—Me dijeron que te llamaban el Pequeño Profeta —dijo, sonriendo a Charlot—. Afirman en el campamento que dijiste muchas cosas a los soldados... cuántos hijos tendrían, en qué batallas encontrarían la gloria o la muerte. Desearía que todo eso fuese verdad. Si los generales fueran profetas, podrían evitar muchas caídas.

—Una vez hubo un general que era también un profeta —susurró Shahin—. Su nombre era Mahoma.

—Yo también he leído el Corán, amigo mío —dijo Napoleón sin dejar de sonreír—. Pero él luchaba por la gloria de Dios Nosotros, pobres franceses, sólo luchamos por la gloria de Francia.

—Quienes deben cuidarse son los que luchan por su propia gloria —dijo Charlot.

Napoleón escuchó a sus espaldas los murmullos de los oficiales y miró enfadado a Charlot. Su sonrisa se había desvanecido. Una emoción que luchaba por controlar ensombrecía su rostro.

—No permitiré que un niño me insulte —dijo en voz baja. Y después, levantando el tono, agregó—: Dudo que mi gloria sea tan resplandeciente o se extinga tan rápido como pareces creer, mi joven amigo. Me voy al amanecer para atravesar el Sinaí... y sólo las órdenes de mi gobierno podrían adelantar mi regreso a Francia.

Dando la espalda a Charlot, se acercó a su caballo y montó, ordenando a uno de los oficiales que llevara a Shahin y Charlot al palacio de El Cairo a tiempo para la cena. Después se fue solo, cabalgando por el desierto, mientras los otros lo contemplaban.

Shahin dijo a los desconcertados soldados que ellos se las arreglarían... que el niño todavía no había visto bien las pirámides. Cuando éstos partieron, reacios, Charlot cogió la mano de Shahin y vagaron solos por la vasta planicie.

—Shahin —dijo pensativamente Charlot—, ¿por qué se ha enfadado el general Bonaparte por lo que he dicho? Todo era verdad.

Shahin permaneció un instante en silencio.

—Imagina que estuvieras en un bosque oscuro donde no pudieras ver nada —dijo después—. Tu único compañero es un búho... que puede ver mucho mejor que tú porque está preparado para la oscuridad. Ésa es la visión que tú tienes... la del búho... que te permite ver más adelante mientras los otros se mueven en la oscuridad. Si estuvieras en el lugar de ellos, ¿no tendrías miedo?

—Quizás... —admitió Charlot—. ¡Pero no me enfadaría con el búho si me advirtiera que estoy a punto de caer en un pozo!

Shahin lo miró un momento, con una sonrisa desacostumbrada en los labios. Por último, habló:

—Poseer algo que no tienen los otros siempre es difícil... y en ocasiones, peligroso —dijo—. A veces es mejor dejarlos en la oscuridad.

—Como el juego de Montglane —dijo Charlot—. Mi madre ha dicho que estuvo hundido en la oscuridad durante mil años.

—Sí —contestó Shahin—. Como eso.

En ese momento llegaron a uno de los lados de la gran pirámide. Frente a ellos, sentado en el suelo sobre una capa de lana, había un hombre. Frente a él había desplegados muchos papiros. Contemplaba la pirámide... pero lanzó una mirada por encima del hombro cuando Charlot y Shahin se aproximaron. Su cara se iluminó.

—¡El Pequeño Profeta! —dijo, poniéndose de pie y sacudiéndose la arena de los pantalones mientras se adelantaba a saludarlos. Sus mejillas rotundas y la barbilla delicada se estiraron en una sonrisa mientras apartaba un rizo de su frente—. Hoy he estado en el campamento... y los soldados hacían apuestas a que el general Bonaparte rechazaría el consejo que pensabas darle sobre su regreso a Francia. Nuestro general no tiene gran fe en las profecías. Tal vez piensa que esta novena cruzada suya tendrá éxito donde las otras ocho fracasaron.

—¡Monsieur Fourier! —dijo Charlot, soltando la mano de Shahin para correr junto al famoso científico—. ¿Habéis descubierto el secreto de estas pirámides? Habéis estado mucho tiempo aquí, y trabajado mucho.

—Me temo que no —sonrió Fourier, dando unas palmaditas en la cabeza de Charlot mientras Shahin se reunía con ellos—. Sólo que los números de estos papiros son números arábigos. El resto es un galimatías que somos incapaces de leer. Dibujos y cosas así. Dicen que en Rosetta han encontrado una piedra que parece tener varias lenguas inscritas... tal vez nos ayude a traducirlo todo. La van a llevar a Francia. ¡Pero para cuando la descifren, tal vez yo haya muerto! —agregó riendo y cogiendo la mano de Shahin—. Si vuestro pequeño compañero fuera el profeta que decís que es, podría leer estos dibujos y ahorrarnos un montón de problemas.

—Shahin comprende algunos —dijo Charlot con orgullo, acercándose a la pirámide y mirando el extraño despliegue de dibujos tallados y pintados—. Éste... el hombre con cabeza de pájaro... es el gran dios Thot. Era un doctor que podía curar cualquier enfermedad. Además, inventó la escritura... su trabajo consistía en escribir los nombres de todos en el Libro de los Muertos. Shahin dice que cada persona tiene un nombre secreto que recibe al nacer. Ese nombre se escribe en una piedra y se le da cuando muere. Y los dioses tienen un número en lugar de un nombre secreto...

—¡Un número! —exclamó Fourier lanzando una mirada a Shahin—. ¿Podéis leer estos dibujos? —preguntó.

Shahin meneó la cabeza.

—Sólo conozco las historias —dijo en su deficiente francés—. Mi pueblo siente gran reverencia por los números... y los dota de propiedades divinas. Creemos que el universo está hecho de números y que para llegar a ser uno con Dios, sólo se necesita vibrar según la resonancia correcta de estos números.

—¡Pero eso es también lo que yo creo! —exclamó el matemático—. Estudio la física de las vibraciones... estoy escribiendo un libro sobre lo que llamo la teoría armónica tal como se aplica al calor y la luz! Si fuisteis los árabes quienes descubristeis estas verdades sobre las cuales basamos nuestras teorías...

—Shahin no es árabe —interrumpió Charlot—. Es un Hombre Azul de los tuaregs.

Fourier miró desconcertado al niño y después se volvió hacia Shahin.

—Sin embargo, parecéis conocer lo que busco... los trabajos de Al-Kwarizmi, que trajo a Europa el gran matemático Leonardo Fibonacci... los números y el álgebra que han revolucionado nuestro pensamiento. ¿No se originaron aquí, en Egipto?

—No —dijo Shahin, contemplando los dibujos del muro—. Vinieron de Mesopotamia... números indios, traídos de las montañas del Turkestán. Pero el que conocía el secreto y finalmente lo escribió, fue Al-Jabir al-Hayan, el químico de la corte de Harun al-Rashid, en Mesopotamia, el rey de *Las mil y una noches*. Este Al-Jabir era un místico sufí, miembro del grupo de los famosos *hashhashins*. Registró este secreto y fue maldecido. Lo ocultó en el juego de Montglane.

FIN DE PARTIDA

I

En su grave rincón, los jugadores
Rigen las lentas piezas. El tablero
Los demora hasta el alba en su severo
Ámbito en que se odian dos colores.

Adentro irradian mágicos rigores
Las formas: torre homérica, ligero
Caballo, armada reina, rey postrero,
Oblicuo alfil y peones agresores.

Cuando los jugadores se hayan ido,
Cuando el tiempo los haya consumido,
Ciertamente no habrá cesado el rito.

En el oriente se encendió esta guerra
Cuyo anfiteatro es hoy toda la tierra.
Como el otro, este juego es infinito.

II

Tenue rey, sesgo alfil, encarnizada
Reina, torre directa y peón ladino
Sobre lo negro y blanco del camino
Buscan y libran su batalla armada.

No saben que la mano señalada
Del jugador gobierna su destino,
No saben que un rigor adamantino
Sujeta su albedrío y su jornada.

También el jugador es prisionero
(La sentencia es de Omar) de otro tablero
De negras noches y de blancos días.

Dios mueve al jugador, y éste, la pieza.
¿Qué dios detrás de Dios la trama empieza
De polvo y tiempo y sueño y agonías?

J. L. BORGES
Ajedrez

NUEVA YORK   *Septiembre, 1973*

Estábamos acercándonos a otra isla en medio del oscuro mar color vino. Una franja de tierra de 220 kilómetros que flotaba cerca de la costa Atlántica, conocida como Long Island. En el mapa parece una carpa gigante cuya boca está a punto de cerrarse sobre la bahía de Jamaica y tragarse Staten Island, cuya cola, orientada hacia New Haven, parece diseminar pequeñas islas como gotas de agua en su camino.

Pero cuando nuestro oscuro ketch avanzó hacia la tierra, con los metros de velas desplegadas en la fresca brisa marina... aquella costa larga, de arena blanca, con su multitud de radas, me pareció el paraíso. Hasta los nombres que recordaba eran exóticos: Quogue, Patchoque, Peconic y Massapequa; Jericó, Babilonia y Kismet. La aguja de plata de Fire Island abrazaba la playa almenada. Y detrás de alguna curva, fuera de la vista, la estatua de la Libertad levantaba su lámpara de cobre 90 metros por encima del puerto de Nueva York, llamando a los viajeros agitados por tormentas, como nosotros, hacia la puerta dorada del capitalismo y el comercio institucional.

Lily y yo estábamos en cubierta con lágrimas en los ojos, abrazadas. Me pregunté qué pensaba Solarin de esta tierra de sol, riqueza y libertad... tan distinta de la oscuridad y el miedo que, imaginaba, impregnaban todos los rincones de Rusia. Durante el mes o algo más que habíamos pasado juntos, cruzando el Atlántico y costeando después, habíamos pasado días leyendo el diario de Mireille y descifrando la fórmula, y muchas noches explorando el pensamiento y el corazón de uno y otro. Pero Solarin no había mencionado ni una sola vez su pasado en Rusia o sus planes para el futuro. Cada instante pasado a su lado me parecía una congelada gota dorada de tiempo, como las gemas esparcidas en el paño oscuro, tan vívidos y preciosos como ellas. Pero no podía penetrar la tiniebla que había debajo.

Ahora, mientras él recogía las velas y nuestro barco se deslizaba hacia la isla, me pregunté qué sería de nosotros cuando hubiera terminado el juego. Por supuesto, Minne había dicho que no terminaría nunca, pero en el fondo de mi corazón, yo sabía que sería así, al menos para nosotros, y que sería pronto.

Por todas partes se mecían barcas con burbujas chispeantes. Cuanto más nos acercábamos a la costa de la isla, más denso era el tránsito marítimo; banderas coloridas y velas hinchadas danzaban por encima del agua espumosa, mezclándose con el oscuro lustre de los yates silenciosos y las pequeñas motoras que iban y venían zumbando como libélulas. Aquí y allá veíamos la mancha gris de un barco guardacostas avanzando con su ronroneo tranquilo y un despliegue de grandes buques de la Marina anclados cerca del control. En realidad, había tantos barcos que me pregunté qué sucedía. Lily contestó a mi pregunta.

—No sé si es para bien o para mal —dijo cuando Solarin regresó para coger el timón—, pero este comité de recepción no es para nosotros. ¿Sabes qué día es? ¡El día del Trabajo!

Por supuesto, eso era. Y si no me equivocaba, era también el día en que se cerraba la temporada de yates, lo que explicaba la confusión que nos rodeaba.

Cuando llegamos a la ensenada de Shinnecock, las barcas que nos rodeaban eran tan abundantes, que apenas quedaba lugar para maniobrar. La cola que esperaba para entrar en la bahía tenía una longitud de cuarenta barcas. De modo que navegamos unos dieciocho kilómetros más abajo, a la ensenada Moriches, donde el guardacostas estaba tan ocupado atando barcas y despejando borrachos, que apenas podía esperarse que advirtiera un barco pequeño como el nuestro, que había recorrido sigilosamente el canal, lleno de inmigrantes ilegales y contrabando ilícito, y que estaba a punto de pasar ante su mirada candorosa.

Aquí, la cola parecía ir más rápido, mientras Lily y yo arriábamos las velas y Solarin encendía rápidamente el motor y arrojaba flotadores por los lados para evitar quedar atascados. Un barco que salía en dirección opuesta pasó cerca de nuestro flanco. Un pasajero, vestido con todos los atributos del *yachtman*, pasó a Lily una copa de champaña con un lazo de invitación atado en el pie. Solicitaba nuestra presencia en el Southampton Yacht Club a las seis de la tarde, para tomar martinis.

Pareció como si transcurrieran horas ronroneando tras aquella lenta procesión, mientras la tensión de nuestra situación demandaba toda nuestra energía y los festejantes de las otras barcas giraban en torno nuestro. Como en la guerra, pensé, a menudo era la última fase, la confrontación final, la que lo decidía todo. De la misma manera, suele ser el soldado con la licencia en el bolsillo quien resulta herido por una esquirla mientras sube al avión que debería haberlo conducido a casa. Aunque no afrontábamos nada más que una multa de cincuenta mil dólares de Aduanas y veinte años de prisión por meter de contrabando a un espía ruso, no podía olvidar que el juego mismo no había terminado aún.

Al fin, salimos de la ensenada y nos dirigimos hacia la playa de Westhampton. No había nada a la vista, así que Solarin nos dejó a Lily y a mí en el embarcadero, junto con Carioca, la bolsa con las piezas y varias mochilas pequeñas que contenían nuestras escasas pertenencias. Después ancló en la bahía, se puso un bañador y nadó de regreso a la playa. Fuimos a un bar de la zona para ponernos ropas secas y ajustar nuestros planes. Cuando Lily se dirigió a una cabina para llamar a Mordecai y darle la noticia, estábamos aturdidos.

—No estaba —dijo, regresando a la mesa.

Yo ya llevaba tres Bloody Marys con sus palitos de apio mientras esperaba. Teníamos que ver a Mordecai y darle las piezas. O al menos salir de allí hasta que pudiéramos encontrarlo.

—Mi amigo Nim tiene una casa cerca de Montauk Point, a una hora de aquí —les dije—. Allí termina la carretera de Long Island... podríamos cogerla en Quogue. Creo que deberíamos dejarle un mensaje diciendo que vamos. Meterse en Manhattan es demasiado peligroso.

No podía dejar de pensar en la ciudad, con su laberinto de calles de dirección única... y en lo fácil que sería quedar atrapados allí sin salida posible. Después de tantos esfuerzos, sería criminal quedar clavados como peones.

—Tengo una idea —dijo Lily—. ¿Por qué no voy yo a buscar a Mordecai? Nunca se aleja mucho de Diamond District, que sólo tiene una manzana. Estará en la librería donde lo conociste o en uno de los restaurantes cercanos. Puedo ir a mi casa y coger el coche... y después traerlo a la isla. Llevaremos esas piezas que Minne dijo que tenía él... y cuando lleguemos, os telefoneo desde Montauk Point.

—Nim no tiene teléfono —le dije—, excepto el del ordenador. Espero que recoja sus mensajes, porque de otro modo quedaremos aislados allí.

—Entonces quedemos —sugirió Lily—. ¿Qué tal esta noche a las nueve? Eso me dará tiempo para encontrarlo, relatarle nuestras aventuras y hablarle de mis nuevas habilidades ajedrecísticas... Al fin y al cabo, es mi abuelo. Hace meses que no lo veo.

Aceptando lo que parecía un plan razonable, telefoneé al ordenador de Nim para anunciar que llegaría en tren al cabo de una hora. Terminamos nuestras bebidas y salimos a pie hacia la estación, Lily en dirección a Manhattan y Mordecai, y Solarin y yo en dirección opuesta.

El tren de Lily llegó al andén Quogue antes que el nuestro, alrededor de las dos de la tarde. Cuando subió con Carioca bajo el brazo, dijo:

—Si tengo problemas para llegar a las nueve, dejaré un mensaje en ese número de ordenador que me diste.

No tenía sentido que Solarin y yo estudiáramos los horarios. De todas maneras, el ferrocarril de Long Island tenía por tradición establecer sus horarios con un tablero de Ouija. Me senté en un banco de madera verde, contemplando las manadas de pasajeros que pastaban a mi alrededor. Solarin dejó las maletas y se sentó a mi lado.

Cuando volvió de uno de sus viajes de inspección de las vías vacías, dejó escapar un suspiro de frustración.

—Cualquiera pensaría que estamos en Siberia. Creí que en occidente la gente era puntual... que los trenes llegaban a su hora.

Se levantó de un salto y empezó a recorrer el andén atestado como un animal enjaulado. No podía soportar verlo así, de modo que cogí el bolso con las piezas, lo colgué de mi hombro y me puse de pie. En ese momento anunciaron nuestro tren.

∞

Aunque entre Quogue y Montauk Point hay unos setenta kilómetros, el viaje duró más de una hora. Sumando la caminata a Quogue y la espera en el andén, habían pasado casi dos horas desde que dejara aquel mensaje en el ordenador de Nim. Pese a ello, no esperaba verlo... por lo que sabía, podía recoger sus mensajes una vez al mes.

De modo que me sorprendí cuando, al bajar del tren, vi la forma larga y esbelta de Nim avanzando hacia mí, con su cabello cobrizo volando al viento y la larga bufanda blanca flotando con cada zancada. Cuando me vio, sonrió como un lunático y agitó el brazo... y después se puso a trotar, esquivando pasajeros que se apartaban para evitar una colisión. Cuando llegó junto a mí, me cogió con ambas manos, me abrazó y hundió su cara en mi pelo... apretándome contra él casi hasta ahogarme. Me levantó en el aire, me hizo girar y después me puso en el suelo y me apartó para mirarme mejor. Tenía lágrimas en los ojos.

—Dios mío, Dios mío —susurró con voz quebrada, meneando la cabeza—. Creí que habías muerto. No he dormido ni un instante desde que supe que habías abandonado Argel. Aquella tormenta... ¡después perdimos tu pista por completo! —Me miraba como si no se cansara de hacerlo—. De verdad creí que al enviarte así, te había matado...

—Tenerte como mentor no ha mejorado precisamente mi salud —acepté.

Seguía sonriéndome y volvía a abrazarme... cuando de pronto sentí que se ponía rígido. Lentamente, me soltó y yo miré su rostro. Miraba por encima de mi hombro con una expresión en la que se mezclaban estupefacción e incredulidad. O tal vez fuera miedo... no estaba segura.

Girando un poco mi cabeza, vi a Solarin que bajaba del tren, llevando nuestra colección de bolsas de lona. Estaba mirándonos y su cara era la misma máscara fría que recordaba haber visto aquella primera vez en el club. Estaba mirando fijamente a Nim, con sus insondables ojos verdes resplandeciendo bajo el último sol de la tarde. Yo me volví hacia Nim y empecé a explicar... pero sus labios se movían mientras miraba a Solarin como si fuera un monstruo o un fantasma. Tuve que esforzarme por oírlo.

—¿Sascha? —susurró con voz ahogada—. Sascha...

Volví a mirar a Solarin, que seguía de pie en los escalones, impidiendo el descenso de los otros pasajeros. Los ojos se le habían llenado de lágrimas... que corrían por sus mejillas.

—¡Slava! —exclamó con voz quebrada.

Dejando caer las bolsas al suelo, saltó los escalones y pasó junto a mí, arrojándose en brazos de Nim en un abrazo de tal potencia, que parecía que iban a reducirse a polvo. Rápidamente, recogí la bolsa con las piezas que había dejado caer. Cuando la hube cogido, seguían llorando. Los brazos de Nim estaban en torno a la cabeza de Solarin y lo apretaba con frenesí. Primero lo apartaba, lo miraba, después volvían a abrazarse mientras yo estaba allí, atónita. Los pasajeros pasaban junto a nosotros como el agua que se divide en torno a una piedra, indiferentes como sólo pueden serlo los neoyorquinos.

—Sascha —seguía murmurando Nim, abrazándolo repetidas veces.

Solarin había hundido la cara en el cuello de Nim con los ojos cerrados y las lágrimas corrían por sus mejillas. Con una mano, se sujetaba del hombro de Nim como si se sintiera demasiado débil para estar de pie. Yo no me lo podía creer.

Cuando pasaron los últimos pasajeros, me alejé para recoger el resto de nuestras bolsas dispersas.

—Deja que las coja yo —me dijo Nim sonándose la nariz. Cuando levanté la mirada, lo vi avanzar hacia mí, con un brazo en torno a los hombros de Solarin y apretándolo de vez en cuando, como para asegurarse de que estaba allí. Tenía los ojos enrojecidos por el llanto.

—Parece que os conocíais —dije irritada, preguntándome por qué ninguno de los dos me lo había dicho.

—No nos hemos visto en los últimos veinte años —dijo Nim, siempre sonriendo a Solarin mientras se agachaban para coger las bolsas... y después fijó en mí sus extraños ojos bicolores—. Querida, no puedo creer en la alegría que me has proporcionado. Sascha es mi hermano.

∞

El pequeño Morgan de Nim no era en realidad lo bastante grande como para llevarnos a los tres, y menos aún a nuestro equipaje. Solarin se sentó sobre el bolso con las piezas, y yo, encima de Solarin. Las otras bolsas estaban embutidas en todos los rincones posibles. Mientras salía de la estación, Nim seguía mirando a Solarin con una expresión de incredulidad y alegría.

Era extraño ver a estos dos hombres, tan fríos y contenidos, invadidos de repente por esa emoción. Yo sentía su potencia a mi alrededor mientras el coche avanzaba fatigosamente, con el viento silbando por el suelo de madera. Parecía tan profunda y oscura como sus almas rusas, y sólo les pertenecía a ellos. Durante mucho tiempo, nadie habló. Después Nim se estiró y oprimió la rodilla que yo trataba de mantener apartada de la palanca de cambios.

—Supongo que tendría que decírtelo todo —me dijo.

—Sería muy interesante —acordé, y él me sonrió.

—No lo hice antes por tu protección... y la nuestra —explicó—. Alexander y yo no nos hemos visto desde la infancia. Cuando nos separamos, él tenía seis años y yo, diez... —Todavía había lágrimas en sus ojos mientras acariciaba el cabello de Solarin, como si no pudiera dejar de tocarlo.

—Déjame contarlo —dijo Solarin, sonriendo a través de sus ojos empañados.

—Lo contaremos los dos —accedió Nim.

Y mientras recorríamos la costa hacia la exótica propiedad de Nim, me relataron una historia que, por primera vez, reveló cuánto les había costado el juego.

LA HISTORIA DE DOS FÍSICOS

Nacimos en la isla de Krym, esa famosa península del mar Negro sobre la cual escribió Homero. Desde los tiempos de Pedro el Grande, Rusia había querido ponerle las manos encima... y seguía intentándolo cuando estalló la guerra de Crimea.

Nuestro padre era un marinero griego que se había enamorado de una joven rusa y se había casado con ella: nuestra madre. Se había convertido en un próspero comerciante naval y era dueño de una flota de barcos pequeños.

Después de la guerra, las cosas empeoraron. El mundo era un lío... sobre todo en el mar Negro, rodeado de países que todavía se consideraban en guerra.

Pero en nuestro lugar de residencia, la vida era bella. El clima mediterráneo de la costa sur, sus olivos, laureles y cipreses, protegidos de la nieve y el viento por las montañas cercanas... entre los huertos de cerezos estaban las ruinas restauradas de aldeas tártaras y mezquitas bizantinas. Era un paraíso, lejos de los caprichos y purgas de Stalin, quien seguía gobernando Rusia con puño de acero, como indicaba su nombre.

Nuestro padre habló mil veces de irse. Y sin embargo, aunque tenía muchos contactos entre las flotas mercantes del Danubio y el Bósforo, que le hubieran asegurado un pasaje seguro... era como si no lograra decidirse. ¿Ir adónde?, preguntaba. Desde luego, no de regreso a Grecia... o a Europa, que seguía padeciendo las agonías de la reconstrucción de la posguerra. Entonces sucedió algo... algo que lo decidió. Algo que iba a cambiar el curso de nuestras vidas.

Estábamos a finales de diciembre de 1951, en una noche de tormenta, cerca de la medianoche. Estábamos todos en la cama, habiendo asegurado las ventanas de nuestra dacha y dejado el fuego muy bajo. Nosotros, los niños, que dormíamos juntos en un dormitorio de la planta baja, fuimos los primeros en escuchar los golpes en la ventana, que eran distintos de los que hacía el granizo que batía contra los postigos. Era el sonido de una mano humana. Abrimos ventana y postigo, y allí afuera, en medio de la tormenta, vimos una mujer de cabellos plateados vestida con una larga capa. Nos sonrió y entró por la ventana. Después se arrodilló ante nosotros. Era muy hermosa.

—Soy Minerva… vuestra abuela —nos dijo—. Pero debéis llamarme Minne. He hecho un viaje muy largo y estoy agotada… pero no hay tiempo para descansar. Estoy en peligro. Debéis despertar a vuestra madre y decirle que estoy aquí.

Después nos abrazó con gran dignidad y subimos corriendo las escaleras para despertar a nuestros padres.

—De modo que por fin ha venido… esa abuela tuya —gruñó mi padre a mi madre, frotándose los ojos. Esto nos sorprendió, porque Minne había dicho que era nuestra abuela. ¿Cómo podía ser al mismo tiempo abuela de mamá? Papá abrazó a la mujer que amaba, que estaba descalza y temblando en la oscuridad. Besó su cabello cobrizo y después sus ojos.

—Hemos estado tanto tiempo esperando, con miedo —murmuró—. Y ahora, por fin, casi ha terminado. Vístete… bajaré a verla.

Y haciéndonos salir delante de él, bajamos hasta donde esperaba Minne, cerca del fuego casi apagado. Cuando él se aproximó, Minne lo miró y se adelantó a abrazarlo.

—Yusef Pavlovitch —le dijo con el mismo ruso fluido que había utilizado con nosotros—. Me persiguen. Tengo poco tiempo… debemos huir… todos. ¿Tienes un barco en Yalta o Sebastopol que podamos utilizar… ahora? ¿Esta noche?

—No estoy preparado —empezó a decir él, apoyando sus manos en los hombros de Minne—. No puedo sacar a mi familia con un tiempo como éste y atravesar los mares en invierno. Debiste haberme hecho alguna advertencia… avisarme. No puedes pedirme esto así… en medio de la noche…

—¡Te digo que debemos irnos! —exclamó ella, apretando su brazo y apartándonos—. Has sabido que llegaría este día durante quince años… por fin ha llegado. ¿Cómo puedes decir que no recibiste advertencia? Vengo desde Leningrado…

—¿Entonces lo encontraste? —preguntó nuestro padre.

—No había huellas del tablero... pero he conseguido éstas por otros medios —y apartando su capa, fue hacia la mesa y sacó no una sino tres piezas de ajedrez, que resplandecían en la penumbra.

—Estaban ocultas por toda Rusia —dijo.

Nuestro padre permaneció con la mirada fija en las piezas mientras nosotros nos adelantamos a tocarlas con cautela. Un peón de oro y un elefante de plata, cubiertos de brillantes gemas... y un caballo de filigrana de plata, levantado sobre sus patas traseras, con los ollares dilatados.

—Ahora debes ir al puerto y asegurar un barco —susurró Minne—. Yo te seguiré con mis niños en cuanto se hayan vestido y cogido sus cosas. Pero apresúrate, por el amor de Dios... y llévate esto contigo —agregó, señalando las piezas.

—Son mis hijos... y mi esposa —protestó él—. Y yo soy responsable de su seguridad...

Pero Minne se había acercado a nosotros y sus ojos despedían un fuego más oscuro que el de las piezas.

—¡Si estas piezas caen en otras manos, no podrás proteger a nadie! —siseó.

Nuestro padre la miró a los ojos y al fin pareció decidirse. Asintió lentamente.

—Tengo una embarcación de pesca en Sebastopol —le dijo—. Slava sabe cómo encontrarla. Estaré listo para hacerme a la mar en dos horas. Estad allí y que Dios nos ayude en nuestra misión.

Minne apretó su brazo y él subió las escaleras de unas pocas zancadas.

Y nuestra recién encontrada abuela nos ordenó vestirnos. Nuestros padres habían bajado y papá volvió a abrazar a mamá, hundiendo la cara en su cabello como si quisiera recordar su olor. La besó una vez en la frente... y después se volvió hacia Minne, quien le dio las piezas. Haciendo una inclinación grave, se perdió en la noche.

Mamá estaba cepillándose el cabello y mirando en torno con ojos fatigados mientras nos daba órdenes y nos enviaba arriba a buscar sus cosas. Cuando subimos, escuchamos que hablaba en voz baja a Minne.

—Has venido —le dijo—. Que Dios te castigue por haber reiniciado este juego espantoso. Creí que había terminado... que estaba liquidado.

—No fui yo quien lo inició —contestó Minne—. Da gracias a que has disfrutado de quince años de paz... quince años con un marido a quien amas y niños a quienes siempre has tenido a tu lado. Quince años sin el acoso permanente del peligro. Es más de lo que he tenido yo. Fui yo quien os mantuvo apartados del juego...

Eso fue todo lo que escuchamos, porque se pusieron a susurrar. En ese momento escuchamos pasos fuera... y golpes en la puerta. Nos miramos en la penumbra y empezamos a salir corriendo de la habitación. De pronto, Minne apareció en la puerta. Su rostro brillaba con resplandor sobrenatural. Escuchamos que nuestra madre subía las escaleras, que abajo rompían la puerta y los gritos de varios hombres por encima del estallido del trueno.

—¡Por la ventana! —dijo Minne, levantándonos y poniéndonos en las ramas de la higuera que crecía como una parra por la pared sur, un árbol al que habíamos trepado cien veces. Estábamos a mitad del descenso, colgando del árbol como monos, cuando escuchamos el alarido de nuestra madre.

—¡Huid! —gritó—. ¡Os va la vida en ello!

Después no oímos nada más. La lluvia nos calaba los huesos y caímos en la oscuridad del huerto.

∞

Las grandes puertas de hierro de la propiedad de Nim se abrieron de par en par. Flanqueando el largo sendero de entrada, los árboles lanzaban destellos bajo el sol crepuscular. En el otro extremo estaba la fuente que se había congelado en el invierno, rodeada ahora por brillantes dalias. Su agua murmurante intervenía con su sonido de campanillas en el murmullo del mar cercano.

Nim se detuvo y se volvió a mirarme. Yo sentía el cuerpo de Solarin, tenso.

—Ésa fue la última vez que vimos a nuestra madre —dijo Nim—. Minne saltó por la ventana de la segunda planta y cayó en el suelo blando. La lluvia ya había formado charcos. Se puso de pie y se reunió con nosotros. Los gritos de nuestra madre y los pasos de los hombres en el interior de la casa tapaban el ruido de la lluvia. «¡Registrad los bosques!», gritó alguien, y Minne nos condujo hacia los acantilados.

Nim hizo una pausa sin dejar de mirar.

—Dios mío —dije, temblando de pies a cabeza—. Capturaron a vuestra madre... ¿cómo huisteis?

—En el extremo de nuestro huerto había acantilados que descendían hasta el mar —continuó Nim—. Cuando llegamos, Minne pasó al otro lado y nos ocultó bajo un saliente de piedra. Vi que llevaba algo en la mano... una especie de Biblia pequeña, encuadernada en piel. Cogió un cuchillo y cortó algunas páginas, que metió bajo mi camisa. Después me dijo que me adelantara... que corriera en busca del barco lo más rápido posible. Para decir a mi padre que los esperara a ella y a Sascha. Pero sólo debíamos esperar una hora. Si para entonces no estaban allí, mi padre y yo teníamos que escapar, dijo, y llevar las piezas a un lugar seguro. Al comienzo me negué a irme sin mi hermano. —Nim miró gravemente a Solarin.

—Pero yo sólo tenía seis años —dijo Solarin. No podía ir por el acantilado a la misma velocidad que Ladislaus, que era cuatro años mayor y muy ligero. Minne temía que, si yo no lograba seguirlos, nos capturarían a todos. Cuando Slava se fue, me besó y me dijo que tuviera valor...

En ese momento miré a Solarin y vi que lloraba con esos recuerdos de su infancia.

—Luchamos durante lo que parecieron horas por aquel acantilado, en medio de la tormenta, Minne y yo. Por fin llegamos al puerto de Sebastopol. Pero el barco de mi padre ya no estaba.

Nim salió del coche, con la cara rígida, y dio la vuelta, abriendo la puerta y ofreciéndome su mano.

—Yo mismo había caído una docena de veces —continuó Nim mientras me ayudaba a bajar—, deslizándome por el lodo y las rocas para llegar donde estaba el barco de mi padre. Cuando me vio llegar solo, se asustó. Le dije lo que había pasado, lo que había dicho Minne sobre las piezas. Mi padre empezó a llorar. Estaba allí sentado, con la cara entre las manos, sollozando como una criatura. Le pregunté qué sucedería si regresábamos... si tratábamos de rescatarlos. Y qué pasaría si otros cogían las piezas. Me miró mientras el agua borraba las lágrimas de sus mejillas. «Juré a tu madre que nunca permitiría que sucediera eso», me dijo, «ni aunque nos costara la vida a todos...»

—¿Quieres decir que os fuisteis sin esperar a Minne y Alexander? —pregunté.

Solarin estaba bajando del Morgan, con la bolsa de las piezas en la mano.

—No fue tan sencillo —dijo Nim con tristeza—. Esperamos horas... mucho más allá del tiempo que había indicado Minne como razonablemente seguro. Mi padre se paseaba por cubierta, bajo la lluvia... yo trepé por el mástil una docena de veces tratando de verlos en medio de la tormenta. Por último, comprendimos que no vendrían. Habrían sido capturados... era todo lo que podíamos imaginar. Cuando mi padre se hizo a la mar, le rogué que esperara un poco más. Ésa fue la primera vez que dijo claramente que habían estado esperando esto... planeándolo incluso. No salíamos simplemente al mar... íbamos a América. Desde el día en que se casó con mi madre, tal vez incluso antes, sabía lo del juego. Sabía que podía llegar un día... o más bien que llegaría un día... en que aparecería Minne y se exigiría un sacrificio terrible a mi familia. Ése era el día... y en pocas horas la mitad de los miembros había desaparecido. Pero el juramento que había hecho a mi madre era que salvaría las piezas, prefiriéndolas incluso a sus hijos.

—¡Dios mío! —dije, mirándolos mientras permanecíamos de pie en el sendero. Solarin se acercó a las dalias y hundió los dedos en la fuente cantarina—. Me sorprende que ambos hayáis aceptado participar en un juego como éste... que destruyó a vuestra familia en una sola noche.

Nos acercamos a Solarin, que miraba la fuente en silencio, y Nim me pasó un brazo por los hombros. Solarin lanzó una mirada a su mano, que descansaba sobre mi hombro.

—Tú misma has hecho otro tanto —dijo—, y eso que Minne no es ni siquiera tu abuela. Pero... supongo que fue Slava quien te introdujo en el juego.

Ni su cara ni su voz me permitían descubrir qué pasaba por su cabeza... pero no era difícil de adivinar. Evité sus ojos. Nim me apretó el hombro.

—*Mea culpa* —admitió sonriendo.

—¿Y qué os pasó a Minne y a ti cuando visteis que el barco ya no estaba? —pregunté a Solarin—. ¿Cómo sobrevivisteis?

Él estaba arrancando pétalos a una dalia y arrojándolos a la fuente.

—Me llevó al bosque y me ocultó allí hasta que pasó la tormenta —dijo Solarin, perdido en sus pensamientos—. Durante tres días, recorrimos lentamente la costa en dirección a Georgia, como un par de campesinos de camino al mercado. Cuando estábamos lo bastante lejos de casa como para sentirnos seguros, nos sentamos a hablar de nuestras perspectivas. «Eres lo bastante mayor como para comprender lo que voy a decirte», dijo ella, «pero no lo suficiente como para ayudarme en la misión que tengo por delante. Algún día lo serás... entonces te mandaré a buscar y te diré lo que debes hacer. Ahora debo volver y tratar de salvar a tu madre. Si te llevo conmigo, sólo serás un estorbo... interferirás en mis esfuerzos». —Solarin nos miró como a través de una niebla—. La comprendí muy bien —agregó.

—¿Minne volvió a rescatar a tu madre de las manos de la policía soviética? —pregunté.

—Tú hiciste lo mismo por tu amiga Lily, ¿no? —replicó.

—Minne puso a Sascha en un orfanato —interrumpió Nim, abrazándome mientras miraba a su hermano—. Papá murió poco después de que llegáramos a América... de modo que yo me quedé solo aquí, igual que el pequeño Sascha en Rusia. Aunque nunca estuve seguro, de alguna manera siempre supe que Solarin, el niño prodigio del ajedrez que salía en los periódicos... era mi hermano. Para entonces ya me llamaba Nim... un chiste privado, porque así me ganaba la vida... coge lo que puedas donde puedas. Fue Mordecai, a quien conocí una noche en el Club de Ajedrez de Manhattan, quien descubrió mi identidad verdadera.

—¿Y qué le sucedió a vuestra madre? —pregunté.

—Minne llegó demasiado tarde para salvarla —dijo gravemente Solarin, dándose la vuelta—. Apenas pudo escapar ella. Poco después recibí una carta suya en el orfanato... bueno, no una carta sino un recorte de periódico... de *Pravda*, creo. Aunque no había fecha ni remitente y había sido enviado desde dentro de Rusia, supe quién lo había mandado. El artículo decía que el famoso maestro Mordeacai Rad haría una gira por Rusia para hablar de la situación del ajedrez mundial, hacer exhibiciones y buscar niños con talento para un libro que estaba escribiendo sobre los niños ajedrecistas. Casualmente, uno de los lugares de su ruta era mi orfanato. Minne estaba tratando de ponerse en contacto conmigo.

—Y el resto es historia —dijo Nim, que seguía rodeándome con su brazo. Ahora pasó el otro en torno a los hombros de Solarin y nos llevó al interior de la casa.

Atravesamos grandes habitaciones soleadas llenas de tiestos con flores y muebles lustrosos que resplandecían en el sol de la tarde. En la enorme cocina, la luz del sol era oblicua y caía formando charcos sobre el suelo de baldosas. Los sofás de *chintz* floreados eran más alegres de lo que recordaba.

Nim nos soltó, pero apoyó sus manos en mis hombros y me miró con afecto.

—Me has traído el mejor de los regalos —dijo—. Que Sascha esté aquí es un milagro, pero el mayor de los milagros es que estés viva. Nunca me hubiera perdonado si te hubiera sucedido algo.

Volvió a abrazarme y después se fue hacia la despensa.

Solarin había dejado caer la bolsa con las piezas y se había acercado a las ventanas, donde se quedó mirando los prados y el mar. Todavía había barcos que se agitaban como palomas en el agua. Fui a su lado.

—Es una hermosa casa —afirmó, mirando la fuente y el agua que descendía de un nivel a otro hasta derramarse en la piscina color turquesa. Hizo una pausa y después agregó—: Mi hermano está enamorado de ti.

Sentí una fría contracción en el estómago, como un puño.

—No seas ridículo —dije.

—Hay que hablarlo —contestó, y se volvió a mirarme con aquella pálida mirada verde que siempre me hacía sentir a punto de caer. Empezó a estirar la mano para tocar mi cabello... pero en ese momento regresó Nim de la despensa con una botella de champaña y tres copas. Se acercó y las puso sobre la mesilla que había ante las ventanas.

—Tenemos tanto de qué hablar... tanto que recordar —dijo a Solarin mientras empezaba a descorchar el champaña—. Todavía me resulta imposible creer que estés aquí. Creo que nunca más te dejaré ir...

—Tal vez tengas que hacerlo —dijo Solarin, cogiéndome de la mano y llevándome a uno de los sofás. Se sentó a mi lado mientras Nim servía el champaña—. Ahora que Minne ha abandonado el juego, alguien tiene que volver a Rusia y conseguir el tablero...

—¿Abandonado el juego? —preguntó Nim, que se quedó inmóvil con la botella levantada—. ¿Cómo? No es posible.

—Tenemos una nueva Reina Negra —dijo Solarin sonriendo y mirándolo con atención—. Al parecer, la elegiste tú.

Nim se volvió hacia mí. De pronto comprendió.

—¡Maldición! —dijo, vertiendo el líquido—. Supongo que ahora ha desaparecido sin dejar huella, dejándonos encargados de los cabos sueltos.

—No exactamente —dijo Solarin, buscando un sobre que tenía dentro de la camisa—. Me dio esto dirigido a Catherine. Tenía que dárselo cuando llegáramos. Aunque no lo he abierto... supongo que contiene información valiosa. —Me entregó el sobre cerrado, que estaba a punto de abrir cuando me sobresaltó un ruido penetrante... que tardé un momento en identificar. ¡Era el timbre de un teléfono!

—¡Creí que no tenías teléfono! —dije acusadoramente a Nim,

que había dejado la botella y corría hacia la zona de hornillos y armarios.

—Y no tengo —dijo, con voz tensa mientras sacaba una llave del bolsillo y abría una de las alacenas. Sacó algo que se parecía mucho a un teléfono... y que además sonaba—. Este teléfono pertenece a otros... se podría decir que es una línea caliente.

Contestó. Solarin y yo nos habíamos puesto de pie.

—¡Mordecai! —susurré, corriendo junto a Nim—. Lily debe estar allí.

Nim me miró seriamente y me pasó el teléfono.

—Alguien quiere hablar contigo —dijo sereno, lanzando una extraña mirada a Solarin. Cogí el teléfono.

—¡Mordecai, soy Cat! ¿Está Lily ahí? —dije.

—¡Querida! —exclamó la voz que siempre me obligaba a apartar un poco el receptor...: la voz de Harry Rad—. ¡Entiendo que tu viaje entre los árabes ha sido un éxito! Nos juntaremos para curiosear. Pero, querida, lamento decirte que ha surgido algo. Estoy con Mordecai, en su casa... me llamó para decirme que Lily había llamado y venía para aquí desde la estación Grand Central. De modo que, como es natural, vine a toda prisa... pero no ha llegado.

Quedé aturdida.

—¡Creí que tú y Mordecai no os hablabais! —grité en el teléfono.

—Querida, eso es *meshugge* —dijo Harry, tranquilizador—. Por supuesto que hablo con Mordecai... es mi padre. Estoy hablando con él en este mismo momento... o al menos, está escuchándome.

—Pero Blanche dijo...

—Ah, eso es otra cosa —explicó Harry—. Perdóname por decir algo semejante, pero mi esposa y mi cuñado no son personas muy agradables. He temido por Mordecai desde que me casé con Blanche Regine, si entiendes lo que quiero decir. Soy yo quien no lo deja venir por casa...

Blanche Regine. ¿Blanche Regine? ¡Por supuesto! ¡Qué idiota había sido...! ¡Cómo no me había dado cuenta antes? Blanche y Lily... Lily y Blanche... ambos nombres significaban blanco, ¿no? Había llamado Lily a su hija, esperando que siguiera sus pasos. Blanche Regine... la Reina Blanca.

Me aferré al teléfono, aturdida, mientras Solarin y Nim me miraban en silencio. Por supuesto, era Harry... todo el tiempo había sido Harry. Harry, a quien Nim me había enviado como cliente; Harry, que había fomentado mi amistad con su familia; Harry, que comprendía tan bien como Nim mi especialidad; Harry, quien me había invitado a conocer a la pitonisa... quien en realidad había insistido en que fuera aquella víspera de Año Nuevo y no otra noche cualquiera.

Y también la noche en que me había invitado a cenar a su casa... toda aquella comida y entremeses... para mantenerme allí el tiempo necesario para que Solarin se metiera en mi apartamento y dejara aquella nota. Y también él quien, durante aquella cena y de manera fortuita, había dicho a su doncella, Valerie, que yo me iba a Argel... Valerie, hija de Thérèse, la operadora telefónica que había trabajado en Argel para el padre de Kamel... y cuyo hermanito, Wahad, vivía en la Casbah y guardaba a la Reina Negra.

Era a Harry a quien había traicionado Saul, trabajando para Blanche y Llewellyn. Y tal vez también fuera Harry quien había arrojado el cuerpo de Saul al East River, para que pareciera un simple atraco... quizá no sólo para engañar a la policía, sino también a su mujer y su cuñado.

Y había sido Harry, y no Mordecai, quien enviara a Lily a Argel. ¡En cuanto supo que había estado en aquel torneo de ajedrez, se dio cuenta que ella estaba en peligro, no sólo a causa de Hermanold —que probablemente no fuera más que un peón—, sino a causa de su madre y su tío!

Pero finalmente, había sido Harry quien se había casado con Blanche, la Reina Blanca, de la misma manera en que Mireille había convencido a Talleyrand de que se casara con la mujer de la India. ¡Pero Talleyrand era sólo un alfil!

—¡Harry —dije, atónita—, tú eres el Rey Negro!

—Cariño —dijo, apaciguador. Casi podía ver su floja cara de San Bernardo y sus ojos tristes—. Perdona por mantenerte en la oscuridad. Pero ahora comprendes la situación. Si Lily no está contigo...

—Te volveré a llamar —le dije—. Tengo que interrumpir la conversación.

Colgué y cogí a Nim, que estaba junto a mí con expresión de temor.

—Llama a tu ordenador —dije—. Creo que sé adónde fue... pero dijo que si algo salía mal, dejaría un mensaje. Espero que no haya cometido una locura.

Nim marcó el número, apretando el botón del modem cuando consiguió la conexión. Me colgué del receptor e instantes después escuché la voz de Lily, reproducida digitalmente, que nos proporcionaba la moderna tecnología.

—Estoy en el patio de palmeras del Plaza. —Tal vez fuera mi

imaginación, pero me pareció que la reproducción binaria temblaba como una voz real—. Fui a mi casa para coger las llaves del coche que guardamos en aquella cómoda de la sala. Pero Dios mío... —La voz se quebró. Podía sentir el pánico que recorría la línea—. ¿Conoces ese espantoso escritorio lacado de Llewellyn, con tiradores de bronce? ¡No son tiradores de bronce... son las piezas! Seis... incrustadas en él. Las bases sobresalen como tiradores, pero las piezas mismas, las partes superiores, están metidas en paneles falsos dentro de los cajones. Siempre están atascados, pero jamás pensé... así que usé un cortapapeles para abrir uno y después cogí un martillo de la cocina y rompí el panel. Saqué dos piezas... pero oí que alguien entraba en el apartamento, así que salí por detrás y cogí el ascensor de servicio. Dios, tienes que venir ¡ya! No puedo volver sola allí...

Corté. Esperé otro mensaje, pero no había ninguno, así que colgué el teléfono.

—Tenemos que irnos —dije a Nim y a Solarin, que me miraban con ansiedad—. Os explicaré todo por el camino.

—¿Qué pasa con Harry? —preguntó Nim mientras yo me metía en el bolsillo la carta de Minne, sin leerla, y corría a coger las piezas.

—Lo llamaré y le diré que nos encontraremos en el Plaza —dije—. Tú ve a poner en marcha el coche. Lily ha encontrado otro escondite de piezas.

∞

Pareció que pasaba una eternidad recorriendo autopistas y esquivando el tránsito de Manhattan, hasta que el Morgan verde de Nim se detuvo chirriando delante del Plaza, asustando a las palomas diseminadas por el camino. Corrí dentro y recorrí el patio de las palmeras... pero Lily no estaba. Harry había dicho que nos esperaría, pero no se veía a nadie... miré incluso en los lavabos.

Volví a salir corriendo, agitando los brazos, y salté al coche.

—Algo va mal —les dije—. La única razón por la que Harry no habría esperado es que Lily no estuviese aquí.

—O que hubiese algún otro —murmuró Nim—. Cuando ella escapó, alguien estaba entrando en el apartamento. Habrán visto que descubrió las piezas... tal vez la hayan seguido. Seguramente, habrán dejado un comité de recepción para Harry... —Apretó el embrague, frustrado—. ¿Adónde irían antes... a casa de Mordecai, a buscar las otras piezas? ¿O al apartamento?

—Probemos el apartamento —urgí—. Está más cerca. Además,

cuando hablé con Harry antes de irnos, descubrí que yo también podía organizar un pequeño comité de recepción.

Nim me miró sorprendido.

—Kamel Kader está en la ciudad —dije. Solarin me oprimió el hombro.

Todos sabíamos lo que eso significaba. Nueve piezas en casa de Mordecai... las ocho que llevaba en el bolso... y las seis que Lily había visto en el apartamento. Había bastante para controlar el juego... y quizá también para descifrar la fórmula. Quien ganara esta vuelta, ganaría el juego.

Nim se detuvo frente al apartamento, saltó del coche y arrojó las llaves al atónito portero. Los tres nos precipitamos dentro sin una palabra. Apreté el botón de llamada del ascensor. El portero corría detrás de nosotros.

—¿El señor Rad ya ha llegado? —pregunté mientras se abrían las puertas. El portero me miró sorprendido.

—Hace unos diez minutos —asintió—. Con su cuñado...

Era suficiente. Saltamos al ascensor antes de que pudiera seguir hablando y estábamos a punto de subir cuando vi algo con el rabillo del ojo. Estiré la mano y detuve las puertas. Una pequeña bola de pelo entró a toda prisa. Al inclinarme a cogerlo, vi a Lily corriendo por el vestíbulo de entrada. La cogí y la metí en el ascensor. Las puertas se cerraron y empezamos a subir.

—¡No te pescaron! —exclamé.

—No... pero sí a Harry —dijo—. Tenía miedo de quedarme en el patio de las palmeras, así que salí con Carioca y esperé enfrente, cerca del parque. Harry fue un idiota... dejó el coche aquí y fue andando. Lo seguían a él... no a mí. Vi a Llewellyn y Hermanold pisándole los talones. Pasaron a mi lado... sin verme. ¡No me reconocieron! —exclamó sorprendida—. Yo tenía a Carioca metido en el bolso junto con las dos piezas que conseguí. Están aquí. —Dio una palmadita al bolso. Dios mío, nos estábamos metiendo allí con todas nuestras municiones—. Los seguí de regreso aquí y me quedé en la acera de enfrente, sin saber qué hacer cuando lo metieron dentro. Llewellyn estaba tan cerca de Harry... tal vez tuviera un arma.

Las puertas se abrieron y bajamos por el pasillo, con Carioca a la cabeza. Lily estaba sacando su llave cuando la puerta se abrió, y allí estaba Blanche, con su resplandeciente vestido de fiesta blanco y su fría sonrisa rubia. Sostenía una copa de champaña.

—Bueno, aquí estamos... todos juntos —dijo tranquilamente, ofreciéndome su mejilla de porcelana. La ignoré, de modo que se volvió hacia Lily—. Coge ese perro y métalo en el estudio —dijo con frialdad—. Creo que hemos tenido novedades suficientes para un día.

—Un momento —dije, mientras Lily se inclinaba para coger el perro—. No hemos venido a tomar el aperitivo. ¿Qué habéis hecho con Harry?

Entré en el piso, que hacía meses que no veía. No había cambiado, pero ahora lo veía de otra manera... el suelo de mármol del recibidor era como un tablero de ajedrez. Final de partida, pensé.

—Está muy bien —dijo Blanche, avanzando hacia los anchos escalones de mármol que conducían a la sala mientras Solarin, Nim y Lily nos seguían. Al otro lado de la habitación estaba Llewellyn, arrodillado junto al escritorio lacado, rompiendo los cajones que no había podido saltar Lily y sacando las cuatro piezas que quedaban. El suelo estaba cubierto de astillas de madera. Cuando atravesé la gran habitación, me miró.

—Hola, querida —dijo Llewellyn, levantándose para saludarme—. Estoy encantado de saber que has conseguido las piezas, tal como te pedí... aunque no hayas jugado como hubiera podido esperarse. Tengo entendido que has cambiado de camisa. Qué triste. Y yo, que siempre te he tenido tanto afecto.

—Nunca estuve de tu lado, Llewellyn —dije, asqueada—. Quiero ver a Harry. No vais a iros hasta que no lo haya visto. Sé que Hermanold está aquí... pero seguimos siendo más...

—En realidad, no —dijo Blanche desde la otra puerta del recinto, sirviéndose más champaña. Echó una mirada a Lily, quien la contemplaba furiosa con Carioca en sus brazos... y después se acercó y fijó en mí sus fríos ojos azules—. Atrás hay algunos amigos tuyos... el señor Brodski, de la KGB, que en realidad trabaja para mí. Y Sharrif, a quien El-Marad tuvo la amabilidad de enviar por petición mía. Han estado mucho tiempo esperando a que llegaras de Argel, vigilando la casa día y noche. Al parecer, te decidiste por lo más dramático.

Lancé una mirada a Solarin y Nim. Hubiéramos debido suponerlo.

—¿Qué habéis hecho con mi padre? —aulló Lily, acercándose a Blanche con los dientes apretados mientras Carioca gruñía a Llewellyn desde su refugio.

—Está maniatado en una habitación trasera —dijo Blanche, jugueteando con su eterno collar de perlas—. Está perfectamente bien y así permanecerá si sois razonables. Quiero las piezas. Ya ha habido bastante violencia... estoy convencida de que todos estamos hartos de violencia. No le pasará nada a nadie si me dais las piezas.

Llewellyn sacó un revólver de su chaqueta.

—Para mí, no ha habido suficiente violencia —dijo con tranquilidad—. ¿Por qué no sueltas a ese pequeño monstruo para que pueda hacer lo que siempre he deseado?

Lily lo miró horrorizada. Apoyé una mano en su brazo mientras lanzaba una mirada a Nim y Solarin, que se había desplazado hacia las paredes, preparándose. Me pareció que ya había perdido demasiado tiempo... mis piezas estaban todas en su sitio.

—Es evidente que no has prestado demasiada atención al juego, —dije a Blanche—. Tengo diecinueve piezas. Con las cuatro que vas a darme tendré veintitrés, más que suficiente para descubrir la fórmula y ganar.

Con el rabillo del ojo, vi que Nim sonreía y me hacía señas con la cabeza. Blanche me miró atónita.

—Debes de estar loca —dijo de pronto—. Mi hermano está apuntándote con un arma. Mi amado esposo, el Rey Negro, es rehén de tres hombres en el otro cuarto. Ése es el objeto del juego... clavar al Rey.

—No de este juego —le dije mientras me dirigía hacia el bar, donde estaba Solarin—. Lo mejor que puedes hacer es darte por vencida. No conoces los objetivos, los movimientos... ni siquiera los jugadores. Tú no eras la única que plantó un peón como Saul dentro de su propia casa. No eres la única que tiene aliados en Rusia y Argel...

Me detuve en los escalones con la mano puesta sobre la botella de champaña y sonreí a Blanche. Su piel, normalmente pálida, se había puesto lívida. El revólver de Llewellyn apuntaba a una parte de mi cuerpo que yo deseaba que siguiera latiendo... pero no creía que fuera a apretar el gatillo antes de escuchar el final. Desde atrás, Solarin me apretó el codo.

—¿Qué estás diciendo? —preguntó Blanche mordiéndose un labio.

—Cuando llamé a Harry y le dije que fuera al Plaza, no estaba solo. Estaba con Mordecai y Kamel Kader... y Valerie, tu fiel doncella, que trabaja para nosotros. Ellos no fueron al Plaza con Harry. Vinieron aquí, por la puerta de servicio. ¿Por qué no echas una ojeada?

En ese momento empezó la acción. Lily dejó caer a Carioca al suelo y éste corrió hacia Llewellyn, que vaciló un segundo de más entre Nim y el perrillo. Yo cogí la botella de champaña y la arrojé a través de la habitación a la cabeza de Llewellyn, en el momento en que apretaba el gatillo. Nim se dobló a causa del dolor. Crucé la habitación, agarré a Llewellyn por el cabello y lo tiré al suelo con todo mi peso encima.

Mientras estaba allí luchando con Llewellyn, vi con el rabillo del ojo que Hermanold entraba aprisa en la sala y Solarin lo atrapaba. Hundí los dientes en el hombro de Llewellyn mientras Carioca hacía lo mismo con su pierna. Escuchaba a Nim gimiendo a pocos centímetros de mí, mientras Llewellyn luchaba por apoderarse del arma. Cogí la botella y la descargué sobre su cabeza mientras levantaba la rodilla y lo golpeaba en la entrepierna. Gritó y yo hice una pausa. Blanche corría hacia los escalones, pero Lily la alcanzó, la sujetó por el collar de perlas y lo retorció en torno a su garganta, mientras Blanche intentaba arañarla. Su cara se puso oscura.

Solarin cogió a Hermanold por la camisa, lo puso de pie y le aplicó a la mandíbula un directo que jamás pensé que poseyesen los jugadores de ajedrez. Vi todo esto en un relámpago; después me volví para coger el arma, mientras Llewellyn rodaba por el suelo con las manos en la entrepierna.

Con el arma en la mano, me incliné sobre Nim mientras Solarin atravesaba corriendo la habitación.

—Estoy muy bien —dijo Nim cuando Solarin tocó la herida de su cadera, donde se estaba formando una mancha oscura—. ¡Buscad a Harry!

—Tú quédate aquí —me dijo Solarin, tocándome el hombro—. Yo iré.

Lanzó una mirada seria a su hermano, corrió por la habitación y subió las escaleras.

Hermanold estaba inconsciente, atravesado en los escalones. A pocos centímetros de mí, Llewellyn se agitaba chillando, protegiéndose la entrepierna mientras Carioca seguía mordiendo sus tobillos, desgarrando los calcetines. Yo estaba arrodillada junto a Nim, que respiraba con dificultad y se apretaba el lugar de la cadera de donde seguía saliendo sangre. Lily luchaba con Blanche, cuyas perlas rodaban por la alfombra.

Cuando me incliné sobre Nim, escuchamos ruidos y golpes en las habitaciones traseras.

—Será mejor que vivas —le dije en voz baja—. Después de todo lo que me has hecho pasar, detestaría perderte antes de poder vengarme.

Su herida era pequeña y profunda, apenas un delgado canal de carne desprendido de un lado de la parte superior del muslo. Nim me miró y trató de sonreír.

—¿Estás enamorada de Sascha? —preguntó.

Yo miré al techo y suspiré.

—Ya estás mejor —le dije, ayudándolo a sentarse y dándole el revólver—. Creo que lo mejor que puedo hacer es ir para ver si sigue vivo.

Crucé la habitación acuclillada, cogí a Blanche del cabello, la aparté de Lily y señalé el revólver que tenía Nim.

—Está dispuesto a usarlo —le expliqué.

Lily me siguió escaleras arriba y por el vestíbulo trasero, donde habían cesado los ruidos y las cosas estaban sospechosamente tranquilas. Fuimos de puntillas al estudio en el instante en que salía Kamel Kader. Nos vio y sonrió con sus ojos dorados. Después tomó mi mano.

—Bien hecho —dijo, feliz—. Según parece, el equipo blanco ha renunciado.

Lily y yo entramos en el estudio mientras Kamel se iba hacia la sala. Y allí estaba Harry, frotándose la cabeza. Detrás de él estaban Mordecai y Valerie, quien los había dejado entrar por la puerta de servicio. Lily atravesó corriendo la habitación y se arrojó sobre Harry, llorando de alegría. Él le acarició el cabello mientras Mordecai me guiñaba un ojo.

Lancé una mirada a mi alrededor, y vi a Solarin ajustando el último nudo de las cuerdas que sujetaban a Sharrif. Brodski, el hombre de la KGB, estaba echado junto a él como una perdiz. Solarin le ajustó la mordaza y se volvió hacia mí, cogiéndome del hombro.

—¿Mi hermano? —susurró.

—Se pondrá bien —dije.

—Cat, querida —exclamó Harry a mis espaldas—, gracias por salvar la vida de mi hija.

Me volví hacia él y Valerie me sonrió.

—¡Me gustaría que mi hermanito estuviera aquí para ver esto! —exclamó mirando en torno—. Lo lamentará mucho… le encantan las buenas peleas.

La abracé.

—Hablaremos más tarde —dijo Harry—. Ahora me gustaría despedirme de mi esposa.

—La odio —dijo Lily—. Si Cat no me hubiera detenido, la habría matado.

—Por supuesto que no, cariño —dijo Harry, besándole la cabeza—. Sigue siendo tu madre, a pesar de todo. Si no fuera por ella, no estarías aquí. No lo olvides nunca. —Volvió hacia mí sus tristes ojos semicerrados—. Y en cierta forma, yo soy responsable —agregó—. Sabía quién era cuando me casé con ella. Lo hice por el juego.

Inclinó la cabeza, apenado, y salió de la habitación. Mordecai dio unas palmaditas en el hombro de Lily, mirándola a través de sus gruesas gafas de búho.

—El juego no ha terminado todavía —dijo tranquilamente—. En cierta forma, acaba de empezar.

∞

Solarin me había cogido de un brazo, arrastrándome a la enorme cocina junto al comedor. Mientras los otros ponían orden, me empujó contra la brillante mesa de cobre que había en el centro. Su boca sobre la mía era tan agresiva y cálida como si quisiera devorarme, mientras sus manos recorrían mi cuerpo. Todo lo que había sucedido, lo que faltaba por suceder, desapareció a medida que me contagiaba la oscuridad de su pasión. Sentí sus dientes en mi cuello y sus manos en mi pelo mientras luchaba contra el mareo. Su lengua volvió a encontrar la mía y gemí. Por último, se apartó.

—Tengo que regresar a Rusia —susurró, besando mi garganta—. Tengo que conseguir el tablero... es la única manera de terminar con este juego...

—Voy contigo —dije, apartándome para mirarlo a los ojos. Volvió a abrazarme, besando mis ojos mientras yo me aferraba a él.

—Imposible —murmuró, temblando por la violencia de su emoción—. Volveré, lo prometo. Lo juro por cada gota de sangre que tengo... nunca te dejaré ir.

En ese instante escuché que se abría la puerta y nos volvimos todavía abrazados. En la puerta estaba Kamel, y de pie junto a él, apoyado pesadamente contra su hombro... Nim. Se balanceó contra Kamel, con el rostro inexpresivo.

—Slava... —empezó Solarin, dando un paso hacia su hermano sin soltar mi brazo.

—La fiesta ha terminado —dijo Nim, esbozando una sonrisa lenta que contenía compresión y amor. Kamel me miraba con una ceja levantada, como preguntando qué demonios pasaba—. Ven, Sascha —dijo Nim—. Es hora de terminar el juego.

El equipo blanco, al menos los que habíamos capturado, estaba atado, amordazado y envuelto en sábanas blancas. Los hicimos salir por la cocina, llevándolos en el ascensor de servicio hasta la limusina de Harry, que esperaba en el garaje. Los pusimos a todos —Sharrif y Brodski, Hermanold, Llewellyn y Blanche— en el espacioso compartimento trasero. Kamel y Valerie subieron atrás con el arma. Harry se puso al volante y Nim a su lado. Todavía no había oscurecido, pero los observadores no podían ver el interior a través de las ventanillas ahumadas.

—Vamos a llevarlos al Point, a casa de Nim —explicó Harry—. Después, Kamel irá a coger vuestro barco y lo llevará allí.

—Podemos meterlos en un bote junto a mi jardín —rió Nim, que seguía apretándose la cadera—. Nadie vive lo bastante cerca como para ver nada.

—¿Qué demonios haréis con ellos cuando estén a bordo? —quise saber.

—Valerie y yo los sacaremos al mar —dijo Kamel—. Arreglaré que un petrolero argelino nos recoja cuando estemos en aguas internacionales. El gobierno argelino estará encantado de capturar a los conspiradores que maquinaron contra la OPEP con el coronel Gadaffi y planearon asesinar a sus miembros. En realidad... hasta podría ser verdad. Desde que el coronel preguntó por ti en la Conferencia, he sospechado de él.

—¡Qué idea maravillosa! —reí—. Al menos eso tendría que darnos tiempo para hacer lo que debemos hacer sin que interfieran. —Inclinándome hacia Valerie, agregué—. Cuando llegues a Argel, da a tu madre y Wahad un gran abrazo de mi parte.

—Mi hermano piensa que eres muy valiente —dijo Valerie, cogiendo afectuosamente mi mano—. ¡Me pide que te diga que espera que un día vuelvas a Argelia!

Harry, Kamel y Nim salieron para Long Island llevando sus rehenes. Por fin Sharrif... y hasta Blanche, la Reina Blanca, verían el interior de la prisión argelina de la que Lily y yo habíamos escapado por un pelo.

Solarin, Lily, Mordecai y yo cogimos el Morgan verde de Nim. Con las últimas cuatro piezas que extrajimos del escritorio, nos fuimos al apartamento de Mordecai, en el Diamond District, para reunir las piezas e iniciar el trabajo que teníamos por delante: descifrar la fórmula que tantos habían buscado durante tanto tiempo. Lily conducía, yo volví a sentarme en el regazo de Solarin y Mordecai quedó encajado como una maleta en el pequeño espacio detrás de los asientos, con Carioca en su regazo.

—Bueno, perrillo —dijo Mordecai, acariciando a Carioca con una sonrisa—, después de todas estas aventuras, ya eres prácticamente un ajedrecista. Y ahora agregaremos a las ocho piezas que habéis traído del desierto, otras seis inesperadas, que estaban en poder de las blancas. Ha sido un día productivo.

—Más las nueve que Lily dijo que tenía usted —agregué—. Eso hace veintitrés.

—Veintiséis —Mordecai lanzó una risilla regocijada—. ¡También tengo las tres que Minne encontró en Rusia en 1951... y que trajeron a América Ladislaus Nim y su padre!

—¡Claro! —exclamé—. Y las nueve que tiene son las que Talleyrand enterró en Vermont. ¿Pero de dónde salieron las nuestras... las que trajimos Lily y yo del desierto?

—Ah... eso. Tengo algo más para ti, querida —gorjeó el alegre Mordecai—. Está en mi apartamento con las piezas. Tal vez Nim te haya dicho que cuando Minne le dijo adiós aquella noche, en el acantilado... le dio unos papeles plegados muy importantes.

—Sí —dijo Solarin—, que arrancó de un libro... yo la vi. Lo recuerdo, aunque en ese momento era apenas un niño. ¿Era el diario que Minne dio a Catherine? Desde que me lo mostró, me pregunté...

—Pronto no tendrás nada que preguntarte —dijo crípticamente Mordecai—. Veréis, estas páginas revelan el misterio. El secreto del juego.

∞

Aparcamos el Morgan de Nim en un garaje público de la esquina y fuimos a pie hasta el apartamento de Mordecai. Solarin llevaba la colección de piezas, que ahora resultaba demasiado pesada para cualquier otro.

Pasaban de las ocho y la oscuridad era casi total en el Diamond District. Pasamos frente a tiendas con las persianas echadas. Trozos de periódicos volaban por las calles vacías. Seguía siendo fin de semana del día del Trabajo y estaba todo cerrado.

A mitad de manzana, Mordecai se detuvo y abrió una persiana metálica. Dentro había una escalera larga y estrecha que subía hacia la parte trasera del edificio. Lo seguimos en la penumbra y cuando llegamos al rellano, abrió otra puerta.

Entramos en un piso enorme, con techos altísimos llenos de arañas de cristal. En un extremo, una serie de ventanas altas reflejaban los relucientes prismas cuando Mordecai encendió las luces. Atravesó la habitación. Por todas partes había alfombras de colores oscuros, bellos arbustos delicados y muebles cubiertos de pieles, mesas llenas de objetos de arte y libros. Era el aspecto que hubiera tenido mi viejo apartamento, si hubiera sido más grande y yo más rica. De un muro colgaba un tapiz inmenso y magnífico, que debía ser tan antiguo como el propio juego de Montglane.

Solarin, Lily y yo nos sentamos en los sofás mullidos. Frente a nosotros, en una mesa, había un enorme tablero. Lily sacó las piezas que estaban dispuestas en él y Solarin empezó a sacar las nuestras del bolso y ponerlas en el tablero.

Las piezas del juego de Montglane eran demasiado grandes hasta para los enormes cuadrados del tablero de alabastro de Mordecai, pero se las veía magníficas, resplandeciendo a la luz de las arañas.

Mordecai levantó el tapiz y abrió una inmensa caja de caudales incrustada en el muro. Sacó una caja que contenía otras doce piezas. Solarin se apresuró a ayudarlo.

Cuando estuvieron todas dispuestas, las estudiamos. Estaban los caballos caracoleantes, los majestuosos alfiles en forma de elefantes, los camellos con sus sillas con dosel que representaban las torres. El rey de oro conduciendo su paquidermo, la reina sentada en su silla de mano... todos cubiertos por gemas y tallados con una precisión y una gracia que ningún artesano hubiera podido imitar, por lo menos durante mil años. Sólo faltaban seis piezas: dos peones de plata y uno de oro, un caballo de oro, un alfil de plata y el Rey Blanco, también de plata.

Verlas así, todas juntas, brillando entre nosotros, era increíble. ¿Qué cerebro fabuloso había concebido la idea de combinar algo tan hermoso con algo tan letal?

Sacamos el paño y lo desplegamos en la gran mesa baja que había junto al tablero. Yo estaba aturdida por las extrañas formas relumbrantes, los bellos colores de las piedras: la esmeralda y el zafiro, el rubí y el diamante, el amarillo de la citrina, la luz azul de la aguamarina y el pálido verde del peridoto, que era casi igual al de los ojos de Solarin. Estábamos allí, silenciosos, cuando él se estiró y apretó mi mano.

Lily había sacado el papel donde habíamos dibujado nuestra versión de los movimientos. Lo puso junto al paño.

—Hay algo que creo que debes ver —dijo Mordecai, que había

vuelto junto a la caja fuerte. Regresó y me dio un pequeño paquete. Miré sus ojos, magnificados detrás de los cristales gruesos. Su cara bronceada esbozó una sonrisa sabia. Tendió la mano a Lily como si esperara que se levantase.

—Ven, quiero que me ayudes a preparar algo para cenar. Esperaremos a que vuelvan tu padre y Nim. Cuando lleguen, estarán hambrientos. Mientras tanto, nuestra amiga Cat puede leer lo que le he dado.

Se llevó a Lily, que lo siguió a la cocina a regañadientes. Solarin se acercó más a mí. Abrí el paquete y saqué un montón de papeles plegados. Tal como había supuesto Solarin... era el mismo tipo de papel antiguo del viejo diario de Mireille. Cogí el libro original de mi bolso y los comparé. Se veía el lugar donde se había arrancado el papel. Sonreí a Solarin. Él me rodeó con su brazo mientras yo me reclinaba en el sofá, desplegaba los papeles, y empezaba a leer. Era el último capítulo del diario de Mireille...

LA HISTORIA DE LA REINA NEGRA

Los castaños florecían en París cuando aquella primavera de 1799 dejé a Charles Maurice Talleyrand para regresar a Inglaterra. Me dolía irme porque estaba otra vez embarazada. Dentro de mí se iniciaba otra vida... y con ella, la misma semilla orientada hacia un solo objetivo: terminar de una vez por todas con el juego.

Pasarían más de cuatro años antes de que volviera a ver a Maurice. Cuatro años durante los cuales el mundo fue sacudido y alterado por muchos acontecimientos. Napoleón regresaría a Francia para derrocar el Directorio y ser nombrado Primer Cónsul... y después Cónsul Vitalicio. En Rusia, Pablo I sería asesinado por un grupo de sus propios generales... y el favorito de su madre, Platón Zubov. Ahora, el místico y misterioso Alejandro, que había estado junto a mí y la abadesa moribunda en el bosque, tendría acceso a aquella pieza del juego de Montglane conocida como la Reina Negra. El mundo que yo conocía —Inglaterra y Francia, Austria, Prusia y Rusia—, volvería a ir a la guerra. Y Talleyrand, el padre de mis hijos, recibiría por fin la dispensa papal que había solicitado para casarse con Catherine Noël Worlée Grand, la Reina Blanca.

Pero yo tenía el paño, el dibujo del tablero y la certeza de que había diecisiete piezas al alcance de mi mano. No sólo las nueve enterradas en Vermont, cuyo escondite conocía ahora, sino también aquellas ocho: las siete de madame Grand y una que pertenecía a Alejandro. Con este bagaje, fui a Inglaterra, a Cambridge, donde William Blake me había dicho que estaban guardados los papeles de Sir Isaac Newton. El propio Blake, que sentía una fascinación casi mórbida por esas cosas, me consiguió permiso para estudiar esos trabajos.

Boswell había muerto en mayo de 1795... y Philidor, aquel gran maestro, lo había sobrevivido sólo tres meses. La vieja guardia había muerto: el reacio equipo de la Reina Blanca había sido desmantelado por la muerte. Yo tenía que hacer mi movimiento antes de que tuviera tiempo de reunir otro.

El 4 de octubre de 1799, exactamente seis meses después de mi cumpleaños y poco antes de que Shahin y Charlot volvieran de Egipto con Napoleón, di a luz en Londres a una niña. La bauticé Elisa, por Elissa la Roja, aquella gran mujer que había fundado la ciudad de Cartago, en cuyo honor llevaba también ese nombre la hermana de Napoleón. Pero me acostumbré a llamarla Charlotte, no sólo por su padre Charles Maurice y su hermano Charlot... sino en recuerdo de aquella otra Charlotte que había dado su vida por mí.

Fue entonces, cuando Shahin y Charlot se reunieron conmigo en Londres, cuando empezó el trabajo duro. Trabajábamos por la noche con los antiguos manuscritos de Newton, estudiando sus numerosas notas y experimentos a la luz de las velas. Pero todo parecía inútil. Después de muchos meses, yo había llegado a creer que ni siquiera ese gran científico había descubierto el secreto. Pero entonces se me ocurrió... que tal vez no supiera cuál era el secreto en realidad.

—El ocho —dije una noche en voz alta, sentados en las habitaciones de Cambridge que daban al huerto... el lugar donde el propio Newton había trabajado hacía casi un siglo—. ¿Qué significa en realidad el ocho?

—En Egipto —dijo Shahin— creían que había ocho dioses que precedían a los demás. En China creen en los ocho inmortales. En India piensan que Krishna el Negro, el octavo hijo, también se hizo inmortal. Un instrumento para la salvación del hombre. Y los budistas creen en el sendero de ocho pasos hacia el nirvana. Hay muchos ochos en las mitologías del mundo...

—Pero todos significan lo mismo —intervino Charlot, mi pequeño que no tenía todavía siete años—. Los alquimistas buscaban más que cambiar simplemente un metal en oro. Querían lo mismo que deseaban los egipcios cuando construyeron las pirámides... lo mismo que los babilonios, que sacrificaban niños a sus dioses paganos. Estos alquimistas siempre empiezan con una plegaria a Hermes, quien no sólo era el mensajero que llevaba al Hades las almas de los muertos... sino también el dios de la curación...

—Shahin te ha llenado demasiado la cabeza —dije—. Lo que buscamos aquí es una fórmula científica.

—Pero, madre, si es eso, ¿no lo ves? —contestó Charlot—. Por eso invocan al dios Hermes. En la primera fase del experimento, dieciséis pasos, producen un polvo negro-rojizo, un residuo. Lo amasan en una torta que se llama piedra filosofal. En la segunda fase, la usan como catalizador para transmutar metales. En la tercera y última fase, mezclan este polvo con un agua especial... un agua de rocío recogida en cierto momento del año... cuando el sol está entre Tauro y Aries, el Toro y la Cabra. Lo muestran los dibujos de los libros... es el día de tu cumpleaños, cuando el agua que cae de la luna es muy pesada. Entonces empieza la fase final.

—No comprendo —dije, confusa—. ¿Qué es esta agua especial mezclada con polvo de la piedra filosofal?

—La llaman al-Iksir —dijo suavemente Shahin—. Cuando se bebe, trae salud, larga vida y cura todas la heridas...

—Madre —dijo Charlot con gravedad—. Es el secreto de la inmortalidad. El elixir de la vida.

Necesitamos cuatro años para llegar a este momento del juego. Pero si bien sabíamos cuál era el objeto de la fórmula... seguíamos sin saber cómo se hacía.

En agosto de 1803, llegué con Shahin y mis dos hijos al balneario de Bourbon l'Archambault, en la Francia central, ciudad que dio nombre a la dinastía borbónica. La ciudad a la que cada verano, durante un mes, iba a tomar las aguas Maurice Talleyrand.

El balneario estaba rodeado de antiguos robles y sus largos senderos estaban flanqueados de peonias en flor. Aquella primera mañana, permanecí de pie en el sendero con las largas ropas de lino que se usaban para tomar las aguas, y esperé entre las mariposas y las flores... hasta que vi a Maurice avanzando por el camino.

Había cambiado en los cuatro años que llevaba sin verlo. Aunque yo no tenía todavía treinta, él cumpliría pronto los cincuenta. Su hermoso rostro estaba surcado de arrugas finas y los rizos de sus cabellos sin empolvar estaban llenos de hebras grises. Me vio y se detuvo de pronto en el sendero sin dejar de mirarme con aquellos ojos que seguían siendo de aquel azul intenso y chispeante que recordaba haber visto aquella primera mañana en el estudio de David, en compañía de Valentine.

Se acercó a mí como si hubiera esperado encontrarme allí, y me acarició el cabello, mirándome.

—Nunca te perdonaré que me hayas enseñado lo que es el amor —fueron sus primeras palabras— y después me hayas dejado para que me arreglase como pudiese. ¿Por qué nunca has contestado mis cartas? ¿Por qué te desvaneces... y reapareces durante el tiempo suficiente para destrozar otra vez mi corazón, cuando acaba de conformarse? A veces me descubro pensando en ti... y deseando no haberte conocido.

Después, y pese a sus palabras, me cogió y me apretó contra él en un abrazo apasionado. Sus labios iban de mi boca a mi garganta y a mis senos. Como antes, me sentí arrastrada por la fuerza ciega de su amor. Me aparté, luchando contra mi deseo.

—He venido a recordarte tu promesa —le dije con voz débil.

—He hecho todo lo que te prometí... más de lo que te prometí —me dijo amargamente—. Por ti lo he sacrificado todo... mi vida, mi libertad, tal vez mi alma inmortal. A ojos de Dios sigo siendo un sacerdote. Por ti me he casado con una mujer a quien no amo y que nunca podrá darme los hijos que quiero. Mientras que tú, que me has dado dos, jamás me has permitido verlos.

—Ahora están aquí conmigo —le dije, y él me miró incrédulo—, pero primero... ¿dónde están las piezas de la Reina Blanca?

—Las piezas —dijo ásperamente—. No temas, las tengo. Se las he quitado mediante estratagemas a una mujer que me ama más de lo que tú me has amado nunca. Y ahora, para conseguirlas, usas a mis hijos como rehenes. Dios mío, me sorprende quererte pese a todo —e hizo una pausa. No podía esconder su amargura... mezclada con una pasión sombría—. De pronto —susurró—, parece completamente imposible que pueda vivir sin ti.

Su emoción lo hacía temblar. Besaba mi cara, mi cabello; sus labios se apretaban contra los míos mientras permanecíamos de pie en un camino público, donde en cualquier momento podía pasar gente. Como siempre, fui incapaz de resistir a la fuerza de su pasión. Mis labios devolvieron sus besos, mis manos acariciaron su carne en los lugares donde su túnica se había abierto.

—Esta vez no haremos un niño —murmuró—, pero te obligaré a amarme aunque sea lo último que haga.

∞

Cuando Maurice vio por primera vez a nuestros hijos, su expresión era más beatífica que la del más santo de los santos. Habíamos ido a medianoche a la casa de baños, cuya puerta guardaba Shahin.

Charlot tenía ya diez años y su aspecto era el del profeta que había anunciado Shahin, con su mata de cabellos rojos que caían sobre los hombros y los chispeantes ojos azules de su padre, que parecían ver a través del tiempo y el espacio. En cuanto a la pequeña Charlotte, de cuatro años, se parecía a Valentine. Fue ella quien cautivó a Talleyrand. Nos sentamos en medio de las humeantes aguas de los baños de Bourbon l'Archambault.

—Quiero llevarme estos niños conmigo —dijo por fin Talleyrand, acariciando el cabello rubio de Charlotte como si no pudiera soportar la idea de separarse de ella—. La vida que insistes en llevar no es una vida adecuada para un niño. No es necesario que nadie conozca nuestra relación... he comprado la propiedad de Valençay. Puedo darles títulos y tierras. Que sus orígenes queden en el misterio. Sólo si aceptas esto te daré las piezas.

Supe que tenía razón. ¿Qué clase de madre podía ser yo, cuando el rumbo de mi vida ya había sido determinado por poderes que no podía controlar? Por sus ojos, pude ver que Maurice los amaba a ambos incluso con mayor fuerza que la de mi vínculo natural con ellos. Pero había otro problema.

—Charlot debe quedarse —le dije—. Nació bajo los ojos de la diosa... él es quien resolverá el enigma. Fue profetizado.

Charlot se acercó a su padre en medio del vapor de las aguas y puso una mano en su brazo.

—Seréis un gran hombre —le dijo—, un príncipe con muchos poderes. Viviréis mucho, pero no tendréis más hijos que nosotros. Debéis coger a mi hermana Charlotte... casarla dentro de vuestra familia, de modo que sus hijos vuelvan a vincularse con nuestra sangre. Pero yo debo regresar al desierto. Mi destino está allí...

Talleyrand lo miraba estupefacto, pero Charlot no había terminado.

—Debéis cortar vuestro vínculo con Napoleón... porque está condenado a caer. Si lo hacéis, vuestro poder se mantendrá incólume a través de muchos cambios. Y debéis hacer algo más... por el juego. Conseguir la Reina Negra de manos de Alejandro de Rusia. Decidle que vais de mi parte. Con las siete que tenéis ya... serán ocho.

—¿Alejandro? —dijo Talleyrand, mirándome a través del vapor—. ¿Él también tiene una pieza? ¿Y por qué iba a dármela?

—Porque a cambio vos le entregaréis a Napoleón —contestó Charlot.

∞

Talleyrand vio a Alejandro en la Conferencia de Erfurt. Fuera cual fuese la naturaleza del pacto que hicieron, todo sucedió según lo predicho por Charlot. Napoleón cayó... regresó... y cayó definitivamente. Finalmente, comprendió que había sido Talleyrand quien lo había traicionado. «Monsieur —le dijo una mañana mientras desayunaban, en presencia de toda la corte—, no sois más que una mierda en una media de seda.» Pero Talleyrand ya había conseguido la pieza rusa, la Reina Negra, y con ella me dio también algo de valor, un recorrido del caballo hecho por Benjamin Franklin, el americano, que pretendía representar la fórmula.

Fui a Grenoble con Shahin y Charlot, llevando las ocho piezas, el paño y el dibujo del tablero hecho por la abadesa. Allí, en el sur de Francia, no muy lejos de donde se había iniciado el juego, encontramos al famoso físico Jean-Baptiste Joseph Fourier, a quien Charlot y Shahin habían visto en Egipto. Aunque teníamos muchas piezas, no las teníamos todas. Pasaron treinta años antes de que pudiéramos descifrar la fórmula. Pero al final lo hicimos.

Aquella noche, en la penumbra del laboratorio de Fourier, estábamos los cuatro mirando cómo la piedra filosofal formaba el crisol. Por fin, después de treinta años y muchos intentos fallidos, habíamos ejecutado las dieciséis fases en el orden correcto. Se llamaba el matrimonio del Rey Rojo y la Reina Blanca... el secreto perdido desde hacía miles de años: calcinación, oxidación, congelación, fijación, solución, digestión, destilación, evaporación, sublimación, separación, extracción, ceración, fermentación, putrefacción, propagación... y ahora, proyección. Contemplamos los gases volátiles levantándose de los cristales del vaso, que brillaban como las constelaciones del universo. Al elevarse, los gases formaban colores: azul marino, púrpura, rosado, magenta, rojo, naranja, amarillo, oro... lo llamaban la cola del pavo real, el espectro de las longitudes de onda visible. Y más abajo, las ondas que sólo podían escucharse, no verse.

Cuando se hubo disuelto y desvanecido... vimos el espeso residuo negro-rojizo que cubría la base del cristal. Rascándolo, envolvimos un poco en cera de abeja y lo dejamos caer en el *aqua philoso-phia*... el agua pesada.

Ahora quedaba sólo una pregunta por contestar: ¿Quién bebería?

∞

Cuando conseguimos la fórmula era el año 1832. Por nuestros libros sabíamos que esa bebida, si se administraba mal, podía ser letal y no dadora de vida. Había otro problema. Si lo que teníamos era en verdad el elixir, debíamos esconder las piezas de inmediato. Con este objeto, decidí regresar al desierto.

Volví a cruzar el mar por lo que temía que fuera la última vez. En Argel, fui a la Casbah en compañía de Shahin y Charlot. Allí había alguien que, en mi opinión, me resultaba útil. Por último, lo encontré en un harén. Frente a él tenía una gran tela y estaba rodeado por muchas mujeres con velos reclinadas en sillones. Se volvió hacia mí con sus relampagueantes ojos azules y el cabello oscuro desordenado, con el mismo aspecto que tenía David tantos años atrás, cuando Valentine y yo habíamos posado para él en su estudio. Pero más que a David, este joven pintor era la viva imagen de Charles Maurice Talleyrand.

—Me envía vuestro padre —anuncié al joven, que era pocos años menor que Charlot. El pintor me miró extrañado.

—Debéis ser una médium —dijo sonriendo—. Monsieur Delacroix, mi padre, murió hace muchos años —e hizo girar los pinceles, ansioso por continuar su trabajo.

—Hablo de vuestro padre natural —dije, mientras su rostro se ensombrecía—. Me refiero al príncipe Talleyrand.

—Ésos son rumores infundados —dijo con sequedad.

—Yo sé que no —aseguré con calma—. Me llamo Mireille y vengo de Francia con una misión para la cual os necesito. Éste es mi hijo Charlot... vuestro hermanastro. Y Shahin, nuestro guía. Quiero que vengáis conmigo al desierto, donde planeo devolver algo de gran valor y poder a su suelo nativo. Deseo encargaros una pintura que señale el sitio... y que sirva de advertencia para todos aquellos que se acerquen. Que sepan que está protegido por los dioses.

Y le conté mi historia.

Pasaron semanas antes de llegar al Tassili. Por último, en una cueva secreta, encontramos el lugar apropiado para esconder las

piezas. Eugène Delacroix escaló la pared mientras Charlot le indicaba dónde debía dibujar el caduceo... y afuera, la forma de *labrys*
de la Reina Blanca, que agregó a la escena de caza existente.

Cuando terminamos nuestro trabajo, Shahin sacó el pomo de
aqua philosophia y la pizca de polvo envuelto en cera de abeja, para
que se disolviera más lentamente, como estaba prescrito. La disolvi-
mos y miré el pomo que tenía en la mano, mientras Shahin y los dos
hijos de Talleyrand me miraban.

Recordé las palabras de Paracelso, aquel gran alquimista que una
vez creyó haber descubierto la fórmula: «Seremos como dioses.» Me
llevé el pomo a los labios... y bebí.

$$\infty$$

Cuando terminé de leer, temblaba de pies a cabeza. Solarin tenía
cogida mi mano y sus nudillos estaban blancos. El elixir de la vida...
¿ésa era la fórmula? ¿Era posible que existiese semejante cosa?

Mis pensamientos se atropellaban. Solarin estaba sirviendo
brandy para los dos de un frasco que había sobre una mesa cercana.
Era verdad, pensé, que la ingeniería genética había descubierto recientemente la estructura del ADN, esa pieza de construcción de
vida que, como el caduceo de Hermes, formaba una doble hélice semejante al ocho. Pero nada en los antiguos escritos sugería que este
secreto se hubiera conocido antes. ¿Y cómo algo que transmutaba
los metales podía también alterar la vida?

Pensé en las piezas... en dónde habían estado enterradas. Y me
sentí más confusa. ¿Acaso no había dicho Minne que ella misma las
había puesto allí, en el Tassili, bajo el caduceo, enterradas en la pared
de piedra? ¿Cómo podía saber precisamente dónde estaban si las había dejado allí Mireille, más de doscientos años antes?

Entonces recordé la carta, la que Solarin había sacado de Argel y
me había dado en casa de Nim: la carta de Minne. Torpemente, metí
la mano en el bolsillo y la saqué, abriéndola mientras Solarin se sentaba en silencio junto a mí, bebiendo su brandy. Sentía que sus ojos
no se apartaban de mí.

Saqué la carta del sobre y la miré. Antes incluso de empezar a
leer, un escalofrío de horror me recorrió la espalda. ¡La letra de la
carta y la del diario era la misma! Aunque estaba escrita en inglés
moderno y el diario, en francés antiguo, no había forma de imitar
aquellos trazos complicados, de un estilo que hacía cientos de años
que no se usaba.

Miré a Solarin. Contemplaba la carta con espanto e incredulidad. Nuestros ojos se encontraron... después, lentamente, volvimos a mirar la carta. Con mano temblorosa, la estiré en mi regazo y leímos:

Mi querida Catherine:

Ahora conoces un secreto que poca gente supo nunca. Ni siquiera Alexander ni Ladislaus supusieron jamás que no soy su abuela... porque han pasado doce generaciones desde que di a luz a su antepasado: Charlot. El padre de Kamel, que se casó conmigo sólo un año antes de su muerte, descendía en realidad de mi viejo amigo Shahin, cuyos huesos yacen en el polvo desde hace más de ciento cincuenta años.

Naturalmente, puedes creer, si lo deseas, que no soy más que una vieja loca. Cree lo que quieras... ahora tú eres la Reina Negra. Posees las partes de un secreto poderoso y peligroso, en cantidad suficiente como para resolver el acertijo como hice yo hace tantos años. ¿Pero lo harás? Ésa es la elección que debes hacer, y debes hacerlo sola.

Si quieres mi consejo, te sugiero que destruyas estas piezas... que las fundas para que nunca más sean origen de tanta desdicha y sufrimiento como los que he experimentado en mi vida. La historia ha demostrado que lo que puede ser un gran vínculo para la humanidad, puede ser también una espantosa maldición. Adelante y haz lo que desees. Te acompañan mis bendiciones.

Tuya en Nuestro Señor,
Mireille.

Me quedé allí sentada, con los ojos cerrados y mi mano entre la de Solarin. Cuando los abrí, vi a Mordecai, que abrazaba protectoramente a Lily. Detrás de él estaban Nim y Harry, a quienes no había oído llegar. Todos se acercaron y se sentaron en torno a la mesa donde estábamos Solarin y yo. En el centro de la mesa estaban las piezas.

—¿Qué piensas de esto? —preguntó con calma Mordecai.

Harry se inclinó y me dio una palmada en la mano mientras yo seguía allí, temblando.

—¿Y qué si fuese verdad? —dijo Harry.

—Entonces sería lo más peligroso que se pueda imaginar —dije, sin dejar de temblar. Aunque no quería admitirlo... lo creía—. Creo que tiene razón. Deberíamos destruir estas piezas.

—Pero ahora tú eres la Reina Negra —dijo Lily—. No tienes por qué escucharla.

—Slava y yo hemos estudiado física —agregó Solarin—. Tenemos tres veces más piezas de las que tenía Mireille cuando descifró la fórmula. Aunque no tenemos la información contenida en el tablero... estoy seguro de que podríamos resolverlo. Yo podría conseguir el tablero...

—Además —intervino Nim con una sonrisa, apretándose el lado herido—, a mí mismo me vendría bien un poco de ese líquido... para curar todas mis heridas.

Me pregunté cómo se sentiría uno si supiera que tenía la posibilidad de vivir doscientos años o más. Si supiera que, cualquier cosa que le sucediese, salvo caerse de un avión, sus heridas curarían... y sus enfermedades desaparecerían.

¿Pero quería pasar treinta años de mi vida tratando de encontrar esa fórmula? Aunque tal vez no necesitáramos tanto tiempo, la experiencia de Minne me había enseñado que pronto se transformaba en una obsesión... algo que había arruinado no sólo su vida, sino la de todos los que había conocido o tocado. ¿Deseaba una larga vida a cambio de una existencia feliz? Según su propia declaración, Minne había vivido doscientos años de terror y peligro... incluso después de encontrar la fórmula. No era extraño que quisiera dejar el juego.

Ahora, la decisión era mía. Miré las piezas. Sería bastante fácil de hacer. Minne no había elegido a Mordecai sólo porque fuese un maestro de ajedrez... sino porque era también joyero. Sin duda, tenía aquí mismo todo el equipo necesario para analizar aquellas piezas, descubrir de qué estaban hechas y convertirlas en joyas dignas de una reina. Pero mientras las miraba, comprendí que jamás podría decidirme a hacerlo. Resplandecían con una luz interna propia. Había un vínculo entre nosotros —el juego y yo— que, al parecer, no podía cortar.

Miré las caras expectantes que me contemplaban en silencio.

—Voy a enterrarlas —dije despacio—. Lily, tú me ayudarás... formamos un buen equipo. Las llevaremos a alguna parte... al desierto o las montañas... y Solarin regresará para conseguir el tablero. Esta partida tiene que terminar. Pondremos el juego de Montglane en un lugar donde nadie vuelva a encontrarlo durante mil años.

—Pero finalmente volverán a encontrarlo —dijo en voz baja Solarin. Me volví a mirarlo y algo muy profundo pasó entre nosotros. Él sabía lo que debía suceder… y yo sabía que tal vez no volveríamos a vernos durante mucho tiempo si llevábamos a cabo lo que había decidido.

—Tal vez dentro de mil años —dije— haya en este planeta gente mejor… que sabrá cómo usar en bien de todos una herramienta como ésta… en lugar de usarla como un arma para lograr poder. Quizá para entonces los científicos ya hayan redescubierto la fórmula. Si la información que hay en este juego ya no fuera secreta, sino de dominio público… el valor de estas piezas no bastaría para comprar un billete de metro.

—¿Entonces por qué no resolver la fórmula ahora? —preguntó Nim—. ¿Hacerla del dominio público?

Había dado en el clavo… en el núcleo de la cuestión. El problema era: ¿cuánta gente conocía yo a quien quisiese dar la vida eterna? No sólo gente mala como Blanche y El-Marad… sino hombres comunes como aquellos con quienes había trabajado: Jock Uphan y Jean-Philipe Pétard. ¿Quería que gente como ésa viviera para siempre? ¿Quería ser yo quien decidiera si lo conseguirían o no?

Ahora comprendía lo que había querido decir Paracelso cuando afirmó: «Seremos como dioses.» Eran decisiones que siempre habían estado en otras manos que las de hombres mortales… controladas por los dioses, los espíritus totémicos o la selección natural, según las creencias individuales. Si nosotros teníamos el poder de dar o retirar algo de esa naturaleza, estaríamos jugando con fuego. Y por responsables que nos sintiéramos de su uso o control —a menos que lo mantuviéramos para siempre en secreto, como habían hecho los antiguos sacerdotes—, estaríamos en la misma posición de los científicos que inventaron el primer ingenio nuclear.

—No —dije a Nim. Me puse de pie y miré las piezas que resplandecían sobre la mesa; las piezas por las cuales había arriesgado mi vida tan a menudo y con tanta despreocupación. Mientras estaba allí, me pregunté si de verdad podría hacerlo: enterrarlas y nunca, nunca, sentir la tentación de ir a buscarlas y desenterrarlas. Harry estaba sonriéndome y, como si hubiera leído mis pensamientos, se acercó a mí.

—Si alguien puede hacerlo… eres tú —dijo, envolviéndome en un gran abrazo de oso—. Creo que Minne te eligió sobre todo por eso. Verás, querida, pensó que tú tenías la fortaleza que ella nunca tuvo… la necesaria para resistir la tentación del poder que llega a través del conocimiento…

—Dios mío, haces que parezca Savonarola quemando libros —le dije—. Lo único que hago es apartarlas por un tiempo para que no puedan hacer daño.

Mordecai había entrado en la habitación con una enorme fuente de *delicatessen* que olía a las mil maravillas. Dejó salir de la cocina a Carioca, que, por el aspecto de la fuente, había estado ayudando en la preparación de la comida.

Estábamos todos en pie, estirándonos, moviéndonos; nuestras voces resonaban con el júbilo que viene de la súbita liberación de una tensión insoportable. Yo estaba cerca de Solarin y Nim, comiendo algo, cuando Nim se estiró y volvió a pasar su brazo por mis hombros. Esta vez, a Solarin no pareció importarle.

—Sascha y yo acabamos de tener una conversación —me dijo Nim—. Tal vez tú no estés enamorada de mi hermano... pero él está enamorado de ti. Ten cuidado con las pasiones rusas... pueden ser devoradoras. —Sonrió a Solarin con una mirada de verdadero amor.

—Soy muy difícil de devorar —contesté—. Además, yo siento lo mismo por él.

Solarin me miró sorprendido... no sé por qué. Aunque el brazo de Nim seguía rodeando mis hombros, me cogió y me dio un gran beso en la boca.

—No lo tendré alejado mucho tiempo —me dijo Nim acariciándome el pelo—. Voy a Rusia con él... a buscar el tablero. Perder a tu único hermano una vez en la vida ya es bastante. Esta vez, si vamos, vamos juntos.

Mordecai se acercó, repartiendo copas y sirviéndonos champaña. Cuando terminó, cogió a Carioca y levantó su copa.

—Por el juego de Montglane —dijo con su sonrisa arrugada—. ¡Que descanse en paz por mil y mil años!

Bebimos y hubo gritos de: «¡Escuchad, escuchad!» de Harry.

—¡Por Cat y Lily! —dijo Harry levantando su copa—. Han afrontado muchos peligros. Que vivan mucho tiempo en felicidad y amistad. Aunque no vivan para siempre... al menos que sus días estén llenos de alegría. —Me sonrió.

Era mi turno. Levanté la copa y miré sus rostros: Mordecai, parecido a un búho; Harry, con sus grandes ojos perrunos; Lily, bronceada y esbelta; Nim, con el cabello rojo del profeta pero extraños ojos bicolores, que me sonreía como si pudiera leer mis pensamientos; y Solarin, intenso y vivo junto a un tablero de ajedrez.

Allí estaban todos, en torno a mí. Mis mejores amigos, gente a la que amaba de verdad. Pero gente mortal, como yo, y que declinaría con el tiempo. Nuestros relojes biológicos seguirían latiendo… nada demoraría los años. Lo que hiciéramos, tendríamos que hacerlo en menos de cien años… el tiempo dado al hombre. No siempre había sido así. En otras épocas hubo en la tierra gigantes, dice la Biblia, hombres de gran poder que vivían setecientos u ochocientos años. ¿En qué momento habíamos perdido el camino? ¿Cuándo perdimos la capacidad? …Meneé la cabeza, levanté la copa de champaña y sonreí.

—Por el juego —dije—. El juego de los reyes… el más peligroso, el juego eterno. El juego que acabamos de ganar… al menos por otra vuelta. Y por Minne, que luchó toda su vida por guardar estas piezas para que no cayeran en manos de aquellos que harían mal uso de ellas… para satisfacer sus propios objetivos y conseguir dominar a sus semejantes mediante la maldad y el poder. Que viva en paz esté donde esté, y con nuestras bendiciones…

—Escuchad, escuchad… —repitió Harry, pero yo no había terminado.

—Y ahora que el juego ha terminado y hemos decidido enterrar las piezas —agregué—, ¡que tengamos la fuerza necesaria para resistir toda tentación de desenterrarlas!

Todos aplaudieron con entusiamo… hubo muchas palmadas en la espalda mientras bebíamos. Casi como si estuviéramos tratando de convencernos.

Me llevé la copa a los labios y eché la cabeza hacia atrás. Sentí las burbujas descendiendo por mi garganta… secas, punzantes, quizás algo amargas de tragar. Cuando cayeron las últimas gotas sobre mi lengua, me pregunté —por un instante— lo que tal vez no sabría jamás. Qué sabor tendría… qué sensación produciría… si ese líquido que bajaba por mi garganta no fuera champaña… sino el elixir de la vida.

ÍNDICE

EL CÍRCULO MÁGICO

KATHERINE NEVILLE

Ariel recibe en herencia unos viejos manuscritos de gran valor que encierran un importante secreto relacionado con los objetos sagrados de las tribus de Israel. Quien consiga descifrarlos será depositario de una sabiduría tan antigua que se pierde en la memoria de la humanidad, será capaz de encontrar el origen de los mitos, los ritos, las creencias y los símbolos de todas las grandes culturas de la historia y descifrará las claves para la interpretación del futuro. Tan pronto como tiene los manuscritos en sus manos, Ariel se convierte en el objetivo de todos aquellos que codician su poder. Para salvar su vida sólo puede huir en busca del origen de los manuscritos y de su significado. Las pistas que va encontrando parece que cada vez la alejen más del centro: las runas teutónicas, los mitos griegos, las Sagradas Escrituras y la sabiduría de los indios americanos parecen girar en un círculo vicioso. Lo único que le quedará por hacer es buscar un refugio desde el cual pueda penetrar en el corazón del misterio y averiguar el secreto que ha viajado tantos siglos para ser desvelado.

RIESGO CALCULADO

KATHERINE NEVILLE

La pobreza puede mover algunos a cantar blues, pero la riqueza y la codicia parecen exigir una música a mayor escala: la ópera.

Bien sabía yo a qué alturas elevaba el tema del dinero las almas de los hombres. Era banquero. Aunque, para ser exactos con el género, debería decir «banquera»: un cerebro en ordenadores y la ejecutiva más cotizada del todo poderoso Banco del Mundo.

Si no hubiera ganado tanto dinero, no tendría un asiento en un palco de la Ópera de San Francisco, y si no hubiera estado sentada en mi palco aquella aburrida noche de noviembre, nunca se me habría ocurrido la idea. La idea consistía en cómo hacer más dinero.

Así se presenta Verity Banks, un personaje excepcional. No sólo es la única mujer que pertenece a la elite de los banqueros mundiales, sino que ha logrado que su mundo sea un refugio seguro donde todo está previsto.

La aparición de Zoltan Tor, mago de las finanzas y la informática, dará al traste con su estabilidad. En el intento de demostrar que los sistemas de seguridad de los bancos son muy vulnerables, Verity se verá obligada a repasar sus afectos, a arriesgar su tranquilidad a cambio, de la pasión que le ofrece lo desconocido. Y cuando se dé cuenta de que su vida está en peligro, ya será demasiado tarde para echarse atrás